In der Reihe „Karl Mays Magischer Orient" sind bisher erschienen:

Band 1 – Alexander Röder *Im Banne des Mächtigen*
(auch als Hörbuch)
Band 2 – Alexander Röder *Der Fluch des Skipetaren*
Band 3 – Alexander Röder *Der Sturz des Verschwörers*
Band 4 – Alexander Röder *Die Berge der Rache*
Band 5 – Alexander Röder, Tanja Kinkel u. a.
Sklavin und Königin
Band 6 – Alexander Röder, Thomas Le Blanc
Auf der Spur der Sklavenjäger
Band 7 – Jacqueline Montemurri, Bernhard Hennen
Der Herrscher der Tiefe
Band 8 – Friedhelm Schneidewind, Bernhard Hennen
Das magische Tor im Kaukasus
Band 9 – Jacqueline Montemurri, Nina Blazon
Das Geheimnis des Lamassu

Thomas Le Blanc (Hrsg.) *Auf phantastischen Pfaden*
Eine Anthologie mit den Figuren Karl Mays

Band 9

Das Geheimnis des Lamassu

von

Jacqueline Montemurri

**Mit einem Epilog
von Nina Blazon**

KARL·MAY·VERLAG
BAMBERG·RADEBEUL

Herausgegeben von
Thomas Le Blanc und Bernhard Schmid

© 2020 Karl-May-Verlag, Bamberg
Alle Urheber- und Verlagsrechte vorbehalten
Illustration: Elif Siebenpfeiffer
Druck: Finidr, Český Těšín
ISBN 978-3-7802-2509-2
www.karl-may.de

Erstes Kapitel
Ein trauriger Empfang

Es war kalt.

Obwohl es bereits später Nachmittag war, hatten wir an diesem Tag die Sonne noch nicht gesehen. Sie war beständig hinter einem nassen und alles durchdringenden eisigen Nebel versteckt geblieben. Ich vermochte vor uns einige Hügel in diesem fremden Nordengland zu erahnen, die im Sommer sicher grün, jetzt aber von einem grauen Weiß überzogen waren. Feinste, halbgefrorene Wassertropfen in der Luft verschleierten die Aussicht und ließen die kargen Wiesen und Wälder zu einem bleifarbenen Brei verschmelzen. In den Tälern zwischen den Hügeln verdichteten sich die Tröpfchen zu Nebelbänken, die von der untergehenden Sonne langsam rötlich verfärbt wurden, fast wie Blutflecken auf einem grauen Teppich.

Blut passte auch zu dieser Gegend. Denn links und rechts unseres Weges kroch die verfallene Mauer des Hadrianswalls über die niedrigen runden Bergrücken gleich einem steinernen Lindwurm. Hier hatten Völker gekämpft, Tausende ihr Leben gelassen. Hier waren einst die Caledonier und die Römer, die Pikten, die Gälen, die Sachsen, die Angeln und die Wikinger aufeinandergetroffen, hatten für die Herrschaft über dieses Land ihr Leben eingesetzt und hatten die Hügel mit ihrem Blut getränkt. Hier waren Heldensagen entstanden, und doch hatte nur der schmutzige, einsame Tod gewütet. Und der nach vielen Jahrhunderten immer noch sichtbare Wall war bis heute die Grenze zwischen Engländern und Schotten geblieben, die nie so recht zu Briten geworden waren.

Die Kälte zog durch unsere Kleidung, die im Kaukasus tiefere Temperaturen abgewehrt hatte, aber die Feuchtigkeit des Nebels ließ das Leder klamm und steif werden, und durch den langsamen Trott der Pferde bewegten wir uns zu wenig, um uns selbst aufwärmen zu können. Mein Mantel und meine Handschuhe waren von einer glitzernden Schicht gefrorener Nebeltropfen überzogen.

Der sonst so fröhliche Halef zeigte Ungeduld und Missmut.

„Wie kann man nur in einem solch kalten und nassen Land leben, Sihdi?"

„Es ist hier nicht immer so. Aber du hast Recht, wir haben uns offenbar die falsche Zeit ausgesucht, Sir Davids Heimat kennenzulernen."

Der Boden war noch kälter als die Luft.

Die Pferde bewegten sich müde und unsicher auf dem hartgefrorenen Untergrund. Teilweise war er mit verharschtem Schnee bedeckt, sodass wir Unebenheiten nicht sehen konnten und Löcher fürchteten, in denen die Pferde sich ihre Beine brechen konnten. Deshalb lenkten wir sie ein Stück den Wall entlang, bis wir einen Durchgang fanden, den die Tiere bewältigen konnten. Unser Weg führte uns nun weiter gen Süden. Endlich tauchten Mauern mit Zinnen und Türmen im Nebel auf. Wir hatten Lindsay Castle erreicht. Über einem der Giebel begrüßte uns das Banner mit einem Löwen.

„Was hat das zu bedeuten?" Halef sah angespannt zum Schloss.

Ich folgte seinem Blick und gewahrte, dass der Löwe auf der Flagge auf dem Kopf stand. Das Tuch war zu sanften Wellen geformt und anscheinend steifgefroren, denn es bewegte sich nicht. Die Erkenntnis ließ mich innerlich zusammenzucken.

„Es heißt, dass etwas Schlimmes passiert sein muss", antwortete ich. „Vielleicht sogar etwas Bedrohliches."

„Sir David?"

„Nein, das ist nicht möglich", beruhigte ich meinen Freund. „Sir David ist noch auf Kreta mit seinen Ausgrabungen beschäftigt. Es sei denn ..."

„Es sei denn, ihm ist ein Stein auf den Kopf gefallen."

„Das möchte ich nicht hoffen."

„Ich ebenso wenig, Sihdi."

„Es ist mit Bestimmtheit etwas Ernsteres. Trauer allein wäre nur mit halbmast symbolisiert worden." Ich zog mein Gewehr aus dem Sattelfutteral und nahm es vorsichtshalber in Anschlag.

Halef blickte mich überrascht an, zog ebenfalls seine Waffe aus dem Futteral und überprüfte sie.

„Meinst du, es könnte einen Überfall gegeben haben?"

„Ausschließen können wir es nicht. Wir sollten auf alles gefasst sein. Es ist durchaus möglich, dass es eine Okkupation von Lindsay Castle gegeben hat und irgendwer das Schloss in seiner Gewalt hält und die Lindsays durch die umgedrehte Flagge verhöhnen will."

Halef nickte verstehend.

Wir trieben die Pferde erneut zu mäßigem Schritt an. Schnelleren Gang wagten wir bei dem glatten Boden nicht. Auch wenn es nur Leihpferde aus Carlisle waren, mochte ich die armen Tiere keinesfalls zuschanden reiten. Ein Ausgleiten könnte hier genügen, damit sich eins der Pferde ein Bein brach, zumal das Packpferd arg beladen war.

Wachsamen Blicks und die Gewehre im Anschlag ritten wir die breite Auffahrt hinauf, dem Haupthaus entgegen. Das Schloss war ein grandioser Anblick. Die Mauern leuchteten rötlich durch den Nebel, was sicherlich nicht nur dem Glühen des Abendrots zu danken war, sondern auch dem Baumaterial. In dieser Gegend verwandte man schon seit jeher den Old-Red-Sandstone, eine Gesteinsablagerung aus dem Devon. Bei genauerem Hinsehen vermag man einiges an Fossilien darin zu erkennen, besonders Meeresgetier und Fische. Aber natürlich war das in jenem Moment nicht von Interesse für uns. Wir hatten noch immer die Flagge mit dem umgedrehten Löwen im Kopf und waren auf eine feindliche Streitmacht vorbereitet.

Mittig des burgähnlichen Baus erschloss eine breite Treppe den Haupteingang. Links und rechts reihten sich hohe spitze Fenster aneinander, die mit ihrem gotischen Maßwerk fast sakral wirkten. Licht quoll daraus hervor. Das darüberliegende Stockwerk war dunkel. Die Fenster dort hatten eine rechteckige

Form, soweit ich das in der Dämmerung erkennen konnte. Das Dach umgrenzten Zinnen wie bei einer mittelalterlichen Burg und dazwischen erhoben sich Schornsteine. Aufmerksam suchte ich die Lücken zwischen den Zinnen sowie die dunklen Fenster nach Gewehrläufen oder sonstigen Gefahren ab. Doch ich vermochte nichts Beunruhigendes zu erkennen. Links und rechts dieses Mittelbaus ragten der West- und der Ostflügel empor wie Burgfriede. Die zwei Seitenflügel waren um ein Stockwerk höher als der Mittelbau. In den vor uns emporragenden Mauern sah ich zahlreiche rechteckige Fenster, teils zu Erkern nach außen gebaut. Das oberste Geschoss wartete mit Balkonen auf, die sich über jenen Vorsprüngen befanden. Ein wahrhaft majestätischer Anblick, Lord Lindsays durchaus würdig.

Plötzlich traten uns zwei bewaffnete Männer in den Weg. Sie hatten im Schatten einiger gewaltiger Eichen neben der breiten steinigen Zugangsstraße gelauert.

„Wer seid Ihr?", fragte der eine recht barsch und richtete den Lauf seines Gewehrs auf mich.

„Mein Name ist Kara Ben Nemsi und mein Begleiter heißt Hadschi Halef Omar. Wir werden von Lady Ann erwartet", erwiderte ich auf Englisch.

„Darüber sind wir informiert, Mister Kara Ben Nemsi. Warten Sie bitte einen Moment. Wir müssen vorsichtig sein. Verzeiht deshalb die Unannehmlichkeiten." Der Mann drehte den Gewehrlauf von mir weg, blieb aber bereit, falls ich ihn angreifen sollte.

Was konnte hier nur geschehen sein, das eine derartige Verteidigung rechtfertigte? Sein Partner blies ein militärisches Hornsignal, worauf sich die große Eingangstür öffnete und ein Mann mit dunkler Robe und dem Löwen der Lindsays auf der Brust uns über die breite Treppe entgegeneilte. Noch immer war ich vorsichtig, auch als sich der Mann als Kastellan des Schlosses vorstellte, uns musterte und schließlich willkommen hieß. Auf sein Winken hin eilten zudem zwei Stallburschen herbei, um sich unserer Pferde anzunehmen, als seien wir erwartet worden. Was allerdings nicht sein konnte, da wir Lady Ann keinen festen Zeitpunkt für unser Eintreffen zu nennen vermocht hatten. Der Verlauf der Reise nach Schottland war nicht berechenbar gewesen, denn wir kannten das Land nicht und waren zudem nicht sicher, unser Ziel direkt und problemlos zu finden.

Aus der sich nun erneut öffnenden zweiflügligen Tür traten zwei Gestalten hervor. Im Gegenlicht der inneren Beleuchtung erblickte ich eine füllige Dame mit einem Häubchen auf dem Kopf und eine junge Lady, die sogleich die Treppe herabgerannt kam.

„Oh, Kara und Halef. Ich bin so froh, dass ihr endlich da seid."

Es war Ann Lindsay. Sie warf sich mir an den Hals und somit fiel die Anspannung zunächst von uns ab. Das Schloss war offensichtlich nicht in fremder Hand. Jedoch ließen mich die Verteidigungsmaßnahmen und Anns Reaktion darauf schließen, dass sehr wohl etwas Furchtbares vorgefallen sein musste.

„Was ist geschehen?", fragte ich dann auch, während sie sich von mir löste.

„Etwas Schreckliches, etwas Grausames", antwortete sie erregt.

Ich nahm das Gepäck vom Pferd, da der Stallbursche schon ungeduldig, wohl ob der Kälte, von einem Fuß auf den anderen trat. Dann sah ich das Mädchen an. Nun bemerkte ich zu meinem Erstaunen, dass Miss Ann in diesem Moment wahrhaftig wie Lady Ann aussah. Ihr Haar war sittsam geknotet, keine Strähne an der falschen Stelle. Anstatt Reithosen, Weste und Stiefel trug sie ein langes schwarzes Kleid, welches ihr eine schlanke Silhouette verlieh, jedoch im Rücken unterhalb der Taille durch Rüschen und Falten aufgebauscht war und in einer Schleppe endete. Auch hing kein Gewehr über ihrer Schulter, wie ich es von ihr gewohnt war.

„Sihdi, ich unterbreche recht ungern diesen freudigen Empfang. Doch wenn wir noch länger hier verweilen, werde ich niemals das Schloss von innen sehen. Denn bald bin ich hier festgefroren auf alle Zeit." Halefs Englisch war mittlerweile sehr gut geworden.

„Oder nur bis zum Frühjahr", erwiderte ich schmunzelnd.

„Wie unhöflich von mir", warf Ann Lindsay ein. „Bitte kommt herein. Dann werde ich euch alles berichten."

Ich nickte ihr zu und wir folgten ihr die Stufen hinauf. Der Kastellan hatte sich unseres Gepäcks angenommen. Mein Gefährte schlotterte tatsächlich recht stark neben mir, denn ich hörte seine Zähne klappern. Obwohl wir jüngst im Kaukasus ein wirklich kaltes Abenteuer mit meinem alten Freund Old Firehand erlebt hatten und auch Halef dort den eher dünnen Burnus gegen robuste Wetterkleidung getauscht hatte, so wollte sich sein Beduinenkörper noch immer nicht so richtig an diese Art Temperatur gewöhnen.

„Aber im Kaukasus war es viel kälter als hier, Halef."

„Mag sein. Doch hier ist es unheimlicher."

„Unheimlich? Ich finde das Schloss in höchstem Maße inspirierend."

Ann Lindsay drehte sich zu uns um.

„Halef hat vielleicht einen siebten Sinn. Wir haben in der Tat ein Schlossgespenst." Sie grinste verschmitzt und entblößte ihre Zähne.

„Ich fürchte mich nicht vor englischen Geistern", grummelte Halef.

„Ich wäre entzückt, dieses Gespenst kennenzulernen", scherzte ich.

„Oh, ich vernehme Ungläubigkeit aus Ihrem Mund, Kara. Sie werden schon sehen oder besser hören, dass ich die Wahrheit spreche. In den letzten Jahrzehnten hat niemand Porky erblickt, aber ..."

„Porky?", fragte ich amüsiert.

„Ja, so heißt unser Geist. In manch dunkler Nacht kann man ihn hören." Ihre Stimme wurde leise und verschwörerisch. „Er jault und rasselt mit den Ketten."

„In manch stürmischer Nacht vielleicht", warf ich lachend ein und stellte mir vor, wie der Wind an den Fensterläden rüttelte und um die Kamine pfiff. Derlei Geräusche konnte man in der Dunkelheit sicherlich phantasievoll interpretieren.

Wir erreichten den Eingang und traten ein. Ein gewaltiger Kronleuchter mit unzähligen Kerzen erhellte die Halle. Ein Diener in schwarzer Livree erwartete uns und der Kastellan übergab ihm einige der Gepäckstücke.

„Ich habe eure Zimmer schon vor Tagen vorbereiten lassen. Charles wird euer Gepäck und die Waffen hinaufbringen", sagte Ann.

Ich blickte mich interessiert um. An den Wänden hingen Teppiche mit Szenen der Jagd auf Fasane, Füchse oder Hirsche, auch einige Trophäen dieser Tiere waren an den Mauern befestigt. Vor uns wanden sich zwei steinerne Treppen in ein höheres Geschoss. Darunter befand sich eine breite Tür, die jedoch verschlossen war. Rechts erblickte ich eine ähnliche Tür und von links hörte ich gedämpftes Stimmengewirr. Dort standen die beiden Flügel einer Tür weit offen, die augenscheinlich in einen Salon führte. Drinnen prasselte ein Feuer in einem gemauerten Kamin und auf Sofas und in Sesseln saßen schwarz gekleidete Damen und Herren. Einige der Männer trugen Uniformen und waren am Kamin in leise Gespräche vertieft. Doch keiner hatte eine Waffe bei sich, zumindest nicht offen über der Kleidung. Also gab ich dem Kastellan – Ann Lindsay vertrauend – meine Gewehre. Die Revolver behielt ich am Gürtel. Halef tat es mir gleich.

„Vielleicht sollten Sie uns nun aufklären, was hier Schreckliches geschehen ist", bat ich Ann.

„Mein Großvater ist verstorben", flüsterte sie. Ihre Augen bekamen einen feuchten Glanz.

„Sie meinen Sir Davids Vater?", fragte ich.

„Ja, Kara. James Aberforth 15. Earl of Lindsay."

Ich war entsetzt. „Was ist geschehen? Sie sprachen von etwas Grauenvollem."

„Es ist schon letzte Woche passiert. Der Kastellan fand ihn in seinem Arbeitszimmer am Schreibtisch niedergesunken. Sogleich schickte er nach dem Landarzt. Doch es war vergebens. Ich mache mir solche Vorwürfe, da ich mit Sofie gerade ausreiten war und Lady Angela und Shana zu dieser Zeit ein paar Tage in London verweilten. Der Earl war allein im Schloss und die Dienerschaft hat nichts bemerkt. Später vermutete unser Freund Dr. Bell aus Edinburgh, dass ein Gift eingesetzt wurde."

„Gift?"

„Ja, Gift. Seine Zunge hatte eine seltsame Färbung. Aber das Unheimliche daran ist ..." Sie hielt den Atem an.

„Was?", fragte ich gespannt.

„... dass nirgendwo etwas zu finden war, was er gegessen oder getrunken haben könnte, um sich zu vergiften."

„Also vermuten Sie einen gezielten Mordanschlag?"

„Ja, etwas anderes kommt kaum infrage. Es muss ein Attentat gewesen sein. Doch von wem? Und warum? Der Earl war ein guter Mensch. Er hatte keine Feinde."

„Nun", warf ich nachdenklich ein, „einen zumindest schon."

Ann seufzte. „Es waren sogar einige Agenten von Scotland Yard hier im Schloss und haben alles inspiziert. Allerdings konnten auch sie keinerlei Hinweise auf einen Einbruch oder einen Täter finden. Nun sind wir ratlos und zugleich ein wenig verängstigt. Da Sie nun aber hier sind, fühle ich mich sofort viel sicherer."

„Tausend Dank für das Vertrauen. Ich werde die Augen offen halten. Aber ich befürchte, dass der Mörder, falls es tatsächlich einen gibt, schon über alle Berge ist."

„Dasselbe sagten die Herren von Scotland Yard auch." Ann senkte den Blick.

„Vielleicht war es einer der Dienstboten des Hauses?", mutmaßte ich. „Feinde können auch gute Menschen haben. Denn was dem einen als edle Tat erscheint, ist dem anderen ein Dorn im Auge."

„Da mögen Sie Recht haben. Feinde hat wohl jeder. Selbst wenn er sie nicht erkennt." Sie machte ein gedankenverlorenes Gesicht. „Nein, aber bei der Dienerschaft hatte der Earl sicher keine. Scotland Yard hat sie zudem alle unter die Lupe genommen. Auch kenne ich die meisten schon fast mein ganzes Leben lang. Für die Angestellten im Hause Lindsay lege ich meine

Hand ins Feuer. Sie waren und sind unserer Familie aufs Treueste ergeben. Sie gehören quasi zu ihr."

„O Sihdi, der arme Sir David. Wie soll er davon erfahren?", fragte Halef plötzlich sehr berührt. Da hatte er in der Tat Recht. Denn unser Lord weilte noch immer auf Kreta und war im Begriff, mit seinem Freund Minos Kalokairinos den Palast des Minos auszugraben.

„Wir haben ihm sofort die schreckliche Nachricht telegrafiert", antwortete Ann in meine Gedanken hinein. „Das britische Militär war uns äußerst behilflich bei der Übermittlung. Onkel Daffy ist schon auf dem Weg nach Hause. Er wird morgen früh hier eintreffen ... Es ist alles so furchtbar."

Ich hielt tröstend ihre Hand. „Mein aufrichtiges Beileid."

In diesem Augenblick kam Sofie Nelson aus dem Salon. Sie trug ebenfalls ein schwarzes Kleid in derselben Art wie Ann. Sofort nahm sie die Freundin in den Arm.

„Oh, Kara. Schön, Sie wiederzusehen – und Sie, lieber Halef. Es ist nur sehr traurig, dass es unter solchen Umständen geschieht."

„Allerdings, das ist es. Ich hatte mir den Besuch auf Lindsay Castle auch etwas anders vorgestellt", antwortete ich.

„Kommen Sie doch mit in den Salon", bat Ann.

„Ich bin mir nicht sicher, ob wir angemessen gekleidet sind." Halef und ich hatten uns zwar jeder einen schwarzen Mantel zugelegt, um auf der Reise durch England nicht allzu stark aufzufallen. Nun standen wir jedoch in unserer ledernen Trapperkleidung da wie frisch aus dem Kaukasus angekommen. Im Grunde war das auch nicht abzustreiten, selbst wenn unser Pfad einen Umweg über Schottland genommen hatte. Denn der Anlass, warum wir nicht sofort mit Ann und Sofie nach Lindsay Castle geritten waren, war das Versprechen, welches ich Captain Sean MacLean gegeben hatte. Vor dessen tragischem Tod in der kretischen Höhle hatte er mir in einem Anfall von leidvoller Vorsehung Briefe an seine Verwandten anvertraut. Ich versprach ihm, diese weiterzuleiten, falls ihm etwas zustoßen sollte. Leider hatte er damals mit seiner Todesahnung richtig gelegen und der Minotaurus war ihm zum Verhängnis geworden.

„Am heutigen Abend wird sich niemand an Ihrer Aufmachung stoßen und für morgen habe ich Ihnen passende Kleidung in Ihre Zimmer gehängt", erwiderte Ann. „Die Anwesenden sind gekommen, um vom Earl of Lindsay Abschied zu nehmen. Der kalten Witterung und der Kunst des Bestatters haben wir es zu verdanken, dass wir Sir James Aberforths Beerdigung erst morgen durchführen können und ihn heute für die engsten Vertrauten und Freunde aufbahren konnten. Onkel Da-Vid wäre sicherlich äußerst unglücklich, müsste die Beisetzung seines Vaters ohne ihn stattfinden."

Fast fühlte ich mich heimisch, als ich Anns typische und doch seltsame Betonung des Namens David vernahm. Der außergewöhnliche Singsang ihrer Stimme war eine spezielle, aber äußerst sympathische Eigenart dieser jungen Lady.

„Das verstehe ich", antwortete ich ein wenig abwesend. Denn mir wurde bewusst, dass mich der Wunsch eines Verstorbenen in dieses Land geführt und ich nun einen weiteren Toten zu betrauern hatte. Auch wenn ich dem Earl zu seinen Lebzeiten nicht begegnet war, so hielt ich mich für einen engen Freund von Sir David und trauerte deshalb um seinen Vater. Es tat mir aufrichtig leid.

Während wir noch immer in der Empfangshalle herumstanden, schien sich die Gesellschaft im Salon aufzulösen. Etliche der Herrschaften traten heraus und bekamen von den Dienern ihre Mäntel gereicht. Ann versuchte hektisch sich sowohl angemessen von den Damen und Herren zu verabschieden, als auch einige davon uns vorzustellen. Doch bei all den hochherrschaftlichen Namen musste ich vorerst kapitulieren. Halef und ich ließen die Vorstellungen sittsam über uns ergehen, gaben hier einem Herrn die Hand oder nickten da einer Lady höflich zu. Draußen vor dem Portal hörten wir Kutschen vorfahren. Schließlich entschwanden die Gäste in die Kälte des Abends.

Ann führte uns in den nun verwaisten Salon.

„Möchten Sie den verstorbenen Earl noch einmal sehen?", fragte sie.

Ich nickte zur Antwort. Die junge Frau geleitete mich und Halef in ein abgedunkeltes Nebenzimmer. Sofie blieb am Kamin zurück. In dem Raum stand ein prachtvoll verzierter Sarg mit geöffnetem Deckel. Ein großer Kerzenständer war am Kopfende aufgestellt und warf einen warmen Schein auf den Verstorbenen. Der Earl lag auf weißen seidenen Kissen. Sein graues Haar und der Bart waren ordentlich gelegt, die Augen geschlossen, die Hände über der Brust gefaltet. Er trug einen dunklen feierlichen Anzug. Es wirkte, als würde er schlafen. Ich konnte kaum glauben, dass er schon vor über einer Woche verschieden sein sollte, so frisch sah er aus. Keinerlei Anzeichen deuteten auf einen gewaltsamen Tod hin. Jedoch war mir bewusst, dass ein Gift nicht unbedingt sichtbare Spuren hinterlassen musste.

Zweites Kapitel
Rasselnde Ketten

Als wir zurück in den Salon traten, standen zwei mir unbekannte Damen neben Sofie am Kamin. Beide hatten dunkles Haar und ihre orientalische Abstammung konnte ich nicht übersehen. Ann steuerte sofort auf eine der Frauen zu und umarmte sie. Ich schätzte, dass sie ungefähr in meinem Alter sein musste.

„Angela", hörte ich sie seufzen. Dann löste sie sich von der Frau.

„Lieber Kara, darf ich Ihnen meine Tante Lady Angela vorstellen?", sagte Ann auf Englisch und trat einen Schritt zur Seite. „Sie ist seit dem Tod meiner Großmutter die Hausherrin."

„Lady Anahita", korrigierte die orientalisch anmutende Dame. Ihre dunklen Augen musterten mich im ersten Moment etwas überrascht, dann freundlich.

„Ich habe schon viel von Ihnen gehört, Mister Kara." Sie hielt mir ihre Finger entgegen, wie zum Handkuss. Und obwohl derartige Förmlichkeiten in diesem Land und in den Kreisen meines Freundes Lord Lindsay sicher üblich waren, drückte ich ihr ganz informell die Hand. Zunächst stutzte sie ob meiner ungewöhnlichen Reaktion, dann lachte sie und erwiderte den Händedruck beherzt. „Mein Bruder hält große Stücke auf Sie."

Bevor ich über ihre Aussage bezüglich ihrer Verwandtschaft mein Erstaunen zum Ausdruck bringen konnte, wurde mir von Ann die andere Dame vorgestellt.

„Das ist Lady Anahitas Hauslehrerin Shana."

Die junge Frau beugte grüßend das Haupt. Auch sie hatte orientalische Züge mit dunklen, geheimnisvollen, fast düster blickenden Augen. Ihr schwarzes Haar war zu Zöpfen geflochten, die kunstvoll verwoben auf ihren Rücken herabfielen. Ihre Gestalt war zierlicher als die von Lady Anahita, jedoch spürte ich, dass sie von ihrem Wesen her durchaus nicht zerbrechlich war, denn sie wirkte zwar äußerst anziehend, doch zugleich auch bedrohlich auf mich.

„Sir David ist Euer Bruder?", fragte ich dann Lady Anahita, immer noch überrascht. Der Lord hatte nie eine Schwester erwähnt.

„Ja und nein. Wie Sie sicher schon bemerkt haben, bin ich nicht vom Blut der Lindsays. Doch Sir James war mir immer ein guter Vater. Ich bin sozusagen das Familiengeheimnis, welches so geheim ist, dass ich es selbst nicht kenne. Jedoch gibt es viele Gerüchte über meine Herkunft. Die Wahrheit hat mein Vater nun leider mit ins Grab genommen." Ich bemerkte, dass sich Tränen in ihren Augen bildeten. Sie musste den Earl wohl sehr geliebt haben.

Lady Anahita fasste sich wieder und wandte sich Halef zu:

„Und Sie müssen der verehrte Hadschi Halef Omar sein. Wie gefällt Ihnen Großbritannien?", fragte sie, für mich erstaunlicherweise, auf Persisch.

16

Halefs Muttersprache war zwar Arabisch, doch verstand und sprach er auch ganz passabel die Sprache des angrenzenden Persiens.

„Was in der Wüste zu wenig an Wasser vom Himmel kommt, fällt hier umso mehr herab", antwortete er.

„Das ist wohl wahr. Sie haben sich nicht die perfekte Jahreszeit für Ihren Besuch ausgewählt. Im Sommer ist es durchaus reizend hier. Dann erblüht der Park in den schönsten Farben."

Ein Diener in schwarzer Livree trat ein und verkündete:

„Es ist angerichtet, My Ladys."

Lady Anahita nickte ihm zu und wandte sich dann an uns:

„Kommen Sie bitte, Mister Kara und Mister Halef. Sie werden nach Ihrer langen Reise sicher hungrig sein."

Da konnte ich nicht widersprechen und so folgten wir den vier Damen aus dem Salon hinaus in die Eingangshalle und von dort durch eine schwere Holztür in einen Speisesaal. Halef blieb auf halber Strecke zurück. Ich bemerkte es erst, während wir unter der geschwungenen Treppe hindurch die geöffneten Türflügel erreichten. Als ich mich umdrehte, sah ich meinen Freund wie angewurzelt in der Halle stehen und zur Galerie hinaufspähen. Ich ging retour und fragte ihn leise:

„Was ist? Hast du einen Geist gesehen?"

„Ich glaube, ja. Dort oben stand ein Mann. Er hatte Ketten an Händen und Füßen und zwinkerte mir zu. Dabei konnte ich durch ihn hindurchsehen, als ob er aus Nebel bestünde."

Ich blickte zu der Stelle, auf die er nun deutete, sah allerdings niemanden.

„Wo ist er jetzt?"

„Er hat sich aufgelöst. Ich denke, es war ein Dschinn. Der Koran nennt diese Geistwesen und besagt, dass sie aus rauchlosem Feuer erschaffen sind." Halef starrte bei seinen Worten noch immer hinauf zu der Galerie über der Treppe. Ich kannte meinen Freund zwar als abergläubig und magiegläubig, aber zugleich als besonnen und nicht realitätsfremd. Wenn er sagte, dass er etwas gesehen hatte, dann war dort auch etwas gewesen. Deshalb zuckte meine Hand zum

Gürtel und legte sich um den Pistolengriff. Wachsam ging ich ohne Eile die Treppe hinauf. Ich glaubte zugegebenermaßen nicht, dass Halef tatsächlich ein Gespenst gesichtet hatte. Allerdings überkam mich das ungute Gefühl, dass der Mörder des Earls noch im Haus herumschleichen könnte. Oder vielmehr, dass er wiedergekommen sei, was realistischer war, als dass er sich hier über eine Woche versteckt gehalten haben könnte. Denn, wie heißt es? *Der Mörder kommt meist an den Schauplatz seiner Tat zurück.* War er womöglich zurückgekehrt?

„Kara?", hörte ich Anns Stimme. Sie klang leise, als wolle sie nicht von jedem gehört werden. „Was ist geschehen?"

Ich ignorierte sie vorerst und schlich weiter in die obere Etage. Dort war es düster. Eine Kerze wäre nun von Nutzen gewesen. In Ermangelung dieser Beleuchtung schritt ich nur vorsichtig voran. Die Gänge zu den Seitenflügeln des Schlosses waren leer, soweit ich das im Dämmerlicht ausmachen konnte. Auch sämtliche angrenzenden Türen zeigten sich mir verschlossen. Nichts war zu hören und nirgends regte sich etwas. Also kehrte ich um und ging die Treppe wieder hinunter.

„Falscher Alarm, Ann. Halef glaubte, jemanden hier oben gesehen zu haben."

„Nicht irgendjemanden. Sondern einen Geist mit Ketten an Händen und Füßen."

„Wirklich?", rief Ann erstaunt aus.

„Darf ich fragen, um was es geht, Mister Kara?" Lady Anahita stand nun ebenfalls neben uns in der Eingangshalle und sah uns verwundert an. Neben ihr blickte mir Miss Shana forschend in die Augen. Wir waren ins Arabische abgedriftet und dieser Sprache schien Lady Anahita nicht mächtig zu sein. Also bediente ich mich erneut des Englischen.

„Wie es scheint, hat Halef Euer Schlossgespenst erblickt."

„Oh, das ist faszinierend. Keiner von uns hat es je gesehen. Wie sieht es aus?"

Jetzt war ich es, der verdutzt dreinblickte. War das tatsächlich ernst gemeint? Glaubte hier jeder außer mir an Geister?

18

„Es war ein hagerer Mann, nicht alt, mit langem, strähnigem Haar und Ketten an Händen und Füßen", antwortete Halef in solcher Selbstverständlichkeit, dass ich es nicht fassen konnte. Auch die Damen sprachen darüber, als sei diese Geistererscheinung eine tagtägliche Normalität.

„Porky muss demnach ein Gefangener gewesen sein. Vielleicht wurde ihm Unrecht getan und nun findet seine Seele keine Ruhe", bemerkte Ann.

„Womöglich ist Mister Halef auserwählt, ihn zu erlösen", warf Lady Anahita ein.

„Was? Ich? Wieso?" Halef blickte mich fragend an. Ich konnte nur mit den Schultern zucken.

„Nun, weil Sie ihn sehen können. Dazu war seit Jahrzehnten niemand hier mehr in der Lage", erklärte Ann. „So ist es doch, Tante Angela, äh – Anahita?"

Lady Anahita nickte.

„Das ist durchaus möglich. In der Tat konnten wir ihn bis dato nur hören." Sie schloss die Augen, als ob sie angestrengt lauschte. Es war mit einem Mal totenstill im Schloss. Wir standen zu sechst in der Eingangshalle und versuchten, die Geräusche eines Gespenstes zu vernehmen. Doch das Einzige, was ich vorerst hörte, waren mein Herzschlag und der Wind, der draußen um das Gebäude wehte. Aus dem Salon drang nun auch das Prasseln des Feuers gedämpft an mein Ohr und irgendwo tickte eine Uhr.

Plötzlich ertönte ein lautes Klopfen. Alle zuckten unwillkürlich zusammen und blickten sich erschrocken in die Augen.

„Der Geist?", flüsterte Halef.

Ann begann zu lachen und das Klopfen wiederholte sich. Der Kastellan schritt an uns vorbei und hatte eine ungläubige Miene aufgesetzt. Wahrscheinlich mussten wir alle auf ihn wie geistig umnachtet wirken.

„Nein. Es kündigt sich ein weiterer Gast an", erklärte Ann und löste den Bann.

Die Pforte wurde geöffnet und zwei Männer traten ein. Sie trugen lange dunkelgraue Mäntel, die sie nun dem Diener übergaben, ebenso ihre Hüte. Ein Knecht brachte die Koffer der Herren herein und verschwand wieder.

„Willkommen, Dr. Bell", rief Lady Anahita erfreut und stürzte dem älteren der beiden Herren entgegen. Er hatte kurzes weißes Haar, wirkte jedoch noch recht jung. Er mochte so um die vierzig Jahre alt sein. Freundlich begrüßte er die Damen des Hauses mit einem Handkuss.

„Dies ist ein guter Freund meines verstorbenen Vaters: Dr. Joseph Bell aus Edinburgh", stellte uns Lady Anahita den Herrn vor. „Er war sofort gekommen, als der Kastellan nach ihm schickte und der Landarzt hier nur noch Vaters Tod feststellen konnte. Aber der Weg von Edinburgh mittels der *Waverley Line* dauert einen halben Tag und zudem fährt die Eisenbahn nur einmal täglich. Deshalb konnte auch er Vater nicht mehr retten. Jedoch hat Dr. Bell eine ausgesprochen scharfe Beobachtungsgabe. Ihm haben wir die Erkenntnis zu verdanken, dass ..." Sie brach ab.

„... dass Sir James Aberforth einem Mordanschlag zum Opfer fiel", ergänzte der Arzt mit tiefer Stimme und reichte mir die Hand.

„Kara Ben Nemsi", stellte ich mich vor, „und das ist mein Freund Hadschi Halef Omar."

Dr. Bell gab auch Halef die Hand.

„Oh, Sir David hatte uns schon von Ihnen berichtet, Mister Kara. Sie kommen aus Deutschland?"

„Ja, ich bin Reiseschriftsteller aus Radebeul."

„Schriftsteller und Abenteurer, wie man hört", ergänzte er lächelnd.

„Wen haben Sie uns da mitgebracht, Dr. Bell?", fragte Ann.

„Das ist mein Assistent Arthur Conan Doyle. Ein sehr talentierter junger Mann und zudem äußerst abenteuerlustig", stellte der Arzt uns seinen Begleiter vor. „Mister Doyle hat sich vorgenommen, die Welt als Schiffsarzt zu entdecken."

Der Erwähnte hatte einen zarten Oberlippenbart und trug sein glattgestrichenes Haar seitlich gescheitelt. Er war etwas größer als ich und von sportlicher Gestalt.

20

Freundlich lächelte er mich an und sagte:

„Ben Nemsi? Heißt das nicht *Sohn des Österreichers*?"

Ich blickte ihn erstaunt an, denn er sprach Deutsch.

„Das ist korrekt. Es rührt aus einem Missverständnis ... Ich bin überrascht, dass Sie meine Sprache sprechen, Mister Doyle."

„Ja, ein wenig. Ich bin eine Zeitlang in Feldkirch in Österreich in der *Stella Matutina* bei den Jesuiten zur Schule gegangen."

„Meine Herren, ich schlage vor, dass wir uns zunächst zu Tisch begeben. Dort können Sie in Ruhe Ihr Gespräch fortsetzen", warf Lady Anahita ein.

Der Doktor bot ihr sofort den Arm an und die beiden schritten nun voran in den Speisesaal. Halef und ich flankierten Ann und Sofie, die geheimnisvolle Miss Shana begleitete Mister Doyle. Obwohl sie als Hauslehrerin eine Angestellte war, durfte sie offenbar mit den Herrschaften speisen. Das verwunderte mich zunächst, aber ich erinnerte mich sodann, dass Hauslehrerinnen auch als Gouvernanten bezeichnet wurden. Normalerweise wurden sie für die Unterrichtung von Kindern eingestellt. Hier verhielt es sich offenbar anders, da Lady Anahita durchaus kein Kind mehr war. Dennoch schien Miss Shana den gleichen Stellenwert wie eine solche Gouvernante einzunehmen, der durchaus höher war als der der übrigen Dienerschaft und das gemeinsame Speisen mit der Herrschaft einschloss.

Der große Raum wurde von einer ausladenden Tafel dominiert. Jedoch waren nur am linken Ende acht Plätze gedeckt. Dahinter prasselte ein Feuer in einem steinernen Kamin. Leuchter mit Kerzen erhellten die aufgetragenen Speisen. In diesem Augenblick musste ich an eine ganz andere Speisetafel denken, an der ich vor nicht allzu langer Zeit gesessen hatte. Es war die Speisetafel des Prinzen Dadiani in dessen Palast in Mingrelien, wo wir zu einem opulenten Mittagessen geladen und der Tisch prall gefüllt gewesen war mit fremdländischen Speisen. Doch auch wenn ich damals nicht alles gekannt hatte, was ich erblickte, und ebenso auf dieser Tafel im Hause der Lindsays einige mir unbekannte regionale Gerichte kredenzt wurden, so waren doch beide Mahlzeiten bei Weitem nicht mit denen eines Gastgebers zu vergleichen, der mir noch jetzt, wenn ich an ihn dachte, einen kalten Schauer über den Rücken laufen ließ. Es war jener Kapitän Nemo tief im Mittelmeer in seinem Unterseeboot, der *Nautilus*, der mir nun in den Sinn kam. Damals hatten sich so seltsame und außergewöhnliche Gerichte auf dem Tisch getürmt, dass meine Freunde und ich nicht recht wussten, ob alles unbedenklich genießbar war. Im Gegensatz zum täglichen Ritual auf der *Nautilus*, wo der Kapitän die Stirnseite des Tischs dominiert hatte, war hier jener Stuhl unbesetzt. Es lag kein Gedeck an der Stelle, stattdessen stand dort ein kleines Töpfchen mit einer weiß blühenden Narzisse.

„Wir haben heute keine strenge Sitzordnung", erklärte Lady Anahita. „Nur möchte ich zum Gedenken an meinen Vater seinen Platz freilassen, so wie auch er jahrelang den Platz seiner viel zu früh verstorbenen geliebten Frau freigelassen hatte."

Also setzen sich Halef, ich, Sofie und Ann auf die eine Seite des Tischs und Doktor Bell, Lady Anahita, Miss Shana und Mister Doyle uns gegenüber. Die Sitzordnung ähnelte somit wieder jener bei Prinz Dadiani. Mit Blick auf die Blume flüsterte Halef versonnen:

„Wer zwei Brote hat, verkaufe eines und kaufe sich Narzissenblüten dafür. Denn Brot ist nur dem Körper Nahrung, die Narzisse aber nährt die Seele."

„Das haben Sie schön gesagt, Mister Halef." Lady Anahita war sichtlich gerührt.

„Das stammt nicht von mir. Das ist ein Spruch Mohammeds."

„Trotzdem war es sehr poetisch und passend. Die Blüte haben wir unserem Gärtner zu verdanken, der diese Zwiebel dem hart gefrorenen Boden abringen konnte und sie mit Liebe und Wärme innerhalb weniger Tage zum Erblühen brachte."

Auch die anderen Gäste blickten bei Halefs Äußerung gerührt zu der Blume hinüber, die über Lord James verwaisten Platz wachte.

Während des Mahls, das aus Hirschbraten, verschiedenerlei Gemüse und einer Art Brötchen mit Mulde bestand, welches sich als sogenannter Yorkshire Pudding entpuppte, hatte ich das Gefühl, ständig von Miss Shana beobachtet zu werden. Sie saß mir gegenüber, blickte mich zwar nie direkt an, doch spürte ich ihr Interesse. Die anderen unterhielten sich gedämpft über belanglose Dinge, wahrscheinlich, um sich von der Trauer um den Earl of Lindsay abzulenken. Irgendwann sah mir die orientalische junge Frau herausfordernd in die Augen und fragte:

„Was hat Sie eigentlich nach Großbritannien verschlagen, Mister Kara?"

„Aber das habe ich dir doch schon erzählt, Shana", warf Miss Ann ein.

„Ach, berichten Sie doch, Mister Kara. Ich habe die Geschichte noch nicht gehört." Dr. Bell lachte mich auffordernd an.

Also ging ich darauf ein und erzählte, was sie begehrten. Da ich hier als Reiseschriftsteller vorgestellt worden war und zudem die Anwesenden ein Verlangen nach Ablenkung von den tragischen Umständen dieser Zusammenkunft zu haben schienen, hielt ich es für angemessen, die Geschichte ausführlich vorzutragen.

So berichtete ich:

Eigentlich war es mein Begehren gewesen, nach den Abenteuern mit Old Firehand im Kaukasus, zurück an meinen Schreibtisch in Radebeul zu reisen. Ich hatte durchaus ein wenig Erholung nötig. Auch mein guter Freund Halef sehnte sich nach seiner geliebten Hanneh und seinem Sohn Kara. Da machte uns die liebreizende Ann einen Strich durch die Rechnung – oder war dies doch meiner und Halefs Neugier zu verdanken? Beim Abschied kamen wir auf Captain MacLean zu sprechen, wobei ich mir an die Brust griff und die Briefe erspürte. Nachdenklich zog ich das Bündel hervor.

„Ich habe dem Captain versprochen, sie seiner Familie zu überbringen", murmelte ich, mehr zu mir selbst als zu den Umstehenden.

„Nach Schottland?", fragte Ann. In ihren Augen blitzte es verdächtig auf.

„Ja, gewiss. MacLeans Eltern wohnen im äußersten Norden Großbritanniens. Doch sehe ich im Moment keine Möglichkeit, dem Versprechen persönlich nachzukommen. Ich könnte sie in der britischen Botschaft in Dresden abgeben, wenn ich auf dem Nachhauseweg bin."

„Oh, im Internat fanden wir es immer schön, Briefe von zu Hause zu erhalten. Noch schöner, wenn sie ein Bote der Familie in persona ... Oh, sorry, das geht mich nichts an." Sie senkte den Blick.

„Ja, ich würde sie wohl sehr gern persönlich überbringen, doch ..."

„... doch Ihnen fehlt ein guter Grund, eine so weite Reise anzutreten." Ihre Zähne blitzten mich durch ein verschmitztes Lächeln an.

Ich nickte.

„Den Anreiz kann ich Ihnen gern liefern." Grinsend hakte sie sich bei Sofie unter. „Wir müssen schließlich zurück nach Lindsay Castle und über Ihre Reisebegleitung wären wir sehr glücklich. Allein ist es bestimmt äußerst langweilig. Mit Ihnen wird das Abenteuer uns bestimmt stets auf dem Fuß folgen."

„Aber Ann, haben Sie noch nicht genug Abenteuer erlebt?", antwortete ich schmunzelnd.

„Ach, die Welt ist so groß. Da gibt es schließlich eine Menge zu erleben. Zunächst jedoch würde ich Sie gern nach Lindsay Castle einladen, auch wenn Onkel Daffy – äh – Onkel Da-Vid nicht anwesend ist, da er noch immer auf Kreta herumbuddelt." Sie blickte mir erwartungsvoll in die Augen.

„Geben Sie mir ein wenig Bedenkzeit", antwortete ich lächelnd. Die junge Frau war so ungestüm, denn wahrscheinlich freute sie sich allzu sehr auf ihre Heimat. Doch auch ich wollte gern in meine Heimat reisen, nach all den Abenteuern auf Kreta, in der ‚Nautilus' und im Kaukasus mit Old Firehand. Andererseits rührte mich die Erinnerung an den jungen Captain und ich fühlte mich verpflichtet, meinem Versprechen nachzukommen. Und ein Besuch auf Lord Lindsays Schloss wäre sicherlich interessant und zudem erholsam. Schließlich winkten dort keine todbringenden Gefahren, sondern der Luxus einer Aristokratenfamilie. Halefs Neugier auf das ferne England überwog letzten Endes den Wunsch, in die Heimat zu fahren. Also machten wir beide uns mit Ann Lindsay und Sofie Nelson per Bahn und Schiff und letztlich ab dem nordenglischen Ort Carlisle zu Pferd auf, um das Schloss unseres Freundes zu besuchen. Nach kurzem Weg trennten wir uns von den jungen Damen, die schon voraus nach Lindsay Castle reisten. Halef und ich wollten einige Zeit später nachkommen. Zunächst jedoch ritten wir Richtung Norden, überquerten die Reste des historischen Hadrianswalls und begaben uns in die Highlands von Schottland. Wir fanden MacLeans Familie, so wie der Captain es beschrieben hatte, in einem kleinen Ort am Meer. Noch immer war der Vater mit dem Bau von Booten beschäftigt und Seans jüngerer Bruder, von dem er mir nichts erzählt hatte, war ebenfalls ein tüchtiger Bootsbauer geworden. Es fiel mir schwer, die traurige Botschaft zu überbringen, welche die Mutter in Tränen ausbrechen ließ. Auch der Vater und der Bruder waren äußerst ergriffen. Ich berichtete ihnen, wie ich ihren Sohn kennengelernt hatte und dass er ein mutiger und ehrenvoller Soldat war sowie letztendlich auch ein treuer Freund. Sie beteuerten mir, dass sie schon längst keinen Groll mehr gegen ihn gehegt und ihn liebend gern wieder wohlauf in die Arme geschlossen hätten. Sein Tod würde eine Lücke in ihren Herzen zurücklassen, die nichts und niemand zu füllen vermochte. Die Briefe waren ihnen ein tiefer Trost. Zudem versicherte mir der Bruder, dass er die Schreiben an MacLeans große Liebe Claire gern nach Aberdeen bringen würde.

So verabschiedeten wir uns, ohne dass ich je erfahren hätte, was in diesen Briefen stand. Ich war mir jedoch sicher, dass MacLean darin Frieden mit seiner Familie und mit Claire geschlossen hatte, und hoffte für ihn, dass er nun auch in diesem Frieden ruhen konnte. In bedrückter Stimmung ritten Halef und ich zurück nach Süden Richtung Lindsay Castle.

Nach meiner Erzählung herrschte zunächst andächtige Stille, denn die Geschichte um MacLean rührte die Anwesenden offenbar. Nur Miss Shana fixierte mich mit ihrem dunklen geheimnisvollen Blick.

„Verzeihen Sie, Mister Kara, wenn wir Fremden gegenüber ein wenig misstrauisch sind, nach all dem, was geschehen ist."

„Ich kann Ihnen versichern, dass ich dem Hause Lindsay in Freundschaft verbunden bin."

„Aber Shana, Kara ist doch kein Fremder! Er ist Onkel DaVids guter Freund. Und auch ich bin froh, ihn einen Freund nennen zu können."

„Darf ich fragen, was Sie hier in dieses Schloss geführt hat oder überhaupt in dieses Land?", fragte ich. Obwohl ich im Gesicht der Frau keine Regung erkannte, so sah ich doch in ihren Augen eine gewisse Irritation.

Lady Anahita war es dann jedoch, die antwortete:

„Daran bin ich schuld. Auch wenn ich als Lady Angela Lindsay aufwuchs, so war mir stets bewusst, dass ich nicht wirklich vom Blut der Lindsays stamme. Es gab und gibt viele Gerüchte über meine Herkunft. Doch was wahr ist und was nicht, kann ich nicht oder noch nicht beurteilen. Einiges ist aber unübersehbar und das sind meine orientalischen Wurzeln. Obwohl mein geliebter Vater mir alle Informationen darüber vorenthalten hatte, so bin ich mir stets gewiss gewesen, dass meine Wiege in Persien stand. Zunächst hatte Vater meine Vermutung diesbezüglich nie bejaht, jedoch auch nie bestritten und das war mir vorerst Bestätigung genug. Letztes Jahr gab er meinem Drängen plötzlich nach und offenbarte mir, dass ich tatsächlich in Persien geboren wurde und mein eigentlicher Name Anahita – *Engel des Wassers* – sei. Um meine Identität zu vertuschen, hatte mein Vater mich Angela – *Engel* – genannt und so ins Geburtenregister eintragen lassen."

„Oh", entgegnete Ann, „das hast du uns verschwiegen. Ich dachte, du hättest dich selbst so genannt."

Anahita lächelte entschuldigend.

„Vater nahm mir das Versprechen ab, meine persische Herkunft zu verschweigen. Aber ich muss zu meinem Bedauern gestehen, dass ich das Versprechen gebrochen habe. Es nagte so sehr an mir, mehr über das Land und die Sprache zu erfahren, aus deren Schoß ich stamme, dass ich heimlich nach London fuhr und jemanden suchte, der mir die persische Sprache, Kultur und Geschichte nahebringt. In Diplomatenkreisen suchte ich möglichst unauffällig nach einer Lehrerin und diese fand ich schließlich wie durch Zauberhand in Shana. In den Monaten, seit Shana hier im Hause weilt, ist sie mir eine wahre Freundin geworden und weicht mir nicht von der Seite. Uns verbindet eine fast schwesterliche Liebe zueinander."

„Lady Anahita ist mir ans Herz gewachsen. Ich bin stets auf ihre Sicherheit und ihr Wohlergehen bedacht."

„Warum sind Sie auf ihre Sicherheit bedacht? Ich dachte, Sie seien ihre Lehrerin und nicht ihr Leibwächter." Ich wusste nicht zu sagen, warum, aber die junge Frau erschien mir auf seltsame Weise verdächtig. Ich spürte, dass sie etwas zu verbergen suchte.

Mister Doyle begann plötzlich zu lachen.

„Was erweckt Ihre Heiterkeit, Mister Doyle?", fragte die junge Frau. In ihren dunklen Augen blitzte es gefährlich auf.

„Entschuldigen Sie, aber das ist alles in höchstem Maße inspirierend. Mir scheint, hier soll ein Mord aufgeklärt werden, und in der Aufregung verdächtigen Sie sich alle gegenseitig. Das ist sehr spannend. Vielleicht sollten wir aber die Einzelheiten des Verbrechens zunächst auflisten, dann die Indizien ordnen und Spuren suchen."

„Ich habe dem nichts mehr hinzuzufügen", antwortete Shana und verließ eilig den Raum.

„Verzeihen Sie mir, Lady Anahita, ich hatte nicht vor ..."

„Schon gut, Mister Kara. I c h möchte mich entschuldigen für das ungewöhnliche Verhalten von Shana. Es ist mir schleierhaft, was in sie gefahren ist. Sonst ist sie eher still und zurückhaltend. Sie scheint eine Gefahr zu wittern, aber offensichtlich an der falschen Stelle."

Damit erhob sie sich und beeilte sich, ihre junge Freundin einzuholen.

„Wenn ich auch etwas zu dieser interessanten Unterhaltung beisteuern dürfte", begann Dr. Bell. „Auch wenn Miss Shanas Verhalten suggeriert, dass Mister Kara Ben Nemsi etwas mit dem Mord zu tun hätte, ist diese Verdächtigung natürlich unhaltbar. Er war zu dieser Zeit ja noch in Schottland unterwegs. Bei meinen Kooperationen, die ich mit Scotland Yard hege, ist mir zudem aufgefallen, dass Gift die Waffe der Frau ist. Somit würde ich die männlichen Bediensteten und den Kastellan als Mörder ausschließen." Er lachte. „Aber natürlich ist das rein spekulativ und auch Miss Shana hat keinesfalls etwas mit dem Tod unseres geliebten Earls zu tun. Ich habe sie in den letzten Monaten kennengelernt und sie war Lady Angela, oder besser gesagt, Lady Anahita immer eine gute Freundin. Trotzdem ist das hier eine faszinierende Situation und wir sollten tatsächlich, wie Mister Doyle vorgeschlagen hat, nochmals alle Indizien sammeln. Vielleicht kommen wir dadurch dem Geheimnis auf die Spur."

Ann erhob sich. „Verehrte Herren, ich bin im Moment sehr verwirrt. Ich glaube, die angespannte Lage der letzten Woche hat sich heute Abend bei einigen von uns in absurden Gedankengängen entladen. Ich denke, es ist das Beste, wenn wir uns jetzt alle zurückziehen. Der morgige Tag wird für uns nunmehr der schwerste werden, da wir meinen Großvater zu Grabe tragen müssen, und wir sollten bis dahin noch Kraft schöpfen." Eine Träne rollte über ihre Wange. Dann verließ sie mit Sofie an ihrer Seite den Raum.

„Ich glaube, wir sind hier heute Abend ein wenig zu weit gegangen", erklärte ich. „Sicherlich ist es vonnöten, den Mord an dem Earl of Lindsay aufzuklären, falls es wirklich einer gewesen sein sollte. Aber im Moment gilt es, die Trauer der Damen zu respektieren."

„Da mögen Sie Recht haben", antwortete der junge Doyle. „Doch sollte man die Spuren nicht erkalten lassen."

„Die Tat liegt über eine Woche zurück. Sämtliche Spuren sind schon erkaltet", warf ich ein.

„Nicht unbedingt. Wir könnten in den Papieren und Unterlagen des Lords forschen."

„Das scheint mir zwar eine gute Idee zu sein, doch der Zeitpunkt ist unpassend."

„Das ist wahr. Wir sollten zunächst die Beerdigung abwarten", erwiderte Doyle, „und eventuell auch die Augen offen halten. Denn der Mörder ..."

„... kommt oft an den Tatort zurück", ergänzte ich.

Doyle nickte lächelnd. „Womöglich sollten Sie keine Reiseerzählungen schreiben, lieber Kara Ben Nemsi, sondern Kriminalgeschichten."

„Das ist nicht mein Metier, Mister Doyle. Vielleicht könnten Sie sich dieses Genres annehmen?"

„Oh, ich bin Arzt und kein Schriftsteller. Aber, wer weiß, was das Leben für Überraschungen bereithält." Versonnen starrte er auf sein Glas in der Hand. „Ein Detektiv, der von einem Arzt unterstützt wird ...", murmelte er.

Wenig später begaben Halef und ich uns in eines der oberen Geschosse, um unsere Zimmer zu erreichen. Diesmal hatte ich eine Kerze dabei, um den Weg zu beleuchten.

„Mit was habt ihr die Damen verärgert, Sihdi? Ich habe nicht jedes Wort verstanden."

„Ich glaube, die Gefühle gehen gerade mit einigen von uns durch. Besonders, wie mir scheint, mit Miss Shana. So sehr sie sich auch um Lady Anahita bemüht, komme ich nicht umhin, sie verdächtig zu finden."

„Verdächtig? Inwiefern? Hat sie etwas mit dem Tod des Earls zu tun?"

„Ich weiß nicht, Halef. Doch ausschließen möchte ich es nicht."

Halef blieb abrupt stehen.

„Da, Sihdi! Siehst du es?"

Sein plötzlicher Ausruf ließ mich zusammenzucken.

Ein Tropfen Wachs löste sich von der Kerze in meiner Hand und fiel auf den Teppich des Gangs herab. Mein Gefährte stand stocksteif neben mir und starrte auf etwas im Flur. Ich blickte angestrengt in die Düsternis, konnte jedoch nur Ritterrüstungen im fahlen Licht des Kerzenscheins schimmern sehen sowie geschlossene Türen.

„Ich erblicke nichts, Halef", gestand ich.

„Da steht er, der Geist, das Gespenst, was weiß ich."

„Wo?"

„Fünf Meter vor uns, mitten im Gang."

Ich sah keine Menschenseele, so sehr ich mich auch bemühte. Das machte mir Sorge. Hatte Halef etwas Falsches gegessen oder getrunken? War darin möglicherweise eine Spur von dem Gift enthalten gewesen, welches den Earl getötet hatte, und bereitete nun meinem Freund Halluzinationen?

„Hörst du es wenigstens?", flüsterte er angespannt.

Ich lauschte. Und tatsächlich vernahm ich ein leises Klirren wie von Ketten; oder war es nur der Wind, der draußen über die Dächer fegte, oder meine Phantasie?

„Jetzt ist das Gespenst einfach durch eine Mauer gegangen. Verschwunden."

„Dann sollten wir nun auch verschwinden, Halef. Und zwar in unsere Zimmer."

„Ich denke, dass ich in der Nacht kein Auge zutun werde, wenn ein Gespenst hier herumgeistert."

„Wir lassen die Verbindungstür offen", versuchte ich meinen Freund zu beruhigen. Ich glaubte nicht, dass wirklich ein Geist hier sein Unwesen trieb, sondern dass Halef aus irgendeinem Grund in diesem Schloss halluzinierte.

„Auch wenn du mir nicht glaubst, Sihdi, so ist es doch wahr. Hier schleicht ein Gespenst durchs Haus. Und aus einem unerklärlichen Grund kann nur ich es sehen."

„Lass uns erst einmal ausschlafen, Halef. Morgen werden wir eine Erklärung dafür suchen."

Wir traten in unsere Zimmer und ließen die Verbindungstür geöffnet. Ich war durchaus müde und verfiel recht schnell in

Schlaf. Doch bevor ich ins Land der Träume abdriftete, hörte ich, wie Halef sich unruhig im Bett herumwälzte, und zwischen dem Rascheln seines Bettzeugs war mir, als würde ich das Klirren von Ketten vernehmen.

Drittes Kapitel
Abschied vom Earl of Lindsay

Am nächsten Morgen trugen Halef und ich die schwarzen Anzüge, welche uns Ann zurechtgelegt hatte. Die Größen stimmten ausgesprochen gut überein. Mein Freund hatte zudem seinen Turban gegen einen Fes getauscht. Trotzdem kamen wir uns seltsam kostümiert vor, mochten allerdings kein Aufhebens darum machen, schließlich stand die Beerdigung eines hohen Bürgers dieses Landes an. Überdies wollten wir Anns und Lady Anahitas Wünschen entsprechend gekleidet sein. Das Gespenst hatte offenbar Halefs Schlaf nicht gestört, da er es mit keinem Wort erwähnte. Auch hörte ich nichts, was mich an Kettengerassel erinnerte, jedoch eine Vielzahl von Stimmen. Das Schloss füllte sich mit Menschen, und als wir die gewundene Treppe hinunter in die Halle schritten, öffnete sich erneut die große Eingangstür, um einem weiteren Gast Einlass zu gewähren. Anscheinend hatte es zu schneien begonnen, denn der Wind trieb eine Wolke Flocken herein und mit ihr unseren Freund Sir David Lindsay. Sogleich kamen die beiden Damen des Hauses herbeigeeilt.

„O David. Es ist so furchtbar", hörte ich Lady Anahita schluchzen, als sie ihrem Bruder um den Hals fiel. „Ich mache mir Vorwürfe, dass ich nicht da war. Vielleicht hätte ich es verhindern können." Ihr schwarzes Haar war in Zöpfe geflochten und kunstvoll im Nacken drapiert. Sie war eine anmutige und zugleich geheimnisvolle Erscheinung, fast so wie ihre Lehrerin Shana, die ihr wie ein Schatten folgte.

„Anahita, ich weiß nicht, was ich sagen soll."

Der Lord umarmte auch Ann und gab Miss Shana die Hand. Dann schweiften seine Augen durch den Raum und er gewahrte mich und Halef auf der Treppe stehen. Ich bemerkte die Überraschung in seinem Blick. Eilig wollte ich die letzten Stufen hinuntergehen, um ihn zu begrüßen und ihm mein Beileid auszudrücken, doch schon war er umringt von Damen und Herren des britischen Adels. Seine Rührung über diese Zuwendungen war augenfällig und zugleich seine Überforderung mit dieser Menschenmenge.

„Sorry, my Ladys and my Lords, aber ich benötige ein wenig Zeit", bekundete er schließlich förmlich und löste sich aus der Schar der Trauergäste. Fast hastig entschwand er durch den Salon und eilte hinein in den Raum, in dem sein Vater aufgebahrt ruhte.

„Guten Morgen, Kara und Halef", begrüßte uns Ann. „Auch wenn der Morgen nicht wirklich gut ist. Ich habe ein Frühstück für euch richten lassen. Ausnahmsweise in der Küche, da der Speisesaal voll mit Trauergästen ist. Ich hoffe, es stört euch nicht."

„Gewiss nicht. Ich würde nur vorher gern Sir David begrüßen", erwiderte ich.

„Mein Onkel ist recht aufgelöst, glaube ich. Er hat sich bei seinem Vater eingeschlossen. Wir sollten ihm etwas Zeit zugestehen."

„Ja, da haben Sie Recht", antwortete ich mechanisch. Jedoch war mir nicht ganz wohl dabei, denn ich erinnerte mich an die Zeit auf der *Nautilus*. Als Kapitän Nemo das britische Patrouillenboot versenkt hatte und Sir David den Tod seiner Landsleute hilflos mitansehen musste, hatte er sich danach tagelang in seine Kabine zurückgezogen und war wie paralysiert gewesen. Ich wollte ihm heute gern als Freund zur Seite stehen, doch gleichzeitig auch nicht aufdringlich sein. Denn ich sah und spürte, dass Halef und ich hier nicht wirklich hingehörten. Diese Lords und Ladys lebten in einer anderen Welt als der, in welcher wir uns gewöhnlich bewegten. So begleiteten wir zunächst Ann in die Küche, um zu frühstücken. Dort trafen wir auf Dr. Bell und Mister Doyle. Ann verließ uns eilig wieder, anscheinend lag die Organisation der Beerdigung hauptsächlich in ihren Händen. Lady Anahita war, so schien mir, in ihrer Trauer um den Vater noch ebenso gefangen wie unser Freund Sir David. Ich machte mir Sorgen um ihn.

„Mister Kara", riss mich Doyle aus meinen Gedanken, „heute ist es unpassend, aber morgen würde ich gern im Schloss auf Spurensuche gehen. Mögen Sie mich dabei begleiten?"

„Sehr gern. Auch ich habe großes Interesse daran, den Tod des Earls aufzuklären – schon meines Freundes Lord Lindsays wegen."

„Earl", korrigierte mich Dr. Bell, „Sir David ist seit dem Tod seines Vaters nun der Earl of Lindsay."

„Da haben Sie Recht. Daran muss ich mich erst gewöhnen."

Ich fragte mich, wo Anns Eltern waren. Sie waren mir hier im Schloss noch nicht vorgestellt worden. Als ich die ballonfahrende Ann damals im Zagros-Gebirge kennengelernt hatte, da hatte sie angedeutet, dass ihr Vater den Titel erben würde und Sir David so etwas wie das schwarze Schaf der Familie sei. Später hatte mich David darüber aufgeklärt, dass er der Ältere sei, aber um seinen Bruder Thomas machte auch er ein Geheimnis.

„Wo befinden sich eigentlich Sir Davids Bruder Thomas und seine Frau? Nehmen Anns Eltern nicht an der Beerdigung teil?", fragte ich neugierig.

Bell räusperte sich und ich spürte, dass er verlegen war.

„Niemand spricht gern darüber. Man munkelt nur, dass Sir Thomas seit damals – äh – seit geraumer Zeit in Indien diene."

Da dieses Thema scheinbar sehr heikel war, wollte ich nicht länger bohren und zügelte meine Neugier. Auch wenn ich gern gewusst hätte, was d a m a l s passiert war. Ann schien die Angelegenheit auf ihre ganz persönliche Art zu verarbeiten und nun wusste ich, dass ich mir nie sicher sein konnte, ob dass, was sie über Ihre Eltern preisgab, der Wahrheit entsprach.

Wenig später begaben wir uns in den Salon, der mit Menschen bevölkert war, dass es mir fast die Luft zum Atmen nahm. Überhaupt war das gesamte untere Geschoss des Schlosses völlig überfüllt. Sir David konnte ich jedoch nirgends ausmachen. Als ich in dem Getümmel endlich Ann wahrnahm, die gerade mit einigen Damen und Herren sprach, und sich unsere Blicke zufällig trafen, nickte sie bedeutungsvoll in Richtung des Trauerzimmers. Ich sah, dass dessen Tür verschlossen war, und folgerte, dass sich mein Freund noch immer dort verschanzt hielt. Also trat ich an die Tür und klopfte. Ich lauschte angespannt, bekam jedoch keine Antwort. Vorsichtig drückte ich die Klinke herunter und war überrascht, dass sie sich öffnen ließ. So schob ich leise die Tür auf und ein Strahl von Licht fiel in den düsteren Raum. Sir David kniete am Sarg seines Vaters und hatte die Stirn auf die geballten Fäuste gestützt. Als er mein Eintreten registrierte, hielt er wie abwehrend, allerdings ohne aufzublicken, eine Hand in meine Richtung. Ich schloss die Tür hinter mir und der Lichteinfall aus dem Salon sowie die Geräusche der gedämpften Unterhaltungen versiegten.

Lindsay sah auf.

„Ach, Ihr seid es, Kara", murmelte er.

„Ich habe mir Sorgen gemacht."

Sir David schaute mich überrascht an. Ich bemerkte seine geröteten Augen, deren Blick allerdings nicht abwesend wirkte wie auf der *Nautilus*, sondern wach. In diesem Moment stand er auf und strich den schwarzen Gehrock glatt.

„Keine Sorge, my friend. Ich habe nur etwas Zeit benötigt, um mich von meinem Vater zu verabschieden. Es besteht kein Grund, sich um mich Gedanken zu machen. Doch ich danke Euch, denn Ihr seid ein treuer Freund." Er kam auf mich zu und umarmte mich herzlich. „Wieso seid Ihr eigentlich hier? Ich war sehr überrascht, Euch zu sehen."

„Diesen Umstand haben wir Ann und Captain MacLeans Briefen zu verdanken."

„Well, so habt Ihr also Euer Versprechen eingelöst?"

„So ist es und nun gilt es Euren Vater zu betrauern. Das tut mir aufrichtig leid."

„I can't believe it. Ich bin noch immer fassungslos. Und doch keimt in mir ein weiteres Gefühl auf, dessen ich nicht recht Herr werde." Sir David ballte die Hände zu Fäusten. „Es ist Wut, Wut auf den feigen Mörder, der diesen noblen Menschen in sein Grab beförderte."

„Das kann ich durchaus verstehen", antwortete ich, und bevor ich tröstende Worte fand, kam Ann herein.

„Onkel, der Bestatter wartet. Der Sarg muss geschlossen werden", flüsterte sie fast schüchtern.

Sir David nickte und trat einige Schritte zurück. Ich stellte mich an seine Seite und wir beobachteten, wie der Deckel aufgelegt wurde und das Angesicht des Earls für immer diese Welt verließ. Von draußen erklangen die melancholischen Töne eines Dudelsacks. Der Bestatter legte den Union Jack über den Sarg und vier Träger hoben ihn hoch und trugen ihn auf ihren Schultern hinaus. Die Musik schwoll an und ich erkannte die Melodie von „Auld Lang Syne".

„Sollte alte Freundschaft schon vergessen sein?", rezitierte Sir David neben mir tonlos den Text. Mit etwas lauterer Stimme fügte er zu meiner Überraschung hinzu: „No, das ist sie nicht. So wenig wie die Liebe, die Liebe Eures Sohns. Ich werde Euren Mörder finden und zur Strecke bringen, Vater."

Der Sarg des verstorbenen Earls wurde durch den mit einer dünnen Schneeschicht bedeckten Park getragen. Dahinter folgten Sir David, Lady Anahita und Ann. Die Melodie des Abschiedslieds hallte von den verschneiten Bäumen des angrenzenden Waldes wider. Ein langer Trauerzug schritt hinter der engsten Verwandtschaft des Earls her. Halef, Dr. Bell, Mister Doyle, Shana, Sofie und ich hielten uns am Ende des Zugs auf. Wir waren zwar enge Freunde, doch nicht verwandt. Bis auf das Dudelsackspiel herrschte bedrückende Stille. Niemand sprach ein Wort und kein Vogel sang in den Zweigen der Büsche. Nur unsere Schritte knirschten im Schnee, als ich plötzlich

Hufgetrappel vernahm. Ich blickte mich um und gewahrte eine prunkvolle Kutsche, welche die Auffahrt heraufkam, gezogen von vier prachtvollen schwarzen Pferden sowie eskortiert von Reitern der Household Cavalry. Sofort wurde mir bewusst, dass sich königlicher Besuch näherte. Der Trauerzug stoppte in seiner Bewegung und alle Blicke richteten sich auf die Karosse. Der Schlag wurde von einem Diener in royaler Livree geöffnet, ein Teppich von der kleinen Treppe unter der Tür in Richtung des Parks entrollt. Heraus trat zunächst ein Herr in dunklem Anzug. Er hielt seine Hand jemandem entgegen und schließlich entstieg dem goldgeschmückten Gefährt eine Dame in schwarzem Kleid und ebenfalls schwarzer Pelzstola. Ich war durchaus überrascht, denn jene Lady war niemand Geringeres als Queen Victoria höchstpersönlich – das Oberhaupt des Empire. Das Erstaunen über diesen königlichen Besuch breitete sich sogleich als Raunen in der Menschenmenge aus. Ich beobachtete, wie die Königin über den Teppich schritt, welcher natürlich nur von symbolscher Gestalt sein konnte und weniger von praktischer, da er nach einigen Metern endete. Ungeachtet dessen ging sie weiter in Richtung des Sargs über den verschneiten Rasen, auf dem die Schleppe ihres Kleides eine breite Spur hinterließ. Sir David und Lady Anahita lösten sich aus der Trauermenge und kamen der Queen entgegen, welcher einige Herren in dunklen Mänteln sowie zwei bewaffnete Soldaten der Leibwache folgten. Lindsay verbeugte sich und Anahita verneigte sich mit einem tiefen Knicks vor ihrer Monarchin. Beide begrüßten die königliche Majestät zudem mit einem Handkuss und ich sah, wie die Königin mit ihnen sprach, konnte aus der Entfernung jedoch nichts verstehen. Schließlich bot der neue Earl of Lindsay seiner Regentin den Arm und die drei begaben sich an den Anfang des Trauerzugs. Die Herren und die Leibgarde folgten in einigem Abstand.

„Welche Ehre", murmelte Doyle neben mir. „Die Königin persönlich erscheint auf der Beerdigung des Earls."

„Das ist in der Tat eine noble Geste von unserer Regentin", flüsterte Dr. Bell. „Ich weiß, dass der verstorbene Earl vor vielen Jahren irgendwo als Botschafter der Queen tätig war. Möglicherweise ist das der Grund, warum sie sich persönlich von ihm zu verabschieden wünscht."

Erneut setzte das Dudelsackspiel ein und die Herren verstummten. Vor uns zwischen den Bäumen erhob sich ein Grabmal, in welchem der Earl neben seiner geliebten Frau beigesetzt werden sollte. Weiße Säulen stützten ein tempelartiges Dach. Zwei marmorne Engel bewachten die Grabstätte der Lindsays, zu deren Füßen ein steinerner Löwe ruhte. Die Trauergäste versammelten sich davor und ein Geistlicher sprach über James Aberforth Lindsays Leben, seine Verdienste und Taten. Ich konnte nicht alles verstehen, da ich zu weit entfernt stand, und meine Gedanken schweiften ab. Ich grübelte darüber nach, warum die Queen persönlich auf dieser Beerdigung erschienen war. Dies kam mir eher ungewöhnlich vor. Auch wenn der Earl irgendwann einmal als Botschafter für sie in irgendeinem Land tätig gewesen war, so hatte Sir David nie erwähnt, dass seine Familie enge Beziehungen zu London und der Monarchin unterhielt.

Ein Trompetensignal riss mich aus meinen Gedanken und ließ mich aufblicken. Der Sarg wurde in die Gruft getragen und nur der Geistliche, Sir David, Lady Anahita, Ann, die Queen und einer ihrer Begleiter folgten hinein. Der Trompeter schmetterte seine Melodie „The Last Post" durch den Park. Er trug die Uniform der Household Cavalry und war somit offensichtlich von der Königin beauftragt. Wahrscheinlich wollte sie dem Earl damit besondere Ehren zuteilwerden lassen, denn dieses Signal wurde meines Wissens nach nur bei militärischen Begräbnissen oder Zeremonien zum Gedenken an im Krieg gefallene Soldaten des Empire gespielt. Die Töne schwebten über die Menschenmenge hinweg und prallten gegen die Bäume und Mauern des Schlosses, von wo sie zu uns zurückkehrten und wie ein kalter Schauer durch meine Kleidung drangen.

„Ich kann ihn wieder sehen", flüsterte Halef.

„Wen?"

„Den Geist."

„Wo ist er?"

Halef blickte angestrengt zu dem Grabmal hinüber. „Er hockt neben einem der Engel."

„Was tut er?"

„Ich glaube, er weint."

„Er weint?", fragte ich erstaunt. „Ich sehe nur eine kleine Eule auf dem Kopf eines der Engel."

„Die sehe ich auch", murmelte Doyle. „Obwohl ich nicht an so etwas glaube, kommt mir gerade der Gedanke, dass man Eulen auch *Totenvögel* nennt und ihnen die Bedeutung zuschreibt, dass sie die Seelen der Verstorbenen holen."

„Man sagt auch von ihnen, dass sie Hexenboten seien", antwortete ich etwas sarkastisch.

Doyle zuckte mit den Schultern. „Vielleicht gibt es hier eine Hexe. Wer weiß. Wenn es einen Geist gibt, warum nicht auch eine Hexe?"

„Psst!" Ein älterer Mann mit grauem Bart drehte sich mit finsterer Miene zu uns um.

Ich nickte ihm entschuldigend zu und er wandte sich mürrisch grummelnd von mir ab. Angestrengt suchte ich nochmals nach Halefs Sichtung, aber auch diesmal war für mich nichts von dem Geist zu erkennen. Selbst die Eule war nun verschwunden.

Die Zeremonie zog sich geraume Zeit hin, und als sich schließlich die Trauergesellschaft zurück ins Schloss begeben hatte, schienen die meisten recht durchgefroren zu sein. Die Dienerschaft hatte glücklicherweise sämtliche Kamine befeuert und im Speisesaal auf einer langen Tafel allerlei Gerichte zur Stärkung aufgetischt. Stühle, Sessel, Sofas und Recamieren gruppierten sich dicht bei den wärmenden Feuern und waren sogleich von den Damen der Gesellschaft belegt. Die Herren standen ebenfalls nahe der Feuerstellen, mit Suppentellern oder Tassen mit dampfendem Tee in der Hand. Einer der Kamine im Salon war durch zwei Soldaten der Household Cavalry abgeschirmt und in diesem etwas privateren Bereich saß die Königin in einem Sessel. Ihr schwarzes Kleid bauschte sich um ihre Sitzgelegenheit wie eine dunkle Wolke, die von Unwetter kündet. Hinter ihr hatte sich einer ihrer Begleiter postiert; vielleicht ein Minister, mutmaßte ich. Vor ihr saßen Sir David und Lady Anahita auf einem Sofa. Sie waren mit der Monarchin in ein Gespräch vertieft, welches ich jedoch nicht hören konnte.

„Was meinst du, Sihdi, was es mit dem Geist auf sich hat?"

„Ich habe keine Ahnung. Wenn du gesehen hast, dass er weint, dann hat er möglicherweise den Tod des Earls betrauert. Durchaus seltsam."

„Ich denke, dass er nicht gefährlich ist. Warum, kann ich nicht sagen. Doch ich spüre es."

„Das ist zumindest eine positive Erkenntnis. Aber ich muss zugeben, dass ich noch ein wenig skeptisch bin, was die Existenz dieses Wesens angeht."

„Du glaubst mir nicht?" Halef schmollte.

„Ich glaube dir. Ich bin sogar überzeugt davon, dass du etwas siehst, doch kann ich mich nicht mit dem Gedanken anfreunden, dass hier ein Gespenst im Schloss herumläuft. Das hört sich für mich irgendwie märchenhaft an."

Halef zuckte mit den Schultern.

In diesem Moment sah ich aus den Augenwinkeln heraus, dass sich Lady Anahita erhob und von Queen Victoria verabschiedete. Sie kam zielstrebig auf mich zu.

„Mister Kara, Ihre Königliche Hoheit hätte Sie gern gesprochen."

Ich war höchst erstaunt. Was konnte die Herrscherin des Vereinigten Königreichs von mir wollen? Es blieb mir allerdings nichts anderes übrig, als der Aufforderung der Monarchin nachzukommen. Ich dankte Sir Davids Schwester für die Auskunft und begab mich in den abgeschotteten Bereich vor dem Kamin. Die Königin reichte mir die Hand und nun kam ich um eine Verbeugung und einen Handkuss nicht herum. Es lag mir fern, die Regentin dieses Landes durch ungebührliche Manieren zu beleidigen.

„Ihr seid also Kara Ben Nemsi", stellte sie lächelnd fest.

„Der bin ich, Eure Majestät."

„Bitte nehmt Platz."

„Danke." Ich setzte mich neben Sir David auf das Sofa.

„Kara Ben Nemsi, der Abenteurer und Schriftsteller, von dem mir meine Freundin, die Königin Marah Durimeh, so viel erzählt hat."

„Ma'am stehen in Kontakt mit Marah Durimeh?"

„Ja, wir haben Mittel und Wege, miteinander zu kommunizieren", antwortete die Queen kryptisch.

Ich wagte nicht, weiter nachzufragen, doch war ich mir sicher, dass sie keine gewöhnliche Telegrafenverbindung damit meinte.

„Nun", erwiderte ich, „wenn Eure Majestät das nächste Mal mit Marah Durimeh sprechen, so würde ich mich freuen, wenn Ma'am ihr meine Grüße übermittelten."

„Das werde ich sehr gern tun."

„Darf ich fragen, Ma'am, mit welcher Ehre wir es verdienen, dass Ihr persönlich von meinem Vater Abschied nahmt?", fragte Sir David neben mir.

„Natürlich dürft Ihr, Lord Lindsay." Die Queen lächelte freundlich. „Euer Vater, Lord James Aberforth 15. Earl of Lindsay war ein guter Freund von mir. Ich bin äußerst erschüttert über seinen Tod."

„Mein Vater erwähnte nie, dass er Euch so nahe stand."

„Es ist schon sehr lange her, Ihr wart noch ein Knabe, da war Euer Vater mein Botschafter beim Schah von Persien. Erinnert Ihr Euch nicht an diese Zeit?"

„Doch, Ma'am, ich besinne mich nebelhaft. Es liegt so viele Jahre zurück und die Erinnerung ist stets wie mit einem dunklen Schatten getrübt."

„Auch ich war damals noch eine junge Frau und sehr dankbar für solche loyalen Männer wie Euren Vater. Er vertrat mich würdig im Orient. Den damaligen Regenten von Persien, Mohammad Schah, konnte er als seinen Freund bezeichnen. Umso mehr erstaunte es mich, als Lord Lindsay 1840 seine diplomatische Mission überstürzt abbrach."

Sir David fuhr sich mit den Fingern durchs Haar.

„Jetzt keimen bruchstückhafte Erinnerungen in mir auf. Mein Vater schickte mich, meinen Bruder Thomas und meine Mutter urplötzlich nach England zurück. Den Grund habe ich nie erfahren. Ich weiß jedoch noch, dass mir damals, als unerfahrenem zwölfjährigen Jungen, der ich war, die Umstände der unerwarteten und abrupten Rückkreise Furcht bereiteten."

„Ich weiß nicht viel darüber, was damals geschah", entgegnete die Königin. „Doch Euer Vater folgte Euch wenig später auf geheimen Wegen bis zurück nach Lindsay Castle. Mir war, als floh er vor etwas oder jemandem, um sich dort in seinem Schloss einzuigeln und es in den folgenden Jahren kaum zu verlassen. Nur einmal kam er zu mir nach London in den Buckingham Palast und offenbarte mir einen Teil des Geheimnisses, das ihn umgab. Das war direkt nach seiner Flucht aus Persien, als er mich gebeten hatte, ihn von seinem Amt als Botschafter zu entbinden."

Sir David beugte sich erwartungsvoll nach vorn. Auch ich lauschte gebannt den Worten der Monarchin. Der Bereich um den Kamin herum war so weit abgeschottet, dass nur wir zwei vernehmen konnten, was die Queen berichtete, denn selbst ihr Minister war, nach einem fast unsichtbaren Wink der Königin, ein Stück zurückgetreten. Das Feuer knisterte leise und die gedämpften Geräusche der Gespräche im Salon verschwammen in meinen Ohren zu einem undefinierbaren Rauschen.

„Lord Lindsay vertraute mir an, er habe auf Bitten des persischen Regenten ein neugeborenes Mädchen mitgebracht, also Eure Schwester Anahita, die er damals jedoch Angela nannte", begann die Queen zu berichten. „Dabei handelte es sich um eine illegitime Tochter des Schahs. Der Earl musste mit ihr im Auftrag des Schahs aus Persien fliehen. Er sollte sie hier anonym in Sicherheit bringen, da ihr sonst der Tod drohte. Warum und welche Zusammenhänge das hatte, weiß ich leider auch nicht. Ich hatte ihm versprochen, Stillschweigen zu bewahren. Doch heute habe ich dieses Schweigen gebrochen, da ich eine Gefahr heraufziehen sehe und einen Schatten, der sich über Lindsay Castle senkt. Die Umstände des Todes meines treuen Earls sind ungeklärt und bergen Böses. Ich halte es deshalb für meine Pflicht, Euch alles zu berichten, was ich weiß, damit Ihr Eure Familie schützen könnt, Lord Lindsay."

„Ich bin Euch zu großem Dank verpflichtet, Eure Majestät, dass Ihr mir all dies erzählt. Mein Vater hat sich stets in Schweigen gehüllt bezüglich meiner Schwester Anahita. Er war bemüht, dass niemand außerhalb der Familie von ihrer Existenz erfuhr, und selbst wir, die Familie, hatten keine Kenntnis davon, was es mit ihr auf sich hatte. Eine uneheliche Tochter, ein geraubtes Kind, ein Findelkind, irgendeine politische Intrige?"

„Nun wisst Ihr einen Teil des Geheimnisses, Lord Lindsay. Euer Vater wollte Euch und die Seinen nur schützen."

„Habt Ihr meiner Schwester berichtet, dass sie eine uneheliche Tochter des Schahs von Persien ist?"

„Nein, es soll in Eurem Ermessen liegen, ob oder wann Ihr es für richtig haltet, Lady Anahita ihre Herkunft zu offenbaren."

Lindsay nickte.

„Glaubt Ihr, Ma'am, dass der Tod meines Vaters etwas mit Angelas – ich meine Anahitas – geheimer Herkunft zu tun hat?"

„Das befürchte ich. Warum sollte sonst jemand in dieses Schloss einbrechen und den Earl auf hinterhältige Weise töten? Es liegt nun an Euch, dieses Geheimnis zu lüften." Queen Victoria erhob sich. Sie nickte Sir David und mir verschwörerisch zu. Dann schritt sie, eskortiert von den Soldaten und dem Minister, durch den Salon. Die Menge teilte sich, bildete eine Gasse und die Anwesenden verbeugten sich vor der hinauseilenden Monarchin. Mein Freund blickte ihr bedrückt hinterher.

„Was habt Ihr nun vor, Sir David?"

„I don't know. Ich muss das alles erst einmal überdenken. Diese Offenbarungen der Queen muss ich zunächst verdauen. Und doch kommt nicht alles unerwartet, was sie sagte, denn Angela hat es tief in sich geahnt. Sie wusste, dass sie persische Wurzeln hat, verlangte nach einer Lehrerin für Persisch und persische Kultur und nannte sich schließlich Anahita."

„Die Frage jedoch ist, ob der Tod Eures Vaters tatsächlich damit in Zusammenhang steht", murmelte ich nachdenklich.

„Dem werden wir bald auf die Spur gehen", hörte ich neben mir eine Stimme. Es war Doyle. Er streckte dem neuen Earl of Lindsay die Hand entgegen. „Wir sind uns noch gar nicht vorgestellt worden, Lord Lindsay. Ich bin Arthur Conan Doyle, der Assistent von Dr. Bell."

„Oh, I understand", nickte Lindsay und erwiderte den Händedruck. „Dr. Bell war ein guter Freund meines Vaters. Wo ist er?"

„Ich habe ihn leider in dieser Menschenansammlung aus den Augen verloren", gestand Doyle. „Doch mit ein paar Überlegungen finden wir ihn sicher schnell."

„Wie meint Ihr das?", fragte ich interessiert.

„Man muss stets die Augen offen halten und die vielen Kleinigkeiten, die man sieht, in Beziehung setzen."

Lindsay zog bei Doyles Worten die Brauen hoch.

„Dr. Bell lehrte mich diesen Blick auf die Dinge. Er ist ein Künstler der Kombinationsgabe und ich versuche, ihm nachzueifern."

„Dann geben sie uns gewiss eine Kostprobe Ihrer Kunst?", fragte ich.

„Ich werde es versuchen." Doyle grinste siegessicher. „Nun, dann rekapitulieren wir: Dr. Bell raucht gern nach der Arbeit eine Zigarre. Zwar hatte er hier keine Arbeit zu verrichten, aber die Beerdigung ist mit einer gewissen Anspannung verbunden, wie seine tägliche Arbeit auch. Wir sehen, dass hier aus Rücksicht auf die Damen niemand raucht. Zudem ist Dr. Bell sehr neugierig und würde sicherlich gern den Mord am Earl of Lindsay aufklären. Also, wo könnte er sich demnach aufhalten?"

Ich zuckte mit den Schultern. „Verraten Sie es uns!"

„Ich denke, er ist im Arbeitszimmer des verstorbenen Earls zu finden."

„Well, das lässt sich leicht nachprüfen", meinte Sir David und bahnte sich einen Weg durch die Schar der Trauergäste. Doyle und ich folgten ihm. Halef war nicht zu sehen und ich nahm an, dass er mit Ann im Haus unterwegs war oder irgendwo seinen Geist getroffen hatte. So eilten wir drei die Treppe hinauf, bogen nach links in den Gang, passierten eine Reihe glänzender

Ritterrüstungen und standen vor der prunkvoll geschnitzten Eichentür des Arbeitszimmers. Reliefs von Jagdszenen waren in das mächtige Türblatt geschnitzt. Es stand einen Spalt breit offen und ein schwacher Lichtschein trat daraus hervor. Lindsay drückte die Tür auf und wir traten ein. Verblüfft blieben wir stehen und starrten auf einen Dr. Bell, der auf allen vieren neben dem Schreibtisch zugange war. Überrascht sah er zu uns auf.

„Kein Blut", vermeldete er, erhob sich etwas umständlich, streifte den Gehrock glatt und beugte sich mit einer Lupe bewaffnet über die Tischplatte.

„Ich wusste es", triumphierte Doyle.

„Was wussten Sie?", fragte Bell, ohne aufzublicken.

„Dass Sie Ihre Neugier nicht zügeln können und hier auf Spurensuche gegangen sind, und", Doyle wies mit der Hand auf einen Aschenbecher, in dem eine noch glimmende, halbgerauchte Zigarre lag, „dass Sie hier Ihrem Laster frönen."

„Sehr gut kombiniert, Doyle." Dr. Bell strich ein Mittel aus einem Reagenzglas auf einen Bereich der Tischplatte. Dann verschloss er das Röhrchen wieder und verstaute es in seiner Jackentasche.

„Was genau untersuchen Sie da?", fragte ich wissbegierig.

„Ich suche nach Blutspuren."

„But – aber mein Vater wurde vergiftet. Wieso sollte es Blutspuren geben?"

„Diese könnten uns offenbaren, ob ein Kampf stattfand oder ob der Mord hinterhältig geschah." Bell besah sich den präparierten Bereich mit der Lupe.

„Well, I understand. Und? Was konnten Sie herausfinden?"

„Nichts, mein Freund. Leider gibt es kein Blut. Auch keine anderen Spuren, wie etwa Abdrücke schmutziger Stiefel auf dem Teppich. Wurde hier schon gereinigt?"

„No, Ann versicherte mir, dass niemand den Raum berührt hat", antwortete Lindsay.

„Dann muss der Mörder ein Schatten gewesen sein, der keinerlei Spuren hinterließ." Resigniert ließ Dr. Bell die Hand mit der Lupe sinken.

„That's not enough. Das reicht mir nicht. Aber es ist spät. Vertagen wir unsere Untersuchungen auf morgen, meine Herren." Lindsay hielt sich den Kopf.

Der Tag war anstrengend gewesen und mein Freund benötigte sichtlich Ruhe. So verließen wir das Arbeitszimmer, um zurück in den Salon zu gehen, denn die Geräusche aus dem Parterre zeugten von allgemeiner Aufbruchstimmung. Das Fenster in der Tür, welche zu einem Balkon führte, offenbarte uns dunkle Nacht. Mir war, als hätte ich den Schatten einer Eule vorbeigleiten gesehen. Aus der Finsternis des rechtsseitigen Gangs trat plötzlich Shana, Anahitas Lehrerin, hervor wie ein geräuschloser Schatten. Sie nickte uns grüßend zu und huschte grazil vor uns die Treppe hinunter, an deren Fuß wir Ann sahen, die mit Lady Anahita die Gäste verabschiedete. Der neue Earl of Lindsay begab sich zu den beiden Frauen und tat seine Pflicht als Hausherr, bis der letzte Trauergast verabschiedet war.

Das Feuer knisterte im Kamin. Sir David stand davor und stützte sich an der steinernen Ummauerung ab. Sein Blick war nach oben gerichtet. Über der gemauerten Feuerstätte hing ein großes Gemälde von seinem Vater. Der verstorbene Earl stand dort ebenfalls an den Kamin gestützt und blickte würdevoll auf uns herab. Zu seinen Füßen lag ein Hund, der offensichtlich auch nicht mehr lebte, da ich ihn im Schloss nicht gesehen hatte.

„Terrible. Ich mache mir Vorwürfe, dass ich nicht da war, als der Anschlag auf meinen Vater geschah." Sir David seufzte.

Unser Lord, der nun der 16. Earl of Lindsay war, tat mir leid.

„Ich bin überzeugt davon, dass der Mörder so geschickt vorgegangen ist, dass es von niemandem zu verhindern gewesen wäre. Selbst Dr. Bell konnte keine Spuren finden."

„Thanks, lieber Kara. Ihr wollt mich trösten. Das weiß ich zu schätzen, doch ich hätte nicht ständig den Abenteuern hinterherjagen sollen."

„Diese Vorwürfe sind gänzlich unangebracht, lieber Bruder. Dein Vater hat so gelebt, wie er es für richtig hielt, und auch du hast das Recht, dein Leben nach deinen Wünschen zu gestalten.

Er war stets stolz auf dich. Vorwürfe könnte sicherlich ich mir machen, da ich mit Shana in London weilte, als das Unglück geschah." Anahita nahm liebevoll Sir Davids Hand in die ihre.

„Onkel Daffy, Großvater war wirklich sehr stolz auf deine Abenteuerlust. Er erzählte mir einmal, dass er als junger Mann genauso war wie du. Doch irgendwann muss etwas passiert sein, was ihn dazu veranlasste, das Schloss nur noch selten zu verlassen. Er hat mir sein Geheimnis leider nie offenbart", sagte Ann, die in einem der großen Sessel nahe des Feuers Platz genommen hatte.

„This is true, liebe Ann. Auch ich habe erst heute einige Puzzleteile von der Queen erhalten."

In diesem Moment kam Halef in den Salon und wedelte mit einem Stück Papier herum.

„Ich habe noch nie eine Postkarte verschickt, Sihdi. Diese hier habe ich während unserer Reise nach Schottland an einem Bahnhof erstanden." Er zeigte mir eine Ansichtskarte von London. Die Rückseite war noch unbeschrieben, nur die Briefmarke klebte bereits an ihrer vorgesehenen Stelle. Sie zeigte die Queen. „Was muss ich darauf schreiben, damit sie Hanneh erreicht?", fragte er mich.

Bevor ich antworten konnte, entriss Sir David dem verdutzt dreinblickenden Halef die Karte und warf sie ins Kaminfeuer.

„For heaven's sake! Um Himmels Willen, Halef. Das ist Hochverrat. Darauf steht die Todesstrafe!"

Halefs Kinnlade klappte nach unten. „Auf das Schreiben von Postkarten?"

„No, auf das Verunglimpfen der Queen", erwiderte Sir David.

„Aber ich habe doch gar nichts mit der Königin angestellt." Halef blickte verwundert auf das Papier, welches die Flammen gerade verzehrten.

„Die Briefmarke stand kopf. Dies kann man als Zeichen deuten, dass Sie die Monarchie absetzen wollen."

„O Sir David, ich glaube nicht ...", wollte ich Halef beistehen. Da bemerkte ich, wie der Earl ein wenig in sich zusammensank.

„Ihr habt Recht, Kara, die Pferde sind mit mir durchgegangen. Sorry, lieber Halef, natürlich ersetze ich die Postkarte."

Halef nickte nur. Er verstand genauso wie ich, dass Sir David momentan emotional stark belastet war. Ich hatte zwar auch schon davon gehört, dass das Aufkleben der Briefmarke verkehrt herum als Landesverrat gedeutet werden konnte, jedoch wagte ich zu bezweifeln, dass dies ohne irgendein weiteres Indiz tatsächlich gleich als solcher ausgelegt würde. Nun ja, es gab überall auf der Welt gewisse Legenden und Mythen, an denen die Menschen festhielten. Wahrscheinlich gehörte die Sache mit der Briefmarke auch dazu.

Viertes Kapitel
Assassinen

Der Wind pfiff um die Zinnen, Giebel und Dächer von Lindsay Castle, doch schien sich nichts zu bewegen. Alles wirkte wie zu Eis erstarrt. Ich stand auf der Dachterrasse über dem Speisesaal und stierte durch die Finsternis der Nacht hinaus in den Park. Ob die eisigen Steine der Brüstung durch meine Hände die Kälte in mich hineinleiteten, oder ob es die dramatischen und unheimlichen Umstände waren, die mir hier in Gestalt eines Mords und eines Schlossgespensts begegneten – ich wusste es nicht. Ich spürte nur dieses lähmende kalte Gefühl in mir. Von Zeit zu Zeit lugte der fast noch volle Mond hinter einer der dunklen Wolken hervor, die über den Himmel jagten und mir den Blick auf die Sterne verwehrten. Sein Licht tauchte die nordenglische Landschaft in silbrigen Glanz. Über der weiten Rasenfläche in der Tiefe leuchtete matt die zarte Schneedecke wie ein Leichentuch, wogegen an der westlichen Seite des Parks die Trauerprozession einen breiten Pfad in ihr hinterlassen hatte. Auch der angrenzende Wald verbarg sein Angesicht unter einer glitzernden pudrigen Schicht. Stille umgab mich und drückte mich nieder wie eine tonnenschwere Last. Nur der Schrei eines Nachtvogels durchbrach diese hin und wieder, dass es mir einen Schauer über den Rücken jagte.

Der Besuch auf Lindsay Castle hatte sich ganz anders gestaltet als erhofft. Unerwartet begrüßte uns hier der Tod, und das unverhoffte Wiedersehen mit Sir David war von dunklen Schatten getrübt. Das Gefühl der Trauer über einen schmerzlichen Verlust hatte ich eigentlich in Schottland hinter mir lassen wollen, doch das war mir nicht vergönnt gewesen. Das Schicksal traf den Reisenden oft unvermutet auf seinen verschlungenen Wegen und manchmal materialisierte sich die Bedrohung bis zur fast greifbaren Existenz. So nun auch hier.

Derart grübelte ich vor mich hin hoch über dem Park des Schlosses meines englischen Freundes zu nachtschlafender Stunde. In tiefster Einsamkeit stand ich da, als mich ein anderer Laut als der einer Eule zusammenzucken ließ. Es war der Schrei einer Frau und ich wähnte, Anahita darin zu erkennen. Reflexartig wandte ich den Kopf nach oben zum Balkon der Schwester Sir Davids. Und tatsächlich stand die Tür offen. Eine Gestalt wand sich behände von der Brüstung hinauf und erklomm in Windeseile die Mauer zum Dach. Der Mond beleuchtete ihre eng anliegenden weißen Gewänder. Doch war ich mir sicher, dass es sich um einen Menschen und nicht das sagenhafte Schlossgespenst Halefs handelte. Aber ich konnte meinen Augen kaum trauen, mit welchem Wagemut dieser Einbrecher – und für etwas anderes konnte ich ihn nicht halten – über die Giebel rannte, fast von Zinne zu Zinne flog, geradewegs in meine Richtung. Mit unglaublicher Geschicklichkeit sprang die Gestalt ohne jedes Geräusch von einem First zum nächsten und landete schließlich mit einem Saltosprung neben mir auf der Terrasse. Lautlos stob ein wenig Schnee auf. Meine Hand zuckte zum Gürtel, doch war ich bar jedweder Waffen. Für den Bruchteil einer Sekunde blickte mich der Fliehende an. Sein Kopf war gänzlich in ein weißes Tuch gehüllt, das nur die düsteren Augen frei ließ. Das weiße Gewand gürtete eine nachtfarbene Schärpe, in der ein gebogener Dolch steckte. Seine Füße waren in dunkle Stiefel geschnürt, welche die Beine bis kurz unter die Knie einhüllten. Die Hände waren von Handschuhen geschützt, deren schwarze Lederschäfte fast bis zu den Ellbogen reichten. Ich blieb wie angewurzelt stehen und war nicht fähig, mich zu bewegen. Die Flucht des Fremden ging in unheimlicher Schnelligkeit und Stille vonstatten. Einer Katze gleich oder beinahe wie ein weißer Schatten sprang er sofort weiter auf die Brüstung der Terrasse, breitete die Arme aus und ließ sich wie ein Falke in die Tiefe fallen. Ich hielt den Atem an. Der Park war über zehn Meter unter uns. Das vermochte kein normaler Mensch zu überleben. Doch in jenem Moment war ich mir gewiss, dass er unmöglich ein gewöhnlicher Einbrecher sein konnte. Von solchen Männern hatte ich schon gelesen. Im Mittelalter gehörten sie einem syrisch-persischen Geheimbund an und man nannte sie Assassinen.

Ich sprintete zur Brüstung, lehnte mich über die Mauer und blickte in die Tiefe. War das der legendäre Todessprung, der Falkensprung? Der Mann hatte den Grund erreicht und war keineswegs tot. Er erhob sich aus der Hocke und spurtete leichtfüßig über die ausgedehnte Rasenfläche mit den phantasievoll geschnittenen Buchsbäumen, die das Mondlicht in diesem Moment vor mir entblößte, in Richtung Waldrand. Ich konnte kaum fassen, zu was der Unbekannte fähig war.

In jenem Augenblick hörte ich hinter mir Lindsay schreien:

„Hurry up! Aus dem Weg, Kara!"

Mit dem Gewehr in der Hand kam er aus der Terrassentür gestürmt, erreichte die Brüstung, legte mit der ihm eigenen Kaltblütigkeit an und setzte einen sicheren Schuss. Der Knall echote in der Nacht mehrfach wider. Die Kugel verfehlte ihr Ziel nicht. Der Assassine stürzte mitten in seiner Bewegung, überschlug sich und blieb reglos im Schnee liegen.

„Kommt!"

Sir David zog mich mit sich. Wir rannten über die Dachterrasse ins Haus und die breite Treppe hinunter in die Empfangshalle. Von dort durch den wintergartengleichen Speisesaal.

„Was ist passiert?", fragte ich im Laufen.

„Dieser Meuchelmörder hatte sich in die Gemächer meiner Anahita geschlichen. Wahrscheinlich wollte er sie ebenso töten wie meinen Vater. Doch er floh, als ich eintrat", antwortete er schwer atmend.

Wir stürmten zum gläsernen Ausgang hinaus auf die untere Terrasse, sprangen die Stufen hinunter in den Park und weiter über den schneebedeckten Rasen zu dem getroffenen Assassinen. In diesem Moment wurde mir bewusst, dass ich noch immer keine Waffe bei mir trug. Wir erreichten den Mann und hockten uns nieder. Ich erblickte eine Einschusswunde in seinem Rücken. Sein weißes Gewand hatte sich vom austretenden Blut dort rot verfärbt. Vorsichtig drehte ich ihn um. Er stöhnte leise, also lebte er noch.

„Wir müssen nach dem Arzt schicken", empfahl ich.

„Well, zuerst aber muss ich wissen, wer ihn beauftragt hat", knurrte Lindsay.

Er zog dem Mann die Maskierung vom Kopf. Wir erstarrten.

„Shana!", Lindsays Stimme brach. „O my God, Kara, ich habe Anahitas Gouvernante erschossen."

„Verzeiht", hauchte das Mädchen schwach.

„Aber warum? Shana, wir waren immer gut zu dir. Warum nur?"

„Anahita", flüsterte die junge Frau, „Persien. Bal-Za ..." Dann schloss sie die Lider.

„Was soll das bedeuten?", fragte ich und blickte Lindsay an, der sich erhoben hatte und mit feuchtem Glanz in den Augen auf sein Opfer stierte.

Statt einer Antwort rotierte der Lord plötzlich grotesk um seine eigene Achse. Sein Gewehr flog davon und er selbst krachte rücklings auf den Boden. Ich sprang auf, bereit mich zu verteidigen, aber ein zweiter Assassine war schneller. Er schoss hoch in die Luft, wirbelte entgegen jedem physikalischen Gesetz herum und traf mich mit seinem Stiefel am Kopf. Ich taumelte zurück. Den nächsten Angriff wehrte ich mit den Armen ab, doch prallte mir etwas in den Rücken und ich stürzte nach vorn. Im Augenwinkel sah ich einen der weißgekleideten Kämpfer über Lord Lindsay gebeugt, den Dolch an seiner Kehle. Es war eine gebogene verzierte Klinge mit feiner Spitze, wie sie typisch für Persien und Indien war. Pesh-Kabz nennt man jene todbringende Waffe.

Ich habe schon gegen viele Gegner gekämpft, bin verschiedensten Kampftechniken begegnet, habe dem Tod oft ins Auge geblickt. Dieses Mal war ich allerdings regelrecht verblüfft über den grazilen und geisterhaften Ablauf, die Schnelligkeit und tödliche Präzision. Ein dritter Krieger war aus dem Nichts aufgetaucht, drückte mir seinen Stiefel schmerzhaft in die Wirbelsäule und lähmte dadurch meine Bewegungen. Jedoch empfand ich noch mehr. Eine seltsame Macht ging von ihm aus, fast so, wie ich sie im Beisein von Haschim spüren konnte, meinem guten Freund, der nun schon im fernen Orient weilte. Einer der Assassinen packte unerwartet mit seiner Hand in mein Haar und riss meinen Kopf schmerzhaft in den Nacken. Ich spürte den kalten Stahl des Pesh-Kabz, dessen Spitze in der Lage war, selbst Kettenhemden zu durchdringen, genau an der Stelle meines Halses, wo die *Arteria carotis* unter der Haut pochte. Eine winzige Bewegung von mir oder der Hand des Assassinen wäre mein sicherer Tod gewesen.

Lindsay und ich lagen also kampfunfähig im Park mit den Klingen der zwei weißgekleideten Krieger an unseren Kehlen. Vor uns lag Shana, die Dritte dieses Bundes. Der vierte Kämpfer hockte sich neben der bewusstlosen Frau auf den Boden und untersuchte ihre Wunde. Von diesem ging die für mich spürbare Macht aus, so wie von meinem Freund Scheik Haschim. Einen Moment lang legte er die Hand auf die Schussverletzung Shanas und es schien mir, als würde er dadurch auf magische Weise die Blutung stoppen. Dann wandte er den Kopf zu uns um und blickte erst den Earl, danach mich eine Weile forschend an. Sein Gesicht war von einem Tuch verhüllt, welches nur die dunklen funkelnden Augen sichtbar ließ.

Fast nebenbei gab er mit der Hand seinen Gefährten ein Zeichen und ich befürchtete, dass es unser Todesurteil darstellte. Doch dem war nicht so. Die Klinge an meinem Hals entfernte und der Griff in meinem Haar lockerte sich. Der Assassine gab mich frei. Verblüfft, jedoch wachsam, erhob ich mich. Auch der Earl kam neben mir auf die Beine. Der offensichtliche Anführer der fremden Krieger hockte noch immer bei der verletzten Assassinin, denn etwas anderes konnte Shana nicht sein.

„Mein Name ist Sâyeh. Tut nichts Unbedachtes und ihr werdet leben", sprach der Mann auf Persisch. Seine Stimme war leise und ruhig, ohne irgendeine Andeutung von Aggression. „Ihr seid nicht mein Auftrag." Dabei blickte er mir direkt in die Augen und ich vermochte darin keine Hinterhältigkeit zu erkennen. Mit schnellen und geschmeidigen Bewegungen nahm er Shana in seine Arme und huschte lautlos, gefolgt von den zwei anderen, hinein in das nahe Gehölz. Ihre weiße Kleidung verschmolz mit dem Schnee, der den Boden bedeckte und an den Stämmen und Zweigen der Bäume haftete. Innerhalb eines Wimpernschlags waren die vier unbekannten Kämpfer verschwunden.

„Was hatte das zu bedeuten?", flüsterte Sir David und starrte in den nächtlichen Wald.

Bevor ich etwas erwidern konnte, erscholl ein Rufen vom Schloss her. Ich drehte mich um und erkannte Halef als Schattenriss über den Rasen des Parks auf uns zustürmen.

„Lady Anahita!", keuchte mein Freund, als er uns erreicht hatte. Er sah ungewöhnlich aus, denn er trug keinen Turban und hatte offensichtlich übereilt eine Hose und den Burnus übergestreift.

„Was ist mit meiner Schwester?" Lindsay wirkte kreidebleich auf mich, trotz der Nacht, die nur durch den Schnee ein wenig Helligkeit erfuhr, der das Mondlicht reflektierte.

Halef schluckte. „Sie ist verschwunden."

Der Earl stand einen Moment lang unschlüssig da, stürzte schließlich zu seinem Gewehr, welches einige Schritte entfernt lag, und konnte sich augenscheinlich nicht recht entscheiden, ob er den Assassinen in den Wald folgen oder sich zurück ins Castle begeben sollte. Er wankte erst in die eine, dann in die andere Richtung.

„Diese Leute, wer auch immer sie waren und welche Absichten sie hegten, hatten Lady Anahita nicht bei sich. Unsere Suche muss im Schloss beginnen", nahm ich ihm die Entscheidung ab.

Lindsay nickte und wir eilten zurück in das Castle. Im Speisesaal, den wir durch die gläserne Tür aus dem Park als Erstes betraten, warteten Ann, Dr. Bell und Mister Doyle. Ann trug einen Morgenmantel über ihrem Nachtkleid und war offenbar durch die Ereignisse aus dem Schlaf geweckt worden. Auch Sofie trat nun ein, mit zwei Gewehren in den Händen und ebenfalls im Nachtgewand. Eine der Waffen davon war Anns Godiva – ihre abgesägte Zwillingsschrotflinte, die sie schon im Kaukasus kaum aus der Hand gelegt hatte.

Ann nahm die Waffe an sich. „Wir sollten auf alles vorbereitet sein."

„Darf ich zunächst einmal erfahren, was der Aufruhr zu bedeuten hat?", fragte Mister Doyle sichtlich verwirrt.

„Ich hörte einen Schrei", begann Halef zu berichten, „dann einen Schuss und schließlich noch einen Schrei. Mir schien es so, als wäre er aus Lady Anahitas Räumen gekommen. Deshalb rannte ich sofort dorthin. Aber ich traf nur Lady Ann an, die ebenfalls zur Hilfe eilen wollte. Die Gemächer waren leer und die Unordnung darin zeugte von einem Kampf."

„Das sollten wir als Erstes in Augenschein nehmen", empfahl Doyle. „Doch vorher würde ich gern hören, wieso sich Mister Kara und der Earl im Park befanden." Dabei blickte er mich auffordernd an.

So berichtete ich kurz, was mir auf der Dachterrasse widerfuhr und wie Sir David den vermeintlichen Einbrecher anschoss, der sich letztlich als Shana entpuppte, sowie von unserer Festsetzung durch die drei Unbekannten.

„O nein! Wie kann das sein? Shana war fast wie eine Schwester für Anahita. Das mag ich nicht glauben." Anns Gesicht zeugte von ihrer Erschrockenheit.

„That's true, unfortunately. Leider entspricht das der Wahrheit. Ich konnte es selbst kaum für wahr halten. Doch Shana gehörte zu einer Gruppe Kämpfer, Krieger, Assassinen ...? Ich weiß nicht, wie ich diese vermummten Einbrecher bezeichnen soll." Sir David schüttelte den Kopf.

„Ich schlage vor, dass wir uns den Tatort besehen und dadurch hoffentlich zusätzliche Indizien finden, die zur Aufklärung beitragen könnten." Mister Doyle eilte sogleich hinaus zur Treppe und wir folgten ihm.

Während der Kastellan mit mehreren Bediensteten die Türen sowie sämtliche Läden im Erdgeschoss verbarrikadierte und das Gebäude somit vor weiteren Eindringlingen schützte, begaben wir uns in die oberen Etagen. Ich suchte zunächst mein Zimmer auf, um mich mit einigen Waffen auszustatten, und traf die sechs anderen in Anahitas Gemächern wieder. Tatsächlich herrschte Unordnung darin: Stühle waren umgestoßen, Schranktüren geöffnet, Schubladen durchstöbert, das Bett zerwühlt. Mister Doyle und Dr. Bell untersuchten das Chaos, wobei sie sich erneut ihrer Utensilien wie Lupe und chemischer Substanzen bedienten.

„Wenn ich also rekapitulieren darf", begann Doyle mit nachdenklicher Stimme, „scheint der Fall so zu liegen, dass Shana in Verkleidung und somit unerkannt in das Zimmer ihrer Herrin eindrang. Daraufhin stieß Lady Anahita den ersten Schrei aus. Welche Beweggründe Shana hatte, wissen wir nicht. Sir Lindsay hörte den Schrei und wollte seiner Schwester zu Hilfe eilen. Als er in die Gemächer eintrat, floh die junge Frau unverrichteter Dinge." Er wies theatralisch Richtung Balkontür. „Dabei wurde sie von Kara Ben Nemsi beobachtet und schließlich von Sir Lindsay niedergeschossen, der sie verfolgte. Die beiden rannten in den Park, wo sie Shana auffanden und erkannten und dann selbst von drei weiteren fremden Kriegern überrumpelt wurden. Letzten Endes flohen diese mit der verletzten Shana in den Wald. In der Zwischenzeit hörten Hadschi Halef Omar und Lady Ann einen weiteren Schrei von Lady Anahita, begaben sich in ihre Räumlichkeiten und fanden diese verwüstet und leer vor. Ist das soweit korrekt?"

Ann und Halef nickten. Lindsay murmelte „Yes" und auch ich stimmte zu.

„Nun, dann gibt es zwei Möglichkeiten: Entweder steht Lady Anahita aus irgendeinem Grund unter Schock und hält sich im Haus versteckt oder sie wurde von jemandem entführt."

Bei diesen Worten entwich ein Seufzer aus Sir Davids Brust.

„In letzterem Szenario", fuhr Doyle fort, „bestünde die Option, dass der Trupp um Shana ein Ablenkungsmanöver war oder gar nichts mit der Entführung zu tun hatte." Er machte eine Pause, blickte jedem von uns ernst ins Gesicht und erhob schließlich seinen Zeigefinger. „Das, meine lieben Freunde, gilt es herauszufinden. Ich schlage deshalb vor, wir teilen uns in Gruppen auf. Die eine Hälfte von uns sucht das Schloss vom Keller bis in den höchsten Dachwinkel nach der Hausherrin ab und die anderen begeben sich auf Spurensuche einer etwaigen Entführung."

Einen Moment herrschte betretene Stille. Die Gedanken kreisten sichtbar in den Köpfen der Umstehenden.

„Ich werde mit der Dienerschaft das Schloss nach Anahita absuchen", erklärte sich Ann als Erste bereit.

Sofie stellte sich sofort an ihre Seite. „Und ich helfe Ann."

„Das ist vernünftig", meinte Dr. Bell. „Lady Ann kennt das Gebäude sicher besser als ich oder Mister Kara."

Die beiden Frauen machten sich direkt daran, ihr Vorhaben in die Tat umzusetzen, und liefen hinaus. Wir konnten hören, wie Ann der Dienerschaft Anweisungen zurief und wie daraufhin hastige Schritte durch die Gänge polterten.

Lindsay ließ Fackeln bringen und wir machten uns mit Halef, Doyle und Bell auf die Suche nach Spuren außerhalb des Schlosses. Irgendwo, so hofften wir, mussten Abdrücke von Pferden oder einer Kutsche zu finden sein, in der Lady Anahita transportiert worden war. Obwohl ich ein geübter Fährtenleser bin, war das Unterfangen aussichtslos. Durch die vielen Gäste der Beerdigung und das anhaltende kalte Wetter waren zahlreiche Spuren von Karossen und Hufen in allen Himmelsrichtungen zu finden. Welche davon von den Kidnappern stammen konnten, war unmöglich mit Sicherheit zu sagen.

Deshalb planten Halef und ich, den angrenzenden Wald nach Hinweisen auf den Fluchtweg der Assassinen abzusuchen, die sicher mit der verletzten Shana nicht so schnell oder weit hatten fliehen können. Mit einer Fackel begaben wir uns zur hinteren Tür hinaus in den Park.

Zunächst untersuchte ich die Stelle, an der es zum Kampf gekommen war und uns die fremden Krieger überrumpelt hatten. Diesmal war ich allerdings vorbereitet und mit meinem Bowiemesser, den Colts und dem Henrystutzen bewaffnet. Auch Halef hielt seine Henry Rifle in der Hand, die ihm Old Firehand zum Abschied geschenkt hatte. Die Kugel, welche Halef einst auf dem Markt von Basra erstanden und die uns mit ihrem magischen Leuchten schon durch manch finsteres Abenteuer begleitet hatte, hätte uns hier nicht genug Licht gespendet. Deshalb beleuchtete er unseren Pfad mit einer Fackel. Die Fußabdrücke der drei Kämpfer waren im Schnee deutlich zu erkennen, ebenso, dass eine Spur tiefer eingedrückt war als die anderen, was darauf hindeutete, dass diese von Sâyeh stammen musste, der Shana trug. Wir folgten der Fährte bis in den angrenzenden Wald. Dort wurde das Dach der Nadelbäume bald so dicht, dass der Schnee den Boden nicht erreicht hatte. Hier wurde es nun schwieriger, die Zeichen zu entdecken. Aber mein Auge war diesbezüglich geschult durch meine langjährige Erfahrung als Westmann. Der weiche nadelbedeckte Boden ließ den Flüchtigen kaum Möglichkeiten, ihre Abdrücke zu verbergen, allerdings war ich trotzdem recht erstaunt, wie auffällig diese sich abzeichneten. Auch fand ich zahllose abgebrochene Zweige und sogar kleine Stofffetzen an den tieferen Ästen der Bäume, wie sie nur von Greenhorns hinterlassen wurden. Diese vier schienen mir bei unserer Begegnung aber alles andere als das zu sein, nämlich gut geschulte Kämpfer, denen ich zutraute, dass sie ihre Spuren zu verbergen wussten. War es dem Transport der Verletzten geschuldet, dass sie dafür keine Zeit hatten? Oder sollten wir gar auf ihre Fährte gelockt werden?

Ein Zweig knackte in meiner Nähe und dieses Geräusch wurde nicht von Halefs Füßen ausgelöst. Mein Freund konnte sich ebenso lautlos bewegen wie ich, auch wenn wir das im Moment nicht anstrebten, da wir durch den Feuerschein ohnedies ein leichtes Ziel darstellten. Das Knacken wiederholte sich. Ich blieb stehen und spähte in dessen Richtung, den Henrystutzen im Anschlag. Aus der Dunkelheit des Waldes trat eine Hirschkuh in den Lichtkreis unserer Fackel. Kleine Dampfstöße entwichen ihren Nüstern und ihre Flanken zuckten, als sie uns bemerkte. Neugierig blickte sie uns eine Weile an und verschwand schließlich zwischen den Stämmen in der kalten Nacht. Doch nicht nur die Kuh war verschwunden, ebenso die Fährte der Assassinen. So sehr wir uns auch anstrengten, sie wiederzufinden, gelang es uns nicht. Wir durchstreiften den Wald in einem gedehnten Bogen, jedoch ohne Erfolg. Als wir den Park von Lindsay Castle wieder erreichten, hatte sich am östlichen Horizont schon ein zartrosa Streifen gebildet.

„Was könnte das bedeuten, Sihdi? Besaßen die Assassinen Flügel?"

„Vielleicht sind sie auch auf ihrer eigenen Fährte ein Stück zurückgegangen und haben ihre abzweigende Spur gut verwischt. Diese deutlichen Abdrücke waren ihrer gewiss nicht würdig. Sie sollten uns in die Irre führen."

„Das haben sie augenscheinlich geschafft", grummelte mein Freund missmutig. „Aber diese Männer könnten zudem magische Fähigkeiten besessen haben."

„Tatsächlich kann ich das nicht ausschließen."

Halef blickte mich mit großen Augen an. „Wirklich?"

„Wie du weißt, kann ich manchmal Magie erspüren. Diese Gabe, welche mir beim Sieg im Schachspiel gegen Al-Kadir gegeben wurde, vermag ich leider nicht zu lenken, doch trotzdem meldet sie sich, wenn es von Nöten ist. So war es auch bei dem Überfall. Ihr Anführer Sâyeh verströmte dieselbe Aura wie Haschim – wenn auch nicht so stark."

„Ein Magier?"

„Möglich. Oder jemand, der zwar gewisse magische Macht besitzt, sie aber nicht gezielt einzusetzen vermag."

„Also so etwas wie ein Schüler."

„Ich denke, dass es das trifft. Denn hätte er seine Fähigkeiten ausspielen können, wären er und seine Truppe unentdeckt geblieben."

Halef antwortete nicht, sondern schritt grübelnd neben mir über den verharschten Boden.

Im Schloss sah ich Licht im Speisesaal. Als wir eintrafen, saßen Lindsay, Mister Doyle und Dr. Bell an der fast leeren Tafel. Vor ihnen standen lediglich Tassen mit dampfendem Tee. Von den Damen und der Dienerschaft war keiner zugegen.

„Hattet ihr Erfolg, my friends?"

„Leider nicht, Sir David", antwortete ich und setzte mich auf einen unbesetzten Stuhl.

Der Earl saß an der Stirnseite, also auf dem Platz seines Vaters und wirkte sichtlich angeschlagen.

„Die Spur führt zwar deutlich in den Wald hinein, aber dann verschwindet sie auf seltsame Weise", berichtete ich weiter.

Lindsay wirkte resigniert.

„Im Moment bin ich zu erschöpft, um klare Entscheidungen zu treffen."

„Es war ein langer Tag. Wir sollten uns ein wenig Schlaf gönnen", meinte ich.

„Das ist wahr. Ann und Sofie habe ich schon zu Bett geschickt, obwohl sie sich heftigst wehrten. Aber es nützt meiner Anahita nichts, wenn wir alle aus Erschöpfung umfallen."

„So leicht fallen wir sicher nicht um, trotzdem ist es gewiss umsichtig, sich vorerst auszuruhen, um morgen weitere Schritte einleiten zu können", antwortete ich.

Auch am nächsten Tag suchten wir die Umgebung von Lindsay Castle weiter ab, dehnten die Suche auf Felder und kleine

Ortschaften aus. Doch in der Nacht war unglücklicherweise Neuschnee gefallen und dies machte die Spurensuche noch beschwerlicher. Schließlich gaben wir auf und kehrten ins Schloss zurück. Lindsay lehnte resigniert im Türrahmen zum Speisesaal. Halef dagegen schien neuen Mut gefasst zu haben.

„Ich denke, Sihdi, ich sollte jemandem einen Besuch abstatten", raunte er verschwörerisch und entschwand flugs aus der Tür.

Amüsiert lächelte ich in mich hinein, denn ich nahm an, dass er beabsichtigte, sein Gespenst aufzusuchen. Schaden konnte es bestimmt nicht, auch wenn ich mir über den Nutzen nicht sicher war.

Das brachte auch Lindsay wieder in Schwung.

„My friends. Das Arbeitszimmer meines Vaters ist der beste Ort, um nach Hinweisen zu suchen, die mit Anahitas Vergangenheit und Herkunft zu tun haben. Denn was sollte der Grund für Vaters Tod und die Entführung meiner Schwester sonst sein?" Sir David blickte mich fragend an.

„Ich helfe Euch, mein Freund."

„Well, das dachte ich mir schon, lieber Kara."

„Dr. Bell und ich werden nochmals die Gemächer von Lady Anahita genauestens auf etwaige Spuren untersuchen und später im Arbeitszimmer des Earls zu Ihnen stoßen", sagte Doyle entschlossen.

Lindsay nickte und schritt zur Tür. Ich folgte ihm die Treppe hinauf in die erste Etage, den Gang mit den Rüstungen entlang und durch die prunkvoll geschnitzte Tür in das Arbeitszimmer. Wir begannen die Schubfächer des Schreibtischs zu sichten und begutachteten Papiere, Briefe, Notizzettel auf der Suche nach irgendetwas, das im Zusammenhang mit Lady Anahitas Herkunft stand und somit vielleicht Aufschluss geben konnte, wieso und von wem sie entführt worden sein könnte. Der verstorbene Earl schien jedoch nirgends eine Spur hinterlassen zu haben. Selbst in den Büchern der deckenhohen Regale waren keinerlei Anhaltspunkte zu finden, zumindest nicht nach den Titeln der Werke zu urteilen. Wir zogen hier und da ein ledergebundenes Buch heraus, blätterten in den Seiten auf der Suche nach versteckten Schriften, leider vergeblich.

Plötzlich kam Halef hereingestürmt.

„Sihdi, ich habe jemanden mitgebracht."

Hinter ihm trat ein Mann ein.

„Mister Doyle?", fragte ich.

Halef drehte sich verwundert um.

„Nein, nicht Mister Doyle. Es ist ..." Er grinste entzückt und holte seine magische Kugel aus seinem Gewand. Liebevoll stellte er sie auf den Schreibtisch und brachte sie zum Leuchten.

„Oh, Mister Halef, was ist das?", fragte Doyle überrascht.

„Das ist eine wundersame Kugel, die uns schon in den dunkelsten Ecken der Welt Licht gespendet hat", erklärte ich.

„Phantastisch. Wie funktioniert das? Ist darin ein fluoreszierendes Gas enthalten?"

Ich lachte. „Mister Doyle, ich muss Euch enttäuschen. Leider ist dieses Phänomen nicht auf wissenschaftliche Weise zu erklären. Ich rate Euch, es einfach zu akzeptieren."

Doyle zog die Augenbrauen hoch und trat näher an die Leuchtkugel heran. Auch ich blickte nun genauer hin und sie schien mir anders als sonst. Das Licht war nicht gleichmäßig, sondern eher schlierenhaft. Fast wirkte es, als wirbelte ein glühender Nebel darin.

„Könnt ihr ihn sehen?", fragte Halef. Gespannt sah er von mir zu Lindsay und dann zu Doyle. Als keiner von uns etwas erwiderte, erschlafften seine freudig angespannten Gesichtszüge und er sah enttäuscht aus.

„Wen sollten wir sehen?", fragte nun Mister Doyle.

„Porky, den Geist, das Schlossgespenst." Halef wischte mit dem Ärmel über sein gläsernes Utensil. Die leuchtenden Verwirbelungen darin nahmen zu, aber einen Geist konnte ich beim besten Willen nicht erblicken.

„Leider können wir Porky auch mithilfe deiner Wunderkugel nicht sehen", antwortete ich.

„Das ist schade, denn seit er einen Weg hineingefunden hat, kann ich mit ihm sprechen. Die Kugel scheint als eine Art

Telegraf zwischen uns zu wirken." Halef starrte angestrengt auf das gläserne Rund. „Aber es ist, wie es ist. Anscheinend bin ich als Einziger in der Lage, Porky zu sehen und nun, durch meine Kugel, auch mit ihm zu reden."

Doyle räusperte sich und besah sich die Wunderkugel von allen Seiten.

„Es ist höchst faszinierend, Mister Halef, dass Sie in der Lage sind, mit dem Schlossgespenst zu kommunizieren. Lady Ann berichtete mir von dem spukenden Geist. Doch – ich muss es gestehen – glaubte ich nicht daran. Da Sie aber zudem diese rätselhafte Kugel besitzen, möchte ich Ihre Vision nicht einfach so als Spinnerei abtun. Es gibt noch viele ungeklärte Dinge zwischen Himmel und Erde, die der Mensch nicht versteht. Nehmen Sie zum Beispiel die Funktionen unseres Gehirns. Ein matschiger Haufen Zellen kann Gedanken, Bilder, Gefühle erzeugen. Ist das nicht unglaublich? Warum also sollten Sie nicht in der Lage sein, durch ihre Zauberkugel mit einem Schlossgespenst zu sprechen?"

Halefs Kinnlade klappte herunter und auch ich war verblüfft.

„Wollen Sie sich über mich lustig machen?", fragte der Haddedihn.

„Durchaus nicht. Im Gegenteil. Ich bin sehr gespannt, was das Gespenst zu sagen hat. Letztendlich war es womöglich der einzige Zeuge der Geschehnisse."

Doyles Gesichtsausdruck wirkte ehrlich. Er zuckte mit keinem Muskel und erweckte den Eindruck, dass es ihm tatsächlich ernst war. Selbst ich konnte kaum glauben, dass er dermaßen gefasst reagierte.

„Gut", begann Halef, „dann will ich euch mitteilen, was Porky mir berichtet hat."

Sir David setzte sich in den Sessel hinter dem Schreibtisch und blickte Halef erwartungsvoll an.

„Eigentlich heißt der Geist nicht Porky, sondern Otis Wilde."

„Strange, very strange. Ich habe nie von einem Otis Wilde im Schloss gehört", entgegnete Sir David.

„Er war vor langer, langer Zeit der Gehilfe des Gärtners hier, so erzählte er mir. Zu Zeiten, als Euer Großvater, Sir David, noch ein Kind war ... Was?" Halef blickte fragend auf die Kugel. „Entschuldigung. Otis sagt, es war, als Euer Ururgroßvater noch ein sehr kleines Kind war."

„Indeed?" Lindsay verschränkte die Arme vor der Brust. „Mein Ururgroßvater – Moment – das war ..." Nachdenklich richtete er den Blick zur Zimmerdecke empor. „Das muss Sir George Wilson der 12. Earl of Lindsay gewesen sein."

Halef hielt ein Ohr in Richtung der Kugel, wartete und nickte schließlich.

„Das stimmt, sagt Otis. Dessen Vater wiederum, der 11. Earl of Lindsay, war schon recht betagt, als er zum zweiten Mal heiratete und noch dazu eine sehr junge Frau."

„Lieber Halef, was hat das alles mit der Entführung meiner Schwester zu tun?"

„Nichts, Sir David. Otis hat versprochen, uns auf eine Spur zu führen, wenn Ihr ihn im Gegenzug von seinem Geisterdasein erlöst."

Der Earl sprang auf.

„Terrible. Das geht zu weit. Ich bin gerade nicht in der Stimmung, mich mit Gespenstern zu unterhalten. Ich möchte nur Anahita wiederfinden. Womöglich ist es schon zu spät, so wie bei Vater." Erschöpft sank er zurück in den Sessel.

„Das glaube ich nicht, Sir David", mischte sich Doyle in das Gespräch. „Wenn es den Entführern um ihren Tod gegangen wäre, dann hätten sie Lady Anahita doch ebenfalls vergiften können wie den Earl. Es muss etwas anderes dahinterstecken. Ich bin mir sicher, dass sie noch lebt."

„Da pflichte ich Mister Doyle bei", warf ich ein.

Lindsay stützte den Kopf auf die Hände.

„Well, lieber Halef, so sagt bitte Mister Otis Wilde, dass ich verspreche, ihn zu erlösen, falls das in meiner Macht steht. Er möge uns die Hinweise liefern, die uns auf die Spur der Entführer bringen."

„Mister Wilde bedankt sich", vermittelte Halef.

Dann tastete er unter dem Schreibtisch herum.

„Ah!", stieß er erfreut aus. Es machte *Klick* und mitten in der Tischplatte öffneten sich langsam zwei Klappen, wie Türflügel. Wir vernahmen ein leises Schnurren, wahrscheinlich rührte es von dem verborgenen Antrieb. Die Kläppchen legten ein Fach frei. Lindsay stand auf, beugte sich über den Tisch, griff vorsichtig hinein und holte schließlich ein kleines Bündel Dokumente hervor. Es waren vergilbte, offensichtlich sehr alte Zeitungsausschnitte. Behutsam, um das Papier nicht zu beschädigen, entfaltete er die Seiten. Das erste Blatt war aus der Zeitung *The Standard* vom 12. Februar 1841. Lindsay überflog den Text.

„Hier steht, dass es vor einigen Monaten einen Putschversuch auf den Regenten von Persien, Mohammad Schah Kadschar, gegeben haben muss. Genauere Informationen über die Hintergründe konnten nicht in Erfahrung gebracht werden. Viele ausländische Botschafter verließen jedoch das Land, da es zu zahlreichen Hinrichtungen gekommen war. Die Nachricht hatte Monate gebraucht, bis sie nach Großbritannien vorgedrungen war, denn der dort ansässige Botschafter des Empire war ebenfalls aus Persien geflohen und hüllte sich in Schweigen." Sir David blickte auf. „Damit muss mein Vater gemeint sein. Das war zu der Zeit, als auch wir aus dem Orient zurückreisten. Ich glaube, das war 1840. Ich war damals zwölf Jahre alt und Thomas war acht. Mein Vater kam später nach und brachte Anahita mit. Er wird doch wohl nichts mit dem Putsch zu tun gehabt haben?"

Darauf hatte niemand eine Antwort.

„Otis sagt, dass er darüber leider nichts weiß. Der Earl hat nie – auch nicht zu sich selbst – über diese Vorfälle gesprochen und er, Otis, könne traurigerweise keine Gedanken lesen."

Lindsay legte das Papier zur Seite und las das nächste.

„Hier wird vom Tod Mohammad Schahs berichtet. Hier unter diesem verblichenen Foto sieht man ihn mit seinen engsten Ministern. Die Namen sagen mir nichts."

„Kam er bei dem Putsch ums Leben?"

„No, Kara. Es ist ein Zeitungsausschnitt von 1848. Er ist an den Folgen der Gicht gestorben – o my God!"

In Lindsays Gesicht las ich pures Entsetzen.

„Was?", fragte ich. Mir wurde kalt.

„Shana sagte etwas, bevor sie ohnmächtig wurde."

„Ja, einen Namen oder einen Ort. Bal-Za ..."

„Bal-Zadan."

„Was ist das?"

„*Who* wäre die richtige Frage. Wer ist das! Er ist einer von Mohammad Schahs Ministern gewesen." Sir David ließ das Papier auf die Tischplatte gleiten.

„Den Zusammenhang verstehe ich zwar nicht", erklärte Mister Doyle, „doch meiner Meinung nach führt die Spur nach Persien."

Eine Zeitlang herrschte bedrückende Stille, bis Lord Lindsay verkündete:

„Ich werde nach Persien reisen und Anahita zurückholen. Koste es, was es wolle!"

„Ich begleite Euch, mein Freund."

„Es wäre mir eine Ehre, Kara."

„Natürlich stehe auch ich Euch zur Seite", erklärte sich Halef bereit. „Aber vorher müssen wir noch ein Versprechen einlösen."

Sir David stand auf und strich den schwarzen Gehrock glatt.

„Well, so sagt mir, was zu tun ist, um Mister Otis Wilde aus seinem Geisterdasein zu erlösen."

Halef räusperte sich verlegen. „Dazu müsste ich ein Familiengeheimnis preisgeben, was recht schaurig ist und leider einen Eurer Vorfahren bloßstellt."

„My friend, es geht um Leben und Tod. Es geht um meine Schwester Anahita! Sagt, was zu sagen ist. Mich kann nichts mehr erschüttern."

„Nun gut." Halef zögerte einen Moment. „Also, der 11. Earl, Sir Montague Thomas ..."

„Oh, der Geber meines Zweitnamens", kommentierte Sir David.

„Jener Earl hatte einen Sohn – Sir George Wilson, den späteren 12. Earl of Lindsay – mit seiner ersten Frau, die bei der Geburt starb. Deshalb heiratete er schon zwei Jahre danach die sehr junge Mary Ann Kentery. Doch diese –", Halef räusperte sich, „– verliebte sich in den jugendlichen Gärtnergehilfen Otis."

„Oh, ich ahne Schlimmes", kommentierte Mister Doyle.

„Da liegen Sie nicht falsch", stimmte Halef zu. „Der Earl erfuhr von der Liaison und geriet so in Zorn, dass er Otis in Ketten legen und lebendig im Keller einmauern ließ."

„O my God. Terrible!", stieß Lindsay bestürzt hervor.

„Otis starb qualvoll in seinem Grab und fand keine Ruhe. Als Schlossgespenst musste er nun sein Dasein fristen und machtlos mitansehen, wie Mary Ann neun Monate später ein Mädchen gebar, welches der Earl stillschweigend als seine Tochter großzog, jedoch an ihrem 18. Geburtstag mit einem Colonel verheiratete, der mit ihr in die Kolonien der ‚Neuen Welt' zog. Mary Ann starb wenig später vor Trauer um die verlorene Tochter."

„Das ist alles sehr tragisch", gestand Lindsay. „Sorry. Es tut mir wirklich leid, dass einer meiner Vorfahren derart grausam war."

„Otis sagt, Ihr könnt das Unrecht wiedergutmachen."

„Well. Das werde ich! Was muss dafür geschehen?"

„Das Grab geöffnet und seine Gebeine ordentlich bestattet werden."

„Das will ich gern tun."

„Onkel Daffy, das ist wirklich eine gruselige Geschichte." Ann stand mit einem Mal im Raum. Ich hatte sie nicht kommen hören.

„That's true, liebe Ann."

„Was hast du jetzt vor, Onkel?"

„Zunächst Mister Wilde von seinem Schicksal erlösen. Anscheinend ist der Spruch, dass jeder eine Leiche im Keller hat, in unserem Fall wörtlich zu nehmen."

Fünftes Kapitel
Eine Seefahrt nach Persien

Halef schritt mit seiner Kugel voran, in welcher der Geist Otis Wildes zu weilen schien, um mit uns durch meinen Freund Kontakt aufzunehmen. Sir David, Mister Doyle, Ann und ich folgten ihm. Wir erreichten die Eingangshalle und begaben uns durch die Küche, wo uns die Angestellten des Hauses betreten hinterherstierten, zu einer schmucklosen hölzernen Tür. Als Sir David diese öffnete, schlug uns kalte, feuchte Luft entgegen. Vor uns führte eine steile Treppe in die Tiefe, die sich im Dunkel verlor. Ich konnte nicht erkennen, wo die Stufen endeten. Ann war so geistesgegenwärtig, aus der Küche eine Kerze mitzunehmen, und so erhellte Halefs Kugel vor uns den Weg, unterstützt durch den Schein der Kerzenflamme in Anns Hand. Wir stiegen hinab in die Fundamente des Lindsay'schen Schlosses. Halef wurde offenbar von Otis geleitet, denn er schritt unbeirrt voran. Die Gänge verzweigten sich wie in einem Labyrinth. In Nischen erkannte ich Fleisch und Wurst sowie Regale mit Weinflaschen, bauchige Fässer und unzählige Gefäße mit Gepökeltem und eingesäuerten Lebensmitteln. Auch Obst, wie Äpfel und Birnen, oder Wurzelgemüse, Kohl und Kartoffeln lagerten in Holzkisten und Stiegen. Dies war der Wintervorrat der Lindsays. Sie hatten schließlich nicht nur sich selbst, sondern zudem eine große Zahl an Bediensteten auf dem Schloss zu versorgen.

Die Wände des Kellers waren aus groben Steinblöcken gemauert, an denen Moose und Flechten wuchsen. Kurz erinnerte ich mich an die Höhle auf Kreta, die nahe des Eingangs ähnlich aussah. Damals hatte der Tod in der dunklen Tiefe auf uns gewartet. Was genau erwartete uns nun hier? Ich legte meine Hand auf den Griff des Revolvers, der in meinem Gürtel steckte. Die Luft wurde unangenehm und roch abgestanden und faulig. Einige der Flechten an den Wänden fluoreszierten und meine Phantasie malte daraus Fratzen und Monster vor meinen Augen. Dazu huschten unheimliche Schatten über die Mauern, die vom flackernden Schein der Kerze erzeugt wurden. Es war totenstill hier unten und ich fühlte mich selbst schon wie eingemauert in ein kaltes, feuchtes steinernes Grab.

Halef blieb plötzlich vor einer Wand stehen, die sich durch nichts vom Rest des Gemäuers unterschied. Die fast zweihundert Jahre hatten jedwede Spur des Zeitunterschieds getilgt. Mein Gefährte legte die Kugel vorsichtig auf ein hölzernes Regal, in dem sich verschiedene Gartengerätschaften befanden.

„Hier muss es sein. Otis ist sich nicht mehr ganz sicher. Er war seit seiner Einmauerung und seit er als Geist diesen Ort verlassen konnte, nicht mehr hier. Er wird nachschauen."

Die Kugel leuchtete auf einmal hell auf und aus dem blendenden Lichtschein löste sich etwas heraus wie ein glühender Tropfen. Dann versank Halefs Utensil wieder in seinen gewohnten matten Schein. Der leuchtende Tropfen schwirrte wie ein Kolibri durch das Kellergewölbe, verformte und blähte sich, bis wir nun alle Otis gewahr wurden. In einer schimmernden Aura schwebte ein junger hagerer Mann vor uns. Seine Hände und Füße waren mit Ketten gefesselt. Er blickte uns einen Moment lang an und entschwand schließlich durch die Mauer hindurch.

„Oh, ich konnte ihn sehen!", stieß Ann hervor.

„Ich ebenfalls", gab ich kund.

„Das ist phantastisch, Sihdi." Halef war sichtlich beglückt.

Das Gewölbe versank durch Otis Verschwinden in Finsternis, denn auch Halfes Kugel leuchtete nur schwach, der Kerzenschein hatte keine große Reichweite und das Strahlen des Gespenstes fehlte.

„Yes. This is bizarre. Ich konnte ihn gleichfalls sehen." Lindsay starrte die dunkle Mauer an, durch welche der Gärtnergehilfe verschwunden war. Plötzlich schoss er erneut daraus hervor und umkreiste uns wie ein leuchtender Vogel.

„Es ist die richtige Stelle", hörte ich jetzt auch seine Stimme.

Am Zusammenzucken der anderen erkannte ich, dass auch sie ihn hören konnten.

„Das wirft ein ganz neues Licht auf mein Weltbild." Doyle stand neben mir und ich vernahm seinen angestrengten Atem.

„Well, wie ich schon sagte, kann mich heute nichts mehr erschrecken. Also lasst uns die arme Seele befreien." Der Earl schritt beherzt zu dem Regal, auf dem Halefs Kugel ruhte, und zog eine Spitzhacke hervor. „Macht Platz, damit ich niemanden verletze!"

Wir traten einige Schritte zurück und Lindsay holte zum Schlag aus. Mit lautem Krachen prallte das Metall gegen die Mauer. Ein erneuter Hieb, und der erste Ziegel begann sich zu lösen. Der neue Hausherr hatte keine Bedenken, auf das Fundament seines Schlosses einzuhacken. Beherzt folgten noch mehr Schläge, bis sich endlich ein dunkles Loch eröffnete. Lindsay bearbeitete die Ziegelwand so lange, bis schließlich viele Steine vor unsere Füße bröckelten. Er warf sein Werkzeug weg und riss mit den Händen die Wunde in der Mauer weiter auf. Ich eilte zu ihm und half ihm, sein Werk zu vollenden. Letztlich sahen wir im zarten Schein unserer Leuchtmittel tatsächlich ein Gerippe in der Nische stehen. Die bleichen Knochen waren mit Ketten an der hinteren Mauer fixiert, sodass es schien, als stände das Skelett aufrecht. Seine Hände und Füße waren, wie wir es schon bei Otis' Geist erblickt hatten, in Ketten gelegt.

„Der Arme", flüsterte Ann. „Er ist für die Liebe gestorben. Auch wenn es eine verbotene Liebe war, so ist es doch sehr romantisch und tragisch."

„Ja, es ist tragisch, liebe Ann, dass einer unserer Vorfahren zu einer so grausamen Tat in der Lage war."

Wir arbeiteten weiter mit unseren Händen, vergrößerten den Durchgang und Lindsay brach schließlich die Ketten, die Otis Überreste an der Wand hielten, mit dem Blatt der Spitzhacke entzwei. Ich wollte nach den Knochen greifen, aber es misslang und sie bröckelten zu Boden, wo sie einen ungeordneten Haufen bildeten. Ein unterdrückter Schreckenslaut entfuhr Lindsays Kehle.

Otis kam herbei und schwebte über seinen Skelettresten.

„Ich danke Euch, Sir David Montague, 16. Earl of Lindsay, dass Ihr mich aus meinem Gefängnis befreit habt. Noch dankbarer werde ich Euch sein, wenn Ihr mich im Frühjahr, sobald der Boden getaut ist, in Eurem Park begraben würdet. Bis dahin soll Euer Keller meine Ruhestätte sein."

Das leuchtende Gespenst verbeugte sich vor Sir David, hob seine Arme und die Ketten daran zerfielen in glitzerndem Staub. Das Gleiche geschah mit den Eisen an seinen Füßen. Dann umschwebte es noch einmal unsere Körper, als wolle es von uns Abschied nehmen, lächelte einen nach dem anderen an und fuhr wie ein Blitz in den Knochenhaufen hinein. Seine Gestalt löste sich auf und nun leuchteten die Gebeine in dem goldenen Schein. Sie begannen zu schweben und sich zu sortieren, bis sie in der richtigen Anordnung vor der gebrochenen Mauer am Boden ruhten. Die Ketten waren abgestreift und in der Nische zurückgeblieben. Kurz schien mir, dass die Knochen aufglühten und Otis Körper für einen Wimpernschlag zu sehen war. Er lag da mit geschlossenen Augen und die Hände auf der Brust gefaltet. Dann erlosch das Glühen und wir standen im fast dunklen Kellergewölbe des Castles vor dem Skelett einer armen Seele, die für die Liebe starb.

Die folgenden Tage verbrachten wir erneut mit Fährtensuchen. Lindsay hatte alle Hebel in Bewegung gesetzt, um nach Anahita zu fahnden. Bevor er seinen Plan, nach Persien aufzubrechen, in die Tat umsetzte, wollte er sichergehen, hier alles getan zu haben. Die Polizei und selbst das Militär waren in ganz England ausgeschwärmt, um Spuren der Assassinen und Kidnapper zu finden, Straßen und Häfen wurden kontrolliert. Wir nahmen an, dass es sogar die Mörder des Earls waren, die wir zu stellen gedachten. Selbst wenn der Verdacht nahelag, dass Anahita nach Persien verschleppt worden war, hatten wir zu wenig Beweise dafür. Genausogut konnte sie in einer Waldhütte in unmittelbarer Nähe gefangen gehalten werden und die Verbrecher ein Lösegeld fordern. Doch dergleichen

Forderung traf nicht ein. Auch Spuren jedweder Art blieben uns verwehrt. So waren wir tage- und nächtelang auf der Suche.

„Ich vermisse ihn", meinte Halef, als wir eines Morgens hinunter in das Speisezimmer gingen, um zu frühstücken.

„Wen vermisst du?"

„Otis Wilde."

„Ich muss gestehen, dass die Erinnerung an den Geist für mich fast wie ein Traum anmutet."

„Du warst dabei, Sihdi. Ich kann dir aber nochmals versichern, dass es sich so zugetragen hat."

„Dann bin ich einfach nur froh, dass Otis seinen Frieden gefunden hat."

„Mir fehlt das leise Klirren der Ketten. Die letzten Nächte war es ungewöhnlich ruhig. Ich konnte kaum schlafen."

Ich musste lachen.

„Wahrscheinlich findest du keine Ruhe, weil du den Schlaf übergangen hast. Seit Tagen kommen wir kaum ins Bett. Wenn du allerdings Wert auf das Klirren von Ketten legst, dann frage ich gern Sir David, ob er dich in Eisen schlägt. So hast du das Geräusch stets bei dir."

„Ja, lach nur, Sihdi. Bedenke, was so ein Geist für Vorteile hat. Er kann durch Mauern gehen und ungesehen alles beobachten, wie ein Schatten. Vielleicht waren diese Assassinen auch Geister?"

„Nein. Ich hatte ganz handfesten Kontakt mit ihnen. Das waren bestimmt keine Gespenster. Ein derartiges Geistwesen zu sein wie Otis Wilde, ist gewiss hin und wieder von Nutzen. Doch möchte ich lieber real und aus Substanz sein als ein Geschöpf aus – ja, aus was eigentlich?"

Der Geruch von frischem Brot stieg uns in diesem Moment in die Nase und die Frage flatterte unbeantwortet davon wie ein Schmetterling. Ich bemerkte, wie Halef den Duft bewusst einsog und sein Gesicht zu strahlen begann.

„Vielleicht hast du Recht. Ein Geist kann sicherlich nichts essen und darauf will ich keinesfalls verzichten", meinte er.

Als wir ins Speisezimmer traten, erwartete uns Sir David. Er sah frisch und munter und kampfbereit aus. Unruhig marschierte er auf und ab, die Hände auf dem Rücken verschränkt. Halef und ich setzten uns auf einen Wink des Earls hin auf unsere Plätze und warteten geduldig. Schließlich gaben sich Ann und Sofie die Ehre sowie kurze Zeit später Dr. Bell und Mister Doyle.

„Well, my friends", begann Sir David fast feierlich und stützte sich auf der Tischplatte ab. Das makellose Tafeltuch verrutschte geringfügig und der Earl nahm deshalb die Hände zurück und strich es sorgsam wieder glatt. In den weißen Damast waren Löwen gewebt – das Wappentier der Lindsays und ebenso das Persiens –, die je nach Lichteinfall mehr oder weniger auffällig aus dem Stoff hervortraten. „Mich erreichte ein Bote, der mir die Kunde brachte, dass nahe Milford Haven, einer kleinen Stadt im Südwesten von Wales, eine Kutsche gefunden wurde. Verlassen. Die zwei Pferde lagen erschossen daneben, wahrscheinlich waren sie zu Tode erschöpft und dem Kutscher blieb keine andere Wahl, als sie zu töten. Zudem lag nach Aussage der Bewohner ein Schiff unbekannter Bauart seit Wochen im Hafen vor Anker. Die Besatzung mied den Kontakt zu den Einheimischen und nun sei das Schiff plötzlich bei Nacht und Nebel ausgelaufen. In der Karosse, die dort abgestellt worden war, fand sich dies hier." Lindsay hielt ein goldenes Kettchen empor. Es war das Armband einer Frau. „Das, my friends, gehörte Anahita. Es war eine überaus gute Strategie der Entführer, einen kleinen, weit entfernten Hafen als Fluchtweg zu wählen und nicht den nächstgelegenen oder einen größeren, dort, wo die Polizei als Erstes suchen würde. Somit haben wir viel Zeit verloren und jene haben einen guten Vorsprung herausgeholt. Ich sehe nunmehr keinen Anlass, hier noch länger nach Indizien zu suchen. Denn ich bin mir sicher, dass mein geliebter Vater von persischen Attentätern getötet und meine liebe Schwester Anahita von eben jenen Killern entführt wurde. Sie verschleppten sie auf besagtes Schiff in Wales und sind offensichtlich auf dem Weg nach Persien."

„Dies ist eine durchaus logische Schlussfolgerung, Lord Lindsay."

„Danke, Mister Doyle. Das alles scheint offenbar mit jenem Bal-Zadan zu tun zu haben. Ich steche noch heute mit der *Marley* in See, um die Verfolgung aufzunehmen und den Vorsprung, den diese Mörder und Kidnapper haben, wieder aufzuholen."

„Ich werde Euch begleiten, Sir David", antwortete ich.

Auch Halef nickte.

„Natürlich komme ich ebenfalls mit. Zum einen will ich Euch behilflich sein, Lady Anahita zu finden, und zum anderen liegt es fast auf meinem Nachhauseweg und ich vermisse meine Hanneh und meinen Kara."

„Ich freue mich, my friends, dass ich solch treue Mitstreiter an meiner Seite haben werde."

„Onkel Da-Vid, ich werde dich auch unterstützen und mit dir reisen." Ann erhob sich.

„Auf keinen Fall, my dear. Du wirst hierbleiben und mich auf dem Herrensitz der Lindsays vertreten."

„Aber Onkel Daffy! Ich möchte nicht nutzlos im Schloss herumhängen. Ich will etwas tun und Anahita befreien. Ich schieße und kämpfe genauso gut wie du. Frag Kara!"

„Das kann ich bestätigen, Sir David. Wir haben im Kaukasus einiges erlebt und könnten Euch eine große Hilfe sein", versuchte Sofie der Freundin beizustehen.

„For heaven's sake! Um Himmels Willen, Ann. Soll das eine Revolte werden? Ich bin immer noch der Herr hier im Haus, und wenn ich sage, dass die beiden Damen hier die Stellung halten sollen, dann wird dem so sein!"

Ich war äußerst erstaunt über Sir Davids brüske Reaktion. Allerdings auch ein wenig erleichtert. Die zwei jungen Frauen hatten zwar tatkräftig im Kaukasus an unserer Seite gewirkt, jedoch erschien mir die Situation hier zu gefährlich. Schließlich zogen wir aus, um es mit Verbündeten eines Regenten aufzunehmen, nämlich dem Schah von Persien. Wir konnten nicht ausschließen, dass er in die Sache verwickelt war.

Anns Augen wurden schmal und sie presste die Lippen aufeinander.

„Gut, Onkel Da-Vid, wenn du darauf bestehst, werde ich in deiner Abwesenheit die Schlossherrin mimen."

Das weitere Frühstück verlief recht still. Ann und Sofie aßen sehr hastig und zogen sich danach schmollend, wie mir schien, in ihre Gemächer zurück. Nur Dr. Bell richtete einige Worte an Lindsay, um sich zu verabschieden.

„Lieber Earl, die Pflicht ruft mich heim nach Edinburgh. Ich werde heute noch abreisen. Aber ich würde Euch gern meinen Assistenten für ein paar Tage ausleihen, um die Wogen hier zu glätten, die bei den Damen hochschlagen. Mister Doyle könnte ein Auge darauf haben, dass die beiden nichts Unüberlegtes tun."

„Lieber Bell, das ist eine vortreffliche Idee. Sind Sie denn damit einverstanden, Mister Doyle?"

„Wieso nicht? Verehrter Earl, es wäre mir eine Ehre, den Ladies für ein paar Tage Gesellschaft zu leisten, bis sie sich an die Situation gewöhnt haben."

„Well, so ist es beschlossen. Dann können Kara, Halef und ich sofort unsere Sachen packen und uns auf den Weg nach Silloth machen, wo meine *Marley* vor Anker liegt. Ich war so frei und habe in weiser Voraussicht gleich nach Eintreffen dieser hoffnungsvollen Nachricht einen eigenen Boten zur Yacht geschickt, damit Skipper Masterman Vorräte an Bord nehmen und alles für ein Auslaufen heute Abend vorbereiten kann. Der Aufbruch mag überstürzt wirken, doch will ich den Vorsprung dieser Schurken nicht noch größer werden lassen. Ich muss meine Schwester wohlbehalten aus ihren Klauen reißen, und wenn es das Letzte ist, was ich auf dieser Welt tue!"

So kam es, dass Halef und ich tatsächlich wenig später unsere Sachen auf unseren Leihpferden verstaut hatten und mit Sir David, einem seiner Knechte sowie einem weiteren Packpferd Richtung Carlisle aufbrachen, an dessen Außenbezirken entlang wir uns gen Westen hielten. Unser Weg führte durch flaches Bauernland mit vereinzelten weißgetünchten Gehöften zwischen den heckengesäumten Feldern. Der braune Boden lag noch brach, aber die Erde wurde weicher, je näher wir dem Meer kamen. Von Schnee und Eis fehlte hier jede Spur. Der kleine Ort Silloth, den wir schließlich erreichten, konnte mit keinen nennenswerten Sehenswürdigkeiten aufwarten. Zudem galt unser Augenmerk auch nicht der Gegend, durch die wir ritten, sondern der Zeit. Lindsay trieb die Pferde zu schnellem Gang an und gönnte weder den Tieren noch uns eine Pause, bis wir am Abend das winzige Hafenbecken erreicht hatten, wo seine Yacht vor Anker lag. Die Sonne tauchte die Irische See schon in leuchtendes Rot. Kapitän Masterman begrüßte uns überschwänglich und der Bootsmann ließ die Mannschaft mit einem gellenden Pfiff aus seiner Pfeife an Deck Aufstellung nehmen. Lindsay hatte jedoch im Moment die Sinne nicht frei für derartige Zeremonien, sondern drängte auf das eilige Verstauen unserer Gepäckstücke. Dann verabschiedete er seinen Knecht mit dem Auftrag, unsere Leihpferde in Carlisle abzuliefern und dort zu nächtigen, um die Lindsay'schen Tiere am nächsten Tag wieder wohlbehalten zum Schloss zurückzuführen.

Schließlich stach die *Marley* mit stampfenden Maschinen in See. Während wir mit durchaus hungrigen Mägen endlich etwas zu Essen einnehmen konnten, passierten wir die Isle of Man. Da wir uns jedoch unter Deck befanden und zudem die Nacht hereinbrach, sahen wir von der Insel nichts.

Auch die folgenden Tage war der Earl von Unruhe geplagt, wie auf einer Verfolgungsjagd zu Pferde. Stets stand er am Bug und hielt Ausschau, vermutlich nach dem verdächtigen Schiff, welches sich ebenfalls auf dem Weg nach Persien befand und Lady Anahita an Bord hatte. Doch dies zu sichten, blieb ein Wunschdenken, welches sich nicht erfüllte.

Die *Marley* nutzte all ihre Technik – den Dampfantrieb sowie bei geeigneten Windverhältnissen auch die Segel –, um möglicht viel Fahrt zu machen. So dauerte es nur wenige Tage, bis wir die Keltische See durchquert und die Bucht von Biskaya tangiert hatten und an der portugiesischen Küste südwärts gefahren waren, um schließlich durch die Meerenge von Gibraltar das Mittelmeer zu erreichen.

Wir kamen nicht umhin, bei der Admiralität im Hafen von Gibraltar anzulegen, denn Lindsay hatte natürlich auch alle militärischen Hebel in Bewegung gesetzt, um das unbekannte Schiff zu finden und aufzuhalten. Uns wurde versichert, dass eine Blockade der Meerenge in Vorbereitung gewesen sei, als plötzlich ungewöhnlich dichter Nebel aufgekommen war. Die britischen Schiffe waren nicht mehr in der Lage, sicher zu navigieren, und deshalb konnte nicht ausgeschlossen werden, dass dieses Schiff durch die Maschen ihres Blockadenetzes geschlüpft war.

„Das kann doch nicht mit rechten Dingen zugehen", meinte Lindsay, während er an der Reling stand und grübelnd zurück zur Meerenge blickte.

„Vielleicht aber mit magischen Dingen", meinte Halef.

„Why? Wie kommt Ihr darauf?"

„Ich denke, dass Halef darauf anspielt, was ich ihm im Park sagte. Nämlich, dass ich bei dem Assassinen eine Aura spürte wie bei Haschim."

„Damned. Dann sollten wir auf alles vorbereitet sein."

Ich muss gestehen, dass ich nicht auf alles vorbereitet war. Denn es war nun an mir, Unruhe zu entwickeln. Diese Gefilde ließen sofort Erinnerungen in mir aufblühen wie giftige Pilze in einem finsteren Wald nach einem herbstlichen Regenschauer. Auch Halef stand oft an der Reling und suchte mit den Augen das Wasser ab. Mein Verstand sagte mir zwar, dass Kapitän Nemo mit seiner *Nautilus* längst durch jene geheime unterirdische Höhlenwelt, die ich damals auf der Karte erblickt hatte, ins Rote Meer gelangt sein musste und wahrscheinlich schon seit geraumer Zeit sein Ziel – Indien – erreicht hatte, doch meine Gefühle sprachen eine andere Sprache. Die Ereignisse seinerzeit auf dem Unterseeboot, die ständige Todesgefahr, die Foltern – all das kam mit einem Mal wieder in mir hoch.

Und dann sah ich tatsächlich den stählernen Rumpf der *Nautilus* durch das Wasser pflügen. Halef stieß einen entsetzten

Schrei aus und die Mannschaft der *Marley* versuchte hektisch, den Kurs zu korrigieren, um der Kollision zu entgehen. Lindsay spurtete mit seinem Gewehr in den Händen an Deck und setzte einige verzweifelte Schüsse auf das Ungeheuer ab, die jedoch nichts bewirkten. Der lange Dorn an der Front glitzerte in der Bugwelle wie ein frisch geschliffenes Schwert. Letztlich kam der unvermeidliche Zusammenstoß mit derartiger Wucht, dass er uns von den Füßen riss. Sir David und Halef kippten über die Reling von Bord. Masterman und ein Teil seiner Mannschaft sprangen sofort dem Earl hinterher. Ich lag wie gelähmt vor Entsetzen auf den Planken. Die *Marley* neigte sich rasch zum Heck, bis schließlich die Fluten des Meeres wie kalte Finger nach mir griffen. Die Wellen packten mich und zogen mich hinab, wo ich auf dem eisernen Rumpf der *Nautilus* zu liegen kam. Aus der Luke sprang der Steuermann Ramius hervor und zerrte mich, ohne dass ich zur Gegenwehr ansetzte, in das Boot hinein. Nass und zitternd fiel ich Kapitän Nemo vor die Füße, der mich mit lautem Lachen begrüßte. Draußen vor dem großen Panoramafenster trieben Halefs und Lindsays Leichen vorbei.

„Willkommen an Bord, Kara Ben Nemsi", bellte Nemo und streckte seinen Elektrostock nach mir aus. Der Blitz daraus durchfuhr mich in unermesslichem Schmerz und ich begann zu schreien.

„Sihdi! Was ist dir?"

Panisch setzte ich mich auf. Halef stand neben meiner Koje und blickte mich besorgt an. Es schien tiefste Nacht zu sein, denn nur die magische Kugel in der Hand meines Freundes spendete ein wenig Licht. Ich fühlte, wie kalter Schweiß meinen Rücken herunterrann.

„Ein Traum. Ich denke, es war nur ein Alptraum, Halef."

„Oh, hast du von Nemo geträumt?"

„Ja", gestand ich und mein Gebaren war mir nun peinlich. „Eine dumme Reaktion."

„Nein, Sihdi, durchaus nicht. Auch mich plagen, seit wir Gibraltar passiert haben, schreckliche Träume. Ich sehe dich stets auf der *Nautilus* sterben."

„Und ich sah dich durch das Fenster des Unterseeboots ertrinken."

„Dreams, my friends. Wir sollten den Träumen nicht allzu viel Bedeutung beimessen." Die Stimme kam unerwartet, denn der Earl stand plötzlich in der Tür. „Verzeiht mein Eindringen mitten in der Nacht, lieber Kara. Doch ich hörte einen Schrei und dachte mir sofort, dass ich mich nun mit meinen Alpträumen in bester Gesellschaft befinde."

„Ihr auch, Sir David?" Bei den Offenbarungen meiner Freunde zerfloss das peinliche Gefühl. Wir hatten damals gemeinsam viel erlebt auf dem Unterseeboot, unter der Fuchtel jenes Despoten, und dies schweißte uns zusammen. Deshalb konnten wir durchaus auch unsere Ängste miteinander teilen, ohne dass es der eine dem anderen als Schwäche auslegen würde.

Mittlerweile waren die Temperaturen angenehm geworden. Die See breitete sich als hellblauer, glitzernder Teppich vor uns aus und der Himmel überspannte uns mit derselben Färbung. Die Strahlen der Sonne wärmten unsere von der Kälte des Kaukasus und der feuchten nordenglischen Witterung gebeutelten Körper auf. Unsere lederne Trapperkleidung verschwand im Gepäck, zumal die leichten arabischen Tuche hier eine bessere Wahl waren. Halef sah nun wieder aus wie Halef und auch ich fühlte mich nun mehr als Kara Ben Nemsi denn als Old Shatterhand. So verbrachten wir die Tage an Bord des Dampfseglers oft an Deck in einer gepolsterten Sitzecke, welche mit einem Segel überdacht war, das die Mittagshitze von uns fernhielt. Am Horizont tauchte Malta auf, wo sich eine britische Garnison befand. Unwillkürlich musste ich an Bradenham und Terbut denken, jene zwei Soldaten, mit denen wir schon einige Abenteuer erlebt hatten. Bei dieser Mission konnten sie uns nicht behilflich sein, das war mir klar. Zudem hatte Lindsay es eilig und mochte nirgendwo anlegen, nicht einmal, um Vorräte aufzunehmen.

„Wir haben keine Zeit zu verlieren", betonte er des Öfteren. „Wir müssen uns beeilen, um die Chance zu haben, die Entführer zu stellen, bevor wir auf persischem Gebiet sind."

„Da mögt Ihr Recht haben. Aber sind wir dem zu dritt gewachsen? Vielleicht sollten wir die Hilfe eines Freundes in Erwägung ziehen. Wir kennen unsere Gegner nicht. Was, wenn es sich letztendendlich um das gesamte Heer Persiens handelt?"

„This would be bad. Dann würde uns eine Handvoll Freunde auch nicht weiterhelfen. Ich gehe allerdings eher von einer kleinen geheimen Einheit aus, welche meinen Vater tötete und meine Schwester entführte, und nicht von einem Heer."

Ich nickte nur, denn gänzlich überzeugt war ich nicht davon, dass wir es zu dritt mit einer unbekannten Entführerbande aufnehmen sollten. Doch konnte ich den Earl auch verstehen, besonders als er hinzufügte:

„Außerdem ist das eine ganz private Sache. Das ist *meine* ganz private Rache für den Mord an meinem Vater. Als kleine Gruppe wird es uns vielleicht nicht einfach werden, die Entführer vor Teheran zu stellen und Anahita zu befreien. Doch falls sie uns schon weit voraus sind und die persische Hauptstadt vor uns erreichen, dann könnte ich mit zwei Freunden leichter in den Palast hineinkommen als mit einer größeren Gruppe."

Lindsay wartete keine Antwort ab. Er erhob sich aus den Polstern, schritt zur Reling, fasste eins der Taue, die vom Mast herunterführten, und spähte in die Ferne, während sein Vieruhrtee neben mir auf dem Tisch erkaltete. Welchen Freund ich im Sinn hatte, erwähnte ich zunächst nicht.

Malta glitt backbords an uns vorüber, so schien es uns zumindest auf dem sich bewegenden Schiff. Zwei Tage später passierten wir Kreta. Doch erblickten wir nichts von der Insel, da sie sich weit im Norden hinter dem Horizont versteckte. Wir stierten alle drei in düstere Gedanken versunken in die geschätzte Richtung. Plötzlich zuckte Sir David zusammen, als erwachte er aus einem Traum. Eilig und ohne ein Wort der Erklärung begab er sich unter Deck. Ich hörte ihn einige Anweisungen rufen, gefolgt von Gepolter, als würde intensiv nach etwas gesucht. Schließlich erschien der Earl wieder aus dem Niedergang mit einem Päckchen in der Hand. Er legte das stoffumwickelte Objekt vor uns auf den Tisch.

„Hier habe ich ein kleines Souvenir von unserem Abenteuer auf Kreta." Fast andächtig wickelte er besagten Gegenstand aus. Zum Vorschein kam die Labrys, jene minoische Doppelaxt, die er während der Flucht aus dem kretischen Höhlenlabyrinth gefunden hatte. Lindsay war sich damals sicher gewesen, dass dies die Waffe war, mit der Theseus den Minotaurus erschlagen hatte. Ich betrachtete die Axt. Ein hölzerner Stiel hielt zwei geschwungene Metallblätter, in die in sich verwundene Muster eingraviert waren.

„Darauf kann ich mich gar nicht besinnen", bemerkte ich.

„An die Axt des Theseus?", fragte der Earl ungläubig.

„Nein, an die Ornamente in den Blättern."

Lindsay beugte sich vor und betrachtete nun ebenfalls intensiv die Labrys.

„Indeed. An diese Muster erinnere ich mich auch nicht. Vielleicht war es in der Höhle damals zu dunkel gewesen, um sie zu erkennen."

„Oder sie sind ein Zeichen", warf Halef ein.

„Ein Zeichen für was?", fragte ich.

„Dass die Axt auf dem Weg nach Hause ist und nun ihre magische Macht entfaltet."

„Aber Halef, sie ist minoischen Ursprungs und auf Kreta zu Hause." Ich strich mir nachdenklich über den Bart.

„Bist du da so sicher, Sihdi? Woher weißt du das?"

„Ich weiß es nicht", musste ich zugeben. Es war damals nur eine naheliegende Vermutung, die wir aus der Sage um Theseus und den Minotaurus abgeleitet hatten. Aber zweifelsfrei konnten wir in der Tat nicht sein.

Über Sir Davids Gesicht huschte fast so etwas wie ein Lächeln.

„Eine magische Doppelaxt? Das wird uns bestimmt von Nutzen sein", murmelte er.

Ich dagegen hatte plötzlich wieder mit den Schatten der Vergangenheit zu kämpfen und in den geblähten Segeln der *Marley* tanzten dunkle Schemen, die mir einen Minotaurus vorgaukelten, wie er gerade Captain Sean MacLean zerschmetterte.

Schnell versuchte ich mich von den Erinnerungen zu befreien und nach vorn zu schauen. Ich riss mich von der Vision los und blickte mit möglichst sorglosem Ausdruck meine Freunde an.

„Bald kommst du wieder in heimische Gefilde, Halef", lenkte ich das Gespräch in eine andere Richtung.

„Ja, ich spüre es schon." Er lächelte verträumt. „Die Sonne scheint hier viel wärmer. Es hat einen Grund, warum man den Orient *Morgenland* nennt und dieses düstere England zum *Abendland* gehört."

„Natürlich! Im Osten geht die Sonne auf ...“

„Ach, Sihdi, damit hat das nichts zu tun", fiel er mir ins Wort. „Das Morgenland steht für die Geburt, den Anfang und den Frühling des Lebens. Euer kaltes trauriges Abendland steht für das Ende, den Herbst des Lebens und schließlich für den Tod."

„Da könntet Ihr Recht haben", meinte Lindsay verbittert und wickelte seine Axt wieder sorgsam in die Stoffbahnen ein.

„Ich glaube, du tust dem Abendland unrecht, Halef. Es ist nicht jederzeit so kalt und dunkel dort. Zur Jahresmitte hin strahlt die Sonne genauso warm wie hier im Süden und alles blüht und grünt und die Tage sind viel länger. Weit im Norden geht die goldene Scheibe in den warmen Monaten sogar nie unter. Es ist immer Tag."

„Der ganze Sommer ist ein einziger Tag ohne Nacht? Das glaube ich nicht. Wie sollte das möglich sein?" Halefs Augen blickten verdutzt drein.

„Das liegt an der Neigung der Erdachse."

„Hm. Ich erinnere mich. Davon hat der Lehrer Lohse uns auch schon einmal etwas berichtet."

„Das ist durchaus denkbar."

„Trotzdem halte ich es für eine Legende, dass die Sonne monatelang nicht untergeht und im Winter nicht aufgeht. In so einer Umgebung kann bestimmt nichts und niemand überleben."

„Das Leben passt sich an. Und du weißt doch: Jedwede Legende hat einen wahren Kern", lenkte ich diplomatisch ein.

Halefs Laune wurde von Tag zu Tag heiterer. Zielstrebig manövrierte uns Kapitän Masterman Richtung Port Said, wo wir in den Suezkanal einfuhren.

Hier hatte jedes Schiff an der Zollstelle der Kanalbehörde anzuhalten und wurde untersucht, denn abhängig von den mitgeführten Waren mussten sowohl Zoll als auch eine Gebühr für die Passage des Kanals entrichtet werden. Das war also ein ausgezeichneter Kontrollpunkt, um die Entführer zu finden. Deshalb bestand Lindsay darauf, Einsicht in die Passagelisten nehmen zu können. Tatsächlich fand sich ein merkwürdiger und unvollständiger Eintrag. Der zuständige Beamte zeigte sich äußerst verwirrt und stammelte Unverständliches. Bis er nach eindringlicher Nachfrage unsererseits zugab, dass seine Leute vor einigen Tagen ein seltsames Schiff untersucht hatten, doch dabei von einer unerklärlichen Benommenheit befallen worden waren und ihnen die Erinnerung an Ladung und Passagiere vollkommen abhandengekommen sei. Ihm war es sichtlich unangenehm. Doch für Lindsay und mich war dies erneut ein Zeichen, dass hier ungewöhnliche Kräfte im Spiel waren.

So fuhren wir schließlich in den Kanal hinein. Spätestens beim Anblick der sandigen gelben Ebenen links und rechts der Wasserstraße war Halef gedanklich zu Hause und begann glücklich vor sich hinzusummen. Nur Sir Davids düstere Stimmung besserte sich nicht.

„Besteht die Welt nur aus Bösem?", fragte er, ohne einen von uns direkt anzusprechen.

„Nein", erwiderte ich. „Der Mensch allerdings lässt sich sehr leicht verführen und zum Bösen hinüberziehen."

„That's true. Diese Wüste erinnert mich sogleich an unseren Widersacher Al-Kadir. Auch er war ein Mann des Bösen zusammen mit seinem Bruder – dem Schut – und jenem Unbekannten, der Persien beherrschen wollte. Vielleicht hätten wir ihn gewähren lassen sollen, dann würde mein Vater noch leben und Anahita wäre in Sicherheit."

Diese Worte entsetzten mich, jedoch ließ ich es mir nicht anmerken. Mir war bewusst, wie tief Lindsays Trauer um den

Verlust saß und wie verzweifelt er war. Trotzdem konnte ich nicht glauben, dass er es ernst meinte mit diesem Wunsch.

„Das Böse kann nichts Gutes gebären, mein Freund. Bedenkt, dass dessen Nachfolger Tair Mirza Schuld am Tod von Anns Vertrautem Professor Hardwicke hatte. Und zudem wissen wir doch gar nicht, ob der Schah seine Finger im Spiel hat. Falls doch, wäre Euer Vater vielleicht noch am Leben, wenn diese Brüder in Persien die Macht innehätten, doch andere würden deshalb leiden, Tausende, ein ganzes Volk. Das ist sicher nicht Euer Wunsch."

„Ach Kara, im Moment weiß ich nicht, was mein Wunsch ist, außer Anahita wiederzufinden."

„Das werden wir. Seid gewiss."

„Sorry. Verzeiht meine seltsamen Gedanken. Ich sollte zunächst alle Geheimnisse lüften, bevor ich mich mit Racheplänen belade. Letztlich kann ich nicht ausschließen, dass Vater eine Art von Schuld auf sich geladen hat, die das Vorgehen dieser persischen Entführer rechtfertigt."

„Wir finden das heraus. Schließlich haben wir eine aufschlussreiche Lektion in kriminologischen Untersuchungen von dem geschätzten Mister Doyle erhalten."

Lindsay nickte zustimmend und legte eine Hand auf meine Schulter und die andere auf Halefs.

„Ich bin wirklich froh, solche Männer wie Euch als meine Freunde bezeichnen zu dürfen."

Lange hielt diese Freude nicht an. Als wir die Hälfte des Roten Meers durchquert hatten, änderte sich Lindsays Freundschaftsbezeugung mir gegenüber schlagartig. Er war sehr ungehalten, als ich ihn dazu nötigte, bei Dschidda vor Anker zu gehen, und ihm offenbarte, welchen Freund ich zu unserer Hilfe im Sinn gehabt hatte, als wir Malta passierten.

„Wir vergeuden unnötig Zeit!" Fast erwartete ich, dass er mit dem Fuß trotzig aufzustampfen gedachte, was er in seiner aristokratischen, würdevollen Art natürlich nicht tat.

„Lieber Sir David, ich halte es, wie gesagt, für klug, unseren Freund Haschim mit auf diese Mission zu nehmen. Ein Magier wie er wird uns von großem Nutzen sein, denn in der Gegenwart von Sâyeh empfand ich die gleiche Ausstrahlung, die ich bei unserem Scheik verspüre. Diesen Mann dürfen wir nicht unterschätzen. Zudem habt ihr doch selbst von den seltsamen Vorgängen bei Gibraltar und Port Said gehört. Wir haben es hier mit Sicherheit mit einer Art von Magie zu tun."

Zu meinem Glück kam mir Kapitän Masterman zur Hilfe, indem er dem Earl mitteilte, dass es durchaus von Nöten sei, Lebensmittel und frisches Wasser aufzunehmen. Missmutig gab Lindsay schließlich nach und den Befehl, Dschidda anzulaufen.

„Es wird Tage dauern, bis Ihr Scheik Haschims Landsitz bei Taif erreicht habt. Es sind mindestens hundertachtzig Kilometer bis zu seinem Landgut."

„Nicht, wenn Ihr so großzügig seid, ein Mehari zu erwerben. Diese edlen Dromedare hat selbst der Scheik in seinem Besitz und sie sind in der Lage bis zu hundertzwanzig Kilometer am Tag zurückzulegen. Wenn Haschim mir für den Rückweg ein frisches Kamel überlässt, könnte ich in drei Tagen mit dem Magier zurück sein."

Lindsay willigte zähneknirschend in meinen Plan ein. Bei Halef musste ich nochmal all meine Überredungskunst aufbieten, um ihn zu überzeugen, dass ich schneller allein unterwegs war und wir zudem ein zusätzliches Kamel benötigen würden. Halef warf ein, dass auf halbem Wege Mekka liege und er dort auf mich warten könne. Dies war jedoch verständlicherweise dem Earl zu viel des Guten. Er befürchtete nicht zu Unrecht, dass sich die Abfahrt durch eine Pilgerreise unseres Hadschis nach Mekka weiter verzögern würde. Also musste Halef klein beigeben.

Noch während wir diskutierten, erreichte die *Marley* den Hafen von Dschidda. Es war Mittag und die im Zenit stehende Sonne ließ die Kuppeln und Minarette der Moscheen leuchten. Die Stadt war das Tor nach Mekka sowie Medina und deshalb ein quirliger Ort, gefüllt mit Pilgern aus aller Welt. Lindsay machte sich sogleich mit Kapitän Masterman und seinem ersten Offizier mit dem unaussprechlichen polnischen Namen, der von allen Rusty genannt wurde, auf den Weg in die Stadt, um auf einem Viehmarkt eins dieser Meharis zu erwerben. Ich packte derweil leichtes Gepäck, um schnell an mein Ziel zu gelangen. Und tatsächlich konnte ich mich am frühen Nachmittag auf den Weg machen. Bis Mekka kam ich gut voran und passierte die Pilgerstadt im Süden. Die Dunkelheit zwang mich schließlich zu einer Rast, da ich mich nun ins Asir-Gebirge begeben musste. Sobald der erste Silberstreif den östlichen Himmel erhellte, setzte ich meinen Weg fort. Er war beschwerlicher, als ich ihn in Erinnerung hatte. Damals waren wir nicht unter Zeitdruck gewesen, sondern Haschim hatte uns eingeladen, uns von den Strapazen der Abenteuer in der Wüste und im Königreich Saba bei ihm auf seinem Landsitz zu erholen. Diesmal jedoch war mein Ansinnen ein anderes. So erreichte ich erst am späten Abend seine Farm, die mich an eine südamerikanische Hacienda erinnerte. Erneut beeindruckten mich das üppige Grün der Felder und Obstplantagen und die gepflegten Stallungen für Kamele, Ziegen, Pferde und Federvieh, welche ich im hellen Mondlicht erblickte. Am großen Ziehbrunnen vor dem Haupthaus kamen mir sofort einige Bedienstete entgegen, welche mich sogleich als Kara Ben Nemsi wiedererkannten und mein erschöpftes Tier versorgten. Ich erklärte ihnen, dass ich dringend Scheik Haschim sprechen müsse, doch sie wussten seinen Aufenthaltsort nicht zu nennen. Er sei schon seit geraumer Zeit fort, berichteten sie. Ich war enttäuscht. Mir blieb nichts weiter übrig, als das Angebot anzunehmen, mich bei einem Mahl im Speisesaal zu stärken, ein paar Stunden auszuruhen, um mich danach mit einem frischen Kamel auf den Rückweg zu machen. Während ich die Köstlichkeiten verspeiste, die man mir auftischte, erinnerte ich mich an den verborgenen Durchgang in das geheime Studierzimmer Haschims. Ich stand auf, schritt zu dem Wandbehang und strich darüber wie einst der Scheik, doch es öffnete sich keine Pforte. Offensichtlich fehlte mir dazu die nötige Magie. Allerdings war ich mir nun gewiss, dass mein Freund nicht auf seinem Landsitz weilte, denn er hätte sich mir offenbart. So ruhte ich, bis das frühe Morgenlicht hinter dem

Horizont hervorkroch, und machte mich dann unverrichteter Dinge auf den Rückweg.

Lindsay und Halef erwarteten mich schon ungeduldig, denn ich war nicht in der Lage gewesen, meinen Zeitplan einzuhalten, und erreichte die *Marley* folglich erst am vierten Tag. Sir Davids Enttäuschung über die Verspätung und den nicht vorhandenen Magier war nicht zu übersehen. Rusty wurde beauftragt, das Mehari zu verkaufen, und erzielte einen sehr guten Preis. Aber selbst dies konnte die Stimmung des Earls nicht heben. Er wollte schnellstmöglich weiter, den Entführern seiner Schwester hinterher. So stach der Lindsay'sche Dampfsegler noch am selben Abend in See.

Unsere Fahrt währte insgesamt fast drei Wochen, bis wir von England über das Mittelmeer, durch den Suez-Kanal, weiter durch das Rote Meer, um die gesamte arabische Halbinsel herum bis in den persischen Golf gefahren waren und endlich in Māh Schahr vor Anker gingen. *Die Stadt des Mondes* – wie Māh Schahr auf Persisch heißt – machte ihrem Namen alle Ehre, denn als wir am frühen Abend in den Hafen einliefen, prangte ein blasser, aber erstaunlich großer Mond über den Häusern, dem auf seiner rechten Seite schon wieder ein wenig fehlte. Der Anblick war phantastisch. Lindsay jedoch hatte keinen Blick für die Idylle, sondern schickte sogleich zwei Leute der Mannschaft los, um Vorräte sowohl für die *Marley* als auch für uns zu besorgen. Er selbst begab sich mit dem Kapitän in die belebten Gassen des Hafenstädtchens, um sich zu erkundigen, wo er Pferde für unsere weitere Reise erwerben könnte. Seine Laune hatte sich noch nicht gebessert. Halef und ich nahmen derweil die Gelegenheit wahr, uns die Füße auf festem Grund zu vertreten, da er uns nicht gebeten hatte, ihn zu begleiten.

„Der Boden schwankt schon wieder!", rief Halef entsetzt, als er nach drei Wochen Fahrt über das Wasser, mit nur einer kurzen Unterbrechung, die ersten Schritte an Land tat. „So war es auch in Dschidda."

Ich lachte.

„Ja, es fühlt sich fast so an, als ob man noch bei hohem See-gang übers Meer schippern würde. Das ist jedoch ganz normal nach einer langen Schiffsreise." Ich erinnerte mich an meine zahlreichen Überfahrten in die ‚Neue Welt'. Da hatte ich eben-falls dieses Nachschwanken verspürt.

Halef setzte sich stöhnend auf eine Kiste am Kai.

„Geh doch schon einmal vor. Ich komme gleich nach", hauch-te er gequält.

Endlich hatte er seine Anfälligkeit für Seekrankheit über-wunden und die lange Fahrt von England nach Persien gut und wohlbehalten überstanden, da übermannte ihn nun dieses Übel an Land. Es würde jedoch nur von kurzer Dauer sein, dessen war ich mir gewiss. So schlenderte ich also allein voraus Rich-tung der Marktstände und bunten Gassen, in der Hoffnung, dass es meinem Gefährten gleich wieder besser ginge und er mir folgte. Es war ein reges Treiben in der Hafenstadt, obwohl sich die Sonne schon anschickte, hinter dem Horizont ins Meer zu tauchen. Nach drei Wochen auf See genoss ich die Farben der Stoffbahnen, die in der sanften Brise an den Ständen flatterten, die Gerüche der Gewürze, den Duft der Speisen und der exo-tischen Früchte, das magische Flair des Orients. Den Ritt zu Haschims Landgut zählte ich nicht als erholsamen Landgang, da ich nur wenig auf diesem Abstecher wahrgenommen hatte. Die Landschaft war unbeachtet an mir vorübergeflogen und selbst das satte Grün auf dem Landsitz des Scheiks kaum in mein Innerstes vorgedrungen. Die Zeit war mein Gegner gewe-sen, der mir all die schönen Aussichten verwehrte. Doch nun sollte die Reise quer durch Persien weitergehen, und obwohl es eine Verfolgung war, wollte ich mich den vielen neuen und inspirierenden Eindrücken nicht verweigern. Denn schließlich war ich ein Reiseschriftsteller. Also sah ich mich um und saugte alles in mich auf, was es zu sehen gab. Die sonnengegerbten Gesichter der Menschen spiegelten meist Freude und Heiterkeit wider und so ließ ich, berauscht von der persischen Atmosphä-re, den Blick durch die Menge schweifen und über die Markt-stände. Hier und da glänzte etwas Metallisches in der Sonne und erweckte meine Aufmerksamkeit. Gemächlich schritt ich an einen Stand, der allerlei Kinkerlitzchen zu bieten hatte, wovon viele Stücke nach historischen Schätzen aussahen, es die wenigsten jedoch tatsächlich waren, und betrachtete eine Reihe möglicherweise antiker Münzen, die dort auslagen.

„Schätze, welche die Wüste an besonderen Tagen freigibt", erklärte mir der Händler.

Ich nahm eins der Stücke in die Hand. Es war äußerst abgegriffen und, wenn ich es richtig erkannte, waren seltsame Symbole darauf, die wahrscheinlich den Wert des Geldstücks bezeichneten. Die Münze machte einen alten und tatsächlich antiken Eindruck. Als ich sie wendete, verzog sich mein Gesicht reflexartig zu einem erfreuten Lächeln. Was ich sah, war etwas, das die Stimmung von Sir David sicher heben würde, selbst dann, wenn sich das Stück als Fälschung erweisen sollte. Es war eine Art Kuh oder Bulle mit Flügeln darauf dargestellt.

In diesem Moment stand Halef hinter mir.

„Was hast du da gefunden, Sihdi? Eine magische Münze?"

„Magisch eher nicht. Doch wird sie Sir David erfreuen."

„Warum?" Halef betrachtete nachdenklich das alte Metallstück in meiner Hand.

„Ich glaube, ich habe gerade etwas gefunden, was er schon seit Jahren sucht: seine geliebten *Fowling-Bulls*."

Sechstes Kapitel
Fowling-Bulls

Die Dunkelheit senkte sich schon über die *Stadt des Mondes*, als wir an Deck der *Marley* zurückkehrten und schließlich mit dem Earl bei einem einfachen Abendessen zusammensaßen. Die Sterne funkelten über uns und der nun kräftig gefärbte

Erdtrabant mit seinen sichtbaren Kratern, die wie Reliefs einer versunkenen Kultur an einer Steintafel wirkten, schickte sich an, hinunter zur Meeresoberfläche zu sinken. Die Geräusche der nahen Stadt ebbten ab, wodurch das Brausen der Brandung außerhalb des Hafenbeckens umso deutlicher hervortrat. Das Meer sang uns ein Abschiedslied, denn wir gedachten alsbald ins Landesinnere aufzubrechen.

„Well", erhob Sir David seine Stimme, „es war nicht einfach, hier geeignete Reittiere zu finden. Doch Kapitän Masterman und ich waren erfolgreich. Ich habe vier Pferde erworben. Eins davon soll unser Gepäck tragen. Man wird uns die Tiere bei Sonnenaufgang zum Hafen bringen."

Er war sichtlich stolz über diesen Erfolg und ich verkniff mir, zu fragen, wie er dies ohne brauchbare Kenntnisse des Persischen oder des hier in der Stadt auch gesprochenen Arabischen zu bewerkstelligen im Stande gewesen war.

„Dann können wir morgen früh sofort aufbrechen", antwortete ich wie selbstverständlich. „Allerdings fehlt uns noch immer eine Spur, der wir folgen könnten."

„Maybe not. Es ist durchaus denkbar, dass ich eine solche Spur gefunden habe." Lindsay straffte mit stolzem Blick seine Haltung.

„Wirklich?" Ich war zunehmend erstaunter. Denn dass die Entführer von Lady Anahita ausgerechnet auch in Māh Schahr angelandet haben sollten, wäre ein zu großer Zufall. Persiens Golfküste ist lang und es gab einige kleine Häfen daran. Allerdings war Māh Schahr durchaus der beste Ausgangspunkt, um möglichst schnell nach Teheran zu gelangen, falls dies das Ziel der Entführer sein sollte.

„Well, my friends, der Pferdehändler berichtete uns, dass vor zwei Tagen vier Männer hier an Land gingen, die ebenfalls bei ihm Pferde gekauft haben. Diese vier kamen ihm sehr verdächtig vor, denn ihre Gesichter waren verhüllt, fast wie bei den Tuareg, sagte er, und sie erkundigten sich, ob noch andere bei ihm Tiere gekauft hätten, was er aber verneinen musste."

„Und Ihr meint, dies könnten die Entführer von Lady Anahita gewesen sein?"

„I don't know. Ich glaube aber, dass es unsere vier Assassinen waren. Shana geht in ihrer Verkleidung fraglos als Mann durch. Bei meiner Schwester hingegen bezweifle ich, dass man sie für etwas anderes als eine Dame halten könnte. Zudem erwähnte der Händler nichts, was darauf schließen ließe, dass einer der Reisenden unfreiwillig oder gar als Gefangener dem Trupp angehörte."

Ich wollte erst einwenden, dass Shana die Verwundung durch seine Kugel möglicherweise nicht überlebt hatte. Doch wagte ich es letztendlich nicht, dies auszusprechen, denn ich wusste, dass es dem Earl schwer wog, wenn er daran erinnert wurde. Noch immer wussten wir nicht, ob diese Assassinen und die Entführer eine gemeinsame Gruppe waren oder getrennt agierten. Also konnten wir über die Stärke des Trupps, den wir zu verfolgen gedachten, nichts aussagen. Ob nun Lindsays Information eine Spur war oder nicht, war fragwürdig. Der einzige Anhaltspunkt, der uns ein Ziel bot, war die Tatsache, dass Lindsays Vater einst Botschafter in Teheran gewesen war.

„Ich weiß nicht, Sihdi. Sollte der Zufall tatsächlich so offensichtlich auf unserer Seite stehen?"

„Ja und nein, Halef. Auf den ersten Blick erschien es mir auch recht unglaubwürdig, dass wir im selben Hafen eingelaufen sein sollten wie die, deren Verfolgung wir aufgenommen haben. Wenn ich mir die Karte Persiens jedoch genau betrachte, gibt es nicht viele Optionen, um mit dem Schiff anzureisen und dann nur einen möglichst kurzen Landweg zur Hauptstadt überbrücken zu müssen. Andererseits könnten diese Entführer auch wo ganz anders geankert und einen Landweg genommen haben. Ich denke, sie kennen sich hier bestens aus."

Lindsay entrollte bei meinen Worten wie auf Kommando eine Landkarte. Sie zeigte im Norden einen Zipfel des Kaspischen Meers, im Westen erkannte ich ein Stück des Mittelmeers mit Zypern darin, und südlich davon verlief das Rote Meer. Ich sah einen Großteil der arabischen Halbinsel, den Persischen Golf und im Osten Persien mit seinen Gebirgen und Wüsten.

„Hier", ich tippte mit dem Finger auf die südliche Küste, „liegen Chabahar und Bandar Abbas. Dies könnten durchaus Ziele der Entführer sein. Jedoch ist der Landweg nach Teheran beträchtlich. Und dann gibt es etwas südlich von hier Buschehr. Das wäre eine äußerst realistische Möglichkeit."

„Indeed, Buschehr hatte ich auch anfänglich im Auge. Nur befindet sich dort ein britischer Konsul, da das Hauptquartier der *Persian Gulf Residency* in dem Ort ansässig ist."

Ich nickte verstehend.

„Dann ist die Wahrscheinlichkeit, dass die Entführer dort an Land gingen, sehr gering. Sie werden sich mit ihrer Gefangenen eher von britischen Stützpunkten fern halten. Vielleicht hat sich die Gruppe auch getrennt. Konnte der Händler sagen, wohin die vier geritten sind?"

„Er war der Meinung, sie seien nach Osten davongeritten", meinte Lindsay. Sein Finger wanderte auf der Karte von Māh Schahr aus in die angegebene Richtung. „Das kann vieles bedeuten", sinnierte er. „Sie reiten demnach auf das Zagros-Gebirge zu. Entweder haben sie vor, es nach Norden Richtung Teheran zu überqueren, oder sie ..."

„... haben ganz andere Pläne", beendete Halef den Satz.

„Das ist durchaus möglich, Halef." Ich blickte nochmals auf die Landkarte und konnte meinem Freund nur zustimmen. „Also haben wir letztendlich keine wirkliche Spur."

„Well. So werden wir unseren Plan verfolgen und Richtung Teheran reisen und uns somit an den Hinweis auf diesen Bal-Zadan halten", beschloss Lindsay. Er stützte die Arme am Tisch ab und blickte uns entschlossen abwechselnd in die Augen. Ich nickte zustimmend. Das Gesicht des Earls sah zum ersten Mal seit Wochen gelöst aus.

Ich nahm die Gelegenheit wahr, ihm eine Freude zu bereiten, steckte die Hand in meine Jackentasche, fasste den Inhalt und hielt ihn Sir David auf der ausgestreckten Handfläche entgegen.

„What's that?"

„Ein kleines Geschenk von mir. Es soll Euch Glück bringen."

Der Earl nahm die Münze zwischen Daumen und Zeigefinger, betrachtete sie, wendete sie um und stieß einen Freudenschrei aus.

„Fowling-Bulls! Lieber Kara, wo habt ihr das gefunden?"

„Auf dem Markt. Der Händler bemerkte, dass er es aus der Wüste hätte."

„Phantastisch!" Lindsays Augen bekamen einen feuchten Glanz. „Ja, das wird mir – uns – das wird *uns* sicher Glück bringen. Seit Jahren suche ich nach Statuen dieser Art, mit der Absicht, sie dem Britischen Museum zu spenden. Auch wenn dies nur eine Münze ist, so ist es gleichzeitig viel mehr. Es stellt die Hoffnung dar, die Hoffnung, dass man alles erreichen kann, wenn man nur fest daran glaubt."

„So ist es, Sir David", antwortete ich. „Deshalb bin ich zuversichtlich, dass wir Lady Anahita finden und befreien werden."

Lindsay hob die Münze hoch wie einen Becher, mit dem man jemandem zuprostet, und lächelte glücklich.

Am nächsten Morgen wurden uns die Pferde wie abgesprochen gebracht. Lindsay bezahlte dem Händler den Restbetrag und machte sich sofort ans Bepacken. Es waren gute starke Tiere, die uns gewiss über das Gebirge bringen und ebenso in der Wüste nicht versagen würden. Der Earl hatte gut gewählt. Ich musterte ihn erfreut, da er sehr geschäftig war und endlich zur alten Form zurückgefunden hatte. Da fiel mir auf, dass etwas vor seiner Brust baumelte. Es war die Münze. Er hatte ein kleines Loch hineingebohrt oder vom Bootsmann bohren lassen und das neue Souvenir an einer Kette um seinen Hals gehängt. Vielleicht würde uns das Stück tatsächlich Glück bringen.

Auch wenn wir diese Reise nicht zum Vergnügen unternahmen, sondern sie einen ernsten Hintergrund und ein möglicherweise gefährliches Ziel verfolgte, fühlte ich mich im Sattel des Pferdes wie zu Hause. Endlich spürte ich die Freiheit wieder, die ich auf dem Schiff vermisst hatte. Das rhythmische Trappen der Hufe, das leise Säuseln des Windes in den Palmenhainen im Gebirgsvorland, all das war wie Musik in meinen Ohren. Auch Halef empfand so, das sah ich ihm an, und selbst Sir Davids Stimmung war hoffnungsfroh. Wir nutzten hauptsächlich kleinere Wege abseits der Siedlungen, lagerten in grünen Tälern mit Dattelpalmen, Obstbäumen und Hängen voller Weinreben, an denen sich die ersten zarten Blätter entfalteten, bis wir schließlich den Rand des Zagros-Gebiges erreichten. Hier wurde die Landschaft zunehmend karger und steiniger. Die Pflanzen duckten sich zwischen dem Geröll, bis kaum noch Grün auszumachen war. Vereinzelt standen niedrige Bäume oder Büsche an den trockenen Bergflanken, die aus der Ferne wie grau-grüne Farbtupfer im Gestein wirkten. Zudem wand sich der Pfad steil hinauf, sodass wir alsbald absteigen und die Tiere an den Zügeln führen mussten.

Es galt nun zu entscheiden, das Gebirge entweder nordwärts Richtung Teheran oder nach Osten zu überqueren. Jedoch fehlte uns ein Anhaltspunkt, eine Spur, der wir hätten folgen können und welche uns die Entscheidung erleichtert hätte. Bis wir eines Abends das Lager so spät aufschlugen, dass es schon dunkel war, bevor wir ein Feuer entzündeten. Ohne die sonst störende Helligkeit der Flammen war die dämmrige Landschaft bis hinüber zum nächsten Höhenzug gut zu erkennen. Da gewahrte ich mit einem Mal in der Ferne Richtung Osten einen kleinen unscheinbaren Lichtschein.

„Ein Bauernhaus?", fragte Lindsay, der meinem Blick gefolgt war.

„Möglich." Ich strich mir nachdenklich über den Bart. „Vielleicht ist es aber auch ein Lagerfeuer anderer Reisender."

„Anderer Reisender?", wiederholte Lindsay. „Oder derer, die wir verfolgen?"

„Wir sollten vorsorglich abwechselnd Wache halten des Nachts und das Feuer klein halten", schlug ich vor.

Unser karges Mahl nahmen wir stumm zu uns, bis Halef den Gedanken aussprach, der auch mich erfasst hatte.

„Der Zagros weckt böse Erinnerungen in mir."

„Da bist du nicht allein", gestand ich. „Auch wenn sich dieser Gebirgszug eineinhalbtausend Kilometer von der Straße von Hormus im Süden bis Kurdistan im Norden dahinzieht und wir damals sehr weit von hier im nördlichen Teil weilten, so ist es doch ein und dasselbe Gebirge. Auch mich beschlich die Erinnerung an unser Abenteuer mit Marah Durimeh und den Simurghs. Dort oben im Norden des Zagros öffnete sich die Pforte zur Geisterwelt, die Al-Kadir passierte und durch die wir ihm folgten."

„O Sihdi, sprich den Namen dieser verfluchten Riesenvögel nicht aus. Du weißt, dass ich auf diese Viecher nicht gut zu sprechen bin, und das liegt nicht am Zagros."

„Ich weiß, Halef."

„Halef, my friend, ich glaube, von diesem Abenteuer habt Ihr mir noch nicht berichtet." Lindsay beugte sich gespannt nach vorn. Der rote Schein des niedrigen Lagerfeuers ließ geisterhafte Schatten auf seinem Antlitz entstehen und entstellte es zu einer unheimlichen Fratze.

„Darüber möchte ich auch keinesfalls sprechen." Halef verschränkte nachdrücklich die Arme vor der Brust.

„Well, dann schickt es sich nicht für mich, weiter zu bohren, auch wenn ich vor Neugierde fast sterbe."

Der Beduine grummelte ein wenig vor sich hin, dann meinte er:

„Soll Kara die Geschichte erzählen. Er schreibt sie ja sowieso in ein Buch und berichtet sie dadurch wildfremden Menschen seiner Heimat."

„Ach, Halef, es war nichts an der Sache, was dir peinlich sein müsste. Du hast dich heldenhaft verhalten."

„Das ist wahr. Ich hätte diesem Untier leicht den Garaus machen können. Es lebt nur wegen meiner Güte weiter."

Ich nickte lächelnd. Und so saßen wir am Feuer und schwelgten in Erinnerungen daran, wie Halef von dem Simurgh auf Kreta entführt worden war, wie wir im Norden des Zagros-Gebirges mit Ann Lindsay und Allen Cedrick Marah Durimeh getroffen hatten, und an Professor Hardwicke, der mit seinem

Ballon zu Tode gestürzt war, bis wir müde wurden und uns in unsere Decken rollten. Ich übernahm die erste Wache und gegen Mitternacht löste mich Halef ab.

Am nächsten Morgen machten wir uns auf den Weg zu dem Ort, an dem wir das geheimnisvolle Licht des Nachts erspäht hatten. Wir mussten ein tiefes Tal durchqueren, in dem ein Fluss rauschte, der das Schmelzwasser der winterlichen Schneefälle von den Gipfeln herabtrug. Auf den uns umgebenden Graten glitzerten noch immer weiße Flecken. Das Wasser des Flusses hatte eine bläulich-weiße Farbe und über den milchigen Fluten schwebte eine feine Nebelschicht. Dies alles deutete auf die Kälte des Elements hin. Mein Pferd scheute tatsächlich vor dem eisigen Wasser, stieg wiehernd auf und tänzelte nervös am Ufer. Ich tätschelte seinen Hals, legte ihm die Hand zwischen die Ohren und flüsterte ihm beruhigende Worte zu. Das Pferd gehorchte schließlich und stakste unwillig in den Fluss hinein. Seine Augen waren angstvoll geweitet. Es vertraute mir jedoch und ging auf mein Drängen hin ruhig weiter. Auch das Packpferd folgte, welches ich hinter mir herführte. Als ich mich umdrehte, erkannte ich erleichtert, dass sowohl Halef, um den ich mir diesbezüglich weniger Sorgen machte, als auch der Earl ihre Tiere zur Durchquerung des Wassers bewegen konnten. Während ich hinüber in Richtung der zerklüfteten Bergwand sah, in deren Spalten wir genächtigt hatten, blinkte etwas darin auf. Ich zuckte zusammen, kniff die Augen zu Schlitzen, konnte jedoch nicht erkennen, was dort aufgeblitzt war. Sobald ich mit dem Pferd das Ufer erreicht hatte, zog ich deshalb das Fernrohr aus dem Bündel hinten am Sattel und suchte damit den Berghang ab. Aber es war nichts zu sehen. Wurden wir verfolgt? Hatten uns die Assassinen umrundet, um uns in den Rücken zu fallen? Möglicherweise war das gut sichtbare Feuer in der Nacht ein Ablenkungsmanöver gewesen, gar ein Hinterhalt. Unruhe erfasste mich, welche Halef nicht verborgen blieb.

„Was ist los, Sihdi?", fragte er denn auch, als wir die Böschung erklommen.

„Ich meinte, ein Aufblitzen gesehen zu haben, wie die Reflexion der Sonnenstrahlen auf Metall, vielleicht einem Gewehrlauf."

„Wo?" Halef blickte sich forschend um.

„Hinter uns."

„Damned, werden wir verfolgt?" Auch Lindsay sah sich nun
suchend um.

„Das befürchte ich."

„Wir könnten uns auf die Lauer legen", schlug Halef vor,
„und den Feind mit einem Überraschungsangriff überrumpeln."

„But, was ist, wenn das gar nicht uns gilt? Wenn es Bauern
sind, Jäger oder fremde Reisende? Dann haben wir unnötig Zeit
verschwendet."

„Das ist wahr. Doch Vorsicht ist trotzdem geboten. Ich schlage vor, dass wir zunächst die Feuerstelle aufsuchen, die wir
heute Nacht erblickten, und danach entscheiden wir, wie wir im
Folgenden verfahren wollen. Vielleicht finden wir dort Spuren,
die uns weiterbringen."

Da Lindsay und Halef mit dem Plan einverstanden waren, erklommen wir weiter den bewaldeten Hang des Berges, bis wir
ein Plateau erreichten. Die Pferde schnauften unüberhörbar von
der Anstrengung und hatten Schaum vor dem Maul. Sie benötigten ohnehin eine Rast, deshalb banden wir sie an Sträuchern
fest und Halef sicherte uns mit seiner Henry Rifle den Rücken,
falls tatsächlich jemand hinter uns her sein sollte. Sir David und
ich schlichen am Saum des niedrigen Waldes bis zu der Feuerstelle. Eine schwache, kaum sichtbare Rauchsäule stieg davon
empor und wies uns den Weg bis unterhalb eines Felssturzes.
Von Pferden oder Menschen war weit und breit nichts auszumachen. Mit den Gewehren in der Hand liefen wir geduckt, jede
Deckung nutzend, hinüber zu dem verlassenen Lagerplatz. Tatsächlich fanden wir ein stümperhaft gelöschtes Feuer vor. Ich
untersuchte den Boden. Die deutlich sichtbaren Abdrücke von
Körpern und Stiefeln verrieten mir, dass hier vier Personen genächtigt hatten, die bei Sonnenaufgang mit ihren Pferden Richtung Osten weitergezogen waren. Was hatte das zu bedeuten?

„Entweder rasteten hier unbedarfte Reisende oder es waren unsere vier Assassinen. Die offensichtlichen Spuren, die sie hinterließen, sprechen aber eher dagegen", meinte ich. „Und warum hätte sich die Gruppe der Entführer trennen sollen? Es müssen schließlich mehr Banditen am Werk gewesen sein als die vier, auf die wir im Park trafen."

„Vielleicht wollen sie uns damit ködern und in eine Falle locken", erwiderte der Earl.

„Aber ich sehe den Sinn nicht. Sie könnten uns jederzeit überfallen. Ihre Überlegenheit haben sie im Park von Lindsay Castle zur Genüge bewiesen. Selbst bewaffnet hätten wir mit ihnen kein leichtes Spiel."

„Indeed, Kara, da mögt Ihr Recht haben. Aber vergesst nicht, dass sich die verletzte Shana bei ihnen befinden müsste. Es wundert mich, dass sie noch leben sollte. Selbst für einen kräftigen Mann hätte mein Treffer tödlich enden müssen. Sie ist eine zarte Frau und ..." Seine Stimme brach ab.

„Ihr konntet nicht wissen, dass der vermummte Einbrecher Shana war. Gebt Euch nicht die Schuld. Wenn es die Assassinen waren, die hier lagerten, können wir davon ausgehen, dass sie genesen ist. Es gibt keine Spuren eines verletzten Mitreisenden."

„Keine Schuld – das sagt sich leicht. Doch das Mädchen war mir ans Herz gewachsen, da sie meine Anahita augenscheinlich sehr liebte. Ich verstehe nicht, was in sie gefahren war."

„Nun, Sir David, offenbar war sie nicht die, für die sie sich ausgab."

In den folgenden Tagen hielten wir stets Ausschau nach unseren vermeintlichen Verfolgern, konnten aber keine weiteren Anzeichen ausmachen. Die vier Vorauseilenden allerdings schienen uns eine offensichtliche Fährte zu legen, der wir gehorsam, jedoch wachsam, folgten. Die Landschaft öffnete sich schließlich zu einem weitläufigen Hochplateau. Es war eine steinerne Wüste, hier und da von grünen Bergwiesen durchbrochen, wo sich ein Flüsschen schlängelte, und im Osten durch einen langgestreckten Bergrücken begrenzt. Obwohl ich mit dem Fernrohr die Umgebung untersuchte, konnte ich unsere vier Verfolgten nirgendwo erspähen, auch keine Staubfahnen, die Reiter in dieser Einöde hinterlassen mochten. Was ich jedoch vor der niedrigen Bergwand erblickte, waren Mauern und Säulen, die sich wie mahnende Finger gen Himmel reckten. Wir hielten darauf zu und waren uns irgendwann sicher, dass dies eine Ruinenstadt sein musste. Lindsay begann unruhig auf seinem Sattel herumzurutschen und trieb das Pferd zu immer schnellerem Gang an, bis er uns schließlich einige Schritte vorauseilte.

Beim Näherkommen erkannte ich hohe Mauern, die von breiten Treppen erschlossen wurden. Säulen standen darauf wie Wächter einer untergegangenen Kultur, gewaltige Gesteinsblöcke waren zu Toren und Durchgängen gestapelt. Es wirkte, als hätte hier einst eine Stadt auf einer künstlich angelegten Steinterrasse gestanden. Doch die Paläste, die es hier vor vielleicht Tausenden von Jahren gegeben haben mochte, waren zerfallen und vom Wüstensand bedeckt. Nur wenige Säulen und torähnliche Steinformationen zeugten von der Größe der Anlage. Der Earl sprang vom Pferd und geleitete es am Zügel eine der Treppen hinauf, die seitlich an den Terrassenmauern emporführten. Die Stufen waren niedrig genug für das Tier, dazu mit Sand und Geröll geebnet, und die Steigung gering. Ich schüttelte ungläubig den Kopf, doch folgten Halef und ich Sir David aufwärts in diese offensichtlich antike Stätte.

„Seht Euch das an, Kara! Was könnte das sein?" Lindsays Augen leuchteten fasziniert. Er stand da, mit den Händen in die Seite gestützt und betrachtete verzückt die weitläufige Fläche.

„Ich habe keinen blassen Schimmer", gestand ich schulterzuckend und ließ den Blick über die steinernen Artefakte schweifen. „I h r seid doch der Experte auf diesem Gebiet."

Tatsächlich war mir keine Ausgrabungsstätte in Persien mit Namen bekannt. Natürlich war es möglich, dass hier bislang keine Archäologen am Werk gewesen waren und somit die Stadt diesbezüglich noch unbekannt war. Allerdings musste sie in der Geschichtsschreibung bestimmt irgendwo Erwähnung gefunden haben. Lindsay löste das Rätsel denn auch sofort auf.

„O Kara, dies können nur die Reste e i n e r Stadt sein: Persepolis!"

„Persepolis?"

„Yes, so nannten sie die Griechen: *Stadt der Perser*. Die Perser selbst bezeichneten sie als *Tacht-e Dschamschid*, was so viel heißt wie *Thron des Dschamschid*."

„Und wer war dieser Dschamschid?" Halef rieb sich das Kinn.

Lindsay ging ganz in der Aufgabe des Museumsführers auf:

„Well, man sagt, dass es in grauer Vorzeit einen persischen König dieses Namens gab. Er soll einen fliegenden Thron besessen haben."

„Keinen fliegenden Teppich?" Halef kicherte.

„Sicherlich hatte er auch fliegende Teppiche." Der Earl blickte versonnen in die Ferne. Mir schien, er träumte.

„Sir David? Ihr wolltet von dem Thron erzählen."

Lindsay sah mich erschrocken an.

„Yes, gewiss. Sorry. Mir kam gerade so eine Erinnerung an einen Traum, den ich als Kind oft hatte. Ich flog als kleiner Bub mit einem Teppich durch einen prachtvollen Palast." Er schüttelte den Kopf, als wollte er den Traum verscheuchen. „Albern", murmelte er. Dann blickte er mich an, als ob er gerade erwachte. „Well, der Thron. Nun, die Stadt Persepolis soll aus den Überresten des abgestürzten Throns entstanden sein."

„Ein fliegender Thron? Und zudem ist er auch noch abgestürzt? Das ist wahrlich eine phantasievolle Legende", erwiderte ich schmunzelnd.

„Aber was brachte die Stadt letztendlich zu Fall?", fragte Halef.

„Alexander der Große. Er hat sie gegen 330 vor Christus eingenommen und zerstört. Er brannte alles nieder. Leider. Wer weiß, welche Geheimnisse er dadurch auf ewig vernichtete."

Lindsay klemmte den Zügel seines Pferdes in eine Mauerkerbe, nahm das Gewehr in die Hand und marschierte wie ein Eroberer hinein zwischen die steinernen Zeitzeugen, die der Wüstensand halb unter sich begraben hatte. Seine Schritte knirschten auf dem bröseligen Boden, als er sich entfernte.

Halef und ich blickten ihm betreten hinterher. Obgleich die Historie dieser zerfallenen Gemäuer äußerst interessant erschien, war mir im Augenblick nicht nach Geschichtsunterricht. Es galt Lady Anahita zu finden, die nun bereits mehr als einen Monat in der Gewalt ihrer Entführer war. Der Gedanke machte mir Sorgen und ich versuchte, meine Phantasie zu zügeln, was diese Attentäter Sir Davids Schwester alles angetan haben mochten. Wir konnten nur darauf hoffen und vertrauen, dass es ihr Auftrag war, sie unbeschadet bei ihrem Auftraggeber abzuliefern.

„Reliefs!", hörte ich Lindsay verzückt ausrufen.

Da sich die Sonne schon dem Horizont näherte und der Himmel sich über dem Gebirge im Westen rot färbte, mussten wir alsbald einen Lagerplatz finden. Dieser Ort erschien mir recht geeignet, deshalb drängte ich den Earl nicht zur Eile. Auch ich nahm vorsichtshalber den Henrystutzen in die Hand und stapfte hinter Sir David her. Er stand vor einer steinernen Treppe an einer Mauer, aus der sich plastisch eine Kuh hervorhob, der ein Löwe ins Hinterteil biss. Es war ein detailreiches Relief, dessen Bedeutung sich mir allerdings nicht erschloss. Ich konnte Soldaten erkennen, die in den Stein gearbeitet waren, sowie Tiere und Ornamente. Das Licht der tiefstehenden Sonne mit seinem flachen Einfallswinkel war optimal, um diese Kunstwerke der antiken Steinmetze in ihrer ganzen Pracht zu bestaunen.

„My God!", hörte ich Lindsay plötzlich schreien. Er war schon weitergezogen und aus meinem Blickfeld verschwunden.

Halef, der hinter mir hertrottete, blickte erschrocken auf. Hastig stürzten wir die Treppen hinauf auf das obere Plateau in Erwartung, dass Sir David in die Hände der Assassinen gefallen war. Zwischen stehenden und umgestürzten Säulen hindurch erblickte ich den Earl vor einer Art Pforte knien, welche aus dem Erdreich hervorschaute. Sie war mehrere Meter hoch und überragte Sir David um ein Vielfaches. Von Banditen allerdings fehlte jedwede Spur. So ließ ich den Gewehrlauf sinken. Beim Näherkommen konnte ich zu beiden Seiten dieses Tors in den Stein gemeißelte Köpfe erkennen, mit langen Bärten und langgestreckten Hüten, die man auch *Tarbusch* nannte. Die Körper dieser Männer waren jedoch nicht menschlich, sondern jeweils der eines Bullen und auf ihren Rücken entfalteten sich riesige Adlerschwingen. Selbst mir klappte nun die Kinnlade herunter, denn was da vor mir stand, waren zwei an die sechs Meter hohe geflügelte Stiere – Lindsays sogenannte *Fowling-Bulls*.

„Kara, Halef! Seht! Ich habe sie gefunden!" Sir Davids Stimme überschlug sich fast.

Vor einer der steinernen Torkonstruktionen hatten wir ein kleines Feuer entzündet. Das Tor war weniger hoch als das sich in Sichtweite befindende *Fowling-Bulls*-Tor. So konnte es uns zugleich als Unterschlupf für die Nacht dienen und uns vor dem Wüstensand und Wind auf dieser Hochebene schützen. Vor den riesigen geflügelten Stiermenschen hatte Lindsay zwei kleine Feuer entzündet. Das behagte mir nicht, da wir nun hier in diesen Ruinen wie auf einem Präsentierteller saßen. Lindsay war sich dessen wohl bewusst, doch konnte ich ihn nicht davon abhalten.

„Kara, verzeiht mir diesen Spleen. Aber ich habe mein Leben lang nach diesen Figuren gesucht. Nun, da ich sie gefunden habe, ist es mir unmöglich, sie zu untersuchen, geschweige denn, dem Britischen Museum zu senden. Ich weiß, wir müssen morgen weiter, um Anahita zu finden. Aber diese Nacht lasst mich diese Wesen betrachten und meinem Traum nachtrauern."

„Sir David, auch wenn Ihr sie nicht materiell mitnehmen könnt, so habt Ihr sie in Eurem Herzen."

„Well, schön gesprochen. Doch Poesie kann mich diesmal nicht aufheitern. Mein Lebenstraum zerbröckelt vor meinen Augen."

„Wir können wiederkommen, jetzt, da wir wissen, wo sie zu finden sind."

„Ja, das können wir – vielleicht."

Die kleinen Feuer flackerten und Schatten tanzten auf den Standbildern, die sie fast lebendig erscheinen ließen. Die feinen in den Stein geschlagenen Linien formten einen säuberlich gestutzten und gepflegten Bart in dem starren Gesicht. Eine Art Brustpanzer bedeckte den vorderen Teil des Stierkörpers und die Federn der Adlerschwingen waren bis zu den zartesten Kielen ausgearbeitet.

Lindsay saß am Boden und lehnte mit dem Rücken an einem der Steinquader unserer Nachtstatt, schaute zu den schwach erhellten geflügelten Kreaturen und schien in einer anderen Welt zu schweben. Neben ihm lagen sein Gepäck, sein Gewehr, sein Sattel und einige weitere Bündel. Die Pferde schnaubten ein Stück entfernt in einer großen viereckigen Senke, die mit ein wenig Gras und Gebirgskräutern bewachsen war. Es wirkte fast wie ein vertrocknetes, vom Sand verschüttetes, einstiges Wasserbecken.

„Was bedeuten diese Wesen?", fragte Halef. „Sind sie einst durch die Lüfte geflogen wie die Simurghs?"

„No, das glaube ich nicht", antwortete Lindsay, ohne den Blick von den Kreaturen zu wenden. „Auch wenn wir es schon mit den sonderbarsten Geschöpfen auf unseren Reisen zu tun hatten, wie dem Vogel aus der Geisterwelt, dem Mantikor in Al-Kadirs Felsenfestung und dem Minotaurus in der kretischen Höhle, so sind dies hier reine Fabelwesen. Man nennt sie auch *Lamassu* und die weiblichen Gegenstücke *Apsasû*. Es sind Schutzgeister oder Schutzdämonen, welche die Kraft des Stiers, die Freiheit des Adlers und die Intelligenz des Menschen in sich vereinen."

„Also sind es gute Dämonen?"

„Das kommt auf den Standpunkt an, Halef. Für den, den sie behüten, deren Haus sie bewachen, sind es gute Geister. Doch für dessen Gegner sicher nicht."

„Dann wollen wir hoffen, dass diese hier sich von uns nicht bedroht fühlen und hier irgendetwas beschützen."

Lindsay lachte bei Halefs Worten und der Beduine wickelte sich in seine Decke. Auch ich bettete mich zur Ruhe, da der Earl angeboten hatte, so lange zu wachen, bis die Feuer bei den Statuen erloschen waren, dann wollte er mich für die zweite Wache wecken. Den Henrystutzen hatte ich griffbereit und ebenso legte ich die Colts und das Bowiemesser nicht ab. Diese auffällige Beleuchtung unserer Lagerstätte war geradezu eine Einladung an alle Banditen der Umgebung, uns einen unangenehmen Besuch abzustatten.

Ich wurde von einem Knall aus dem Schlaf gerissen. Sofort war ich wach. Es musste ein Schuss gewesen sein. Die Feuer waren offenbar erloschen, denn ich erkannte meine Hand vor Augen nicht. Zudem herrschte gerade Neumond und so war von diesem Himmelsgestirn ebenfalls kaum Licht zu erwarten. Halef lag nicht mehr neben mir. Ob Lindsay noch am Eingang unseres Unterschlupfs saß, gewahrte ich nicht. Hastig stand ich auf, ergriff den Henrystutzen und stürmte hinaus. Meine Augen gewöhnten sich rasch an die Lichtverhältnisse, da ich draußen in der Dunkelheit der Nacht schemenhaft die Säulen und steinernen Tore zu erkennen vermochte. Das Sternenband der Milchstraße und die schmale Mondsichel lieferten nun genug Licht für ein wenig Orientierung. In geringer Entfernung realisierte ich Halef mit dem Gewehr im Anschlag, wie er vor etwas davon- oder hinter etwas herjagte. Ich erkannte jedoch nichts in seiner Nähe, was diese Panik rechtfertigte. Lindsay dagegen sah ich nirgendwo.

„In Deckung, Kara!", hörte ich plötzlich seine Stimme rechts von mir.

Ich wandte mich um und registrierte einen großen schwarzen Schatten, welcher auf mich zuraste. Noch in meiner Drehbewegung riss ich den Gewehrlauf hoch, kam aber nicht zum Abdrücken, weil ich plötzlich in zwei glühende rote Augen blickte. Mir stockte der Atem. War das real oder ein Alptraum wie der über Nemo, als wir mit der *Marley* Gibraltar passiert hatten? Der kurze Moment meiner Irritation genügte, damit mich das gewaltige Etwas umreißen konnte. Mein Kopf prallte auf einen Stein und ich verlor die Besinnung. Obwohl ich mich nicht zu rühren vermochte und nichts sehen konnte, war mir, als vernähme ich noch die verhallenden Schreie meiner Freunde.

Siebtes Kapitel
Gekidnappt

Als ich erwachte, war die Sonne schon über den Horizont gestiegen. Mein Kopf dröhnte und mühsam stemmte ich mich hoch. Noch auf allen vieren ließ ich den Blick suchend über die steinernen Relikte schweifen. Die Ruinenstadt lag friedlich im Morgenlicht vor mir, doch Halef und Lindsay waren verschwunden. Ich war nicht wenig beunruhigt, zumal ich mich an die seltsamen Ereignisse, bevor ich die Besinnung verloren hatte, erinnerte. Als ich mich jetzt erheben wollte, spürte ich etwas Hartes in meinem Rücken.

„Guten Morgen, der Herr", sprach mich jemand auf Persisch an. „Wünsche, wohl geruht zu haben."

Reflexartig griff ich nach den Colts, doch hatte man sie mir offenbar abgenommen, ebenso das Messer und das Gewehr. Die Sonnenstrahlen warfen meinen Schatten lang vor mich hin und nicht nur meinen, sondern auch jene von mindestens fünf Männern mit Flinten in den Händen, welche offenkundig hinter mir standen. Das Harte, was ich gegen meine Rippen gedrückt spürte, war demnach die Mündung einer ihrer Waffen. Jemand packte meine Handgelenke und schnürte sie mir auf dem Rücken zusammen. Ich wehrte mich nicht, da ich noch immer leicht benommen war. Auch wusste ich nichts über diese Leute, deren Motive, oder was mit meinen Freunden geschehen war. Auf letztere Frage bekam ich alsbald eine Antwort. Die unbekannten Männer zerrten mich hoch und stießen mich in

Richtung des steinernen Tors, welches wir als Schutz in der Nacht bewohnt hatten. Dort lagen zwischen unserem durchwühlten Gepäck Halef und Lindsay – ebenfalls gut verschnürt, aber augenscheinlich unverletzt. Ich war erleichtert, sie wohlauf zu sehen.

Einer der Männer hockte sich vor uns auf den Boden, strich sich über den schwarzen Bart und blickte uns aus düsteren Augen abschätzend an. Seinen Kopf zierte eine hohe dunkle Schaffellmütze.

„Engelisi?"

Und obwohl Lindsay sprachlich nicht besonders bewandert war und auch des Persischen, bis auf ein paar Brocken, nicht mächtig, begriff er die Bedeutung des Wortes sehr gut.

„Yes. Ich bin Brite – und wenn Ihr uns nicht auf der Stelle frei lasst, wird das schlimme Konsequenzen für Euch haben!", donnerte er auf Englisch los.

Der Mann legte den Kopf schief wie ein Hund. Offenbar verstand er nichts von dem, was ihm der Earl entgegenbellte.

„Was habt Ihr mit uns vor?", fragte ich, um ihm zu zeigen, dass ich seine Sprache recht gut beherrschte.

Er schien nicht überrascht oder kaschierte es gekonnt.

„Irgendwer wird Euch sicherlich bald vermissen." Dabei machte er ein gespielt trauriges Gesicht. „Und dann wird er gewiss in seiner Freude, dass wir Euch gefunden haben, viel Geld spendieren." Er grinste mich vergnügt an.

„Wie soll ich Euch ansprechen?", fragte ich weiter.

Einen Moment dachte der Fremde nach, dann antwortete er: „Nennt mich Asad."

„Gut, Asad, zu Eurer Enttäuschung muss ich Euch leider mitteilen, dass es niemanden gibt, der für uns einen Finderlohn zahlen kann."

„Das sagt jeder von euch Engelisi. Wir werden das noch herausbekommen. Zuerst nennt mir Euren Namen und den Eurer Gefährten."

„Mein Name ist Karl Müller und das sind mein Onkel David und mein arabischer Freund Halef", log ich. Eigentlich war lügen nicht meine Art, doch hier hielt ich es für angebracht, unsere wahren Identitäten zu verschweigen. Auf Halef hatten es diese Banditen sicher nicht abgesehen, sondern auf reiche Europäer. Dass Sir David ein überaus betuchter Earl aus England war, hatte ich nicht vor, diesen Leuten zu erzählen. Vielleicht ließen sie sich durch ein bisschen Verhandlungsgeschick überreden, uns ziehen zu lassen. Ich wollte mich ungern auf einen Kampf mit ihnen einlassen.

Sein Kumpan hinter ihm hantierte mit dem Henrystutzen herum. Das machte mich wütend, auch wenn ich wusste, dass er mit dem Gewehr nichts anfangen konnte, da das Schloss für Ungeübte zu kompliziert war. Überhaupt war ich höchst ungehalten darüber, dass unser Gepäck – die persönlichen Kleinigkeiten aus den Taschen und Bündeln gerissen – sich zerstreut in dem Unterschlupf verteilte. Erzürnt ruckte ich an den Fesseln, aber die Knoten saßen fest.

„Mister Bandit, lasst sofort meine Axt in Ruhe!", brüllte Sir David erbost.

Der Angesprochene verstand trotz der fremden Sprache, um was es ging, und hob demonstrativ die Labrys in die Höhe. Dabei lachte er zynisch.

Ich bemerkte Blut an einem der Metallblätter. Doch bevor ich dazu kam, Lindsay zu fragen, was es damit auf sich hatte, zogen uns die Kerle auf die Füße.

„Wir werden einen Ausflug machen, Karl Müller, während mein Freund Hamid seine Kontakte spielen lässt, um zu erfahren, wer Ihr seid."

Einer der Banditen, offenbar besagter Hamid, schwang sich auf ein Pferd und preschte davon. Der Rest der Bande sammelte aus unserer Habe einige Sachen zusammen. Zu meinem Ärger nahmen diese Schurken nur unsere Waffen, einige Vorräte und das Wasser mit. Alle anderen persönlichen Gegenstände und Kleidungsstücke ließen sie achtlos liegen, darunter auch mein Fernglas und Halefs magische Kugel. Wir wurden auf unsere Pferde gesetzt, welche die Wegelagerer hinter sich herführten. Lindsay hatte im Gegensatz zu Halef und mir einige Probleme, sich mit den auf dem Rücken gefesselten Händen auf seinem Tier zu halten. Wütend fluchte er vor sich hin. Ich überlegte, ob es sinnvoll war, meinem Pferd die Sporen zu geben und einen Fluchtversuch zu wagen. Doch die schussbereit gehaltenen Gewehre und finsteren Mienen dieser vier Banditen überzeugten mich schließlich, Geduld zu bewahren und den richtigen Moment abzuwarten. Ich versuchte, mir den Weg einzuprägen, damit wir nach einer gelungenen Flucht imstande wären, wieder zurückzureiten, um unser Hab und Gut einzusammeln, welches diese Leute in den Ruinen zurückgelassen hatten. Zunächst führte der Pfad nach Südosten an dem zerklüfteten Bergrücken entlang, der sich hinter der antiken Stätte erhob. Der *Kuh-e Rahmat* lag da wie ein schrundiger Brotlaib. Bei dieser Überlegung begann mein Magen zu knurren. Die Aufregung des Überfalls hatte mich gänzlich vergessen lassen, dass ich an dem Morgen noch nichts gegessen hatte. Auch Halef schien ein ähnlicher Gedanke gekommen zu sein, denn er blickte mich verdrießlich an.

„Sihdi, wenn wir nicht bald eine Rast machen, falle ich vor Hunger vom Pferd." Halef begann die Unterhaltung gewiefterweise auf Englisch – auch wenn es nur auf seine gebrochene Art war –, sodass er sicher sein konnte, zwar von uns, aber nicht von unseren Kidnappern verstanden zu werden.

„Die Sonne steht fast im Zenit. Mit etwas Glück haben selbst diese Diebe in Kürze Hunger. Vielleicht gibt uns das eine Möglichkeit zur Flucht."

„Indeed, das sollten wir ausnutzen", stimmte auch Lindsay in den Plan ein.

Der Knall einer Peitsche ließ unsere Pferde zusammenzucken, sodass Lindsays Pferd aufstieg und der Earl von diesem herunterfiel. Asad kam mit Halefs Kurbatsch in der Hand und bedrohlichem Gesichtsausdruck auf uns zugeritten. Sein Pferd schnaubte nervös. Glücklicherweise hatte sich Lindsay bei dem Sturz nicht verletzt. Er war sofort wieder auf den Füßen und fauchte den Banditenführer unverhohlen an.

„Das wird noch ein Nachspiel haben, Mister Asad. Wie könnt Ihr es wagen, uns dermaßen zu behandeln!"

Der Perser ließ erneut die Peitsche klatschen, sodass loses Gestein neben dem Earl aufspritzte.

„Was sagt er?", fragte der Mann ungehalten.

„Er sagt, dass Ihr für einen toten Mann kein Lösegeld bekommen werdet", log ich. „Ich stimme ihm zu. Wenn wir zu Tode stürzen oder verdursten, dann habt Ihr nichts gewonnen."

Asad blickte mich nachdenklich an.

„Da habt Ihr Recht, Karl Müller." Er gab einem seiner Kumpane einen Wink und uns wurden die Hände nach vorn gebunden, sodass uns das Reiten leichter fiel und wir zudem schneller vorankamen. Auch gab man uns etwas Wasser zu trinken. Doch hoffte ich noch immer vergebens auf eine längere Rast, die uns die Möglichkeit zur Flucht verschaffte. In Gedanken überlegte ich mir, wie dies gelingen konnte. Gleichwohl ließ sich unser Vorhaben nicht in die Tat umsetzen. Wir ritten nun in ein Tal und folgten einem Flusslauf. Asad und seine Truppe hielten zwar tatsächlich im Schatten einiger Feigenbäume an, bewachten uns jedoch so gut, dass es nicht möglich war, zu entkommen, ohne einen Kampf auszulösen, den wir mangels Waffen und mit gebundenen Händen schwerlich gewinnen konnten. Zudem hielt uns Asad jetzt weit auseinander, wahrscheinlich, um weitere Absprachen zwischen uns zu unterbinden. Mich beaufsichtigte er persönlich und setzte sich zu mir auf den steinigen Boden neben das plätschernde Wasser. Er reichte mir eine Schale zum Trinken und ich bedankte mich. Auch Fladenbrot bot man uns zum Essen an und erlaubte uns, unter Bewachung in einem Gebüsch gewissen privaten Bedürfnissen nachzugehen. Doch eine gemeinsame Flucht verhinderten die Banditen geschickt. Wir waren sicherlich nicht die ersten Reisenden, die diesen Leuten in die Hände fielen.

„Ist das Lösegeldgeschäft sehr einträglich?", fragte ich den Anführer der Bande. Er saß neben mir, kaute an seinem Brot und grinste mich nun belustigt an.

„Es ist ein mühseliges Geschäft in der Gegend hier. Nicht minder beschwerlich, als wie dem Boden ein paar Früchte abzuringen, um die Familie zu ernähren."

„So kommen also nicht viele Reisende hier durch?"

„Nein, eher selten. Obwohl es in diesen Tagen seltsamerweise recht belebt hier zugeht. Erst vor zwei Nächten kamen vier Reiter unweit des Passes entlang." Er zeigte nach Westen auf eine Anhöhe. Ich folgte seiner Hand und erkannte schneebedeckte Grate, die in der Sonne glitzerten. Und weiter unten zwischen tiefen Furchen im Gestein blitzte erneut etwas auf. Ich war irritiert und wandte mich eilig wieder Asad zu, in der Hoffnung, dass er mein Erstaunen nicht bemerkt hatte.

Er blickte allerdings gerade nachdenklich auf den Boden vor seinen Füßen und kratzte mit dem Griff der Kurbatsch Rillen hinein.

„Ich denke, dass die Gruppe irgendwo von der Küste her kam und vielleicht nach Teheran unterwegs war", fuhr er fort.

„Wie kommt Ihr darauf?"

„Ich weiß nicht. Die Richtung stimmte. Es war nur eine Vermutung."

„Habt Ihr diese Reisenden nicht überfallen?" Ich grinste.

Er blieb ernst.

„Nein. Es waren drei Männer und eine Frau. Und irgendetwas strömte von ihnen aus. Ich konnte etwas spüren. Eine böse Macht. Die Frau wirkte zudem, als wäre sie nicht bei Sinnen, seltsam abwesend. Deshalb blieben wir lieber im Verborgenen und ließen sie ziehen."

„Meint Ihr, die Frau gehörte zu ihnen? War sie ihr Eigentum?"

„Ihr Eigentum?", fragte Asad und schnaubte verächtlich. „Kann ein Mensch das Eigentum eines anderen sein?"

Ich wusste nicht, worauf er hinauswollte.

„Moralisch gesehen sicher nicht. Doch gibt es genug Sklavenhändler, die das anders sehen."

„Und Ihr? Wie seht Ihr das?"

Ich war wahrhaftig erstaunt über derartige Worte aus dem Mund eines Diebes.

108

„Ich habe etwas gegen Sklavenhändler. Nein, ein Mensch kann nicht das Eigentum eines anderen sein."

Asad sah mir eine Weile ernst in die Augen. Obwohl mir sein Blick zunächst Zustimmung suggerierte, entspannten sich seine Gesichtszüge plötzlich und er lachte.

„Ihr irrt Euch, Karl Müller. Ihr seid mein Eigentum!"

Ich erwiderte nichts, zumal ich mir unsicher war, wie ich dieses zwiespältige Verhalten einordnen sollte. Allerdings erfreute mich die Information über die Gruppe mit der Frau zutiefst. Denn das konnten durchaus die Entführer von Lady Anahita gewesen sein. Möglicherweise fanden wir ihr Lager in den Bergen. Wir hatten demnach endlich eine vage Spur. Aber nur drei Entführer? Die Zusammenhänge waren mir noch schleierhaft. Es müssten mindestens fünf bis sechs Entführer sein. Vielleicht hatten sie sich getrennt oder Shana war zwischenzeitlich an der Verletzung gestorben. Was jedoch hatte die erneute Sonnenreflexion in der Bergwand zu bedeuten? War ein Teil der Truppe in unseren Rücken gelangt und verfolgte uns? Ich schaute mich zu Lindsay um, der in einigem Abstand, bewacht von einem der Banditen, am Ufer saß, doch war es mir unmöglich, ihm die Nachricht mitzuteilen, dass ich eventuell eine Spur zu Anahita gefunden hatte. Auch Halef wurde zu weit von mir entfernt festgehalten, um ihn unbemerkt etwas wissen lassen zu können.

Am frühen Abend erreichten wir ein kleines Dorf. Die armseligen Hütten schmiegten sich sämtlich krumm und schief mit geflickten Dächern in ein Tal. Ein paar Alte saßen vor den hölzernen Türen, durch die der Wind pfiff. Aus einer dieser Pforten, von der die blaue Farbe abblätterte wie von einem zerborstenen Himmel, schaute eine Frau heraus. Sie trug einen Säugling auf dem Arm, und als sie unser ansichtig wurde, legte sie das Tuch, welches ihr über den Schultern hing, auf ihr dunkles Haar. Unsere Entführer stiegen von den Pferden und ich beobachtete, wie Asad die Frau begrüßte und liebevoll die Wange des Kleinkinds streichelte. Ein weiteres Kind kam aus der Hütte und klammerte sich an sein Bein. Er hob es hoch und es quietschte vergnügt. Es mochte so um die vier Jahre alt sein. Dann rief er den Namen „Vahid" und hinter dem Häuschen trat ein Junge von vielleicht neun oder zehn Jahren hervor. Asad legte ihm die Hand auf die Schulter und gab ihm einige Anweisungen, die ich wegen der Entfernung nicht verstand. Dann kam der Bandenführer zurück und bedeutete mir, dass ich absteigen solle. Auch Lindsay und Halef stiegen von den Pferden. Vahid und mehrere junge Männer nahmen sich unserer Pferde an und führten sie fort. Hinter den Hütten bemerkte ich einen Zaun zwischen dornigen Büschen und vermutete dort eine Koppel für die Tiere.

Die junge Frau, die ich für Asads Ehefrau hielt, setzte den Säugling einer Alten auf den Schoß, die auf einer Bank saß und etwas zu flicken schien. Dann begab sie sich zu einem stein-ummauerten Brunnen, zog den Kübel hoch, füllte das Wasser in eine Schale und gab sie ihrem Mann. Der trank davon und reichte sie mir weiter. Ich nahm sie wortlos an und trank ebenfalls. Die Frau verteilte weitere Wasserschalen an Halef, Lindsay und den Rest der Banditen und trat schließlich an Asad heran.

„Was werden sie einbringen?", fragte sie und musterte mich wie einen Stier auf dem Viehmarkt.

„Das wissen wir noch nicht. Hamid wird in Erfahrung bringen, wer sie sind und ob sie jemand vermisst."

„Sei vorsichtig", flüsterte sie. „Was soll ich tun, wenn der Schah dich ergreift und dir den Kopf abschlagen lässt?" Sie schlang die Arme um Asad.

„Hab keine Angst, das wird nicht geschehen. Der Schah interessiert sich nicht dafür, was hier in der Gegend geschieht."

„Nein, er interessiert sich nicht dafür, ob seine Untertanen verhungern, solange er auf seinem goldenen Thron hocken und sein Land an die Europäer verkaufen kann."

Asad räusperte sich und nickte in meine Richtung.

Die Frau verstand. „Ihr sprecht unsere Sprache?"

„Ja, ein wenig, werte Dame."

Sie lachte.

„Zumindest wisst Ihr zu schmeicheln." Dann wurde sie ernst. „Ihr solltet nicht allzu schlecht über uns denken."

„Warum sollte ich schlecht über Diebe und Kidnapper denken?", gab ich sarkastisch zurück.

Die Frau senkte den Blick.

„Genug der Höflichkeiten!" Asad stieß mich unwirsch mit dem Gewehr vorwärts.

Wir setzten unseren Weg nun zu Fuß fort, hinaus aus dem Dorf, über eine Anhöhe, auf der sich niedriges Buschwerk gegen den Wind stemmte, und hinunter in eine weite Ebene. Der Anblick war faszinierend. Umrahmt von bizarren Bergen breitete sich ein See vor uns aus. Inmitten des Gewässers befand sich eine Gruppe felsiger Eilande. Allerdings war der See kein gewöhnliches Wasser. Ein breiter Streifen am Ufer glitzerte weiß. Kleine Wogen muteten an, als seien sie mitten in ihrer Bewegung gefroren. Doch war dies kein Eis. Schaumige Kronen auf nur fingerhohen Wellen glänzten im Licht der untergehenden Sonne und erschienen mir wie zu Kristallen erstarrte Gischt. Meine Schritte, wie auch die von Halef, Lindsay und unseren drei Begleitern, knirschten auf der funkelnden Kruste. Dies musste der Tashk-See sein, überlegte ich, ein Salzsee im südlichen Zagros. Weiter draußen in dieser Salzwüste glänzte etwas und ich konnte nicht erkennen, ob es tatsächlich Wasser war oder eine Fata Morgana. Erst beim Näherkommen war ich mir sicher, dass es sich um das flüssige Element handelte. Eine Gruppe von rosa Flamingos stakste durch die seichte Flut, die eine ähnliche Färbung hatte wie die Vögel und in die die kristallene Ebene nun überging. Sie waren auf der Suche nach Salzkrebsen, eine der wenigen Tierarten, die in dieser lebensfeindlichen Umgebung ihr Auskommen fanden.

„Wo bringt Ihr uns hin?", fragte Halef grimmig.

„In unser Versteck. Dort seid Ihr gut verborgen. Es wird Euch niemand finden."

Auf Lindsays fragenden Blick hin übersetzte es Halef für ihn mit seinem schlichten englischen Wortschatz.

Der Earl konterte prompt:

„Da solltet Ihr Euch nicht so sicher sein, Mister Bandit. Ich habe Freunde in Māh Schahr ..." Lindsay brach ab und blickte Asad erschrocken an.

Obwohl dieser kein Englisch sprach, verstand er das Wort Māh Schahr sehr wohl.

„Vielen Dank für diese Information. Die Freunde in Māh Schahr werden sich gewiss über ein Wiedersehen mit Euch freuen", antwortete er auf Persisch.

Und obwohl Lindsay den Satz in seiner Gänze bestimmt nicht übersetzen konnte, war er sich des Inhalts augenscheinlich bewusst. Denn er verdrehte wohlwissend, dass seine Aussage unbedacht gewesen war, die Augen und grummelte schließlich leise vor sich hin. Welche Freunde er meinte, konnte ich nur erraten und nahm an, dass er Kapitän Masterman und die Mannschaft der *Marley* meinte, die dort vor Anker lag.

Mitten in dem seichten Gewässer erkannte ich jetzt zwei Boote. Sie lagen wegen der fehlenden Tiefe zur Seite geneigt. Wir hielten darauf zu. Obwohl das salzhaltige Wasser den Planken sicher zusetzte, schienen sie dicht zu sein, denn sie waren innen absolut trocken.

Asad nahm ein Seil auf, welches am Bug eines der Boote befestigt war, und drückte es mir in die gebundenen Hände.

„Macht Euch nützlich, Karl Müller." Als ich einen Moment zögerte, stieß er mir mit dem Gewehr unsanft in die Rippen. „Wir haben keine Zeit zu verlieren. Es wird bald dunkel."

So blieb mir nichts anderes übrig, als die Demütigung herunterzuschlucken, das Seil über meine Schulter zu führen und das Boot durch das flache Wasser zu ziehen. In mir wuchs der Zorn und ich war nahe dran, mich umzudrehen und mit den Füßen nach meinem Peiniger zu treten. Aber ich befürchtete, dass diese Unbedachtheit meinen Freunden schaden könnte, falls einem der drei Banditen der Finger allzu nervös am Abzug liegen sollte. Schließlich erreichten wir knietiefes Wasser. Asad stieg ins Boot und zog Halef und Lindsay unter Hilfe seiner Kumpane hinein und zum Schluss auch mich. Wir Gefangenen mussten am Boden liegen bleiben und Asads Gehilfen ruderten uns ins freie Wasser. Ich konnte nichts weiter sehen als den abendlichen Himmel, blau und wolkenlos. Außer dem Eintauchen der Ruder war kein Laut zu vernehmen. Nicht einmal Vogelgeschrei.

„Ich glaube, ich habe eine Spur zu Anahita", raunte ich Lindsay zu.

„Indeed?", antwortete er ein bisschen zu deutlich.

Dies wurde sofort mit einem Fußtritt von Asad gegen meine Schulter bestraft, denn er hatte sehr wohl bemerkt, dass ich das Gespräch begonnen hatte und nicht Sir David.

„Wenn Ihr etwas zu erzählen habt, Karl Müller, dann bitte in einer Sprache, die ich verstehe. Sonst muss ich annehmen, dass Ihr Eure Flucht plant."

Nach geraumer Zeit schabte der Kiel des Bootes über Grund. Wir stiegen aus und ich musste es erneut ein Stück weit ziehen, bis es so fest auflag, dass es nicht davonschwimmen konnte. Wieder schritten wir über die knirschende Salzkruste, die sich in filigranen Mustern, wie geklöppelte Spitze aus meiner Heimat, vor uns ausbreitete. Ich erkannte, dass wir zwischen drei Inseln angelegt hatten. Auf einem der kargen Felsklumpen erspähte ich eine Hütte. Sie lag durchaus so versteckt, dass sie vom benachbarten Festland aus nicht auszumachen war. Asad führte uns hinein und wir mussten uns an zwei Stützpfeilern niedersetzen, an die wir festgebunden wurden. Die Hütte hatte eine Feuerstelle und die Männer begannen in einem Topf etwas zu kochen. Später stellte sich das Mahl als *Kalle Pache* heraus – ein Schafskopf mit Augen, Zunge, Hirn und Füßen. Das mag sich für manch einen befremdlich anhören, doch ist dies in vielen Teilen des östlichen Europas und westlichen Asiens ein traditionelles Gericht. Denn die meisten Menschen können es sich nicht erlauben, bloß die guten Filet- und Schinkenstücke eines geschlachteten Tiers zu verwerten. Zudem hatten wir Hunger und waren nicht in der Lage, wählerisch zu sein, also griffen wir beherzt zu. Die Zunge schmeckte durchaus köstlich und war äußerst zart. Mit der Konsistenz des Hirns konnte ich mich jedoch nicht anfreunden, denn es erinnerte an einen Klumpen Fett.

Mittlerweile war es draußen dunkel geworden. Asad schickte einen seiner Kumpane hinaus als Wache. Er selbst und der andere Mann blieben bei uns. So wurde es schwer, eine Unterhaltung mit Lindsay und Halef zu beginnen, ohne dass Asad es bemerkte. Zudem schienen alle von dem anstrengenden Tag müde zu sein. Asad fesselte uns so an die Stützpfeiler, dass wir liegen und möglicherweise schlafen konnten. Jedoch hatte ich nicht vor zu schlafen. Als ich mich nämlich auf den Boden streckte, fühlte ich etwas, dass ich auch schon im Boot gespürt hatte – einen harten Gegenstand von geringer Größe in einer Innentasche meines Gewands. Es war das kleine magische Messer *Me var dana*, welches ich in Georgien einem Banditen abgenommen hatte. Da es wie ein unscheinbares Holzstück aussah, hatten es diese Gauner wahrscheinlich in der Tasche belassen, als sie mir in der Ruinenstadt die Waffen abnahmen. So wartete ich, bis die zwei Geiselnehmer in der Hütte in den Schlaf gesunken waren. Asad verlangte mir dabei einiges an Geduld ab, denn er kämpfte immer wieder erfolgreich gegen die ihn übermannende Müdigkeit an. Schließlich schlief auch er ein. Das verlöschende Licht der Feuerstelle und eine Kerze unweit des schlafenden Mannes waren die einzigen Lichtquellen. Somit hüllte uns genau die Düsternis ein, die ich benötigte.

Vorsichtig und ohne ein Geräusch zu verursachen, drehte ich mich so auf die Seite, dass das *Me var dana* in der Nähe meiner Hände, die erneut auf dem Rücken gebunden waren, in meinem Gewand zu liegen kam. Dann stemmte ich mich hoch und das Messer schaukelte im Stoff kurz über dem Boden.

„Me var dana", flüsterte ich, was so viel heißt wie *Ich bin ein Messer*. Augenblicklich schnellte die Klinge heraus, zerschnitt durch ihr Eigengewicht das Gewebe und plumpste zu Boden. Eilig legte ich mich darauf, fasste den hölzernen Griff mit den Händen und begann den Strick durchzuschneiden.

In diesem Moment donnerten draußen Schüsse. Asad und sein Kumpan schreckten hoch. Grimmig sah er zu mir herüber. Ich zuckte mit den Schultern. Denn wer sollte das sein? Niemand hier in Persien suchte nach uns oder wusste gar, dass wir auf dieser Insel versteckt wurden. Das Gewehrfeuer musste also etwas oder jemand anderem gelten, nicht uns. Asad bedeutete seinem Gehilfen, uns zu bewachen, während er mit dem Gewehr in der Hand hinausstürmte.

„Was hat das zu bedeuten, Sihdi?"

„Ich weiß es nicht. Wahrscheinlich ein Überfall, der aber sicher nichts mit uns zu tun hat", entgegnete ich auf Englisch. „Doch wir sollten die Gelegenheit am Schopf packen." Ich sprach extra langsam und deutlich, damit Halef mich verstand. Seit den Lehrstunden mit Ann und Sofie im Kaukasus hatte er große Fortschritte in dieser Sprache gemacht.

„Seid still!", knurrte unser Wächter und richtete den Gewehrlauf auf uns.

Ich blickte ihn ergeben an. Abermals knallten Schüsse in einiger Entfernung und nun antworteten Asads Gewehre nahe der Hütte. Unser Bewacher wurde unruhig. Er blickte immer wieder abwechselnd zu uns und zum Fenster hinüber. Schließlich erhob er sich und ging zu der Öffnung in der Wand, um hinauszuspähen. Diesen Moment nutzte ich aus. Meine Stricke hatte ich mittlerweile durchtrennt und sprang nun auf. Schnell stürzte ich mich auf den Mann am Fenster, drückte den Lauf seines Gewehrs Richtung Wand, damit er durch einen versehentlich abgefeuerten Schuss meine Freunde nicht verletzte, und rang ihn nieder. Ich ballte die Hand zur Faust und schmetterte sie ihm gegen die Schläfe. Er gab einen röchelnden Laut von sich und sank bewusstlos auf die Dielen.

Gerade als ich zurück zu Halef und Lindsay spurten wollte, um sie von ihren Fesseln zu befreien, wurde die Tür aufgestoßen und Asad taumelte herein. Von seiner Stirn lief ihm Blut über die Wange. Offenbar hatte ihn ein Schuss gestreift. Er blickte mich verwirrt an und nun bemerkte ich, dass er unbewaffnet war. Doch sogleich erschien hinter ihm in der Dunkelheit des Eingangs ein glänzender, äußerst kurzer, doppelter Lauf. Sofort wusste ich, wem diese Waffe gehörte.

„Damned! Ann", stieß Lindsay aus, als die junge Dame ganz undamenhaft in Hose, Stiefeln, Jagdjacke und mit ihrer Godiva, der doppelläufigen abgesägten Schrotflinte, im Anschlag in den schummrigen Schein der Kerze trat. Sie schob Asad in meine Richtung und ich schluckte den Schreck über ihr Erscheinen möglichst unauffällig herunter. Dann begann ich den zwei Banditen Fesseln anzulegen.

„Onkel Da-Vid, bevor du lospolterst, möchte ich dich erst losschneiden." Sie zückte ihr Messer und hielt inne. „Oder vielleicht nicht sofort. Sorry."

„Pardon? Ich habe mich wohl verhört!" Lindsays Stimme überschlug sich fast. Sein Gesicht war in der Dunkelheit nur schemenhaft zu erkennen.

Ann hockte sich vor ihm nieder, durchtrennte allerdings nur Halef die Fesseln. Dieser rieb sich die Handgelenke.

„Vielen Dank, Miss Ann." Er ging zur Feuerstelle und entfachte sie neu, damit die Hütte besser beleuchtet war.

Inzwischen war auch Sofie Nelson eingetreten und hinter ihr erschien ein Mann. Ich konnte nicht fassen, wen ich da erblickte.

„Mister Doyle!"

„Mister Kara", erwiderte der Angesprochene erfreut, „ich hoffe, Sie sind unverletzt."

„Ja, durchaus." Es war mir ein wenig peinlich, dass die drei uns in dieser Lage vorfanden. „Wenn ich mich recht erinnere, sollten Sie den Damen Gesellschaft leisten und ihnen über die Enttäuschung hinweghelfen, dass sie nicht mit auf die Reise durften – und nun haben Sie sie selbst mit auf eine Reise genommen?"

Doyle schlug die Augen nieder.

„Lady Ann kann sehr überzeugend sein. Es ist eher so, dass sie mich mitgenommen hat."

„Das kann ich mir gut vorstellen. Trotzdem war das unverantwortlich von Ihnen."

Verlegen wich er meinem Blick aus, bückte sich, griff nach draußen und zerrte den dritten Banditen herein. Er war schon gefesselt und offenbar bewusstlos.

„Was hätte ich tun sollen? Sie bewusstlos schlagen wie diesen Ganoven?"

„Natürlich nicht." Ich lachte. Ann hätte sich sicherlich zu wehren gewusst. „Sie haben ihn in die Traumwelt befördert?"

„Ich bin leidenschaftlicher Boxer", gestand er.

„Aber gegen meinen Sihdi kommen Sie sicher nicht an." Halef stemmte die Hände in die Hüften und blickte den Arzt herausfordernd an.

„Könnte mich jetzt endlich jemand losbinden?", rief Lindsay ungehalten durch die nun reichlich beleuchtete und bevölkerte Hütte.

„Lieber Onkel, ich binde dich los, wenn du mir versprichst, kein Theater zu machen. Schau, wir haben die Banditen erledigt und euch befreit."

„Ach papperlapapp. Kara war gerade selbst am Werk, unsere Flucht vorzubereiten."

„Nun ja, aber das Ablenkungsmanöver der Schüsse war hierbei sehr hilfreich", versuchte ich die Wogen zu glätten.

Nein, das Auftauchen von Ann, Sofie und Doyle gefiel mir ganz und gar nicht. Doch hatte ich in derlei Hinsicht schon Erfahrungen gesammelt. Ich musste dabei an Djamila denken, wie sie sich auf das britische Patrouillenboot geschlichen hatte. Und das Mädchen war viel jünger als die beiden Damen und zudem allein gewesen.

Sicherlich waren diese Reise und die Gefahren, denen sich Doyle und die Frauen ausgesetzt hatten, völlig unnötig, doch da sie nun einmal hier waren, mussten wir das Beste daraus machen.

„Aber Kara, my friend, Ihr schlagt Euch auf die Seite der Ladys?"

„Ich schlage mich auf niemandes Seite", erwiderte ich. „Jedoch bringt uns das Schimpfen keineswegs weiter. Ann und Sofie sowie auch Mister Doyle sind erwachsene Menschen und wir können ihnen keine Vorschriften machen."

„No, das ist nicht korrekt. Ich kann meiner Nichte durchaus vorschreiben, was sie zu tun oder zu lassen hat."

„Aber Onkel Da-Vid, ich bin schon sehr geübt im Kämpfen. Old Firehand ..."

„Ich will davon nichts hören. Es ist zu gefährlich. Wenn mein Bruder Thomas wüsste, dass ich nicht gut genug auf dich aufpasse, dann ..."

„Sorry, aber mein Vater ist nicht anwesend und kann hierzu nichts sagen. Lass ihn bitte aus dem Spiel. Auch wenn jeder annimmt, dass er in Indien von den Thugs massakriert worden sei, wurde, wie du selbst weißt, seine Leiche nie gefunden. Für mich ist er demnach noch am Leben. Also sprich bitte nicht in seinem Namen." Ann nahm ihr Messer und zertrennte Sir Davids Fesseln. Ihr Gesichtsausdruck war ernst und ein bisschen traurig.

Ich runzelte bei Anns neuester Version darüber, was mit ihrem Vater geschehen sei, die Stirn, mischte mich jedoch nicht ein.

Der Earl erhob sich und blickte seine Nichte lange an.

„Well. Vielleicht tue ich dir tatsächlich Unrecht und traue dir zu wenig zu. Doch es ist nur die Sorge um dein Wohlergehen, die mich so reagieren lässt."

„Nun", erwiderte Ann und nahm beschwichtigend Sir Davids Hand, „es war auch die Sorge um dein Wohlergehen, die mich nach Persien trieb, und vor allem das von Anahita."

„Dann stehen wir also alle auf der gleichen Seite und mit demselben Ziel", resümierte Halef. „Ich schlage vor, von diesem Eiland zu verschwinden." Er schritt auf Asad zu, der gefesselt am Boden lag und zerrte ihm die Kurbatsch aus dem Gürtel. „Ich glaube, die gehört mir!", kommentierte er sein Handeln.

Der Gefangene warf ihm einen bösen Blick zu, entgegnete jedoch nichts.

„Da stimme ich dir zu. Sobald es etwas heller geworden ist, sollten wir aufbrechen. Wir müssen schließlich wieder ein ganzes Stück zurück, um in der Ruinenstadt unsere Sachen einzusammeln", sagte ich an Halef gewandt.

„Ach, lieber Kara, das ist nicht nötig. Wir haben euer Gepäck mitgenommen." Ann grinste mich stolz an.

Jetzt erst begann ich zu begreifen.

„So wart ihr es also, die uns verfolgt haben?"

„Ja, wir sind schon seit über einer Woche kurz hinter Euch. Aber Miss Ann wollte den geeigneten Moment abwarten, sich zu offenbaren. Sie befürchtete – wohl auch nicht zu Unrecht", und dabei blickte Doyle den Earl nachdenklich an, „dass unser Erscheinen nicht gänzlich positiv aufgenommen werden könnte."

Lindsay grummelte etwas vor sich hin.

Ann dagegen guckte verdutzt in meine Richtung. „Ihr habt uns bemerkt?"

„Ja, ich habe mehrmals eine Reflexion in den Bergen erspäht, wie von einem Metall- oder Glasstück."

Ann zog ein Fernrohr aus der Tasche, welches meinem nicht unähnlich war.

„Das war sicherlich dieses gute Stück hier aus dem Fundus meines lieben Onkels." Sie lächelte den Earl süßlich an, sodass ihm diesmal das Schimpfen schwer gemacht wurde.

„Well", antwortete er denn auch diplomatisch. „Diese Dinge sind schließlich für den Gebrauch bestimmt und nicht als Dekoration für eine Wand gedacht."

„Aber wieso habt Ihr nicht früher eingegriffen, Miss Ann?", fragte Halef.

„Wir haben die Lage nicht sofort verstanden. In der Nacht hatte euch etwas großes Unheimliches angegriffen. Ich habe auf die Kreatur geschossen. In der Dunkelheit konnte ich nicht viel erkennen. Ihr lagt alle am Boden wie tot und das furchtbare Wesen jagte uns ins Gebirge zurück, wo wir bis zum Morgen in einem Versteck ausharrten. Dann verbrachten wir einige Zeit damit, die durchgegangenen Pferde einzufangen sowie euer Gepäck aufzuladen. Als wir schließlich eure Fährte erneut aufgespürt hatten, wart ihr schon nahe dem Salzsee in der Hand dieser Banditen und wir warteten auf einen geeigneten Moment, euch zu befreien."

„Dafür danken wir euch", antwortete ich.

„Ja, wir danken euch", sagte auch Halef. „Aber mein Sihdi und ich hätten das auch allein geschafft."

„Da bin ich mir sicher, guter Halef. So ging es jedoch ein wenig schneller, will ich meinen. Und euer Gepäck ist zudem gut versteckt am Ufer und nicht mehr in der Ruinenstadt", warf Sofie lächelnd ein.

„Hat jemand das Wesen, welches uns in der Nacht überfiel, erkennen können?" Es geisterten mir noch immer die rotglühenden Augen im Kopf herum. An mehr erinnerte ich mich nicht.

„Ich hab nur einen riesigen Schatten gesehen, Sihdi. Etwas mit Flügeln. Vielleicht einer dieser unseligen Simurghs."

„Well, ich hab es in der Dunkelheit nicht wirklich ausmachen können, aber mir schien, als hätte ich es mit der Axt getroffen."

Da erinnerte ich mich an das Blut, welches ich an der Labrys erblickt hatte.

„Leider haben wir in der Finsternis auch nichts erkannt. Mir erschien es ..." Doyle brach ab.

„Ja?", ermunterte ich ihn.

„Es mag sich bizarr anhören. Aber es erinnerte mich an einen Drachen – groß, mit Flügeln und roten glühenden Augen. Nur, dass es kein Feuer spie."

„So verrückt ist das nicht", erwiderte ich. „Wir sind schon einigen seltsamen Kreaturen begegnet, von denen wir annahmen, dass es nur Legenden seien. Unser Halef zum Beispiel ..."

„O nein, Sihdi. Diese Geschichte will niemand hören. Wir haben Wichtigeres zu tun." Halef schnappte sichtbar nach Luft und ich bemerkte, dass ihm die Entführung durch den Simurgh auf Kreta noch immer peinlich war. „Was machen wir mit diesen hier?", fragte er eilig, um das Gespräch in eine andere Richtung zu lenken. Er deutete auf die Banditen, die gefesselt am Boden lagen. Doyle hatte sich vor ihnen hingehockt und untersuchte Asads Kopfwunde.

„Die zwei lassen wir hier", entgegnete ich und nickte zu den beiden Gehilfen hinüber, welche allmählich zu sich kamen. „Asad nehmen wir mit. Er wird uns behilflich sein, unsere Pferde und Waffen wiederzubekommen." Die letzten Sätze sprach ich absichtlich auf Persisch, damit der Erwähnte sie verstand.

„Ich befürchte, dass meine Männer diese nicht mehr hergeben werden." Er lächelte bei den Worten, als hätte er einen Sieg errungen.

Die Vorstellung, dass ihnen ihr Anführer gleichgültig sein sollte, fiel mir schwer. Zudem hatte ich gesehen, wie besorgt seine Frau reagierte. Ich rechnete mir aus, dass sie uns eine Hilfe sein konnte.

„Wir werden sehen", entgegnete ich zuversichtlich.

Doyle versorgte Asads Verletzung und legte einen Verband an. Schließlich blieb uns nichts weiter zu tun, als zu warten.

Als die Morgendämmerung über den Horizont kroch, zogen wir die beiden Boote ins freie Wasser und ruderten zum Ufer hinüber. Dabei hielten wir uns absichtlich etwas südlich, denn Ann, Sofie und Doyle hatten ihre Pferde und ihr Gepäck dort versteckt. Tatsächlich fanden wir auch unsere Sachen gut verstaut auf ihren Tieren, die in einer schmalen Schlucht angebunden waren, aus der ein Bach in den Salzsee mündete. Soweit ich das im schwachen Morgenlicht erkennen konnte, sah das Wasser dort grün aus, wogegen es weiter zur Seemitte hin ins Rosa abdriftete. Halef freute sich sehr, seine Leuchtkugel zurückzuhaben. Doch ich beschloss, mich erst zu freuen, wenn ich meinen Henrystutzen wieder in Händen hatte. Zu Fuß und die vier Pferde mit uns führend, machten wir uns auf den Weg zum Dorf, wo wir unsere Tiere und die Waffen vermuteten.

„Ich schlage vor, dass Halef, Ann und ich zunächst allein zum Dorf gehen, um Asads Leuten den Vorschlag zu unterbreiten, ihn gegen unsere Waffen und die Pferde einzutauschen. Sir David, ihr gebt uns mit Mister Doyle und Sofie Feuerschutz, falls die Lage eine ungewünschte Richtung nehmen sollte."

„Wieso soll Ann mit Euch gehen, Kara? Wäre es nicht besser, wenn ich mit ins Dorf ginge? Zumal das hier meine Mission ist!"

„Das stimmt. Ich vergaß", gestand ich. „Doch dachte ich, es wäre sinnvoll, wenn die Verhandlungen von jemandem mit guten Persischkenntnissen geführt würden. Ann spricht recht passabel Persisch und könnte – so von Frau zu Frau – diplomatisch auf Asads Gattin einwirken", gab ich meine Gedanken preis.

„Oh – yes." Lindsay wirkte noch nicht völlig überzeugt. „Die weibliche Diplomatie also", murmelte er.

„Zudem befürchte ich, dass Ihr zu emotional an diese ganze Reise gebunden seid und deshalb Euer Finger zu schnell am Abzug zucken könnte. Eure exzellenten Schießkünste würde ich gern darauf verwenden, uns den Rücken zu decken und im Notfall rettend einzugreifen, falls die Situation eskalieren sollte. Außerdem müsst Ihr auf Asad Acht geben."

„Well, gewiss, Kara, das hört sich wohlüberlegt an", lenkte er zögerlich ein. „Aber was ist mit Euch? Ihr sprecht doch sehr gut Persisch und könntet die Verhandlungen führen."

„Ich halte es für besser, wenn ich ungesehen mitgehe und mich von der anderen Seite her anschleiche. Vielleicht kann ich unsere Waffen finden, wenn die Bewohner durch Ann und Halef abgelenkt sind."

Lindsay nickte.

„Wie heißt Eure Frau?", fragte ich Asad.

Doch er antwortete nicht.

„Hört zu! Wir möchten das Ganze hier schnell und unblutig beenden." Ich packte ihn grob vorn an seinem Gewand.

„Wie sollte ich Euch vertrauen? Ihr seid Fremde und noch dazu erst kürzlich unsere Gefangenen gewesen. Vielleicht seid Ihr auf Rache aus und tötet nun meine Familie."

Mein Griff lockerte sich.

„Da könnt Ihr unbesorgt sein. Wir werden den Euren kein Haar krümmen. Wir wollen nur unsere Pferde und die Waffen zurück. Ich denke, dass Eure Gemahlin Euch auch gern wiederhaben will. Wenn Ihr kooperiert, wird niemandem ein Leid geschehen und Ihr könntet zudem Eure Leute schnellstmöglich von der Insel holen."

Asad blickte mich grimmig an. Schließlich murmelte er:

„Sanem. Ihr Name ist Sanem. Falls Ihr meiner Frau irgendetwas antut, töte ich Euch, Karl Müller. Auch wenn es heißt, dass ein Weib nicht mehr wert sei als ein Pferd, so ist mir Sanem tausendmal so kostbar."

„Ich versichere Euch, Asad, dass ich weder Eurer Gattin noch Euren Söhnen etwas zu Leide tun werde. Ich hoffe jedoch, dass Eure Männer ebenso besonnen reagieren wie Ihr."

„Das kann ich Euch nicht versprechen. Und ob ich Euch glauben kann, weiß ich auch nicht. Schließlich habt Ihr mich über Euren Namen belogen. Auch wenn ich kein Englisch spreche, habe ich herausgehört, dass Euer Name nicht Karl Müller, sondern Kara ist. Ich dachte mir schon, dass Ihr keinesfalls harmlose europäische Reisende sein könnt, die sich nur zufällig in diese Gegend verirrt haben. Dafür hattet Ihr viel zu gute Waffen und diese Befreiungsaktion und der arabisch anmutende Name bestätigen mir dies."

Ich musste unwillkürlich an die erste Begegnung von Halef und mir denken. Denn obwohl sich Kara sicher arabisch anhörte, so war es doch eine Erfindung meines Freundes, der damals nicht in der Lage war, *Karl* auszusprechen. Der Name war keinesfalls eine Übersetzung in irgendeine Sprache. Soweit ich weiß, gibt es den Namen Kara nur als Nachnamen im Türkischen, aber als Vorname ist er weder im Arabischen noch im Persischen verbreitet.

„Wir sind in der Tat nicht ohne Grund hier", antwortete ich. Natürlich hielt ich mich bedeckt, denn diesen Fremden gingen unsere Pläne nichts an.

Asad sah mich forschend an.

„Sihdi, wir sollten nun los. Die Sonne steigt bald über den Horizont", mahnte mich Halef.

Ich nickte. Der Himmel im Osten färbte sich wahrhaftig schon rot. Sofie, Mister Doyle und Lindsay banden sodann die Pferde an den Stämmen einiger Feigenbäume fest und bestiegen eine Anhöhe, von wo aus sie das Dorf gut überblicken konnten. Asad nahmen sie mit sich. Sir David hatte vorerst eins der Banditengewehre genommen, so wie ich und Halef. Es waren britische Militärgewehre, zwar Hinterlader, aber nur einschüssig. Wahrscheinlich stammten diese ebenfalls von arglosen

Reisenden oder von Soldaten des Empire. Auf jeden Fall schienen sie erbeutet zu sein. Ann mit ihrer Godiva und Halef gingen offen zu den Hütten. Ich dagegen schlich mich im Dämmerlicht des aufkommenden Morgens nördlich des Dorfs am Hang des Berges entlang. Einige Felsbrocken und sprödes Gestrüpp boten mir ausreichend Deckung. Ich erspähte zwei Posten, die das Dorf bewachten. Das waren meines Erachtens für so ein Banditenlager recht wenige Wachen. Wahrscheinlich fühlten sich diese Leute hier sicher. Auf dem Bauch robbend schlich ich mich an den nächststehenden Posten heran. Er saß an einen Baum gelehnt und nickte immer wieder ein. Sein Gewehr hatte er quer über seine Beine gelegt. Im geeigneten Moment schnellte ich geräuschlos nach vorn, stieß ihn mit meinem Gewicht um und schlug ihn bewusstlos. Das Gewehr nahm ich an mich. Der zweite Posten stand auf dem Kamm des Hügels und blickte in das dahinterliegende Tal. Ich schlich gebückt zwischen einigen orange blühenden Büschen hindurch. Der Mann bemerkte mich nicht. Dann schwang ich blitzschnell den Gewehrkolben gegen seinen Schädel, sodass er besinnungslos zusammenbrach, ohne einen warnenden Laut von sich geben zu können.

Unten im Dorf erkannte ich, dass Halef und Ann nahe dem Brunnen standen. Tatsächlich waren sie im Gespräch mit der jungen Frau, die, wie ich nun wusste, Sanem hieß – die Schöne, die Anbetungswürdige. Sie schien ihrem Namen gerecht zu werden, denn Asad verehrte sie mehr, als ich ihm zugetraut hätte. Das konnte unser Vorteil sein und eine Möglichkeit, ohne Kampf aus der Sache herauszukommen. Allerdings hatte sich schon eine große Schar weiterer Bewohner eingefunden.

Ich schlich mich den Abhang hinab und erreichte die ersten Hütten. Mein Ziel war Asads Haus, denn ich hoffte, dort oder in einem dazugehörigen Schuppen unsere Sachen zu finden. Vorsichtig lugte ich zwischen den Brettern eines Verschlags hindurch, in dem sich einige Hühner aufhielten. Nun konnte ich bis zu dem Brunnen blicken. Einige Wortfetzen drangen zu mir herüber.

„Wir bieten Euch an, Asad gegen unsere Waffen und Pferde einzutauschen", hörte ich Halef.

Um ihn herum hatten sich Männer, Frauen und sogar Kinder versammelt.

„Das kommt nicht in Frage", war die Antwort eines großen stämmigen Burschen. „Was sollte uns daran hindern, Euch sofort hier an Ort und Stelle zu erschießen?"

„Die Tatsache, dass ein Dutzend Gewehrläufe auf Euch gerichtet sind, Âghâ."

Âghâ bedeutete *Herr* und damit wollte Halef zweifelsohne seinen Respekt ausdrücken. Der Angesprochene sah sich suchend um.

„Ich sehe keine. Das ist doch nur ein Trick."

„Beruhige dich, Mohammad", hörte ich eine Frauenstimme. Es war Sanem. Sie trug ihren Säugling auf dem Arm. Diesmal hatte sie ihr Kopftuch nicht züchtig über das Haar gelegt. Es hing ihr lose um die Schultern. Wahrscheinlich war das der Aufregung geschuldet und der Furcht um ihren Mann. „Wir sollten nicht überstürzt handeln. Ich werde nicht zulassen, dass ihr dieser jungen Frau etwas tut."

Ich schlich weiter hinter den Häusern entlang und erreichte einen Schuppen. Aus dornigem Gestrüpp links von mir vernahm ich das Schnauben von Pferden.

„Ich weiß mir zu helfen", hörte ich Ann antworten. Dann folgte das geräuschvolle Durchladen ihrer Waffe.

Neugierig presste ich mich an die Bretterwand des Verschlags und spähte erneut zum Brunnen. Anns Erwiderung entlockte einigen der Männer allerdings nur ein hämisches Lachen.

„Sir David!", rief nun Halef. Seine Stimme echote in dem Tal, in welchem das Dorf sich versteckte, mehrfach wider.

Plötzlich donnerte ein Schuss. Die dunkle Schaffellmütze Mohammads sauste ihm vom Kopf. Einen Moment herrschte Totenstille. Schließlich bückte sich Sanem, hob die Mütze auf und reichte sie dem verschreckt dreinblickenden Mann.

Er steckte einen Finger durch das Einschussloch und rief:

„Bei Allah!"

Amüsiert lachte ich leise, riss mich dann von der Szene los, im Vertrauen, dass meine Gefährten die Lage unter Kontrolle hatten, und drang vorsichtig in den Schuppen ein. Im Dämmerlicht sah ich nun tatsächlich einen Haufen Beute dieser Wegelagerer. Wahrscheinlich sammelten sie hier alles, was sich zu Geld machen ließ, um es irgendwo zu verkaufen. Zwischen Gepäckstücken, Bündeln, Körben mit Dosen, Decken und Werkzeugen sah ich auch allerlei Waffen in den dünnen Lichtstrahlen aufblitzen, die durch die Ritzen der Bretter drangen. Erfreut erkannte ich den Bärentöter und den Henrystutzen. Ich streckte die Hand nach dem Gewehr aus, als ich hinter mir ein wohlvertrautes Klicken vernahm. Meine Nackenhaare stellten sich auf und ich erstarrte in meiner Bewegung.

„Hände hoch!", raunte jemand.

Achtes Kapitel
Verbotene Freundschaft

Ich nahm die Hände, wie befohlen, in Kopfhöhe.

„Umdrehen!", flüsterte die Stimme.

Langsam wendete ich den Kopf. Im Augenwinkel sah ich die Mündung eines Gewehrs. Die Flinte war in Reichweite meiner Hände und das war sehr unüberlegt von meinem Gegner. Abrupt wirbelte ich herum, griff nach dem Lauf, drückte ihn zur Seite und holte den Banditen mit einem gezielten Tritt von den Füßen. So hatte ich die Waffe in der Hand, ohne dass sich ein Schuss löste, und mein Widersacher lag am Boden. Ich war ein wenig überrascht vom mühelosen Erfolg meiner Gegenwehr und richtete das Gewehr sofort auf den Angreifer. Nun blickte ich in zwei erschreckte Augen eines kleinen Jungen. Es war Vahid, Asads ältester Sohn. Erleichtert nahm ich die Waffe zurück und sicherte sie.

Irritiert blickte mich der Kleine an.

„Warum schießt du nicht, Âghâ?"

„Du bist besiegt, warum sollte ich schießen?"

Der Junge war durchaus nicht dumm und verstand meine Schmeichelei richtig. Sein Gesichtsausdruck entspannte sich.

„Du schießt nicht, weil ich ein Kind bin. Aber ich bin nicht so hilflos, wie du denkst." In dem Moment schleuderte er mir eine Handvoll Erde ins Gesicht und sprang auf.

Ich hatte so etwas in der Art erwartet, denn das Bürschchen hatte ein gewisses Blitzen in den Augen gehabt und somit konnte ich mich noch rechtzeitig zur Seite ducken. Der Steinchenregen verfehlte mich. Schnell griff ich nach seinem Arm und hielt ihn fest, bevor er aus dem Schuppen fliehen konnte.

„Vahid, sei kein Narr. Wenn du mich verrätst, wird es zu einer Schießerei kommen. Es wird Tote geben. Willst du das? Ich jedenfalls würde eine friedliche Lösung bevorzugen."

„Woher kennst du meinen Namen?"

„Ich habe ihn aufgeschnappt, als dein Vater uns in euer Dorf brachte."

Plötzlich weiteten sich seine Augen.

„Mein Vater! Was habt ihr mit ihm gemacht? Ist er ...?"

„Er lebt. Keine Sorge. Wenn du schlau bist, dann hilfst du mir."

„Ich bin kein Verräter!" Der Junge riss sich los und blickte mich grimmig an.

„Überlege genau, was du nun tust, Vahid. Ich habe nicht vor, dir, deinem Vater, deiner Mutter oder sonst wem hier im Dorf etwas anzutun. Wenn jedoch meine Freunde dort draußen in Gefahr geraten, werde ich sie verteidigen."

Der Junge kniff die Augen zu Schlitzen wie eine Katze auf der Jagd, und genau wie diese sprang er urplötzlich zur Tür hinaus. Ich verzichtete auf eine Verfolgung, denn ich wollte das Kind nicht verletzen. Doch wusste ich, dass er mich verraten würde. Schnell sprang ich zu dem Waffenstapel und ergriff den Henrystutzen. Dann suchte ich meine Colts, das Bowiemesser sowie den Gürtel und legte ihn mir um.

Ich hörte Vahid draußen etwas schreien. Die Stimmen am Brunnen wurden lauter. Offenbar waren die Banditen nun in Alarmstellung.

Ich trat aus dem Verschlag heraus. Die Sonne war mittlerweile über den Horizont gestiegen und Vögel zwitscherten im umliegenden Geäst. Ansonsten war niemand hinter den Hütten auszumachen. Also huschte ich hinüber, durch das Gebüsch in die Pferdekoppel. Das Pferd, welches ich geritten hatte, erkannte mich und kam treu auf mich zu. Ich tätschelte liebevoll seinen Hals und es schnaubte leise zur Begrüßung. Die anderen drei Tiere waren schnell aus der kleinen Herde sortiert. Ich führte sie zu dem Schuppen und band sie fest. Dann sattelte ich mein Pferd. Mit dem Henrystutzen im Anschlag ritt ich zwischen den Hütten hindurch an den Rand des Platzes. Sofort verstummten die Stimmen und einige Gewehrläufe richteten sich auf mich.

„Nehmt die Gewehre runter!", befahl ich.

Die Männer blickten mich verwirrt an, reagierten jedoch nicht.

„Macht, was er sagt!", hörte ich Sanem.

„Warum sollten wir von einem Fremden Befehle annehmen?" Mohammad legte demonstrativ auf meinen Kopf an und lud durch.

„Nicht ich gebe den Befehl, sondern Asad!", rief ich.

„Ich sehe Asad nicht."

„Aber ich", log Sanem.

„Wo ist er?" Der Mann behielt mich immer noch im Ziel.

„Hinter dir, Mohammad." Sanem deutete auf die Anhöhe hinter dem Dorf. Dort sah ich nun tatsächlich Lindsay, Sofie, Doyle und Asad stehen. Die drei Erstgenannten zielten mit ihren Gewehren auf die versammelten Männer. Mohammad jedoch drehte sich nicht um.

„Wir lassen die Fremden ziehen!", befahl Sanem.

„Das tue ich nicht!", erwiderte der Mann.

„Hör zu, Mohammad", begann die Frau. Sie stand hinter ihm am Brunnen. „Wir mögen Diebe und Kidnapper sein, doch wir sind keine Mörder. Diesmal haben wir das Spiel verloren und wir sollten es uns eingestehen. Asad wollte nie den Tod, sondern

nur das Hab und Gut der Leute, um euch in den schweren Zeit
en genug Essen und Kleidung verschaffen zu können. Lasst uns
jetzt nicht mit diesem Gesetz brechen und damit unser ganzes
Dorf ins Unglück stürzen."

„Sie hat Recht", murmelten einige.

„Lasst sie ziehen", raunten andere.

Die meisten Gewehrläufe senkten sich. Nur der nicht, welcher
auf mich zielte.

„Ich lasse mir keine Befehle von einer Frau geben!", knurrte
Mohammad.

„Dann tut es mir leid", sagte Sanem kalt, griff das Seil des
Wassereimers am Brunnen und schleuderte das schwere Holz-
gefäß gekonnt gegen den Kopf des Mannes. Der ließ das Gewehr fallen und fiel halb betäubt auf die Knie. Schnell stürzten
sich einige der Umstehenden auf ihn und hielten ihn fest.

„Geht!", rief Sanem.

„Die Pferde sind hinter dem Schuppen und unsere Ausrüs-
tung ist darin. Nehmt noch Proviant und Wasserflaschen mit",
richtete ich mich an Ann und Halef. „Und vergesst Lindsays
Labrys nicht!" Die beiden nickten und verschwanden. Ich deck-
te ihnen den Rücken, für den Fall, dass die Stimmung wieder
umschlug.

Wenig später kamen Ann auf Lindsays Pferd und Halef auf
seinem und mit dem Packpferd im Schlepp zurück. Ich nickte
Sanem dankend zu. Vahid stand neben seiner Mutter und beobachtete mich. Sein Blick war keinesfalls wohlwollend und ich
war froh, dass er noch ein Kind war und nicht das Sagen hatte.

Gemeinsam galoppierten wir aus dem Dorf hinaus, der Anhöhe zu, wo Lindsay und die zwei anderen noch immer standen
und uns Feuerschutz gewährten. Doch Schüsse fielen weder auf
der einen noch auf der anderen Seite.

Asad kam uns ohne Fesseln entgegengelaufen.

„Eure Frau Sanem ist tatsächlich etwas Besonderes. Ihrer
Besonnenheit habt Ihr es zu verdanken, dass diese Sache ohne
Blutvergießen endete."

Asad sah mich unschlüssig an.

„Die Pferde und Waffen sind es nicht wert, dass dafür jemand stirbt", antwortete er diplomatisch. „Aber es wäre besser, wenn Ihr Euch zukünftig von meinem Gebiet fernhaltet. Beim nächsten Zusammentreffen sind wir vorgewarnt und nicht so leicht zu überrumpeln."

„Ich werde einen großen Bogen um Euer kleines Reich machen, Asad", antwortete ich lächelnd. Ihnen einen anderen Erwerbszweig anzuraten, stand mir nicht zu. Ich kannte die näheren Umstände ihres Lebens nicht und was sie zu derlei Taten trieb. Das mussten diese Leute mit sich selbst ausmachen. Auch wir hatten vor, gegen einen unbekannten Gegner zu Felde zu ziehen, und wussten noch nicht, welche Mittel dafür nötig sein würden, Anahita zu befreien. Deshalb mochte ich nicht über Asad und seine Leute urteilen.

Der Anführer der Banditen verbeugte sich vor mir und meinen Gefährten und ging dann stolz erhobenen Hauptes ins Dorf zurück, wo ich Sanem lächelnd am Brunnen warten sah mit einem Säugling auf dem Arm und einem Kleinkind neben sich sowie Vahid an ihrer Seite.

Die nächsten Tage hatten wir einen beschwerlichen Ritt durch die zerfaserten Ausläufer des Zagros vor uns. Wir hielten uns nordöstlich, um die sich von Nordwesten nach Südosten ziehenden kargen Gebirgszüge auf kürzestem Weg zu überqueren. Zwischen diesen Bergketten, die sich wie steinerne Finger ausstreckten, lagen Täler. Es waren größtenteils heiße Wüsten, in denen sich hier und da eine grüne Senke um einen versteckten See schmiegte. Das Phänomen war besonders beeindruckend südwestlich von Yazd. Lindsay entfaltete seine Karte, und mit Kompass, Uhr und Sonnenstand ermittelten wir unseren Standort. Die Region wurde *Bafq* genannt. Eine bezaubernde Dünenlandschaft, in der sich feuchte Becken befanden, in welchen vereinzelte Bäume oder kleine Baumgruppen mit ihrem Grün aus dem gelben Sand hervorstachen. Halef bekam sogleich ein vertrautes Gefühl und sicherlich auch ein wenig Heimweh. Denn die sandige Landschaft erinnerte sehr an die arabischen

Wüsten. Doch gab es ebenso einige Unterschiede durch die ein-
gestreuten grünen Oasen. Es mutete an wie ein wellenbewegtes,
ockerfarbenes Meer, in dem sich unzählige Inselchen verteilten –
fast wie die Schären in Schweden. Eine dieser *Inseln* wählten
wir als Rastplatz. Die Pferde fanden genug Wasser und Grün
vor und wir sechs Menschen genossen den Schatten der Bäume
und nach Sonnenuntergang die Wärme des Lagerfeuers sowie
Lindsays Geschichten.

Denn je tiefer wir in das Perserreich eindrangen, umso mehr
Erinnerungen an seine kurze Zeit in Teheran, während sein
Vater dort als Botschafter agierte und er selbst noch ein klei-
ner Junge war, kamen in Sir David hoch. So wurden uns die
Nächte am Feuer nie lang. Lindsay sprudelte förmlich wie ein
Quell, der durch den heißen Sommer versiegt war und nun vom
Schnee des Winters, der als Schmelzwasser im Frühjahr zu Tale
rann, sich füllte und überquoll. Ann und Sofie hingen ebenso
interessiert an seinen Lippen wie Halef, Mister Doyle und ich.
Der Earl entführte uns in eine Märchenwelt wie aus *Tausend
und einer Nacht.* Er nahm uns mit auf eine gedankliche Reise in
das Haus in Teheran, wo er und seine Familie gewohnt hatten,
und nicht immer war ich mir sicher, ob seine Erinnerungen der
Wahrheit entsprachen oder sich durch den unfassbaren Strom
der Zeit mit seiner Phantasie vermischt hatten. Sei es, wie es
war. Wir hatten auf jeden Fall unsere Freude an seinen Ausführungen und sie sollten uns noch sehr nützlich sein.

Die Botschaft, in welcher seine Familie von 1838 bis 1840
wohnte, besaß einen Innenhof, der von zweistöckigen Gebäuden umrahmt war. Die Fenster und Türen waren in märchenhaf-
ter Schlüssellochform gearbeitet und mit filigranen Ornamen-
ten verziert. Blumen rankten sich am Mauerwerk empor und
verströmten einen süßlichen Duft. Ein rechteckiges Wasserbecken glitzerte im Atrium. Der Boden war mit bunten Mosaiken
ausgelegt und überall wuchsen Pflanzen in tönernen Töpfen.
Ein säulengetragener Gang umrahmte diese Idylle und spendete Schatten. Auf Polstern konnte man dort der Mittagshitze
entgehen und ruhen.

„Wir Kinder jedoch", bemerkte Lindsay, „ruhten nicht, sondern tobten im Wasserbecken oder schlichen auf verborgenen Pfaden durch das Haus. Mein Bruder Thomas und ich hatten als Spielkameraden nur die Sprösslinge der Dienerschaft zur Verfügung, denn als Söhne des britischen Botschafters in Teheran waren wir von der Welt abgeschottet. Unser Vater befürchtete stets Attentate, und so bekam ich die Stadt fast nie zu sehen. Obwohl ich nur ein paar Worte Persisch sprach, war es für uns Jungvolk kein Problem, uns zu verständigen. Als Kind hat man anscheinend eine besondere Gabe, die einem im Alter verloren geht."

So sahen wir die Szenen, die er beschrieb, lebhaft vor uns, während wir um das prasselnde Feuer lagerten und Minztee tranken. Lindsay blühte förmlich auf unter seinen Erzählungen. „Als ältester Sohn des Botschafters hatte ich das Privileg, dass ich von meinem Vater hin und wieder mit in den Palast des Schahs genommen werden durfte. Wir wurden von einer schlichten Kutsche abgeholt, deren Fenster verhangen waren und die von zahlreichen Soldaten der Palastwache begleitet wurde. Ich fand das gleichermaßen spannend als auch beängstigend. Schließlich waren wir als Briten Fremde in diesem Land, die zudem unter der Bevölkerung als Feinde galten. Doch von diesen politischen Ränkespielen hatte ich damals keinen Schimmer. Ich war erst zehn Jahre alt, als wir nach Persien zogen. Für mich offenbarte sich eine Welt wie aus einem Bilderbuch", berichtete er mit leuchtenden Augen.

Das Leben im Palast bot sich ihm dar wie in einem prächtigen bunten Märchen. Den Schah selbst bekam er nur selten aus der Ferne zu Gesicht, denn eine spezielle Truppe der Palastwache war für Sir Davids Sicherheit zuständig und dafür, dass er sich nicht in verbotene Bereiche begab, während sich sein Vater zur Audienz beim Regenten befand. Bei einem seiner Besuche dort spazierte der kleine David durch einen Gang. Auf der einen Seite öffnete er sich über rundbogige Durchgänge in einen verwunschenen Garten. Weißblühender Jasmin

schlängelte sich an sandsteinfarbenen Säulen empor und verströmte einen herrlichen Geruch. Bunte Fliesen bedeckten den
Boden, über den eine smaragdgrüne Eidechse huschte. Auf der
anderen Seite gab es Türen, die verschlossen waren. Durch
filigrane Holzschnitzereien in den Türblättern, welche mit ihren kleinen Durchbrüchen für die Zirkulation der Luft sorgten,
konnte er ab und zu einen Blick ins Innere erhaschen. Drinnen
glitzerte es golden und funkelte geheimnisvoll. Doch die vier
Soldaten bewachten ihn gut und somit war es Sir David nicht
möglich, sich davonzustehlen, obwohl er sehr neugierig war.
An einer dieser Türen blieb er stehen und spähte durch ein ver-
schlungenes Ornament hinein. Es war dunkel darin. Nur wenige
Lichtstrahlen fanden den Weg durch kleine Ritzen und Öffnungen in den Mustern der Türen. Die dünnen Strahlen brachen
sich auf blanken Oberflächen, Spiegeln und Möbelstücken, die
mit Edelsteinen besetzt waren. David schaute versonnen hinein,
während die Wachen hinter ihm nervös mit den Füßen scharr-
ten, um ihn daran zu erinnern, dass er ein Stück zurücktreten
sollte. Doch war er sich auch sicher, dass sie ihn nicht berühren
würden, um ihn von der Tür wegzuzerren. Als Sohn des britischen Botschafters genoss er eine gewisse Immunität.

Unerwartet blickten ihn durch die Holzornamente zwei dunkle Augen an. David schreckte zurück.

„Pst!", hörte er und sah sich verstohlen um. Die Wachen lehnten nun gelangweilt an den Säulen zum Innenhof. Anscheinend
hatten sie sich mit seiner Besichtigungstour abgefunden und
diese als ungefährlich eingestuft. Zudem war es gerade Mittagszeit und die Hitze drückte ermüdend herab. Die Männer
hatten schwere Brustpanzer aus Metall umgeschnallt und David
wollte gar nicht wissen, wie man sich bei diesen Temperaturen darin fühlen mochte. Unter den glänzenden Helmen liefen
ihnen Schweißbäche die Wangen herunter.

„Pst!", hörte er erneut und trat nun neugierig an die schmale
Öffnung im floralen Muster der hölzernen Tür heran. Das weni-
ge Licht beleuchtete ein Gesicht. Es war fast in Augenhöhe von
David und sah ebenso jugendlich aus wie sein eigenes.

„Engelisi?", fragte der Junge.

„Yes", flüsterte der kleine Lord. „Ich bin aus England." Das Wort hatte er richtig zu deuten vermocht.

„Ich spreche ein wenig Englisch. Sprichst du Persisch?"

„No. Nur ein paar Worte."

„Ich muss viele Sprachen lernen", gab der fremde Junge seufzend zu.

„Warum?"

„Weil ich irgendwann der Schah sein werde. Und dann muss ich mich mit meinen Verbündeten und mit meinen Feinden unterhalten können."

„Oh", entfuhr es David, „du bist der Sohn des Schahs? Tatsächlich?"

„Glaubst du, ich lüge, Engelisi?"

„I don't know. Ich habe noch nie den Schah von Nahem gesehen und auch niemanden seiner Familie." Auch David sprach nur im Flüsterton, damit die Soldaten nichts von dem Gespräch bemerkten.

„Jetzt siehst du mich. Ich bin Nāser ad-Din, der älteste Sohn von Mohammad Schah Kadschar, dem Regenten von Persien." Der Junge nahm eine gerade stolze Haltung an. „Und wer bist du?"

„Lord David Montague Lindsay. Ich werde einmal der 16. Earl of Lindsay sein. Mein Vater ist hier der britische Botschafter."

„Ein Lord also – nun, dann bist du ein geeigneter Spielgefährte für mich." Er lachte vergnügt.

„Aber wenn dem so ist, dass du der Sohn des Schahs bist, wieso wirst du nicht bewacht?"

„Wer sagt, dass ich nicht bewacht werde?" Der Junge kicherte und verschwand.

David spähte verwirrt durch das Loch, konnte ihn allerdings nicht mehr entdecken.

„Komm hierher!", hörte er ihn erneut flüstern.

„Wo ist *hier*?"

Weiter vorn im Gang wackelte ein Finger durch einen Spalt einer anderen Tür. David blickte zurück zu den Soldaten, die ihn zwar musterten, doch noch immer müde an den Säulen lehnten. Dann wendete er den Kopf zu den Malereien an der Wand hinauf und schritt daran entlang, als würde er sie interessiert betrachten, bis er den Finger erreicht hatte.

„Pass auf!", flüsterte der kleine Schah.

David erkannte ihn schemenhaft hinter den Holzverzierungen. Der Kleine nahm ein Röhrchen in den Mund und blies hinein. Der Ton, der daraus hervorkam, hörte sich an wie der Schrei eines Pfaus. Nur wenige Sekunden später flatterte einer dieser prächtigen Vögel durch den Innenhof, setzte sich an den Rand eines mosaikverzierten Wasserbassins und entfaltete sein Rad. Sein blauer Hals und die grünblauen Schwanzfedern mit den herrlichen Augen darin schillerten im Sonnenlicht. Er öffnete den Schnabel und begann nun laut zu tröten, wahrscheinlich als Antwort. Die Soldaten wandten sich forschend nach dem Tier um. Da spürte der kleine Brite, wie jemand sein Handgelenk umfasste und kräftig an ihm zog. Urplötzlich befand er sich im Innern des düsteren Palasts wieder und eine Öffnung in der Tür verschloss sich hinter ihm.

„Wie hast du das gemacht?", fragte er den kleinen Schah.

„Ein geheimer Durchgang. Ich kenne noch mehr versteckte Gänge und verborgene Türen. So entwische ich stets meinen Lehrern und Wachen."

Draußen war mit einem Mal Geschrei zu vernehmen. Davids Wächter hatten sein Verschwinden bemerkt und Alarm geschlagen.

„Wie soll ich dich rufen, Lord Lindsay?"

„David."

„Gut, Dowud, du kannst mich Nāser nennen, solange wir unter uns sind." Der Sohn des Schahs gab dem kleinen englischen Lord die Hand.

Das Geschrei in dem idyllischen Innenhof wurde lauter. Der Pfau flog aufgeregt auf ein Vordach. Weitere Diener des Palasts fanden sich ein und begannen, nach David zu suchen.

„Komm!" Nāser zog den englischen Jungen mit sich durch den dunklen Raum zwischen den funkelnden Möbeln hindurch

in eine Einlassung an der Wand. Es roch geheimnisvoll nach
Anis und Koriander. Das Mauerwerk in der Nische war mit
bunten Fliesen beklebt, welche eine Landschaft darstellten. David erkannte Bäume und Blumen und davor stand ein präch-
tiger Löwe. Hinter dem Raubtier ging die Sonne auf und in
seiner Pranke hielt es einen gebogenen Säbel. Plötzlich hörten
sie Gepolter. Die Wachen versuchten eine der Türen aufzubrechen. Nāser grinste David an, drückte mit dem Zeigefinger in
das rechte Auge des Löwen und trat einen Schritt zurück. Die
Wand begann sich zu öffnen wie eine Tür, fast lautlos. Schnell
schlüpften die Kinder hinein und die geheime Pforte schloss
sich hinter ihren Rücken. Sie standen in völliger Dunkelheit.

„Hast du Angst, Dowud?", fragte Nāser herausfordernd.

„Nein", log David. „Wir haben selbst ein Schloss in England
mit dunklen Gängen im Keller." Aber seine Knie zitterten ein
wenig und ihm fielen die Geschichten ein, die ihm seine Nanny
am Abend manchmal erzählte, von tiefen finsteren Kerkern unter dem Schah-Palast, von furchtbaren Ungeheuern, denen der
Herrscher zu seinem Vergnügen Menschen zum Fraß vorwarf,
von grauenvollen Bestrafungen, die nicht nur das Auspeitschen
beinhalteten, sondern auch das Abhacken von Händen oder Ab-
schneiden von Nasen und Ohren. *Sicher nur Märchen*, dachte David und versuchte seine Angst zu bekämpfen. Aber sein
Hirn marterte ihn mit schrecklichen Phantasien. Was würden
sie mit ihm anstellen, wenn sie ihn mit dem Sohn des Schahs
erwischten?

Plötzlich wurde es hell. Nāser hatte eine Fackel in der Hand.
Doch die Flamme bewegte sich nicht. Sie war kalt und steif
und wirkte dennoch wie Feuer. Das Licht ließ Davids Angst
davonfliegen.

„Was ist das?"

„Magie", hauchte Nāser geheimnisvoll. „Komm. Ich zeige dir
etwas."

Er zog David mit sich durch finstere Gänge. Manchmal löschte er mit einer Handbewegung das Licht und sie schlichen an

Wänden mit durchbrochenem Muster vorbei. Dabei konnte David in die Wohnräume verschiedenster Männer blicken, die er nicht kannte, die aber edel gekleidet und von Dienern und schönen Frauen umringt waren. Leise schlichen sie an diesen vorbei. Schließlich erreichten sie ein weitläufiges Gewölbe. Durch ein Loch in der hohen Kuppel fiel Sonnenlicht herein. Nāser verbarg seine magische Fackel im Gewand.

„Das ist ein Bādgīr – ein Windfänger. Spürst du den Durchzug? Er bringt die kühle Luft durch jene Gänge in die Gemächer der Minister meines Vaters."

Tatsächlich fühlte David, dass hier ein steter Lufthauch sie umwehte. Es war angenehm und bei Weitem nicht so heiß wie draußen im Garten. Überall stapelten sich Fässer und Kisten, vielleicht mit Lebensmitteln, die etwas Kühlung benötigten. Nāser rannte in eine Ecke und zog zwei kleine Teppiche hervor. Er warf sie auf den Boden vor ihren Füßen. Dann stellte er sich auf einen der Läufer und rief „Parvaz!" Das bunte Knüpfwerk erhob sich einige Zentimeter über den Grund. Der Junge stieß sich mit einem Fuß am Boden ab und der Teppich sauste mit ihm quer durch die Halle. Kurz vor der Wand verlagerte er sein Gewicht auf eine Seite und das magische Gefährt vollführte eine elegante Kurve.

„Jetzt du, Dowud!

Der kleine Lord stellte sich ebenfalls auf den Teppich und rief: „Parvaz!"

Der Läufer erhob sich, David wackelte, streckte die Arme balancierend waagerecht – aber zu spät. Er plumpste auf den steinernen Untergrund.

Nāser lachte und umschwebte ihn mit seinem Luftfahrzeug. Geschickt stieß er sich mit den Füßen ab, beschleunigte und vollführte kunstvolle Kurven und Wendungen. David saß weiterhin auf seinem Hinterteil, welches merklich schmerzte, und beobachtete fasziniert das Schauspiel.

„Versuch es noch einmal!", forderte der kleine Perser ihn auf.

Der Junge erhob sich, stellte sich abermals auf die bunt gewebte Matte und rief erneut:

„Parvaz!"

Und siehe da: Diesmal klappte es. Der Teppich stieg ein Stück in die Höhe, Lindsay stieß sich mit dem Fuß ab und sauste davon. Jedoch kam er nicht weit, denn die Wand bremste unsanft seinen ersten Flug und er stürzte zu Boden. Benommen blieb er liegen.

„Hast du dir etwas getan?" Nāser stand über ihm und sah besorgt aus.

„Nein", grummelte David und rappelte sich auf.

„Da bin ich aber froh. Wo hätte ich deine Leiche nur verstecken sollen?"

David stierte den Schahsohn entsetzt an.

Der erwiderte zunächst den Blick mit ernster Miene, begann schließlich zu lachen und gestand:

„Das war nur Spaß. Ich töte keine kleinen Engelisis – nur wenn sie mir schaden wollen."

„Es war herrlich", schwärmte Lindsay und warf ein Stück Holz ins Feuer. Funken stoben auf und zogen empor in den Himmel, wo sich ihr Glühen mit den Sternen der Milchstraße vereinigte. Unweit von uns hörte ich die Pferde schnauben. „Wir konnten uns nicht oft sehen, nur alle paar Monate einmal", fuhr der Earl fort. „Gleichwohl wuchsen wir zu Verbündeten zusammen und narrten unsere Wachen. Wir flitzten mit unseren Teppichen durch die geheimen Gänge. Ich nannte sie liebevoll *McFlys*. Yes, ich hatte das alles tatsächlich schon vergessen, doch dieses Land, die Gerüche, die Atmosphäre Persiens haben die Erinnerungen tief aus meinem Innern emporgeholt. *McFlys* …" Er blickte versonnen in die Flammen und lachte leise in sich hinein.

„O Sihdi, solche fliegenden Teppiche hatte auch Prinz Dadiani in Georgien."

„Tatsächlich?" Lindsay sah vom Feuer auf.

„Ja, doch flog dort niemand mit ihnen zum Spaß herum. Sie wurden als eine Art Knechte genutzt und brachten die Speisen", antwortete Halef.

„Für derlei Dienste waren unsere *McFlys* nicht zu gebrauchen. Sie hatten fast ein Eigenleben." Der Earl lachte. „Vielleicht war es auch nur die Wildheit unserer Jugend. Ich weiß es nicht."

„Wie seid Ihr den Wachen stets entkommen?", fragte ich.

„Well, das war nicht so einfach, doch Nāser kannte all diese verborgenen Türen und Gänge. Das Gefährlichste war jedes Mal, uns wieder bei den Unsrigen einzufinden, ohne dass jemand bemerkte, dass wir zusammen waren. Obwohl Nāser ad-Din nicht mehr im Harem bei seiner Mutter wohnte, sondern als Erstgeborener und Nachfolger des Schahs von einem Lehrer aufgezogen wurde, durfte er sie jederzeit dort besuchen. So schlich er sich jedes Mal nach unseren Abenteuern zu ihr und hatte somit ein überzeugendes Alibi. Bei mir war es etwas schwieriger. Der Harem war ein verbotener Bereich für alle Männer außer den Kindern der Damen, die dort wohnten, den schwarzen Eunuchen und dem Schah selbst. So musste ich mir andere Ausreden einfallen lassen, warum ich den Wachen davongerannt war. Oft konnte ich mein Verschwinden nicht glaubhaft erklären und zur Strafe verwehrte es mir Vater monatelang, ihn in den Palast zu begleiten."

Ann kicherte.

„Onkel Da-Vid, das ist so reizend, was du da erzählst. Ich erinnere mich nicht, dass du jemals etwas von deiner Kindheit berichtet hättest." Ihr Gesicht wurde ernst. „Warum hat mein Vater mir nie davon erzählt?"

„I don't know. Aber auch ich habe diese Erlebnisse aus irgendeinem Grund verdrängt. Thomas durfte nie mit in den Palast, da er nach Vaters Ansicht noch zu klein war. Wir haben auch später nie über diese Zeit gesprochen. Das wird mir jetzt erst bewusst. Wie konnte ich unsere *McFlys* vergessen?"

Anns Miene hellte sich auf.

„Ich kann mir dich beim besten Willen nicht als kleinen Jungen vorstellen, der auf einem Teppich durch ein persisches Schloss fliegt."

„Ich irgendwie auch nicht mehr, liebe Ann. Und doch war es so, bis zu jenem Tag ...“

„Irgendetwas Seltsames geht vor“, flüsterte Nāser.

David und er kauerten in einem der geheimen Gänge und lugten angespannt durch ein Ornamentgitter. In dem Raum auf der anderen Seite waren Soldaten der Palastwache anwesend. Sie zerrten einen gefesselten und offensichtlich geschundenen Mann herein. Ein edel gekleideter Herr stand abgewandt von David und Nāser mitten in dem herrschaftlichen Zimmer. Seine Stimme war nicht sonderlich laut, aber Lindsay kroch ein Schauer über den Rücken, als jener zu dem Gefangenen sprach. Das Kind verstand die Worte nicht, doch schienen sie keineswegs etwas Gutes zu bedeuten. Der arme Kerl in Ketten kniete auf dem Boden und war blutverschmiert.

„Was bedeutet das, Nāser?“, flüsterte der kleine Lord.

„Er wird beschuldigt, sich an einem Putschversuch gegen meinen Vater beteiligt zu haben. Man hat ihn die ganze Nacht gefoltert, doch er verrät seine Hintermänner nicht.“

„Das ist ehrenhaft.“

„Ja, gewiss. Es ist ehrenhaft, dennoch wird es seinen Tod bedeuten.“

Lindsay zuckte bei diesen Worten zusammen. Die beiden Jungen hockten an dem Gitter und spähten angestrengt in den Raum. Der edle Herr gab weitere Anweisungen und der Delinquent blickte ihn zunächst flehend an, dann senkte er resigniert den Kopf. Einer der Soldaten zog unvermittelt seinen Säbel. David konnte nicht fassen, was er da sah. Der Krieger hob die Klinge hoch über seinen Helm und mit einem einzigen Hieb schlug er dem Gefangenen das Haupt ab. Dem kleinen Lord blieb fast das Herz stehen. Der Kopf des Getöteten rollte ein Stück weiter, blieb aber auf dem Teppich liegen. Der enthauptete Körper kippte zur Seite und entlud einen Schwall Blut auf den Bodenbelag. Der edle Herr gab erneut Anweisungen und wandte sich dann ab, um den Raum zu verlassen. Lindsay gelang es dadurch, nun einen kurzen Blick auf ihn zu erhaschen. Es war ein Mann mittleren Alters mit einigen grauen Strähnen im Bart, seine Augen standen ein wenig schräg, wie bei einer Katze, und der Ausdruck darin hatte etwas Bedrohliches. David zuckte zusammen und wich entsetzt ein paar Schritte zurück.

Auch Nāser ad-Din entfernte sich von dem Gitter. Sein Gesichtsausdruck wirkte ungewöhnlich ängstlich.

„Das ist Bal-Zadan. Ein heiliger Mann und mein Lehrer."

„Er hat ihn töten lassen ohne Gerichtsverhandlung? Einfach so."

Nun wurde die Miene des kleinen Schahs wieder ernst und erhaben.

„Was weißt du denn von unserer Rechtsprechung, Engelisi? Dieser Mann war offenbar ein Attentäter, ein Putschist. Er wollte meinem Vater schaden und somit auch mir. Der Tod war eine viel zu geringe Strafe für ihn."

„Das ist grausam", murmelte David.

„Es ist gerecht", antwortete der Sohn des Schahs mit Überzeugung. „In eurem Land werden Verräter doch ebenfalls getötet; oder nicht?"

„Yes, man hängt sie auf."

„Ist das weniger grausam? Hängen kann lange dauern, bis man tot ist. Der Mann hier hatte einen schnellen Tod, zu schnell, wie ich finde."

David entgegnete nichts mehr. Er sah das Blut vor sich, welches sich auf dem Teppich verteilt hatte. Vorsichtig schlich er noch einmal ein paar Schritte nach vorn und beobachtete durch die kleinen Öffnungen die Soldaten, wie sie die Leiche in den Teppich einrollten und fortschafften. Als ihm jemand eine Hand auf die Schulter legte, zuckte er zusammen.

„Höre, Dowud. Ich glaube, es brechen schlimme Zeiten an. Der Putschversuch ist noch nicht gebannt. So klang es aus den Fragen an den Gefangenen heraus. Ich befürchte, dass wir uns eine lange Weile nicht sehen werden. Man wird mich als Erstgeborenen zweifellos irgendwo in Sicherheit bringen."

„Das ist schade, Nāser."

Der Schahsohn nickte bedauernd. Dann zog er seinen Dolch aus dem Gürtel. Er war kleiner als eine normale Stichwaffe dieser Art, wahrscheinlich speziell für das Kind gefertigt. Die gebogene Klinge hatte eine Kerbe entlang der Schneide und der Griff war aufwändig verziert und mit Edelsteinen besetzt.

„Lass uns einen Bund schließen – nicht als Sohn des Schahs und Sohn des Earls, sondern als Nāser und Dowud – die Freunde."

David nickte.

„Ja, lass uns Freunde für immer bleiben."

Nāser zog seinen Ärmel hoch. Ohne das Gesicht zu verziehen, ritzte er sich drei Schnitte in den Oberarm, wie eine Sonne mit sechs Strahlen. Dünne Rinnsale Bluts liefen über seine Haut. Sodann reichte er David wortlos die Waffe. Auch der entblößte seinen Arm und schnitt sich das Zeichen hinein. Den Schmerz verbiss er sich, aber er spürte, wie der warme rote Lebenssaft seinen Arm herunterrann.

„Freunde für immer." Nāser reichte ihm die Hand.

„Yes. Friends forever."

„Das war das letzte Mal in meinem Leben, dass ich Nāser sah. In den folgenden Tagen wurde es sehr hektisch in unserem Haus. Meine Mutter, mein Bruder und ich wurden von Vater nach England zurückgeschickt. Überstürzt brachen wir auf, fast wie Verfolgte. Ich muss gestehen, dass ich wirklich Angst hatte damals. Stets sah ich die Hinrichtung vor mir, deren Zeuge ich unbeabsichtigt geworden war. Die Geschehnisse im Palast behielt ich für mich – bis – bis heute."

„Und dieser kleine Junge, Euer Freund, das ist der heutige Nāser ad-Din Schah?" Doyle blickte Lindsay fragend an.

„Yes. Ich denke schon. Er muss es sein."

„Aber dann ist er dein Freund und wir könnten mit ihm reden. Vielleicht hilft er uns, Anahita zu finden." Anns Augen leuchteten hoffnungsvoll auf.

Sir David schüttelte den Kopf. Fast wie zufällig schob er den Ärmel seines orientalischen Gewands nach oben. Auf seiner

Haut unterhalb der Schulter, da, wo man eine Pockenimpfnarbe vermuten würde, erblickte ich tatsächlich die Narbe, die er in seiner Geschichte beschrieben hatte. Zwar war sie nach all den Jahren stark verblasst und sehr unscheinbar, aber ich erkannte die sechsstrahlige Sonne darin.

„No, er ist der Schah-in-Schah, der König der Könige, und wird sich nicht mehr an mich erinnern. Selbst wenn er es täte, würde seine Stellung es ihm niemals erlauben, dies zuzugeben. Zudem waren die Entführer Anahitas augenscheinlich aus Persien und wurden vielleicht von ihm gesandt. Möglicherweise ließ er auch meinen Vater töten. Warum, das weiß ich noch nicht. Jedoch könnte Vater etwas mit jenem Putschversuch damals zu tun gehabt ...“

„Das glaube ich nicht", warf ich ein. „Die Queen sagte, dass Euer Vater den Schah als Freund bezeichnen konnte."

„Und doch gibt es nur eine Verbindung meiner Familie zu Persien und das ist die Stellung meines Vaters dort als Botschafter, also seine Beziehung zum Schah. Darin sehe ich den Zusammenhang zu Anahitas Entführung und Vaters Tod."

„Aber alles könnte auch ganz anders sein. Wir sollten nicht zu frühzeitig urteilen. Wie Ann schon sagte, könnte der Schah sich doch an eure Freundschaft erinnern."

„No, ich fühle es. In Nāser ad-Din Schah dürfen wir keinen Verbündeten oder Freund erwarten. Er ist unser Feind."

Neuntes Kapitel
Im Schlund des Balidan

Die Nächte am Lagerfeuer, die gefüllt waren mit Lindsays Erinnerungen, wechselten sich ab mit Tagen unter gleißender Sonne, die jedweden Gedanken schon im Ansatz verdorren ließen. Wir fanden Spuren von Pferden, die nach Norden führten. Es waren vier Tiere mit Reitern, doch ich vermochte nicht zu sagen, ob es Anahitas Entführer waren oder harmlose Reisende, die nichts mit uns zu tun hatten. So blieb uns keine andere Wahl, als den Fährten zunächst zu folgen. Jedenfalls hatte sich die Truppe getrennt. Denn die Leute, die Asad beobachtet hatte, schienen mir andere zu sein, als jene Assassinen, die uns damals im Park von Lindsay Castle überwältigten. Aber letztendlich wussten wir nicht wirklich zu deuten, wie die Zusammenhänge sich darstellten. Die Spuren verschwanden immer häufiger, sodass wir tagelang nicht sicher waren, ob wir noch auf dem richtigen Weg waren, bis wir sie schließlich wiederfanden und sie in die Dasht-e Kavir hineinführten.

Wir erreichten den Rand der großen Salzwüste und standen vor einem weiten Hochland, welches anfangs noch von Bergen und Felsen durchsetzt war. Diese gewaltige verdörrte Fläche, auf dem Persischen Plateau gelegen, wurde im Südwesten vom Zagros-Gebirge und im Norden vom Elburs-Gebirge begrenzt. Durch die Umrahmung dieser regenabhaltenden Hochgebirge hatte sich dort eine trockene, lebensfeindliche Umgebung mit vielen Gesichtern entwickelt. Wer sich in die Kavir begibt, sollte sich der Gefahren dieser Wüste bewusst sein. Doch selbst wir kannten nicht all die verborgenen Schrecken, die dort lauerten. Zunächst gab sie sich steinig und felsig. Nichts erinnerte an das erhabene Bild eines sanft gewellten Sandmeers, wie wir es von Arabien gewohnt waren. Schroffe Gebirgszüge ragten aus der Ebene wie Reste eines gigantischen, von der Sonne gebleichten Skeletts. Der Boden war anfangs mit Geröll übersät und die Pferde mühten sich um sicheren Tritt. Wir hatten alle Behältnisse, die uns zur Verfügung standen, an der letzten Oase mit Wasser gefüllt und unsere hellen Gewänder bedeckten unsere Körper fast zur Gänze. Auch die zwei Frauen hatten sich ein Tuch nach Art einer Kufiya um den Kopf gewickelt, dass mich ihr Anblick sogleich an die Gruppe der Assassinen im Lindsay'schen Park erinnerte. Wir glaubten uns gut gewappnet für die Durchquerung des menschenleeren und lebensfeindlichen Areals. Doch waren wir nur gegen die unbarmherzige Sonne gerüstet und nicht wider die uns noch unbekannten Schrecken dieser Wüste, welche uns erwarteten.

Der steinige Grund ging über in trockene Schollen. Das regelmäßige Muster des Bodens wirkte wie eine Wabenstruktur. Zwischen den Waben hatten sich Salzkristalle gebildet, die im Sonnenlicht funkelten wie Diamanten. Die Fährte der Reiter allerdings war verschwunden. Ich kannte genug Tricks, dies zu bewerkstelligen, von meinen indianischen Freunden aus Übersee, um nichts Magisches darin zu vermuten, gleichwohl mir das Gefühl wieder in den Sinn kam, welches mich beim Angriff der vermummten Krieger in England befallen hatte. So zog ich das Fernrohr hervor und spähte durch das Okular. Die Ebene wirkte unendlich. Vereinzelte Felsen ragten aus dem flimmernden Grund wie versteinerte Drachenleiber mit dornigen Rücken. Fernab im Osten gewahrte ich eine kleine Gruppe Tiere, jedoch so weit entfernt, dass ich sie selbst durch das Vergrößerungsglas nicht genau zu identifizieren vermochte. Es schienen mir Gazellen zu sein, jedenfalls keine Reiter auf Pferden. Im Norden glänzte der erhitzte Boden, als würde sich ein See ausbreiten – eine Fata Morgana, die uns Wasser vorgaukelte, wo keines war.

„Können Sie etwas erkennen?" Doyle war neben mich geritten. Hinter mir folgten Ann und Sofie, die gerade an der Reihe waren, die Packpferde mit sich zu führen, dann Lindsay, und Halef bildete die Nachhut.

„Leider nein. Die Reiter, welche die Fährte legten, sind nicht auszumachen."

„Und die Spur? Ist sie noch vorhanden? Ich sehe mit meinem ungeübten Auge nichts."

„Seit zwei Tagen kann ich sie auch nicht mehr wiederfinden. Uns bleibt nur, den Kurs vorerst einzuhalten."

„Also nach Norden, Richtung Teheran?"

„So ist der Plan, Mister Doyle."

„Was aber, falls uns absichtlich eine falsche Spur gelegt wurde?"

„Das müssen wir zunächst in Kauf nehmen. Eine anderweitige Möglichkeit sehe ich im Moment nicht."

Doyle seufzte leise. „Wenn die Umstände nicht so ernster Natur wären, würde ich dies hier als eine sehr anregende Gegend bezeichnen. Eine beeindruckende Endlosigkeit. Ich hatte mir die Wüste immer anders vorgestellt: Sand, soweit das Auge reicht, Dünen, die sich in sanften Wellen dahinschlängeln."

„Die Wüste hat viele Gesichter und diese Salzebene ist eins davon. Aber sandige Dünen werden wir gewiss ebenfalls noch erreichen."

Doyle drängte sein Tier zu schnellerem Gang und ritt ein paar Pferdelängen voraus. Die Salzkruste auf dem Boden wuchs nun aus den Ritzen zwischen den Schollen hervor und verschmolz zu einer einheitlichen Fläche. Die Hufe der Pferde verursachten ein knirschendes Geräusch, ansonsten herrschte bedrückende Stille. Die hochstehende Sonne strahlte so hell, dass der Übergang von Land und Himmel in dem gleißenden Licht kaum noch auszumachen war. Ich hatte das Gefühl, in eine weiße Unendlichkeit zu reiten. Nirgendwo gab es Schatten, der für uns zu erreichen gewesen wäre. Die vereinzelten Felsen schienen sich mehr und mehr von uns zu entfernen. Natürlich war dem nicht so. Der Trugschluss war einfach der unermesslichen Ausdehnung der Fläche geschuldet und den nicht greifbaren Distanzen. Ohne einen Anhaltspunkt war es schwer, zu entscheiden, wie weit die Dinge in dieser hitzeflirrenden Ebene voneinander entfernt lagen.

Ich beobachtete, wie Doyle von seinem Pferd abstieg, das Gewehr in der Hand, und schloss zu ihm auf. Er kniete am Boden und untersuchte etwas.

„Sehen Sie, Mister Kara, da sind ausgeblichene Knochen."

„Das ist in einer Gegend wie dieser nicht ungewöhnlich."

„Ja, das ist mir bewusst. Doch bemerken Sie nicht diesen seltsamen Geruch? Fast wie Verwesung und zugleich wie – wie Blüten."

Ich zog mir das schützende Tuch von Nase und Mund. Jetzt, wo Doyle es erwähnte, roch ich es auch. Suchend blickte ich mich um, aber nirgends war eine Spur von Leben zu erkennen. Es gab nur die glitzernde Ebene.

„Und obwohl die Knochen alt wirken, hängen noch Fleischfetzen daran, die seltsam frisch aussehen." Doyle hatte ebenfalls sein Tuch vom Gesicht gezogen, hielt sich nun aber angeekelt eine Hand vor den Mund, was ich für einen Mediziner ungewöhnlich fand.

Ich stieg gleichfalls ab und ließ die Zügel los. Mein Pferd blieb, wie auch Doyles, träge an Ort und Stelle stehen. Die Hitze machte den Tieren ebenso zu schaffen wie uns Menschen.

Der Arzt hatte Recht. Die wenigen Fleischfetzen an den Gebeinen, die von einer Ziege oder Gazelle stammen mochten, waren keineswegs trocken. Das war auf unheimliche Weise irritierend, denn bei diesen Witterungsverhältnissen wären sie normalerweise binnen kurzer Zeit verdörrt. Doyle und ich sahen uns nachdenklich an. Plötzlich wieherte sein Pferd. Es stieg panisch auf. Doyle schoss hoch und versuchte, das Tier am Zügel zu ergreifen, aber es wich zurück und bockte. Schnell sprang auch ich auf die Füße, um ihm zu helfen. Das Pferd hatte geweitete Augen, schnaubte nervös und ging unversehens durch. Der Arzt griff nach ihm, erwischte sein Gepäck, welches hinter dem Sattel festgezurrt war, wobei sich ein Knoten löste und sich der Inhalt des Bündels auf den Wüstenboden verteilte. Ungeachtet dessen galoppierte der Rappe davon und dann versank er mit einem Mal bis zum Bauch im Boden. Doyle und ich stoppten unseren Lauf, da wir die Gefahr rechtzeitig erkannten. Ann dagegen war ebenfalls hinter dem fliehenden Tier hergeritten, ihr Pferd knickte vorn ein und schleuderte sie ab. Mit einem Schrei des Entsetzens flog sie in hohem Bogen aus dem Sattel. Ihr Pferd konnte dem weichen Boden, der sich hier plötzlich vor uns auftat, noch rechtzeitig entkommen und spurtete zurück.

Auch Lindsay, Sofie und Halef waren galoppierend in unsere Richtung unterwegs. Mit erhobenen Armen stellte ich mich ihnen in den Weg. Lindsays Pferd scheute und hob die Vorderläufe, doch bremste es seinen Lauf. Ebenfalls die Tiere von Sofie und Halef. Die zwei Packpferde standen scharrend ein gutes

Stück entfernt und ich sah, wie das fliehende Tier von Ann sich wie Schutz suchend zu ihnen drängte.

„Hurry up! Ein Seil!", schrie Sir David.

Halef, der als Einziger noch auf seinem Reittier saß, kam geschwind der Aufforderung nach und warf Lindsay sein Seil hinüber.

„Nicht bewegen!", rief ich Ann zu.

Die Frau war schon bis zur Hüfte in dem Treibsand verschwunden. Obwohl ihre Augen schreckgeweitet waren, nickte sie bestätigend und behielt die Ruhe. Von Doyles Pferd war nichts mehr auszumachen. Der Sand hatte es verschluckt. Lindsay warf Ann das Seil zu, doch sie konnte es nicht erreichen. Erst beim zweiten Versuch schaffte sie es, das Ende zu greifen. Als der Earl anzog, glitt es abermals aus ihren Fingern. Nun war sie schon bis zur Brust eingesunken und jetzt machte sich sichtbar Panik in ihr breit.

„O Gott! Schneller, Onkel!"

Ich riss Lindsay das Seil aus der Hand, knüpfte eilig eine Schlinge, ließ sie mehrmals über meinem Kopf rotieren und warf sie in Richtung der Frau. Die Schlaufe legte sich um ihren Körper. Ich zog an, doch Ann glitt weiter hinab in die Tiefe. Irgendeine Kraft, die größer war als die gewöhnlichen Treibsands, musste an ihr ziehen.

„Ich brauche Hilfe!", schrie ich. Doyle und Lindsay kamen herbeigeeilt und zerrten ebenfalls an dem Seil. Es nutzte nichts. Ann versank unaufhaltsam. Wir hörten nun, wie sie anfing, entsetzt zu schreien. Auch Sofie begann zu kreischen und rannte unbedacht auf die Freundin zu. Ihre Füße versackten ebenfalls. Bevor sie den Rückweg antreten konnte, war sie bis zu den Knien verschwunden. Mit hektischen Bewegungen versuchte sie sich irgendwo festzukrallen, doch der Boden bot keinen Halt.

Etwas zerrte an unserem Seil, sodass Doyle und Lindsay es reflexartig losließen. Mit einem kräftigen Ruck wurde mir das Tau aus den Händen gerissen, dass ich vor Schmerz laut aufschrie, da die Reibung meine Handflächen verbrannte. Im

Augenwinkel sah ich Halef auf seinem Pferd näherkommen. Offenbar wollte er zu den Frauen.

„Zurück!", brüllte ich ihn an. „Was nutzt es uns, wenn alle in dem Sand versinken!"

Halef blickte mich erschrocken und zugleich verunsichert an. Lindsay brach neben mir zusammen. Er fiel auf die Knie, streckte die Arme aus und schrie nach seiner Nichte, die nun die Wüste verschlungen hatte. Von Ann fehlte jede Spur.

Meine Handflächen waren aufgerissen, doch der physische Schmerz war weniger schlimm als der psychische. Ich war verzweifelt. Alle Hoffnung, Ann zu retten, war verloren.

Da hörten wir ein seltsames Geräusch, fast wie das Grunzen eines Schweins, und aus der Mitte des Treibsands schoss eine Fontäne empor. Mit ihr kamen die Überreste des Pferdes aus dem Boden geschossen und stürzten, nach Verwesung und Blumen stinkend, unweit von uns auf festen Grund. Dann sah ich eine Welle im Sand und noch eine. Wie armdicke Taue schlängelte sich etwas unter der Oberfläche auf Sofie zu. Ich schoss vor, um die Frau zu greifen. Sie schrie auf. Ich warf mich mit einem Hechtsprung in ihre Richtung. Doch als ich dort aufschlug, wo sie vor Sekundenbruchteilen noch im Sand gesteckt hatte, war sie ebenfalls verschwunden. Diesmal hatte sie das schreckliche Etwas jedoch nicht in die Tiefe gezogen, sondern hoch in die Luft gerissen. Sofie baumelte über mir an einer Art Tentakel, der aus dem Wüstenboden ragte. In diesem Moment tauchten noch weitere dieser Tentakel auf. Bei genauerem Hinsehen bemerkte ich, dass es sich weniger um Tentakel wie bei einem Oktopus handelte, da sie bar jedweder Saugnäpfe waren, sondern eher wie die Ranken einer Weinpflanze erschienen. Sie hatten eine bräunlich-grüne Farbe und waren um Sofies Bauch gewickelt. Doyle zog den verzweifelten Earl auf die Füße und zerrte ihn mit sich fort in Richtung der Pferde. Halefs Tier verweigerte den Gehorsam und entführte seinen Reiter ebenfalls weg von dem Ungeheuer, welches hier aus dem Boden brach. Ich zog meine Colts und begann auf die Ranken zu feuern. Die Projektile rissen Stücke heraus und gelber Saft – oder Blut? –

quoll aus den Wunden hervor. Sofie hatte aufgehört zu schreien. Leblos hing sie in den dünnen Schlingarmen. Ich hoffte, dass sie nur vor Angst das Bewusstsein verloren hatte und nicht von diesem Wesen zu Tode gequetscht worden war. Meine Schüsse richteten nicht viel aus, und als die Munition verschossen war, steckte ich die Waffen in den Gürtel zurück, zog das Bowiemesser, wollte nach vorn springen, hielt aber in meiner Bewegung inne. Der Boden unter mir vibrierte. Vor mir tat er sich weiter auf und Ann erschien, an einer der Ranken hängend, aus dem Sand. Auch sie hing schlaff darin gefangen, wie tot.

„Ann!", hörte ich Lindsay schreien.

Im Augenwinkel sah ich ihn nach vorn stürmen. Doch meine Aufmerksamkeit wurde anderweitig in Beschlag genommen. Unter mir schob sich etwas Breites hervor. Es durchstieß den Sand und leuchtete violett. Mit ungeheurer Kraft schob es mich mit sich in die Höhe und ich erblickte noch weitere dieser violetten Gebilde. Sie wuchsen in mehreren ineinanderliegenden Kreisen von vielleicht zehn Metern im äußeren Durchmesser empor und sahen aus wie gewaltige Blütenblätter. Auch der ungewöhnliche Geruch wurde zunehmend stärker und raubte mir fast den Atem. Zwischen diesen Blättern wanden sich die Ranken, an denen die Frauen hingen und nun, wie ich zu meinem Schrecken feststellen musste, auch Sir David. In der Mitte bogen sich die Blätter langsam auseinander und der Sand floss zur Seite. Ein tiefer Schlund wurde sichtbar, auf dessen Grund eine gelblich fluoreszierende Flüssigkeit flimmerte. Das Gebilde, an dem ich mich festkrallte, war eines dieser gewaltigen Blütenblätter, dick und fleischig wie von einer Sukkulente. Und genauso sah diese Kreatur von meinem hohen Aussichtsposten aus gesehen tatsächlich aus: wie die Rosette einer Echeveria, jener Dickblattgewächse, die ich aus den trockenen Gebieten Amerikas kannte. Jedoch war sie nicht blassgrün, sondern violett mit einem fluoreszierenden Kern.

Das Blatt, an dem ich hing, stellte sich senkrecht und ich begann daran herabzugleiten. Deshalb stieß ich das Bowiemesser tief hinein und fand Halt. Gelber Saft quoll hervor und rann

150

hinunter. Die Ranken mit den Frauen bogen sich gefährlich nach unten. Wahrscheinlich hatte dieses Geschöpf vor, sie in seiner Flüssigkeit zu verdauen. Was sollte ich tun?

Schüsse donnerten durch die Stille der Wüste. Ich spürte, wie die Kreatur erzitterte und einen dieser grässlichen Grunzlaute ausstieß. Das Organ, mit dem das geschah, konnte ich nicht ausmachen. Mein Blick nach unten zeigte Doyle und Halef, wie sie mit den Gewehren auf die fleischfressende Pflanze schossen. Und obwohl sie bei jedem Treffer erzitterte, ließ sie die Frauen und den Earl nicht frei. Wo konnte man sie verwunden? Hatte sie so etwas wie ein Herz, ein Hirn, ein Zentrum ihres Seins? Ich wusste es nicht, doch wenn ich verhindern wollte, dass Ann, Sofie und Sir David verdaut wurden, musste ich schnell handeln. Ich zog das Messer aus dem Blatt und ließ mich abwärtsgleiten, in der Hoffnung dort unten eine Stelle zu finden, an der ich sie tödlich treffen könnte. Doch in der Mitte des Kelchs glänzte einzig diese Flüssigkeit, welche sicherlich den Tod bedeutete.

Die Ranken mit ihren Opfern bogen sich weiter hinab. Gleich würde es das Ende der drei bedeuten. Lindsay war bei Bewusstsein und stach verzweifelt auf die dünnen tentakelartigen Auswüchse ein, die ihn umschlangen, doch es nutzte nichts.

Ich hatte keine Wahl. Also packte ich das Messer mit beiden Händen, schloss die Augen, stieß mich mit den Füßen kräftig ab und sprang kopfüber in den todbringenden Schlund. Ich tauchte in die gelbe fluoreszierende Flüssigkeit ein, spürte, wie meine Klinge sich in die Kreatur rammte, und schließlich den Schmerz. Er kam so überwältigend und heftig, als ob ich in einen Vulkan gestürzt sei. Geschmolzenes kochendes Gold umgab mich, welches hell durch meine geschlossenen Lider leuchtete, und ich wollte schreien, doch sofort waren meine Bewegungen gelähmt und wenig später umfing mich tröstende Bewusstlosigkeit, die mich von dem unbeschreiblichen Schmerz erlöste.

Ich wusste nicht, ob ich lebte oder tot war. Was ich spürte, war Feuer – schwarzes Feuer in finsterer Nacht, das mich gefangen hielt und mich langsam aber stetig verbrannte.

„Schneller!", rief eine Stimme auf Persisch. Dann wurde ich wieder ohnmächtig.

Die Dunkelheit wollte nicht weichen, doch das Feuer war erloschen. Angenehme Kühle umhüllte meinen Körper. Wieder hörte ich eine Stimme. Diesmal glaubte ich, Lindsay darin zu erkennen.

„Devil! Was tun Sie?"

„Habt Vertrauen", raunte jemand.

„Warum das Messer? Wie soll das meinem Sihdi helfen?" Das war Halef.

„Vertraut mir, werter Hadschi", flüsterte der Unbekannte. „Haltet ihn nun gut fest. Es wird ihm Schmerzen bereiten."

Ich spürte Hände, die mich niederdrückten, und dann zwei Dolche, die in meine Augäpfel gerammt wurden. Mein Schrei gellte mir in den Ohren wie der eines Fremden. Ich bäumte mich auf, wollte gegen das Geschehen ankämpfen, wurde jedoch niedergehalten und versank erneut in Besinnungslosigkeit.

Als ich das nächste Mal erwachte, tanzten bunte Lichter vor meinen Augen. Die Dunkelheit hatte sich aufgelöst. Ein Schatten beugte sich über mich.

„Wie fühlen Sie sich, Mister Kara?"

Die Stimme sprach Englisch und kam mir seltsam bekannt vor. Was mich irritierte, war ihre Sanftheit. Mir schien, als hätte ich sie schon einmal vernommen, aber in unangenehmem Zusammenhang. Es wollte mir nicht einfallen.

„Können Sie mich sehen?"

„Nein", gestand ich. Meine Stimme war nur ein Flüstern. Ich registrierte lediglich buntes Flimmern und den Schatten.

„Das wird sich bald wieder geben. Seien Sie gewiss. Sâyeh hat besondere Fähigkeiten."

Jetzt wusste ich, wer da zu mir sprach.

„Shana?"

„Ja, ich bin es."

Was hatte das zu bedeuten? Waren wir in die Hände der Kidnapper Anahitas geraten? Beunruhigt wollte ich mich erheben, doch ich wurde sanft zurückgedrückt.

„Keine Angst. Alles wird gut. Bleibt still liegen."

Nun spürte ich, dass ich im Wasser lag, und konnte das salzige Element um mich herum sogar riechen. Es musste ein sehr flaches Gewässer sein.

„Trinkt das. Es wird Euch helfen zu schlafen."

Ich wollte aber nicht schlafen und wendete den Kopf zur Seite. Doch die Frau ließ keinen Widerspruch zu und flößte mir etwas ein. Ich war zu matt, um mich ernsthaft zu wehren.

„Er wacht auf!", flüsterte Halef. Sein Gesicht war über mir. Ich konnte ihn sehen und es war kein Trugbild. Erleichtert blickte ich meinen Freund an, der erfreut lächelte.

Hinter ihm tauchte Sir David auf.

„Kara, ich bin Euch zu großem Dank verpflichtet. Ihr habt Ann, Sofie und mir das Leben gerettet."

Im Moment konnte ich dem Gesprochenen nicht folgen und wusste es nicht in Verbindung mit dem Geschehen zu bringen. Meine Erinnerung war verschwommen. Nur goldene Schlieren und Schmerz und Dolche in meinen Augen kamen mir in den Sinn. Ich versuchte mich aufzusetzen und tastete nach meinem Gesicht. Es fühlte sich normal an, die Haut war noch an ihrer Stelle, der Bart, die Augen waren an ihrem Platz. Halef und Lindsay halfen mir in sitzende Position und stützten mich mit den Sätteln der Pferde.

Ich blickte an mir herab und gewahrte, dass ich die Kleidung der Assassinen trug.

„Deine Sachen haben diese Säure nicht überstanden, Sihdi", erklärte Halef, als könnte er meine Gedanken lesen. Was vielleicht gar nicht so abwegig war nach all den Jahren der gemeinsam durchlebten Abenteuer.

„Wie geht es Euren Augen, Mister Kara?"

„Ich glaube, es geht ihnen gut, Miss Shana. Ich kann Euch nun ganz deutlich vor mir sehen. Was hat das zu bedeuten?"

Die Frau hockte sich neben mich.

„Sihdi, erinnerst du dich nicht? Du hast dich in den Schlund des Verschlingers gestürzt, um Lord Lindsay, Ann und Sofie zu retten. Mister Doyle und ich konnten mit unseren Waffen nichts gegen das furchtbare Wesen ausrichten."

„Und es ist Euch gelungen, Kara. Wir sind wohlauf. Als Euer Messer sich in das Herz der Kreatur bohrte, ließ sie uns fallen." Ann saß unweit von mir und neben ihr Sofie. Das Lagerfeuer beleuchtete ihre Gesichter. Sie sahen gesund und munter und glücklich aus. Nun erinnerte ich mich wieder an die gewaltige fleischfressende Pflanze, die im Wüstenboden auf uns gelauert hatte, an violette fleischige Blätter, gierige Ranken, die ihre Opfer umschlangen, und an goldenes flüssiges Feuer.

„Aber wie konnte ich das überleben?"

„Sâyeh ist uns zur Hilfe geeilt", raunte Lindsay, fast so, als wäre es ihm peinlich. „Und Shana." Er senkte die Lider.

Auf der anderen Seite des Feuers registrierte ich nun drei Männer. Ich erkannte die Assassinen aus Lindsays Park in ihnen. Einer davon hatte eine kleine Eule auf seiner Schulter sitzen. Er schob seine Hand unter ihre Fänge und setzte sie seinem Nebenmann auf den Arm. Dann erhob er sich und trat an mich heran.

„Ich bin Sâyeh", sprach er in gutem Englisch.

„Ich weiß. Wir sind uns schon begegnet. Ich glaube, ich muss mich bei Euch bedanken."

„Nein. Bedankt Euch bei Shana. Ich bin nur zurückgeritten auf ihr Flehen hin. Mein Auftrag beinhaltet weder, Euch zu töten, noch, Euch zu retten. Ihr bedeutet mir nichts. Aber Shana bedeutet mir etwas, deshalb kam ich euch zu Hilfe."

„Nun, dann danke ich Euch umso mehr, dass Ihr über Euren Schatten gesprungen seid, um mich zu retten."

Shana begann zu lachen.

„Was ist so lustig daran?", fragte Halef irritiert.

154

„Dass Sâyeh über seinen Schatten gesprungen sei." Auch der junge Krieger hatte ein amüsiertes Lächeln im Gesicht.

„Sâyeh bedeutet Schatten und er ist ein solcher", erklärte Shana.

Wieso sie ihren Gefährten als Schatten bezeichnete, interpretierte ich natürlich aus der Bedeutung seines Namens, doch konnte ich damals noch nicht ahnen, dass hier der Spruch „Nomen est Omen" durchaus zutraf. In diesem Moment weckte die kryptische Äußerung Shanas wenig Neugier in mir. Viel wichtiger war mir, wieso ich noch lebte und was die Intention dieser Leute war.

„Wie konntet Ihr mich aus dem Verdauungssaft retten?" Sâyeh zog einen kleinen ledernen Beutel aus dem Gewand.

„Dieses Pulver ist sehr wirksam gegen Balidan, den Verschlinger. Es trocknet die Kreatur in Sekundenschnelle aus. Leider hat es den Nachteil, dass Balidan in der Lage ist, bei Gefahr kleine Teile von sich in die Umgebung zu schleudern und aus jedem dieser Stücke kann in wenigen Jahren eine neue Pflanze heranwachsen. Wir haben die Gegend um sein Nest durchsucht und alle Reste verbrannt, welche wir fanden. Jedoch haben wir einige Zeit verloren, bis wir das tun konnten, da wir Euch schnellstmöglich zum Wasser bringen mussten. Denn nur das Salzwasser einiger Senken in der Dasht-e Kavir kann die Verdauungssäure des Balidan neutralisieren und die Haut heilen. In dieser Zeit konnten sicherlich etliche von Balidans Sprösslingen im sandigen Untergrund verschwinden. Ihr dagegen hattet Glück, dass Ihr die Augen geschlossen hieltet, sonst wärt Ihr jetzt blind, Kara Ben Nemsi. Und dass Ihr der Säure nur wenige Sekunden ausgesetzt wart."

„Well, Ihr seid zu bescheiden, verehrter Sâyeh", warf Lindsay ein. Zu mir gewandt erklärte er: „Dieser Mann hat eigentümliche Fähigkeiten und offensichtlich hat er dadurch Euer Augenlicht gerettet. Wie das zu erklären ist, weiß ich nicht. Doch er schnitt sich in den Arm und ließ sein Blut in Eure Augen tropfen. Das hat anscheinend seine Wirkung entfaltet."

Ich vermutete, dass es das Gefühl der einstechenden Dolche gewesen sein musste, als er sein Blut in meine Augen tropfte.

„Ich hätte auch damit nichts ausrichten können, wenn seine Augen der vollen verderbenden Kraft des Verdauungssafts ausgesetzt gewesen wären."

„Nehmt trotzdem meinen Dank an", bat ich und reichte ihm die Hand.

Einen Moment zögerte er, dann erwiderte er den Händedruck.

„So soll es sein."

„Was ist mit Anahita?", fragte ich und erwartete eine abwehrende Reaktion der fremden Krieger. Doch sie blieb aus.

Sâyeh setzte sich neben mich.

„Anahita wurde entführt. Wir sind den Leuten auf der Spur. Doch nun haben wir viel Zeit verloren und müssen neue Pläne schmieden, um sie zurückzuholen."

„Ihr habt nichts mit der Entführung zu tun?", fragte ich ungläubig.

„Nein. Es war unser Auftrag, sie zu beschützen. Doch ich habe versagt." Der junge Krieger beugte resigniert das Haupt.

„Nicht du, sondern ich habe versagt", gestand Shana und legte dem jungen Mann die Hand auf die Schulter. „Meine Aufgabe war es, Anahita vor den Entführern in Sicherheit zu bringen. Wir wussten, dass sie jeden Moment zuschlagen würden, denn der Augenblick war günstig. Alle Trauergäste hatten das Haus verlassen und die Gefahr, entdeckt zu werden, war nunmehr minimal. Ich zog meine Kampfkleidung an, um mich gegen diese Leute, falls wir aneinandergeraten sollten, besser wehren zu können, als dies in einem Kleid möglich gewesen wäre. Zudem sollte mich Anahita nicht erkennen, da ich befürchtete, dass sie mir nicht glauben würde. Warum sollte schließlich eine Gouvernante Kenntnis von ihrer Entführung haben und sie beschützen wollen? Für eine ausführliche Erklärung war keine Zeit. Doch mein Plan misslang. Als ich in Anahitas Zimmer kam, erschrak sie vor mir, begann zu schreien und wehrte sich. Ich wollte sie nicht verletzen und scheute mich, Gewalt anzuwenden. Zudem kam Lord Lindsay mit einem Gewehr hereingerannt, sodass mir nichts weiter übrigblieb, als über den Balkon zu entfliehen. Und das war ein sehr großer Fehler, den ich zutiefst bereue."

Ich verstand, was sie meinte. Denn durch ihre Flucht in den Schlosspark hatte sie uns alle ungewollt von Anahita weggelockt und somit den wahren Entführern den Weg geebnet.

„Oh, I'm so sorry, Shana. Ich meinte, Ihr wolltet meine Schwester töten. Verzeiht, dass ich auf Euch geschossen habe. Zum Glück zielte ich in der Aufregung schlecht und verfehlte Euer Herz."

„Euer Schuss wäre unter gewöhnlichen Umständen mit Sicherheit tödlich gewesen. Dessen könnt Ihr gewiss sein, Lord Lindsay. Es hat mich einige Kraft und Anstrengung gekostet, um Shana aus den Klauen des Todes zu retten."

„Ihr scheint ein außergewöhnlicher Mensch zu sein, lieber Sâyeh", erwiderte Sir David. „Aber was habt Ihr mit meiner Schwester zu tun?"

„Es liegt nicht an mir, Euch Erklärungen zu geben. Aber ich kann Euch zu jemandem bringen, der Antworten auf Eure Fragen hat."

Lindsay überlegte.

„Es würde uns wertvolle Zeit kosten und die Entführer könnten ihren Vorsprung weiter ausbauen."

„Das ist wahr. Doch verloren wir nun schon viele Tage hier, um Kara Ben Nemsi zu heilen. Anahita ist momentan unerreichbar für uns. Aber es gibt Möglichkeiten, sie wiederzufinden. Vertraut mir. Wir haben dasselbe Ziel. Warum also sollten wir nicht zusammenarbeiten?" Sâyeh blickte den Earl offen an.

Lindsay war unentschlossen. Ich sah es an seinem Gesicht.

„Well, auch wenn ich Euch dankbar bin bezüglich der Rettung von Kara Ben Nemsi, so sind mir all die Zusammenhänge ein großes Rätsel und es fällt mir schwer, Euch bedingungslos zu vertrauen."

„Ich verstehe", gab Sâyeh zu. „Auch ich bin mir nicht sicher, ob ich Euch in unsere Geheimnisse einweihen soll. Aber ich denke, es ist besser, Euch als Verbündete zu haben und nicht als Feinde. Zumal meine Arbeit bezüglich der Rettung Eures

Freundes im zweiten Fall umsonst gewesen wäre. Jemanden zu töten, den ich gerade gerettet habe, erscheint mir – sagen wir unwirtschaftlich." Über Sâyehs Gesicht huschte ein Lächeln.

Die zwei anderen Assassinen saßen noch immer reglos am Feuer, blickten uns jedoch unverwandt an. Die Eule stieß einen leisen Ruf aus. Auch Shana saß abwartend neben Sâyeh. Es war offensichtlich, dass ein einziges Zeichen ihres Anführers genügen würde, um sie alle dazu zu bewegen, aufzuspringen und uns die Kehlen durchzuschneiden. Auch wenn es diesmal vier gegen sechs stand, so war ich überzeugt, dass wir erneut unterlegen sein würden – und das ungeachtet der Tatsache, dass ich noch nicht wieder bei vollen Kräften war. Zudem sah ich keinen Sinn in einem Konflikt mit ihnen. Hätten sie uns Böses gewollt, so hätte der Balidan ihnen die Arbeit längst abnehmen können.

„Wie konntet Ihr so schnell in Persien sein?", fragte Lindsay. „Meine *Marley* ist ein äußerst schnelles Schiff und zudem war Shana schwer verletzt."

„Ich hatte Shana zwar in einen tiefen Schlaf versetzt und ihre Blutung vorerst gestillt, doch war es uns nicht möglich, die Verfolgung aufzunehmen. Wir hätten sie sonst zurücklassen müssen und das ist nicht unsere Art. Außerdem besitzen diese Leute eine gefährliche Macht, die es ihnen ermöglichte, schneller ihr Ziel zu erreichen als gewöhnliche Menschen oder Pferde und auch als Euer modernes Schiff, Lord Lindsay. So entschlossen wir uns dazu, zunächst Shana so gut wie möglich wieder genesen zu lassen und auf unserem Schiff abzuwarten, was Ihr, lieber Earl, tun würdet. Ein Vögelchen flüsterte uns", und dabei blickte er bedeutungsvoll die Eule an, „dass Ihr noch viele Tage in England mit der Suche nach Eurer Schwester beschäftigt wart."

„Das ist wahr. Ich musste zunächst davon ausgehen, dass die Entführer meine Anahita irgendwo versteckt hielten, um Lösegeld zu erpressen."

„Das gab mir die zeitliche Gelegenheit, Shana zu heilen, und so erholte sie sich von der Verletzung. Ich kannte Euer

Schiff, die *Marley*, und als wir sie an unserem Liegeplatz an der Küste vorbeifahren sahen, folgten wir ihr in großem Abstand. Wir blieben stets hinter dem Horizont, da Ihr den Dampfantrieb genutzt habt, somit die Rauchwolke Eure Position verriet und wir außerdem die Augen von meiner kleinen Freundin nutzten." Er blickte erneut zu der Eule. „Unser Schiff war ebenfalls sehr schnell und konnte mit Eurem recht gut mithalten. Es war eine Leihgabe eines geheimnisvollen Unbekannten, der uns sowohl Schiff als auch Mannschaft und Ladung zur Tarnung zur Verfügung stellte und damit ermöglichte, dass wir die Zollstellen der Briten unauffällig passieren konnten. Irgendwann wird er eine Gegenleistung von unserer Führerin verlangen. Das ist gewiss. Doch ohne das Schiff hätten wir nie so schnell in England sein können wie die Entführer und auch der *Marley* nicht nach Persien folgen können. Erst als Ihr in Dschidda vor Anker gingt, überholten wir Euch. Dass auch Euer Ziel letztendlich Māh Schahr war, wussten wir damals nicht. Wir versuchten, in der Stadt Hinweise auf den Weg, den die Entführer nahmen, zu finden, aber vergebens. So entschlossen wir uns, zunächst zur Felsenburg zurückzukehren, da wir das Ziel Teheran schließlich kannten. Dass Shana Euch in Māh Schahr erspähte, war purer Zufall. Sie war der Meinung, dass Ihr uns nützlich sein könntet, und legte Spuren, denen Ihr tatsächlich folgtet. Ich war damit nicht wirklich einverstanden – das gebe ich zu –, denn ich befürchtete, dass Ihr als ortsfremde Europäer den hiesigen Gegebenheiten nicht gewachsen und nur hinderlich wärt. Eure Gefangennahme durch die Banditen bestärkte mich zunächst darin, Eure Flucht dagegen zeigte mir ein anderes Bild. Und als Ihr mit dem Balidan gekämpft habt, schaffte es Shana schließlich, mich zu überzeugen, dass Ihr es wert seid, gerettet zu werden und eventuell mit Euch zusammenzuarbeiten. Da uns unsere Wege nun auf diese Weise, wie eine Fügung, zusammenführten und unser Ziel ohnehin dasselbe ist, schlage ich also eine Kooperation vor."

Gebannt hatten wir der langen Ausführung des Assassinen gelauscht. Ich blickte zunächst forschend meine Freunde an.

Lindsay sah noch immer nicht überzeugt aus. Ich wusste, dass ihm der Kampf im Park im Kopf herumgeisterte und er offenbar hin- und hergerissen war.

„Wir möchten das gern unter uns besprechen", sagte ich deshalb.

Sâyeh erhob sich und auf sein Zeichen hin taten es seine drei Gefährten ihm gleich.

„Wir werden Euch eine Weile allein lassen. So könnt Ihr in Ruhe beraten, was Ihr zu tun gedenkt. Wie auch immer Ihr Euch entscheidet, Ihr habt nichts von uns zu befürchten." Er deutete eine Verbeugung an und verschwand mit Shana und seinen zwei Kriegern in der Dunkelheit der Nacht. Ihre Bewegungen waren lautlos und geschmeidig wie Schatten, ebenso die der Eule. Sie hatte sich geräuschlos emporgeschwungen und war in der Finsternis verschwunden.

„Ich denke, wir können Sâyeh und seinen Leuten vertrauen", begann ich. „Wir haben zudem keine andere Wahl. Soweit ich es verstand, haben wir durch mich mehrere Tage verloren. Anahitas Entführer sind wahrscheinlich schon längst mit Eurer Schwester an ihrem Ziel – vielleicht in Teheran oder anderswo. Uns fehlen die Informationen, während Sâyeh sich anscheinend sicher ist. Und selbst wenn wir genau wüssten, dass alles mit der Botschafterzeit Eures Vaters zusammenhängt und Anahita in den Palast gebracht wurde, können wir nicht einfach kopflos dort einmarschieren, den Herrschersitz stürmen und sie befreien. Wir benötigen einen Plan und viel mehr Hintergrundwissen. Sâyeh kennt Land und Leute besser als wir. Wie er sagte, war es seine Aufgabe, Eure Schwester zu beschützen. Das scheint mir die Wahrheit zu sein. Warum also sollten wir nicht ein Bündnis eingehen? Und wäre es nicht wichtig, zu erfahren, von wem und weshalb er diesen Auftrag erhielt?"

Lindsay stützte den Kopf in die Hände.

„Well. Es ist nur so ein Gefühl. Wochenlang wähnte ich sie als meine Feinde; und nun sind sie plötzlich unsere Freunde? Das kommt mir falsch vor."

„Onkel Da-Vid, ich habe in den letzten Tagen wieder vollstes Vertrauen zu Shana gewonnen. Kara hat Recht. Gemeinsam können wir mehr erreichen. Was haben wir zu verlieren?"

„Zeit, liebe Nichte. Zeit und unser Leben, wenn alles auf einer Lüge basiert. Vielleicht haben sie uns nur geholfen, damit die anderen mit meiner Schwester einen Vorsprung bekommen, den wir nicht mehr aufholen können."

„Wenn das so ist", meinte Doyle, „dann ist es ihnen geglückt. Also haben wir auch in diesem Fall nichts zu verlieren. Das kommt mir jedoch sehr unglaubwürdig vor. Um uns loszuwerden, hätten sie den Balidan einfach seine Arbeit machen lassen können. Ich bin somit Mister Karas Meinung. Wir sollten ein Bündnis eingehen."

„Auch ich stimme meinem Sihdi zu."

„Was ist mit Ihnen, Sofie?", fragte ich.

„Ich bin noch unentschlossen. Aber selbst wenn ich dagegen wäre, stände es vier zu zwei."

„Well, dann füge ich mich der Mehrheit. Wir werden uns diesen Leuten anschließen und einen gemeinsamen Plan für die Rettung Anahitas erarbeiten", verkündete Lindsay.

Am nächsten Morgen erschienen die vier Krieger wieder im Lager. Sâyeh trat auf Sir David zu und blickte ihn wortlos an. Bei Tageslicht wirkte der Assassine noch jünger als im nächtlichen Park von Lindsay Castle oder am gestrigen Lagerfeuer. Doch in seinen Augen war ein Glühen, welches ich nicht zu deuten wusste.

„Well. Wir haben uns entschlossen, mit Euch zu kommen, um gemeinsam Anahita zu befreien. Aber eine Frage habe ich noch, Shana. Was wolltet Ihr mir im Park damals mitteilen? Ihr sagtet *Persien* und *Bal-Za*."

„Ich wollte Euch auf die Spur von Bal-Zadan bringen, einem engen Vertrauten des Schahs", antwortete Shana.

„Das dachten wir uns schon", gab Lindsay zu, „denn wir fanden alte Zeitungsberichte, in denen er erwähnt wurde.

Außerdem kam er mir in meinen Kindheitserinnerungen wieder in den Sinn. Doch frage ich mich ..."

„Es freut mich zu hören, Lord Lindsay", unterbrach ihn Sâyeh, „dass Ihr mit uns zusammenarbeiten wollt. Es wird nicht zu Eurem Schaden sein und ich bin mir sicher, dass Ihr Dinge erfahren werdet, die Euch sehr nützlich sein werden. Habt Geduld."

„Von wem?"

„Von unserer geistigen Führerin Māh-Tab." Aus Sâyehs Gesicht wich mit einem Mal die Freundlichkeit. Abrupt griff er vorn in Lindsays Gewand und hielt die Münze an der Kette in der Hand, die ich ihm geschenkt hatte, da auf ihr einer seiner geliebten Fowling-Bulls abgebildet war. Erstaunt blickte der Assassine darauf. „Woher habt Ihr das?"

„Von meinem Freund Kara", antwortete Sir David.

Der junge Krieger drehte sich zu mir um. „Und woher habt Ihr es?"

„Von einem Händler auf dem Markt in Māh Schahr. Hat es irgendeine Bedeutung?"

Sâyeh antwortete nicht. Er ließ die Metallscheibe wieder in Lindsays Gewand verschwinden.

„Gut. Brechen wir auf. Der Weg zur Felsenburg ist noch weit."

Zehntes Kapitel
In der Felsenburg

Wir ritten entlang des Salzsees, dessen Wasser im Westen vor uns glitzerte. Sâyeh ermahnte uns, seinen Spuren zu folgen, um nicht vom Weg abzukommen. So bewegten wir uns recht langsam vorwärts. Ich folgte mit Halef dem jungen Anführer, der mit Shana vorausritt, während sich der Rest unserer

Reisegesellschaft in Zweierreihen hinter uns anschloss. Sâyehs Krieger, die sich als Rushtam und Tufan vorgestellt hatten, bildeten die Nachhut. Obschon Rushtam seinem Namen alle Ehre machte und in der Tat *von gewaltigem Wuchs* war, konnte ich in dem stillen zurückhaltenden Tufan weder einen *Sturm* noch ein *Unwetter* erkennen. Erinnerte ich mich allerdings an unseren Kampf im Park, so konnte dieser Name durchaus treffend sein, auch wenn er zwar einen mächtigen, gleichfalls aber geräuschlosen *Sturm* darstellte.

Die Dasht-e Kavir schien kein Ende zu nehmen. Unser Tross von nun zehn Reitern und nur noch einem Packpferd verlor sich in der flachen unendlichen Weite der Wüste wie eine Schar Ameisen auf dem Neumarkt in Dresden. Die Salzkristalle auf dem Boden verschwanden allmählich zwischen den Rissen der Schollen, bis schließlich auch das Schollengebilde in eine steinerne Ebene überging. Doch dies währte nur kurz und endlich begaben wir uns in die von Mister Doyle so ersehnten Dünen. Der stete leichte Wind wehte die feinen Körner zunächst in sanften Wellen über den felsigen Grund. Je weiter wir ritten, umso höher hoben sich diese Hügel an. Letzten Endes waren wir umschlossen von einem Meer aus gelbem Sand. Die Tiere hatten es schwer und versanken tief mit den Hufen in dem lockeren Untergrund. Kamele wären hier die bessere Wahl gewesen. Doch diese Option war uns damals nicht gegeben. Manchmal stiegen wir ab und bewältigten eine der Sanderhebungen zu Fuß, um den Pferden den Weg zu erleichtern. Kühlender Schatten war nirgends vorhanden und so wurden die Tage für Mensch und Tier zur Qual. Die Nächte dagegen waren kalt und sternenklar. Das Universum schien sich tief auf uns herabzusenken und wir erblickten Tausende von Sternen in der Schwärze dieser Unendlichkeit.

Trotz der unwirtlichen Umgebung fühlten Halef und ich uns recht wohl, denn diese Weite verlieh uns das Gefühl der Freiheit. Lindsay erzählte weitere Episoden aus seiner Kinderzeit in Persien und von den Abenteuern mit dem jungen Schah. Alle – selbst die Assassinen – lauschten am abendlichen Feuer gespannt seinen Worten. Für Halef, Tufan und Rushtam übersetzte ich leise ins Persische, damit sie den Geschichten besser folgen konnten. Die beiden Letzteren verstanden die englische Sprache so gut wie gar nicht und Halefs Kenntnisse versagten noch bei längeren Erzählungen oder komplizierteren Sätzen. Trotz der Sprachbarriere zauberten Lindsays Worte mal ein Lächeln, mal Erstaunen auf die Gesichter der Menschen, die sich um das Feuer niedergelassen hatten.

„Dowud, sieh hier!" Der junge Schah vollführte mit seinem fliegenden Teppich eine elegante Kurve und stoppte vor einer bemalten Wand. Davids Bremsmanöver war noch ein wenig ungeschickt und er prallte im letzten Moment mit seinem *McFly* gegen die Mauer. Ein wenig Putz bröckelte ab.

„O Dowud, du hast den Kopf des Drachen beschädigt. Du Drachentöter!" Der Schahsohn lachte und boxte Lindsay vergnügt in die Seite.

David besah sich das Gemälde. Ein gewaltiger Bergkegel wuchs aus einer Wüste hervor und in den Klüften dieses Gebirges war ein dreiköpfiger Drache angekettet. Rauch stieg aus seinem Maul und die dunkle Wolke vereinte sich mit der Rauchsäule, die aus dem Berg emporwallte.

„What is it? Was stellt das dar?"

„Das ist Kūh-e Damāwand, der *Dampf enthaltende Berg.*"

„Gibt es ihn wirklich?"

„Ja sicher. Er ist der höchste Gipfel des Elburs-Gebirges nördlich von hier. Du kannst ihn oben aus den Fenstern meiner Gemächer sehen. Aber leider darf ich dich nicht mit hinaufnehmen. Das ist zu riskant. Mein Lehrer Bal-Zadan könnte uns erwischen."

„Und was ist mit diesem Drachen?", fragte David weiter.

„Hast du noch nie von der Legende über *Azhi Dahaka* gehört?"

„No, sorry." Der kleine Lord senkte den Blick.

Nāser stieg wieder auf seinen McFly und begann den Engelisi zu umkreisen.

„Huh! Ich bin der Drache *Azhi Dahaka* und werde dich mit meinen drei Köpfen verspeisen." Wild fuchtelte er mit den Armen vor Davids Gesicht herum.

„Lass das!" David wehrte die Arme ab und schubste dabei Nāser von seinem Fluggerät.

Dieser stieß einen kurzen Schmerzenslaut aus und blickte den englischen Jungen wütend an.

„Du weißt doch wohl, dass auf einen Angriff auf den Schah der Tod steht!"

„Sorry – verzeiht!" David reichte ihm die Hand. „Es war keine Absicht."

Der Perser blickte den Briten noch eine Weile mürrisch an. Dann ergriff er die dargebotene Hand und ließ sich auf die Füße ziehen.

„Glück für dich, dass ich noch kein Schah bin. Wäre ich es, dürfte ich dir nicht verzeihen. Ich müsste dich töten lassen."

„Das würdest du tatsächlich tun?"

„Es wäre meine Pflicht als Herrscher. Wenn ich es nicht täte, könnte man es mir als Schwäche auslegen und somit wären meine Regentschaft und mein Reich in Gefahr. So haben es mich mein Vater und auch Bal-Zadan gelehrt."

„Du würdest einen Freund töten lassen?"

„Der Schah würde sogar seinen Bruder oder seine Schwester töten lassen, wenn sie ihn in Gefahr brächten. Und wenn ich dereinst Schah bin, dann muss ich genauso handeln."

David schüttelte verständnislos den Kopf.

„Erzähl mir von diesem Drachen."

Nāser strich fast liebevoll über das Gemälde an der Wand.

„*Azhi Dahaka* war ein Erzdämon in Gestalt eines Drachen. Siehst du? Er hatte drei Köpfe und sechs Augen. Er war ein sehr böses Wesen und wurde schließlich von dem Helden Faridun besiegt und an den Berg Kūh-e Damāwand geschmiedet."

„Und du glaubst, dass es tatsächlich Drachen gibt oder Dämonen?"

Nāser kniff seine Augen zu Schlitzen zusammen.

„Es gibt Dämonen, die sich auf Schwingen in die Luft erheben. Ich habe es selbst gesehen."

„Hier im Palast?" Davids Augen waren geweitet, nicht vor Angst, sondern vor Faszination. Erst kürzlich hatte er in einem uralten Buch geblättert, welches über antike vergangene Kulturen berichtete. Die dicken ledernen Deckel behüteten vergilbte Seiten, die knisterten, wenn er blätterte, als wollten sie sich alsbald in Staub auflösen. Darin fand er wunderbare Zeichnungen von den verschiedensten Wesen und besonders diese Stierwesen mit Menschenkopf und prachtvollen Schwingen hatten es ihm angetan. Er war fasziniert von dem Gedanken, eines dieser Geschöpfe einmal zu sehen. Und als er an diesem Abend durch einen dunklen Hof des Palasts schlich, um zurück zu seinem Vater zu gelangen, blickte er hinauf zu den Fenstern, hinter denen er die Gemächer seines Freundes Nāser vermutete, und plötzlich war ihm, als würde ein riesiger Schatten die Mauern verdunkeln – ein gewaltiges Wesen auf Schwingen. Lange grübelte er, ob er an dem Abend einfach nur zu müde gewesen war, um die Realität des Schattenspiels der aufkommenden Nacht von seinen Wünschen und Visionen unterscheiden zu können. Schließlich entschied er sich dafür, das Gesehene als Traum abzutun.

„But the dreams faded – meine damaligen Träume verblassten wie jedwede Träume kleiner Jungen; sobald sie zum Manne gereift sind, werden diese Visionen aus ihrem Kopf gelöscht. Erst viele Jahre später erinnerte ich mich an die Darstellungen dieser *Fowling-Bulls*, wie ich sie nannte, und machte mich erneut auf die Suche. Ich besuchte antike Stätten und Ausgrabungen und fand doch nichts. Bis vor wenigen Tagen. Endlich sah ich sie vor mir, diese legendären Wesen." Lindsay seufzte. Sodann zog er das kleine Medaillon, die Münze, die ich ihm geschenkt hatte, hervor und betrachtete sie versonnen. „Steinerne Riesen."

„Die Träume kleiner Jungen mögen verblassen", hörte ich die ruhige Stimme Sâyehs, „doch das ändert nichts an ihrem Wahrheitsgehalt."

Lindsay blickte überrascht auf. „Wie soll ich das verstehen?"

„Eure Träume von einst waren möglicherweise keine."

„Ihr meint, ich habe tatsächlich ein Wesen gesehen? Einen Lamassu?"

„Ich weiß es nicht, was Ihr damals gesehen habt, doch ich glaube, dass Träume mehr sind als bloße Vorstellungen."

„Mancher Schatten ist nicht nur das Nichtvorhandensein von Licht", fügte Shana hinzu. „Wartet, bis wir in der Felsenburg sind, dann werdet Ihr sicher einige neue Erkenntnisse gewinnen, Lord Lindsay."

In den nächsten Tagen erstrahlte die Sonne so blendend hell über unseren Häuptern, dass sich Lindsays Geschichten und die Schatten der Vollmondnächte im weißen Sand verloren wie Tränen im Ozean. Das Meer des Sandes verschlang uns und saugte uns in eine fast unreale Welt.

Sâyeh führte unsere kleine Karawane über den Kamm einer langgestreckten Düne immer weiter nach Norden. Teheran lag mittlerweile schon westlich von unserer Route, rechnete ich mir aus. Jedoch wusste ich, dass der Assassine zunächst das Ziel hatte, jene Felsenburg zu erreichen, die er uns genannt hatte. Also folgten wir ihm im Vertrauen darauf, dass seine Worte ehrlich gemeint waren. Und obwohl die meisten von uns die Wüste gewohnt und sogar in ihr zu Haus waren, verloren wir uns irgendwann in einem stummen trägen Trott – bis schließlich Doyle vom Pferd glitt. Schnell stieg ich ab und eilte zu ihm. Die Hitze hatte ihm zu schaffen gemacht und er war bewusstlos geworden. Auch mussten wir das Wasser gut einteilen, da sich nach Sâyehs Auskunft keine Oase in unmittelbarer Nähe unseres Pfades befand. Somit waren wir alle ein wenig dehydriert.

Sobald ich den jungen Mann erreicht hatte, kam er auch schon wieder zu sich. Ich fächelte ihm etwas Luft zu, was bei den Temperaturen in der prallen Sonne nicht allzu viel bewirkte.

„Verzeihung", murmelte er.

„Schon gut. Diese Gefilde sind nicht jedermanns Sache." Dabei erschien er mir durchaus als ein sportlicher Mensch und nicht zimperlich, aber als Brite war er indes eher den kühlen Norden gewohnt.

Mit Anstrengung rappelte er sich wieder auf. Ich griff die Wasserflasche von seinem Pferd und musste entsetzt feststellen, dass sie leer war.

Halef kam in diesem Augenblick bei uns an und zog erstaunt die Brauen hoch.

„Man sollte sich das Wasser hier immer gut einteilen!", mahnte er.

„Das ist wahr", murmelte Doyle, „doch überkam mich ein solcher Durst, dass ich nicht widerstehen konnte, es auszutrinken."

Halef schüttelte den Kopf.

„Sehr unklug. Aber ich werde Euch etwas von meinem Wasser abgeben." So holte er seinen Vorrat und ließ Doyle davon trinken.

Der junge Mann bedankte sich mit stillem Nicken und ich half ihm aufs Pferd zurück. In diesem Moment flog ein Schatten über uns hinweg. Ich blickte nach oben und gewahrte nicht eins der phantastischen Wesen aus Lindsays Erzählungen, sondern Sâyehs Eule. Sie schwebte über unserem Trupp, vollführte eine Schleife und verschwand in der Ferne.

„Da!" Doyle wies mit dem ausgestreckten Arm in die Richtung, in welcher der Vogel sich entfernte. „Seht Ihr? Dort ist Kūh-e Damāwand, der *Dampf enthaltende Berg*."

Ich glaubte zunächst, Doyle würde durch die Hitze und den Durst halluzinieren und die Realität mit Lindsays Erzählungen vermischen. Als ich allerdings in die gewiesene Richtung blickte, erspähte auch ich einen Kegel in der hitzeflirrenden Luft. Vielleicht eine Fata Morgana, mutmaßte ich, eine jener Luftspiegelungen, welche dem Reisenden in Wüsten oft Seen oder Gebirge vorgaukeln, wo keine sind. Doch gibt es solche Effekte ebenso auf dem Meer, indem plötzlich Schiffe hoch über dem Wasser schweben. Die früheren Seefahrer nannten diese Erscheinung *Fliegender Holländer*. Es handelt sich dabei nicht um die Sinnestäuschung eines vom Verdursten bedrohten Menschen, sondern um ein physikalisches Phänomen, welches die

Lichtstrahlen zwischen heißen und kalten Luftschichten derart beugt, dass sich Abbilder von Gegenständen spiegeln, die sich eigentlich außerhalb der Sichtweite befinden. Und dies nahm ich beim Anblick des Gipfels zunächst an.

„Wir haben den Elburs bald erreicht", verkündete Sâyeh.

Demnach sahen wir das Gebirge tatsächlich vor uns und waren keiner Fata Morgana aufgesessen. Innerhalb von zwei Tagen befanden wir uns endlich in den tiefen Schluchten der Berge, die uns wohligen Schatten und frisches Wasser spendeten. Im Norden erhob sich der Gipfel des Kūh-e Damāwand wie eine mächtige Zacke aus dem Rücken eines gewaltigen Drachens. Dampf jedoch konnte ich nicht entdecken, nur den Schnee in der Höhenregion. Der Berg erinnerte mich an den Fujiyama, jenen Vulkan auf der japanischen Insel, den ich von Bildern her kannte.

Plötzlich stoppte Sâyeh sein Pferd.

„Ich habe eine Bitte", begann er fast zaghaft.

Sir David nickte ihm auffordernd zu.

„Unsere Festung liegt an einem geheimen Ort. Um sicherzugehen, dass sie das noch lange tun wird, möchte ich Euch die Augen verbinden."

„What? Das ist nicht Euer Ernst!" Lindsay setzte sich stocksteif in den Sattel.

„Doch. Es kann über Leben und Tod unserer Gemeinschaft entscheiden."

Auch mir behagte der Gedanke nicht. Da Sâyeh uns jedoch in keinster Weise aufforderte, unsere Waffen abzulegen, so zeigte er Vertrauen in uns. Auch hatte er mir das Augenlicht oder gar das Leben gerettet. Deshalb wollte ich dieses Vertrauen zurückgeben.

„Wir haben nichts dagegen", sagte ich.

Halef und die Frauen blickten mich entsetzt an.

Doyle jedoch nickte zustimmend. „Es ist nur logisch, wenn sie den Pfad zu ihrem Versteck geheimhalten wollen. Und solange ich nur die Augen verbunden bekomme, sehe ich mich in der Lage, trotzdem bei einer Gefahr reagieren zu können."

„So denke ich ebenfalls", erwiderte ich.

„Aber Kara, meint Ihr, dass das notwendig ist?"

„Sir David, ich glaube, wir sollten Sâyeh Vertrauen entgegenbringen."

„Well, dann soll es so sein. Ich zähle vor allem auf Euren Instinkt."

Die nächsten Stunden ritten wir demnach blind hinter den Assassinen her. Sie führten unsere Pferde mit sich, da wir sie in diesem Zustand selbst nicht zu lenken vermochten. Obwohl ich Vertrauen in Sâyeh und seine Truppe setzte und dies sogar von meinen Freunden einforderte, empfand ich die Situation nicht als angenehm. Blind durch ein mir unbekanntes Gebirge zu reiten, war durchaus eine Tortur für mich. Dies mochte auch daran liegen, dass ich gerade erst vor der ewigen Dunkelheit errettet worden war und mir nun im tiefsten Innern bewusst wurde, welchem furchtbaren Schicksal ich somit entronnen war. Ein Leben ohne Augenlicht konnte ich mir beim besten Willen nicht vorstellen. Nie wieder die Sonne zu sehen, die Sterne, die Berge, das Meer oder die Wüste, war ein unerträglicher Gedanke. Und meinen Freunden nie mehr ins Antlitz schauen zu können – darüber mochte ich nicht einmal nachgrübeln. So versuchte ich, mich trotz der verbundenen Augen auf den Weg zu konzentrieren. Meine übrigen Sinne arbeiteten derweil auf Hochtouren und prägten sich den Pfad auf ihre eigene Art ein. Aus dem Geräusch, welches die Hufe der Pferde erzeugten, konnte ich mir ein Bild des Untergrunds verschaffen. Zuerst war es dumpf, verursacht von Bewuchs wie Gras und durchmischt mit Geraschel von Zweigen, die an den Beinen der Tiere entlangstreiften. Auch vernahm ich das Plätschern von Wasser. Demnach durchquerten wir einige kleinere Bäche. Sie konnten nicht sehr tief sein, denn das Wasser gelangte nicht an meine Füße in den Steigbügeln. An den steinigen Ufern vernahm ich einen leisen Widerhall der Hufschläge, wie von Bergflanken, die uns umschlossen, und vermutete, dass wir ein Tal durchritten. Dann stieg der Weg leicht an und wir erklommen einen der Berge, bis wir über einen Grat ritten. Die Ausrichtung des Pferdes verriet mir, dass der Pfad erneut eben war. Doch hörte ich die anderen Tiere nur vor und hinter mir und demnach handelte es sich um einen sehr schmalen Weg. Unter den Tritten der Tiere löste sich hin und wieder Geröll und kullerte geräuschvoll zu Tal. Da ich dieses Geräusch mal von links und mal von rechts vernahm, schloss ich daraus, dass wir über einen Kamm ritten, der zu beiden Seiten stark abfiel. Dann wand sich der Pfad an einer steilen Felswand entlang und ich bemerkte, dass die Atemgeräusche der Tiere mühevoller wurden. Wir waren also schon in großer Höhe unterwegs. Das letzte Stück erwies sich als äußerst steiler, steiniger Pfad. Ich spürte die Anstrengung meines Tiers unter mir und musste mich eng an seinen Hals schmiegen. Die Hufe klapperten über felsigen Grund und wieder hörte ich Steine auf der rechten Seite hinabkullern. Als wir endlich das Ziel erreicht hatten und uns die Augenbinden abgenommen wurden, atmete ich erleichtert auf. Ich sah mich um und gewahrte, wie im Westen gerade die Sonne hinter dem Horizont verschwand und der Himmel sich rot verfärbt hatte. Ein paar dünne schwarze Wolkenstreifen ließen die Farbe umso dramatischer erscheinen. Kahle Gebirgsgipfel umgrenzten unseren Standort, dazwischen tief eingeschnittene Täler und Kars.

Während wir abstiegen, wurden wir von zahlreichen Menschen umringt. Einige Männer und Frauen trugen dieselbe weiße Kleidung wie Sâyeh, Shana und ihre Gefährten und wie ich. In ihren Gürteln steckten gebogene, kunstvoll verzierte Dolche. Manche hatten zudem Gewehre oder Bögen über ihren Rücken oder Krummsäbel an der Seite hängen. Viele der Umstehenden waren allerdings gewöhnlich gewandet, wie Bauern oder Handwerker, und trugen keinerlei Waffen. Ich konnte Männer, Frauen und Kinder jeglichen Alters entdecken. Sie wirkten wie eine seit Jahrzehnten gewachsene Siedlungsgemeinschaft auf mich. Wahrscheinlich waren sie das sogar. Einige junge Burschen und Mädchen, die wie Assassinen-Krieger gekleidet waren, nahmen sich unserer Pferde an. Das Gepäck trugen sie in ein gemauertes Haus.

Jetzt weitete ich meinen Blick aus und erkannte in der Anlage tatsächlich eine Felsenburg. Steinerne Wälle erhoben sich als Schutz aus dem Bergplateau, auf dem dieser Ort sich befand. Durchbrochen wurden sie von Wehrtürmen, auf denen bewaffnete Krieger und Kriegerinnen Wache standen. Innerhalb der Mauern gab es zahlreiche Häuser. Manche schienen als Wohnungen zu dienen, andere beherbergten Werkstätten, auch gewahrte ich eine Schmiede und Stallungen für Pferde und weiteres Vieh. Hühner liefen herum sowie Hunde und Katzen. Kinder mit schmutzigen Gesichtern blickten mich aus großen Augen an – interessiert und neugierig, aber keinesfalls ängstlich.

„Folgt mir bitte!", forderte uns Sâyeh auf.

Ich schulterte den Henrystutzen und schritt, wie auch Lindsay, Halef, Doyle, Ann und Sofie, hinter dem Krieger her in das Haus, in welches man unser Gepäck gebracht hatte. Drinnen befand sich eine lange hölzerne Tafel, an der zahlreiche Bänke und Schemel standen. Weitere Türen führten in angrenzende Räume, die sicherlich als Schlafzimmer dienten. In einem offenen Kamin brannte ein Feuer und darüber hing ein Topf, aus dem ein köstlicher Geruch stieg. Daneben stand eine alte Frau und rührte bedächtig in dem Gericht herum. Auf ihrer Schulter saß eine kleine Eule und ich nahm an, dass es jene sei, die uns auf unserer Reise mit Sâyeh begleitet hatte.

Shana legte Teller und Löffel auf den Tisch und bedeutete uns, dass wir uns setzen sollten. Sâyeh füllte eine große Schale mit dem Eintopf aus dem Kessel und stellte sie auf den Tisch. Dann half er der Alten, sich an die Stirnseite der Tafel zu setzen.

„Das ist Mâh-Tab", erklärte er und ließ sich neben der Frau nieder. „Sie ist unsere Führerin – eine große Kriegerin und sehr weise Frau."

Die Zeit der großen Kriegerin war augenscheinlich längst vorbei, dachte ich bei mir, denn die Alte wirkte zerbrechlich. Selbst ihre Stimme war dünn und leise.

„Ich heiße Euch in meinem Reich willkommen, Fremde!", sprach sie zu meinem Erstaunen in fließendem Englisch

„Well, und ich bedanke mich im Namen meiner Freunde und Reisegefährten für die Gastfreundschaft", erwiderte Lindsay.

Māh-Tab nickte und begann zu essen. Es wurde ruhig in der Hütte. Lindsay wartete noch einen Augenblick, wohl in der Erwartung, dass die Frau etwas Erklärendes hinzufügen würde, was jedoch nicht geschah. Also aßen wir still. Nach dem Mahl bat sie Lindsay, ihr zu folgen, und die zwei verschwanden. Halef hatte sich aufgemacht, nach unseren Pferden zu sehen. Sâyeh fragte mich, ob ich mir die Felsenburg anschauen möge, was ich liebend gern bejahte. Shana schloss sich uns an, wohingegen Ann, Sofie und Doyle sich ausruhen wollten.

Wir traten hinaus in die Nacht. Aus den meisten Fenstern der Häuser drang Licht. Auch Lagerfeuer brannten hier und da zwischen den Mauern.

„Was für eine Gemeinschaft ist das?", fragte ich, während der junge Krieger eine Fackel entzündete. Er leuchtete damit für uns den Weg aus.

„Wir sind ein sehr alter Bund. Māh-Tab gründete ihn vor langer Zeit und nannte ihn den *Orden des Silbermondes*."

„Das ist äußerst passend", antwortete ich. „Māh-Tab bedeutet schließlich *Mondlicht*."

„Das ist wahr, Mister Kara."

„Das ,Mister' ist nicht notwendig."

Sâyeh nickte. „Wie Ihr meint."

„Basiert dieser Orden auf den Gesetzen der alten Assassinenverbindungen?"

„Ja und nein. Wir sind keine Mörder wie die früheren Assassinen. Wir beschützen. Wir töten nur, wenn es sich nicht vermeiden lässt. Aber wir nutzen dafür ihre erprobten Kampftechniken."

„Das ist beruhigend. Ich würde mich nicht mit Meuchelmördern verbünden."

„Da könnt Ihr ohne Sorge sein. Wir hegen weder gegen Euch noch die Euren und auch wider sonst niemanden einen Groll. Unser Bestreben ist es nicht, Leben auszulöschen oder Regierungen zu stürzen, sondern nur, die Unsrigen zu beschützen.

Leider lässt es sich manchmal nicht vermeiden, im Kampf einen Gegner zu töten."

„Aber wenn ihr nichts Böses im Schilde führt, wer sind dann eure Feinde und warum? Geht es um Glauben, um Religion?"

„Nein, wir möchten niemanden zu irgendeinem Glauben bekehren. Im Gegenteil. Wir sind der Ansicht, dass jede Weltanschauung und jeder Glaube dieselben Wurzeln hat und somit letztendlich für uns kein Unterschied besteht zwischen den hier ansässigen Religionen wie dem Islam, den Christen oder dem Judentum. Für uns hat jede Gemeinschaft ihre Berechtigung."

„Wir sehen es eher als Variationen des gleichen Glaubens an", fügte Shana hinzu. „Alles entsprang aus den historischen Sagen und Legenden. Doch das meiste ist verloren gegangen und einiges wurde dazugedichtet. So entwickelten sich verschiedene Ideen. Ich empfinde unseren alten Glauben als eine Art Sprache und die daraus entstandenen Religionen als lokale Dialekte davon."

„Deshalb können wir die Zwistigkeiten zwischen den einzelnen Glaubensgemeinschaften nicht verstehen und nicht gutheißen. Jedoch kämpfen wir weder für die eine noch für die andere, so wie es die Assassinen in früheren Zeiten taten, als sie die Kreuzritter töteten oder die Schahs." Sâyeh blickte mich an. „Trotzdem ist für uns die Farbe Weiß eine heilige Farbe, denn sie symbolisiert das Mondlicht. Auch ist unsere Waffe noch immer der Pesh-Kabz, da er leise und präzise ist." Er machte eine Pause. „Gift, zum Beispiel, ist nicht unsere Methode."

„Ihr spielt auf den Mord am Earl of Lindsay an?"

„Ja. Wir sind nicht für seinen Tod verantwortlich."

„Das sagtet Ihr schon. Ihr wolltet Anahita beschützen. Doch warum? Was ist Euch an ihr so wichtig? Und warum ist Euer Wirken so gefährlich, dass ihr Euch deshalb hier verstecken müsst?"

„Wir beschützen."

„Das sagtet Ihr bereits. Aber wen beschützt Ihr?"

„Den, den Māh-Tab beschützt."

„Und wer genau ist das?"

Sâyeh zögerte.

„Im Moment ist das Anahita."

„Das weiß ich. Doch wer ist Anahita? Was bedeutet sie Euch, dem Orden?"

Sâyeh blickte mich unschlüssig an.

„Ich bemerke, dass es Euch schwerfällt, mir alle Einzelheiten mitzuteilen. Seid Ihr an ein Schweigegelübde gebunden?"

„Nein, nicht direkt. Doch ich befürchte, dass Ihr die Zusammenhänge nicht versteht oder nicht glauben werdet."

„Versucht es. Erklärt es mir", forderte ich Sâyeh auf.

Dieser lächelte mich geheimnisvoll an und beleuchtete dann mit der Fackel eine Tür, vor der wir nun standen.

„Hier bewahren wir alte Dokumente auf."

„Eine Art Bibliothek?" Eine freudige Neugier erwachte in mir.

„Ja, so könnte man sagen." Der junge Krieger öffnete das Schloss und ließ uns eintreten. Drinnen betraten wir eine schlichte Kammer ohne Fenster. Hölzerne Regale reihten sich an den Wänden. Darin erblickte ich unzählige Schriftrollen. Sâyeh entzündete auf dem kleinen Tisch in der Mitte des Raums eine Kerze und steckte die Fackel in eine Halterung an der Wand neben der Tür. Shana suchte eines der Pergamente heraus und entrollte es auf dem Tisch. Die Schrift darauf war mir unbekannt, die Abbildung jedoch nicht. Ich erkannte einen Lamassu und eine Apsasû – jene geflügelten Wesen, die Lindsay stets *Fowling-Bulls* nannte und die wir als steinerne Giganten in der Ruinenstadt vorgefunden hatten.

„Das sind uralte Beschützerdämonen. Sie sind jeweils für die Blutlinie einer Familie zuständig. Doch es gibt nicht mehr viele davon und die Menschen haben ihren Glauben an ihre Beschützer verloren", erklärte Sâyeh.

„Und Ihr wollt mir jetzt sagen, dass Ihr so ein Lamassu seid?"

Sâyeh lachte kurz auf.

„Nein. Ich bin kein Schutzdämon. Ich bin nur ein Diener."

„Ein Diener mit besonderen Fähigkeiten, die schon manchem das Leben retteten", fügte Shana hinzu.

Sâyeh strich fast liebevoll über das Pergament.

„Māh-Tab ist so eine Dämonin. Sie kann sich in eine Apsasû verwandeln." Seine Stimme war leise geworden.

Der Inhalt seiner Worte ließ mich erschauern. Konnte das wahr sein? Ich musste an das riesige Wesen in der Ruinenstadt denken, welches mich mit feurigen Augen angeblickt und umgerissen hatte.

„Seht Ihr? Es fällt Euch schwer, das zu glauben."

„Das ist wahr, Sâyeh. Ich bin zwar schon einigen seltsamen Wesen auf meinen Reisen begegnet, wie einem Mantikor, Simurghs und sogar einem Minotaurus. Doch waren diese Kreaturen stets das, was sie waren. Aber ein Geschöpf, welches seine Gestalt wandeln kann vom Menschen in ein Fabeltier, das hört sich für mich zunächst einmal unrealistisch an."

„Das verstehe ich. Leider kann ich Euch keinen Beweis dafür anbieten. Ich kann nur beteuern, dass wir den Earl nicht getötet haben und dass wir Anahita beschützen wollten. Wir werden alles tun, um sie zu finden und zu befreien."

Erst am nächsten Morgen gesellte sich Sir David wieder zu uns. Er wirkte nachdenklich. Man hatte uns ein Frühstück gerichtet, welches wir allein, ohne die Anwesenheit Māh-Tabs oder der Assassinen, einnahmen.

„Wo bist du gewesen, Onkel?", fragte Ann. „Ich habe mir Sorgen gemacht."

„Well, my friends. Māh-Tab hatte mich in ihre Unterkunft gebeten und mich in seltsame Geheimnisse eingeweiht. Ich weiß nicht, was davon tatsächlich der Wahrheit entspricht. Doch ist mir auch schleierhaft, warum sie mir diese Geschichte erzählen sollte, wenn es pure Phantasie wäre."

„Was hat diese Frau Euch berichtet?" Doyle beugte sich neugierig über den Tisch.

„Sie sagte mir, dass sie die Beschützerin der Blutlinie von Anahita sei. Die leibliche Mutter meiner Schwester sei etwas Besonderes gewesen und hätte ihr sehr am Herzen gelegen. Deshalb würde sie alles in ihrer Macht stehende tun, um Anahita zu finden und zu befreien."

176

„Sagte sie auch, welche Art Beschützerin sie sei?", fragte ich und musste an Sâyehs Offenbarungen denken.

Lindsay schluckte. Dann griff er in sein Gewand und zog die Münze hervor, die ich ihm geschenkt hatte. Er hielt uns das Abbild des geflügelten Wesens entgegen.

„Sie behauptet, dass Anahitas Mutter so ein Wesen gewesen sei, also eine Apsasû, und sie selbst – Māh-Tab – sei ebenfalls so ein Schutzdämon."

Doyle fiel die Kinnlade herunter. „Glaubt Ihr daran?"

„Ich weiß nicht, was ich glauben soll." Lindsay ließ das Medaillon wieder verschwinden. „Was meint Ihr, Kara?"

„Ich muss gestehen, dass ich selbst nicht recht weiß, was ich glauben soll. Sâyeh hat mir genau das Gleiche berichtet. Māh-Tab sei eine Apsasû, die Anahita beschützen würde. Warum jedoch sollte so ein mächtiges Wesen Helfer wie Shana und Sâyeh benötigen?"

„Weil meine Macht außerhalb Persiens schwindet."

Die Stimme ließ mich zusammenzucken und herumfahren. Māh-Tab stand unerwartet im Raum. Ihre Augen schienen kurz aufzuflackern wie polierte Türkise. Hinter ihr traten nun auch Sâyeh und Shana ein.

„Anahitas Mutter hieß Asiodolla und war eine Apsasû wie ich. Wir waren eng miteinander verbunden. Doch konnte auch ich sie nicht davon abhalten, die Frau des Ministers Sayyid Ali Abbas zu werden. Sie war verliebt und wünschte sich nichts mehr als ein normales Leben als Sterbliche. Durch ihre Verbindung mit dem sterblichen Sayyid verlor sie ihre magischen Fähigkeiten. Trotzdem konnte ich sie nicht aus meinem Herzen verbannen und blieb mit ihr in Kontakt. Meine Eulen waren mir dabei Auge und Ohr. Eines Tages rief mich Asiodolla zu sich an einen geheimen Ort in den Bergen. Es ist ein verborgener Steinkreis im Elburs-Gebirge in unwegsamem Gelände. Dort traf ich sie in der Dunkelheit einer Neumondnacht." Māh-Tab legte eine Pause ein. Sâyeh geleitete sie an den Tisch, wo sich die alte Frau auf eine Bank niederließ.

Sir David und Doyle rückten interessiert näher heran. Auch Halef, die Frauen und ich hingen gebannt an ihren Lippen. Doch so spannend ihre Ausführungen auch waren, konnte ich mir die alte Frau nicht als geflügeltes Stierwesen vorstellen.

„Sofort sah ich, dass Asiodolla erneut schwanger war. Sie hatte schon zwei Söhne von ihrem Mann und nun, so offenbarte sie mir, würde sie eine Tochter gebären. Sie spürte ganz genau, sagte sie mir, dass dieses Kind etwas Besonderes sein werde. Dann beichtete sie mir, dass sie sich in einem schwachen Moment mit dem Schah eingelassen hatte. Eigentlich wollte sie ihn nur von den Putschplänen ablenken, die ihr Mann verfolgte. Doch dann ging sie weiter, als sie es vorhatte. So entstand das Mädchen, welches sie zu jener Zeit noch ungeboren unter ihrem Herzen trug. Sie flehte mich an, das Kind zu beschützen und es nicht den Händen des Schahs zu überlassen. Denn der Regent hatte schon Verdacht gegenüber ihrem Mann geschöpft und sie befürchtete Schlimmes. Ich versprach ihr, alles zu tun, um das Kind zu beschützen." Shana schenkte Māh-Tab Wasser ein und die alte Frau trank es bedächtig aus. Leise fuhr sie fort: „Einem Ungeborenen einen Bann aufzuerlegen ist fast nicht möglich. Doch war das in diesem Moment alles, was ich tun konnte. Ich versuchte das Kind zu beschützen, indem es alle, die sich in seiner Umgebung aufhalten würden, die Ereignisse in Persien vergessen lassen sollte. Damals konnte ich noch nicht wissen, wen dieser Bann treffen würde. Aber scheinbar wirkte er umso besser, je jünger jemand war. Denn der Earl hatte durchaus nichts vergessen, seine Söhne Thomas und David allerdings schon."

„Well, ich verstehe", murmelte Lindsay. „Erst als Anahita entführt worden war, kehrten die Erinnerungen an die Geschehnisse in Persien nach und nach zurück."

„Es kam damals wie erwartet", erzählte sie weiter mit ihrer dünnen, brüchigen Stimme. „Schah Mohammad und seine engen Vertrauten überführten die Putschisten, kerkerten sie ein, folterten sie, bis sie gestanden, und richteten sie mit ihren Familien hin. Ich konnte weder Asiodolla noch ihre Söhne vor dem Tod retten. Hätte ich mich offenbart und den Kampf gesucht, so

178

hätte ich den *Orden des Silbermondes* in Gefahr gebracht. Das wollte und konnte ich nicht riskieren. Selbst das neugeborene Mädchen wurde meinem Einflussbereich entzogen. Der Earl of Lindsay hatte Anahita kurz nach der Geburt und rechtzeitig vor der Hinrichtung ihrer Familie außer Landes gebracht, offenbar auf Anweisung des damaligen Schahs. Ich glaube nicht, dass Mohammad Schah Kadschar wusste, mit wem er es bei Asiodolla zu tun hatte, dass sie eine Apsasû gewesen war, deren Kräfte versiegt waren. Doch er war in Anahitas Mutter verliebt gewesen und wollte das uneheliche Kind, welches sie ihm geboren hatte, vor dem Tod retten. Also schickte er es inkognito in ein fernes Land. Alle, die von ihrer Existenz wussten, ließ er töten – die Diener ihres Hauses, die Hebamme und Wachen. So blieben mir nur meine Eulen, um mich auf dem Laufenden zu halten." Māh-Tab gab einen leisen gurrenden Laut von sich, sogleich flog zum halb geöffneten Fenster einer jener erwähnten kleinen Nachtvögel herein. Geräuschlos setzte er sich auf die Schulter der alten Frau. Mit seinen großen gelben Augen blickte uns das Tier der Reihe nach an. Es war beinahe unheimlich, denn der Blick dieser Eule hatte etwas Intelligentes, fast Menschliches an sich.

„Meine kleinen Freunde machten das Kind in England ausfindig und ich schickte in den folgenden Jahren immer wieder wechselnde Beschützer in seine Nähe – mal als Gärtner, Küchenhilfe oder Diener. Zuletzt kam mir Anahitas Verlangen nach Wissen über Persien zu Hilfe und ich konnte Shana ins Haus einschleusen."

Nun übernahm die Angesprochene das Wort, denn Māh-Tab wirkte müde.

„Ich habe Euch nicht die ganze Wahrheit gesagt, Lord Lindsay."

Sir David schnaubte missmutig.

„Yes, ich ahnte es. Ich war mir in meinem tiefsten Innern sicher, dass etwas nicht stimmt. Nun gut, was habt Ihr verschwiegen, Shana?"

„Ich sollte Anahita in jener Nacht tatsächlich entführen."

„Warum habt Ihr das nicht sofort gesagt?"

„Weil ich befürchtete, dass Ihr es nicht verstehen würdet, dass Ihr uns dann als Feinde gegenüber stündet. Ich wollte zunächst Euer Vertrauen gewinnen und Ihr solltet selbst durch Eure Kindheitserinnerungen Bal-Zadan in Euer Gedächtnis rufen."

„Well, liebe Shana, es ist Euch gelungen. Nun, dann sagt, was noch zu sagen ist."

Shana nickte.

„Ich sollte also Anahita entführen, doch Ihr vereiteltet meinen Plan. Wir hatten Order, sie nach Persien zu bringen, da nur hier Māh-Tabs Kräfte voll einsatzfähig sind und sie damit beschützt werden könnte. Denn wir haben erfahren, dass im Palast jemand eine Intrige spann, um Anahita zu verschleppen. Dieser Jemand ist dieser Bal-Zadan und das wollte ich Euch, Lord Lindsay, in jener Nacht im Park mitteilen. Er muss auf unerklärliche Weise Kenntnis von Anahitas Existenz erlangt haben. Wie, das ist uns momentan selbst noch ein Rätsel. Wir gehen aber davon aus, dass Anahita irgendwo im Palast in Teheran von ihm versteckt gehalten wird."

„Zu welchem Zweck?", fragte Lindsay.

„Auf diese Frage haben wir leider auch keine Antwort", gestand Sâyeh.

„Ich werde nach Teheran reisen und das herausfinden!" Sir David stand auf und strich sein Gewand glatt.

„Wir sollten nichts übereilen", warf Shana ein.

„Übereilen? Damned! Anahita ist seit vielen Wochen in der Gewalt dieser Leute. Wir wissen weder, wer sie sind, noch, welche Ziele sie verfolgen. Sie schwebt in höchster Gefahr."

„Besonnenheit ist wichtig." Sâyehs Stimme war ruhig. „Wir werden einen Plan schmieden."

„No. Es ist keine Zeit für Müßiggang. Wie könnte so ein Plan aussehen? Ich kann nicht schon wieder Zeit verschwenden. Ich muss etwas tun! Ich will meine Schwester befreien und Rache an den Mördern meines Vaters nehmen!"

„Verehrter Lord Lindsay, ich verstehe Eure Emotionen und Euren Tatendrang." Māh-Tab hatte sich mühsam erhoben.

„Seid gewiss, dass ich meine Kräfte für Eure Schwester einsetzen werde. Doch bringt ein wenig Geduld mit. Wir müssen Vorbereitungen treffen."

„Sorry – verzeiht, ehrwürdige Māh-Tab. Mir scheint, als ob Eure Kräfte schwinden. Lasst mich die Sache in die Hand nehmen."

„Ich kann Euer Misstrauen gut verstehen. Und ja, Ihr habt nicht Unrecht. Das Alter macht sich bei mir bemerkbar. Aber lasst mir Zeit bis zum nächsten Neumond, dann werde ich Euch im Kampf unterstützen."

„No! Das sind noch fast zwei Wochen. Das dauert mir zu lang!" Lindsay war sichtlich in Rage.

Māh-Tab allerdings lächelte überlegen, machte mit der Hand eine kaum sichtbare Bewegung und Sir David glitt leblos zu Boden.

Verwirrt zog ich einen meiner Colts.

„Was hat das zu bedeuten?"

„Sorgt Euch nicht, Mister Kara, es ist nur zum Besten des Earls. Ihm geschieht kein Leid. Er wird bis morgen schlafen und dann können wir in Ruhe überlegcn, welches Vorgehen sinnvoll ist. Steckt Eure Waffe weg und entschuldigt mich." Māh-Tab ging mit Shana am Arm zur Tür hinaus, ohne sich noch einmal umzudrehen. Ich steckte meinen Colt zurück in den Gürtel und eilte zu Sir David. Ann und Doyle hockten neben ihm.

„Es ist alles in Ordnung. Er ist tatsächlich nur in einen tiefen Schlaf gesunken", beteuerte der Arzt. „Wir werden ihn in eins der Schlafzimmer befördern." Die Frauen, Halef und Doyle hoben Lindsay an und trugen ihn in eine der Kammern.

„Kommt, Mister Kara." Sâyeh zog mich am Ärmel. Ich folgte ihm nachdenklich hinaus. Die Sonne stand nun fast schon senkrecht am wolkenlosen Himmel. Bei Tageslicht wirkte die Felsenburg bei Weitem größer als in der Nacht. Die Leute gingen geschäftig irgendwelchen Arbeiten nach. Von den Kriegern war nichts zu sehen, außer den Wachen auf den Türmen. Meine Hand spielte in meiner Tasche mit dem Musaddas und mein Kopf mit dem Gedanken, durch ihn hindurch Māh-Tab zu betrachten. Vielleicht hätte mir der magische Sechseckring, den ich einst von Abu Zanad nahm, dem Untergebenen Al-Kadirs, die wahre Gestalt Māh-Tabs offenbart. Aber Shana und die Alte waren verschwunden.

„Verzeiht. Ich möchte wirklich niemanden beleidigen. Aber Eure Führerin Māh-Tab wirkt in der Tat sehr müde und schwach. Wie will sie uns da behilflich sein?"

„Das Alter zehrt an ihrer menschlichen Gestalt. Das ist wahr. Doch die Rituale der Erneuerung möchte sie nicht durchführen. Dafür wäre es nötig, dass sie ein Wesen Ihresgleichen tötet und dessen Blut trinkt. Dazu fühlt sie sich jedoch nicht in der Lage und somit wird auch sie irgendwann diese Welt verlassen." Er sah bedrückt aus.

„Ich kann noch immer nicht glauben, dass sie ihre Gestalt wandeln kann und zu einer Apsasû wird. Habt Ihr das schon mit eigenen Augen gesehen?"

„Māh-Tab verwandelt sich nicht vor dem Angesicht der Menschen, um sie zu belustigen. Wahre Magie darf ein Magier nur zum Schutz für sich und seine Freunde einsetzen."

Ich blieb stehen und blickte den jungen Mann erstaunt an. Er war nicht besonders groß, eher so wie ich, jedoch um die zehn Jahre jünger. Ihm fehlte die hochaufgewachsene hagere Gestalt und trotzdem erinnerte er mich in diesem Moment an Haschim, den Magier, der mein Freund war. Als er plötzlich die Hand auf meine Schulter legte, durchfuhr es mich. Ich spürte ganz deutlich, dass etwas Magisches von ihm ausging.

„Was habt Ihr, Kara?"

„Nichts, ich musste nur gerade an einen guten Freund denken. Er ist selbst ein Magier und wäre uns sicherlich sehr hilfreich gewesen. Doch leider ist er nicht aufzufinden."

„Er wird seine Gründe haben."

„Gewiss. Die hat er bestimmt."

„Ihr seid der Magie gegenüber recht aufgeschlossen."

Ich lächelte.

„Nun ja. Ich habe auf meinen Reisen schon viele seltsame Dinge gesehen, die ich mir mit der Wissenschaft nicht erklären kann. Jedoch glaube ich, dass alles einen naturwissenschaftlich erklärbaren Hintergrund hat. Da der Mensch im Allgemeinen und natürlich auch ich selbst nicht alles sogleich versteht, habe ich mit meinem Freund Halef verabredet, dass wir diese unerklärlichen Ereignisse derweil Magie nennen."

„Oh, das ist eine interessante Sicht der Dinge. Ich für meinen Teil habe nicht das Bedürfnis, dem Aufbau der Welt so genau auf den Grund zu gehen. Mir ist wichtig, dass ich meine Fähigkeiten bewusst steuern und einsetzen kann. Doch leider fehlt mir dazu ein Meister, der es mich lehrt."

„Was ist mit Māh-Tab? Kann sie es Euch nicht beibringen?"

„Nein. Sie ist kein Lehrer in diesem Sinne." Sâyeh wirkte bei seinen Worten betrübt.

„Was genau sind Eure Kräfte?"

„Das ist nicht leicht zu erklären."

„Versucht es."

„Die Welt besteht nach der Auffassung meines Ordens aus winzigen Teilen, kleinsten Lebewesen, die sich zu großen, wie auch uns Menschen, zusammensetzen. Selbst das Feuer besteht daraus."

„Dieser Ansicht sind auch Philosophen und Wissenschaftler im Abendland. Sie nennen die kleinen Teilchen *Atome*. Doch bis jetzt konnte noch niemand deren Existenz wirklich beweisen", antwortete ich.

„Ich benötige keinen Beweis. Ich spüre deren Vorhandensein und ich kann diese winzigen Wesen – die *Kuchak* – beherrschen – zumindest manchmal. Das half mir dabei, Shana zu heilen, denn ich konnte ihre Blutung stoppen. Zudem verstärkt mein eigenes Blut die Wirkung. Es ist so, als ob die *Kuchak* meines Blutes die winzigen Geschöpfe, aus denen andere Körper bestehen, lenken könnten und somit einen Heilungsprozess in Gang bringen. Aber wie ich bereits sagte, beherrsche ich diese Fähigkeit nicht wirklich. Manchmal entgleitet mir der Kontakt zu diesen kleinen Kreaturen. Ich kann also nicht Tote zum Leben erwecken und auch keinen Arm nachwachsen lassen. Die Wunde, die eine Gewehrkugel reißt, ist, wie bei Shana, schon das

Äußerste der Möglichkeiten. Der verletzte Körper muss noch genug Kraft haben. In Shanas Fall kam ihr zugute, dass Sir David ihr Schulterblatt traf und die Kugel somit nicht in die Lunge oder gar das Herz eindringen konnte. Dann wäre meine Magie sinnlos gewesen."

„Ich bin beeindruckt", gestand ich. „Wenn Ihr tatsächlich diese Befähigung besitzt, so ist es Euch möglich, viel Gutes damit zu tun. Mister Doyle ist von ähnlicher Art, auch er ist ein Arzt, der Menschenleben rettet. Und auch er ist noch in der Ausbildung. Jedoch verfügt er nicht über diese besondere Begabung wie Ihr, aber über einen ausgesprochen wachen Verstand."

„Meine Fähigkeiten gehen noch ein wenig weiter. Denn durch die Beherrschung dieser winzigen Wesen ist noch viel mehr möglich, als bloß zu heilen, aber ich möchte nicht damit prahlen."

„So habe ich es auch nicht aufgefasst. Ich danke Euch für Eure Offenheit."

Sâyeh nickte mir zu und führte mich weiter durch sein kleines Reich. In der Schmiede wurden Waffen, aber auch Dinge des täglichen Bedarfs wie Töpfe geschmiedet, ebenso Scharniere für Türen. Ein Schneider stellte Kleidung her, in einer Backstube wurde Fladenbrot gebacken. Gerade holte ein Bäcker das Brot heraus, als eine Flamme aus dem Ofen züngelte. Sâyeh hielt reflexartig seine Hand in ihre Richtung und das Feuer schien vor ihm zurückzuweichen. Ich wusste nicht, ob es etwas mit seinen Fähigkeiten zu tun hatte, die Dinge auf atomarer Ebene zu beherrschen. Doch mochte ich ihn nicht weiter mit meinen Fragen löchern, da er mir schon so einiges berichtet hatte.

„Woher habt Ihr das nötige Mehl?", fragte ich deshalb. Die Felsenburg war in kargem Gebirge errichtet, ohne Felder in der näheren Umgebung.

„Wir kaufen oder tauschen es bei den Bauern im Tal. Im Gegenzug beschützen wir sie vor Diebesbanden. Einiges an Gemüse bauen wir zudem selbst hier an."

Er zeigte mir einen weitläufigen Garten mit allerlei essbaren Pflanzen und Bäumen mit Datteln, Aprikosen und Mandeln.

Am späten Nachmittag lud er mich zu einem Imbiss im Quartier der unverheirateten Krieger ein. Dann drehten wir weiter unsere Runde und die Zeit verflog.

„Ich muss mich Lord Lindsays Meinung anschließen. Wir sollten schnellstmöglich einen Plan entwickeln, wie wir in den Palast kommen, ohne offenen Kampf und größeres Aufsehen."

„Ich habe mir Gedanken darüber gemacht", gestand Sâyeh. „Der Earl hat uns so viel von seiner Kinderfreundschaft mit dem jetzigen Schah berichtet, dass er gewiss darauf aufbauen könnte. Was meint Ihr?"

„Ich bin der gleichen Ansicht. Allerdings denkt Sir David anders. Er meint, dass Nāser ad-Din Schah ihm nicht wohlgesonnen sei. Vielleicht ist es nur eine Ahnung von ihm oder er hat uns noch nicht alles erzählt. Ich denke, wir sollten ihn morgen früh noch einmal darauf ansprechen."

Sâyeh nickte. Er geleitete mich an Vorratsräumen für Waffen und Nahrungsmittel vorbei und an großen Wassertanks. Auch gab es hier in der Felsenburg einen unterirdischen Gang, der zu einem Qanat führte. Das war ein horizontaler Brunnen, welcher Wasser aus den höheren Lagen des Elburs hierher beförderte. Jedoch konnte dieser nicht oben auf dem Bergkegel angelegt werden, sondern erst weiter unten im Berg, damit er eine Verbindung zum Gebirge und den schneebedeckten Gipfeln herstellen konnte. So stiegen wir mit Fackeln in den Händen gewundene Treppen hinab und erreichten ein Labyrinth von Tunneln. Einige waren mannshoch, andere nur kleine Röhren. Durch viele floss Wasser und sammelte sich in einem künstlich angelegten unterirdischen See. Die Wände der Stollen und Gänge bestanden aus behauenen Steinen.

„Einerseits könnten wir mehreren Wochen Belagerung standhalten. Andererseits wäre es uns möglich, durch die Tunnelsysteme unbemerkt von den Belagerern ins Gebirge zu flüchten. Dies war in den letzten Jahrzehnten allerdings nie notwendig."

Ich war fasziniert von den technischen Fähigkeiten dieser Leute, aber gleichzeitig hatte ich das Gefühl, jemand würde mir die Kehle zudrücken. Zu viele schmerzliche Erinnerungen an

tiefe Gänge und Höhlen wurden in mir wach. So drängte ich
Sâyeh wieder hinauf in die Burg.

Kaum traten wir aus der Tür hinaus in den Innenhof, kam Halef auf uns zugestürmt.

„Sihdi, Sir David ist verschwunden."

„Was soll das heißen?"

„Nun, wir ließen ihn schlafen, und als Ann vorhin nach ihm
sehen wollte, war er weg. Wir suchten überall nach ihm, doch
konnten wir ihn nicht finden."

Sâyeh hatte anhand von Halefs Gebaren und dem Namen „Sir
David" seine arabischen Ausführungen verstanden und begann
mit einem Mal zu laufen. Wir folgten ihm, ohne zu wissen, was
er vorhatte. Der Krieger schlug den Weg zu den Stallungen ein
und da dämmerte es mir. Tatsächlich fanden wir Lindsays Pferd
nicht vor. Einer der Stallburschen erzählte uns, dass er den Briten hatte aus der Hintertür ins Gebirge reiten sehen. Da wir allerdings als Gäste und nicht als Gefangene hier waren, fühlte er
sich nicht verpflichtet, ihn aufzuhalten.

„Jetzt hat uns der Earl wahrhaftig in Zugzwang gebracht",
meinte Sâyeh leise. Ich sah ihm an, dass er wütend war, sich
dabei jedoch gut beherrschen konnte.

Elftes Kapitel
Der Palast der Blumen

Noch am selben Abend folgten wir Sir David. Ich hegte die Sorge, dass er sich in seinem Gemütszustand in Gefahr bringen
könnte, darum drängte ich zum Aufbruch. Māh-Tab befürchtete, dass die unbekannte Kraft im Palast, die hier als Drahtzieher
in Frage kam, jemand Einflussreiches und somit ein mächtiger
und gefährlicher Gegner sein musste. Deshalb schlug sie vor,

dass nur ich, Sâyeh und Tufan dem Earl folgen sollten, um weniger Aufsehen zu erregen. Natürlich stieß das sogleich auf Widerstand von Halef und Ann. Māh-Tab allerdings erreichte mit ihrer ruhigen Art – oder setzte sie eine Magie ein, die wir nicht bemerkten? –, dass sich die beiden rasch fügten.

„Da Sâyeh nicht seine Kämpfer anführen kann, falls dies von Nöten sein sollte, möchte ich den erhabenen Hadschi Halef bitten, ihn in dieser Funktion zu vertreten. Als tapferer Krieger der Haddedihn ist er es sicherlich gewohnt, ein Heer zu befehligen."

Halef blickte Māh-Tab zunächst irritiert an. Sie hatte es für ihn auf Arabisch gesprochen, und auch Ann, die diese Sprache beherrschte, war ohne Worte.

Mein Freund fasste sich schnell, verbeugte sich vor der Alten und bedankte sich für diese Ehre. Ann dagegen grummelte leise vor sich hin und ich verstand Sätze, die in die Richtung gingen von: „Schon wieder schließt man uns aus." Ich konnte ihren Zorn gut verstehen, jedoch auch die Bedenken von Māh-Tab. Eine zu große Gruppe würde nur Verdacht erregen. Zumal noch keineswegs feststand, ob wir im Palast freundlich aufgenommen wurden.

Zur Tarnung kleideten sich die zwei Assassinen sehr schlicht in grau-braune Gewänder mit breiten Schärpen, wie Diener. Ihre Dolche verbargen sie im Rückenbereich ihrer Gürtel und darüber hing ein leichter Mantel. Mir verpasste die Führerin des Silbermond-Ordens aufwändigere Kleidung. Zwar war diese im persischen Stil, jedoch eines europäischen Reisenden würdig. Die sandfarbenen Hosen wurden durch geschnürte Stiefel eng an den Beinen gehalten und darüber lag ein knielanger gewickelter Kaftan. Mein Bowiemesser steckte ich vorn in den Gürtel, die Colts dagegen verbarg ich am Rücken wie Sâyeh und Tufan ihre Pesh-Kabz. Auch ich bekam einen mantelähnlichen Überwurf mit prachtvoll verzierten Borten. Eine Kufiya schützte mich vor der Sonne und dem Staub. Ähnliche Kleidung gab sie uns für Sir David mit, den wir noch vor Sonnenaufgang einzuholen hofften.

Meinen Henrystutzen hängte ich über die Schulter, obwohl ich mir bewusst war, dass ich, falls wir den Palast erreichten, zumindest diese Waffe mit Sicherheit ablegen musste. Tufan bewaffnete sich mit einem Shamshir, jenem persischen Säbel mit stark gebogener und nur einseitig geschliffener Klinge, den er auf dem Rücken trug. Sâyeh dagegen hatte sich einen Bogen und einen Köcher mit Pfeilen umgehängt. Auf einen leisen Ruf hin kam eine der Eulen geflogen und setzte sich auf seine Schulter.

„Jogda kann uns Nachricht senden, wenn Ihr in Gefahr seid. Dann wird Sarvan Halef Omar mit seinem Heer innerhalb eines Tages dort sein", erklärte Māh-Tab.

Sarvan bedeutete so etwas wie *Hauptmann* und Halef sah ich den Stolz an. Auch war ich froh, dass ihm eine so bedeutende Aufgabe zugeteilt worden war, denn wem würde ich mein Leben lieber anvertrauen als meinem engsten Gefährten.

Ich verabschiedete mich von meinen vier Mitreisenden, wobei ich bemerkte, dass Doyle sehr enttäuscht wirkte.

„Ich hätte zu gern den Palast gesehen", gestand er mir leise.

„Vielleicht wendet sich alles zum Guten und es ergibt sich die Möglichkeit später noch." Mir schien nicht, dass ich ihn mit diesen Worten trösten konnte.

Es blieb jedoch auch keine Zeit für derlei Dinge, denn Sir David hatte einen beträchtlichen Vorsprung und ich wollte nicht, dass er kopfüber in sein Verderben ritt. Zügig nahmen wir die Verfolgung auf, während der Sonnenball einen Berghang hinabglitt, um sich rasch aus unserem Blickfeld zu entfernen. Wir folgten Lindsays Spur, die er keineswegs verwischt hatte, nahe den Stallungen aus der Felsenburg heraus, einen steilen Pfad hinunter in ein Tal. Der zwar schon abnehmende Mond war noch groß und hell genug, um unseren Weg ausreichend zu beleuchten, sodass wir auch bei Nacht gut vorankamen. Nach kurzer Zeit hatten wir den zerklüfteten Höhenzug hinter uns gelassen und bewegten uns südlich des Kūh-e Damāwand nach Westen. Die Hauptstadt Teheran war nach Māh-Tabs Worten nur einen Tagesritt entfernt, also mussten wir uns beeilen, wenn wir den Earl noch vor den Toren der Stadt abfangen wollten.

Das Tal war von einem Flusslauf in das weiche Gestein gegraben worden und an seinen Ufern wuchs üppiges Grün. Im Dunkel konnte ich schemenhaft Felder und Gehöfte erkennen. Zeitweilig hörte ich Ziegen meckern oder einen Hund anschlagen. Dann gab es wieder kilometerweit nichts zu hören, außer dem Klappern der Hufe unserer Pferde, dem leisen Murmeln des schmalen Flusses und dem Säuseln des Windes in den Bäumen am Ufer. Jogda, Sâyehs kleine Eule, hatte sich längst von unserer Gruppe entfernt und suchte offenbar ihren eigenen Weg. Aber kaum waren meine Gedanken zu dem kleinen Vogel gereist, hörte ich einen leisen vertrauten Laut und ein Schatten flog über mich hinweg. Es war tatsächlich der Nachtvogel. Er schwebte nun dicht hinter dem Assassinen her, der im gestreckten Galopp dem Flussufer folgte. Das Mondlicht schimmerte auf dem Gefieder des Tiers.

Plötzlich zügelte Sâyeh sein Pferd und ließ mich und Tufan aufschließen.

„Lord Lindsay ist nicht fern von hier. Jogda sah, wie er an einem Feuer rastete. Sie sah aber gleichfalls fünf Männer, die sich in der Finsternis an den Earl heranschlichen. Es ist zu befürchten, dass er soeben Opfer eines Überfalls wird."

„Dann sollten wir keine Zeit verlieren." Auch wenn Sir David sich zu wehren wusste, konnte ihn eine derartige Übermacht sicher leicht überwältigen.

„Es ist hinter dieser Anhöhe." Der Assassine zeigte auf die Hügelkette links unseres Weges. „Ich schlage vor, dass Ihr, Kara, Euch mit Tufan ohne die Pferde von dieser Seite aus anschleicht, und ich umreite die Truppe und greife von Westen her an."

„Das ist ein guter Plan", bestätigte ich und saß ab. Tufan band sogleich unsere Tiere an einem Baum fest und Sâyeh ritt davon. Schnell und möglichst lautlos erklommen wir den Hang. Zunächst war uns der Bewuchs des Bodens eine gute Hilfe, doch ab der Hälfte des Hügels bot sich uns weitgehend steiniger Grund. Wir mussten vorsichtig sein, um nicht allzu viel Geröll loszutreten und unser Kommen dadurch zu verraten. Noch hatten wir den Kamm nicht erreicht, als wir Geschrei vernahmen. Ein Schuss donnerte durch die Nacht. Jetzt eilten wir ohne Rücksicht auf den Geräuschpegel, den wir verursachten, vorwärts. Kurze Zeit später bot sich uns der Blick auf ein Plateau mit vereinzelten Büschen. An einem Felsen war ein kleines Feuer entzündet und unweit davon stand ein Pferd. Ebenso sah ich im Schein des Lagerfeuers und des Mondes sechs Männer. Einer lag am Boden, vielleicht von einem Schuss Lindsays niedergestreckt. Drei weitere hatten den Earl umkreist und versuchten ihn mit Seilen und Säbeln dingfest zu machen. Lord Lindsay allerdings wehrte sich tatkräftig gegen den Fünften im Bunde dieser Gaunergemeinschaft. Er nutzte sein Gewehr als Schlagwaffe und konnte dem Mann damit einen Hieb verpassen, dass er ins Straucheln geriet. Jedoch gab die Abgelenktheit Sir Davids einem der anderen die Möglichkeit, nun eine Schlinge um den Earl zu werfen. In diesem Augenblick stürmte ich mit dem Henrystutzen im Anschlag auf die Bande zu und gab einen Warnschuss vor die Füße des Lassowerfers. Tufan an meiner Seite schwang seinen Shamshir gegen einen der Wegelagerer, der den Hieb mit seinem eigenen Säbel parierte. Die beiden gerieten in einen heftigen Kampf. Ich wandte mich Sir David zu, der nun von dem Mann mit dem Seil von den Füßen gerissen wurde. Der Earl war kampfunfähig, da das Lasso seine Arme fest am Körper fixierte. Sein Gewehr lag abseits auf dem Boden und die Pistole im Gürtel konnte er mit den gebundenen Armen nicht erreichen. Aber er gab nicht auf und trat in Rückenlage nach seinem Angreifer. Ich legte an, um noch einen Warnschuss abzugeben, als der Mann einen Dolch zückte. Die gebogene Klinge blitzte im Mondlicht auf. Ich hatte keine Wahl und musste ihn erschießen, wenn ich Sir Davids Leben bewahren wollte. Doch bevor ich meinen Finger krümmen konnte, kam ein Reiter wie ein Geist von Westen her über die finstere Ebene gepprescht. Er schien mit seinem Pferd verwachsen, denn beide Hände hielten nicht die Zügel, sondern spannten einen Bogen. Für einen kurzen Augenblick meinte ich, meinen Freund Winnetou in dem Reiter zu erkennen, sah schließlich aber, dass es Sâyeh war. Der erste Pfeil traf Lindsays direkten Angreifer in den Oberarm, sodass er den Dolch fallen ließ. Der zweite Pfeil verließ nur Sekunden später die Sehne und bohrte sich in den Oberschenkel eines weiteren, der gleich seinem Kumpan mit dem Säbel auf Tufan einschlug. Jener ging schreiend zu Boden, während der Assassine mit dem Shamshir den anderen bezwang.

Im Augenwinkel sah ich etwas aufblitzen, drehte mich um und drückte ab. Die Kugel bohrte sich in die Schulter des fünften Banditen, als er gerade im Begriff war, mit Lindsays Gewehr auf Sâyeh anzulegen. Die Büchse fiel zu Boden. Der Earl hatte sich mittlerweile von dem Lasso befreit und nahm sofort sein Gewehr wieder an sich. Während Lindsay und ich mit unseren Waffen nun die Angreifer in Schach hielten, banden Tufan und Sâyeh die vier Verletzten mit ihrem eigenen Seil an dem Felsen fest, der wie das Ei eines Riesenvogels neben dem Lagerfeuer lag. Der Fünfte war tatsächlich von Lindsays Kugel tödlich getroffen worden, wie sich nun herausstellte.

„I was lucky, Kara, dass Ihr gerade im richtigen Augenblick aufgetaucht seid." Lindsay legte mir eine Hand auf die Schulter.

„Bedankt Euch bei Sâyeh und seiner kleinen Jogda, die Eure Angreifer noch vor Euch in der Dunkelheit erspähte."

Der benannte Krieger kam nun zu uns herüber. Die Eule hatte sich auf seiner Schulter niedergelassen.

„Well, dann habt Dank, werter Sâyeh." Er deutete eine Verbeugung an.

„Dies wäre alles völlig unnötig gewesen, wenn Ihr ein wenig mehr Geduld aufgebracht hättet. Denn bei Neumond werden Māh-Tabs Kräfte erstarken und sie wäre uns eine gute Hilfe gewesen", antwortete der Krieger.

„Sorry. Doch es geht um das Leben meiner Schwester und meine Geduld ist jetzt am Ende."

„Auch wir sind darauf bedacht, Anahita wohlbehalten zurückzuholen. Jedoch nutzt es ihr und uns nichts, wenn Ihr

Euch durch unüberlegte Aktionen in den sicheren Tod begebt." Sâyehs Augen blitzten auf.

„Well. Wie dem auch sei. Ich suche keinen Streit und benötige Eure Hilfe nicht weiter. Auch werde ich nicht mit Euch zur Felsenburg zurückkehren, falls dies Euer Bestreben ist."

„Aber Sir David", mischte ich mich nun ein, „wir sind Euch gefolgt, um Euch zu unterstützen, Anahita im Palast ausfindig zu machen, nicht, um Euch umzustimmen."

„My friends, das freut mich sehr." Lindsay sah sofort entspannter aus.

In diesem Moment kam Tufan herbeigeritten und führte mein Pferd am Zügel mit sich.

„Dann sollten wir keine Zeit verschwenden." Lindsay schwang sich auf sein Tier.

Sâyeh dagegen war zu den Gefangenen getreten und hockte sich vor ihnen nieder. Ich sah, wie er auf sie einredete. Dann erhob er sich und kam zu mir zurück.

„Sie hatten vor, den Earl auszurauben, da sie ihn als reichen Europäer erkannten. Was sollen wir mit ihnen anfangen, Kara?"

„Sie sind verletzt und können uns nicht mehr schaden. Ich denke, wir zerschneiden ihre Fesseln, sobald wir losreiten."

„Das ist auch in meinem Sinn." Der Krieger nickte zustimmend.

Wir löschten das Feuer und ich trabte mit Sir David ein Stück voraus, um ihm die Kleidung auszuhändigen, welche Mâh-Tab für ihn mitgegeben hatte, und ihm Gelegenheit zum Umziehen zu geben. Der Earl war sichtlich erfreut, waren seine Sachen durch den wochenlangen Ritt, die Gefangennahme durch Asad und den Kampf mit dem Balidan doch reichlich verschlissen. Nun wirkte er wahrhaftig wie ein reicher Brite auf Entdeckungsreise im Orient.

Kaum hatten wir die Prozedur beendet, schlossen Sâyeh und Tufan auf, die vorher noch die Gefangenen freigelassen hatten. Um ihre Wunden mussten sie sich selbst kümmern, da wir uns sehr in Eile befanden. Lindsay sah das Ziel so nah vor Augen, dass er nicht zu bremsen war. So erstreckten sich die Stadtmauern von Teheran im Morgengrauen vor uns. Frühnebel umspielte die steinernen Wälle und prachtvollen Tore. Durch eins dieser reich verzierten Portale ritten wir hindurch. Es wirkte fast schon wie ein Palast und erhob sich mächtig mit Türmen und gewaltigen runden Bögen über uns. Die Wände schmückten bunte Kacheln. Besonders das Blau leuchtete im Sonnenaufgang. Die Hufe unserer Pferde klapperten laut auf der breiten Straße, die uns Richtung Palast brachte. Sir David und ich ritten voran, Sâyeh und Tufan folgten wie Diener.

„Der Schah ließ vor wenigen Jahren die alten Stadtmauern einreißen und neue errichten. So erweiterte er das Stadtgebiet um ein Fünffaches. Nun ist Teheran die größte Stadt in Persien und hat fast einhunderttausend Einwohner", berichtete der Krieger. Seine Eule war mittlerweile erneut verschwunden.

„Das ist hier in der Gegend eine hohe Zahl", antwortete ich, wobei ich mich zu ihm umwandte. „Die größte Stadt in meiner Heimat – Dresden – hat inzwischen schon doppelt so viele Einwohner."

„Well, und London hat schon viermal so viele", kommentierte Lindsay.

„Wie können nur so viele Menschen an einem Ort leben? Ich könnte das nicht." Sâyeh hatte ein wenig aufgeschlossen.

„Meine Welt ist das auch nicht", gab ich zu.

Die Mauern des Palastbezirks rückten näher. Auf den Straßen wurde es belebter. In den schmalen Gassen auf der rechten Seite begannen die Händler den Bazar für den Tag zu richten, ihre Waren zu sortieren und Stoffbahnen gegen die Sonne aufzuhängen. Einige warfen uns interessierte Blicke zu. Endlich erreichten wir den Eingang zum Palast. Der große Rundbogen war mit einem Tor verschlossen und eine Wache stand vor dem Zugang. Lindsay stieg ab, trat an den Soldaten heran und erklärte auf Englisch, dass er eine Audienz bei Nāser ad-Din Schah erbitte. Sâyeh war an seine Seite getreten und übersetzte wie ein dienstbeflissener Butler in demütiger Haltung. Der Wachposten blickte die beiden eine Weile an, dann fixierte er mich und Tufan. Wir hatten etwas weiter abseits gewartet und hielten ihre

Pferde. Die Wache drehte auf dem Absatz um und begab sich zu einer Tür im Durchgangsbogen. Kurze Zeit später sahen wir einen anderen Soldaten im Innern des Palastbezirks davoneilen. Der Wächter trat stumm an seine Stelle.

Derweil stieg die Sonne höher über die Häuser der Stadt und die Strahlen ließen die bunten Kacheln an den Mauern der Gebäude glitzern und funkeln. Durch das Tor gewahrte ich einen weitläufigen Garten mit Wasserbassins und Springbrunnen sowie gewaltigen Bäumen und blühenden Büschen. Endlich erblickte ich eine kleine Schar Menschen, die auf das Tor zueilten. Der Wachposten öffnete sogleich das ornamentreiche Gitter und ein älterer Herr in prächtigen bunten Gewändern löste sich von der Gruppe und kam heraus.

„Mein Name ist Hadschi Ibrahim Faith. Ich bin ein enger Vertrauter des Schah-in-Schah – des *Königs aller Könige.* Wie kann ich Euch zu Diensten sein?"

Da Sir David des Persischen nicht mächtig war, trat ich näher heran und antwortete:

„Wir grüßen den verehrten Hadschi Ibrahim Faith und bitten ergeben um eine Audienz beim Schah. Dies hier ist Lord David Montague, der 16. Earl of Lindsay, und mein Name ist Kara Ben Nemsi. Das sind unsere persischen Reiseführer und Diener Sâyeh und Tufan." Ich verbeugte mich höflich und Sir David schloss sich dem Zeremoniell an. Sâyeh und Tufan hatten die Zügel der Pferde in Händen und hielten sich, wie echte Diener, mit gesenkten Köpfen im Hintergrund.

„Verehrter Lord Lindsay, darf ich den Anlass Eures Besuchs erfahren?", fragte der Vertraute des Schahs nun auf Englisch.

Sir David zögerte einen Augenblick mit der Antwort. Ich war mir in diesem Moment selbst nicht sicher, ob eine Notlüge angebracht schien oder die unverblümte Wahrheit. Wir mussten zunächst in diesen Palast hineinkommen, um überhaupt irgendwelche Nachforschungen anstellen zu können, und dazu war das Vertrauen dieses Mannes von Nöten. Andererseits wussten wir nicht, ob er in die Entführung verwickelt war, und dann wäre er natürlich gefährlich für uns. Doch ehe ich zu Ende gedacht hatte und einen Plan schmieden konnte, antwortete der Earl:

„Ich war in Persien unterwegs, um mir dieses wunderschöne Land anzuschauen, und meine nostalgischen Erinnerungen an Teheran, den Palast und den Schah trieben mich, diesen Ort meiner Kindheit erneut aufzusuchen."

Faith musterte Sir David intensiv. Er kniff prüfend die Augen zusammen.

„Lindsay – Lindsay", murmelte der alte Mann. „Dieser Name kommt mir vertraut vor. Hatte ich schon die Ehre, Euch kennenzulernen?"

„Das könnte durchaus möglich sein. Vor fast vierzig Jahren war ich hier des Öfteren Gast. Ich weiß nicht, ob sich der Schah noch daran erinnern wird. Ich war seinerzeit erst zwölf und er muss ungefähr neun gewesen sein. Mein Vater, der damalige britische Botschafter, brachte mich hin und wieder mit und so lernten Nāser ad-Din und ich uns kennen."

„So seid Ihr ein Freund meines Regenten?"

„Well, früher war ich es. Ob das noch so ist, kann nur der Schah-in-Schah selbst entscheiden."

„Das ist wohl wahr. Nun, dann folgt mir bitte. Doch vorher müsst Ihr Eure Waffen ablegen. Im Palast ist es nur der Garde erlaubt, Waffen zu tragen."

Das behagte mir nicht, jedoch war es vorauszusehen gewesen.

„Ihr könnt beruhigt sein. Farid wird höchstselbst für die Unversehrtheit Eures persönlichen Hab und Guts haften. Er wird es sicher verwahren und Euch, wenn Ihr das Palastgelände verlasst, wieder aushändigen. Falls etwas verloren geht, soll er es mit seiner linken Hand bezahlen."

Ein Junge kam auf seinen Wink herangeeilt. Zögerlich gab ich den Henrystutzen in seine Obhut sowie Sir David sein Gewehr, Sâyeh seinen Bogen und Tufan das Shamshir. Auf ein weiteres Zeichen von ihm trat der Wachposten an uns heran und untersuchte uns diskret nach weiteren Waffen. Natürlich fand er meine Colts, das Bowiemesser und Lindsays Pistole, was Faith ein kaum sichtbares Lächeln ins Gesicht zauberte. Mein *Me var dana* dagegen erkannten sie nicht als Messer. Die Pesh-Kabz – die Dolche der Assassinen – waren verschwunden. Ich ließ mir die Verwunderung darüber nicht anmerken, sondern beobachtete, während wir Faith auf das Palastgelände folgten, wo der Junge unsere Sachen deponierte. Es war eine Tür auf der Innenseite der Palastmauer mit bunten Blumenornamenten auf den aufgeklebten Fließen, die einen Löwen mit Schwert und Sonne umrankten. Das Zeichen der Kadscharen-Dynastie.

Hadschi Ibrahim Faith führte uns durch einen Park. In der Mitte befand sich ein schmales, jedoch langes Wasserbecken, welches sich am Ende zu einem kreisförmigen Teich formte. In dem Bassin sowie in der Mitte des runden Abschlusses sprudelten einige Fontänen hervor. Das leise Plätschern wirkte beruhigend auf mich, vielleicht zu beruhigend, denn ich spürte die Müdigkeit in mir aufsteigen. Wir waren die ganze Nacht geritten und nun verlangte der Körper nach Schlaf.

Faith bog mit uns in einen mit blühenden Büschen und duftenden Rosen gesäumten Pfad. Vögel sangen ihr Morgenlied und ein Pfau flatterte herbei, um vor uns mit lautem Schrei zu landen. Wir eilten an ihm vorüber und er schlug sein prächtiges Rad auf, wohl, um die kleinen unscheinbaren Weibchen zu beeindrucken, die sich unter den Büschen verbargen. Aus seiner bunten Federpracht blickten mich unzählige Augen an. Erneut erreichten wir eine Mauer. Sie erhob sich viele Meter hoch und es reihten sich Rundbogen an Rundbogen. Sie schien kein Ende nehmen zu wollen. Die farbenfrohen Fliesen, mit denen sie verziert war, schimmerten blau und trugen Blumenornamente zur Schau.

„*Gol* bedeutet *Blume*", murmelte ich versonnen.

„Das stimmt, Mister Kara Ben Nemsi. Deshalb heißt der Palast Golestan-Palast – *Palast der Blumen*", bestätigte Faith.

Schließlich durchschritten wir ein Portal und gelangten ins Innere eines der Prachtbauten. Der Junge, welcher unsere Waffen weggeschlossen hatte, hatte uns wieder eingeholt und schritt neben Faith her.

„Hier sind die Quartiere für Gäste. Farid wird Euch in Eure Gemächer begleiten und Euch alles bringen, was Ihr wünscht. Ich werde mich gern wegen einer Audienz für Euch beim Schah einsetzen." Faith verbeugte sich und entfernte sich mit einem Großteil des Trosses, der uns begleitet hatte. Sein golddurchwirktes Gewand bauschte sich im sanften Wind.

„Ist er Euch aus früheren Zeiten noch bekannt?", fragte ich.

„I don't know", gestand Lindsay. „Es sind fast vierzig Jahre vergangen. Damals muss er ein junger Mann gewesen sein, so um die Dreißig. Es ist gut möglich, dass ich ihn hier gesehen habe."

„Vielleicht weiß er etwas über die damaligen Ereignisse. Wir sollten in Betracht ziehen, ihn zu befragen."

„Indeed, das sollten wir. Doch mit Vorsicht. Noch haben wir keinen Anhaltspunkt, wer der Drahtzieher von Anahitas Entführung ist, und ob sie sich überhaupt hier befindet."

„Vielleicht kann uns Jogda behilflich sein, Anahita ausfindig zu machen", meinte Sâyeh leise auf Englisch. Wir hofften, dass unser Begleiter Farid diese Sprache nicht verstand.

„Wo ist die Eule?" Ich konnte sie nirgends ausmachen.

„Sie wird zu gegebener Zeit zu mir zurückkommen. Im Moment hält sie sich verborgen."

Farid führte uns eine gewundene Treppe hinauf. Auch hier waren die Wände bunt und schillernd verkleidet. Überall hingen Spiegel, Gemälde und Teppiche. Den sichtbaren Teil der Mauern schmückten Mosaike. Ich fühlte mich wie in eine Märchenwelt versetzt. Unsere Gemächer waren nicht minder prunkvoll. Jeder von uns beiden wurde mit einem saalartigen Zimmer bedacht, wogegen unsere angeblichen Diener nur jeder einen kleinen Vorraum zugeteilt bekamen. Ein Himmelbett mit verschnörkelten Säulen, die den Baldachin stützten, dominierte mein Domizil. Auf einem Tischchen waren Rosen und andere Blumen in einer goldverzierten Vase arrangiert. Ihr Duft erfüllte den gesamten Raum. Die bodentiefen und deckenhohen Rundbogenfenster hatten keine Scheiben, nur Läden, die weit geöffnet an der Wand fixiert waren. Weiße Gardinen bauschten sich und hielten die pralle Sonne davon ab, den Raum zu erobern. Die leichte Brise, die trotzdem durch das Gemäuer ziehen konnte, machte die Luft angenehm. Außerhalb der Fenster befand sich ein Gang, ähnlich einer Loggia. Dieser verband unsere beiden Räume miteinander. Es gab Sitzgelegenheiten und in der Mitte stand ein kleiner Brunnen und plätscherte leise vor sich hin. Ich besah ihn interessiert, konnte aber nicht feststellen, wie er funktionierte. Auf einem Tisch stand eine Schale mit Früchten. Sir David und ich ließen uns auf den Polstern der Bänke nieder und baten auch die zwei Assassinen zu uns. Um nicht aufzufallen, lagerten sie sich auf Teppichen am Boden, wie es Diener tun würden, die zu Füßen ihrer Herren saßen. Wir hatten alle reichlich Hunger und die Früchte schmeckten köstlich. Der Blick über den Park und die hinter den Bäumen hervorlugenden Türme und Mauern der Palastanlage war atemberaubend.

Da wir alle seit vielen Stunden nicht mehr geschlafen hatten, ruhten wir uns schließlich im Innern der Gemächer aus. Obwohl ich es nicht vorhatte, dämmerte ich weg und fiel in tiefen Schlaf. Der Körper nahm sich, was er brauchte.

„Kara?" Die Stimme drang leise zu mir hindurch. Gerade weilte ich in einem unendlichen Grasmeer und nun holte mich das Geräusch zurück in ein goldschimmerndes Gemach. „Ein Bote von Hadschi Ibrahim Faith hat die Nachricht überbracht, dass Ihr und Lord Lindsay vom Schah in einer halben Stunde erwartet werdet. Man wird Euch abholen."

„Danke, Sâyeh. Wo ist Sir David?"

„Er bereitet sich in seinen Gemächern vor."

Auch ich machte mich frisch und ordnete meine Kleider, denn schließlich wollten wir das Vertrauen des Schahs gewinnen, um Anahita zu befreien, und uns nicht in Missgunst bringen, indem wir irgendeiner Etikette des Hofes nicht entsprachen. Faith holte uns schließlich ab. Es war später Nachmittag und die Schatten im Park waren länger geworden. Erneut trafen wir auf das Wasserbecken. Diesmal folgten wir dem glitzernden Bassin bis zum runden Ende. Dort erhob sich ein hohes, jedoch flaches

Gebäude des Palasts. Der Mittelteil war durch einen hellen gigantischen Vorhang verhüllt. Rechts und links schlossen sich zweigeschossige Bereiche an mit abgerundeten Fenster aus hellbraunem Holz. Jeweils drei Fenster im Parterre bildeten eine Einheit und waren mit einem Bogen im Mauerwerk überspannt. Dieser war mit goldenen und blauen floralen Motiven dekoriert. Auch weitere große Flächen des Gemäuers prangten mit bunten Blumendarstellungen. An beiden Seiten des Vorhangs führten in hohen schmalen Einlassungen Treppen hinauf in einen Flur, wie mir schien. Vor den Stoffbahnen stand erwartungsvoll eine Gruppe Menschen. Faith wies uns an, dort zu warten und uns, sobald der Schah erschien, zu verbeugen. Man würde uns aufrufen und dann sollten wir die rechte Treppe benutzen.

Mehrere schwarzhäutige Diener in hellen Hosen und dunkelroten Röcken sowie Schaffellmützen auf den Köpfen begannen den Vorhang an den Seiten zu raffen und zu befestigen. Dahinter kam eine weitläufige Loggia zum Vorschein, in deren Mitte ein weißer marmorner Thron stand. Zwei um die sechs Meter hohe, gedrehte Säulen neben dem steinernen Sitzplatz stützten das Dach. Dieser Herrschersitz war wie eine Plattform gefertigt, zu der zwei Stufen hinaufführten, in deren Front sich steinerne Drachen schlängelten. An beiden Seiten der Treppe saß ein marmorner Löwe, das Symbol Persiens. Die Plattform selbst wurde von zahlreichen kunstvoll gearbeiteten Figuren getragen. Ich hatte vom Pfauenthron gehört, der mit Gold und unzähligen Edelsteinen verziert gewesen sein soll. Einst wurde er in Indien erbeutet und nach Persien gebracht, doch ist er verschollen. Dieser Thron konnte es zudem nicht sein, da er aus Marmor bestand. Auch hörte ich von einem Sonnenthron und einem Naderi-Thron. An Sitzgelegenheiten schien es dem Schah jedenfalls nicht zu mangeln.

Auf diesem besagten Marmorsims saß nun in einem Berg bunter Kissen ein Mann. Er war gekleidet in einen dunklen Uniformrock mit unzähligen Edelsteinen auf der Brust, die anmuteten wie die Orden eines hochverdienten Generals. Auch die Schärpe war übermäßig dekoriert. Auf dem Kopf trug er die typische hohe Kappe persischer Edelleute, welche vorn mit einer diamantenen Brosche verziert war, aus der ein silbriges Federbüschel erwuchs. Sein Blick war erhaben und königlich. Fast automatisch verbeugte ich mich, wie es alle Anwesenden nun taten. Es war unverkennbar Nāser ad-Din Schah.

Neben dem Schah erblickte ich Hadschi Ibrahim Faith zu seiner Rechten, und auf der anderen Seite stand ein ebenfalls alter Mann mit grauem, über die Brust wallendem Bart. Sein Gesicht konnte ich nicht genau erkennen, da er sich geschickt im Schattenspiel der Vorhänge aufhielt. Faith erhob das Wort und rief einen Namen auf. Sogleich erklommen drei Männer die rechte Treppe und traten durch eine Tür oben in die Loggia. Das Ganze wirkte nun auf mich wie eine Bühne in einem Theater. Statt Bergkulissen aus Pappmaché umrahmte die Szene im Hintergrund ein orientalisch spitz zulaufender Bogen in der Mauer. Die Ornamente darin waren von dunklen Farben und mit feinen silbernen Abgrenzungen. Es mutete an wie der geheimnisvolle Zugang zu einer gewaltigen Höhle.

Was oben vor dem Thron gesprochen wurde, konnte ich akustisch nicht verstehen. Doch die Männer hatten sich zunächst auf die Knie begeben und erst durch ein Zeichen Faiths wieder erhoben. Nun wurde anscheinend rege diskutiert. Der Schah nickte hier und da, machte erhabene Bewegungen mit der Hand und flüsterte dem mir unbekannten Berater etwas zu. Schließlich schien dieser dann eine Art Urteil zu fällen, woraufhin sich die Männer erneut zu Boden warfen und letztlich langsam wieder vom Schah entfernten. Leise diskutierend verschwanden sie im Park. Ich nahm an, dass hier eine Art Schiedsgericht tagte und Streitigkeiten geschlichtet wurden.

Wir mussten uns in unendlicher Geduld üben, denn bis unsere Namen verkündet wurden, stand die Sonne schon recht tief und alle anderen Besucher und Bittsteller waren abgefertigt. Sobald Faith uns aufrief, schritten Sir David und ich wie angewiesen zur Treppe. Die beiden Assassinen blieben am Wasserbecken zurück, da es fremden Dienern anscheinend nicht erlaubt war, dem Schah so nahe zu kommen. Wir traten durch eine Tür in den zum Garten hin offenen Raum. Nun zeigte sich mir, dass die Wände und die über sechs Meter hohe Decke aus Spiegeln und silbernen Verzierungen bestanden. Zudem konnte ich eine Anzahl bewaffneter Leibwächter erkennen, die sich im Schatten aufhielten. Ich wusste nicht recht, wie sich die Etikette am persischen Hof darstellte und ob wir uns als ausländische Gäste so verhalten mussten wie die Bittsteller vor uns. Es widerstrebte mir, mich vor einem Menschen demütig auf den Boden zu werfen.

Faith erhob seine Stimme.

„Nāser ad-Din Schah, der König aller Könige, *Gottes Schatten auf der Welt*, begrüßt Euch."

Lord Lindsay trat einen Schritt vor, stand stramm und verbeugte sich vor dem Regenten. Ich vertraute seiner Kenntnis der aristokratischen Benimmregeln und tat es ihm gleich. Da niemand einen Säbel zückte oder einen Pfeil auf uns abschoss, schien der Etikette wohl Genüge getan. Der Schah nickte wohlwollend.

„Dies sind Sir David Lindsay, 16. Earl of Lindsay, und sein Gefährte Kara Ben Nemsi", stellte Faith uns vor.

Wieder nickte der Regent.

„Der Schah lässt fragen, was Euer Begehr ist", sprach Faith für seinen Herrscher.

Nun war es an Sir David, das Vertrauen des Schahs zu gewinnen. Und ich war erstaunt, wie geschickt er vorging.

„I know, verehrter Schah, dass Ihr vorzüglich meine Sprache sprecht, deshalb bedarf es gewiss keines Dolmetschers."

Ich sah dem persischen Oberhaupt eine leichte Verwirrung an, denn er strich sich nachdenklich über den Schnurrbart. Jedoch fasste er sich schnell.

„Das ist wahr, verehrter Lord Lindsay. Welches Anliegen möchtet Ihr mir vortragen. Kommt Ihr im Namen Eurer Königin Victoria?"

„No, ich komme in meinem persönlichen Namen. Ich schwelgte in Erinnerungen an meine Kindheit." Lindsay breitete die Arme aus und drehte sich um seine eigene Achse, als würde er alles um sich herum bestaunen. „Es hat sich in den letzten vierzig Jahren kaum etwas verändert, wie mir scheint."

„Ihr wart schon einmal hier?"

„Yes, indeed. Nicht nur einmal – und ich habe hier spannende Abenteuer erlebt." Sir David blickte dem Schah direkt in die Augen. „Abenteuer mit meinem kleinen Freund Nāser und unseren McFlys." Die Miene des Schahs versteinerte. Er erhob sich und stieg bedächtig von seinem Thron herab. Die Wachen rückten einige Schritte näher. Auch Faith und der Unbekannte gesellten sich nun eng an ihren Regenten, als gelte es, ihn vor Unheil zu bewahren.

Und dann machte Sir David etwas äußerst Gewagtes, dass mir der Atem stockte und ich mich innerlich auf einen Kampf einstellte, der ohne Waffen jedoch schwerlich zu gewinnen gewesen wäre. Lindsay streckte dem Schah, dem *Schatten Gottes auf der Welt*, seine ungöttliche Hand entgegen und murmelte:

„Friends forever."

Die Wachen zückten nun tatsächlich geräuschvoll die Säbel, denn den Schah zu berühren, konnte mit dem Tod bestraft werden. Nāser ad-Din machte indes eine abwehrende Handbewegung und die Hiebwaffen verschwanden in den Scheiden.

„Ihr dürft gehen", sagte er ruhig zu Faith. „Und Ihr ebenfalls", wandte er sich an den Alten mit Bart. Faith verbeugte und entfernte sich rasch. Der Unbekannte verneigte sich gleichfalls, schien jedoch nicht erpicht darauf, uns mit dem Regenten allein zu lassen. Der Schah nickte ihm nochmals auffordernd zu und der Alte warf mir einen finsteren Blick aus seinem noch immer im Zwielicht verborgenen Gesicht entgegen. Ich hatte das Gefühl, als ob seine Augen für den Bruchteil einer Sekunde rot aufglühten und sich mir ein Dolch ins Herz bohrte. Reflexartig drückte ich meine Hand auf die Brust, doch der Schmerz war so schnell verklungen, wie er aufwallte. Ein Grinsen huschte über sein Gesicht wie der Schatten eines Raubvogels über den Wüstensand.

Als der Mann die Loggia verlassen hatte, streckte auch der Schah dem Earl die Hand entgegen und sagte mit einem Lächeln auf den Lippen:

„Freunde für immer, Dowud."

Zwölftes Kapitel
Persischer Zauber

„Ich befürchtete, Ihr würdet Euch nicht erinnern", gestand Lindsay.

„Oh, ich erinnere mich gut an unsere McFlys, an unser Schleichen in verbotenen Gängen und wie wir den Wächtern entkamen."

Der Earl lachte.

„Yes, es war eine schöne Zeit."

„Das war es. Die Unbeschwertheit der Kindertage. Viel zu schnell ist die Zeit verflogen. Wie alt war ich damals?"

„Well, als ich nach England zurückmusste, wart Ihr neun und ich zwölf."

„Ein Kind noch. Und doch acht Jahre später schon der Schah von Persien. Manchmal wünschte ich, ich könnte die Zeit zurückdrehen. Doch leider ist auch mir – *Gottes Schatten auf der Welt* – dieses Glück nicht vergönnt."

Der Schah war während des Gesprächs auf eine der Türen zugegangen und Lindsay schritt neben ihm her. Ich folgte ihnen still. Gemeinsam gingen wir die Stufen zum Garten hinunter. Zwei Wachen der Garde folgten in einigem Abstand. Ansonsten war niemand auszumachen, außer Sâyeh und Tufan, die noch immer an dem Wasserbecken ausharrten. Ich gab ihnen ein Zeichen und sie verschwanden lautlos auf einem Weg zwischen blühendem Gebüsch. Mittlerweile färbte sich der Himmel rot und dunkle Schatten krochen zwischen den Winkeln der Gebäude und den Bäumen des Parks auf.

„So ganz unbeschwert war unsere Kindheit nicht, lieber Dowud. Gedenkt der schrecklichen Geschehnisse, die uns entzweiten."

„Yes. Ich sehe noch immer den armen geköpften Mann vor mir."

„Und ich sage noch immer, dass ihm recht geschah", entgegnete der Schah. „Aber wir wollen nicht um Vergangenes streiten. Wie geht es Eurem Vater? Er war damals ein enger Freund meines Vaters."

Lindsay senkte den Blick zu Boden. Ich bemerkte, wie er die rechte Hand zur Faust ballte. „Dies, lieber Nāser, ist ein Teil des Beweggrunds, warum ich Euch aufsuche."

Der Schah blickte den Earl fragend an. Dann setzte er sich auf den Rand eines Wasserbassins und ließ seine Hand durch das nasse Element gleiten.

„Was ist geschehen?"

„Mein Vater wurde ermordet."

Nāser ad-Din blickte erschrocken auf.

„Ermordet?"

„Yes, my friend. Eine Gruppe Meuchelmörder schlich sich in unser Schloss in England, tötete meinen geliebten Vater und verschleppte meine Schwester."

„Das ist furchtbar. Aber wie kann ich, der Schah von Persien, bei den Ermittlungen bezüglich eines Verbrechens, welches in Großbritannien begangen wurde, behilflich sein?"

„Well, es geht mir nicht um die Aufklärung des Mordes, sondern in erster Linie um das Auffinden meiner Schwester. Sie ist nicht meine leibliche Verwandte. Mein Vater brachte sie damals als Findelkind aus Persien mit nach Lindsay Castle."

„Sie ist demnach eine Perserin?"

„Yes. Und alle Spuren führen hierher. Es muss etwas mit meinem Vater zu tun haben und mit dem Euren und mit der Zeit, als meine Familie nach England floh, da hier Putschisten ihr Unwesen trieben."

„Mir ist leider nichts bekannt von einem Findelkind, welches Euer Vater mit in seine Heimat nahm."

„But, es muss auf eine Bitte Eures Vaters hin geschehen sein."

„Davon hat er mir nie berichtet."

„Well, dann ist unsere Suche im Sande verlaufen."

Ich hörte Lindsays Worte und wusste, dass er dem Schah absichtlich nicht alles erzählte. Er verschwieg ihm die Tatsache, das Anahita seine königliche Halbschwester war, bestimmt nicht grundlos. Zu gefährlich wäre diese Offenbarung gewesen.

„Verzagt noch nicht, lieber Freund. Mein Vertrauter Bal-Zadan war schon Berater und Minister unter meinem Vater. Vielleicht kann er uns weiterhelfen. Ich werde ihn bitten, Euch morgen aufzusuchen."

Bei diesem Namen zuckte ich innerlich zusammen. War das die ersehnte Spur?

„Ich werde gern mit ihm sprechen." Lindsay ließ sich nicht anmerken, dass ihm der Name bekannt war.

„Er ist ein alter Mann. Nicht einmal ich weiß, wann er geboren wurde. Verzeiht ihm seine Exzentrik und seinen etwas antiquierten Kleidungsstil. Manche meinen, er sei ein Untier in Menschengestalt. Doch für mich ist er nur ein Greis mit nicht zu überbietender Weisheit. Ich habe nur zwei Möglichkeiten: Entweder rolle ich ihn in einen Teppich ein und lasse ihn ersticken oder bediene mich seines klugen Verstands." Der Schah lachte. „Ich glaube, die Zeit der Teppiche ist Vergangenheit."

„Ich danke Euch, my friend."

„Das ist das Mindeste, was ich für Dowud, meinen Freund aus Kindertagen, tun kann. Doch nun entschuldigt mich. Ich habe heute noch weitere Verpflichtungen. Bitte fühlt Euch als meine Gäste hier im Palast. Ihr könnt Euch frei bewegen, außer in den von der Garde abgesperrten Bereichen. Dies betrifft meine Privatgemächer und die meiner Minister sowie den Harem. Hadschi Ibrahim Faith wird Euch alles bringen, wessen Ihr bedürft."

Lindsay verbeugte sich dankend.

„Lieber Kara Ben Nemsi", wendete sich nun der Schah zum ersten Mal an mich. „Euer Name mutet arabisch an. Aber sagt mir, woher kommt Ihr tatsächlich?"

„Eure königliche Majestät, ich komme aus Deutschland."

„Aber *Nemsi* bedeutet *Österreicher*, nicht wahr?"

„Das stimmt. Es beruht auf einem Irrtum."

„Wie dem auch sei. Ich mag Europa nicht wirklich. Die Staatssysteme dort behagen mir nicht. Jedoch hat so jedes Land seine Besonderheiten, die ich mir mit der Vergabe von Konzessionen gern zunutze machen möchte. Mit den Österreichern bin ich gerade im Begriff einen Handel abzuschließen. Dieser sieht vor, dass sie eine Mission entsenden, die eine persische Eliteeinheit aufbaut. Wir werden sie *Österreichisches Korps* nennen. Mein Militär bedarf einer Revolution – allerdings nur dieses, nicht mein Reich." Er lachte, drehte auf dem Absatz um und schritt davon. Die zwei Soldaten seiner Garde folgten ihm und somit waren Lindsay und ich allein.

„Wie es scheint, war Eure Befürchtung, dass Nāser ad-Din Schah Euch nicht mehr kenne oder Euch gar feindlich gesinnt sei, unbegründet."

„Yes, er freute sich tatsächlich, mich wiederzusehen. Nur weiß er nichts von der Existenz Anahitas oder er leugnet es aus anderen Gründen."

„Ich hatte nicht den Eindruck, dass er log."

„Ich eigentlich auch nicht", gab Lindsay zu.

Wir waren während des Gesprächs in Richtung unserer Unterkunft durch den Palastbezirk geschlendert und befanden uns nun in einem überdachten Laubengang. Auf der einen Seite konnte ich durch große Rundbögen in einen kleinen umfriedeten Garten blicken. An hellen gedrehten Säulen wuchsen Kletterrosen empor und ihr schwerer Duft erfüllte die Abendluft. Ein Falter flatterte vor den Blüten wie ein Kolibri, dann verschmolz er mit den Schatten der Gemäuer. Diese schienen sich zu bewegen und an den bunten Wänden des Palasts emporzukriechen oder über die bunten Fliesen des Bodens zu schleichen. Ein seltsames Gefühl stellte mir die Nackenhaare auf. Ich war mir schlagartig sicher, dass wir beobachtet wurden. Abrupt drehte ich mich um. Und tatsächlich meinte ich, eine Gestalt gesehen zu haben, die eilig im Dunkel des Gangs verschwand. Auf dessen Innenseite gab es zahlreiche verschlossene Eingänge mit filigranen Holzschnitzereien in den Türblättern.

„Sir David", raunte ich, „ich glaube, jemand verfolgt uns." Der Earl blickte mich erstaunt an.

„Wer könnte das sein?", fragte er im Flüsterton.

„Ich weiß es nicht. Aber wir sollten auf der Hut sein."

„Well, dieser Abschnitt hier kommt mir sehr bekannt vor, auch wenn sich nach achtunddreißig Jahren einiges verändert hat. Ich habe eine Idee, wie wir unseren Verfolger in die Irre führen können." Lindsay grinste mich verschmitzt an, packte mich am Ärmel und zog mich nah an die Türen heran. Er tastete sich vorwärts und dann geschah alles sehr schnell. Ich kann nicht erklären, wie er es angestellt hatte, doch mit einem Mal befanden wir uns innerhalb des Palasts. Im Halbdunkel erkannte ich Spiegel und Möbelstücke, die mit Edelsteinen besetzt waren. Es funkelte und glitzerte wie in einer Schatzkammer. Zugleich war es so still, dass ich nur meinen Atem hörte – und zudem ein leises Schlurfen. Lindsay blickte mich an und legte den Zeigefinger auf die Lippen. Dann spähte er durch die verschlungenen Muster der Holztür. Auch ich wagte nun einen Blick nach draußen und bemerkte, dass dort jemand herumschlich. Seine Schritte verursachten das seltsame Geräusch. Der Jemand schien etwas zu suchen, denn er schlich erst an unserer Tür vorbei und kurze Zeit später kam er wieder zurück. Ich konnte ihn nur als schwarzen Schatten erkennen, der nun unschlüssig nur wenige Zentimeter vor mir stand. Sein Atem ging schwer, fast so, wie man es von einem alten Mann erwarten würde. Er wendete den Kopf hin und her, der mit einer Kufiya oder einer Kapuze bedeckt war. Ich war mir sicher, dass er nicht irgendetwas, sondern uns suchte. In dem Moment leuchteten dort, wo das Gesicht der Person sein musste, zwei rotglühende Augen auf. Die Gestalt begann zu wachsen, sich auszudehnen – und vor Schreck taumelte ich vom Gitterwerk zurück in den Raum hinein, bis ich gegen ein Möbelstück stieß. Lindsay schien diese unheimliche Verwandlung ebenfalls wahrgenommen zu haben, denn auch er sprang nach hinten, stolperte und saß nun am Boden. Als ich mich gefasst hatte, eilte ich nochmals zu der Tür und spähte erneut durch die Ritzen des Musters. Mir war, als hätte ich einen gewaltigen Schatten mit mächtigen Schwingen über dem gegenüberliegenden Gebäude entschwinden sehen.

„For heaven's sake. Was war das?" Lindsays Stimme war tonlos.

„Das wüsste ich auch gern", antwortete ich.

„Wir sollten besser einen anderen Weg wählen. Ich möchte ungern in die Fänge dieser Kreatur geraten. Kommt, Kara!"

Sir David zog mich mit sich in den dunklen Raum hinein. Immer weiter zwischen den funkelnden und glitzernden Möbeln hindurch in eine Nische an der Wand. Es roch seltsam nach Gewürzen. Wir standen vor einer Einlassung in der Mauer. Sie war mit einem bunten Fliesenmosaik beklebt, welches mich eine Landschaft erkennen ließ mit Bäumen, Blumen und einem prächtigen Löwen mit einem gebogenen Säbel in seiner Pranke. Dahinter war die Sonne dargestellt. Dies war das Wappentier Persiens, und auch die Lindsays hatten es – allerdings ohne Säbel und Sonnen – auf ihrer Flagge. Und nun hatte ich eine Art Eingebung und erinnerte mich an Sir Davids Lagerfeuergeschichten. Ich streckte den Arm aus, drückte mit dem Zeigefinger in das rechte Auge des Löwen und wahrhaftig begann sich die Wand fast lautlos zu öffnen. Der Earl blickte mich überrascht an. Wir schlüpften schnell hinein und die geheime Pforte schloss sich hinter uns wieder. Jetzt umfing uns undurchdringliche Dunkelheit. Ich hörte Lindsay an der Wand herumtasten.

„Irgendwo muss dieses Licht sein", murmelte er.

Auch ich begann nun blind, meine Umgebung nach dem geheimnisvollen Leuchtstab abzusuchen, von dem Sir David erzählt hatte. Dabei hatte ich gegen die Geister der Vergangenheit anzukämpfen, die mich seit unserem Abenteuer auf Kreta und der *Nautilus* stets in engen dunklen Räumen aufsuchten. Ich bemerkte, wie mein Atem schneller wurde und mir Schweiß den Rücken herunterrann. Endlich fühlte ich in einer Kuhle einen länglichen Gegenstand und zog ihn heraus.

„Ich glaube, ich habe ihn gefunden", flüsterte ich erleichtert. „Wie funktioniert er?" Warum ich im Flüsterton sprach, war mir selbst schleierhaft, denn unser unheimlicher Verfolger konnte nicht hier sein.

„Man muss nur über den vorderen Teil streichen", flüsterte Lindsay zurück.

Ich tat wie geheißen und endlich wurde es hell. Die Fackel in meiner Hand sah aus wie von Sir David beschrieben. Die Flamme bewegte sich nicht und war kalt und steif. Das Licht tat mir gut und mein Puls begann sich wieder auf sein normales Niveau abzusenken.

Nun schlichen wir wie die beiden Kinder aus Lindsays Erzählungen durch die finsteren geheimen Gänge des Schah-Palasts. Sir David gab den Weg vor und ich folgte ihm. Hin und wieder war er sich unsicher, lief einen Weg zurück, um einen anderen Abzweig zu nehmen, bis ich schließlich völlig die Orientierung verlor.

„Wie sollen wir aus diesem Labyrinth jemals wieder herausfinden?"

„My friend, das ist ganz easy – wenn wir erst einmal den Bādgīr gefunden haben – wo war doch gleich ...?" Wieder änderte er die Richtung. Diesmal jedoch spürte ich einen leichten Hauch. Natürlich wusste ich noch, dass der *Bādgīr* ein Windfänger war, und tatsächlich wurde der Luftzug in dem Gang stärker und kühler. Endlich erreichten wir das von Lindsay beschriebene weitläufige Gewölbe. Auch das Loch in der hohen Kuppel konnte ich in der Finsternis ausmachen, nur fiel dort kein Sonnenlicht herein. Draußen war es schon Nacht geworden und allmählich machte der Hunger sich bemerkbar. Aus Sir Davids Erzählungen wusste ich, dass hier Lebensmittel gekühlt wurden. Also öffnete ich eine der Kisten, doch sie war leer. Auch die anderen Behältnisse enthielten nichts Brauchbares. Anscheinend wurde dieser Raum in keiner Weise mehr genutzt.

Nach fast vierzig Jahren war er offensichtlich in Vergessenheit geraten. Bei genauerer Betrachtung im Schein des Leuchtstabs sah der Bereich eher wie eine Abfallgrube aus. Lindsay wühlte in dem Unrat herum und zog schließlich zwei kleine Teppiche hervor.

„Hier sind sie! Meine McFlys." Er strahlte über das ganze Gesicht und warf sie auf den Boden vor uns hin. Dann stellte er sich auf einen der Läufer, breitete die Arme aus wie ein Seiltänzer und rief: „Fly – flieg!"

Nichts passierte.

Ich lachte. Das konnte doch unmöglich Sir Davids Ernst sein!

„Wieso lacht Ihr, Kara?"

„Weil ich nicht glauben kann, was ich hier sehe." Ich stellte mich ebenfalls auf einen der Teppiche, breitete die Arme aus und fügte hinzu: „Ein britischer Earl und ein deutscher Reiseschriftsteller schleichen durch den persischen Schah-Palast, um wie die Kinder mit fliegenden Teppichen zu spielen?"

Lindsay sah enttäuscht aus.

„Wenn sie wenigstens fliegen würden."

„Wir sind in Persien, lieber Freund", erklärte ich kichernd. „Die verstehen gewiss nur Persisch." Und zum Scherz rief ich: „Parvaz!" Das bunte Knüpfwerk unter mir begann zu vibrieren, erhob sich über den Boden und sauste urplötzlich nach vorn. Da ich diese Bewegung nicht erwartet hatte, wurden mir die Füße unter dem Körper weggerissen und ich landete unsanft auf meinem Hinterteil. Nun war es der Lord, der in schallendes Gelächter ausbrach.

„Seht Ihr, Kara? Es funktioniert!"

Wie ein zwölfjähriger Junge grinste er mich an, rief „Parvaz!" und hob mit seinem magischen Gefährt ab. Dabei stellte er sich besser an als ich, muss ich zu meiner Schande gestehen. Geschickt balancierte er auf dem McFly, wendete vor der Wand und landete sanft neben mir.

„I can still fly! Ich kann es noch! Habt Ihr das gesehen? Kara, ich kann immer noch fliegen! Nach all den Jahren habe ich es nicht verlernt." Seine Augen funkelten vor Glück und Stolz.

Er reichte mir die Hand und zog mich auf die Füße. „Well. It's your turn! Ihr seid dran!"

„Das ist doch albern", versuchte ich mich zu wehren.

„Wieso albern? Wart Ihr nie ein Kind, Kara?"

„Natürlich war ich mal ein Kind."

„Was habt Ihr da gespielt? Cowboy und Indianer?" Lindsay grinste.

„Sehr witzig, Lord McFly." Der hohe Raum war erfüllt von unserem Gelächter.

Wahrhaftig hatte der Earl eine Saite in mir zum Klingen gebracht, die ich längst zerrissen wähnte. Doch nun spielte sie eine alte, aber vertraute Melodie: die Sorglosigkeit der Kinderzeit. Ich seufzte und stieg erneut auf meinen Teppich. Wie das Phänomen des Fliegens bei diesem Gegenstand zu erklären sei, interessierte mich in dem Moment mitnichten, zumal ich etwas kleinere Versionen jenes Gefährts als Tischdiener schon bei Prinz Dadiani zu Gesicht bekommen hatte.

„Falls ich mir den Hals breche, wird Halef Euch in die ewigen Jagdgründe befördern."

„Don't panic. Es ist kinderleicht."

„Parvaz!", rief ich und diesmal war ich vorbereitet. Es konnte doch nicht schwerer sein, als auf einem wilden Mustang zu reiten, dachte ich. Aber weit gefehlt. So ein Teppich hat ein starkes Eigenleben. Auch wenn er nicht wie ein Pferd bockte, so war es doch viel schwieriger, die Balance im Stehen zu halten, als sitzend im Sattel und mit Zügeln in der Hand. Also dauerte es nur wenige Sekunden und ich lag erneut am Boden. Ich versuchte es noch weitere Male unter der strengen Anleitung von Lindsay, welcher mir die elegantesten Pirouetten vorführte, aber ich fehlte immer wieder aufs Neue.

„Ich habe genug", gestand ich und rieb mir eine Stelle an meinem Körper, die sicherlich schon grün und blau war. „Fliegen ist nicht meine Sache."

„Well. Das verwundert mich, wenn ich an die interessante Diskussion damals mit Nemo denke, wo Ihr das Fliegen zum Mond nicht für ausgeschlossen hieltet."

„Dieses Abenteuer müssen dann wohl andere bestreiten. Ich jedenfalls scheine nicht in der Lage zu sein, zu fliegen", gestand ich.

„Aber seid Ihr nicht selbst auf Haschims magischen Schwingen mit Djamila über das Mittelmeer geflogen?"

„Mag sein, dass es so war. Vielleicht ist diese Erinnerung auch nur Folge einer halluzinogenen Droge gewesen." Ich zuckte mit den Schultern.

„Anyway. Wie dem auch sei. Habe ich endlich etwas gefunden, was Ihr nicht beherrscht?"

„Es scheint so, my Lord. Versprecht mir, es niemandem zu verraten."

Lindsay lachte wie ein Schuljunge.

„Es bleibt unser kleines Geheimnis. Die Schwäche des Kara Ben Nemsi. Wir wollen ja nicht, dass sie jemand ausnutzt."

Plötzlich hörte ich ein knurrendes Geräusch. Lindsay blickte mich entschuldigend an.

„Wir sollten in unsere Gemächer zurückkehren. Der Hunger überkommt mich gerade."

Und damit war der magische Bann gebrochen. Die Teppiche wirkten mit einem Mal alt und verschlissen. Wir ließen sie liegen. Ich fühlte plötzlich die Jugend entschwinden, die Leichtigkeit und Albernheit, und dieses Loch in mir füllte sich mit der Sorge um Anahita und der Gewissheit der Gefahr, die von jenem Wesen oder Menschen ausging, der uns verfolgte. So eilten wir in unser Quartier, wo Sâyeh und Tufan vor einem prächtig gedeckten Tisch auf uns warteten. Das Essen, welches uns irgendjemand dort auf dem Balkon angerichtet hatte, schmeckte vorzüglich. Derweil schauten wir in den nächtlichen Park hinab, wo die Wasserspiele mit kleinen Lichtern beleuchtet waren. Ob es sich dabei um magische Lichtquellen wie den Leuchtstab handelte oder ob auch hier schon die Elektrizität Einzug gehalten hatte, vermochte ich nicht zu sagen. Es wirkte jedoch friedlich und keineswegs bedrohlich, eher idyllisch und märchenhaft – wie aus *Tausend und einer Nacht.*

Am nächsten Morgen beim Frühstück berichtete Sâyeh, dass er ungesehen den Palast erkundet habe. Dabei sei er auch im Harem gewesen und habe ein paar der Damen dort belauscht. Sie unterhielten sich über eine neue Frau, die seit kurzer Zeit abgeschottet von den anderen mit ein paar Dienerinnen dort untergebracht sei. Selbst der Schah wisse nichts von ihr, behaupteten sie. Ob dies nur Alltags-Klatsch und -Tratsch war, konnte er nicht herausbekommen. Aber er würde in der folgenden Zeit weiter auf Suche gehen, genauso wie Jogda, die auf seiner Schulter saß und zu schlafen schien.

„Einige Bereiche im Palast bereiten mir Sorge", gestand er. „Ich spürte eine böse, gefährliche Macht, konnte sie aber nicht identifizieren und auch nicht genau lokalisieren. Wir müssen vorsichtig sein. Das romantische Flair dieser Gärten und Anlagen ist nur Trug."

„Wir sahen gestern ebenfalls etwas Bedrohliches. Jemand verfolgte uns und dann ..." Es fiel mir schwer, auszusprechen, was ich glaubte gesehen zu haben. Es war äußerst surreal.

„... verwandelte es sich in einen riesigen Schatten mit rotglühenden Augen, genauso wie in jener Nacht in Persepolis", beendete Lindsay den Satz.

„Vielleicht seid Ihr dem geheimnisvollen Lamassu auf der Spur." Sâyeh blickte nachdenklich drein.

Ich konnte noch immer nicht wirklich an die Existenz dieser Wesen glauben. Möglich wäre schließlich auch eine Scharlatanerie gewesen, um ungebetene Gäste zu erschrecken oder aus gewissen Bereichen des Geländes fernzuhalten.

In dem Augenblick, während ich noch vor mich hinsinnierte, kam ein gelber Vogel von der Größe eines Spatzen aus dem Park zu uns heraufgeflogen. Sein Flügelschlag war deutlich zu hören. Er setzte sich auf das weiße Tischtuch des Frühstückstischs und zwitscherte in seltsamen Tönen. Zunächst erschien mir sein Gefieder weich und flauschig, so wie bei den Vögeln, die ich kannte. Als ich jedoch noch einmal genauer hinschaute, war es glatt und wirkte metallisch. Ich rieb mir erstaunt die Augen.

„Verehrter Lord Lindsay und geschätzter Kara Ben Nemsi, mein Herr, der erhabene Bal-Zadan, erwartet Euch im Imarat-e Bādgīr", eröffnete uns das kleine Geschöpf mit blecherner Stimme.

„Welches Gebäude mag das sein?", fragte Sir David, mit leicht verwirrtem Blick den Vogel betrachtend.

„Das ist der *Palast der Windfänger*, mein Herr", antwortete Farid, unser kleiner, fast unsichtbarer Diener, der uns wie ein Heinzelmännchen – jene sagenumwobenen Kölner Hausgeister – umsorgte.

Lindsay blickte mich erschrocken an.

„Im *Palast der Windfänger*?"

„So ist es", bestätigte der mechanische Vogel.

Ich begriff, dass dies der Palastteil sein musste, unter welchem wir in den Katakomben mit den McFlys herumgealbert hatten. Wusste jener Bal-Zadan davon? Hatte er uns nachspioniert? Oder war das purer Zufall? Wie auch immer des Rätsels Lösung lauten sollte, mussten wir vorsichtig sein.

„Darf ich Euch bitten, mich aufzuziehen, damit ich zurückfliegen kann?", fragte der Blechvogel.

Ich zögerte einen Moment vor Staunen, doch schließlich nahm ich ihn sachte in die Hand. Hinten unter dem Schwanz steckte ein winziger Schlüssel. Ich drehte diesen mehrmals schnurrend um sich selbst, bis der Vogel anfing, mit den Flügeln zu schlagen. Sobald ich die Finger öffnete, erhob er sich in die Luft.

„Ich danke dem werten Herrn." Dann flog er davon.

Farid führte uns durch den Park an einem langen Wasserbecken vorbei, bis wir vor dem höchsten Gebäude des Palasts standen. Es war zugleich das höchste Gebäude Teherans. Davon hatte ich schon gehört. Es wurde Shams-ol Imare – *Sonnen-Palast* – genannt und durfte selbst Lindsay noch unbekannt sein, denn soweit ich wusste, hatte es Nāser ad-Din Schah erst vor ungefähr zehn oder elf Jahren erbauen lassen. An diesem Gebäude, welches im gleichen Stil wie viele andere Bauten des Komplexes mit bunten Kachelmosaiken verziert war, schritten wir nun entlang und erreichten den besagten *Palast der*

Windfänger. Vier hohe Türme säumten den Bau. Sie wirkten fast wie die Minarette einer Moschee. Auch sie waren mit bunten Fliesen dekoriert, die ein dezentes Karomuster in hellem Blau mit Gelb und Schwarz darstellten. Das Gebäude selbst bestand aus Säulen, Treppen, Gängen, hohen Fenstern und offenen Loggien. Die Farbenpracht und die verschlungenen Muster sind kaum zu beschreiben. Ein Mann erwartete uns vor einem der Eingänge. Er trug eine fast schon antik wirkende persische Kriegertracht mit Brustpanzer und Kulah Khud, jenem halbkugelförmigen Glockenhelm mit Schwertspitze auf dem oberen Bereich und einem Kettenpanzer am Rand, der dem Träger bis auf die Schultern reichte. Auch seine Hände steckten bis zu den Ellbogen in Handschuhen aus diesem Kettengeflecht. An seiner Seite hing ein üppig verzierter Shamshir.

„Ich heiße die Herren willkommen. Mein Name ist Mortaza und ich werde Euch zu meinem Meister begleiten." Er verbeugte sich vor uns, drehte auf dem Absatz um und begab sich durch eine der hohen, orientalisch geformten Türen. Farid winkte uns zu und verschwand eilig im Park. Lindsay und ich folgten dem Krieger hinein in den *Palast der Windfänger*. Die Schritte seiner schweren Stiefel hallten von den glitzernden, verspiegelten Wänden wider.

„Ich glaube nicht, dass einer dieser Bādgīre jener ist, unter dem sich die McFlys verstecken. Oder die Unterwelt dieses Palasts passt auf magische Weise nicht mit den Gebäuden hier oben zusammen", flüsterte Lindsay.

„Ihr habt Recht. Diese Windfänger haben einen quadratischen Grundriss, während jener in den Katakomben rund und kuppelförmig war."

Der Wächter führte uns durch verschiedene Räumlichkeiten in einen großen Saal. Das Muster des Bodens war symmetrisch und gleichzeitig vielgliedrig. Es schien sich stetig zu verändern, sodass ich das Gefühl hatte, in ein Kaleidoskop zu blicken. Als Kind hatte ich einmal eins dieser Röhrchen auf der Ernstthaler Kirmes gewonnen. Darin waren bunte Glasstückchen gewesen, die zwischen Spiegelplatten herumrutschten, wenn man es drehte. Beim Hindurchsehen wurde dann ein sich ständig verändernes Muster sichtbar, genau wie auf diesem Boden. Ich hatte das Gefühl, auf einem bunten Nebel zu schweben. Mitten auf diesem wogenden Farbenmeer stand ein alter Mann mit langem weißen Bart. Sein Haupt zierte eine Art Hutkrone, wie sie die alten Assyrer zu tragen pflegten. Das sich bauschende Gewand schillerte mal in dunklem Violett, dann wieder in kräftigem Grün, je nachdem, wie er sich bewegte und das Licht darauffiel. Ich musste unwillkürlich an die Farbgebung des Kopfes einer Stockente denken auf meinem Teich in Radebeul. Das Gesicht des Alten erinnerte dagegen nicht an einen Wasservogel, sondern eher an einen Raubvogel. Seine Augen fixierten mich, dass es mir kalt den Rücken herunterkroch. Ich erkannte in ihm den unbekannten Berater an des Schahs Seite am Marmorthron. Lindsay neben mir wirkte mit einem Mal kreidebleich. Was war wohl in ihn gefahren? Es gab keine Möglichkeit, ihn unauffällig zu fragen, denn jedes Geräusch in dieser fast leeren Halle wurde durch die Akustik des Raums mehrfach verstärkt.

„Ich bin Bal-Zadan, der Berater von Nāser ad-Din Schah. Man sagt, ich sei ein heiliger Mann oder ein Ungeheuer." Seine Stimme schallte laut und durchdringend. Er deutete eine Verbeugung an. Erstaunt nahm ich zur Kenntnis, dass er ein fast akzentfreies Englisch beherrschte. „Bitte nehmt Platz. Ich habe mir erlaubt, einen britischen Tee zubereiten zu lassen und feines Buttergebäck aus Eurer Heimat besorgt, Lord Lindsay."

„Ich danke Ihnen für diese Gastfreundlichkeit." Lindsay setzte sich an dem kleinen runden Silbertisch auf einen der drei Sessel, die mit purpurnem Samt bezogen waren. Ich ließ mich ebenfalls nieder und auch Bal-Zadan nahm Platz. Die vier Möbelstücke waren das einzige Interieur in dem Saal. Es war ein seltsames Gefühl, mitten in dieser riesigen Halle zu sitzen. Über uns schwebte ein funkelnder Kronleuchter wie ein Damoklesschwert und unter uns bewegte sich das Muster des Fußbodens, bildete ständig neue Kreationen, dass der

Anblick Schwindel erregte. Bal-Zadan bemerkte wohl meinen skeptischen Blick und eine unscheinbare Geste seiner Hand ließ die Bodenornamente in ihrer Bewegung erstarren. Sein flüchtiges Lächeln war frostig und drang wie ein Eiszapfen in mich ein.

Das Klappern der Rüstung des Soldaten brach den Bann. Mortaza goss Tee in unsere Tassen, was seltsam deplatziert wirkte mit seinem persischen Harnisch und dem Helm. Dabei fiel mir auf, dass er seinen linken Arm nicht gebrauchte. Dieser hing steif an seiner Seite. Ich nahm an, dass es einer Kampfverletzung geschuldet war, er den Arm vielleicht sogar gänzlich verloren hatte und unter Gewand und Handschuhen eine hölzerne Prothese verbarg. Wie falsch ich lag, wusste ich zu diesem Zeitpunkt noch nicht.

Das Teeservice hatte nichts Orientalisches an sich, sondern war feinstes Porzellan aus England. Zartrosa Päonien, in meiner Heimat auch Pfingstrosen genannt, rankten auf den Tassen, Tellern und der bauchigen Kanne. Ein filigraner Goldrand gab dem Arrangement einen Hauch von Luxus. In der überbordenden Farbenflut des orientalischen Palasts wirkte dieses Geschirr allerdings eher schlicht. Lindsay nippte vornehm an dem heißen Getränk. Der Perser saß uns gegenüber und verzog keine Miene. Es wirkte fast wie ein stilles Ringen, ein Wettbewerb, wer den ersten Satz sprechen würde.

Schließlich stellte Sir David seine Tasse ab und beendete dieses bizarre Spiel:

„Was verschafft uns die Ehre dieser Einladung, verehrter Bal-Zadan?"

Nun nippte der Alte an seinem Getränk und ließ die Zeit verrinnen.

„Der Schah hat mich gebeten, Euch ein paar Fragen zu beantworten. Was also begehrt Ihr zu wissen?"

Ich wollte mich nicht einmischen, da es Lindsays Angelegenheit war. Doch spannten sich mir alle Muskeln. Ich wusste sofort beim Blick in diese Augen, dass wir uns auf gefährlichem Terrain befanden.

„Nāser ad-Din Schah berichtete mir, dass Ihr schon am Hofe seines Vaters beratend tätig wart. Vielleicht erinnert Ihr Euch an die Zeit, als mein Vater dort als Botschafter agierte?"

„Das scheint mir schon viele Jahre, gar Jahrzehnte her zu sein ... Lindsay?" Bal-Zadan drehte wie nachdenkend die Augen zur Decke. „Der Name sagt mir momentan nichts."

„Yes. James Aberforth, 15. Earl of Lindsay, so war sein voller Name."

„Tut mir leid, aber ich erinnere mich nicht. Was genau wollt Ihr aus dieser Zeit wissen?"

„Mein Vater brachte damals ein Findelkind mit nach England. Das kleine Mädchen wuchs als meine Schwester auf. Doch nun ist sie verschollen. Ich befürchte, dass sie nach Persien verschleppt wurde."

Bal-Zadan zog wie im Erstaunen die Brauen hoch. Ich fühlte allerdings, dass dies nur aufgesetzt war. Dieser Mann wusste genau, wovon der Earl erzählte.

„Oh, das ist sehr beklagenswert. Aber darüber weiß ich nichts. Und selbst wenn sie irgendjemand nach Persien gebracht haben sollte: Persien ist groß, verehrter Earl. Warum vermutet Ihr sie hier im Palast?"

Lindsay räusperte sich und knabberte an einem der dargebotenen Kekse.

„Well, ich beginne die Suche dort, wo alles begann. Eine wirkliche Spur fehlt mir bedauerlicherweise."

„Es tut mir sehr leid, dass ich Euch nicht behilflich sein konnte." Bal-Zadan erhob sich. „Aber ich werde mich gern für Euch umhören, Lord Lindsay."

„Dafür bin ich Euch sehr dankbar." Auch wir standen nun auf. Über mir hörte ich ein leises Klirren. Als ich den Blick in die Richtung wandte, gewahrte ich einen Glaszapfen, der sich aus dem gewaltigen Deckenlüster löste und auf mich herabstürzte. Die Zeit schien langsamer zu laufen, denn ich wollte im Reflex zur Seite springen, doch noch bevor ich meine Bewegung beginnen konnte, hielt mir Bal-Zadan den Zapfen, einem Dolch gleich, vor die Nase.

218

„Verzeiht. Manche Gegenstände hier sind schon sehr alt. Andere haben ein erstaunliches Eigenleben."

Ich verstand die Drohung nur zu gut, ließ es mir aber nicht anmerken, sondern nickte ihm mit dankbarem Lächeln zu. Nach einem kurzen förmlichen Abschied führte uns Mortaza zurück in den Park. Wir schlenderten wie zufällig zwischen den Bäumen und setzten uns schließlich auf den Rand eines Springbrunnens. Das Rauschen des Wassers überdeckte unsere Worte für Ohren, die eventuell im Gebüsch lauschen mochten.

„Dieser Bal-Zadan kann sich gut verstellen und weiß natürlich mehr, als er zugibt. Zudem hat er magische Fähigkeiten", flüsterte ich.

„Yes, das befürchte ich auch. Er ist gefährlich. Māh-Tab sagte das ja schon. Außerdem habe ich in ihm jemanden wiedererkannt."

„Ach, deshalb seid Ihr so kreidebleich geworden?"

„Ist es Euch aufgefallen, Kara?"

„Allerdings. Sagt, wer ist dieser Mann?"

„Ich weiß nicht, was er mit meiner Schwester vorhat, doch ich erkannte in ihm jenen Minister und Lehrer Nāsers, welcher damals den Putschisten foltern und köpfen ließ. Er ist ein eiskalter Mörder. Wir dürfen ihm nicht vertrauen."

„Also heißt es: Augen und Ohren offen halten. Er hat sicher nun erfahren, was er wissen wollte."

„That's true. Nur wir noch immer nicht."

An diesem Abend begab sich Sâyeh erneut auf Spurensuche. Ich wollte ihn begleiten, aber er lehnte es ab. Den Grund dafür sollte ich erst einige Tage später erfahren. Nach einem ausgiebigen Mahl, welches abermals wie aus dem Nichts auf dem Tisch stand, saßen Lindsay und ich noch eine Weile auf dem balkonartigen Sims und betrachteten den erleuchteten Park.

„Mir scheint fast, hier ist ein *Tischlein deck dich* am Werk", murmelte ich in Gedenken an die üppigen Speisen.

„What's that? Was soll das sein?"

„Sir David, kennt Ihr nicht dieses deutsche Volksmärchen?"
„No, my friend. Aber dieser lauschige Abend schreit gerade danach, dass Ihr es mir erzählt." Neugierig beugte Lindsay sich ein Stück vor.

„Das will ich gern tun." Und so gab ich die alte Geschichte, welche die Gebrüder Grimm aufgezeichnet hatten, mit meinen eigenen Worten wieder. Der Earl war ganz angetan von dem magischen Tisch, der stets ein üppiges Mal zauberte, dem Goldesel, der seinen Herrn reich machte, und dem Knüppel aus dem Sack, der jeden Übeltäter in die Flucht schlug. Als der abnehmende Mond über den Dächern des Golestan-Palasts aufstieg, begaben wir uns zur Ruhe.

In jener Nacht bekamen wir allerdings nicht sehr viel Schlaf. Denn plötzlich wurde ich von Schüssen aus meinen Träumen gerissen. Die Kugeln pfiffen mir förmlich um die Ohren. Nach diesem Dauerfeuer war zunächst Ruhe. Ich setzte mich aufrecht und meine Hand zuckte nach dem Colt. Dann besann ich mich, dass ich keinerlei Waffen bei mir trug. In diesem Moment donnerte eine weitere Salve durch den Raum. Flink rollte ich mich vom Bett und versuchte aus der Deckung heraus, den Schützen ausfindig zu machen. So schnell der Spuk begonnen hatte, so schnell war er auch wieder vorbei. Es war erneut totenstill und nirgends ein Mündungsfeuer zu erspähen. In diesem Moment stürmten Lindsay und die beiden Assassinen herein. Letztere hatten die gezückten Dolche in der Hand. Der Earl trug eine Petroleumleuchte, deren Licht nicht sehr weit reichte. Als zudem Farid und einige Palastwachen herbeigeeilt kamen, verschwanden die Waffen von Tufan und Sâyeh wie von Zauberhand.

„Was ist geschehen?", fragte Lindsay erschrocken.

„Ich kann mir keinen Reim darauf machen", antwortete ich und trat an das bodentiefe Fenster. Der Palastbezirk lag dunkel unter mir. Nur eine Handvoll bunter Lichtpunkte beleuchteten die Springbrunnen.

„Sind Sie verletzt?", fragte Sâyeh.

Ich schaute an mir herunter, betastete die Brust.

„Nein. Das war kein guter Schütze, denke ich."

„Zu Eurem Glück, my friend."

Die Wachen durchsuchten zur Sicherheit mein Zimmer und auch die angrenzenden Räume, konnten allerdings nichts Verdächtiges feststellen.

„Ich denke, es wäre sinnvoll, die Gebäude dort gegenüber zu untersuchen", empfahl ich, denn sie schienen mir die einzig mögliche Position des geheimnisvollen Attentäters zu sein.

„Verehrter Kara Ben Nemsi", antwortete der Wachoffizier, „das ist unwahrscheinlich. Da drüben ist der Harem. Zu diesem Ort haben weder wir Zutritt, noch kann sich ein Mörder dort einschleichen. Das ist gänzlich unmöglich."

Dreizehntes Kapitel
Ein geheimes Kind

Den Rest der Nacht verbrachte ich in unruhigem Schlaf. Ich träumte, ich säße auf einem fliegenden Teppich hoch über dem Elburs-Gebirge. Plötzlich schoss ein gewaltiger Adler auf mich herab. Seine Augen waren jene Bal-Zadans und sie begannen mit einem Mal rot zu glühen. Er stieß mich von meinem Fluggerät und ich fiel in die Tiefe. Es gab keinen beschützenden Umhang und keine magischen Flügel meines Freundes Haschim, die mich retteten. Unaufhaltsam sauste ich in den sicheren Tod. Unter mir tat sich der Schlund des Balidan auf, aus welchem das Feuer der Hölle loderte, und darin erblickte ich einen Schatten. Während ich in die Glut stürzte, erkannte ich in dem Schatten Sâyeh.

Dann wachte ich schweißgebadet auf. Ich spürte noch immer das Brennen der Flammen auf meiner Haut. Die Sonne war schon aufgegangen und aus den Bäumen des Parks drang Vogelgesang zu mir herauf. Die Gardine am Fenster bauschte sich in einer sanften Brise. Fast schien es mir, als winkte sie oder als wollte sie mir eine Richtung weisen. Verwundert ließ ich den Blick zur gegenüberliegenden Wand wandern und erstarrte.

„Lindsay!", rief ich. „Kommt schnell!"

Sir David, der offenbar schon länger wach war, kam sogleich hereingeeilt. Er hielt ein Frühstücksmesser als Waffe in der Hand. Die Assassinen folgten ihm, beide mit gezücktem Pesh-Kabz.

„Where he is? Wo ist der Attentäter?"

Ich erhob mich und schlüpfte in mein Gewand.

„Keine Bange. Er ist nicht hier, aber er hat eine Nachricht hinterlassen. Schaut!"

Lindsay betrachtete die Wand. Auch Sâyeh zog erstaunt die Augenbrauen hoch.

In dem Muster der bunten Fliesen befanden sich zahlreiche Einschusslöcher, die wir in der Nacht beim Schein der Petroleumleuchte nicht bemerkt hatten. Doch nun im hellen Licht des Tages waren sie unübersehbar. Und sie bildeten kein zufälliges Streubild, sondern wir erkannten deutlich die Buchstaben *I F*.

„Was mag das bedeuten?", fragte Sâyeh.

„Eine Warnung?", mutmaßte ich.

„Aber von wem?" Lindsay strich mit der Hand über die beschädigte Stelle.

„*I F* – das könnte Ibrahim Faith heißen", überlegte ich laut. „Doch wird dieser wohl kaum seinen Namen in die Wand schießen."

„Wenn er es nicht war, dann will uns vielleicht jemand vor ihm warnen", meinte Sir David.

Ich grübelte, kam aber zu keinem logischen Schluss.

„Bal-Zadan wird es nicht gewesen sein."

„Das ist wahr. Er würde wahrscheinlich ein magisches Vögelchen schicken, welches wie eine Bombe explodiert, oder uns

222

Gift ins Essen mischen." Lindsay wurde blass. Augenscheinlich erschrak er vor seinen eigenen kreativen Gedanken.

„Das ist alles möglich, aber momentan auch eher unwahrscheinlich. Ihr seid ein Freund des Schahs. Bal-Zadan müsste sich etwas viel Gewiefteres einfallen lassen, um uns zu töten. Falls das überhaupt seine Absicht ist."

„Well. Trotzdem hat Māh-Tab ihn in Verdacht, der Entführer Anahitas zu sein. Warum also nun diese kryptische Warnung vor Ibrahim Faith?"

„Vielleicht ist es keine Warnung, sondern ein Hinweis. Jemand möchte, dass wir mit Faith sprechen", mutmaßte ich.

„But, who? Wer sollte das sein?"

„Einen Moment." Ich ging ebenfalls zur Wand und hielt dem Lord die Hand hin. „Erlaubt Ihr?"

Einen Augenblick lang sah er mich verdutzt an, dann begriff er und legte mir das Frühstücksmesser auf die Handfläche. Ich pulte damit in einem der Einschusslöcher herum und siehe da, eine Patronenkugel fiel zu Boden.

Lindsay bücke sich.

„Sie ist zwar durch den Aufprall deformiert. Aber ich denke, dass es sich um einen Colt handeln muss."

„Da widerspreche ich nicht. Doch trotzdem ist die Annahme falsch."

„What? Was ist sie denn nun? Richtig oder falsch?"

„Beides. Seht! Die Buchstaben wurden zusammen aus vierundzwanzig Schüssen gebildet. Ich erinnere mich, dass zwischen den Salven eine Pause war, in welcher der Schütze vermutlich nachgeladen hat. Also haben wir es mit einer Waffe zu tun, die zwölf Schuss abfeuern kann, auf weite Distanz genau ist ..."

„... und mit Revolverpatronen geladen werden kann?" Lindsay schüttelte ungläubig den Kopf.

„In der Tat."

„Aber Kara, welches Gewehr sollte das sein?"

„Eine Winchester 73. Sie ist im Wilden Westen sehr beliebt. Genau aus dem Grund, dass der Besitzer damit Revolverkugeln abfeuern kann und somit nur eine Patronensorte benötigt. Hier im Orient ist sie ebenfalls nicht ganz unüblich. Die osmanische Armee benutzt sie derzeit sogar."

„Well. Aber hier ist Persien."

Ich seufzte.

„Trotzdem bin ich überzeugt davon. Irgendein Ausländer, ein Europäer, vielleicht der Mitarbeiter einer Botschaft, könnte sie mitgebracht haben. Oder Reisende wie wir."

„Wie dem auch sei", mischte sich Sâyeh ein. „Jetzt wissen wir zwar nicht, wer uns diesen Hinweis gegeben hat, doch immerhin, dass jemand im Palast uns wohlgesinnt ist. Jemand, der ebenfalls am Auffinden Anahitas Interesse hat. Zudem habe ich Eure Schwester gestern Nacht gesehen, Lord Lindsay."

„Was? Ist das wahr? Sie lebt also und ist in diesen Mauern?" Vor Freude packte er den Assassinen, den er um Kopfeslänge überragte, an den Schultern.

„Ihr geht es gut. Ich habe nicht mit ihr gesprochen, um mich nicht zu verraten. Aber ich konnte sehen, dass ihr kein Leid widerfahren ist. Sie wird von einer Schar Dienerinnen umsorgt, hat jedoch keinen Kontakt zu den restlichen Bewohnern des Harems."

„But, wieso versucht sie nicht zu fliehen?"

Sâyehs Gesicht wurde ernst.

„Die Haremsgebäude sind ein riesiger Komplex und man kann nicht so einfach hinein- und hinausspazieren. Nur den hohen Damen ist das gestattet. Zudem ist der Bereich von Anahita zusätzlich gesichert. Männer haben keinen Zutritt, nur die schwarzhäutigen Eunuchen und der Schah dürfen hinein sowie die Knaben der Damen, solange sie noch nicht zum Manne gereift sind."

„Wir müssen einen Weg finden, um mit ihr Kontakt aufzunehmen." Lindsay wurde nachdenklich. „Ich denke, ich sollte noch einmal mit Ibrahim Faith sprechen. Vermutlich weiß er mehr, als er zugibt. Vielleicht war genau dies das Ansinnen unseres geheimnisvollen Schützen."

Für den Nachmittag hatte Farid auf unser Geheiß hin ein Treffen mit Hadschi Ibrahim Faith arrangiert. Während Lindsay sich in seinem Zimmer frisch machte, trat Sâyeh zu mir.

„Kara, ich habe noch nicht alles erzählt."

„Was haben Sie ausgelassen und warum?"

„Ich wollte den Earl nicht noch mehr beunruhigen, deshalb verschwieg ich es."

„Geht es um Anahita?" Ich wurde hellhörig.

Der Assassine nickte.

„Sie wirkte zwar unverletzt, doch auch seltsam abwesend. Ich befürchte, dass sie unter dem Einfluss einer Droge steht und deshalb keinerlei Fluchtversuch unternimmt."

„Das ist sicherlich Bal-Zadans Werk", murmelte ich grimmig. „Sie haben recht getan, es Sir David zu verschweigen. Wir belassen es vorerst dabei. Es würde ihn nur zu unüberlegten Aktionen verleiten. Das wäre jetzt ungeschickt. Wir müssen besonnen und mit Verstand vorgehen."

Sâyeh nickte. In diesem Moment holte mich Farid ab. Lindsay wartete auf der Treppe auf mich. Der Junge führte uns in einen abgelegenen Bereich des Palastbezirks. Wir schritten an schlichten Mauern entlang, die von dunklen Kletterpflanzen erobert wurden. Nur wenige schießschartenartige Fenster waren in unerreichbarer Höhe zu erkennen.

„Was ist das für ein Gebäude?", fragte ich.

„Oh, das ist der Kerker. Den solltet Ihr besser nicht kennenlernen wollen. Es ist der schrecklichste Ort, den Ihr Euch vorstellen könnt, Âghâ."

„Warst du schon einmal da drinnen?"

Der Knabe senkte den Kopf.

„Mein Vater war dort eingesperrt. Da meine Mutter schon längere Zeit tot war und ich niemanden hatte, sperrte man mich zu ihm."

„Really? Sie haben dich als kleinen Jungen in ein Verlies gesperrt?" Lindsay wirkte empört. „Das ist unmenschlich!"

„Es ist hier so Sitte, dass bei einem Vergehen oft die ganze Familie bestraft wird."

„Was hat dein Vater angestellt?" Während ich das fragte, er- reichten wir ein großes eisernes Falltor.

„Er hatte Essen gestohlen, damit wir nicht verhungern."

Lindsay blieb stehen und blickte durch die Gitterstäbe des Tors in den Innenhof des Gefängnisses.

„Was ist aus deinem Vater geworden?" Auch ich trat nun nä- her an das Gitter heran. Sofort postierten sich zwei Wachsolda- ten dahinter, die uns bedrohlich ansahen.

Der Junge ließ sich jedoch nicht erschrecken und zeigte auf einige Käfige, die an den Mauern des Gebäudes aufgehängt waren. In einem erblickte ich einen abgemagerten Mann. Er hockte unbeweglich darin. Seine Arme hingen durch das Gitter. Vielleicht war er bewusstlos oder tot. Ich konnte es nicht erken- nen.

„Man hat ihn in so einem Käfig verhungern lassen", berich- tete Farid.

Plötzlich hatte dieser prachtvolle Herrschersitz für mich an Glanz verloren. Dieser Ort war ein Hort des Grauens. Zudem war mir, als würde ich aus einem der winzigen Fenster Schreie hören.

Auch Farid schien dies nicht entgangen zu sein.

„Wie Ihr hört, Âghâ, bringen sie jeden dazu, alles zu gestehen, was sie wollen. Wenn man Glück hat, wird man geköpft und hat einen schnellen Tod. Doch oft endet man in diesen Käfigen oder gar im Feuer." Farids Stimme war ein Flüstern geworden.

Ich spürte seine Angst. Im Innern der Gemäuer sah ich einen erhöhten Sims mit einem verkohlten dicken Holzpfeiler in der Mitte, an welchem Ketten hingen, die offensichtlich zum Befes- tigen des Delinquenten gedacht waren.

„Hieraus gibt es kein Entrinnen", wisperte Farid.

„Wie konntest du daraus entkommen?"

Der Junge drängte uns nun, weiterzugehen. Außer Hörweite der Wachen gestand er:

„Es war Hadschi Ibrahim Faith, der mich herausholte. Er sag- te, ich sei noch ein unschuldiges Kind und verdiene nicht den Tod."

„Well, es scheint, dass in ihm ein gutes Herz schlägt", kommentierte Lindsay.

Durch einen verwachsenen Laubengang führte uns Farid in einen kleinen Garten, der von dem großen Park abgetrennt war. In einem Springbrunnen in der Mitte des Areals tanzte eine Fontäne. Blumenbeete säumten die angrenzenden Gemäuer. In einer Nische war ein Teppich ausgebreitet und zahlreiche bunte Kissen lagen wie zufällig verstreut an den Rändern. In der Mitte befand sich ein Tuch, auf dem drei Tassen standen. Der Sitzplatz war mit einer farbenprächtigen Stoffbahn überspannt, welche Schatten spendete. Einige orientalisch geformte Fenster durchbrachen das buntgekachelte Mauerwerk und ihre Scheiben ließen das reflektierte Sonnenlicht als farbige Lichtpunkte über dem Wasserspiel tanzen.

Aus einer der Türen trat nun Hadschi Ibrahim Faith heraus. Er hatte ein Lächeln des Willkommens auf den Lippen. Um seine Beine herum schnurrte eine schwarz-weiß gescheckte Katze mit langhaarigem Fell. Zwei Dienerinnen mit verschleierten Häuptern stellten Schalen mit den verschiedensten Speisen auf das Tuch. Mir wurde bewusst, dass ich zum ersten Mal seit unserer Ankunft im Palast Frauen zu Gesicht bekam.

„Seid willkommen in meinem Haus, lieber Lord Lindsay und verehrter Kara Ben Nemsi."

„Thanks – vielen Dank", antwortete Sir David.

„Wer ist Eure hübsche Mitbewohnerin?", fragte ich mit Blick auf die Katze.

„Oh, das ist ebenfalls nur ein Gast. Das ist quasi *Ihre königliche Majestät Babri Khân* – die Lieblingskatze und zugleich das Lieblingsgeschöpf unseres hochverehrten Schah-in-Schah."

Farid setzte sich an den Rand des Brunnens und ging somit dezent außer Hörweite. Er wusste genau, wie er sich zu verhalten hatte, um nicht aufzufallen. Wir anderen setzten uns auf den Teppich im Schatten und das elegante Tier begann sich an meinem Bein zu reiben.

„Ist es erlaubt, die königliche Majestät zu berühren?"

„Gewiss, Mister Kara. Keine Angst. Darauf steht nicht der Tod. Allerdings würde ich davon abraten, ihr ein Leid zuzufügen."

„Das hab ich nicht vor." Ich streckte die Hand aus und streichelte über ihr Fell. Es war samtig weich. Sie honorierte es mit lautem Schnurren.

„Die Katze hat sogar ihre eigenen Diener. Sie ist sehr privilegiert im Palast. Aber manchmal ist sie etwas aufdringlich. Sie weiß um ihren hohen Rang." Faith lächelte belustigt.

Die Dienerinnen schenkten uns Tee ein und brachten kleine Gebäckstücke auf einem goldenen Teller. Die eine der beiden erschien mir schlank und zierlich. Sie trug einen gelben Tschador über ihrer Hauskleidung, der jedoch ihr Gesicht frei ließ. Wahrscheinlich verschleierte sie sich nur, weil wir Fremde waren. Die andere war eher kräftig und robust und trug einen grünen Tschador. Sie verhüllte sich zusätzlich mit einem ebenfalls grünen Tuch, sodass nur ihre Augen sichtbar waren. Eins der Backwerke rutschte ihr herunter und fiel vor meine Füße neben den Teppich. Das Mädchen oder die Frau – es war durch die Verschleierung für mich nicht ersichtlich – bückte sich und hob es umständlich auf.

„Wie ungeschickt! Ihr könnt euch nun entfernen." Faith wirkte leicht ungehalten und die Dienerinnen huschten verängstigt ins Haus.

„Verzeiht. Eines der Mädchen ist noch neu hier und wird gerade von meiner obersten Hausdienerin angelernt. Wieder so ein junges Bauernding, welches sich sein Glück hier im Palast erhofft. Nun, ich befürchte, dass sie nicht *das* Glück finden wird, was sie sich erträumt." Er seufzte.

„Wie lange steht Ihr schon im Dienst des Herrschers von Persien?", fragte Lindsay.

„Eine Ewigkeit. Der ehrwürdige Bal-Zadan und ich dienten bereits unter Mohammad Schah Kadschar – seinem Vater."

„That's a long time. So seid Ihr sicher eng mit Bal-Zadan verbunden."

„Nein, im Gegenteil. Es ist kein Geheimnis unter den Ministern, dass wir grundsätzlich verschiedene Ansichten vertreten. Ich bin für die Modernisierung unseres Reiches, für den Ausbau der Universitäten, die Erhöhung der Bildung, die Verbesserung des Verkehrsnetzes und den Bau von Fabriken, der Eisenbahn sowie eine unabhängige Rohstoffgewinnung. Doch muss ich diese Ideen geschickt und unterschwellig dem Schah vermitteln, sonst ergeht es mir womöglich wie seinem ersten Großwesir Amir Kabir, welcher wegen seiner Reformpläne entmachtet und 1852 ermordet wurde." Faith nahm etwas von einer der Speisen zwischen Daumen und Zeigefinger, rollte es zu einer Kugel und ließ es in seinem Mund verschwinden.

„Aber mir schien, dass der Schah sehr aufgeschlossen gegenüber den westlichen Errungenschaften sei. Er bereiste vor nicht allzu langer Zeit viele europäische Länder", meinte Lindsay.

„Nein, leider ist er es nicht. Die Reise tat er auf mein Drängen hin, um sich den technischen Fortschritt in der Welt anzusehen. Doch die Autorität Bal-Zadans ist groß. Er möchte die alte Machtstruktur erhalten und bestärkt den Regenten darin, dass der abendländische Einfluss schädlich für sein Reich und vor allem für seine Position als absoluter Herrscher ist." Faith schüttelte verärgert den Kopf. „Ich denke jedoch, dass die Zeiten der absolutistischen Monarchien der Vergangenheit angehören. In vielen westlichen Nationen hat das Volk einen berechtigten Anteil an Mitsprache in der Regierung durch ein Parlament. Aber das ist in Persien momentan noch undenkbar. Auch verschachert der Schah auf Anraten Bal-Zadans unser Land. Alles Gute, was ich mir von der Reise erhoffte, wird ins Schlechte verkehrt. Der Schah vergibt Konzessionen an fremde Staaten zum Abbau von Rohstoffen, zum Bau der Eisenbahn und Aufbau von Postsystem und Militär – anstatt dies alles eigenständig aufzubauen. Dadurch spült er zwar ein wenig Geld in die Staatskasse, macht sich jedoch zur Marionette anderer Regierungen." Er hielt inne und räusperte sich. Mit leiserer Stimme fuhr er fort: „Mit solchen Äußerungen muss ich allerdings vorsichtig sein. Hier in meinem Haus bin ich relativ sicher vor Bal-Zadans Spionen, aber außerhalb werdet Ihr mich diese Sätze nicht sprechen hören."

Die Katze, welche sich neben mich gelagert hatte, spitzte die Ohren. Natürlich lauschte sie nicht unserem Gespräch, sondern ihr Interesse galt einem Vogel, der in der Nähe in einem Busch Platz genommen hatte.

„Wieso vertraut Ihr *uns*? Auch wir könnten gewillt sein, Euch zu schaden", gab Lindsay zu bedenken.

„Durchaus denkbar. Ich besitze allerdings hier ebenfalls eine gewisse Macht und könnte Euch genauso Unannehmlichkeiten bescheren." Er nahm einen Schluck Tee. „Doch ich möchte Euch nicht drohen. Vielmehr ist es mein Anliegen, durch Euch, verehrter Earl, Kontakt zur britischen Krone zu erlangen, um Verbündete für meine Reformpolitik zu gewinnen."

„Oh, ich fürchte, dass ich für solch eine Aufgabe nicht der Richtige bin. Ich mische mich ungern in die politischen Angelegenheiten eines Landes ein."

„In dieser Hinsicht war Euer Vater zugegebenermaßen couragierter."

Lindsay stutzte.

„Ihr kanntet meinen Vater?"

„Sagen wir so: Ich weiß einiges über Euren Vater und den Schah und das geheime Kind."

Lindsay beugte sich etwas nach vorn.

„Welches geheime Kind?"

Auch ich war erstaunt. Konnte es sich dabei um Anahita handeln?

„Wenn ich Euch in das Geheimnis einweihe, versprecht Ihr mir, meine Reformpläne Königin Victoria vorzutragen?"

„Ich werde sie ihr vortragen, das versichere ich Euch", antwortete Lindsay.

„Euer Wort als Ehrenmann reicht mir."

„Thanks. Das gebe ich Euch."

Einen Moment blickte Faith forschend in Lindsays Augen.

230

„Schon als Ihr am Tor Euren Namen ausgesprochen habt, wusste ich, dass Ihr etwas mit Bal-Zadans Intrige zu tun habt – besser gesagt, dass Ihr ein Opfer derselben seid."

„Nicht ich bin das Opfer, sondern mein Vater und meine Schwester sind es. Aber, please, berichtet mir von dem Kind."

„Nun, ich war noch recht jung und Ihr, verehrter Earl, wart damals ein kleiner Bub. Nāser ad-Din hatte Freude an Eurem Treffen. Er blühte förmlich auf. Sein Vater fand zu dieser Zeit seine große Liebe. Er hielt die Frau geheim, was sehr ungewöhnlich war, denn schließlich konnte er als Schah jedes Weib haben. Seinerzeit verstand ich die Zusammenhänge der Ereignisse nicht. Erst vor einigen Monaten begriff ich die Tragweite." Faith nahm wieder einen Schluck Tee. „In jenen Tagen stand Mohammad Schah Kadschar innenpolitisch stark unter Beschuss. Sein Minister und Rivale Sayyid Ali Abbas gehörte einer Gruppierung an, die den Regenten stürzen wollte, um das Land zu reformieren. Doch schon damals hatte Bal-Zadan großen Einfluss und mit seiner Hilfe wurden die Abtrünnigen recht schnell entlarvt und gestellt. Man folterte sie, bis sie gestanden, und richtete sie zusammen mit ihren Frauen und Kindern hin. Obwohl ich einst nicht alles verstand, was vor sich ging, hatte ich dem Schah von der Hinrichtung der Familien – also der Frauen und Kinder – abgeraten. Bal-Zadan dagegen redete dem Schah ein, dass er sich unglaubwürdig machen würde, wenn er nicht konsequent durchgreifen würde, und dazu gehöre die Auslöschung aller Familienmitglieder der Putschisten. Es wurden so viele Menschen hingerichtet, dass man leicht den Überblick verlieren konnte, und dies war sicherlich genau das, was der Schah letztendlich anstrebte. Denn mir fiel auf, dass er Personen töten ließ, die nichts mit dem Putsch zu tun hatten, und ich konnte mir damals keinen Reim darauf machen. Darunter waren Hebammen, Soldaten, Eunuchen, Dienerinnen des Harems und viele weitere unglückliche Seelen."

Faith hielt inne und blickte sich um, als wolle er sich vergewissern, dass wir tatsächlich allein waren. Der Garten war sehr gut von der Außenwelt abgeschirmt und ein etwaiger Spion hätte schon auf dem Dach eines der umschließenden Gebäude liegen oder über die Gabe verfügen müssen, sich unsichtbar zu machen. Bei diesem Gedanken musste ich an Haschims Amulett denken, das exakt über eine solche Fähigkeit verfügte. Vorsichtshalber zog ich den Musaddas hervor und blickte mich im Garten um. Ich konnte nichts Verdächtiges sehen. Vögel sahen aus wie Vögel und die Insekten, welche um die Blüten schwirrten, hatten eine mir vertraute Form.

„Was habt Ihr da, Mister Kara?", fragte Faith überrascht.

„Ein Utensil mit besonderen Eigenschaften. Es zeigt die Dinge so, wie sie wirklich sind, und nicht so, wie sie sich uns darstellen."

„Und konntet Ihr dadurch etwas Merkwürdiges auf meinem Anwesen entdecken?"

„Nein, ich denke, wir können ohne Sorge sein."

„Das ist gut", antwortete der Alte erleichtert. Sein Lächeln sagte mir, dass er es im Scherz meinte. „Ich würde gern noch ein Weilchen leben, denn der Garten ist in dieser Jahreszeit besonders schön."

Lindsay trommelte nervös mit den Fingern auf dem Teppich herum.

„Ihr sagtet, dass Ihr damals nicht alles verstanden habt. Und nun?"

„Nun habe ich zufällig Informationen erhalten, die interessant und beängstigend zugleich sind."

Der Earl war sichtlich aufgeregt.

„Erzählt. Ich kann es nicht erwarten."

„Vor einigen Monaten holte mich eine Wache ans Tor. Draußen stand eine sehr alte Frau. Sie schien krank und dem Tode nahe. Sie flehte mich an, den heiligen Mann Bal-Zadan vor ihrem Tod sprechen zu dürfen. Ich dachte mir nichts weiter dabei und geleitete sie in einen Empfangssaal. Obwohl ich ein äußerst diskreter Mensch bin, konnte ich damals nicht an mich halten und verbarg mich hinter einer Ornamentwand. So war es mir möglich, das Gespräch zwischen der Frau und Bal-Zadan ungesehen zu belauschen. Diese Frau hieß Tâdsch und berichtete, dass sie zur Zeit des Putsches Hebamme gewesen sei. Tâdsch war von einer befreundeten Geburtshelferin gebeten worden, ihr bei der Niederkunft einer hohen Dame behilflich zu sein, doch sie musste versprechen, sich im Verborgenen zu halten und niemandem etwas darüber zu sagen. Das Kind war nämlich vom Schah, aber die Frau war nicht seine eigene. Dies wäre zwar normalerweise gleichgültig gewesen, doch diesmal lag der Fall anders. Jene Frau hieß Asiodolla und war die Gattin des Anführers der Putschisten, Sayyid Ali Abbas."

„Asiodolla? Das ist Anahitas Mutter gewesen!", platze Lindsay heraus.

„Das stimmt. Asiodolla sollte nach der Entbindung des Kindes mit ihren Söhnen und ihrem Mann hingerichtet werden. Der Schah wollte das kleine Wesen jedoch retten, ohne sein Gesicht und seine Glaubwürdigkeit zu verlieren. Die Stunde der Geburt bei Asiodolla rückte näher und Tâdsch entband ein süßes kleines Mädchen. Als sie sich in einem angrenzenden Raum säubern wollte, stürmte der Schah mit einem Fremden herein. Er nahm das Kind an sich und versicherte Asiodolla, dass es in guten Händen sein würde. Dann übergab er es dem Unbekannten, der damit eilig floh. Kurze Zeit später erschienen Soldaten, welche die Hebamme und die Dienerinnen töteten und Asiodolla wegbrachten. Da sich Tâdsch wie versprochen im Verborgenen gehalten hatte, wurde sie übersehen. Aus Angst, man würde auch sie umbringen, schwieg sie über den Vorfall, bis zu jenem Tag, als sie ihr Gewissen bei Bal-Zadan erleichterte." Faith holte tief Luft, als hätte er einen Sprint hinter sich.

„Und dieser Fremde war mein Vater?", fragte Lindsay.

„Ja. Alles ergab nun einen Sinn. Die Tötungen der Menschen dienten dazu, das Kind geheim zu halten. Alle, die von der Geburt des Mädchens wissen konnten, fielen dem Henker oder Mördern zum Opfer. Und es endete nicht an dem Tag. Bal-Zadan wollte ebenfalls die Existenz des Kindes verschleiern. Ich musste mitansehen, wie er Tâdsch nach ihrer Beichte tötete. Da sie alt und krank war, konnte er ihr fast ohne Gegenwehr den Hals zudrücken, bis sie schlaff in seinen Armen hing.

Keiner schöpfte Verdacht gegen Bal-Zadan, so wie auch er nicht bemerkte, dass ich alles beobachtet und gehört hatte. Er rief Mortaza, seinen Leibdiener, und ließ sich die Aufstellungen der ausländischen Diplomaten jener Tage des Putschversuchs geben. Man darf seinen Intellekt keinesfalls unterschätzen. Er erinnerte sich daran, dass der kleine Nāser damals oft mit dem Sohn des britischen Botschafters gesehen wurde, also mit Euch. Auch die enge Verbindung des Earls zum Schah fiel ihm wieder ein. So zählte er eins und eins zusammen und kam zu dem Schluss, dass das Mädchen zu der Zeit von einem Sir James Aberforth Lindsay nach England gebracht worden war. Dann schickte er Mortaza und seine Krieger los, das Kind zu suchen."

„Terrible. Und sie haben das Mädchen, welches mittlerweile eine Frau geworden war, tatsächlich gefunden. Bal-Zadan ließ Anahita hierherbringen und versteckt sie irgendwo." Lindsay schlug mit der Faust auf den Boden. Die Katze sprang erschrocken auf und stieß eine Karaffe mit Wasser um und der transparente Inhalt ergoss sich vor meine Füße. Ich konnte sie gerade noch rechtzeitig aus der Gefahrenzone ziehen. Dabei bemerkte ich neben dem Teppich zwei ineinandergreifende Ringe, die jemand mit Kreide oder einem weichen Stein auf die Fliesen gemalt hatte. Was hatte das zu bedeuten? War es die Dienerin gewesen, als sie das Gebäck aufhob? Ich ließ mir nichts anmerken.

Faith rief Farid und der Junge kam sofort herbeigesprungen.

„Sei so gut und bringe Babri Khân zu ihrer Dienerin Amine-je Aqdas."

Farid bückte sich und nach einigen Fehlversuchen schaffte er es, das pelzige Tier auf den Arm zu nehmen. Dann verbeugte er sich und rannte eilig davon.

„Also muss dieser Mortaza Vaters Mörder sein", hörte ich Lindsay frustriert ausrufen.

„Pst." Faith legte warnend den Finger auf die Lippen. „Nicht so laut. Wir sollten unsere Erkenntnisse besser vorerst für uns behalten. Zumal wir nicht hundertprozentig sicher sein können, dass diese Tâdsch die Wahrheit gesagt hat. Sie war schließlich schon alt und krank und verwirrt."

„Wieso verwirrt?" Mir erschien die Aussage recht plausibel und keinesfalls wirr.

„Sie faselte noch einiges über geheimnisvolle alte Wesen und dass Anahitas Mutter Asiodolla so ein besonderes Geschöpf gewesen sei, welche seine magischen Kräfte durch die Heirat mit einem Sterblichen verlor. Ihre Nachkommen könnten außergewöhnliche Fähigkeiten besitzen. Aber ihre Söhne wurden mit ihr getötet." Er legte abermals eine Pause ein und strich sich über das zerfurchte Gesicht, als wolle er einen Traum verscheuchen. „Ich halte diese Äußerung jedoch für das Gespinst einer Sterbenden oder für Aberglaube. Schließlich gibt es gleichfalls Stimmen hier im Palast, die behaupten, dass Bal-Zadan ein Monster sei, welches des Nachts das Blut Unschuldiger trinkt. Obwohl er mir politisch ein Dorn im Auge ist, kann ich an solchen Humbug dennoch nicht glauben. Sicher ist er ein Blutsauger – aber eher im übertragenen Sinne."

Vierzehntes Kapitel
Intrigenspiel

Auf dem Rückweg in unser Quartier gewahrte ich erneut die Frau mit dem grünen Tschador und dem Schleier vor dem Gesicht. Sie huschte wie ein Geist durch einen säulengetragenen Gang, verharrte kurz inmitten blühender Rabatten und als wir die Stelle erreichten, hatte sie sich förmlich in Luft aufgelöst. Diesmal war es Lindsay, der zwischen den Beeten auf einem der Wege die Buchstaben *B Z* erblickte. Jemand hatte sie in den Kies geritzt.

„Was hat das nun wieder für eine Bewandtnis?", fragte er verblüfft.

Ich berichtete ihm von den Ringen auf Faiths Terrasse und dass ich diese ebenfalls jener Frau zuschrieb. „Vielleicht", so spekulierte ich, „ist sie sogar der geheimnisvolle Schütze."

„No, das glaube ich nicht", meinte Lindsay. „Eine Frau? Ich weiß, dass Ann gut schießen kann, aber hier im Palast kann ich mir nicht vorstellen, dass eine Frau mit einem Gewehr hantieren darf."

„Gleichwohl muss der Schütze aus einem Fenster des Harems geschossen haben", gab ich zu bedenken.

Sir David konnte sich allerdings nicht mit dieser Theorie anfreunden. Selbst ich war skeptisch, denn Frauen hatten hier in Persien keinen hohen Stellenwert und Lindsay hatte durchaus Recht: Eine Frau, die mit einem Gewehr im Palast herumlief, war undenkbar. Da wir an dieser Stelle nicht weiterkamen, beschlossen wir, uns auf die vermeintliche Nachricht zu stützen. *B Z*, so waren wir uns einig, bedeutete mit Gewissheit Bal-Zadan. Deshalb kam Lindsay auf die Idee, seine Kenntnisse der Geheimgänge aus Kinderzeiten zu nutzen und diesen Herrn ein wenig zu beschatten und zu belauschen.

Also machten wir uns nach Einbruch der Dunkelheit auf den Weg. Sâyeh begleitete uns, während Tufan in unseren Gemächern die Stellung hielt, falls irgendwer uns einen Besuch abstatten sollte. Dann könnte er zumindest versuchen, irgendeine Ausrede zu erfinden, warum wir momentan nicht zu sprechen waren.

Lindsays Erinnerungen flossen nach all den Jahren nur noch recht bruchstückhaft durch sein Hirn. So war es kaum verwunderlich, dass wir uns in den unterirdischen Katakomben hoffnungslos verirrten. Glücklicherweise hatten wir jeder einen der magischen Leuchtstäbe bei uns und mussten nicht blind durch die Finsternis tapsen. Obwohl der Earl beteuerte, dass einer der Gänge nach oben führen würde, da er ein Belüftungsgang für die Gemächer der Minister sei, hatte ich das Gefühl, weiter bergab zu wandern. Diese Ahnung trog mich nicht, denn irgendwann verloren die Wände ihre Farbe. Es gab keine Kacheln und Fliesen mehr, sondern nur noch rohe, grob behauene Steine.

„Ich glaube, wir sind im Keller gelandet, Sir David", schmunzelte ich.

„Sorry. Das befürchte ich auch", gab er enttäuscht und beschämt zu. „Wenn es wenigstens der Weinkeller wäre." Er lachte verdrießlich.

Sâyeh leuchtete indes interessiert die Wände ab. Es befanden sich eine Reihe dunkler Nischen darin, und als das Licht des Stabes sie erhellte, erblickten wir anstelle von Weinflaschen allerdings Stapel mit menschlichen Totenschädeln. Spinnen hatten ihre Netze in den leeren Augenhöhlen gewebt und aus einem der offenen Kiefer schlüpfte eine Ratte, um in der Dunkelheit zu verschwinden.

„Mir scheint dies eine Begräbnisstätte zu sein." Der Assassine ließ seine kalte Fackel an den Gräbern entlangwandern.

„Really? Unter dem Palast? Davon habe ich noch nie gehört."

„Es könnte doch ein alter Beerdigungsplatz sein, aus sehr weit zurückliegenden Tagen, und die Palastanlage wurde erst viel später darauf gegründet."

„Ihr meint, Kara, so wie der Petersdom in Rom auf einer alten Kirche gebaut wurde, die wiederum zu ihrer Zeit auf Petrus Grab errichtet worden war?"

„Ja, so ähnlich könnte es auch hier liegen."

Sâyeh beleuchtete nun einen Durchgang. Wir zuckten alle unwillkürlich zurück, denn links und rechts hielt je ein steinerner Lamassu Wache. Sie waren nicht so gewaltig wie jene in Persepolis, doch überragten sie uns um gut zwei Köpfe. Die Häupter waren plastisch herausmodelliert, wogegen die Körper mit den Stierhufen und Adlerschwingen als Reliefs zu beiden Seiten der Trennwände gearbeitet waren.

„Es muss sich wahrhaftig um ein sehr altes Gemäuer handeln", meinte Sâyeh. Liebevoll strich er über die steinernen Wächterwesen, dann trat er furchtlos hindurch. Wir folgten ihm und gelangten in einen länglichen Raum. An den Wänden gab es keine Verzierungen. Nur in der Mitte der Kammer befand sich ein großer quaderförmiger Stein. An seinen vier Außenflächen fanden wir wiederum Reliefs.

„Was bedeuten die Darstellungen?", fragte ich.

„Well, da bin ich überfragt, Kara. Auch wenn ich mich stets mit altertümlichen Ausgrabungen beschäftige."

„Es sind alte Götter", erklärte Sâyeh. Er beleuchtete die Figuren und das Licht ließ sie deutlich aus dem Stein treten. „Hier, das ist Ahura Mazda, der Schöpfergott. Er erschuf die Sonne, den Mond, die Sterne, die Bäume und auch den Menschen. Und das ist sein Gegenspieler Angra Mainyu, der Zerstörer."

„Das unterscheidet sich nicht wesentlich vom christlichen Glauben an Gott und den Teufel", entfuhr es mir.

„Ich sagte ja schon, dass wir der Ansicht sind, alle Glaubensrichtungen entstammen einem Ursprung", antwortete der Assassine. „Aber es gibt eine Vielzahl von Naturgöttern, die in eurer Religion keine Rolle mehr spielen. Hier ist zum Beispiel Mithras, der Sonnengott, welcher auch der Gott des Bündnisses und des Rechts ist."

Sâyeh umrundete langsam den Steinblock und erklärte uns noch weitere der abgebildeten Götter, bis er zur Darstellung einer Frauenfigur kam. „Dies ist die Göttin der Fruchtbarkeit und des Wassers. Sie heißt ..." Sâyeh blickte Lindsay bedeutungsvoll an.

„Anahita", flüsterte der Earl ehrfürchtig.

Der Assassine nickte zustimmend.

„Yes, meine Schwester erklärte mir vor einiger Zeit, dass Anahita die Entsprechung für *Engel des Wassers* sei, so wie auch Angela *Engel* bedeutet."

„Ich denke, dies ist purer Zufall. Namen sind *Schall und Rauch*", erwiderte ich.

„No, Kara. *Nomen est Omen.*" Lindsay sah mich mit starrem Blick an, als ob er durch mich hindurchsehen würde.

Sayeh leuchtete über den Stein.

„Selbst wenn es nichts besagt, so hat doch Bal-Zadan irgendein Interesse an ihr. Wir sollten das nicht vergessen."

„Was stellt der Stein dar? Einen Opferstein?"

„Ich weiß es nicht. Wir haben keinen Opferkult in dem alten Glauben."

„Aber Ihr sagtet mir, dass Māh-Tab ihr Leben verlängern könnte, wenn sie das Blut Ihresgleichen trinkt."

„Das ist wahr. Doch muss dies an anderer Stelle geschehen. Nicht hier. Und dies beruht nicht auf dem Götterglauben, sondern liegt in der Natur dieser magischen Wesen."

„Well, vielleicht stimmen die Legenden um Bal-Zadan", meinte Lindsay, „und er trinkt hier des Nachts das Blut Unschuldiger." Der Earl schüttelte sich. „Lasst uns diesen Ort verlassen. Er ist allzu schaurig. Wir müssen die Gemächer der Minister finden."

Lindsay hatte Recht. Die Nacht war schon weit vorgerückt. Längst überschritt der Stundenzeiger die Mitternachtsstunde und wir hatten noch nichts von dem erreicht, was wir uns vorgenommen hatten. Der Earl war allerdings erneut für eine Überraschung gut und entdeckte schließlich im Gewirr der unterirdischen Stollen den Zugang zum Bādgīr, wo unsere McFlys wie wertloser Tand in einer Ecke schlummerten. Von dort aus fand er den Weg mit einem Mal sehr zielsicher.

Wie in seiner Erzählung am Lagerfeuer schlichen nun auch wir hinter den Wänden aus filigranem Ornamentwerk entlang. Wir mussten uns bücken, da wir die Größe von Knaben schon längst überschritten hatten. Schräg unter uns sichteten wir durch die kleinen Durchbrüche im Zierwerk prachtvolle Räume, in welchen zu dieser Zeit meist nur ein unbedeutendes Licht brannte und die Bewohner in tiefem Schlaf lagen. Bal-Zadan erblickten wir aber nicht. Wir folgten weiter den Lüftungsgängen, bis wir an einem vertikalen Schacht angelangten. Eine kühle Brise stieg aus dem finsteren Abgrund empor.

„Das ist einer der Bādgīre des *Palasts der Windfänger*", meinte Lindsay.

„Dann sind wir auf dem richtigen Weg", entgegnete ich.

Wir übersprangen den dunklen Schlund und erblickten bald einen auffälligen Lichtschein. Das Muster der durchbrochenen

Wand warf verschlungene Schattenbilder an die gegenüberliegende Tunnelmauer. Gedämpfte Stimmen drangen zu uns empor. Leise schlichen wir vorwärts, bis wir in die erleuchteten Gemächer hinabblicken konnten. Unter uns in dem Raum spiegelten und glitzerten die Wände. Prachtvolle Teppiche bedeckten den gefliesten Boden. Zwei Männer standen inmitten dieses Prunks und ich erkannte in ihnen sogleich Bal-Zadan und Mortaza.

„Du bist ein unfähiger Kleingeist!" Bal-Zadan hatte einen gebogenen Säbel in der Hand und schlug mit der flachen Seite des Blatts auf Mortaza ein. Der junge Krieger duckte sich demütig. Diesmal trug er weder Helm noch Rüstung und bekam die Schläge deutlich durch den Stoff seines Gewands zu spüren.

„Verzeiht mein Versagen, Âghâ."

„Wenn ich dich nicht für meine Pläne benötigen würde, dann ..." Er holte aus und versetzte dem entsetzt blickenden Mann einen Hieb mit der Schneide der Waffe auf den Oberarm.

Ich hielt den Atem an, da ich erwartete, dass der Arm abgeschlagen zu Boden fallen würde. Doch es ertönte nur ein klirrender Laut und mir fiel meine Theorie über die Prothese ein. Ich hatte demnach Recht. Der Arm war nicht sein eigen Fleisch und Blut, sondern ...

Wieder schlug Bal-Zadan auf Mortaza ein. Diesmal flatterte der Ärmel seines Gewands zu seinen Füßen und darunter kam nun sein Arm zum Vorschein. Er war grau und steif. Ich blickte genauer hin und konnte nicht fassen, was ich sah.

„What is it? Ist der Arm aus Stein?", flüsterte Lindsay schockiert.

„Es sieht ganz so aus", erwiderte ich. Deutlich konnte ich nun erkennen, dass es keine Prothese war, sondern dass aus der menschlichen Schulter ein steinerner Arm herauswuchs.

„Hättest du nicht diese besondere Fähigkeit, dann würde ich selbst eine Labrys nach dir werfen und dir den Kopf abtrennen oder besser noch, sie in dein Herz schlagen, damit du während deines Todeskampfes bei Bewusstsein bist und zusehen kannst, wie du zu Stein erstarrst. Du Schwachkopf!"

„Was sagt er?", fragte Lindsay leise und ich übersetzte ihm das Gespräch, da es auf Persisch geführt wurde.

„Ich werde sie finden. Gewiss." Mortaza wirkte untertänig, beinahe ängstlich.

„Ja, das wirst du. Nicht genug damit, dass du dich von diesem Earl fast versteinern ließest, nein, du musstest ihn und seine Gefolgsleute auch noch im Palast verlieren. Für was haben die Götter dir diese Gabe geschenkt?"

„Versteht Ihr, was er damit meint, Kara?" Lindsay blickte mich entsetzt an.

„Ja, wenn ich das richtig deute, so ist Mortaza der gesuchte Lamassu und Bal-Zadan nutzt ihn für seine Zwecke aus."

„Right. Und ich habe ihn in Persepolis mit der Labrys getroffen und dadurch seinen Arm in Stein verwandelt."

Das erklärte das Blut an der Doppelaxt. Es war mir damals sofort aufgefallen, doch hatte sich mir keine Gelegenheit geboten, danach zu fragen.

„Diese Frau wird mit mir eine neue Dynastie gründen. Ich werde sie heiraten, ob sie will oder nicht. Sie ist das Kind einer Apsâsu und eines Schahs. Möglicherweise hat sie irgendwelche magischen Fähigkeiten, die sie selbst nicht kennt und die ich nur noch nicht spüren kann. Vielleicht – spüre ich – ich spüre ..." Abrupt drehte sich Bal-Zadan um und blickte zu uns empor.

„Er hat etwas bemerkt. Schnell, wir müssen fliehen." Lindsay wandte sich um, doch Sâyeh blockierte den Ausgang. Der Earl stolperte. Der Assassine stierte hinunter zu dem Mann und fasste sich an die Brust. Er schnappte sichtbar nach Luft, dann brach er zusammen. Verzweifelt versuchte er, sich vorwärtszuziehen, weg von Bal-Zadan, doch seine Kräfte versagten. „Etwas stimmt nicht", flüsterte er gepresst, als würde ihm jemand die Kehle zudrücken.

Lindsay wollte über den am Boden liegenden Krieger hinwegklettern, tastete an der Wand nach Halt, bekam etwas zu packen, was sich unter seinem Gewicht herunterklappte und mit einem Mal öffnete sich das Ornamentmuster und wir stürzten hinab in Bal-Zadans Gemächer. Unsanft schlugen wir auf dem Fußboden auf. Die Teppiche waren verschwunden und erneut flirrte das Muster der Fliesen vor meinen Pupillen wie das Innere eines Kaleidoskops. Ich wollte mich erheben, doch fiel ich zurück, wie unter dem Einfluss der Fliehkraft eines Karussells. Alles begann sich zu drehen, bunte Schlieren vor den Augen verschleierten mir die Sicht. Dann stand der Raum wieder still. Bal-Zadan erhob sich vor mir wie ein Riese und reichte mir die Hand.

„Erhebt Euch, lieber Kara Ben Nemsi." Der Alte hatte vom Persischen mühelos ins Englische gewechselt und zog mich auf die Füße. Er war kaum größer als ich.

„Verehrter Earl of Lindsay."

Auch Sir David half er, sich zu erheben. Nur Sâyeh berührte er nicht. Dieser lag noch wie benommen auf den nun wieder vorhandenen Perserteppichen und hatte seinen Pesh-Kabz abwehrend in der Hand.

„Ein Dolch? Im Palast des Schahs?" Bal-Zadan lächelte überlegen und gab den Säbel seinem Krieger zurück. Mortaza versenkte ihn in der verzierten Scheide an seinem Gürtel. Es musste äußerst demütigend für ihn gewesen sein, wie ein kleines Kind von Bal-Zadan gescholten und mit der eigenen Waffe gezüchtigt zu werden. Aber er verbarg gekonnt seine Gefühle.

Sâyeh steckte den Pesh-Kabz wieder hinten in seinen Gürtel und stand nun ebenfalls auf. Seine Bewegungen wirkten schwerfällig.

„Mir erscheint das hier sehr merkwürdig, Lord Lindsay. Wenn ich die Wachen riefe, würdet Ihr und Eure Freunde im Kerker verschwinden – auf Nimmerwiedersehen."

„Das bezweifle ich", entgegnete Sir David. „Wir haben niemandem etwas getan. Ich glaube nicht, dass Nāser ad-Din Schah ..."

„Bildet Euch nichts auf Eure vermeintliche Freundschaft mit dem *König der Könige* ein. Er kann sich derartige Sentimentalitäten nicht leisten. Schließlich ist er der Herrscher Persiens.

242

Sein Wort ist Gesetz. Und das Gesetz sieht vor, dass Verräter und Spitzel mit dem Tod bestraft werden."

„Wir sind keine Spione gegen den Schah!" Lindsay war entrüstet.

„Oh, also war dies bloß ein Abendspaziergang und Ihr habt Euch mit Euren Freunden nur in den Gemäuern des Palasts verirrt? Wo ist eigentlich der Vierte Eures Kleeblatts geblieben?"

Lindsay antwortete nicht.

„Keine Antwort ist auch eine Antwort." Bal-Zadan ging zu Mortaza, flüsterte ihm etwas ins Ohr und der Krieger mit dem versteinerten Arm nickte und verschwand.

„Ihr habt also einen Lamassu in Euren Diensten?", fragte ich provozierend.

Bal-Zadan lachte laut auf. „Glaubt Ihr das?"

„I don't know. Ich weiß nicht, was ich glauben soll. Wir hörten aber, was Ihr zu ihm sagtet, und ich sah seinen versteinerten Arm. Offenbar hat er diesen mir zu verdanken."

„Nicht Euch, Lord Lindsay, aber der magischen Axt, die Ihr geschwungen habt. Woher habt Ihr sie?"

„Ausgegraben", antwortete Sir David mit patzigem Unterton. Nun, das war weder die Wahrheit noch gänzlich gelogen. Sie stammte aus der Höhle des Minotaurus auf Kreta und kam damals durch die von mir ausgelöste Explosion zum Vorschein.

„Was soll ich jetzt nur mit euch vieren anstellen?" Bal-Zadan setzte sich auf einen Stuhl, der fast wie ein Thron wirkte.

Ich blickte mich um, ob irgendetwas im Raum als Waffe zu gebrauchen sei. Der Alte konnte nicht so schwer zu überwältigen sein. Sâyeh hatte seinen Dolch und ich meine Fäuste und Lindsay war im Kampf gleichfalls nicht zu unterschätzen. Aber die gelassene Art Bal-Zadans machte mich stutzig. Sicher hatte er etwas in der Hinterhand und das konnten magische Fähigkeiten sein. Ich versuchte diese zu erspüren, so wie ich Sâyehs Aura erfassen konnte, fühlte aber nichts. Der Alte war vielleicht in der Lage, sie irgendwie zu verbergen, aber die Kräfte mussten vorhanden sein, denn Sâyeh war definitiv durch eine Art Bann außer Gefecht gesetzt gewesen. Auch jetzt hielt sich der

Assassine im Hintergrund, als wolle er Abstand zwischen sich und den Alten bringen.

Der Berater des Schahs klatschte in die Hände und daraufhin traten zwei Frauen ein. Sie waren genauso verschleiert wie die Dienerinnen von Faith. Sie verbeugten sich und Bal-Zadan trug ihnen auf, Tee aufzutischen. Im Gegensatz zu Faith schien er nicht das traditionelle Sitzen auf dem Boden zu bevorzugen, sondern Tisch und Stühle wie in Europa. Das eine Mädchen war in ein grünes Gewand gekleidet und erinnerte mich an die geisterhafte Dame, welche uns die Spur gelegt hatte. Als sie uns sah, schien sie kurz in ihren Bewegungen innezuhalten, doch war es auch möglich, dass ich mir das nur einbildete.

„Nehmt Platz, damit wir Eure Lage erörtern können."

Ich zögerte. Doch der Blick des Greises war unerbittlich und so setzten Lindsay und ich uns an den Tisch. Sâyeh blieb weiterhin im Hintergrund stehen, was Bal-Zadan ganz recht zu sein schien. Er beachtete ihn nicht mehr.

„Es gibt zwei Möglichkeiten, Lord Lindsay. Die erste ist, Ihr kooperiert und ich binde Euch in meine Pläne ein. Der Vorteil wäre, dass Ihr und Eure drei Freunde leben würdet. Hier im Palast lässt es sich vorzüglich leben, das verspreche ich Euch."

„Ich wüsste nicht, wie und warum ich kooperieren sollte", antworte Lindsay. Stolz reckte er seine schlanke Gestalt.

„Ich habe nichts Böses im Sinn. Ich möchte nur Eure Schwester ehelichen."

„Ha! Dem wird Anahita nie zustimmen."

Ich verstand nun die geheimnisvollen Zeichen. Zwei ineinandergreifende Ringe waren seit Alters her das genealogische Symbol für die Heirat.

„In der Tat sind meine Überredungskünste bald am Ende. Doch wenn Ihr ein Wort für mich einlegen würdet ... Ich möchte ihr ungern Gewalt antun müssen."

„Never! Ich werde auf keinen Fall zulassen, dass Ihr meine Schwester heiratet." Lindsay stand vom Stuhl auf. „Wagt es nicht, sie anzufassen!"

„Letzten Endes bleibt ihr keine Wahl, als meinem Wunsch nachzukommen. Ich habe Mittel, sie gefügig zu machen, doch wünschte ich, ich könnte ein einvernehmliches Bündnis mit ihr eingehen."

„Lasst meine Schwester gehen oder ich werde ..." Lindsay ließ seine Faust auf den Tisch krachen. Das Geschirr klirrte. „Sucht Euch eine andere Frau!"

„Verehrter Lord, mäßigt Euren Zorn. Anahita ist etwas Besonderes. Wusstet Ihr, dass Ihre Mutter eine Apsasû war?"

„Das ist Aberglaube", mischte ich mich ein.

„Gewiss nicht! Ich werde ein Kind mit ihr zeugen, welches der Grundstein einer neuen Dynastie auf der Basis unserer alten Götter sein wird. Und ich werde mit ihm über Persien herrschen bis in alle Zeiten."

„Eure Träume in Ehren, verehrter Bal-Zadan. Doch was Ihr da vorhabt, ist Verrat", entgegnete ich.

„Verrat an Eurem Schah. Das nennt man Putsch, und wie ich weiß, steht darauf hier der Tod. Ich habe es selbst vor vielen Jahren gesehen." Der Earl stand bedrohlich neben dem Alten.

Dieser wirkte gelassen und blieb sitzen.

„So? Putsch? Wer soll Euch das abkaufen? Euer Freund, der Schah?"

„Of course. Er wird mir glauben."

„Das bezweifle ich. Wie ich schon sagte, habt Ihr nur zwei Möglichkeiten. Ihr wisst viel zu viel und deshalb gibt es nur die Wahl zwischen mir und dem Tod."

„No! Ich bin ein Ehrenmann. Ich kooperiere nicht mit Verbrechern."

Erwartungsvoll blickte ich hinüber zu Sâyeh. Der Assassine nickte mir kaum merklich zu und ich verstand. Er würde sich mir im Kampf anschließen. Seine Hand wanderte nach hinten, um den Dolch zu ziehen. Ich spannte die Muskeln, bereit, mich auf Bal-Zadan zu stürzen.

„Dann bleibt mir keine andere Wahl, als Euch dem Henker zu überantworten." Bal-Zadan stand nun auf.

„Das wird Nāser ad-Din Schah niemals zulassen!"

Im Augenwinkel konnte ich sehen, wie Sâyeh den Dolch zückte.

„Er wird sogar Euer Todesurteil eigenhändig unterzeichnen, Lord Lindsay." Bal-Zadan lachte überheblich.

Ich ballte meine Faust und war im Begriff, mich auf ihn zu werfen, da trat jemand zur Tür herein.

Der Alte drehte sich überrascht um.

„Hadschi Ibrahim Faith, was bereitet mir die Ehre Eures Besuchs zu so später Stunde?" Er verbeugte sich vor dem Ankömmling.

Faith erwiderte die Verbeugung.

„Verehrter Bal-Zadan. Es ist sechs Uhr morgens, also keineswegs spät, eher früh."

„Nun, dann habe ich mit meinen geschätzten Gästen völlig die Zeit vergessen."

„So ist es wohl." Faith blickte mich prüfend an, dann Lindsay und Sâyeh. Letzterer hatte den Pesh-Kabz wieder verschwinden lassen.

„Der Schah- in-Schah, unser König der Könige, *Gottes Schatten auf der Welt*, wünscht, Lord Lindsay und seine Begleiter zu sehen." Faith machte eine einladende Armbewegung zur Tür hin.

Bal-Zadan beugte das Haupt als Bestätigung.

„Dann möchte ich die Herren natürlich nicht aufhalten." An Lindsay gewandt sagte er: „Überdenkt mein Angebot. Es gibt nur diese zwei Möglichkeiten."

Der Earl wandte sich ab, ohne zu antworten.

„Vielen Dank für das aufschlussreiche Gespräch, verehrter Bal-Zadan", sagte ich spöttisch, und wir folgten Faith hinaus. Der Alte eilte mit uns im Schlepptau aus dem *Palast der Windfänger* und durch den Park, bis ich dem Spurt Einhalt gebot.

„Wohin bringt Ihr uns?"

„Auf dem schnellsten Weg aus dem Palast heraus." Faith blieb nun ebenfalls stehen. „Es ist zu gefährlich für Euch hier geworden. Bal-Zadan ist nicht zu trauen. Was auch immer er Euch androhte, wird er durchsetzen. Ihr könnt von Glück reden, dass die Wände hier manchmal Ohren haben und die Dienerinnen sehr gesprächig untereinander sind. So drang die Kunde, dass Ihr in Bal-Zadans Gemächern seid, an mein Ohr. Natürlich will der Schah Euch im Moment nicht sprechen. Er schläft noch. Es war nur eine Finte, um Euch dort herauszuholen."

Lindsay wurde ungehalten.

„No, ich gehe nicht ohne Anahita!"

„Lord Lindsay, wir müssen einen anderen Plan schmieden, um Eure Schwester zu befreien. Im Moment versuche ich, Euch allen das Leben zu retten – und setze mein eigenes dabei aufs Spiel."

„Und ich gehe nicht ohne Tufan", warf Sâyeh ein.

„Dann lasst ihn uns schnell holen", schlug ich vor.

„Well, und danach Anahita."

Obwohl ich Lindsay verstehen konnte, sah ich keine Möglichkeit, in diesem Augenblick seinem Wunsch nachzukommen.

„Sir David, es ist unrealistisch, anzunehmen, dass wir zu viert und ohne Waffen den Harem stürmen könnten."

„Gewiss gibt es einen Geheimgang."

„Kennt Ihr ihn?"

„No." Lindsay schloss für einen kurzen Moment die Augen, als müsse er sich sammeln. „Ich sehe keine akute Gefahr, my friends. Zudem ist der Schah nicht gegen uns gestimmt. Was sollte Bal-Zadan also für Möglichkeiten haben, uns zu schaden? Er kann doch nicht walten und schalten, wie es ihm beliebt. Er ist ein Untertan des Schahs und muss sich seinen Befehlen beugen. Ich gehe jetzt auf mein Zimmer und werde überlegen, wie ich Anahita aus dem Harem herausbekomme. Ich werde mit Nāser ad-Din Schah sprechen und ihm alles erzählen." Lindsay beschleunigte seinen Schritt und wir anderen folgten.

Ich war mir sicher, dass Faith es ernst meinte mit seiner Warnung, aber ich konnte Lindsay auch verstehen. Wir hatten es in den Palast geschafft und das Vertrauen des Schahs gewonnen. Eine Flucht wäre ein Rückschritt. Mir fiel keine Lösung des Problems ein.

Als wir jedoch in unseren Räumlichkeiten eintrafen, änderte sich meine Meinung. Die Zimmer waren sämtlich durchwühlt, unsere Sachen auf dem Boden zerstreut. Tufan lag vor der Tür zu meinem Raum. Sâyeh hockte sich neben dem Freund nieder, der in diesem Moment zu sich kam.

„Was ist passiert, Tufan?"

„Es ging alles so schnell. Mortaza erschien mit einigen Kriegern und sie rangen mich ohne Erklärung nieder. Ich konnte mich nicht wehren. Mehr weiß ich nicht."

Ich ordnete die durchwühlten Dinge, konnte aber nicht feststellen, dass ich etwas vermisste, zumal ich eh nichts Bemerkenswertes bei mir hatte. Was also sollte das bedeuten? Hatten die Schergen Bal-Zadans tatsächlich etwas gesucht oder war dies nur ein Ablenkungsmanöver – oder eine weitere Warnung? Der Hintergrund dieser Aktion war mir schleierhaft.

„Fehlt Euch etwas, Sir David?", fragte ich.

„No. Es ist alles vorhanden. Ich hatte nicht viel bei mir."

„Ich kann Jogda nicht finden", bemerkte Sâyeh besorgt. „Aber ich spüre, dass sie lebt."

„Dann hat sie sich wahrscheinlich in Sicherheit gebracht, als der Überfall geschah", spekulierte ich.

„Möglicherweise hat sie die Gefahr erkannt und ist zur Felsenburg geflogen, um Hilfe zu holen", meinte der Assassine hoffnungsvoll.

„Sie haben meinen Dolch entdeckt und ihn mir abgenommen", gab Tufan nun zu.

„Das ist übel", sagte Sâyeh. „Nun haben wir nur noch meinen Pesh-Kabz, um uns zu verteidigen."

„Ich kann Euch nur noch einmal dringend anraten, den Palast schleunigst zu verlassen und einen anderen Weg zu Anahita zu finden. Eure Waffen lasse ich Euch zu einem geheimen Treffpunkt bringen. So viel Einfluss habe ich sicher noch. Bal-Zadan hat allerdings schon bedeutendere Menschen töten lassen als ein paar europäische Touristen wie Euch, die niemand vermissen würde. Deshalb solltet Ihr die Situation durchaus ernst nehmen."

Lindsay reagierte noch immer nicht.

„Tot nutzt Ihr Eurer Schwester nichts", setzte Faith eindringlich nach.

Der Earl nickte nun.

„Well, dann muss es wohl so sein. Verlassen wir diesen Ort."

Wir rafften unsere Habe zusammen und eilten hinter Faith her hinaus in den Park. Der Schah-Berater wirkte augenscheinlich sehr besorgt. Konnte dieser Bal-Zadan so mächtig und gefährlich sein? Wir eilten durch ein großes, bunt verziertes Gebäude hindurch. Ein weiter Saal mit zahlreichen Säulen lag düster vor uns.

„Geht da hinaus. Dort kommt Ihr in einen Innenhof. Durchquert diesen und Ihr findet ein Tor, welches Euch in die Gassen des Basars entlässt. In dem Gewühl dürfte es Euch ein Leichtes sein, etwaigen Verfolgern zu entkommen. Hier ist der Schlüssel." Faith zog einen Ring hervor, der am Gürtel befestigt und von den Falten seines Gewands verdeckt gewesen war. Daran hingen viele Schlüssel. Einen davon löste er heraus und reichte ihn Sâyeh. Mir fiel auf, dass er keinen Bart hatte. Bevor ich etwas dazu fragen konnte, strich der Alte mit den Fingern über den glatten Schaft und sprach:

„Baz kun!"

Augenblicklich erwuchs aus dem unteren Teil des Schlüsselschafts ein kleiner gezackter Bart.

„Eine Vorsichtsmaßnahme, damit niemand den Schlüssel für dieses geheime Tor benutzen kann, der nicht eingeweiht ist." Faith lächelte verschwörerisch, bevor sein Gesicht erneut in den Ausdruck der Ernsthaftigkeit verfiel. „Verzeiht, dass ich Euch nicht weiter begleite. Ich werde versuchen, herauszufinden, was Bal-Zadan vorhat." Er verbeugte sich zum Abschied. „Viel Glück." Dann eilte er in die Dunkelheit des großen Saals hinein und verschwand.

Wir blickten ihm kurz nach, besannen uns und schritten zum hinteren Ausgang. Vorsichtig lugte ich hinaus. Die Sonne schien schon hell, auch wenn der Tag gerade erst angebrochen war. Tatsächlich gewahrte ich einen Hof hinter dem Portal, in dessen Mitte sich ein gemauerter Brunnen befand. Er war mit Holzbrettern abgedeckt. Die hellen schmucklosen Wände, welche das Atrium umschlossen, besaßen nur wenige Fenster. Wie vorausgesagt, erblickte ich die Tür in einer Nische am hinteren Ende der gegenüberliegenden Mauer. Es war niemand zu sehen, weder Arbeiter noch Wachen, also eilten wir hinaus. Schnell überquerten wir die schutzlose freie Fläche des Innenhofs.

Als wir in der Mitte des Platzes angelangt waren, schwirrten mit einem Mal ohne Vorwarnung Pfeile von hinterrücks kommend an uns vorbei. Es surrte wie Windböen, und Hagelkörnern gleich prallte die Mehrzahl von ihnen gegen die steinernen Mauern. Einige bohrten sich in den lehmigen Boden vor unseren Füßen oder in die Holzabdeckung des Brunnens. Sâyeh stoppte abrupt seinen Lauf. Ich folgte seinem entsetzten Blick und gewahrte Jogda. Die kleine Eule war von einem der Pfeile durchbohrt, welcher nun fast drohend im Holz der Schachtabdeckung steckte.

„Ergebt euch, ihr Verräter!", brüllte eine Stimme.

Fünfzehntes Kapitel
Hinterhalt

Reflexartig warf ich mich hinter den Brunnen in Sicherheit und zog Sâyeh mit mir. Das kleine runde Steingebilde bot die einzige Deckung weit und breit. Auch Lindsay und Tufan sprangen sofort in dessen Schutz. Jetzt saßen wir zu viert eng beieinander mit den Rücken an den kalten Steinen in der Falle. Mir war klar, dass wir längst tot im Sand liegen würden, wäre dies die Absicht der Bogenschützen gewesen. Unsere Gegner waren uns in den Rücken gefallen und es zeugte von hohem technischem Können, uns auf dieser unterlegenen, ungedeckten

Position und der kurzen Distanz *nicht* zu treffen. Der Pfeilhagel diente lediglich zur Abschreckung und zur Vereitelung unserer Flucht.

„Sie haben Jogda getötet." Bei Sâyehs Worten sah ich den armen Vogel vor meinem inneren Auge, wie er schlaff von dem Pfeilschaft hing. Es tat mir leid um ihn. Doch die Bestürzung des Assassinen entsprang nicht nur der Tatsache, dass er eine emotionale Bindung zu dem Tier hatte, sondern auch der Aufgabe, die Jogda zugedacht war, wie er mir erklärte. „Die Eule hatte eine enge Beziehung zu mir und Māh-Tab. Sie sollte unserer Anführerin die Botschaft überbringen, falls wir Hilfe benötigten. Dies wäre nun der Fall gewesen."

Bevor ich etwas antworten konnte, prasselten erneut Pfeile auf uns herab. Der Brunnen bot jedoch guten Schutz und niemand wurde verletzt.

„Lord Lindsay!" Ich erkannte sofort Bal-Zadan in dem Rufenden. „Ergebt Euch! Es gibt kein Entkommen."

„Was soll dieser Angriff auf uns?", hörte ich Lindsay entgegnen. „Wir sind Gäste des Schahs."

„Gäste? In unserem Land beinhaltet die Gastfreundschaft kein Recht auf einen Mordversuch."

„Nonsens! Das ist ja lächerlich. Wir haben niemanden ermordet!" Der Earl wäre bei diesen Worten fast vor Empörung aufgesprungen. Tufan konnte ihn glücklicherweise daran hindern.

„Was soll das bedeuten?", flüsterte Lindsay erbost.

„Ich befürchte, dass er seine Drohungen wahr macht. Faith hatte Recht. Bal-Zadan wird alles daran setzen, uns aus dem Weg zu räumen. Da wir seine Pläne nun kennen, ist er doppelt gefährlich für uns."

Ich lugte vorsichtig hinter unserer Deckung hervor, um mir eine Übersicht der Lage zu verschaffen. Über dem Ausgang, aus dem wir gekommen waren, gab es eine Art Galerie, auf der sich Bal-Zadan mit mindestens zwanzig Bogenschützen postiert hatte. Darunter, aus dem Portal des großen Saals, traten noch weitere Wachen mit gezückten Säbeln hervor.

Der Earl pustete geräuschvoll die Luft aus.

„No, Nāser ad-Din Schah wird ihm kein Wort glauben. Was auch immer er sich für ein Lügengespinst zurechtgelegt haben mag."

Als hätte Bal-Zadan ihn gehört, rief er sogleich:

„Der Schah ist auf dem Weg hierher und dann werden wir sehen, was er davon hält, dass seine Gäste ihn ermorden wollten."

„Das ist eine infame Lüge!", rief Sir David. „Keiner von uns hatte jemals derartige Absichten."

Ich zog mich in die Deckung zurück.

„Gegen diese Übermacht haben wir keine Chance", erklärte ich. „Nicht ohne unsere Waffen."

„Yes, that's right, Kara. Aber ich werde mich nicht diesem Unmenschen ergeben. Bestimmt hat er irgendeine Hinterhältigkeit ausgeheckt."

„Ich bin mir sicher, dass er seine Behauptung mit einem Trick untermauern kann. Sonst hätte er uns längst getötet. Anscheinend will er, dass der Schah selbst über uns richtet."

„Damned, welcher Beweis sollte das sein?"

„Ich weiß es nicht", gestand ich.

Sâyeh blickte sich um. „Wir können es unmöglich lebend zum Tor schaffen. Aber vielleicht schafft es einer von uns, wenn die anderen ein Ablenkungsmanöver durchführen. Dann könnte er Hilfe holen."

„Ich werde versuchen durch das Tor zu entkommen", meldete sich Tufan zu Wort.

„Nein, das ist zu gefährlich. Auch wenn die bisherigen Schüsse nur der Warnung und Einschüchterung dienen sollten, so werden sie einen Fliehenden gewiss töten", warf ich ein.

„Eine andere Möglichkeit sehe ich nicht", gab Sâyeh zurück. „Einer muss versuchen, zu fliehen und Māh-Tab die Nachricht von unserer Gefangennahme zu überbringen. Wir Übrigen ergeben uns. Euer Freund Halef und die Krieger der Felsenburg könnten in einigen Tagen hier sein und sind sicher in der Lage, genug Verwirrung zu stiften, dass wir aus dem Palast entkommen. Vielleicht könnten wir mit diesem Heer dann auch

Anahita befreien. Māh-Tabs Kräfte erstarken immer mehr, je näher der Neumond rückt."

Ich strich mir nachdenklich über den Bart.

„Der Plan ist nicht sehr gut, doch ein anderer fällt mir nicht ein. Was meint Ihr, Sir David?"

„Ich werde ausharren, bis Nāser ad-Din hier erscheint. Ich kann nicht glauben, dass Bal-Zadan solche Macht hat, ihn davon zu überzeugen, dass wir – dass ich, sein Freund – vorhatte, ihn zu ermorden." Der Earl schüttelte ungläubig den Kopf.

„Gut", erwiderte ich, „wir warten, was der Schah dazu sagt. Wenn uns kein anderer Ausweg bleibt, wird einer von uns versuchen, das Tor zu erreichen. Da diese Aufgabe fast schon einem Selbstmordkommando gleichkommt, will ich sie selbst ausführen."

„Nein, Kara. Tufan ist die bessere Wahl. Denn wenn wir uns in Gefangenschaft begeben, hätte er die geringste Aussicht, dies zu überleben. Er wird von Bal-Zadan nicht gebraucht. Ihr dagegen und Lord Lindsay habt als Ausländer die Chance auf einen Prozess – was auch immer man Euch vorwerfen würde. Wir dagegen sind nur lästige Fliegen, die Bal-Zadan zerdrücken wird."

„Doch dann seid Ihr gleichfalls in Gefahr, Sâyeh."

„Ich denke, dass ich die Neugier des Alten geweckt habe. Er ist ein Magier und spürte, dass auch ich über gewisse Kräfte verfüge." Der Krieger lächelte bedeutungsvoll.

„Nun gut", gab ich nach, „wenn es soweit ist, werden wir ein Ablenkungsmanöver starten und Tufan wird versuchen zu fliehen."

Die Assassinen nickten bestätigend. Sâyeh übergab seinem Freund den Schlüssel, dessen Bart wieder verschwunden war.

„Welche Art Ablenkung schwebt Euch vor, Kara?", fragte Lindsay.

„Das sollten wir an den Gegebenheiten festmachen. Auf jeden Fall müssen wir die Aufmerksamkeit von der Fluchttür weg auf andere Bereiche des Innenhofs lenken."

In diesem Moment ertönte wieder Bal-Zadans Stimme.

„Lord Lindsay, unser *König der Könige* Nāser ad-Din Schah ist eingetroffen. Ich wiederhole meine Aufforderung in seinem Beisein: Ergebt Euch!"

Erneut schob ich mich ein wenig zur Seite, um hinter dem Brunnen hervorblicken zu können. Bal-Zadan befand sich nicht mehr oben auf der Galerie, sondern unten im Hof am Portal zum Saal. Neben ihm stand tatsächlich der Schah, flankiert von zwei Kriegern in Rüstung mit gezogenem Shamshir. Die Säbel blinkten bedrohlich im Sonnenlicht. Hinter dem Herrscher, im Schatten, erkannte ich Hadschi Ibrahim Faith. Ich war erstaunt, ihn hier zu sehen. Hatte Faith uns verraten?

Auf einen Wink des Schahs trat Faith an seine Seite und lauschte einer längeren Ausführung seines Regenten. Ich konnte nicht hören, was er sprach, aber sobald er geendet hatte, ergriff Faith das Wort und verkündete:

„Es ist unter der Würde des *Schattens Gottes auf der Welt*, seine Stimme hier zu erheben, deshalb bat er mich, für ihn zu sprechen. Die vier Beschuldigten mögen sich zeigen und sich den Vorwürfen des verehrten Bal-Zadan stellen. Es wird ihnen kein Leid geschehen, solange der Schah hier weilt."

Faith nickte Bal-Zadan auffordernd zu und dieser gab seinen Kriegern ein Zeichen, sodass die Säbel in den Scheiden verschwanden und die Bögen heruntergenommen wurden.

„Sie halten die Waffen nicht mehr auf uns gerichtet", flüsterte ich.

„Das wäre eine gute Gelegenheit", raunte Sâyeh. „Vielleicht könnten wir sogar alle zusammen das Tor erreichen und fliehen."

„No", warf Lindsay ein, „das käme einem Schuldgeständnis gleich. Aber ich bin mir keines Vergehens bewusst." Furchtlos erhob er sich aus der Deckung und sprach in Richtung Nāser ad-Dins: „Wir haben weder ein Unrecht getan noch dergleichen geplant. Was also sollte Bal-Zadan für Beweise gegen uns haben?"

Da der Earl sich der Aufforderung des Schahs gefügt hatte, blieb uns keine andere Wahl, als ebenfalls aufzustehen und den

Schutz des Brunnens zu verlassen. Die Krieger des persischen Magiers – denn nichts sonst war dieser Bal-Zadan – standen mit gesenkten Bögen auf der Galerie. Auch die Soldaten im Hof hatten die Säbel weggesteckt und blickten starr vor sich hin. Ich zählte zehn und sah keine Möglichkeit, dieser Übermacht mit bloßen Händen zu begegnen, selbst wenn ich die Bogenschützen außer Acht ließe. Wir konnten nur darauf hoffen, dass Bal-Zadan uns keinen schnellen Tod zugedacht hatte, sondern unsere Gefangensetzung anstrebte. Dann hatten wir eventuell eine Chance auf Flucht.

Faith wandte sich nun an unseren Gegenspieler.

„Was habt Ihr gegen diese Männer vorzubringen?"

Der Angesprochene zog etwas aus seinem Gewand und hielt es hoch. Es glänzte in der Sonne.

„Das ist mein Dolch!", flüsterte Tufan entsetzt.

„Diesen Dolch verloren diese Verbrecher in den Gemächern Eurer Hoheit. Mein Diener Mortaza kann dies bezeugen. Er überraschte sie, und als sie ihn bemerkten und somit ihren Plan nicht ausführen konnten, flohen sie. Er verfolgte diese Meuchelmörder bis hierher, wo sie uns in die Falle gingen."

„Das ist eine Lüge!", brüllte Lindsay.

„Ach? Und wieso trägt Euer Diener dann genau den gleichen Dolch in seiner Hand? Sollen wir an so einen Zufall glauben? Zumal Euch am Tor alle Waffen abgenommen worden sind."

Wir blickten nun erschrocken auf Sâyeh, der tatsächlich den Pesh-Kabz kampfbereit in der Rechten hielt. Wahrscheinlich hatte er ihn im Affekt gezogen, als wir uns aus der Deckung wagen mussten. Selbst in Sâyehs Augen spiegelte sich jetzt das Entsetzen, als er erkannte, welchen Fehler er begangen hatte. Ich verstand nun den Überfall auf unsere Gemächer. Dabei hatten Bal-Zadans Schergen nichts gestohlen, außer Tufans Dolch. Wir hatten uns nichts weiter dabei gedacht und angenommen, dass sie ihn nur entwaffnen wollten. Ich wusste nicht, ob sie die Waffe dort zu finden erwartet oder sie nur zufällig gefunden hatten. Ersteres konnte durchaus möglich sein, da Sâyeh seinen Pesh-Kabz in Bal-Zadans Gegenwart gezogen hatte, und ich erinnerte mich, wie Letzterer Mortaza wegschickt hatte. Wahrscheinlich reifte in dem Moment dieser perfide Plan in seinem Hirn. Bal-Zadan hatte uns also ausgetrickst und es würde schwer sein, ihm das nachzuweisen. Er war seit Jahrzehnten ein Berater des Schahs, sogar schon von dessen Vater. Wir dagegen waren nur Fremde.

„Der Pesh-Kabz ist – wie hier jeder weiß – seit Jahrhunderten die bevorzugte Waffe dieser Meuchelmörder. Wir wähnten diese Terroristen ausgerottet, doch hält sich eine ihrer Verbindungen noch immer in den Bergen versteckt. Diese zwei Männer gehören diesem Assassinen-Orden an, dessen Ziel es ist, Euch zu töten, mein Gebieter", postulierte Bal-Zadan weiter und verbeugte sich demütig vor dem Schah. „Diese Attentäter müssen bei lebendigem Leib verbrannt werden wie all diejenigen vor ihnen, welche der Meinung waren, sich über die Autorität des Regenten stellen zu dürfen. Es obliegt uns, dem Terror Einhalt zu gebieten."

Aus dieser Falle gab es kein Entrinnen mehr. Das war mir nun klar geworden und auch Lindsays Vertrauen in den Schah wurde irrelevant. Denn bei den hier geäußerten Anschuldigungen und dem Beweis hatte der Regent von Persien kaum eine Möglichkeit, sich auf unsere Seite zu stellen. Auch den Assassinen wurde das bewusst, deshalb reichte ein Blick von mir aus, sodass Tufan und Sâyeh zum Tor hinüberspurteten, während ich mich nach vorn auf den nächstbesten Soldaten stürzte. Mit wenigen Schlägen streckte ich ihn nieder, packte den Säbel und verwickelte zwei weitere Krieger in einen Kampf.

„Seht Ihr, Eure Majestät. Das ist der Beweis. Diese Europäer haben mit den Mördern gemeinsame Sache gemacht, sie hier eingeschleust und Euer Vertrauen aufs Bösartigste missbraucht!"

Bal-Zadan hatte gesiegt. Ich hatte diesen Menschen, seine Hinterhältigkeit und auch die Raffinesse unterschätzt, mit der er dieses Komplott gestrickt hatte. Im Augenwinkel bemerkte ich, wie der Schah sich wortlos umdrehte und flankiert von seinen Wachen in das Gebäude eintrat. Er überließ uns dem Mörder und Entführer. Lindsay stand reglos am Brunnen und blickte ihm enttäuscht und fast stoisch hinterher.

Bal-Zadans Schützen hoben nun die Bögen, doch war es nur Mortaza, der einen Pfeil abschoss. Sein nun wieder unter einem Kettenhandschuh verborgener versteinerter Arm hielt den Bogen und die menschliche Hand diente als Zughand an der Sehne. Das Geschoss sollte Tufan gelten, der gerade mit dem Schlüssel das Fluchttor öffnete. Ich konnte nichts unternehmen, da ich die Säbelhiebe der Soldaten abwehren musste. Sie hatten offenbar Order, uns lebend zu fangen, denn ich bemerkte ihr Bemühen, mich nicht wirklich zu treffen, sondern nur zu ermüden. Aber das galt augenscheinlich nicht für Tufan. Sâyeh erkannte die Gefahr für den Freund und warf sich todesmutig in die Schusslinie. Der Pfeil blieb in seiner linken Schulter stecken. Der Assassine wankte kurz, zog das Geschoss aus seinem Körper und warf es provozierend zu Boden. Er stellte sich schützend vor seinen Gefährten und blickte Mortaza herausfordernd an. Ich wusste, dass der Krieger aus dieser Position und Entfernung Sâyeh sicher ins Herz treffen würde. Er legte einen neuen Pfeil auf die Sehne, lächelte kalt, straffte sie und – ich schleuderte den Säbel hinauf in seine Richtung. Die Spitze blieb im Holz der Balustrade stecken und der Schaft schwang noch geraume Zeit hin und her. Obwohl ich ihn nicht damit getroffen hatte, irritierte ihn mein Angriff dermaßen, dass sein Pfeil das Ziel weit genug verfehlte, um nicht sofort tödlich zu sein. Er bohrte sich in Sâyehs rechte Seite und dieser brach zusammen. Hinter ihm fiel das Tor ins Schloss und Tufan war verschwunden. Ich hatte die zwei Säbelspitzen meiner Gegner auf der Brust und nahm die Hände offen vom Körper weg als Zeichen der Kapitulation. Trotzdem spannten nun die restlichen Schützen ihre Bögen und richteten sie gegen Lindsay und mich.

Faith rannte bestürzt auf den Platz, breitete die Arme aus und rief:

„Haltet ein! Nicht schießen! Sie ergeben sich!"

Uns blieb keine andere Option, als genau das zu tun, wenn wir nicht von zwanzig Pfeilen durchlöchert werden wollten. Eine

Gegenwehr war aussichtslos, doch wollte ich dem verwundeten Sâyeh zu Hilfe eilen, wurde aber von mehreren der Palastwachen zu Boden gerungen. Während mir die Hände auf den Rücken gebunden wurden, beobachtete ich, wie Lindsay sich ebenfalls ergab. Einige Soldaten begannen das Tor, aus dem Tufan geflohen war, aufzubrechen. Er hatte es offensichtlich von außen wieder verschlossen. Zwei weitere Krieger zerrten Sâyeh auf die Füße. Einer brach kaltblütig den Pfeil an der Eintrittswunde ab. Obwohl sich der Assassine kaum auf den Beinen halten konnte, banden sie auch ihm die Hände rücklings zusammen.

Die Soldaten führten uns aus dem Innenhof hinaus. Am Portal zu dem Gebäude mit dem großen Saal stand Bal-Zadan und lächelte uns siegesgewiss an.

„Ich sagte Ihnen doch, Lord Lindsay, dass es für Euch besser wäre, mit mir zu kooperieren."

„Mit Euren Lügen werdet Ihr nicht durchkommen", entgegnete Sir David grimmig.

„Was erwartet Ihr? Einen fairen Prozess?" Bal-Zadan lachte belustigt auf. „Wir sind hier nicht in Europa, werter Earl. Das hier ist Persien. Wenn Ihr Glück habt, wird man Euch in wenigen Tagen köpfen – ein schneller, schmerzloser Tod, irgendwie unwürdig. Findet Ihr nicht auch? Wenn Ihr Pech habt, verschimmelt Ihr sehr langsam in einem dunklen Verlies. Aber vielleicht fällt mir noch etwas Besseres ein."

„Well. Das werden wir sehen!"

„Euer Kampfgeist und Optimismus ist beeindruckend. Doch völlig fehl am Platz. Wer sollte Euch zur Hilfe eilen? Eure Assassinen-Freunde? Der Schah?"

Der Earl antwortete nichts.

„Oder glaubt Ihr, dass dieser kleine Möchtegern-Magier Euch aus dem Kerker herauszaubern kann?" Dabei zeigte er auf Sâyeh. Der Krieger hing bewusstlos in den Armen zweier Soldaten. „Ich werde noch herausfinden, zu was er wirklich fähig ist. Bis jetzt ließ er mich nur seine Aura spüren, aber wahrhafte Magie habe ich nicht gesehen. Ihr vielleicht?"

Ich wollte gern irgendetwas erwidern, doch hatte ich das Gefühl, dass er jedes unserer Worte gegen uns verwenden könnte, deshalb blieb auch ich stumm wie Sir David. Bal-Zadan trat jedoch nun dicht an mich heran.

„Euer Spion und Bote ist tot. Niemand wird Euch retten." Er hielt mir den Pfeil mit dem erschlafften Körper der Eule vors Gesicht, dann warf er ihn achtlos auf den Boden.

Man führte uns in einen Bereich des Palastbezirks, der uns wohlbekannt war. Ein mulmiges Gefühl überkam mich, als wir das Tor zum Gefängnishof durchschritten, und ich musste an Farids Erzählungen denken. Mir schauderte, als krachend hinter uns das eiserne Gatter herunterfiel. Ich drehte mich bei dem überraschend lauten Geräusch reflexartig um. Meine Wachen ließen mich gewähren.

„Willkommen im schönsten Teil des Palasts", sagte Bal-Zadan lächelnd. Er war außerhalb des Kerkerbereichs geblieben und grinste uns durch die Gitterstäbe an. „Genießt meine Gastfreundschaft, solange es Euch möglich ist, lieber Lord Lindsay und Kara Ben Nemsi." An seine Wachen gewandt deutete er auf den Assassinen: „Den müsst ihr besonders gut verwahren, denn er ist gefährlich. Kettet ihn gut fest."

Mein Blick wanderte an dem bösartigen Alten vorbei, traf auf Mortaza, der meinen Augen auswich, und glitt weiter in den blumengeschmückten Park dahinter. Vögel zwitscherten in den Bäumen, die Fontänen plätscherten ein leises Lied. Zwischen blütenbesetzten Büschen stand die verschleierte Frau im grünen Tschador und beobachtete uns. Wer war sie und was hatte sie mit uns zu tun?

„Was schaut Ihr so verträumt in die Ferne?", sprach mich der Magier an. Ich sah in seine adlerhaften Augen und mir war, als ob ein rotes Glühen einen Moment lang darin aufblitzte. Vielleicht bildete ich mir das auch nur ein. „Ihr tut recht daran, dem Sonnenschein und der Blütenfülle des Frühlings *Auf Wiedersehen* zu sagen."

„Lieber würde ich Euch *Auf Nimmerwiedersehen* sagen", entfuhr es mir.

Bal-Zadan lachte und gab seinen Soldaten einen Wink. Unwirsch stießen sie mich vorwärts und als mein Blick das letzte Mal über den Park streifte, war die Frau verschwunden wie ein Geist.

Die Palastwache führte uns über den Hof unter den aufgehängten Käfigen hindurch. Noch immer hockte der Mann in einem dieser Folterwerkzeuge. Er schien tot zu sein. Doch als wir ihn passierten, bemerkte ich, dass seine Finger leicht zuckten. Wie lange mochte es dauern, bis der Tod jemanden in diesem Käfig erlöste? Ein Mensch konnte mehrere Wochen ohne Nahrung überleben, doch ohne Wasser nur wenige Tage. Ich fragte mich, ob sie das Leiden dieser Menschen absichtlich verlängerten, indem sie ihnen hin und wieder etwas zu Trinken gaben. Auch ich war schon einmal dem Verdursten nahe gewesen, als mich Nemo mit Djamila, unserer arabischen Weggefährtin und Schwägerin Halefs, mitten im Mittelmeer auf jenem Felsen aussetzte. Deshalb wusste ich, dass man in der Verzweiflung schließlich alles trinken würde, selbst wenn man annehmen musste, dass es Gift war. Auch beginnt man mit der Zeit zu halluzinieren, und wenn ich daran zurückdachte, konnte ich selbst jetzt nicht unterscheiden, was von den damaligen Ereignissen real und was nur Trug gewesen war. Ich versuchte die Gedanken loszuwerden und mich auf die Hoffnung zu stützen, dass Tufan unsere Lage weitergeben würde und dann Halef mit den Assassinen zu Hilfe kam.

Der Weg durch das dunkle Labyrinth der Kerkergebäude war lang und beängstigend. Die Soldaten hatten uns einer Gruppe Kerkerknechte überstellt, die mit ein paar Fackeln die Finsternis aufhellten. In den Gängen erwartete uns eine feuchte Kälte, als befänden wir uns in einer unterirdischen Höhle. Es stank nach Abfällen und Fäkalien, dass mir fast der Atem stockte. Gedämpfte Schreie drangen zu uns, die ich nicht einordnen konnte. Entweder waren in den Tiefen des Gemäuers Folterknechte am Werk oder einige der Gefangenen hatten aus Verzweiflung den Verstand verloren. Schließlich erreichten wir eine große hölzerne Tür. Der Kerkermeister holte einen stattlichen

Schlüsselbund hervor und steckte einen der Schlüssel ins Schloss. Er ließ die Tür nicht aufspringen. Also versuchte er noch einen und einen weiteren, bis sich endlich die Pforte zu unserer neuen Unterkunft öffnete. Der Raum war mindestens vier Meter hoch und es befand sich ein Fenster darin, gleich einer Schießscharte. Es bot angesichts seiner Höhe an der Wand und geringen Breite keine Fluchtmöglichkeit für einen erwachsenen Mann. Doch zumindest strömte ein wenig frische Luft herein und auch etwas Tageslicht. Der Boden war in einer Ecke mit Stroh ausgelegt. Dorthin wurden Lindsay und ich geführt. Wir bekamen eiserne Ringe an Hände und Füße, die mit Ketten verbunden waren. Von den Fußfesseln führte eine weitere Kette zu einem Ring in der Wand. So konnten wir wenigstens ein paar Schritte gehen und auch im Liegen schlafen.

Dem Assassinen wurde dieser Luxus verwehrt. Seine Hand- und Fußgelenke wurden direkt an der Mauer befestigt, sodass er an den kalten Stein gelehnt aufrecht stehen musste. Doch noch hing er bewusstlos in seiner Fesselung. Sâyehs Verletzung beachteten die Kerkerknechte nicht. Noch immer steckte der abgebrochene Pfeil in seiner Seite und aus dieser Wunde sowie der Verletzung an der Schulter sickerte unaufhaltsam Blut und färbte den Stoff seiner Kleidung rot. Ich war nicht in der Lage, ihm zu helfen, da unsere Ketten zu kurz waren, um ihn zu erreichen. Ich bat einen der Kerkerknechte, Sâyehs Wunden versorgen zu dürfen, doch sie ignorierten mich und überließen uns der Dunkelheit des Verlieses. In der Finsternis des Raums, der eher einem Kellergewölbe als einer Gefängniszelle gleichkam, konnte ich Sâyeh kaum sehen, sondern mehr erahnen, dass er reglos in seinen Fesseln hing. Ich befürchtete, dass er verbluten würde, wenn ihm nicht alsbald jemand zu Hilfe kam. Diese Aussicht war jedoch nicht gegeben. Verzweifelt ruckte ich an meinen Ketten, doch es war sinnlos, das sah ich ein. Auch Sir David zerrte an dem Ring in der Wand, in der Hoffnung, die Verankerung aus dem Stein zu lösen. Ich half bei seinem Vorhaben mit, bis wir beide entkräftet auf den Boden sanken.

Es war unheimlich still und ich hörte nur den erschöpften Atem von Lindsay und mir. Plötzlich regte sich etwas an der gegenüberliegenden Wand. Meine Augen hatten sich inzwischen so weit an die Dunkelheit gewöhnt, dass ich den verletzten Krieger nun gut sehen konnte. Er war zu sich gekommen.

„Sâyeh bedeutet Schatten", hauchte der Assassine. „Und das ist kein Zufall."

Er erhob sich schwerfällig aus seiner erschlafften Haltung. Die Eisenringe an seinen Hand- und Fußgelenken klirrten. Dann schloss er die Augen. Ich spürte seine Konzentration. Fast schien mir, als ob die Luft um ihn herum zu flimmern begann. Doch konnte mir mein Geist in diesem Dämmerlicht auch etwas vorgegaukelt haben. Dann gewahrte ich, wie Sâyehs rechte Hand sich schwarz verfärbte und aus der Stahlmanschette glitt, die nun an ihrer kurzen Kette wenige Zentimeter herunterfiel und mit einem klirrenden Geräusch an die Steine schlug. Es wirkte fast, als ob seine Hand zu weichem schwarzen Wachs geworden wäre, zu einem Schatten, und nun wieder zu ihrer natürlichen Form und Farbe erstarrte. Ich blickte erwartungsvoll auf seine linke Hand. Auch Sir David rückte näher heran, so weit unsere Ketten es zuließen, und ich hörte seinen angespannten Atem neben mir. Doch Sâyeh sackte in einem Anfall von Schwäche erneut zusammen.

„Wie ich schon sagte: Ich bin kein großer Magier. Ich verstehe die Kräfte, die in mir schlummern, nicht immer und gezielt zu beherrschen." Erschöpft ließ er den Kopf auf die Brust sinken.

Kurze Zeit später hatte er sich abermals im Griff und presste nun die freie Hand auf seine Schulter. Ich spürte seine Konzentration. Dann tastete er nach dem Pfeil in seiner Seite, zog ihn, ohne einen Schmerzenslaut von sich zu geben, mit einem Ruck heraus und ließ ihn fallen. Die metallene Spitze klirrte zu Boden. Sâyehs Finger zitterten leicht, vielleicht wegen des unterdrückten Schmerzes oder der Anstrengung, welcher seine Magie bedurfte. Dennoch schaffte er es, die Hand auf die Wunde zu pressen. Ein dünner Blutstrom sickerte durch seine Finger hindurch und tropfte auf den Kerkerboden. Mit einem

Mal versiegte dieser. Der Assassine hob den Kopf und sah zu uns herüber.

„Der Kontakt zu den *Kuchak* ist mir gelungen. Sie werden den Heilungsprozess beschleunigen und meinen Körper reparieren. Dies bewahrt mich vorerst vor dem Tod, aber es verrät auch Bal-Zadan meine magischen Fähigkeiten. Ich hoffe, ich bringe Euch damit nicht in noch größere Schwierigkeiten."

„Seien Sie unbesorgt", begegnete ich seinen Befürchtungen. „Was auch immer geschehen mag, Sie trifft kein Verschulden."

„Doch! Letztendlich ist dies alles nur geschehen, weil ich mit meinen Kriegern Anahita nicht aus Lindsay Castle entführen und zu Māh-Tab bringen konnte. Es ist mein Versagen." Während er das sprach, ließ er seine Hand wieder in den Kettenring gleiten.

„No, my friend. Es ist ganz allein meine Schuld, da ich unwissentlich Euren Plan vereitelte und somit Anahita in die Hände Bal-Zadans spielte."

Ich wusste nicht, wie viel Zeit wir im Dämmerlicht dieses feuchten Kerkerlochs verbrachten, bevor sich eine Menschenseele blicken ließ. Vielleicht waren es Tage oder nur Stunden. Das spärliche Licht, welches durch das schmale Fenster in unerreichbarer Höhe hereinfiel, sagte uns wenig über den Lauf der Zeit aus. Es erschien mir immer gleich. Des Tages mögen umliegenden Mauern die Sonnenstrahlen blockiert haben. Auf die Beleuchtung während der Nacht konnte ich mir keinen Reim machen. Fackellicht hätte sicherlich geflackert, oder verschluckten die mächtigen Steine diesen Effekt? Jedenfalls konnte ich nicht zwischen Tag und Nacht unterscheiden. Ein quälender Durst stellte sich ein, bis sich schließlich irgendwann die schwere Holztür öffnete und einer der Kerkerknechte einen Eimer Wasser in unserem Verlies absetzte. Er gab Sâyeh mit einer Kelle daraus zu trinken, was uns sagte, dass Bal-Zadan ihn noch lebend benötigte. Auch bemerkte ich, wie sich der Wächter bückte, die Pfeilspitze aufhob, Sâyehs Wunden verblüfft inspizierte und danach eilig unsere Zelle verließ.

Wir rechneten also damit, dass der alte Magier hier bald auftauchen würde, um mit eigenen Augen Sâyehs Künste zu betrachten. Aber er ließ sich Zeit. Offenbar wollte er uns zunächst durch diese Haft brechen oder verängstigen, uns mürbe machen.

Der Assassine gewann zuschends an Kraft und auch an Zuversicht.

„Tufan wird die Flucht gelungen sein. Sonst hätten sie ihn sicher schon in unsere Zelle geworfen. Er wird Māh-Tab informieren und wir können darauf hoffen, dass der Trupp der Assassinen in den Palast eindringen wird."

Irgendetwas in mir konnte diesen Optimismus nicht teilen. Bal-Zadan schien mir ein zu überlegener Gegner zu sein. Auch drückten die unmenschlichen Gegebenheiten dieses Verlieses auf meine Stimmung und die des Earls. Zwar hatten wir Wasser zum Trinken, doch konnten wir es nicht mit Sâyeh teilen und waren diesbezüglich auf die Gunst der Wächter angewiesen. Der Assassine richtete seine ganze Kraft auf seine Heilung und unterließ es, sich zum Zweck des Trinkens aus den Fesseln zu winden. Er erklärte uns, dass ihm diese Magie vieles abverlangte, zu dem er momentan noch nicht in der Lage sei.

Auch verweigerte man uns jedwede feste Nahrung, und selbst wenn ein Mensch wochenlang ohne Essen überleben konnte, stellte sich die Qual des Hungers sehr bald ein. Manch einer mag beim Lesen von abenteuerlichen Geschichten glauben, dass es heroisch sei, in einem Verlies zu schmachten. Der Held schmiedet furchtlos seine Pläne zur Flucht und ignoriert die unwirtlichen Umstände gekonnt. Doch dem ist nicht so. Es ist nichts Heldenhaftes an so einem Dasein. Oft wird verschwiegen, dass ein Mensch bestimmte natürliche Bedürfnisse hat, denen er nachgehen muss, und dazu einer gewissen Privatsphäre bedarf. Aber in diesem Kerker war dies alles in der gewohnten Form nicht möglich. Ein Eimer mit Wasser verhinderte unser Verdursten, doch gab es für die unausweichlichen Dinge, deren die Natur des Körpers sich nicht erwehren konnte, auch nur einen Bottich. So kam zu der das Gemüt bedrückenden Ungewissheit und Finsternis noch ein unangenehmer Geruch dazu.

Des Weiteren wurden wir beständig von gedämpftem Geschrei geschundener, uns unbekannter Gefangener beschallt, die aus den Tiefen dieser Gemäuer zu uns drangen. All diese Umstände machen den Geist müde und stoisch und mit der Zeit beginnt man Dinge zu sehen, die es nicht gibt. Schatten huschten über die Wände und den Boden. Oder rannten Ratten über das Stroh und Lindsays Körper, der reglos neben mir lag? Ich konnte nicht mehr unterscheiden, was ich tatsächlich wahrnahm und was mir mein Gehirn vorgaukelte. Bis auch ich mich niederlegte und die wohltuende Dunkelheit des Schlafs zuließ.

Sechzehntes Kapitel
In Ketten im Kerker

Ich vernahm ein leises Quieken und schlug die Augen auf. Eine Ratte schickte sich an, meinen Stiefel zu beknabbern. Angewidert zuckte ich zusammen und trat nach dem Tier. Es war kein Trugbild, sondern real und es kullerte davon, rappelte sich auf und verschwand quietschend in einer dunklen Ecke. Jedes Lebewesen hat natürlich seine Berechtigung, doch in unserer Situation konnte uns dieser Nager durchaus gefährlich werden, da er bekannt dafür war, Krankheiten zu übertragen. Ob Sâyehs Kräfte auch die Pest, Typhus oder das Fleckfieber heilen konnten, bezweifelte ich und wollte es nicht auf einen Versuch ankommen lassen.

Langsam erhob ich mich, während die Ketten an mir klirrten. Das erinnerte mich an Otis, den Geist in Lindsay Castle. Diesmal konnte ich Halefs Bewunderung dafür verstehen, ein Wesen aus kaltem Rauch zu sein und durch Wände gehen zu können. Diese Fähigkeit wäre jetzt sehr passend gewesen. Doch vermochte ich Derartiges nicht. Und bei dem Gedanken wurde mir bewusst, dass mir mein Freund fehlte. Ich hoffte, dass Tufan die Felsenburg bald erreichen mochte und Halef sich mit seinem Trupp auf dem Weg hierher machte.

Erneut vernahm ich das Quieken des Nagers, konnte ihn aber nirgends ausmachen. Ich inspizierte den Wassereimer. Er war fast leer und ich musste davon ausgehen, dass die Ratte das lebenswichtige Nass nicht verseucht hatte. Sie wäre bestimmt nicht wieder herausgekommen. Zumindest hoffte ich es. So nahm ich einen Schluck und brachte auch Lindsay etwas hiervon in der hölzernen Kelle. Zu Sâyeh konnte ich nicht gelangen, was mich wütend machte. Doch nutzte es nichts, in Verzweiflung zu versinken. Wir würden sicherlich eine Möglichkeit finden, aus diesem Verlies zu entkommen. Wir *mussten* eine Möglichkeit finden, denn sein Vorhaben, Anahita zu ehelichen, konnte Bal-Zadan jederzeit in die Tat umsetzen, und das galt es zu verhindern!

Der Earl setzte sich aufrecht und trank.

„Ich verstehe nicht, wie der Schah diesem Heuchler Glauben schenken kann", murmelte er. Als hätte er gehört, was ich dachte, fügte er an: „Wir müssen hier irgendwie raus."

Ich blickte mich prüfend um. Der Assassine hing bewegungslos in seinen Ketten, den Kopf auf der Brust. Doch er atmete, das beruhigte mich. Die Wände der Zelle waren aus groben Steinen gemauert und wirkten feucht. Da das Fenster als Fluchtweg ausschied, besah ich mir die Tür genauer. Sie bestand aus dicken Holzbohlen und erschien mir zu massiv, um sie eintreten zu können. Zudem hatte sie zur Verstärkung eiserne Beschläge. Eine Flucht konnte also nur mit Verstand und nicht mit Gewalt erfolgen.

Bevor ich Lindsay etwas zu erwidern vermochte, vernahm ich ein Schaben. Der Schlüssel wurde im Schloss der Tür herumgedreht und sogleich öffnete sie sich knarrend. Ich war nicht wenig erstaunt, als Hadschi Ibrahim Faith hereintrat. Er blickte sich einen Moment um, erfasste unsere Lage und machte die Tür hinter sich zu. Dann trat er an uns heran. Sir David erhob sich und strich das anhaftende Stroh von seiner Kleidung.

„Verzeiht." Faith räusperte sich. „Verzeiht, dass die Flucht misslungen ist. Bal-Zadan muss mir nachspioniert haben oder uns gefolgt sein. Ich weiß es nicht. Aber seid versichert, dass ich Euch nicht verraten habe."

„Ich muss gestehen", antwortete ich, „dass ich wahrlich Euren Verrat an uns in Betracht gezogen habe, als ich Euch mit dem Schah im Hof ankommen sah."

„Ich war gerade bei Nāser ad-Din Schah, als er durch Bal-Zadans Boten von Eurer Festsetzung unterrichtet wurde. Das könnte man auch als Glück bezeichnen, so war ich in der Lage, Schlimmeres zu verhindern."

„Well, dann gilt Euch unser Dank, Mister Faith." Lindsay deutete eine Verbeugung an. „Doch weiß ich nicht, was schlimmer ist: im Pfeilhagel von Bal-Zadans Schützen einen schnellen Tod zu finden oder in diesem Rattenloch langsam zu verenden."

„Ich werde alles daran setzen, den Schah davon zu überzeugen, dass Ihr ein anständiges Gerichtsverfahren bekommt. Das ist die einzig realistische Möglichkeit, dem Kerker und hoffentlich einer Hinrichtung zu entrinnen. Denn wenn der Schah Euch unbehelligt Bal-Zadan überlässt, wäre das mit Sicherheit Euer Todesurteil und das Eures Freundes." Er nickte zu dem Assassinen hinüber. „Wobei ich seine Chancen, Bal-Zadan zu entkommen, als noch geringer ansehe. Ihr habt zumindest den Bonus, Ausländer zu sein." Angewidert blickte er sich in unserer unbequemen Unterkunft um. „Was könnte ich noch für Euch tun?"

„So ein magischer Schlüssel wäre jetzt von Vorteil." Ich sah Faith herausfordernd an.

„Damit kann ich nicht dienen. Leider. Und selbst wenn; wie wollt ihr von den Ketten loskommen?"

Ich grinste.

„Ihr könntet uns eine Feile besorgen. In einem Kuchen eingebacken. Das ist der übliche Weg."

Lindsay lachte und auch Faiths Gesicht hellte sich einen Moment lang auf.

„Gut, dass Ihr Euren Humor noch nicht verloren habt, Mister Kara. Aber ich fürchte, ich kann nichts Derartiges zu Eurer Befreiung beitragen, außer dem Schah die Verhandlung nahezulegen. Ich habe schließlich auch etwas zu verlieren – wie Ihr. Selbst wenn ich schon ein alter Mann bin, ist mir mein Leben noch immer lieb."

„Wir möchten Euch natürlich nicht in Gefahr bringen. Doch lange werden wir nicht mehr bei vollen Kräften sein. Wenn sich unsere Lage nicht ändert", entgegnete ich, „dann ist eine Verhandlung unnötig."

„Ich werde versuchen, Eure Situation zu verbessern. Wenngleich ich nichts versprechen kann. Bal-Zadan wirft Euch Hochverrat vor und einen versuchten Mord an unserem Souverän. Ihr lebt nur deshalb noch, weil Bal-Zadan einen schnellen Tod für unangemessen erachtet. Aber ich werde den Schah um Menschlichkeit bitten, damit Ihr zumindest etwas zu Essen erhaltet."

Ich nickte dankend.

„Vielleicht ist es möglich, Eure Menschlichkeit sofort unter Beweis zu stellen und Sâyeh etwas Wasser zu bringen."

Faith nickte, nahm sich die Kelle und ließ den Assassinen trinken. Dann wandte er sich zum Gehen.

„That's bad. Wie ich schon in der Wüste sagte: Wir dürfen den Schah nicht als Freund betrachten. Diese Ahnung bestätigt sich nun. Ich hatte mich für kurze Zeit in meinen Erinnerungen verfangen und selbst der *König der Könige* hat eine gewisse Sentimentalität gezeigt. Doch nun hat uns die Realität eingeholt. Wir können vom Schah keine Hilfe erwarten. Er hat sein Gesicht und seine Machtposition zu verlieren." Lindsay ließ resigniert den Kopf hängen.

Faith kam nicht dazu etwas zu erwidern, denn erneut öffnete sich die Tür. Diesmal war es unser Peiniger höchstpersönlich, der hereintrat. Bal-Zadan blieb überrascht stehen, als er Faiths ansichtig wurde.

„Geschätzter Hadschi Faith, darf ich fragen, was Ihr bei den Gefangenen zu suchen habt?"

Faith schluckte sichtlich.

„Werter Bal-Zadan, Nāser ad-Din Schah bat mich, nach den Inhaftierten zu sehen. Obwohl er sich der Schwere der Anschuldigungen bewusst ist, so gedenkt er doch seiner Verbundenheit mit Lord Lindsay in jenen fernen Kindertagen und wünscht, dass die Gefangenen respektvoll behandelt werden, solange ihre Schuld nicht bewiesen ist", log er dem Magier dreist ins Gesicht.

„Ist das so?" Bal-Zadan zog skeptisch die Augenbrauen hoch. „Und was genau ist unter dieser *respektvollen Behandlung* zu verstehen?"

„Sie sollen von den Ketten befreit werden und auch ausreichend Nahrung erhalten. Der Schah möchte nicht, dass die Angeklagten bei der öffentlichen Gerichtsverhandlung ausgehungert und krank wirken. Das könnte den Eindruck erwecken, unser Herrscher würde sich vor ihnen fürchten und hätte sie deshalb absichtlich geschwächt."

Bal-Zadan schaute dem Alten eine Weile direkt in die Augen, als könne er dadurch den Wahrheitsgehalt dieser Aussagen ablesen. Dann lächelte er und ich spürte, dass er Faith kein Wort davon abnahm.

„Wie Ihr meint, Hadschi Faith. Lasst Lord Lindsay und Kara Ben Nemsi etwas zu Essen bringen und die Ketten entfernen. Ein Ausbruch ist ihnen auch dann nicht möglich."

Er trat ganz dicht an uns heran. Nun fühlte ich, was ich nicht sehr oft und nicht willentlich spüren kann. Jedoch überkommt mich dieses Gespür hin und wieder, seit ich das Schachspiel gegen Al-Kadir gewann. Ich fühlte die Magie, die in dem Greis wohnte. Es war eine alte, böse Macht, die in ihm schlummerte, und die Kraft, mit der sie sich mir offenbarte, ließ mich erschaudern. Es war fast, als würde ein Lavastrom von ihm zu mir herüberfließen und in meinen Adern brennen. Er musste meine distanzierte Haltung bemerkt haben, denn er kniff die Augen zusammen, blickte mich forschend an und fragte:

„Was habt Ihr? Ist Euch nicht wohl oder saht Ihr gar einen Geist?"

„Eher das Letztere", murmelte ich.

„Oh, Mister Kara. Ihr haltet mich für ein Gespenst?"

„Nein, mehr für ein Monster."

„Ihr seid recht mutig und solltet doch lieber vorsichtig mit Euren Worten sein."

„Warum? Lasst Ihr mich sonst in den Kerker werfen?"

Bal-Zadan lachte, dann flackerten mich seine Augen wie glühende Kohlen an. Er packte meine Kehle. Sein Gewand bauschte sich unter ihm wie durch einen Wind, den ich nicht spürte.

„Ich könnte Euch auf der Stelle töten", raunte er drohend auf Persisch. Seine Stimme war leise, aber durchdringend wie ein tiefer Glockenschlag, dessen Vibration bis in meinen Magen zog. Ich konnte mich nicht bewegen, als ob er durch eine Art Bann meinen Körper gelähmt hätte. Selbst der Atem setzte aus.

Faith bemerkte es und legte seine Hand auf Bal-Zadans Schulter.

„Ihr wollt doch nicht den Schah um seine Vergeltung bringen. Er allein sollte das Urteil über die Verschwörer sprechen."

Der Magier lockerte den Griff und ich rang nach Luft.

„Wagt Ihr es nur, einem Mann in Ketten gegenüberzutreten?", keuchte ich und hielt mir die Kehle. „Oder habt Ihr auch den Mut zu einem offenen Kampf?", versuchte ich ihn zu provozieren. Es erschien mir eine gute Gelegenheit, aus diesen Mauern herauszukommen.

„Lieber Kara Ben Nemsi, ich durchschaue sehr wohl Eure Absicht. Doch werde ich nicht so dumm sein, mich mit Euch nach Euren Regeln zu messen. Ihr seid hier auf meinem Terrain und da gelten *meine* Gesetze. Ich werde mich Euch zu keinem Kampf stellen, denn das brauche ich nicht. Ihr seid meine Gefangenen, und falls der Schah tatsächlich eine öffentliche Verhandlung wünscht, so soll das geschehen. Ihr werdet des Hochverrats und des versuchten Mords an unserem Regenten angeklagt. Und nichts und niemand kann Euch vor Eurer Hinrichtung bewahren. Ich freue mich darauf, Euch und dem Earl und Eurem kleinen Assassinenkrieger dort beim Sterben zuzusehen. Vorher sollt Ihr aber noch der Vermählung von mir und Anahita beiwohnen."

Bal-Zadan hatte mit mir auf Persisch gesprochen. Beim Namen seiner Schwester wurde Lindsay jedoch hellhörig und wieder aktiv.

„Ich sagte Euch schon einmal, Bal-Zadan, lasst meine Schwester in Ruhe."

„Das kann ich leider nicht, Lord Lindsay. Sie ist der Schlüssel zu meiner Macht – auf die eine oder andere Weise."

Lindsay zuckte mit seinen Händen nach vorn und wollte ihn packen, der Magier allerdings wich geschickt und souverän zurück, sodass der Earl ins Leere griff.

„Nicht so stürmisch, sonst überlege ich mir das mit dem Entfernen der Ketten noch einmal."

Bal-Zadan drehte sich nun zu Sâyeh um.

„Dieser hier ..." Der Assassine hatte den Kopf gehoben und blickte den Magier furchtlos an. „... bleibt aber in seinen Eisenringen. Egal, was Ihr mir auftischt, Faith, welche Anweisungen der Schah gegeben haben soll. Der hier ist zu gefährlich." Dabei fixierte er sein Gegenüber mit starrem Blick. „Ihr dürft Euch nun gern entfernen, geschätzter Hadschi Faith, und Euren Schützlingen Wasser und Nahrung organisieren und jemanden, der ihre Ketten entfernt. Doch den hier rührt keiner an!"

Faith beugte leicht das Haupt als Zustimmung, warf uns einen besorgten letzten Blick zu und ging hinaus.

Kaum war die Tür ins Schloss gefallen, trat Bal-Zadan nah an Sâyeh heran.

„Wer bist du?", fragte er und kniff die Augen zusammen wie ein Raubvogel, der nach Beute spähte. „*Was* bist du?"

Sâyeh hielt dem Blick des Alten stand, antwortete jedoch nicht.

„Hat es dir die Sprache verschlagen? Soll ich mit Schmerzen deine Zunge lösen?"

„Ich bin Sâyeh", flüsterte der Assassine, fast bedrohlich.

„Sâyeh – *der Schatten*", murmelte der Magier versonnen und streckte die Hand nach dem Angeketteten aus. Er berührte ihn flüchtig an der Schulter, zuckte aber wie von einem Blitzschlag getroffen sofort zurück.

„Was schlummert in dir für eine Kraft?"

Vorsichtig zog er an der Kleidung des Gefangenen, ohne dessen Haut zu berühren, und legte die Wunden frei. Sie waren nicht mehr offen, wie man es nach so kurzer Zeit noch vermutet hätte, sondern oberflächlich so weit verheilt, dass kein Blut oder sonstige Flüssigkeit austrat und das Gewebe im Begriff war zusammenzuwachsen. Das erinnerte mich an jene Pflanze auf Kreta. *Diktamus* hieß sie, wenn ich mich nicht irre. Nach ihrer Anwendung konnte ich das gleiche Phänomen der schnellen Wundheilung beobachten wie hier bei Sâyeh. Doch vermochte der Assassinen-Magier dies ohne eine Substanz zu bewerkstelligen, einfach aus der Kraft seines Körpers heraus. Nicht nur mich verblüffte das, obwohl ich selbst schon aus seinen Fähigkeiten hatte Nutzen ziehen können, sondern Bal-Zadan ebenso.

„Wie hast du das geschafft?"

Sâyeh antwortete nicht. Sein schwarzes Haar, das ihm bis über die Schultern reichte, hing in Strähnen über sein Gesicht. Dazwischen hindurch funkelten seine Augen den Alten finster an.

„Ich habe Mittel, dich zum Sprechen zu bringen", knurrte Bal-Zadan bösartig.

Plötzlich begann sich sein Gewand zu bauschen, als ob ein Wind durch das Verlies fegte. Es wirkte noch stärker als vorhin, als er mir die Kehle zudrückte. Dergleichen hatte ich schon bei Haschim beobachtet und ich spürte erneut die Kraft dieses Hexers. Doch diesmal baute sich sogleich eine Art Druck im Raum auf, der Sir David und mich an die Wand schleuderte. Ich prallte schmerzhaft mit dem Rücken gegen die Steine und blieb daran haften wie eine Fliege im Spinnennetz. Selbst das Stroh und der Unrat auf dem Boden bewegten sich weg von den zwei Magiern, als rutschten diese Dinge einen Hang hinab. Bal-Zadan streckte beide Hände aus und packte Sâyehs Kopf. Er bohrte seinen Blick in die Augen des Jungen. Dieser begann sich wie unter furchtbaren Schmerzen im Griff des Alten zu winden, soweit seine Fesselung dies gestattete. Dann begann er zu schreien.

Ich wollte ihm reflexartig zur Hilfe eilen, allerdings kam ich nicht von der Wand los, und selbst wenn diese unerklärliche Energie uns nicht dort fixiert hätte, wären die Ketten zu kurz gewesen, um Sâyeh zu erreichen. So musste ich machtlos zusehen, wie sich der Assassine unter den magischen Kräften Bal-Zadans quälte. Doch auch dem Alten schien das kein Vergnügen zu bereiten, denn ich bemerkte, dass er einen Schritt zurücktrat, als wolle er sich von seinem Opfer lösen, vermochte es aber nicht. Seine Hände wirkten wie angewachsen, festgeklebt, so wie ich selbst an der Kerkerwand haftete. Bis auch sein Schrei mir durch Mark und Bein ging. Mit einem Mal blendete mich ein greller Blitz, als würde das Gewölbe um uns herum explodieren, und im nächsten Augenblick war es dunkel und unheimlich still in unserem Kerker. Lindsay und ich kamen wieder frei und rutschten an der Wand herunter, bis wir auf dem Stroh saßen und fassungslos in die Düsternis stierten.

Bal-Zadan lag einige Schritte von Sâyeh entfernt und war im Begriff, sich mühsam zu erheben. Der Assassine dagegen hing reglos in den Ketten, Blut sickerte aus seiner Nase. Ich befürchtete, dass er tot sei. Die Tür wurde aufgestoßen und drei Kerkerknechte kamen hereingestürmt mit Knüppeln und Säbeln bewaffnet.

„Was ist geschehen?", fragte einer, sich irritiert umblickend. „Benötigt Ihr Hilfe, hochverehrter Bal-Zadan?"

Mittlerweile stand der Magier wieder auf seinen Füßen und antwortete unwirsch:

„Nein!" Alsbald fasste er sich, ordnete sein Gewand und blickte zu mir und Lindsay herüber, während er weitere Anweisungen an die Wächter gab. „Habt ihr keinen Auftrag von Hadschi Ibrahim Faith erhalten?"

„Doch, Gebieter." Der Mann steckte den Säbel in die Scheide und verbeugte sich. Dann gab er seinen Begleitern einen Wink, woraufhin diese hinausgingen. Nach wenigen Minuten kehrten sie mit Werkzeugen zurück, Wasser und Sangak, dem typischen Fladenbrot Persiens.

„Nur die Fußeisen entfernen", befahl der Alte.

Als die Kerkerknechte die Bolzen aus den Eisenringen an unseren Fußgelenken geschlagen und diese entfernt hatten, konnten Lindsay und ich uns endlich frei in dem Raum bewegen.

„Genießt Eure letzten Tage auf dieser Welt", höhnte er. „Die Hinrichtung ist Euch sicher, egal, mit welchen modernen Ideen Faith noch aufwarten sollte. Unsere Verhandlungen sind kurz, präzise und effektiv und letztendlich ist der Schah der Richter. Denn er ist *der Schatten Gottes auf der Welt* und sein Wort gilt bis in alle Ewigkeit."

„Was würde der Schah dazu sagen, wenn er von Euren Plänen erführe?" Lindsay ging ein paar Schritte in Richtung des Magiers.

„Wer sollte Euch Fremden solch sonderbare Geschichten glauben? Der Schah weiß, wer ihm loyal ist."

„Ihr meint Euch damit?"

„Sehr wohl, Lord Lindsay. Ich diente schon seinem Vater und nun seit fast vierzig Jahren ihm selbst. Er hatte nie Grund zur Klage. Warum also sollte er mir misstrauen?"

„Weil Ihr ein Lügner seid. That's it."

„Sehr mutig. Aber in diesem Loch hier kann noch viel passieren, auf was ich keinen Einfluss habe." Der bösartige Alte blickte sich zufrieden um. Mit verschwörerischer Stimme raunte er: „Es soll Fälle gegeben haben, wo den Gefangenen die Zunge herausgeschnitten wurde. Selbst ohne irgendeine Verhandlung. Manche wurden auch einfach vergessen und nach Monaten fand man Skelette in den Verliesen. Aber am schönsten ist doch noch immer eine offizielle Hinrichtung; oder was meint Ihr?"

„Damned, ich meine, dass Euch das noch leid tun wird."

„Ihr meint, weil das Gute stets über das Böse siegt?" Nun wandte er sich mir zu. „Diese epische Gerechtigkeit gibt es nur in den europäischen Abenteuergeschichten. Nicht wahr? Glaubt Ihr, dass hier ist so eine Geschichte?"

„Wir werden dafür sorgen, dass es auch in der Realität so sein wird", erwiderte ich grimmig. Ich überlegte, ob ich ihn angreifen sollte. Meine Ketten an den Handgelenken konnten sicher als Waffe dienen. Doch was würde dann aus Sâyeh werden? Lindsay und ich konnten Bal-Zadan und seine drei Wächter vielleicht niederringen, aber dann bliebe uns keine Zeit, den Assassinen zu befreien, falls er noch lebte. Wir müssten auf dem schnellsten Wege versuchen, diese Gemäuer zu verlassen. Er konnte sich möglicherweise selbst aus den Fesseln winden, wenn er bei Kräften wäre. Im Moment konnte ich allerdings nicht einmal erkennen, ob er überhaupt atmete.

„Und wer bestimmt, was gut und was böse ist? Ihr haltet Euch für die Guten, weil Ihr eine Frau – die Ihr, Lord Lindsay, als Eure Schwester erachtet – befreien möchtet. Dafür dringt Ihr in mein Land und den Palast ein. Ihr glaubt, nur weil Ihr ein Brite seid, könnt Ihr Euch stets nehmen, was Ihr wollt?"

„No, das glaube ich nicht. Aber Ihr anscheinend. Nicht ich habe Anahita entführt, sondern Ihr. Also nehmt *Ihr* Euch stets, was Ihr wollt."

„Sie ist eine Perserin und gehört hierher. Euer Vater entführte sie aus diesem Land."

„Damned. Das ist eine Lüge! Er brachte sie auf Wunsch Mohammad Schahs aus Persien heraus, um ihr Leben zu retten."

„Wer hat Euch das gesagt? Habt Ihr dafür Beweise?"

„Yes. Wir haben Zeugen."

„Ach, wer sollte das sein?"

Lindsay sagte nichts mehr. Er presste wütend die Lippen aufeinander.

„Euer Schweigen ist mir Antwort genug. Ich bin mir sicher, dass Eure zwei Assassinen-Freunde nicht alleine sind. Es gibt mehr von ihnen, und auch wird er", Bal-Zadan zeigte auf Sâyeh, „nicht der wahre Magier dieser Gruppe sein. Hinter ihm steht eine viel größere Kraft. Ich konnte es fühlen. Dieses Geheimnis wird bald keins mehr sein. Ihr unterschätzt mich sehr."

„Was auch immer Ihr vorhabt", erwiderte ich, „es wird scheitern. Denn aus niederträchtigen Beweggründen wird nie Gutes entstehen."

„Gutes." Der Alte stieß einen Laut der Verachtung aus. „Eure Nationen und noch einige weitere europäische Staaten saugen unser Land aus und der Schah hilft ihnen freudig dabei. Aus uns wohlgesinnten Gründen?", postulierte Bal-Zadan weiter. „Faith möchte Persien in die Moderne führen mit verrückten Reformideen, die ihn noch den Kopf kosten werden. Er bemerkt nicht, wie er dadurch die Macht unseres Reiches zerstört. Ist er der Gute in Euren Augen? Ja?"

„Seine Ziele sind edel und ...", versuchte ich einzuwenden.

„Edel?", unterbrach er mich barsch. „Er verschachert Persien genauso an Europa und seine Ziele sind eigennützig, mehr nicht."

„Und Eure Ziele nicht? Eine neue Dynastie gründen, um über Persien zu herrschen. Ist das edel und uneigennützig?"

„Gewiss, Kara Ben Nemsi, der unter falschem Namen durch den Orient reist. Ich mache das für mein Volk. Das Volk, der einfache Mann, ist wie ein Kind. Er will geführt und beschützt werden. Er will die alten Traditionen leben. Dafür bin ich der Richtige, denn in meinen Adern fließt altes Blut. Seit jeher sind die Meinen tief verbunden mit der Familie des Schahs – den Inhabern des Sonnenthrons. Vielleicht ist die Zeit nun reif, dass der Thron von anderen bestiegen wird – aber nun gut. Das führt jetzt zu weit."

„Ich werde einen Weg finden, Anahita aus Euren Klauen zu befreien – und wenn es das Letzte ist, was ich auf dieser Welt tue." Lindsay ballte die Hände zu Fäusten.

„Das Letzte, was Ihr auf dieser Welt tut, lieber Earl, ist Zeuge der Hochzeit Eurer Schwester mit mir zu sein und Euren Freunden beim Sterben zuzusehen." Bal-Zadan lachte überlegen und verschwand aus unserer Kerkerzelle.

Sobald auch die Wächter die Tür hinter sich geschlossen hatten, eilte ich zu Sâyeh.

„Was hat er Euch angetan?"

276

„Habt keine Sorge." Er hob den Kopf und schaute mich an. Sein Blick war klar und nicht trübe oder abwesend wie der eines Sterbenden. „Ich bin nicht verletzt." Die kleinen Blutflüsse aus seiner Nase waren getrocknet.

„Ich befürchtete, dass er Euch umgebracht haben könnte mit seinen Kräften", gestand ich.

„Nein. Im Gegenteil."

Ohne dass ich es bemerkte, hatte sich Sâyeh aus den Ketten gewunden und stand nun frei vor mir. Er rieb sich die Handgelenke, wo die Eisenringe eine deutliche rote Spur hinterlassen hatten.

Erstaunt trat ich einen Schritt zurück.

„Wie Ihr seht, ist etwas geschehen. Ich kann es selbst nicht erklären, doch Bal-Zadan hat irgendetwas in mir bewirkt. Ohne es zu beabsichtigen, hat er meine Kräfte – wie soll ich es nennen? – gerichtet." Er lächelte feierlich. „Ja, so könnte man sagen. Vor seiner Berührung waren sie wirr und unstrukturiert und ich vermochte sie nicht immer und zu jeder Gelegenheit aufzurufen. Nun sind sie zwar nicht stärker geworden, aber wie die Nadel eines Kompasses ausgerichtet. So wie Metallspäne, die chaotisch auf einem Tisch liegen und sich nach den Polen positionieren, sobald ein Magnet in ihre Nähe kommt. Ich spüre, dass ich jetzt die absolute Kontrolle über sie habe. Der Alte hat sich als der Meister herausgestellt, den ich benötigte. Ich müsste ihm danken."

„Well, das solltet Ihr tun, vielleicht indem Ihr ihn vor einer unbedachten Hochzeit bewahrt." Sir David war neben uns getreten.

„Das werden wir zu verhindern wissen", antwortete der junge Magier. „Doch lasst uns zunächst etwas essen. Sonst sterbe ich noch vor Hunger und dann brächte ich diesen Mann um die Freude unserer Hinrichtung." Er lächelte verschmitzt.

„Das stimmt. Nutzen wir die Gelegenheit, womöglich kommt kein Nachschub", antwortete ich.

Wir setzten uns ins Stroh, teilten das Fladenbrot und tranken von dem frischen Wasser. Auch wenn es ein einfaches Mahl war, so waren wir doch froh, etwas zur Stärkung zu haben. Zudem mussten wir bei klarem Verstand bleiben, wenn wir einen Plan schmieden wollten, um aus dem Verlies zu entkommen und Anahita endlich zu befreien. Hunger und Durst konnten den Geist schnell trüben und auch den Willen.

Sâyeh brach ein Stück von einem der dünnen Sangak-Fladen ab und steckte es in den Mund. Genüsslich begann er zu kauen.

„Ich wüsste eine Möglichkeit, wie wir mit Eurer Schwester Kontakt aufnehmen könnten."

Lindsay ließ die Wasserkelle herumgehen.

„Really? Wie sollte das funktionieren?"

Auch ich war gespannt, was er vorhatte.

Der Assassine beugte sich etwas vor.

„Ihr erlaubt?" Dann griff er dem verdutzt dreinblickenden Sir David in den Ausschnitt und zog das Medaillon hervor, welches ich in Māh Schahr auf dem Markt erworben hatte.

„Dies ist ein Sheshm-e Māh, *ein Auge des Mondes*."

Ich blickte auf die verschlungenen, aber stark abgegriffenen Symbole, welche ich für die Maßeinheit einer Währung gehalten hatte. Mit viel Phantasie konnte ich jedoch nun eine Art Auge erkennen und einen Vogel.

„Wie ich schon sagte, hängen die Religionen und ihre Götter eng zusammen. Der Ursprung des Mondauges mag in der alten ägyptischen Mythologie liegen. Thot als Gott des Mondes wurde oft durch den Ibis dargestellt."

Das mochte der Vogel darauf sein, überlegte ich.

„Und Thot ist nicht nur der Gott des Mondes, sondern auch der Wissenschaft und der Magie." Dabei lächelte er geheimnisvoll und blickte mir direkt in die Augen, als er flüsterte: „Und der Gott der Schreiber."

„Gott der Magier und der Schreiber. Ich würde sagen, dass er der Richtige ist, um uns hier herauszuholen."

„Ich weiß nicht, Kara, ob er uns befreien wird. Doch ich kann das Sheshm-e Māh und meine Magie nutzen, damit Ihr Anahita sehen könnt."

„Macht es nicht so spannend", bat Sir David sichtlich aufgeregt.

„Gut, so will ich Euch mein ganzes Geheimnis offenbaren und Ihr werdet verstehen, warum ich nachts ohne Euch den Palast erkundete. Nur konnte ich damals die Kraft nicht immer anwenden, wann es mir beliebte. Jetzt ist es anders, dank Bal-Zadan."

Ich nickte auffordernd.

Der junge Mann nahm das Medaillon von Lindsays Hals, umfasste es mit beiden Händen und schloss die Augen. Nach einer Weile gab er es wieder frei und legte es in Lindsays Handfläche. Er rieb mit dem Finger über eine der Seiten und plötzlich sah die kleine Metallmünze glatt und klar aus wie ein Spiegel. Die Symbole waren verschwunden.

„Seht!" Sâyeh tippte mit dem Zeigefinger auf die spiegelnde Oberfläche, drang darin ein wie in Wasser, und der Finger verschwand. Fast wie ein Zaubertrick auf einem Jahrmarkt in Dresden erschien mir diese Darbietung. Doch konnte ich mir nicht erklären, wie es funktionierte, da die Münze flach war und auf Lindsays Hand lag. Der Earl zuckte einen Moment zusammen, aber wohl wegen der offenkundigen Magie und nicht, weil Sâyehs Finger seine Hand durchbohrte. Was er in der Tat auch nicht machte. Dann zog der Magier ihn wieder heraus.

„*Das Auge des Mondes*. Schaut hinein und Ihr werdet sehen, was auch immer meine Augen erblicken."

„Wie wollt Ihr aus dem Verlies entkommen?", fragte ich und sah zweifelnd zu dem schmalen Fenster hinauf.

„Ich bin Sâyeh – *der Schatten* – habt Ihr das vergessen? Das ist meine wahre Magie. Ich sagte Euch doch schon, dass ich die *Kuchak* steuern und beeinflussen kann. Erschreckt nicht."

Und dann offenbarte uns der Junge seine wirkliche Kraft. Er spreizte die Arme vom Körper weg, schloss die Augen, und ich beobachtete erneut, wie seine Hände sich schwarz verfärbten wie am Anfang unserer Kerkerhaft, als er sich aus den Fesseln wand, um seine Wunden zu heilen. Die Schwärze breitete sich nach seinen Armen hin aus, kroch von seinen Füßen hoch über die Beine. Sein Gewand fiel zu Boden und sein Körper und selbst der Kopf verwandelten sich in diese dunkle Masse, die ich weder als Nebel noch als Flüssigkeit zu identifizieren vermochte. In dem Schatten, der nun vor mir stand, erkannte ich trotz allem Sâyehs Umrisse. Ich streckte die Hand nach ihm aus und griff nicht, wie erwartet, ins Leere. Es fühlte sich an, als ob ich meine Finger in ein Becken mit warmem Wasser tauchte. Sâyeh war also kein Geist wie Otis. *Der Schatten* lachte, sprang hinauf zu dem für normale Menschen nicht zu erreichenden Fenster, verharrte kurz auf dem Sims, als blickte er uns noch einmal zum Abschied an, und wand sich durch den Spalt hinaus in die Freiheit. Ungläubig schaute ich ihm eine Weile hinterher, bis ich mich zu Lindsay umblickte. Der stand weiterhin wie zu einer Statue erstarrt da, sah dem Schatten-Krieger nach und hielt die Hand fortwährend vor sich, auf deren Fläche die Münze blinkte. Als er bemerkte, dass ich ihn ansah, fasste er sich.

„Versuchen wir es", flüsterte er ehrfürchtig.

Wir setzten uns nieder und konzentrierten uns auf das glänzende kleine Rund. Zunächst nahm ich nur ein Gesicht wahr mit dunklem Bart und Haar, von Schmutz bedeckt – mein Spiegelbild. Zwischen den Strähnen, die mir in die Stirn hingen, bemerkte ich, dass aus einer kaum spürbaren Wunde etwas Blut rann. Ich tastete danach und konnte mich nicht erinnern, wann ich mich verletzt hatte. *Vielleicht bei Bal-Zadans Machtdemonstration*, vermutete ich. Meine Gedanken schweiften ab, als würde ich in Schlaf versinken, und um mich herum zog sich die Finsternis zu wie ein Vorhang. Lindsay, die Wände, der Wassereimer, alles verschwand und wurde von einer seltsamen Schwärze geschluckt. Ich hatte mit einem Mal das Gefühl, in diesen winzigen Spiegel hineingezogen zu werden. Vor meinen Augen begann es zu flimmern und ich meinte zu spüren, wie ich zu Boden sank.

Siebzehntes Kapitel
Enthüllungen

Obwohl es meinem Geist vorgegaukelt wurde, wusste ich, dass nicht ich mit einem Salto von der Mauer sprang und als schwarzer Schatten im spärlichen Licht des abnehmenden Mondes über den Gefängnishof huschte. Sondern ich blickte durch Sâyehs Augen. Die Felswand in Haschims geheimem Raum auf seinem Landgut hatte uns damals eine ähnliche Fernsicht auf Dinge gewährt. Nur mit dem Unterschied, dass der Nutzer des magischen Felsens diesen berühren und an den Ort des Geschehens denken musste. Es bedurfte höchster Konzentration seitens Lindsays und Halefs, Bilder zu erzeugen. So schickte uns Lindsay dereinst an Bord von Turnersticks Yacht *The Courser*, wo wir erleichtert beobachten konnten, dass er und die befreiten Damen den sicheren Hafen von Malta anliefen. Halefs Vision war jedoch eine schreckliche gewesen. Sein Dorf war überfallen und Hanneh und Djamila entführt worden. Wir konnten nur betrachten und nicht aus der Ferne einwirken und das war hier ähnlich. Sollte Sâyeh etwas zustoßen oder müssten wir Anahita in einer bedrohlichen Situation erleben, war es uns nicht möglich, irgendetwas zu tun. Diesmal fühlte es sich fast wie ein Traum an und gleichzeitig so real, dass ich annahm, reflexartige Bewegungen zu machen. Da dies jedoch niemand bezeugen konnte, weiß ich nicht, ob dem so war. Ich wusste nicht, wie sich das Bild in unserer Kerkerzelle für einen Außenstehenden darbot. Lagen Lindsay und ich im Stroh wie Träumende? Oder saßen wir auf dem Boden, wie gebannt auf die Münze stierend und wild gestikulierend wie Blinde? Wir würden es nie erfahren. Es war mir, als steckte ich in einem Körper fest, durch den ich alles sehen, ihn aber nicht steuern konnte.

So huschte ich durch die Augen des Assassinen blickend über den Hof. Es war finstere Nacht. Der abnehmende Mond erzeugte kaum Licht, das dem *Schatten* gefährlich werden konnte.

Über mir kamen nun die Käfige der Todeskandidaten zum Vorschein, auf denen sich der Schein einiger Fackeln brach, welche an den Mauern befestigt waren. Sämtliche Gitterzellen waren leer. Der arme ausgemergelte Mensch, den ich dort bei unserer Inhaftierung gesehen hatte, war offenbar zu Grunde gegangen. *Vielleicht bereiten sie die Käfige nun für uns vor,* geisterte es mir durch den Kopf. Es waren drei an der Zahl und somit sehr passend. Der Gedanke verursachte mir eine innerliche Beklommenheit. Ich fürchte keinen Kampf, auch wenn ich stets bestrebt bin, ihn zu vermeiden. Doch hilfloses Gefangensein, ohne die Möglichkeit, mein Schicksal in die eigene Hand nehmen zu können, bereitet mir stets Unbehagen, wenn nicht sogar eine gewisse Furcht. Den Zustand dieser Art der Ohnmacht musste ich schon einige Male ertragen, gegipfelt jedoch in der Erstarrung zur Statue, die ich seinerzeit durch die Königin von Saba erfuhr. Damals verwandelte sie mich in einen schwarzen Stein oder eine Art Metall und ich war in meinem eigenen Körper gefangen, konnte sehen und hören, jedoch nirgends eingreifen. Diese Situation brachte mich zu jener Zeit an den Rand des Erträglichen und ich hatte Mühe, nicht meinen Verstand zu verlieren. Der Anblick der Käfige und die Aussicht, von Bal-Zadan dort hineingesperrt und einer tage- oder wochenlangen Qual des Verdurstens und Verhungerns ausgesetzt zu sein, machte mir tatsächlich Angst. Dieses Gefühl ist durchaus nichts Schändliches, sondern eine natürliche Reaktion eines jeden Lebewesens mit Selbsterhaltungstrieb. Es zwingt den Menschen zur Entscheidung, ob Flucht oder Kampf das beste Mittel sei, sich der Bedrohung zu stellen. Was aber, wenn er sich äußerster Hilflosigkeit gegenübersieht und weder das eine noch das andere möglich ist? Mir hatte in Saba dereinst das Vertrauen auf meine Freunde geholfen, meine Furcht zu überwinden und um mein Leben zu kämpfen. Und auch diesmal baute ich auf meine Gefährten – insbesondere auf Tufan und Halef. Und natürlich zählte ich auch auf Sâyeh, Lindsay und mich, falls es zu einem Prozess kommen sollte.

Ein Klirren holte mich in Sâyehs Kopf zurück. Ich war erstaunt, denn jetzt erst bemerkte ich, dass ich nicht nur sehen, sondern auch hören konnte, was um den Assassinen herum passierte. Das Geräusch kam von der Wache am Tor. Sâyehs Sicht zeigte mir vier Wächter, die mit Rüstungen, Säbeln und Lanzen bewaffnet am Fallgitter standen. *Der Schatten* drückte sich in eine Nische. Ich war gespannt, wie er an den Wachen vorbeikam, denn er war nicht unsichtbar, sondern ein schwarzes Etwas, welches man durchaus sehen konnte. Ich beobachtete, wie sich seine rechte Hand materialisierte. Sie griff nach einem Stein und schleuderte ihn am Tor vorbei. Lautes Poltern war zu vernehmen. Das Geschoss schien etwas Metallenes getroffen zu haben, was nun zu Boden fiel. Die Wachen blickten aufgeschreckt in Richtung des Geräuschs.

„Wer ist da?", hörte ich einen der Soldaten auf Persisch rufen.

Da niemand antwortete, begaben sie sich vorsichtig mit stoßbereiten Lanzen dorthin, wo sie einen Eindringling oder dergleichen vermuteten. Sâyeh wartete nicht lange, glitt an der Wand entlang und schlüpfte durch das Gitter des Gefängnistors. Nun war er im Park und konnte sich sehr gut im Dunkel der Pflanzen verstecken. Geschickt nutzte er jede finstere Ecke, umging die bunten Lichter der Fontänen, bis er sich schließlich vor den Mauern der Haremsgebäude befand. Lautlos kletterte er an den Steinen empor. Ich fragte mich, ob er sich verletzen könnte, wenn er in diesem Schatten-Zustand herunter auf den gepflasterten Weg stürzte. Die Antwort bekam ich glücklicherweise nicht, denn er erreichte mühelos ein Fenster. Es war nicht sehr groß und zusätzlich mit einem Gitter gesichert. Augenblicklich wand er sich zwischen den Eisenstäben hindurch und stand nun in einem schwach beleuchteten Raum. Bunte Teppiche prägten das Bild sowie prunkvolle Möbel. Die Wände waren allerdings nicht, wie in vielen Teilen des Golestan-Palasts, mit Silber oder spiegelnden Fliesen bedeckt, sondern mit farbigen Stoffen. Es blieb mir kaum Zeit, mich umzuschauen, denn *der Schatten* huschte weiter, aus dem Raum hinaus in einen Flur, über Treppen und durch Gänge. Da es mitten in der Nacht war, schienen die Bewohnerinnen dieser Gemächer allesamt zu schlafen.

Sâyeh bog um eine Ecke und stutzte einen Moment. Vor ihm stand *Babri Khân*, die Katze des Schahs. Sie machte einen Buckel und fauchte. Deutlich sah ich ihre scharfen Zähne und die im Dunkeln leuchtenden Augen. Der *Schatten* sprang über sie hinweg und setzte seinen Weg fort. Ich registrierte, dass er genau wusste, wo er hinwollte. Wahrscheinlich hatte er in den Nächten vor unserer Gefangennahme die Gemäuer des Harems schon mehrmals erkundet. Er berichtete mir letztens ja sogar davon, dass er Anahita gesehen hatte.

Endlich erreichte er eine Tür und blickte sich absichernd nach allen Seiten um. Die Flure lagen verlassen da, die Katze war verschwunden. Sâyehs Hand formte und färbte sich abermals menschlich und er drehte den Knauf. Schnell huschte er durch den Spalt und verschloss den Eingang hinter sich. Der Raum war sehr dunkel. Nur durch geöffnete Lamellenläden, welche augenscheinlich auf einen Balkon führten, drang Mondlicht herein. Die Gardinen bauschten sich im sanften Wind. Der *Schatten* begab sich zu dem Fenster und gewährte mir somit den Blick auf einen vollkommen umbauten Innenhof. Ich schloss daraus, dass zwar die Fenster des Harems zur Palast- und zur Straßenseite hin vergittert waren, jedoch nicht zu dem umfriedeten Garten hin.

Sâyeh schlich weiter in einen angrenzenden Raum. Hier standen ein großes Bett, mit einem Baldachin behütet, und unweit davon zwei schlichte Liegen an der Wand. Der *Schatten* glitt nah heran und nun sah ich, dass in dem Himmelbett wahrhaftig Anahita schlief. In dem Moment war mir, als vernehme ich einen lauten Seufzer, wie aus einer anderen Welt. Ich vermutete, dass es Lindsay war, der neben mir hockte oder lag und gewiss die gleichen Bilder sah wie ich und nun erleichtert war, seine Schwester bei guter Verfassung zu sehen.

Jetzt wurde es spannend; denn wie sollte Sâyeh sich verhalten, um mit Anahita Kontakt aufzunehmen, ohne sie durch seine Magie zu erschrecken? Der Assassine fackelte nicht lange, sondern berührte die schlafende Frau an der Wange. Ich stellte mir vor, dass es sich so anfühlen musste, als ob warmes Wasser an ihrem Gesicht herabfloss. Anahita wischte im Schlaf reflexartig über die Stelle. Sâyeh wiederholte die Berührung und da schlug die Frau die Lider auf. Es wirkte auf mich, als ob sie mir direkt in die Augen blicken würde, aber natürlich registrierte sie nicht mich, sondern das Schatten-Wesen. Sie gab zwar zunächst einen entsetzten Schrei von sich und setzte sich abrupt auf, aber gleichzeitig packte sie beherzt einen Kerzenleuchter, der unweit des Betts auf einem Tischchen stand. Drohend hielt sie die metallene Waffe vor sich. Ich hatte sie wahrhaftig unterschätzt. So leicht ließ sich Lindsays Schwester nicht aus der Fassung bringen.

„Verzeiht, Lady Lindsay, ich wollte Euch nicht erschrecken", hörte ich Sâyehs Stimme auf Englisch sagen.

Der Schatten trat ein Stück zurück und nun gewahrte ich neben Anahita zwei Frauen, die sich ebenfalls bewaffnet hatten. Eine davon trug einen grünen Tschador mit Gesichtsschleier und richtete ein Gewehr auf den Schatten-Krieger. Ich war erstaunt über die Waffe, identifizierte sie aber sogleich als die Winchester 73, mit welcher jemand die Buchstaben in meine Wand geschossen haben musste. Zugleich erkannte ich in der verhüllten Frau jene, die uns stets zu beschatten schien und die Fährten legte. Was hatte das zu bedeuten? Das Gesicht der anderen war unverhüllt. Aber auch sie hatte sich etwas zur Verteidigung gegriffen. Wie einen Dolch hielt sie eine goldene verzierte Schere empor, bereit, im Notfall zuzustechen.

Anahita erhob sich.

„Wer seid Ihr? Seid Ihr ein Geist?"

„Nein, ich bin kein Geist. Erschreckt nicht." An den Fingern Sâyehs in meinem Sichtfeld erkannte ich, dass er sich zum Menschen materialisierte.

Die Gesichter Anahitas und ihrer unverschleierten Begleiterin versteinerten. Die verhüllte Dame im grünen Tschador dagegen legte eilig das Gewehr beiseite, griff sich ein Tischtuch und reichte es dem Assassinen. Jetzt begriff ich, dass er in seinem

Schatten-Dasein keine Kleidung trug, denn diese lag hier in unserem Verlies. Wahrscheinlich wirkte seine Magie nicht auf Gegenstände, sondern nur auf seinen Körper. Ich musste über die empörten Mienen der Damen schmunzeln, die sicherlich nicht jeden Tag einem entblößten Mann gegenüberstanden.

„Was wollt Ihr hier?", fragte die Lady nun und begab sich, sichtlich entspannter, an einen Tisch. Sie stellte den Leuchter ab und zündete die Kerzen an.

„Mein Name ist Sâyeh. Ich bin hier im Palast mit Eurem Bruder, Sir David, und mit Kara Ben Nemsi. Unser Ansinnen war es, Euch zu finden und zu befreien."

„Oh, so ist es wahr? Malika berichtete mir, dass mein Bruder auf der Suche nach mir hier im Palast angekommen sei." Sie strahlte vor Glück.

„Hat sie Euch auch von der derzeitigen Situation erzählt?"

Anahitas Ausdruck wurde wieder ernst und sie blickte fragend zu der grün verschleierten Frau, während sie nur knapp mit „nein" antwortete.

„Darf ich mich setzen? Die Metamorphose zum Schatten ist anstrengender, als es den Anschein hat."

Anahita wies Sâyeh durch eine elegante Handbewegung einen Stuhl zu.

„Was ist das für eine seltsame Fähigkeit? Ich habe schon von Schlossgespenstern gehört, da wir einen solchen Geist auf Lindsay Castle beherbergen. Er heißt Porky. Doch sah ich ihn nie." Sie selbst setzte sich ebenfalls. Die beiden Dienerinnen zogen sich etwas zurück.

„Nein, Derartiges bin ich nicht. Ich bin ein Mensch wie Ihr auch. Nur kann ich die *Kuchak* meines Körpers, die winzigen Wesen, aus denen jedes Lebewesen besteht, kontrollieren."

„Oh", erwiderte Anahita erstaunt.

„Es ist im Moment keine Zeit, das zu erklären. Für unsere Absichten ist dies unerheblich."

„Ich hoffe, Eure Absichten sind ehrenhaft, auch wenn Euer Auftreten ein wenig fragwürdig erscheint. Wir sind gewiss keine wehrlosen Frauen." Demonstrativ nickte sie zu ihren

Begleiterinnen hinüber, die noch immer mit dem Gewehr und der Schere bewaffnet waren.

„Verzeiht mein ungewöhnliches Auftreten, Lady Anahita. Aber diese Magie beschränkt sich nur auf meinen Körper, und wirkt nicht auf irgendwelche Kleidung. Wie ich schon sagte, habe ich Nachricht von Eurem Bruder."

Meine Theorie wurde also durch Sâyehs Erklärung bestätigt. Anahitas Gesicht hellte sich nun auf. Die Falte zwischen den Augen verschwand und die Finger, die noch immer um den Fuß des Kerzenhalters geschlossen waren, öffneten sich. Sie legte die Hände in den Schoß und antwortete:

„Dann sprecht. Eurer Stimme entnehme ich, dass es keine gute ist."

„Ihr habt Recht. Meine Nachricht ist besorgniserregend. Leider gerieten wir in einen Hinterhalt Bal-Zadans und wurden in den Kerker geworfen. Er wird alles daran setzen, uns hinrichten zu lassen."

„Hinrichten? Um Himmels Willen. Warum?"

„Er bezichtigt uns eines Mordanschlags auf den Schah. Aber der wahre Hintergrund seid Ihr. Denn er will Euch für seine Machtpläne benutzen und wir wissen nun zu viel."

„Aber, wenn Ihr in der Lage wart, auszubrechen mit Eurer unheimlichen Gabe, was hindert Euch daran, zu fliehen?"

„Meine Loyalität zu meinen Freunden. Lord Lindsay und Kara haben nicht die Fähigkeit, sich in einen Schatten zu verwandeln, und ich kann sie nicht übertragen. Ich werde die beiden keinesfalls diesem dunklen Magier überlassen."

„Danke. Das ehrt Euch und es mildert meine Sorge ein klein wenig. Doch sagt, was kann ich tun?"

„Falls es zu einem Prozess kommt, könntet Ihr vielleicht etwas beitragen. Was genau, das muss sich zeigen. Sicherlich wird er nicht gerecht zugehen, sondern nur eine Machtdemonstration Bal-Zadans sein. Ansonsten solltet Ihr Euch bereithalten, denn meine Krieger werden hier irgendwann auftauchen und dann hoffe ich, dass uns allen gemeinsam die Flucht gelingt. Aber..."

Ich sah Sâyehs Hand, wie sie zu der Frau im Hintergrund wies.

„... warum seid Ihr nicht geflohen? Wie ich sehe, habt Ihr Hilfe und sogar eine Waffe."

„Wie Ihr wisst, lieber Sâyeh, so verfügt Bal-Zadan über eine magische Macht. Er und auch sein Untergebener Mortaza vermochten mich in einen Zustand der Ohnmacht – oder besser gesagt der Willenlosigkeit – zu versetzen. Deshalb war es mir nicht möglich, während meiner Entführung zu fliehen. Die Zeit auf dem Schiff und zu Pferde auf dem Weg durch Persien kommt mir wie ein Traum vor. Ich erinnere mich kaum. Ich glaube, man brachte mich in einer Kutsche von Lindsay Castle zu einem Hafen und dann begaben wir uns auf ein Schiff. Es liegt alles hinter einem Schleier verborgen."

„Wie seid ihr durch die britischen Sperren und Kontrollen gekommen? Der Suez-Kanal wird doch streng bewacht."

Anahita fuhr sich mit den Händen übers Gesicht, wie um einen Traum zu verscheuchen.

„Ich weiß es nicht. Mortaza hatte das Kommando und zwei weitere Krieger unterstützten ihn. Die Mannschaft dagegen erschien mir, wenn ich nun darüber nachdenke, ebenfalls wie ich, willenlos gemacht. Ich glaube, einmal sollte das Schiff kontrolliert werden und der Beamte wollte die Papiere sehen. Doch nachdem Mortaza ihm lange in die Augen geblickt hatte, zog dieser seine Leute zurück und ließ uns weiterfahren – aber es könnte auch anders gewesen sein. Ich war nicht recht bei Sinnen. Wie ich quer durch Persien zu reiten vermochte, durch Gebirge und Wüste, ist mir ein Rätsel. Mein Körper funktionierte wie ein Automat, mein Geist allerdings war in Nebel gehüllt und ich hatte keinerlei Intention zur Flucht."

„Und nun? Warum nutzt Ihr nicht das Gewehr?"

„Meine geheimnisvolle Beschützerin Malika ist erst seit wenigen Tagen hier. Sie hat es unter ihrem Gewand eingeschmuggelt. Dies gelang, weil Frauen hier nicht viel bedeuten und man sie nicht zu fürchten braucht. Malika teilte mir mit, dass sie meinen Bruder im Palast gesehen habe und alles daran setzen werde, ihn auf meine Spur zu bringen. Sich den Weg freizuschießen, wäre ein absurdes Unterfangen. Wo sollte ich hin?

Auch ist der Harem gut abgeschirmt und zudem vermag ich diese Räume nicht zu verlassen. Bal-Zadan hat eine Art Bann um meine Gemächer gelegt, wie eine unsichtbare Mauer, die jedoch nur auf mich Wirkung hat und auf niemanden sonst."

„Was will Bal-Zadan von Euch?"

„Er will mich heiraten. Er sagt, in meinen Adern flösse besonderes Blut. Sein und mein Blut zusammen würden den perfekten Herrscher ergeben. Aber ich werde ihn niemals freiwillig ehelichen. Niemals!"

„Fragt Ihr Euch nicht, was der Hintergrund seines Plans ist?", fragte der Assassine. „Hat er Euch etwas von Eurer Mutter erzählt?"

Anahita schüttelte den Kopf.

„Nein. Was wisst Ihr über sie?"

„Es steht mir nicht zu, Euch darüber aufzuklären. Verzeiht mir. Aber Māh-Tab wird Euch alles berichten."

„Wer ist das? Was hat sie damit zu tun? Und sagt, lieber Sâyeh, was habt Ihr mit der Sache zu tun? Warum helft Ihr uns?"

Sâyehs Blick richtete sich nun auf die Tischplatte. Ich konnte mir denken, dass dies ein Zeichen von Gewissensnot war.

„Sehr viele Fragen auf einmal", murmelte er. Er rang mit sich und blickte sie erneut an. Sie wirkte konzentriert, aber nicht ängstlich. Ihr dunkles Haar floss offen über ihre Schultern. Als sie auffordernd nickte, berichtete Sâyeh zögerlich weiter. „Es war meine Aufgabe, Euch vor Euren Entführern zu beschützen – Euch aus Lindsay Castle zu holen und – nach Persien in Sicherheit zu bringen."

„Was?" Anahita sprang empört auf. „Ihr hattet ebenfalls vor, mich zu verschleppen?"

Sâyeh hielt besänftigend eine Hand in ihre Richtung.

„Ich und Shana wollten Euch beschützen."

„Shana? Meine Shana?"

„Ja, sie war der Assassine, der nachts in Euer Gemach eindrang, um Euch schnellstmöglich aus der Gefahrenzone zu bringen. Denn wir wussten um die Pläne Bal-Zadans, Euch zu rauben."

„Shana", flüsterte Anahita nochmals und schüttelte ungläubig das Haupt. „Mein Bruder hat sie erschossen. Ich sah es vom Balkon aus, bevor mir jemand – wahrscheinlich Mortaza – etwas über den Kopf stülpte und mich in einen Schlaf versenkte."

„Shana lebt", antwortete der junge Magier. „Ich habe sie mit meinen Kräften geheilt."

„Das ist gut. Sie war mir eine wirkliche Freundin – oder war das nur gespielt?"

„Nein. Sie ist Euch noch immer treu ergeben und genauso bemüht, Euch hier herauszuholen, wie Euer Bruder, Kara und ich."

Anahita nickte verstehend und mit Erleichterung im Blick. „Wie ist der Plan?"

„Mein Freund Tufan konnte bei unserer Gefangennahme aus dem Palast fliehen. Er wird unsere Führerin Māh-Tab unterrichten. Sie wird mit Shana, Hadschi Halef Omar und den Assassinen sicherlich einen Vorstoß wagen, um uns alle hier aus dem Palast zu befreien. Zudem ..."

„Es kommt jemand!" Das unverschleierte Mädchen stand neben der Tür und blickte mich – nein, natürlich Sâyeh – erschrocken an.

Die Hand des Assassinen färbte sich augenblicklich schwarz. Er sprang auf und eilte zum Balkon hinüber. Ich hörte, wie sich hinter ihm die Tür öffnete und dann Bal-Zadans Stimme ertönte:

„Oh, Lady Anahita, Ihr seid wach? Zu so später Stunde?"

„Ihr habt mich meines natürlichen Schlafrhythmus beraubt durch Eure dunklen Künste. Zudem gebe ich die Frage gern zurück. Wieso dringt Ihr nachts in meine Gemächer ein?"

Sâyehs Blick wanderte vorsichtig zurück in das schwach beleuchtete Zimmer. Durch den Stoff der vom Nachtwind leicht wallenden Gardinen konnte ich Bal-Zadan und Mortaza erkennen. Der Krieger bückte sich und hob das Tischtuch auf, welches Sâyeh zum Verdecken seiner Blöße benutzt hatte und das nun durch die Rückverwandlung zum Schatten auf den Boden gefallen war.

„Ich sah Licht in Eurem Zimmer und befürchtete, es könnte jemand eingebrochen sein." Der Magier lächelte mit gespielter Ergebenheit. Dann entdeckte er den Stoff in der Hand seines Dieners und ließ suchend seinen Blick durch den Raum wandern. Als seine Augen mich direkt ansahen, blitzten sie für einen kurzen Augenblick rot auf. In der nächsten Sekunde gewahrte ich die Aussicht in den Innenhof. Sâyeh musste sich abrupt weggedreht haben.

„Wer sollte hier eindringen – außer Euch und Euren Schergen? Der Harem ist besser geschützt als Eure Kerker."

„Das bezweifle ich."

Bal-Zadans Stimme schien sich mir zu nähern.

„Was wollt Ihr auf dem Balkon? Bedürft Ihr frischer Luft?" Anahitas Ton war schnippisch geworden und erinnerte mich an Djamila.

„Eure Gegenwart kann durchaus das Blut eines Mannes in Wallung bringen", schmeichelte er, während er sich hörbar näherte.

Natürlich verstand ich die Warnung Anahitas an Sâyeh und auch der Assassine wusste, was sie damit bezweckte. So kam es, dass ich in dem einen Moment noch das beleuchtete Wasserspiel im Innenhof erblickte, da ich gefühlt neben der Balkontür an die Wand gepresst verharrte, und im nächsten Augenblick stürzte ich kopfüber von der Brüstung. Dann war alles schwarz.

Vor meinen Augen löste sich die Dunkelheit auf und ich gewahrte, dass ich neben Lindsay im Stroh saß und auf die Münze starrte. Sie war silbrig glänzend und zeigte nur noch mein Spiegelbild. Der Earl sah mich erschrocken an.

„Er wird doch nicht ...?", raunte er tonlos.

„Shana hat damals auf Lindsay Castle diesen Sprung von meinem Balkon leichtfüßig gemeistert. Ich denke, dass Sâyeh ebenfalls dazu in der Lage ist."

„Really? Warum ist dann aber die Verbindung abgerissen?"

„Ich weiß es nicht", gestand ich. „Vielleicht benötigte dieser Todessprung höchste Konzentration."

Ich bemerkte, dass ich mich erschöpft fühlte. Dies mochte vom Schlafentzug herrühren oder wahrscheinlicher von der geistigen Verbindung mit den Sinnen des Assassinen. Auch Lindsay wischte sich müde über das Gesicht. So erhob ich mich und holte Wasser, mit dem wir uns innerlich und äußerlich erfrischten. Das Nass auf meinem Gesicht tat gut und auch der Earl wirkte weniger matt, doch noch immer besorgt. Er stand auf und marschierte ein paar Schritte Richtung der Mauer, an welcher die Eisenringe, die Sâyeh dort fixiert hatten, verwaist herabhingen. Dann drehte er um und steuerte nervös die gegenüberliegende Wand an. Zwischendurch schaute er hinauf zum Fenster.

„Er kommt nicht zurück. Was mag geschehen sein?"

Auch in mir begann nun die Sorge um den Freund aufzusteigen. Es gab nur eine Möglichkeit für uns, herauszufinden, ob er in Gefahr war oder verletzt oder gar ...

„Vielleicht ist es machbar, die Verbindung neu herzustellen."

„Well, dann sollten wir einen Versuch starten."

Ich nickte und wir setzten uns abermals auf den kalten Boden und blickten auf die kleine Scheibe in Lindsays Hand. Diesmal währte es recht lang. Fast wollte ich aufgeben, als sie sich schließlich optisch vor meinen Augen in flüssiges Silber verwandelte. Mein Geist tauchte erneut darin ein und vor mir entstand das Bild des nächtlichen Parks.

„Sie ist recht störrisch", sagte Bal-Zadan auf Persisch.

Er saß mit Mortaza auf einer Bank unweit einer Fontäne. Das bunte Licht des Wasserbassins tauchte die herabhängenden Zweige der Bäume und Sträucher im nahen Umfeld in schillernde Farben. Den Magier und seinen Krieger erreichten nur noch dunkle Rottöne und so wirkten die beiden wie unheimliche Dämonen im Dunkel der persischen Nacht.

Sâyeh lebte also. Ich hörte diesmal seinen Atem ungewöhnlich laut, und als sein Blick weg von den finsteren Subjekten wanderte, bemerkte ich, dass der Assassine in menschlicher Gestalt hinter einem Baumstamm hockte. Er blickte auf seine

Hand. Ich wusste nicht, ob er spüren konnte, dass Lindsay und ich es geschafft hatten, erneut Verbindung mit ihm aufzunehmen, doch vermutete ich dies. Denn mir war, als wollte er mir mit seiner Sichtweise etwas mitteilen. Laut zu sprechen, war in dieser Situation nicht möglich, da die zwei am Wasserspiel ihn sicherlich gehört hätten, wie auch wir sie hörten.

„Wir müssen den Prozess und die Hinrichtung von Lindsay und seinen Freunden beschleunigen. Durch diese Machtdemonstration wird Euch Lady Anahita sicherlich gefügiger sein."

„Glaubst du, Mortaza? Ich denke, dass sie dadurch noch störrischer wird. Besser wäre es, sie würde ihren Bruder leiden sehen. Dann hätte ich ein Druckmittel und ich könnte mir vorstellen, dass sie schließlich nachgibt, um ihn zu erlösen", hörte ich den Magier sprechen, während das Bild vor meinen Augen Sâyehs Hand zeigte. Sie begann sich an einigen Stellen schwarz zu verfärben, doch sogleich verblasste das Dunkel wieder. Was hatte das zu bedeuten? War der Assassine seiner magischen Fähigkeiten beraubt?

„Das ist ein guter Plan, verehrter Meister. Die Frau ist sehr stark. Ich musste große Kräfte aufbringen, um sie willenlos zu machen."

„Vielleicht steckt mehr von ihrer Mutter in ihr, als ich erspüren kann. Auch wenn sie nicht diese besondere Gabe hat, so ist sie offensichtlich in der Lage, sich gewisser Magie zu entziehen oder ihr zumindest entgegenzuwirken. Ich muss vorsichtig sein. Der Bann um ihre Gemächer erfordert von mir einiges an Kraft, die ich bald gezwungen bin, aufzufüllen. Ich weiß, dass sich eine Apsasû in den Bergen versteckt. Sie ist mein Mittel, mich zu verjüngen. Und du weißt auch, was mein letzter Ausweg wäre, wenn du sie nicht findest."

Sâyeh gewährte mir einen Blick zwischen Blättern hindurch auf die Sprechenden. Ich beobachtete, wie Bal-Zadan bei diesen Worten Mortazas Kehle packte. Der Diener blickte seinem Herrn und Peiniger mit versteinerter Miene entgegen. Fast tat er mir leid, denn die Todesdrohung, die der Magier hiermit aussprach, war unverkennbar. Die Hand um Mortazas Kehle löste sich wieder und der Krieger verbeugte sich ergeben.

„Ich weiß es, Meister. Doch seid gewiss, dass ich diese Apsasû finde. *Er* wird reden. Ich verspreche es euch. *Er* ist nur ein Mensch und irgendwann wird er den Schmerz nicht mehr ertragen."

„Ich kenne deine ausgefeilten Foltermethoden. Aber ich befürchte, dass er nichts sagen wird, egal, was du ihm antust."

„Lasst mich gewähren und Ihr werdet Ergebnisse sehen."

Bal-Zadans Stimme wurde zwar nicht lauter, doch ich hörte einen aggressiven, bösen Ton heraus.

„Mortaza, die Resultate deiner Arbeit sehe ich! Sie sind keineswegs befriedigend. Zuerst bist du trotz der *Gerdbâd* – der *Wirbelsturm,* diesem besonderen Schiff aus dem Privatbesitz des Schahs – nicht in der Lage gewesen, dem Earl zu entkommen und deine Spuren zu verwischen, und nun bist du unfähig, den Schlupfwinkel dieser Apsasû herauszufinden. Ich weiß, dass diese Assassinen mit ihr im Bunde stehen. Der Junge im Kerker hat spezielle Fähigkeiten, die ich noch nicht ergründen konnte, und ich spürte in ihm eine Verbundenheit – eine besondere Bindung – zu einem überirdischen Wesen. Das kann nur s i e sein."

„Das ist nicht mein Verschulden. Ich habe alles daran gesetzt, dem Engländer zu entkommen, und ich bin viele Tage vor ihm an Land gegangen. Als ich bemerkte, dass die *Marley* des Earls unserem Schiff ebenbürtig oder gar besser war als die *Gerdbâd*, habe ich mich des Nachts verwandelt, flog über dem Meer und zog mit Seilen das Schiff hinter mir her. Jedoch funktionierte die vollständige Verwandlung zum Lamassu erst, als wir Persien nahe waren und den Suezkanal schon durchquert hatten. Davor habe ich mit Nebelbänken auf dem Meer und Nebel im Geist der Kontrolleure die Briten verwirrt. Verzeiht, wenn ich Euren Ansprüchen nicht gerecht geworden bin. Verzeiht, werter Meister." Erneut schlug er demütig die Augen nieder.

„Ich verzeihe nie etwas! Jedoch gebe ich dir die Möglichkeit, dein Versagen wiedergutzumachen. Denn selbst beim Fluchtversuch Lindsays lief nicht alles nach Plan. Auch in dieser Hinsicht hast du versagt. Ich gab dir den Befehl, *ihm* unauffällig in die Berge zu folgen. Aber du musstest den Kampf suchen."

„Nein, Meister, so war es nicht. Ich folgte ihm in großem Abstand. Ich flog sehr hoch und hatte Mühe, ihn in der Dunkelheit noch auszumachen. Doch seine Körperwärme leitete mich. Allerdings bemerkte er mich. Da blieb mir keine andere Wahl, als ihn gefangen zu nehmen. Er wird uns sicher von Nutzen sein."

Ich hörte ein Stöhnen und Bal-Zadan offensichtlich auch. Denn er gebot mit erhobener Hand seinem Krieger zu schweigen. Lauschend blickte er sich um.

„Vielleicht hat eine dieser Eulen dich entdeckt und ihn gewarnt. Das könnte durchaus möglich sein. Ich habe in der vergangenen Nacht erneut einen dieser kleinen Spione erwischt und ihm den Hals umgedreht. Sie sind überall. Wir müssen vorsichtig sein."

Sâyeh zog den Kopf zurück und presste sich an den Baum. Wieder hörte ich seinen heftigen Atem. War dieser Schreckenslaut s e i n e r Kehle entwichen? Hatte er Angst? Ich konnte ihn gut verstehen, denn auch ich hatte begriffen, wen Mortaza da in seinen Fingern haben musste. Es konnte kein anderer als Tufan sein. Bei dieser Erkenntnis brach die Verbindung zu dem Assassinen ab und ich fiel in ein tiefes schwarzes Loch.

Als ich erwachte, saß Lindsay neben mir mit besorgter Miene und träufelte Wasser über mein Gesicht.

„Was ist geschehen?", fragte ich verwirrt und stemmte mich hoch. Da mein Kopf schmerzte, blieb ich auf dem Boden sitzen.

„I think, Ihr konntet eine erneute Verbindung zu Sâyeh aufbauen, Kara. Mir dagegen blieb es verwehrt. Und nach einer Weile seid Ihr plötzlich bewusstlos niedergesunken."

„Wie lange ist das her?"

„Die Zeit ist hier schlecht zu messen. Ich schätze allerdings, dass es zwei oder drei Stunden waren. Trotz all meiner Versuche, Euch aufzuwecken, wart Ihr tief in Eurer Ohnmacht gefangen."

Nun erhob ich mich doch, blickte an die Wand hinüber und sah dort lediglich die leeren Eisenringe in der Düsternis des Verlieses. Sâyeh war nicht da und das beunruhigte mich. Das Fenster ließ ein wenig Licht herein, doch vermochte ich nicht zu sagen, ob es Fackelschein oder schon die Morgendämmerung war.

„Was habt Ihr gesehen?", fragte Lindsay.

„Bal-Zadan und Mortaza."

„What's wrong? Nun sprecht doch! Ich sehe Euch an, dass etwas nicht stimmt. Ist es Anahita?"

„Nein, keine Sorge, Sir David, Eurer Schwester ist nichts geschehen. Ich befürchte jedoch, dass unsere Hoffnung auf Rettung verloren ist."

„Why? Was habt Ihr gehört?"

Ich war unsicher, was ich Lindsay berichten sollte. Unsere Situation war ohnedies schon sehr aussichtslos und wenn ich ihm jetzt von Tufan erzählte, dachte ich, es könnte ihn niederschmettern. Trotzdem wagte ich nicht, diese wichtige Neuigkeit zu unterschlagen.

„Ich glaube, dass Tufan die Felsenburg nicht erreicht hat. Mortaza sprach von einem Gefangenen, den er durch Folter zum Sprechen bringen will. Ich denke, dass es sich um den Assassinen handelt."

„Damned!" Lindsay schlug mit der Faust gegen die Mauer. „Was will er aus ihm herauspressen?"

„Die Lage der Felsenburg. Denn offenbar ist Bal-Zadan nicht nur an Anahita interessiert, sondern auch an Māh-Tab. Sâyeh erzählte mir, dass Māh-Tab sich verjüngen könnte, indem sie das Blut Ihresgleichen trinkt. Vielleicht wirkt das Blut auch bei anderen Magiern, wie Bal-Zadan einer ist, wie ein *Wasser des Lebens*. Zumindest hörte es sich so an."

Lindsay begann festen Schrittes auf- und abzugehen. Er schien besorgt und erregt, doch noch immer voll Tatendrang.

„Wir müssen etwas unternehmen!"

„Wir könnten ein Feuer legen, dadurch die Wachen hereinlocken und versuchen, sie zu überwältigen", schlug ich vor.

„Well, lasst es uns versuchen."

Ich tastete mein Gewand ab, da ich mir sicher war, dass das *Me var dana* noch irgendwo darin verborgen sein musste. Da es nur wie ein unscheinbares Stück Holz aussah, erregte es nie Aufsehen. Mit dessen Metallklinge könnte ich versuchen, Funken zu schlagen und das Stroh in Brand zu setzen. Es war ein Risiko, gewiss, aber ein kalkulierbares, denn das wenige trockene Stroh, welches hier auf dem Boden lag, würde uns nicht jeglichen Sauerstoff rauben. Zumal müsste der meiste Rauch aus dem Fenster entweichen, überlegte ich. Doch bevor ich das Messer fand, hörte ich ein Geräusch. Meine Aufmerksamkeit wurde dadurch zu besagtem Fenster gelenkt. Der *Schatten* wand sich durch den Spalt und während seines Sprungs nach unten materialisierte sich Sâyeh. Der Assassine landete in Hockstellung vor mir auf dem Boden und schlüpfte sogleich in sein Gewand.

„Was ist geschehen?", fragte ich.

Sâyeh fuhr sich erregt mit den Fingern durchs Haar.

„Sie haben Tufan."

„Ich weiß. Ich habe alles mitangehört."

„Es tut mir leid, dass ich die Verbindung unterbrochen habe, doch Bal-Zadan hatte meine Anwesenheit bemerkt. Ich musste mich rasch verstecken, denn in seiner unmittelbaren Nähe konnte ich mich nicht zum Schatten verwandeln."

„Warum nicht?", fragte Lindsay.

Sâyeh schüttelte frustriert den Kopf.

„Das weiß ich nicht."

„Ihr hättet die Gelegenheit zur Flucht ergreifen sollen. Wieso seid Ihr zurückgekehrt?"

Der Assassine blickte mir fest in die Augen.

„Ich war versucht, Kara. Ja, ich hatte in Erwägung gezogen, an Tufans Stelle zur Felsenburg zu fliehen, um Euch zu helfen und Mâh-Tab davon abzuhalten, hierherzukommen. Doch ich vermochte es letzten Endes nicht. Zum einen hatte ich Angst, das Bal-Zadan mich spüren könnte und ich ihm dadurch die Lage unseres Verstecks verraten würde. Zum andern machte ich mir Sorgen um Tufan. Er ist fast so etwas wie ein Bruder für mich. Deshalb begab ich mich auf die Suche. Als Bal-Zadan sich von Mortaza verabschiedete, war ich weit genug von dem Magier entfernt, um mich zu verwandeln. So folgte ich ungesehen dem Krieger in seinen Folterkeller und fand meinen Freund in einem Zustand zwischen Leben und Tod vor. Die Einzelheiten mag ich nicht in Worte fassen, doch ich war versucht, ihm die Kehle durchzuschneiden, um ihn zu erlösen."

Ich legte dem jungen Krieger beruhigend die Hand auf die Schulter. Es berührte mich, dass er seine Gefühle in unserer Gegenwart offenbarte. Bis jetzt hatte er stets das Gesicht gewahrt und Emotionen kaum geäußert.

„Allerdings konnte ich es nicht. Die andauernde Verwandlung dieser Nacht hatte mich aufgezehrt. Mortaza ist stark und er hatte zwei Gehilfen bei sich. Ich hätte mich zurückverwandeln müssen, denn nur in meiner menschlichen Form kann ich eine Waffe benutzen und kämpfen. In meinem derzeitigen geschwächten Zustand sah ich keine Chance gegen die drei Krieger. Es wäre niemandem gedient gewesen, hätte ich mich von ihnen töten lassen ... Für Tufan kann ich nichts mehr tun, aber vielleicht für Euch und Anahita." Sâyeh setzte sich auf den Boden vor die Mauer mit den Eisenringen und ließ den Kopf auf die Brust sinken.

Ich brachte ihm Wasser und den Rest des Sangak-Fladens. Stumm aß und trank er etwas. Dann legte er sich nieder. „Ich brauche ein wenig Ruhe. Weckt mich, falls jemand kommt, damit ich in die Fesseln schlüpfen kann."

„Well, das werden wir tun, my friend", bestätige Lindsay.

Unterdessen hatte ich das *Me var dana* in der Hand. Meine Finger spielten mit dem glatten Holzstück.

„Wir müssen unseren Plan ein wenig verschieben, denke ich."
Der Earl nickte.

Achtzehntes Kapitel
Keine Rettung

Die Kerze in meiner Hand flackerte und warf unheimliche Schatten an die nassen glitschigen Wände. Einer der Schatten löste sich von den Steinen und flog mit ausgebreiteten Schwingen auf mich zu. Es war eine Fledermaus. Beim Näherkommen nahm sie jedoch dermaßen an Größe zu, dass ich mich entsetzt auf den Boden fallen ließ. Das Wesen rauschte über mich hinweg. Ich rollte mich auf den Rücken und gewahrte, wie das fliegende Geschöpf eine Kehre machte und erneut auf mich zusteuerte. Die Augen leuchteten rot und nun erkannte ich, dass es keine Fledermaus, sondern ein Lamassu war, ein Bulle mit mächtigen Flügeln und Mortazas Kopf. Die Kerze war wie durch ein Wunder nicht erloschen. Ich packte sie, stemmte mich hoch und begann zu laufen. Die Gänge wurden immer schmaler und ich hatte keine Vorstellung davon, wie das riesige Geschöpf dort hineinpassen konnte. Doch wagte ich nicht, mich umzudrehen, denn ich hörte das Rauschen seiner Flügel deutlich hinter mir. Plötzlich versperrte mir eine Mauer den Weg und ich war gefangen in einer Sackgasse. In dem Mauerwerk vor mir fehlten einige Steine, sodass mich ein finsteres Loch angähnte. Ich schlüpfte hinein und in dieser pechschwarzen Nische hing Otis an der Wand festgekettet. Er hob seinen Kopf und flüsterte: „Zu spät, Kara Ben Nemsi!" Als ich ihm ins Gesicht blickte, waren es Sâyehs Augen, die zurückstarrten, und mein Geist wurde in sie hineingesaugt wie in Lindsays Münze *Sheshm-e Māh*. Jetzt war ich es, der da stand, in Eisen geschmiedet, in dem Kellergewölbe des Castle. Draußen verwandelte sich der Lamassu in Mortaza zurück und glotzte mich aus feurigen Pupillen an. Ich riss an den Ketten, wand mich in Zorn und Verzweiflung, konnte aber nichts ausrichten gegen den Stahl und die Steine. Mortaza begann zu lachen. Er packte einen Ziegel und legte ihn in die Öffnung. Dann nahm er einen weiteren und noch einen und mauerte das Loch vor mir zu. Schließlich blickte ich auf eine massive Wand, welche die auf dem Boden liegende Kerze schonungslos beleuchtete. Wieder zerrte und riss ich an meinen Fesseln. Ich war lebendig eingemauert, hilflos an eine Mauer gekettet ohne Aussicht auf Rettung. Niemand wusste, dass ich in den Lindsay'schen Keller hinabgestiegen war. Ich zog an den Ringen, versuchte meine Hände herauszuziehen, zu winden, zu zerren, und als sich das alles als vergebens erwies, begann ich schließlich in aufkeimender Todesangst zu schreien.

Irgendwann sackte ich erschöpft in mich zusammen und starrte benommen auf die winzige Flamme vor meinen Füßen. Sie flackerte, fast als würde sie mir zum Abschied winken, wurde kleiner und kleiner, bis sie letztendlich erlosch. Nun stand ich in völliger Finsternis und wusste, dass der Sauerstoff sich dem Ende neigte, wie auch mein Leben. Verzweifelt begann ich nach Luft zu ringen ...

... und schreckte hoch. Es war so dunkel, dass ich kaum die Hände vor meinen Augen sah. Reflexartig tastete ich nach vorn, wo ich die Wand vermutete, doch sie war verschwunden. Zwar hatte ich Eisenringe an den Handgelenken, allerdings waren sie nicht an irgendeinem Gemäuer befestigt. Erleichtert wurde mir bewusst, dass ich geträumt hatte. Ich war nicht lebendig eingemauert, aber noch immer im Kerker des Schahs.

Was hatte dieser Traum zu bedeuten? War es meine innere Verzweiflung, die sich einen Weg bahnte? Die Kerkerhaft nagte augenscheinlich mehr an meiner Seele, als ich mir eingestand. Das Gewölbe um mich herum, ohne einen Blick auf die Sonne oder den Himmel, erzeugte offenbar das Gefühl, eingemauert zu sein wie Otis, der Geist von Lindsay Castle. Ich brauchte das weite Land, die Prärie, die Wüste, das Sternenzelt über meinem Kopf. Ich musste hier heraus! Doch gleichzeitig wusste ich, dass dort draußen Mortaza wartete, ein Wesen, was sich mir nicht erschloss. Ein Geschöpf, welches sich in menschlicher Gestalt zeigte und in Wirklichkeit etwas ganz anderes war. Oder bildete ich mir das nur ein? War alles nur ein Trick, ein fauler Zauber, eine Verwirrung meiner Gedanken?

„Lindsay", rief ich tonlos den Earl.

Neben mir regte sich jemand. Meine Augen hatten sich mittlerweile an die Dunkelheit gewöhnt und ich erkannte Sir David, der sich verschlafen über das Gesicht fuhr.

„Was ist geschehen?", fragte er benommen.

„Nichts. Doch wenn ich nicht bald etwas tue, um hier herauszukommen, verliere ich den Verstand. Ich fühle mich wie eingemauert und werde hier noch ersticken."

„Ihr habt Recht, Kara. Es macht keinen Sinn, auf einen Prozess oder ein Heer zu warten. Wir müssen die Sache selbst in die Hand nehmen."

Sâyeh war inzwischen ebenfalls erwacht und hatte sich neben uns gehockt.

„Was habt Ihr vor?"

„Wir wollen ein Feuer entfachen, damit die Wächter die Tür öffnen. Dann versuchen wir, sie zu überwältigen und aus dem Kerker zu fliehen."

„Gut. Ich bin dabei. Ich habe nichts zu verlieren", entgegnete Sâyeh.

So nahm ich das magische Messer zur Hand und befahl:

„Me var dana!"

Sogleich schnellte die Klinge hervor. Lindsay hatte einiges trockenes Stroh zusammengesucht und vor mir angehäuft. Ich überlegte, wie ich am besten Funken erzeugen konnte. Die Steine auf dem Boden boten sich an, aber das Eisen um meine Handgelenke erschien mir die bessere Wahl. Also hämmerte ich die Klinge mehrmals gegen den Ring um meine Linke. Es klirrte laut. Ich schlug erneut zu und ein Funke stob davon, doch er traf das Stroh nicht. Deshalb ließ ich das Metall des Messers noch etliche Male mit meiner Handschelle kollidieren, bis schließlich mehrere der kleinen Glutsternchen auf die trockenen Halme sprühten. Lindsay hielt schützend die geschlossenen Finger darum und pustete vorsichtig, bis sich ein dünnes Rauchsäulchen emporschlängelte. Sâyeh sammelte weitere Strohhalme auf und bot sie dem winzigen Flämmchen als Nahrung, sodass das Feuer zu wachsen begann. Nun fegten wir mit den Händen sämtliches, teilweise feuchtes Material, welches den Boden des Verlieses bedeckte, in die verzehrenden Flammen. Sie schlugen hoch hinauf und zwangen uns, Abstand zu wahren. Die Hitze, welche das Feuer aussendete, glühte auf unseren Gesichtern. Nun zeigte sich eine weitere Fähigkeit des Assassinen. Er streckte die Hände nach dem heißen Wirbel in unserer Kerkerzelle aus und mir schien, als wichen die Flammen ein Stück zurück.

„Feuer ist wie ein Lebewesen. Ich kann es beeinflussen", erklärte er. Lindsay und ich betrachteten verblüfft, wie der junge Magier die Flammen in Schach hielt, damit sie nicht auf unsere Kleidung übergriffen.

Durch die Feuchtigkeit des Strohs entwickelte sich zudem eine starke Rauchsäule, die nun glücklicherweise Richtung des schmalen Fensters in die Höhe zog. So dauerte es nicht lange, bis wir von draußen erste Rufe hörten.

„Atash! Feuer! Feuer!"

Schnell postierten wir uns rechts und links der Tür und warteten. Tatsächlich wurde sie aufgestoßen und zwei der Wachen stürmten herein. Ich packte den Ersten am Arm und wirbelte ihn herum. Unser unvermittelter Angriff überraschte ihn derart, dass er nicht in der Lage war, seinen Säbel zu ziehen. Da die Ketten zwischen meinen Handgelenken keine großen Bewegungen erlaubten, ließ ich ihn los, um auszuholen und ihn mit einem Schlag gegen seine Schläfe niederzustrecken. Er fiel unweit des Feuers zu Boden. Lindsay zog ihn ein Stück davon weg, damit er nicht verbrannte, und ich nahm den Säbel an mich. Der Zweite konnte jedoch einen Warnruf ausstoßen, bevor Sâyeh in die Luft sprang und, wie damals im Lindsay'schen Park, im Flug herumwirbelte und den Mann mit dem Stiefel am Kopf traf. Er wurde aus der Tür geschleudert und blieb betäubt im Gang liegen.

Offenbar hatte er keinerlei Waffen bei sich und uns fehlte zudem die Zeit, um ihn zu durchsuchen. Wir nahmen hurtig die Beine in die Hand und spurteten nach rechts, wo wir einen Ausgang zum Innenhof vermuteten. Schon hörten wir schwere

Soldatenstiefel hinter uns in den labyrinthartigen Verzweigungen des Kerkers. Vor uns versperrten nun zwei weitere Wächter den Weg. Kampfbereit hielten sie ihre Krummsäbel in unsere Richtung. Lindsay war so in Rage, dass er einen Angriffsschrei ausstieß und todesverachtend auf die beiden Soldaten zustürzte. Auf ihren Gesichtern konnte ich Verwirrung und Unsicherheit ablesen. Der eine trat schließlich fast ängstlich einige zögerliche Schritte zurück, während der Earl unter dem Säbel des anderen hindurchtauchte und ihn mit der Schulter in den Magen traf wie ein Rammbock. Gemeinsam stürzten sie zu Boden. Der Ängstliche versuchte nun, meine Hiebe mit dem Shamshir zu parieren. Im Augenwinkel bemerkte ich, wie Sâyeh Lindsays Gegner bewusstlos schlug, ihm den Säbel entriss, den Lord auf die Beine zog und beide weiter Richtung des Ausgangs hasteten. Das Gesicht meines Gegners war von Schweiß bedeckt, und es dauerte nicht lange, bis seine Waffe in hohem Bogen in den Kerkergang flog. Ergeben ließ er sich auf die Knie fallen. Ich wollte ihn nicht weiter beachten und schon davonstürmen, als ich einen Ring mit zahlreichen Schlüsseln an seinem Gürtel entdeckte. Mit der Schneide des Säbels zerschnitt ich das Leder in einem Ruck, wobei der Mann seine Augen schloss und kurz aufschrie. Wahrscheinlich dachte er, ich wollte ihm einen tödlichen Stoß versetzen. Der Ring mit den Schlüsseln polterte zu Boden. Schnell ergriff ich ihn und rannte hinter meinen Freunden her, eine Treppe hinauf bis vor eine hölzerne Tür. Lindsay rüttelte daran und drehte sich mit enttäuschtem Blick zu mir um. Lächelnd hielt ich ihm den Schlüsselbund vor die Nase. Da hellte sich sein Gesicht auf und er griff ihn sich, um nach mehreren Fehlversuchen endlich die Pforte zur Freiheit zu öffnen. Wir stürmten hinaus in den Hof. Die kühle Luft schlug uns erfrischend entgegen und ich realisierte, in welchem Gestank wir die letzten Tage verbracht hatten. Die Sonne war noch nicht über den Horizont gestiegen, doch die Morgendämmerung tauchte schon einige Bereiche des Gefängnisareals in silbriges Grau. Links wurde unsere Sicht von einer hohen Mauer blockiert. Vor uns ragte das Podest des Scheiterhaufens auf mit dem verkohlten Pfahl in der Mitte. Dahinter erkannte ich einen Durchgang in der steinernen Wand mit einem Gittertor. Rechts öffnete sich die weite Fläche des Gefängnishofs und ich konnte das Falltor zum Palastpark sowie die leeren Käfige erkennen.

Vor dem Tor zum Park standen die vier Wachsoldaten mit ihren Lanzen, die ich schon durch Sâyehs Augen gesehen hatte. Rechter Hand trat dicker Rauch aus einem schmalen Fenster des Gefängnisses. Einige Kerkerknechte schütteten Wasser aus hölzernen Bottichen dort hinein. Sie hatten uns noch nicht bemerkt und ich war guter Hoffnung, den Platz unbeschadet überqueren zu können. Aber dann hörte ich hinter uns Schritte aus dem Gewölbe, die sich rasch näherten.

„Abschließen!", befahl ich.

Lindsay reagierte sofort und verschloss die Tür. Kurze Zeit später vernahmen wir, wie jemand von drinnen gegen das Holz der Pforte hämmerte. Der Lärm ließ nun die Wachen am Tor aufmerksam werden, die sich durch das offensichtliche Feuer in einer Kerkerzelle nicht hatten aus der Ruhe bringen lassen. Jetzt jedoch schien ihnen bewusst zu werden, dass hier ein Ausbruch im Gange war. Während wir eilig zu dem anderen Tor hinüberliefen, begann jemand einen Gong zu schlagen. Eisen prallte gegen Eisen. Das Geräusch kam mir bekannt vor und ich war der Überzeugung, dass Sâyeh jüngst mit seinem Stein diesen Gong getroffen haben musste.

Lindsay war als Erster am Tor und versuchte den richtigen Schlüssel zu finden. Im Gegensatz zum Ausgang Richtung Park gab es hier kein Falltor, sondern zwei gewaltige Flügel aus Stahlstangen, vielleicht um auch Pferdewagen den Durchgang zu ermöglichen. Der Earl probierte den nächsten Schlüssel. Inzwischen näherten sich die vier Wachen. Sâyeh und ich postierten uns kampfbereit mit den erbeuteten Säbeln zwischen den Angreifern und Lindsay. So schirmten wir Sir David gegen eine eventuelle Attacke ab und gaben ihm die Möglichkeit, das Tor für unsere Flucht zu öffnen. Die Kerkerknechte stellten ihre Löscharbeiten ein und blickten interessiert zu uns herüber. Da sie jedoch keine Waffen bei sich trugen, mischten sie sich nicht ein. Warum sollten sie auch ihr Leben aufs Spiel setzen, wenn vier gerüstete Soldaten wider drei mäßig bewaffnete Ausbrecher standen?

Sâyeh stürzte nach vorn und hieb einem der Wächter gegen die Brust. Das Shamshir krachte klirrend gegen den Panzer. Der Krieger quittierte es mit einem Grinsen und konterte den Angriff mit einem Lanzenstoß, dem der Assassine geschickt auswich. Nun attackierten mich zwei der Soldaten mit ihren langen Stoßwaffen. Ich wehrte sie mit einigen Säbelhieben ab, doch war mir bewusst, dass dies ein ungleicher Kampf war. Ich hatte eine viel zu geringe Reichweite, um ihnen irgendeinen Schaden zufügen zu können, und war demnach in der Defensive.

„Wie lange noch, Lindsay?", fragte ich hastig, außer Stande, mich zum Earl umzudrehen.

Statt einer Antwort hörte ich das quietschende Geräusch des sich öffnenden Eisentors. Noch immer konnte ich mich nicht umschauen, da mich die zwei Krieger mit ihren Lanzen in Atem hielten. Zwischen einem abwehrenden Hieb meinerseits und dem nächsten Angriff beobachtete ich, wie Sâyeh geschickt unter der Lanze eines der Soldaten hindurchtauchte und es auf den Knien schlitternd schaffte, den Mann mit seinem Säbel am Bein zu verletzen. Ein Schmerzensschrei entwich dessen Kehle und der Wächter ging zu Boden. Der Assassine erhob sich und wirbelte gleichzeitig in einer geschmeidigen Schwingung herum, um seinen zweiten Gegner mit einem ähnlichen Angriff außer Gefecht zu setzen, so vermutete ich. Doch diesmal hielt er mitten in der Bewegung inne, als wäre er plötzlich zu Eis erstarrt. Die Farbe seines Gesichts wich einer entsetzten Bleiche. Diese Ablenkung meinerseits ausnutzend, versetzte mir einer der Soldaten mit der Spitze seiner Waffe einen Schlag auf den Unterarm, sodass ich in dem aufwallenden Schmerz reflexartig die Faust öffnete und mein Säbel zu Boden fiel. Noch immer begriff ich nicht, was vorging, und sah mit Unglauben, dass dem Assassinen der Shamshir aus der Hand glitt und er auf die Knie sank. Auch den drei Wächtern stand nun das Entsetzen ins Gesicht geschrieben. Sie ließen ihre Lanzen fallen und flüchteten zum anderen Tor hinüber, ihren verletzten Kameraden hinter sich herziehend. Die feuerlöschenden Kerkerknechte waren verschwunden. Plötzlich surrte ein Schwarm Pfeile an mir vorbei und streckte die fliehenden vier Wächter nieder. Nun verstand ich, dass wir geschlagen waren und dass hinter mir ein mächtigerer Gegner stehen musste, als diese vier Soldaten es gewesen waren. Ich hob die Hände mit den Ketten ein wenig hoch zum Eingeständnis meiner Niederlage und drehte mich langsam um.

Lindsay war von mehreren Kriegern ergriffen und einige Bogenschützen hatten auf mich und Sâyeh angelegt. Doch das war sicher nicht der Grund für die Kampfaufgabe des Assassinen gewesen. Es war offenbar der Präsenz Bal-Zadans geschuldet, die ihn zur Kapitulation zwang. Obwohl ihm dieser gefährliche alte Magier unwissentlich zur Beherrschung seiner Kräfte verholfen hatte, so schwanden diese ebenso aus unerklärlichem Grund in seiner Gegenwart. Wenngleich Bal-Zadan sicherlich furchteinflößend war, so schreckte mich doch eine andere Kreatur viel mehr. Hinter dem Alten mit seinen Kriegern erhob sich ein gewaltiges Wesen mit kräftigen ausgebreiteten Schwingen. Die hellbraunen, mit dunklen Streifen gebänderten Flügel muteten fast golden an und der Federbesatz erstreckte sich über die Schultern bis zur Brust. Die Federn der Handschwingen wirkten trotz ihrer Größe zart und filigran. Der Körper war der eines Stiers, nur um ein Vielfaches größer und von ebenfalls beigem, goldig schimmerndem Fell. Der Kopf gehörte eindeutig Mortaza mit dem sehr kurz gestutzten jugendlichen Bart, welcher gänzlich anders anmutete als der lange, kunstvoll geschnittene der Lamassu auf den historischen Steingemäuern in Persepolis. An der Spitze des Kulah Khud auf seinem Haupt brachen sich die ersten Sonnenstrahlen. Der Kettenpanzer am Rand hing locker über seine Schultern herab. Seine feurigen Augen blickten herablassend auf mich nieder. Dann hob er sich auf die Hinterbeine und ich erkannte, dass im Gegensatz zu den antiken Abbildungen seine Vorderläufe keine Hufe hatten, sondern riesige krallenbewehrte Klauen waren, mit denen er etwas greifen konnte. Doch fiel mir ebenfalls auf, dass der linke Lauf aus Stein bestand und er ihn zwar in der Schulter, aber nicht im Ellbogen zu beugen vermochte. Die Klaue daran lebte jedoch.

Sein Meister und die Soldaten traten einige Schritte zur Seite und der Lamassu kam auf uns zu. Er trug einen goldenen Brustpanzer, der in der nun aufsteigenden Sonne funkelte. Ein Schlagen seiner gewaltigen Flügel bewirkte, dass Lindsay, Sâyeh und ich zu Boden geschleudert und, wie von einem Hurrikan ergriffen, einige Meter davongeweht wurden. Ich überschlug mich und prallte schließlich schmerzhaft auf den Rücken. Schnell versuchte ich, wieder auf die Füße zu kommen, um nicht von Mortaza wie ein hilfloser Käfer zertreten zu werden. Dies schien jedoch nicht die Absicht des Lamassu zu sein, sonst wären wir schon längst tot gewesen. Er wollte mit uns spielen wie die Katze mit der Maus. Denn kaum stand ich auf meinen Beinen, erzeugte er erneut einen Wirbel, der mich über den Innenhof fegte. Auch der Earl und der Assassine hatten keine Chance, diesem Wesen zu entkommen. Wir wurden wie Puppen von ihm über den Boden gefegt, bis ihm Bal-Zadan Einhalt gebot.

„Es ist genug, Mortaza!", rief er.

Noch einmal blickte der Lamassu uns aus feurigen Augen an, dann begann die Kreatur zu schrumpfen. Die Flügel zogen sich in seinen Rücken zurück, seine Gestalt wandelte sich in die des jungen Kriegers, des Sklaven Bal-Zadans. Selbst der Helm und die Rüstung passten sich auf magische Weise seiner nun wieder menschlichen Größe und Erscheinung an. Er wandte sich zu seinem Herrn und Meister um und verbeugte sich demütig. Nun hatte er keinen Zweifel mehr an seinem wahren Ich gelassen. Mortaza war ein Lamassu! Ich konnte es kaum fassen, obwohl mir Sâyeh die Existenz schon angekündigt hatte und ich auch durch die Belauschung des Gesprächs zwischen Bal-Zadan und Mortaza darauf vorbereitet war. Selbst die Erscheinung in Persepolis und in dem Garten in der Nacht nach dem Besuch bei Faith hatten mich nicht wirklich überzeugt, da dies alles im Dunkeln geschah und sicherlich auch anders erklärt werden konnte. Jetzt hatte ich allerdings die Verwandlung ganz deutlich vor mir gesehen und es gab keinen Zweifel mehr.

Bal-Zadan kam auf uns zu und sein Ausdruck verriet Siegessicherheit. Mit einem Lächeln im Gesicht näherte er sich.

„Lord Lindsay! Kara Ben Nemsi! Ihr seid sehr anstrengend, in der Tat. Aber bald ist es überstanden. Eure Verhandlung ist für heute Nachmittag angesetzt und dies war der eigentliche Grund, warum ich Euch einen Besuch abstatten wollte. Doch nun habt Ihr mich dazu gezwungen, diese vier Unwissenden zu töten, damit unser Geheimnis um Mortaza gewahrt bleibt. Zum Dank werde ich Euch ein kleines Geschenk machen."

Er gab seinen Kriegern ein Zeichen, die daraufhin Sâyeh die Hände auf den Rücken banden. Der Assassine machte Anstalten, sich zu wehren, doch Bal-Zadan trat näher an ihn heran und der junge Magier erstarrte von Neuem. Es musste eine Art Bann sein, dem er auch mit seinen magischen Kräften nichts entgegenzusetzen vermochte. Allerdings vermied es der alte Magier, den jungen zu berühren.

Man führte uns durch das Tor hinaus in einen Teil der Palastanlage, der mir unbekannt war. Bal-Zadan schritt voran und wir drei Gefangenen folgten. Jeder von uns hatte zwei Soldaten in Rüstungen zur Seite. Eine Flucht war unmöglich, noch dazu mit der Erkenntnis um Mortazas Fähigkeiten.

„My God", flüsterte Sir David. „Er kann sich wahrhaftig in einen *Fowling-Bull* verwandeln. Einst liebte ich diese Wesen und nun ist eins davon derart böse, dass ich es liebend gern zur Legende werden ließe."

Durch Gassen und schmucklose Gebäude ging der Weg in einen Innenhof, welcher von fensterlosen Mauern hoch umschlossen war. Mitten auf dem leeren Platz war ein Rost im Boden eingelassen mit einer Größe von vielleicht drei mal fünf Metern. Mortaza begann ein gewaltiges Rad zu drehen wie bei einem Falltor. Mit einem grässlich schabenden Geräusch teilte sich das Gitter und setzten sich die beiden Hälften in Bewegung, um ein tiefes, finsteres Loch freizugeben. Die Soldaten stießen uns ganz nah an den Rand dieses künstlich angelegten

Abgrunds. Mit Schaudern blickte ich in die Tiefe und erspähte in der Dunkelheit des Schlunds ein goldenes Fluoreszieren. Ich wusste sofort, was dies zu bedeuten hatte. Bal-Zadan züchtete hier einen Balidan. Lindsay gewahrte ebenfalls die Schemen der menschenfressenden Kreatur in der Fisternis und trat entsetzt einen Schritt zurück. Wollte uns Bal-Zadan tatsächlich dem Verschlinger zum Fraß vorwerfen? Kaum hatten wir den Schock über Mortazas Verwandlung übewunden, konfrontierte uns der Magier mit dem nächsten grässlichen Untier.

„Wie ich an Euren Mienen ablese, habt Ihr schon Bekanntschaft mit Balidan gemacht. Nun, dann wisst Ihr ja, zu was dieses Geschöpf der Wüste in der Lage ist."

Er entzündete einige der magischen Fackeln mit jener kalten Flamme und warf sie in die Tiefe. Ein grunzender Laut drang zur Antwort empor und mehrere grünlich-braune Ranken wanden sich nach oben. Doch sie erreichten uns nicht. Das Licht der Leuchtstäbe offenbarte uns nun, dass dieses Wesen noch jung und klein war. Während der ausgewachsene Balidan in der Dasht-e Kavir einen Durchmesser von mindestens zehn Metern aufgewiesen hatte, so war dieser Verschlinger hier höchstens drei Meter groß. Das änderte jedoch wenig an seiner Gefährlichkeit. Denn auch in ihm brodelte das goldene Gift des Verdauungssafts, mit dem ich schon unerfreuliche Bekanntschaft gemacht hatte. Meine Muskeln spannten sich daher in Vorbereitung einer Gegenwehr, weil ich erwartete, von hinten in die Grube gestoßen zu werden.

„Keine Bange, meine verehrten Gäste. Ich werde den Schah nicht um das Vergnügen bringen, Euch zum Tode zu verurteilen. Aber Ihr sollt Euch Eurer Ausweglosigkeit bewusst werden. Ich weiß, dass Ihr Rettung durch den entflohenen Assassinen erhofft habt. Aber ich muss Euch enttäuschen, denn er hat sein Ziel nicht erreicht."

Diese Nachricht war keine Neuigkeit für uns, trotzdem erschütterte mich die Ankündigung, denn ich ahnte, dass der Magier Böses im Schilde führte. Ein Tor in einer der Mauern uns gegenüber öffnete sich und heraus trat ein Soldat. Vor sich her schob er Tufan. Dem jungen Krieger waren die Hände gebunden, doch selbst wenn dies nicht der Fall gewesen wäre, hätte er sicherlich keine Anstalten zur Flucht unternommen, denn er konnte sich kaum auf den Beinen halten. Sein Anblick war fürchterlich, gezeichnet von grausamen Folterspuren, und ich konnte Sâyeh nun verstehen, dass er erwogen hatte, ihn zu erlösen. Tufan schleppte sich langsam vorwärts, den Blick stoisch auf den Boden gerichtet. Seine Kleidung hing in Fetzen von seinem Leib und nicht nur diese. Ich kann nicht in Worte fassen, welch sadistische Seelen Mortaza und Bal-Zadan dazu befähigt haben mussten, einen Menschen so zu misshandeln – dass Menschen überhaupt dazu in der Lage waren, anderen dergleichen anzutun, ging nicht in meinen Kopf. Aber waren dies wirklich Menschen? Mortaza war jedenfalls weit mehr, wie wir nun gesehen hatten, und auch Bal-Zadan war keinesfalls nur ein einfacher Mann. Da war ich mir sicher. In beiden herrschte das abgrundtief Böse.

„Lasst ihn gehen!", hörte ich da plötzlich Sâyeh. „Ihr habt ihm genug angetan. Lasst ihn gehen und nehmt mich an seiner statt."

„Sehr ehrenwert von dir. Aber du bist nicht in der Position zu verhandeln und ich habe kein Interesse an irgendwelchen Tauschgeschäften."

Sâyeh schüttelte verständnislos den Kopf. „Warum? Warum tut Ihr das?"

„Aus reinem Selbsterhaltungstrieb", antwortete Bal-Zadan.

Nun hob Tufan den Kopf.

„Sie wollten die Lage der Felsenburg wissen, aber ich verriet ihnen nichts." Seine Stimme war ein leises Krächzen. „Wir müssen Māh-Tab warnen!"

„Du wirst niemanden warnen, außer deine Freunde vor meinem Zorn!" Mit diesen Worten stieß er den jungen Krieger hinab.

Sâyeh entfuhr ein Laut des Entsetzens und er wand sich in den Händen der Soldaten, die ihn festhielten. Ich sah, wie er auf die Knie gedrückt und offensichtlich von Bal-Zadans Kräften gebannt wurde. In seinem Gesicht und auf Stellen seiner Arme, die nicht von Stoff bedeckt waren, bildeten sich schwarze Flecken, die sogleich wieder verblassten. Er bemühte sich demnach, sich in den Schatten zu verwandeln, was ihm aber aufgrund Bal-Zadans Gegenwart nicht gelang. Hatte er das Pulver noch bei sich oder war es ihm bei unserer Festnahme abgenommen worden? Ich wusste es nicht.

Tufans Schreie erfüllten den Innenhof und lenkten meine Aufmerksamkeit weg von Sâyeh, hinab in die Grube. Ich wollte den Kopf abwenden, als ich das Schreckliche gewahrte, was sich darin abspielte, doch der Soldat neben mir verweigerte es mir. So schloss ich die Augen vor dem grauenvollen Schauspiel. Der Balidan war nicht groß genug, um, wie in meinem Fall damals, Tufans Körper sofort im Ganzen zu verschlingen und in seine zersetzende Flüssigkeit aufzunehmen. So dauerte es geraume Zeit, bis der Assassine von seinen Qualen erlöst wurde. Die Schreie verebbten und irgendwann war es unheimlich still in den Mauern. Mortaza ließ die Gitter wieder über die Grube gleiten und verschloss das Grauen in der Tiefe. Sâyeh stierte vor sich hin, als wäre das Leben aus seinem Körper gewichen. Zwei Soldaten packten ihn und zerrten ihn mit sich.

„Was habt Ihr mit ihm vor?"

„Das muss Euch nicht kümmern", entgegnete mir Bal-Zadan.

Mortaza war mit seiner Arbeit am Gitter fertig und kam zu uns herüber. Mit einem überlegenen Grinsen auf den Lippen hielt er Lindsay einen kleinen Flakon vors Gesicht.

„Wisst Ihr, was das ist, Lord Lindsay?"

Der Earl schüttelte den Kopf.

„Das ist der Saft des Balidan. Wenn er beschäftigt ist, wie es gerade der Fall war, so kann man ihm etwas davon stehlen. Es ist nicht einfach, ihn aufzubewahren, da alles, was er berührt, sich in kürzester Zeit zersetzt. Doch in diesem geschliffenen Kristallgefäß lässt er sich transportieren – sogar bis nach England."

„So what? Was wollt Ihr mir damit sagen?" Lindsays Augen weiteten sich und ich sah ihm an, dass die Erkenntnis schon längst Besitz von ihm ergriffen hatte.

Mortaza jedoch schien Gefallen daran zu haben, den Earl genauestens aufzuklären.

„Ein paar Tropfen in etwas Wasser gelöst und in den Magen eingeflößt verursachen furchtbare Schmerzen, ohne sofort tödlich zu sein."

Jetzt setzte Lindsays Reaktion ein. In einem Anfall von Wut schossen seine Arme vor und wollten Mortaza packen, doch die Soldaten neben ihm griffen ein und hielten ihn zurück. Zudem hemmten die Ketten an den Handgelenken seine Bewegungen.

„Du verfluchter Mörder!", fauchte er.

„Euer Vater war sehr widerspenstig, fast wie Tufan. Er weigerte sich beharrlich, den Aufenthaltsort Eurer Schwester preiszugeben. Ich musste ein ganzes Fläschchen für ihn vergeuden, letztendlich sinnlos, denn er sagte uns nichts."

„Das macht mich stolz", entgegnete Lindsay. „Und zugleich wütend. Das erste Mal in meinem Leben wünsche ich jemandem von Herzen den Tod."

„Eure Leidenschaft gefällt mir und ich hoffe, dass mir Bal-Zadan erlaubt, auch Eure Zähigkeit auf die Probe zu stellen." Demonstrativ hielt er dem Earl nochmals den Flakon mit dem gelb schimmernden Inhalt vors Gesicht. „Bei längerer Anwendung färbt es die Zunge blau. Seltsam, nicht wahr?"

Lindsay warf sich erneut wütend dem Lamassu-Krieger entgegen. Dieser trat mit verächtlicher Miene einen Schritt zurück, steckte die giftige Substanz in einen Beutel an seinem Gürtel und schloss sich den Soldaten an, die Sâyeh fortschafften.

Machtlos beobachtete ich, wie Mortaza und seine Schergen mit dem Assassinen durch ein Tor verschwanden. Ich hatte Angst um den jungen Krieger und fühlte mich zugleich verzweifelt, da ich ihm nicht helfen konnte.

Bal-Zadan trat nah an mich und Lindsay heran. Seine Raubvogelaugen nahmen mich ins Visier.

„Euer Anblick und Euer Geruch würden Augen und Nase des Schahs beleidigen. Deshalb habe ich meine Leute angewiesen, Euch für die Verhandlung vorzubereiten. Man wird Euch auch die Ketten abnehmen, wenn Ihr Euch zu betragen wisst. Ich rate

Euch, keine weiteren Fluchtversuche zu unternehmen, sonst werde ich nur Sâyehs Kopf zum Prozess schicken und den Rest des Assassinen dem Balidan als Dessert anbieten. Wollt Ihr das riskieren?"

Seine Frage bedurfte keiner Antwort. Wir wussten zu gut, dass er nicht bluffte, denn das hatte er zur Genüge bewiesen. Doch war ich mir auch sicher, dass Mortaza nicht den Auftrag hatte, Sâyeh ein entspannendes Bad einzulassen. Für Lindsay und mich hatte Bal-Zadan jedoch genau dies vorbereitet. Seine Soldaten führten uns in den Imarat-e Bādgīr – den *Palast der Windfänger*, Bal-Zadans Residenz. Im Untergeschoss wurden uns wahrhaftig die Ketten abgenommen und wir mussten uns unserer Kleider entledigen. Dann wurden wir in einen Baderaum geführt. Heißer Dampf erfüllte die Luft und verhüllte geheimnisvoll die bunten Fließenmosaike an den Wänden und auf dem Boden. Ebenso umnebelte er meinen Geist und verhüllte jedweden Gedanken an Flucht oder Kampf.

Es gab keine Fenster in dem Gewölbe, nur rundbogige Nischen mit Feuerschalen darin, die sowohl Wärme als auch Licht spendeten. An dem Eingang blieben zwei Soldaten als Wachen zurück. Im hinteren Bereich erblickte ich einen weiteren Torbogen, der mit transparenten Stoffbahnen verhüllt war. Zwei Schatten sagten mir, dass dort ebenfalls Wächter postiert waren, was mir in diesem Augenblick ganz unwesentlich erschien. In der Mitte des Raums war ein Bassin eingelassen, das mit nach Blüten duftendem Wasser gefüllt war. Lindsay und ich stiegen hinein in das grünlich schillernde Nass. Es war eine Wohltat nach diesen Tagen des Entbehrens und des Dahinvegetierens in Schmutz und Gestank, nun von dem schaumigen Element umschmeichelt zu werden.

Einige Dienerinnen traten durch die Gardinen hindurch ein und brachten Speisen und Getränke auf goldenen Platten. Sie stellten die Tabletts an den Rand des Beckens. Ihre Gewänder waren aus farbigen, aber hauchdünnen Stoffen, sodass wir uns nicht erwehren konnten, ihre bloßen Körper hindurchschimmern zu sehen. Ich trank von dem süßen Tee, aß von den exotischen Früchten und eine seltsame Ruhe und Gleichmütigkeit überkam mich. Der Kerker, Sâyeh, der anstehende Prozess, der angedrohte Tod, alles rückte in weite Ferne und schien mehr Traum als Wirklichkeit zu sein. Die Mädchen setzten sich neben uns auf den Beckenrand, ließen ihre Beine ins Wasser gleiten und begannen kichernd unsere Haut mit Schwämmen abzureiben. Unter normalen Umständen wäre mir das unangenehm gewesen und ich hätte sie fortgeschickt, doch diesmal ließ ich sie gewähren. Vielleicht war etwas in dem Getränk oder in dem alles umwogenden Dampf, was mich in diese für mich ungewöhnliche Stimmung versetzte, oder es war das Wissen um den nahen Tod. Denn auch Lindsay reagierte nicht abwehrend auf die fürsorgliche Behandlung. Zwar war mir in dem Moment in meinem tiefsten Innern bewusst, dass dies nur eine weitere Foltermethode Bal-Zadans darstellte, aber es war mir ebenso auch völlig gleichgültig. Natürlich wollte er uns mit dieser Aufbietung an Luxus und der berauschenden Sorglosigkeit nur verdeutlichen, was er uns demnächst zu nehmen gedachte: nämlich das Leben mit all den Schönheiten und Annehmlichkeiten, welche es bot.

Neunzehntes Kapitel
Zum Tode verurteilt

Irgendwann hatte ich das Gefühl, aus einem Traum zu erwachen. Ich stand mit Lindsay vor einer prächtigen gewaltigen Tür. In die hölzernen Blätter der zwei Flügel war der persische Löwe geschnitzt mit drohend erhobenem Säbel und der aufgehenden Sonne hinter sich. Daneben auf einem Thron saß ein König und streckte gebietend eine Hand aus. Vor seinem Podest knieten Männer nieder, teils mit gebundenen Armen. Offensichtlich waren es Verbrecher, denen der Prozess gemacht wurde. Im Hintergrund erkannte ich Darstellungen von Hinrichtungen und anderen Leibesstrafen. Es war die Verkörperung der Gerichtsbarkeit. Justitia dagegen, mit verbundenen Augen als Zeichen der Unparteilichkeit gegenüber dem Angeklagten sowie dem Attribut der Waage für die sorgfältige Abwägung von Schuld oder Unschuld, erblickte ich nirgends. Nur das Richtschwert war allgegenwärtig.

Lindsay und ich trugen saubere edle Gewänder und keinerlei Fesseln. Wir machten sicherlich den Eindruck von wohlhabenden Europäern, die in den vergangenen Tagen nicht schlecht behandelt worden waren. Hinter uns bemerkte ich einige Soldaten, die uns bewachten, aber nicht berührten. Die großen Flügel des Portals öffneten sich und wir traten unwillkürlich ein.

Vor uns breitete sich ein langgestreckter Saal aus. Hohe rundbogige Fenster säumten die linke Wand und spendeten helles Licht. Die rechte Wand war mit edlen Metallen und funkelnden Steinen verziert. Der Boden und das Deckengewölbe prangten von bunten Mosaiken. Es war ein ungewöhnlich buntes, fast heiteres Bild und mein Verstand musste dies erst verarbeiten, da ich die vergangenen Tage in diesem dunklen, dreckigen Verlies zugebracht hatte. An den Wänden waren Soldaten in goldenen Rüstungen postiert, mit Lanzen und Säbeln bewaffnet. In dem übrigen Raum des Saals drängten sich Menschen. An ihrer Kleidung konnte ich erkennen, dass es nicht nur höfische Angehörige waren, die unserem Prozess beiwohnten, sondern viele Leute des Volks aus sämtlichen Ständen. Ich war mir sicher, dass diese Zurschaustellung unserer Personen Bal-Zadans Werk sein musste. Er setzte alles daran, um unsere Verurteilung zu erwirken. Denn unser Tod bereitete ihm den Weg, seinen Plan zu verwirklichen, Anahita zu heiraten und die Macht zu übernehmen. Der Herrscher über Persien war darin genauso eine Marionette wie wir. Denn Bal-Zadan konnte uns nicht einfach verschwinden lassen, da er um Lindsays und Nāser ad-Dins gemeinsame Vergangenheit wusste. Der Schah hätte sicher unangenehme Fragen gestellt. Also hatte er sich – und das bestimmt auch zu seinem persönlichen Vergnügen – in den Kopf gesetzt, dass Nāser ad-Din seinem alten Freund selbst das Todesurteil aussprach. Was konnten wir dem entgegensetzen? Die Wahrheit über seine Intrige, die Wahrheit über Mortazas Identität? Ich befürchtete, dass dies nur auf Gelächter stoßen würde, denn im hellen Sonnenlicht des Palasts erschien selbst mir dies alles unrealistisch und unglaubwürdig. Sollten wir Anahita in den Fokus rücken? Nein, das wäre zu gefährlich für sie gewesen, denn schnell konnte Bal-Zadan auch sie zur Verräterin abstempeln. So konnten wir zunächst nur das Spiel mitspielen und abwarten, wohin es führen würde.

Bei unserem Eintreten ging ein Raunen durch den Saal und die Menge teilte sich. Durch die nun gebildete Gasse konnte ich am anderen Ende der Halle einen goldenen Thron auf einem Podest erkennen. Darauf hatte Nāser ad-Din Schah Platz genommen. Linker und rechter Hand von ihm standen einige Männer – Minister, wie ich vermutete. Unter ihnen erkannte ich Ibrahim Faith. Vor dem Schah hatte sich Bal-Zadan postiert in einem prächtigen schillernden Gewand. Offenbar war er die Stimme dieses Gerichts, wenn man solch ein Schauspiel überhaupt so benennen durfte.

Lindsay und ich traten näher. Es gab – im Gegensatz zu den deutschen Gerichten – keine Anklagebank, keinen Richtertisch oder Sitzgelegenheiten für Staatsanwalt und Verteidiger. Diese Aufgliederung war hier fremd. Die Rechtsprechung war hier eine Art Gottesurteil durch die Stimme des Schahs – oder hier wahrscheinlich eher durch Bal-Zadan. Der alte Magier begrüßte uns durch ein Kopfnicken und deutete uns an, dass wir uns links von ihm aufstellen sollten. Zwei Soldaten schirmten uns von der Menge ab, die nun schon unruhiger wurde. Ich konnte es verstehen, schließlich wurden wir hier des Mordversuchs an ihrem Herrscher bezichtigt. Da wir allein auf weiter Flur standen und gänzlich unbewaffnet waren, zog ein ungutes Gefühl in mir auf. Reflexartig fasste ich an die Stoffschärpe, die mein Gewand gürtete. Ich fühlte etwas Hartes darunter. Es war das *Me var dana* – das Zaubermesser. Auch wenn es uns in einem Kampf nicht von großem Nutzen sein würde, so war ich doch froh, dass der Wachposten im Bad es mir wiedergab, nachdem ich ihm versicherte, dass dieses unscheinbare Holzstück nur ein Glücksbringer für mich sei, ebenso wie der Musaddas.

Die Unmutsbekundungen der Menschen im Saal schwollen plötzlich sehr laut an, als die Palastwache einen weiteren Angeklagten hereinbrachte. Es war Sâyeh, zumindest konnte ich das im ersten Moment nur vermuten. Bal-Zadan war ein raffinierter Gegner und wusste, wie man die Menge für seine Zwecke gewann. Der Assassine kam genauso herein, wie ich ihn in Lindsays Park angetroffen hatte – als verhüllter lichtfarbener Schattenkrieger. Er war in einen sauberen weißen Kampfanzug gekleidet, mit schwarzen Stiefeln, Gürtel und Handschuhen. Sein Haupt war zudem von einem weißen Tuch bedeckt, sodass nur seine Augen sichtbar waren. Die Hände und Füße hielten Ketten zusammen. Die Menge rief Flüche und Todeswünsche aus, da sie, durch diese Attribute sogleich voreingenommen, einen hinterhältigen Mörder und Attentäter in ihm sah. Der alte Magier war wirklich sehr gewieft und heimtückisch bei der Inszenierung dieses Schauspiels.

Sâyeh wurde an uns vorbeigeschoben. Sein Gang war schwerfällig, vielleicht durch die Ketten oder durch Mortazas Behandlung. Ich wusste es nicht. Doch als er mir ganz nah war, raunte er auf Englisch:

„Habt Hoffnung, was auch immer geschieht. Heute Nacht ist fast schon Neumond!"

Was konnte dies bedeuten? Mir fiel nur eines ein, und zwar, dass er sich sicher war, Hilfe durch Māh-Tab würde eintreffen. Erwidern konnte ich nichts, denn die Wache stieß den Gefangenen unsanft weiter auf die rechte Seite von Bal-Zadan, wo sie ihn auf die Knie zwangen. Offenbar hatte der alte Magier weiterhin einen gewissen Respekt vor den Kräften Sâyehs, da er ihn nun zusätzlich von Mortaza bewachen ließ. Dieser legte dem Knienden eine Hand auf die Schulter, vielleicht als Zeichen seiner Überlegenheit oder auch nur als Demütigung, um ihn sinnbildlich niederzuhalten. Es zeigte mir jedoch, dass Mortaza Sâyeh unbeschadet berühren konnte, was seinem Meister offenbar nicht gegeben war.

„Diese Männer", begann Bal-Zadan mit lauter Stimme und deutete theatralisch der Reihe nach auf Lindsay, mich und Sâyeh. „Diese Männer sind in die Gemächer unseres geliebten Schah-in-Schah, des Königs der Könige, des *Schatten Gottes auf dieser Welt*, eingedrungen, um ihn hinterrücks zu ermorden. Doch ist es ihnen nicht gelungen!"

Ich blickte hinauf zu dem goldenen Thron, auf welchem Nâser ad-Din saß. Sein Gesicht verriet keine Regung und ich fragte mich, was in seinem Kopf vorging. Würde er seinen Jugendfreund tatsächlich dem Tod überantworten?

Der alte Magier zog nun einen Dolch hervor und hielt ihn hoch. Wieder schwoll das Raunen im Saal an. Es war augenscheinlich Sâyehs Waffe oder Tufans.

„Schon vor hunderten von Jahren schickten diese geheimen Mörderbünde ihre Killer aus den Bergen herab, um unsere Herrscher zu meucheln. Wir wähnten sie ausgerottet und von den reinigenden Flammen verzehrt. Nun scheinen sie wieder erstarkt zu sein." Noch immer hielt er den Dolch in die Höhe. „Doch brauchen wir uns nicht vor ihnen zu fürchten, denn wir sind, wie wir an dieser Situation sehen, viel stärker als sie. Sie schicken uns armselige Knaben." Dabei riss Mortaza Sâyeh das Tuch vom Kopf. Und tatsächlich wirkte der bartlose junge Magier wie ein unbedarfter Jüngling, der, wie in einem Schuldeingeständnis, den Blick zu Boden richtete. Auf seiner linken Gesichtshälfte war ein roter Striemen zu erkennen. Wahrscheinlich eine Folge von Mortazas Verhörpraktiken. Denn sicherlich hatte er noch nicht aufgegeben, herauszubekommen, wo die Felsenburg lag.

„Auch wenn sich unser Schah nicht vor ihnen fürchtet, müssen wir der Gerechtigkeit Genüge tun und ein Exempel an diesem Mann statuieren, sonst werden diese Mörder immer wieder neue schicken."

Zustimmendes Gemurmel war zu hören.

„Und diese Ausländer hier. Sie kommen in unser Land und denken, sie könnten sich nehmen, was sie wollen, und dabei auch noch diese hinterhältigen Mörder unterstützen. Denn nur mit ihrer Hilfe gelang es den Assassinen, unerkannt in unseren Palast einzudringen. Dieser Engländer heuchelte Freundschaft und Interesse an unserem Land und in Wahrheit bereiteten er und sein Freund diesen Mördern den Weg."

„This is a lie! Das ist eine ausgeklügelte Intrige!", rief Lord Lindsay empört aus. Die Menge blickte ihn erschrocken an, doch die wenigsten verstanden seine englischen Worte.

„Still!", gebot ihm Bal-Zadan. „Ihr habt kein Recht, hier zu sprechen!" Dann wandte er sich wieder den Schaulustigen zu. „Deshalb verurteile ich im Namen des Schahs, unseres geliebten Herrschers, diese drei Männer zum Tode. Der Assassine soll brennen wie seine Vorfahren, und die Ausländer sollen in Käfigen ausharren, als Abschreckung für jeden, der eine Revolte oder einen Putsch plant, bis es Allah gefällt, sie zu erlösen."

„Die Aussichten sind prächtig", murmelte ich Lindsay zu.

„Yes, und wir dürfen nichts dagegen einwenden. Ich bin entrüstet."

Bevor der Earl jedoch seinem Gefühl Ausdruck verleihen konnte, vernahmen wir plötzlich eine andere Stimme.

„Haltet ein, verehrter Bal-Zadan. Ich finde, Ihr schreitet zu schnell voran. Wir sind kein Volk von Barbaren, welches tötet, wie es ihm beliebt." Es war Faith, der diese Worte sprach. Der alte Mann löste sich aus der Gruppe der Minister neben dem Thron und schritt die Stufen zu dem Magier hinunter.

„Was wollt Ihr damit sagen, lieber Hadschi Ibrahim Faith?" In Bal-Zadans Gesicht las ich Verwirrung, ebenso in Lindsays, der das Persische nicht verstand. So übersetzte ich ihm im Flüsterton, wie schon zuvor Bal-Zadans Worte, was Faith weiter sagte.

„In jeder halbwegs zivilisierten Nation verlangen es Recht und Anstand, dass sich die Angeklagten verteidigen dürfen."

„Verteidigen? Was soll uns das bringen? Es ist Zeitverschwendung, sich die Lügen von Meuchelmördern anzuhören, die dem Henker entkommen wollen."

„Wer hier lügt oder nicht, muss erst bewiesen werden. Deshalb bitte ich Euch, Beweise für Eure Anschuldigung vorzulegen."

Hinter Faith sah ich plötzlich einen Mann stehen. Sein Kopf war von einem Tuch umschlungen, sodass sein Haar nicht sichtbar war und ein dunkler Schatten auf die Augenpartie fiel. Der schwarze Bart ließ ihn mich als Perser erkennen. Seine Gestalt war in einen grünen Mantel gehüllt und ich musste unwillkürlich an die seltsame Geisterfrau denken.

„Es mag sein, dass in europäischen Gerichten sogenannte Beweise von Nöten sind, da die Menschen dort unehrlich und lügenhaft sind. Hier bedürfen wir so etwas nicht. Unser Recht basiert darauf, dass wir die Fakten darlegen und der Schah sein Urteil fällt. Der Schah hat das einzige und letzte Wort in der Rechtsprechung und es kann niemand dieses Wort widerlegen. Denn der Schah ist der König der Könige – *Gottes Schatten auf dieser Welt.* Wer will das Wort Gottes anzweifeln?"

„Und dennoch bitte ich Euch, verehrter Bal-Zadan, Eure Überzeugung, dass diese Menschen einen Angriff auf das Leben unseres hochgeehrten Regenten durchzuführen planten, genauer darzulegen. Es könnte durchaus möglich sein, dass alles auf einem Irrtum beruht."

„Lieber Hadschi Ibrahim Faith, wie könnt ausgerechnet Ihr, ein Mann des Glaubens, erwägen, dass Gott sich irrt?"

„Oh, verzeiht, ich nehme nicht an, dass sich Gott irrt, denn Allah akbar – Gott ist groß!" Seine Hände streckten sich ehrfürchtig gen Himmel. Dann blickte er seinem Kontrahenten in die Augen und deutete eine Verbeugung an. „Doch Ihr seid ein Mensch und Ihr seid nicht unfehlbar und könnt Euch durchaus irren in der Deutung Eurer Zeichen."

Bal-Zadan lachte.

„Wollt Ihr Euch zum Fürsprecher dieser Attentäter erheben?"

„Ich werde kein Fürsprecher von Attentätern oder Mördern sein. Nein, sondern von Angeklagten in einem ordentlichen Gericht. Noch ist nicht bewiesen, dass diese Männer unseren Schah töten wollten."

Bal-Zadans Miene verriet Zorn.

„Was bedarf es mehr als das Wort von mir und meinem Leibdiener Mortaza, um die Wahrheit ans Licht zu bringen?"

Der junge Perser im grünen Mantel flüsterte Faith etwas zu. Dieser nickte und wandte sich seinem Gegner zu.

„Worte sind nur ein Hauch, den der Wind zerstreut. Doch bitte, lieber Bal-Zadan, berichtet uns und unserem Regenten, was vorgefallen ist."

„Ihr wart dabei. Warum sollte ich all dies wiederholen?"

„Ich war bei der Festsetzung der Angeklagten in jenem Hof dabei, ja, doch nicht bei ihrem angeblichen Mordversuch und auch nicht bei der anschließenden Verhaftung. Ich bin der Überzeugung, dass wir hier zunächst alles darlegen müssen, ehe unser König der Könige sein Urteil fällt."

„Nun gut. Wenn Ihr auf Details besteht, so will ich Euch jede Einzelheit mitteilen. Es wird am Ergebnis nichts ändern." Er machte eine Pause und blickte lächelnd in das wissbegierig tuschelnde Publikum, bevor er wie ein Schauspieler auf einer Pariser Bühne sein Stück weiterspielte. „Mortaza traf die Männer im Park. Sie erschienen ihm verdächtig und er folgte ihnen bis in die Gemächer des Schahs. Dort zogen sie ihre Dolche, um unserem Herrn die Kehle aufzuschneiden, aber glücklicherweise war er nicht anwesend. Als mein Leibdiener sie stellen wollte, flohen sie. Dabei verloren sie einen ihrer Pesh-Kabz. Mortaza rief seine Krieger zusammen und nahm die Verfolgung auf bis in jenen Innenhof, wo wir sie im Beisein des Schahs verhafteten."

Erneut flüsterte der unbekannte Mann mit Faith.

„Wo aber ist der zweite Dolch?", fragte dieser. „Einen fand Euer Leibdiener Mortaza im Gemach des Schahs und der andere wurde dem vermeintlichen zweiten Attentäter bei der Verhaftung abgenommen."

Mortaza zog daraufhin einen Dolch aus seinem Gürtel und hielt ihn hoch. Er sah dem in Bal-Zadans Hand verblüffend ähnlich.

„Hier seht Ihr die zwei Waffen der beiden Meuchelmörder", kommentierte der alte Magier stolz.

„Dies bringt mich zu der Frage", fuhr Faith fort, „wo der zweite Attentäter verblieben ist."

„Ihr wart doch dabei, lieber Faith. Er floh, aber meine Krieger konnten ihn noch während der Nacht in den Bergen stellen. Leider hat er sich so heftig gewehrt, dass er dabei ums Leben kam."

Bei dieser Lüge sah ich Sâyeh zusammenzucken und seinen Kopf heben. Mit finsteren Augen starrte er Bal-Zadan an.

Auch mir stieß diese falsche Aussage bitter auf. Was jedoch hätten wir erwidern sollen? Dass Bal-Zadan eine fleischfressende Pflanze hegte und ihr Tufan zur Speise gereicht hatte? Ich glaubte nicht, dass dies hier auf Gehör gestoßen wäre.

Wieder flüsterte Faith mit seinem unbekannten Unterstützer und fragte sodann:

„Welcher der Dolche wurde im Gemach des Schahs gefunden?"

„Dieser hier", antwortete Mortaza.

Faith ließ sich abermals etwas ins Ohr flüstern.

„Verehrter Ibrahim Faith, würdet Ihr uns freundlicherweise kundtun, was Euch dieser Herr andauernd so Wichtiges mitzuteilen hat?"

„Er berät mich."

„Er berät Euch? Ich glaube nicht, dass Ihr das nötig habt. Und falls doch, würde uns die Identität dieses Herrn sehr interessieren."

„Das ist mein Assistent Dastan. Er möchte die Kunst der Politik erlernen und ist deshalb in meine Dienste getreten. Aber wenn es Euch missfällt, werde ich den Schah vorher um Erlaubnis bitten."

Bal-Zadan blickte die beiden geringschätzig an, nickte dann jedoch.

Faith drehte sich um und ging zwei Schritte auf den Thron zu. Nun verbeugte er sich tatsächlich tief. Nāser ad-Din blickte ihn offen an und gebot ihm mit einer unscheinbaren Handbewegung zu sprechen.

„Ich bitte Eure königliche Hoheit Nāser ad-Din Schah, zu entscheiden, ob mein Assistent Dastan mich unterstützen darf."

Der Regent überlegte augenscheinlich einen Moment, dann flüsterte er einem der nebenstehenden Minister etwas zu und dieser verkündete: „Es sei dem verehrten Hadschi Ibrahim Faith erlaubt, den Rat dieses Mannes einzuholen."

Bal-Zadan schüttelte missmutig den Kopf.

„Nun, so soll es sein. Was schlägt also Ihr Lehrling vor?"

„Ich bitte um ein Glas und den Pesh-Kabz des Attentäters", forderte Faith.

Bal-Zadan nickte Mortaza zu, der daraufhin hervortrat und Faith den Dolch auf der offenen Handfläche hinhielt. Dastan zog einen kleinen Tisch herbei und der Hadschi bedeutete Mortaza, die Waffe daraufzulegen. Sodann zog jener Dastan ein winziges Fläschchen aus seinem Gewand, öffnete es und streute ein wenig schwarzes Puder über den Griff des Pesh-Kabz und pustete es sogleich wieder fort.

„Was für ein Zaubertrick soll das werden?" Bal-Zadan trat näher und auch ich war gespannt, was Faith damit bezweckte.

„Ich bitte um ein wenig Geduld", verlangte er und schritt zu Sâyeh.

„Vertraut mir", bat er den jungen Magier. „Gebt mir Eure Hände." Sâyeh blickte nun fragend zu mir und ich nickte ihm auffordernd zu. Der junge Mann hob seine in Ketten gelegten Hände hoch zu dem Minister des Schahs. Faith drückte die Daumen auf ein Glas, streute dann etwas von dem Pulver auf die unsichtbaren Abdrücke und blies erneut das überschüssige Puder davon. Er hob das Glas in die Höhe.

„Wenn ich Dastan richtig verstanden habe, so ist jeder Abdruck eines Fingers einmalig, und da ich nun auf diesem Glas die Abdrücke des Angeklagten habe, kann ich feststellen, ob er diesen Dolch irgendwann in seinen Händen hielt."

Die Menge gab ein ungläubiges Raunen von sich. Faith ließ sich nicht beirren, nahm die Lupe, die ihm sein Begleiter übergab, und untersuchte das Glas und den Griff des Dolches. Dabei steckte er den Dolch in das transparente Trinkgefäß und ich vermutete, dass er dadurch die Fingerabdrücke mittels Übereinanderlegen verglich.

„Mein Assistent Dastan", und dabei blickte er jenen an, „berichtete mir, dass ein Brite namens William James Herschel vor wenigen Jahren in Indien die Idee hatte, Menschen anhand ihres Fingerabdrucks zu identifizieren, und nun entwickelt gerade ein anderer Brite – nämlich Henry Faulds – dieses Verfahren weiter, um es in der Verbrechensbekämpfung einzusetzen. Das bietet uns die Möglichkeit, zu belegen, dass Persien durchaus in der Lage ist, neue moderne Methoden zu nutzen, und zudem den Beweis zu erbringen, ob diese Männer tatsächlich dem Schah schaden wollten."

„Oh", flüsterte Lindsay, „ich entsinne mich, dass Bell mir von Mister Faulds berichtete. Er ist ein britischer Arzt, der in Japan ein großes Krankenhaus errichtet hat. Er habe Bell einen Brief geschrieben, in dem er ihn um Hilfe bat. Um was genau es dabei ging, weiß ich nicht. Doch nun vermute ich, dass es sich um dieses Fingerabdruckverfahren handeln musste. Bell arbeitet ja selbst sehr eng mit Scotland Yard zusammen und hat schon viele neue Ideen der rationalen Beweisführung dort eingebracht. Aber das mit den Fingerabdrücken ist noch äußerst neu und der Öffentlichkeit nicht zugänglich. Woher weiß dieser Dastan nur davon?"

„Das frage ich mich ebenfalls", antwortete ich. „Vielleicht ist er ein britischer Agent?"

„Dann wäre es sehr gefährlich für ihn, sich für uns hier stark zu machen. Wenn er enttarnt wird ..." Lindsay schluckte.

„Wird man ihn genauso hinrichten", ergänzte ich. „Aber noch ist nichts verloren. Die Beweisführung ist höchst interessant."

„Wie könnt Ihr nur so ruhig bleiben, Kara, während sie draußen für den armen Sâyeh schon den Scheiterhaufen aufschichten und unsere Käfige polieren?"

„Der Schein trügt. Ich bin durchaus nicht ruhig und gedenke auch nicht, hier kampflos zu sterben. Doch wir müssen den richtigen Zeitpunkt abwarten. Die Wahrscheinlichkeit, diese Farce zu überleben, steigt nicht mit der Anzahl erfolgloser Fluchtversuche."

„No, indeed. Bloß geht sie gegen Null, wenn wir erst in diesen Käfigen stecken."

„Vielleicht ist das noch abzuwenden. Faith und jener Dastan sind sehr geschickt."

Unser Geflüster fand ein jähes Ende, als der alte Magier die Stimme erhob:

„Nun, lieber Faith, was habt ihr herausgefunden?" Er war offensichtlich ungeduldig.

Faith hatte mit der Lupe die Abdrücke lange Zeit in Augenschein genommen, ebenso sein Berater, und nun blickte er auf.

„Nichts", gestand er.

Bal-Zadan lachte.

„So gebt Ihr also zu, dass Euer Zauberkunststück fehlgeschlagen ist?"

„Nein, durchaus nicht. Die Abdrücke stimmen nur nicht überein und somit hat Sâyeh den Dolch nie in seinen Händen gehalten. Demnach ist er unschuldig."

„Das ist Unsinn!", postulierte Bal-Zadan.

„Dann überzeugt Euch selbst." Faith reichte seinem Gegner die Lupe.

Dieser nahm sie zögernd an.

„Nun gut. Ich werde versuchen, dieser neuen Methode offen gegenüberzustehen." Er blickte hindurch.

Im Saal wurde es still. Es schien, als ob jeder den Atem anhielt.

Der Alte hob den Kopf und lächelte.

„Dies beweist gar nichts. Ich sehe ein Gewirr feiner Linien. Das kann alles oder nichts bedeuten. Genausogut könnte ich Euch die Wahrheit aus dem Bodensatz einer Teetasse deuten."

Die Menge lachte.

Dastan flüsterte erneut mit Faith. Der Alte runzelte die Stirn und nickte.

„Lasst mich eine Gegenprobe durchführen."

„Ihr langweilt uns mit Euren Kunststücken, lieber Faith. Das Urteil steht fest und ich sehe noch immer keinen Grund, warum es nicht vollstreckt werden sollte. Dies alles ist das Gewäsch eines alten Mannes, der es sich zur Aufgabe gemacht hat, diesen Attentätern zur Freiheit zu verhelfen."

„Eure Beleidigungen tragen nicht zur Wahrheitsfindung bei und ich denke, dass Euch keinerlei Argumente von Eurer Meinung abbringen können, denn in einen vollen Krug lässt sich nichts hineinfüllen. Ihr seid unbelehrbar. Vielleicht seid Ihr einfach zu alt, um Neues zu lernen."

„Lieber Faith, ich bin stets bereit, etwas Neues zu lernen, wenn es etwas zu lernen gibt. Doch im Moment sehe ich nur unnötigen Kinderkram. Aber bitte, ich will kein Spielverderber sein. Eine Chance habt Ihr noch."

Faith nickte und ging zu Mortaza.

„Darf ich Euch um einen Abdruck Eurer Daumen bitten?"

Der Krieger blickte verwirrt seinen Meister an. Dieser nickte ihm zu und Mortaza zog den Handschuh der rechten Hand herunter. Faith nahm den Daumen und drückte ihn auf das Glas, dann gab er etwas schwarzes Pulver darauf. Der Krieger hüllte die Hand wieder in den ledernen Überzug. Faith deute nun auf seinen linken Arm, da sagte Bal-Zadan:

„Das muss genügen!"

Ich verstand sogleich, warum er dies tat, denn Mortazas Linke besaß keine Abdrücke. Sie war aus Stein. Dies jedoch wusste er geschickt vor den Menschen zu verbergen, genauso wie sein wahres Wesen.

Der Minister gab sich etwas zögerlich zufrieden und begann den Abdruck mit der Lupe zu studieren und dann mit denen auf dem Dolch zu vergleichen.

„Seht, werter Bal-Zadan. Die Abdrücke stimmen überein. Somit ist bewiesen, dass Euer Diener Mortaza den Dolch in Händen hielt!"

„Das war nun auch ein wirklich schwerer Beweis, lieber Faith, da alle hier im Saal gesehen haben, wie er ihn Euch übergeben hat."

Allgemeines Gelächter erscholl.

„Dem ist natürlich so und ich wollte damit auch nicht ausdrücken, dass er etwas mit dem Attentatsversuch zu tun hat, sondern darlegen, dass man diese Abdrücke einem Menschen zuordnen kann und ..."

„Das reicht jetzt, Ibrahim Faith!" Bal-Zadans Stimme schallte durch die Halle. „Ich habe den Eindruck, dass Ihr Euch hier schützend vor diese Ausländer und den Assassinen stellt. Da frage ich mich doch: Warum?"

„Um die Wahrheit zu finden und nicht durch ein Fehlurteil Schuld auf Persien zu laden. Die Briten werden uns das nicht verzeihen, ebenso wenig wie der deutsche Kaiser, wenn wir ihre Landsleute ohne Anlass töten."

„Was haben diese Staaten mit unserem Rechtssystem zu tun? Gar nichts! Es ist ganz gleich, ob uns jemand etwas verzeiht. Der Schah, als *Schatten Gottes auf Erden*, wird Recht sprechen und dieses Urteil ist unanfechtbar auch für britische oder deutsche Monarchen. Ich frage mich sowieso, warum Euch das so ein Anliegen ist? Steht Ihr mit den Briten im Bunde?"

„Ich stehe mit niemandem im Bunde", entgegnete Faith entrüstet. „Ich bin ein treuer Diener Nāser ad-Din Schahs und Persiens!"

„Das bezweifle ich!"

Ich konnte beobachten, wie Faith diesem Dastan einen Wink gab. Daraufhin schritt er Bal-Zadan forsch entgegen und stellte sich so auf, dass der Magier den Assistenten nicht mehr im Blick hatte.

„Was fällt Euch ein, mich so anzugehen, Bal-Zadan? Ich bin ebenso Minister und Berater unseres Schahs wie Ihr."

„Nein, Ihr seid in meinen Augen ein Verräter. Ihr konspiriert mit dem Feind, mit diesen Angeklagten, die eines Attentatsversuchs überführt sind! Ich habe gehört, wie Euer sogenannter Assistent Englisch sprach, und muss davon ausgehen, dass er ein Spion ist."

„Das ist unerhört", entrüstete sich Faith.

„Unerhört? Woher hatten diese Mörder den Schlüssel zu dem Tor? Vielleicht von Euch oder Eurem Begleiter?"

„Mein Assistent hat damit überhaupt nichts zu tun."

„Dann wollen wir ihn befragen." Bal-Zadan drehte sich schwungvoll um. Dort, wo vor wenigen Augenblicken noch Dastan gestanden hatte, war der Platz leer.

„Seht Ihr? Diese Flucht ist ein Schuldeingeständnis! Mortaza, finde ihn und bringe ihn zurück! Lebend!" Während der angesprochene Krieger mit einigen seiner Soldaten den Saal verließ, wirbelte der alte Magier herum und sein Gewand schillerte wie die Federn eines Pfaus. „Und Ihr, verehrter Hadschi Ibrahim Faith, steht unter Arrest. Die Palastwache möge Euch einstweilen in Euer Anwesen führen und die Zugänge bewachen. Wir werden Euer Urteil in den nächsten Tagen sprechen. Nun wird sich erst einmal das Schicksal dieser drei Attentäter entscheiden."

„Der wahre Verbrecher seid Ihr, Bal-Zadan! Und ich bete zu Allah, dass Ihr damit nicht durchkommt."

Das Lachen des Magiers jagte selbst mir einen kalten Schauer über den Rücken.

Faith wurde von zwei Wachen aus dem Saal geführt. Als er an uns vorbeikam, flüsterte er:

„Ich hätte wissen müssen, dass Bal-Zadan mir eine Falle stellt. Wenn es nicht zu seinem Plan gehörte, so hätte er mich nie und nimmer hier sprechen lassen. Ich war ein Einfaltspinsel. Es tut mir leid. Nun ist alles verloren. Ich hatte seine Boshaftigkeit unterschätzt."

„Der britische Botschafter wird durch diese Öffentlichkeit Kenntnis erlangen und sicher keinen Earl der Todesstrafe aussetzen. Noch ist nichts verloren", erwiderte ich.

„Oh, Ihr irrt. Da der britische Botschafter nur den Rang eines Konsuls besitzt, wurde er nicht in den Palast gelassen. Er wollte diplomatisch intervenieren, aber vergebens."

Dann wurde Faith durch die wütende Menge hindurch hinausgeschoben.

„Was hat er gesagt?", fragte Lindsay, denn Faith hatte in der Aufregung Persisch mit mir gesprochen.

„Dass wir uns keine Hoffnung machen sollen, Hilfe von der britischen Botschaft zu bekommen. Bal-Zadan weiß es zu verhindern, dass der Botschafter in den Palast gelassen wird. Und dass Faith hier eine Verteidigung aufbauen durfte, hat Bal-Zadan nur zugelassen, um ihn dadurch beim Schah in Misskredit zu bringen und ihn letztendlich loszuwerden."

„Was sollen wir jetzt anfangen?", fragte Lindsay grimmig. „Sicher wird der Botschafter mit seinen Soldaten eingreifen."

„Ich wage das zu bezweifeln. Gaubt Ihr, dass er einen Krieg auslösen würde, um Euch zu retten?"

Lindsay zuckte mit den Schultern. Doch sein Blick sagte, dass er diese Möglichkeit selbst nicht in Betracht zog. Er stand zwar in der Gunst der Queen, aber eine Kriegsandrohung gegen Persien nur seiner Unversehrtheit wegen erschien auch ihm nicht realistisch.

„Dann müssen wir die Sache selbst in die Hand nehmen", murmelte er.

„Hier sind zu viele Leute und zu viele bewaffnete Wachen. Ein Fluchtversuch wäre aussichtslos", erwiderte ich. „Wenn sie uns jedoch in den Kerker zurückführen, könnten wir es sicher wagen, auf dem Weg dahin die Wächter zu überwältigen."

„Well. Das ist zumindest schon einmal ein kleiner Plan."

„Erhabener Schah", richtete nun wieder Bal-Zadan seine Stimme an den Herrscher. „Ich habe aufgezeigt, dass diese drei Männer Euch nach dem Leben trachteten und dass die Verschwörung wohl noch größere Kreise gezogen hat, als wir zunächst annahmen. Ibrahim Faith und sein zwielichtiger Gehilfe sind darin ebenso verwickelt wie dieser Attentäter und die zwei Ausländer. Was soll mit diesen Verbrechern geschehen?"

Die Menschenmenge schrie nach Vergeltung und wünschte uns den Tod. Bal-Zadans Inszenierung war durchaus famos gewesen und hatte ihren Zweck erfüllt. Der Schah blickte ohne Regung von seinem Thron herab auf uns nieder, dann beugte er sich leicht zur Seite und flüsterte einem der Minister etwas zu. Dabei hatte er unverwandt den Blick auf Lindsay gerichtet. Hoffnung keimte in mir auf, dass er nicht auf dieses Schauspiel hereingefallen war. Plötzlich erhob er sich und im Saal wurde es wieder totenstill. Die Zeit schien angehalten zu haben und selbst ich stellte für einen kurzen Moment das Atmen ein, in der Erwartung, dass sich der König der Könige äußerte. Jedoch wurden wir enttäuscht. Wie es für einen Fürsten nicht unüblich war, schritt der Monarch anmutig die Stufen seines Throns herab, drehte auf dem Absatz um und verschwand fast lautlos zu einer Hintertür hinaus. Der *Schatten Gottes auf dieser Welt* hatte sich verflüchtigt.

„Das kann ich nicht glauben", flüsterte Lindsay neben mir tonlos. Als ich mich nach ihm umsah, stand sein Mund noch immer offen und er starrte die Tür an, durch die Nāser ad-Din verschwunden war.

Der Minister, zu dem er vorab gesprochen hatte, postierte sich nun vor dem Thron.

„Unser Herrscher hat die Ausführungen hier zur Kenntnis genommen. Er kommt zu dem Schluss, dass nichts auf eine Unschuld der Angeklagten hinweist und, wie von Bal-Zadan vorgesehen, die Hinrichtung des Attentäters Sâyeh durch das Feuer noch heute nach Sonnenuntergang vollzogen werden soll. Die Ausländer Sir David Lindsay und Kara Ben Nemsi sollen in die eisernen Käfige geschlossen werden und der Vollstreckung beiwohnen. Danach wird Allah darüber entscheiden, wann sie diese Welt verlassen dürfen."

Die Menge im Saal bekundete ihre Zustimmung zur Todesstrafe durch Jubel und Lindsay kommentierte das Urteil mit einem grimmigen Knurren. In diesem Moment kam Mortaza herein und eilte zu Bal-Zadan. Er hatte etwas in der Rechten, was er seinem Meister zeigte. Dieser nahm es an sich und gab seinem Krieger irgendeinen Befehl, den ich nicht verstand, aber durch sein Tun begriff. Mortaza packte sich Sâyeh und verließ mit ihm und einigen weiteren Soldaten den Saal, offenbar um die Hinrichtung vorzubereiten. Das Sonnenlicht, welches durch die Fenster eintrat, war mittlerweile recht zart geworden. Es musste demnach schon spät sein und uns blieb nicht viel Zeit, um einen Plan zu ersinnen, wie wir entkommen konnten. Zunächst jedoch kam der bösartige Magier mit dem Gegenstand in

330

der Hand auf uns zu. Es war ein falscher Bart, den er uns unter die Nasen hielt.

„Wir werden diesen verkleideten britischen Spion sicher finden."

Vielleicht war es einer leichten Hysterie im Angesicht der zu erwartenden Hinrichtung Sâyehs und unserer eigenen langwierigen Todesqual geschuldet, aber es war zu köstlich, wie hier ein Unbekannter diesen Bal-Zadan an der Nase herumführte. Ich konnte nur hoffen, dass ihm die Flucht geglückt war. Jedenfalls musste ich lachen und Lindsays Blick verriet, dass er glaubte, ich sei übergeschnappt.

„Das Lachen wird Euch noch vergehen", knurrte Bal-Zadan.

Ich atmete tief durch, um es zu unterdrücken.

„Da mögt Ihr Recht haben. Aber ich komme mir vor wie in einem schlechten Theaterstück."

„Ob dieses Theaterstück schlecht oder gut ist, liegt im Auge des Betrachters", entgegnete Bal-Zadan. „Für mich ist es durchaus ein schönes Stück, denn ich werde am Ende siegen und die Frau des Begehrens heiraten."

„Das wird nie geschehen!", stieß Lindsay wütend hervor. „Anahita wäre lieber tot, als Euch zum Mann zu nehmen."

„Diese Wahl wird ihr nicht gegeben." Bal-Zadan grinste.

Es war uns nicht möglich, den ersonnenen Fluchtplan auszuführen, da wir nicht zum Kerker zurückgebracht wurden. Man führte uns ohne Umwege in den Gefängnishof zurück, wo nichts mehr an die von Bal-Zadans Schergen getöteten Wachen erinnerte. Der von den Kerkermauern umschlossene Platz war mit vielen Menschen bevölkert. Im Hintergrund gewahrte ich Sâyeh, dessen Ketten, welche seine Hände banden, oberhalb des Kopfs an dem Pfahl befestigt waren. Er schien bewusstlos, denn er hing reglos in seiner Fesselung. Bestimmt hatte Bal-Zadan ihn absichtlich ruhigstellen lassen, weil er befürchtete, dass der junge Magier durch seine Kräfte entkommen könnte, wenn er sich nicht in seiner Nähe befand, um deren Wirkung zu unterbinden. Kerkerknechte schichteten Reisigbündel um ihn auf. Ich ließ meinen Blick über die Mauerzinnen schweifen und durch die Menschenmenge, in der Hoffnung auf hilfreiche Verbündete oder eine anderweitige Möglichkeit zur Flucht, doch gewahrte ich niemanden, der uns dienlich gewesen wäre.

Die drei eisernen Käfige standen auf dem Platz neben der Mauer. Ketten führten hinauf zu stählernen Auslegern und über Zahnräder wieder hinab. Mit diesem Mechanismus war es möglich, diese kleinen Kerkerzellen hinaufzuziehen, damit die Delinquenten in luftiger Höhe vor sich hin darbten. Als mir diese Gedanken kamen und ich beobachtete, wie einer der Wächter die Gittertüren von zweien dieser Todesfallen öffnete, regte sich Widerstand in mir. Obwohl mein Verstand mir sagte, dass ich von diesem menschenüberfüllten Hof nicht entkommen konnte, reagierte mein Körper fast automatisch. Meine Faust traf den Soldaten, der uns geleitete, unterhalb des Helms am Kopf. Sofort brach er bewusstlos zusammen. Der zweite Krieger war nun vorgewarnt und zog sein Shamshir. Das Säbelblatt sauste auf mich zu, aber es gelang mir, mich darunter hindurchzuducken. Im Augenwinkel registrierte ich, wie Lindsay meinem Beispiel folgte und ebenfalls versuchte, gegen die zwei Soldaten, die ihn bewachten, anzugehen. Seltsamerweise beachtete uns niemand, da alle Blicke auf den Scheiterhaufen gerichtet waren, in Erwartung eines feurigen Schauspiels. So gelang es mir, mit einem Ausfallschritt meinem Gegner nahezukommen und dessen Arm zu packen, als er seine Waffe hoch erhoben hatte. Wir rangen ohne Worte eine Weile miteinander. Er keuchte vor Anstrengung, die Gewalt über mich zu erlangen, doch zwang ich ihn schließlich auf die Knie und wand ihm den Säbel aus der Hand. Ein Tritt mit meinem Fuß schickte auch diesen Soldaten ins Reich der Träume. Schnell drehte ich mich zu Lindsay um und wollte ihm beistehen, als etwas in meinen Nacken krachte. Nun war ich es, der in die Knie sackte. Mit der Linken stützte ich mich am Boden ab und in der Rechten hielt ich noch das Shamshir, als erneut etwas Schweres auf meinen Rücken prallte. Ich fiel halb betäubt auf den festgetretenen Grund des Gefängnishofs. Ein Stiefel stellte sich auf meine

Hand und unter Schmerzen gab ich den Säbel frei. Als ich hochblickte, grinste mich Mortaza an. Nun wusste ich, dass es sein steinerner Arm gewesen sein musste, der mich niedergestreckt hatte. Seine Krieger hielten mich und Lindsay mit Piken auf Distanz und somit mussten wir uns geschlagen geben. Ich erhob mich schwankend und ließ mich unter den zwar nur leichten, aber dennoch schmerzhaften Stichen der Waffen in den eisernen Käfig schieben. Auch der Earl hatte keine Wahl, wenn er nicht von den Soldaten ernsthaft verletzt werden wollte.

Unsere Gittergefängnisse waren von derart geringer Höhe, dass wir knien mussten. Wütend und machtlos beobachtete ich, wie die Tür verschlossen wurde und Mortaza den Schlüssel an sich nahm.

„Euch eilte der Ruf eines großen Kriegers voraus, Kara Ben Nemsi. Doch scheint Ihr mir in die Jahre gekommen zu sein", höhnte der Zögling Bal-Zadans.

Er wollte mich offensichtlich demütigen, denn er war höchstens zehn Jahre jünger als ich und musste im gleichen Alter wie Sâyeh sein. Allerdings war er hier in der Tat der Überlegene, denn er stand nicht allein und verfügte über Kräfte, denen ich als normaler Mensch wenig entgegenzusetzen vermochte. Ich musste an Haschim denken, unseren Freund, der in dieser Situation sicherlich sehr hilfreich gewesen wäre mit seinen magischen Fähigkeiten.

„Und Ihr seid zu feige für einen fairen Kampf – Mann gegen Mann", erwiderte ich deshalb grimmig.

„Nein, durchaus nicht. Vielleicht ergibt sich morgen die Gelegenheit. Ihr werdet uns schließlich noch ein wenig erhalten bleiben, im Gegensatz zu Eurem Freund dort drüben." Er wies zu dem Assassinen auf dem Scheiterhaufen. Die untergehende Sonne färbte den Bereich des Innenhofs in kräftiges leuchtendes Orange, wobei der Himmel hinter den Mauern fast schon schwarz und drohend anmutete. Beinahe wirkte es, als würden bereits die Flammen der Vernichtung um ihn züngeln.

„Ich wäre nicht abgeneigt, Euch eine Lektion zu erteilen", gestand ich.

„Oder ich Euch!" Seine Augen flammten für einen flüchtigen Moment in roter Glut auf, dann gab er ein Zeichen und unsere Käfige wurden nach oben gezogen, sodass wir Sâyehs Tod von einem Logenplatz aus betrachten mussten. Der Krieger entfernte sich und bewegte sich zum Hinrichtungsplatz, wo ich ihn in der Menge aus den Augen verlor. So konnte ich mit Sir David einige Worte wechseln, ohne dass uns jemand belauschte.

„Seid Ihr verletzt?"

„No, my friend, nicht mein Körper, nur mein Stolz. Diesem Mortaza würde ich gern den Garaus machen."

„Er ist im Grunde ein bedauernswertes Geschöpf."

„Ach, Kara, Ihr seid zu gutmütig. Er ist abgrundtief böse."

„Er ist nur ein Sklave Bal-Zadans. Wenn er seinem Meister nicht gehorcht, wird dieser ebenfalls kein Erbarmen mit ihm haben."

„I don't care. Ist mir egal. Ich werde erst recht keine Gnade walten lassen, wenn sich die Gelegenheit bietet. Vielleicht sollte besser ich gegen ihn antreten. Ihr mögt die größeren Chancen haben, ihn zu besiegen, doch fehlt es Euch an Kaltblütigkeit, die Sache bis zum bitteren Ende durchzuziehen."

Da mochte er Recht haben. Es widerstrebte mir, zu töten, aber ich würde es im Notfall tun müssen, wenn mir keine Wahl blieb.

Plötzlich erschien ein Kopf unten an Lindsays Käfig. Ein Turban war um das Haupt geschlungen und bedeckte zudem das Gesicht. Der Unbekannte lüftete das verhüllende Tuch und gab der Wache ein Zeichen. Lindsays Käfig wurde ein Stück nach unten gelassen. Der Earl ging tief in die Hocke, da er scheinbar erkannt hatte, wer nun vor ihm stand.

„Was ist nur aus uns geworden, Dowud?"

Mich durchzuckte die Erkenntnis, dass es der Schah höchstpersönlich war, jedoch inkognito.

„Ich weiß es nicht, Nāser. Bedenkt, dass nicht jedes Wort der Wahrheit entspricht, was Ihr hörtet."

„Wahrheit. Was ist das? Ich sitze zwischen zwei Welten – der alten Welt und einem neuen Zeitalter – doch welcher Weg ist der richtige für Persien? Bal-Zadan rät, an den Traditionen und gewohnten Gepflogenheiten festzuhalten, denn das Volk wird mir nur weiter folgen, wenn es keine Veränderungen gibt. Der Mensch hasst Veränderungen, er hat es gern, wenn alles bleibt, wie es ist. Faith dagegen will Erneuerungen, will unser Land in ein modernes Zeitalter führen. Aber ist das der richtige Weg? Ich weiß es nicht. Und heute im Gerichtssaal wurde meine Wankelmütigkeit offenbar. Denn ich ließ Faith gewähren. Es war jedoch mehr unserer alten Freundschaft geschuldet als dem Verlangen nach Modernisierung. Und diese gezeigte Unentschlossenheit muss ich nun überspielen, ich muss meine Macht und Souveränität wiederherstellen, und das geht nur, wenn ich heute Stärke zeige und den Menschen ein Schauspiel biete. So machten es schon die alten Römer. Sie boten ihrem Volk Brot und Spiele, um von ihren politischen Unzulänglichkeiten abzulenken. Wenn das damals gelang, warum nicht auch heute?"

„But consider – bedenkt, dass Ihr vielleicht dem falschen Mann Glauben schenkt."

„Letztlich ist es egal, wem ich Glauben schenke. Ich bin umgeben von Lügnern und Betrügern. Und ich bin es leid, ständig und überall dem Übel standhalten zu müssen. Von jedweder Seite werde ich – wird Persien – bedroht und ausgesaugt. Die Briten, die Russen, die Österreicher – alle geben vor, uns beim Aufbau eines modernen Staats behilflich sein zu wollen. Doch was ist die Wahrheit? Sie sind selbstsüchtig und eigennützig und wollen uns nur zu ihrer Marionette machen. Ja, ich bin ein schlechter Herrscher. Ich verstecke mich vor diesen Problemen und verbringe meine Zeit derweilen auf der Jagd oder im Harem. Ich bin so müde – so müde."

„But, my friend, der Feind bedrängt Euch nicht von außen, sondern höhlt Euch von innen aus."

„Ja, von innen. Das wird mir nun auch bewusst. Ihr wart in meinem Herzen, Dowud, damals als kleiner Junge. Und ich habe Euch nicht vergessen." Der Schah blickte sich verstohlen um. Dann zog er den Ärmel seines Gewands hoch und entblößte diese kleine Narbe wie eine sechsstrahlige Sonne.

Auch Sir David streifte den Stoff nach oben und zeigte ihm das Symbol ihrer kindlichen Freundschaft.

„Ich habe nicht gegen Euch intrigiert. Das schwöre ich."

„Schwüre sind da, um gebrochen zu werden." Der *König der Könige* senkte das Haupt.

„No, that's not true. Ich halte stets mein Wort. Ihr seid mein Freund und werdet es bleiben."

Der Schah schüttelte verständnislos den Kopf.

„Warum habt Ihr nicht auf unsere Freundschaft plädiert, um Euer Leben zu retten, Lord Lindsay – Dowud?"

„Unsere Freundschaft damals war geheim. Ich wollte Euch nicht kompromittieren, Nāser ad-Din Schah."

„Das ist ehrenhaft."

„Yes, ehrenhaft. Doch es wird mich nicht vor dem Tod bewahren."

„Nein."

Mir war, als schwebte ein wenig Bedauern in seiner Stimme mit.

„Vielleicht darf ich mir hier erlauben, da wir unter uns sind, Nāser, an unseren Bund zu erinnern? Nicht für mich. Ich bitte Euch um das Leben meiner Freunde. Macht mit mir, was Euch beliebt, doch lasst den jungen Sâyeh und Kara Ben Nemsi frei."

„Den Wunsch kann ich Euch nicht erfüllen. Wie ich schon sagte, habe ich heute bei dieser seltsamen Verhandlung schon alles riskiert, was es zu riskieren gab. Eure Freunde haben mit ihren unnützen nichtssagenden Zaubertricks ihre Chance vertan, Euch zu helfen, und dadurch nur sich selbst in die Schusslinie gebracht. Ich habe keine Wahl, auch Faith und dieser Dastan müssen dem Richtschwert ausgeliefert werden. Bal-Zadan hat heute bewiesen, dass diese sogenannte moderne Zeit des Westens nicht Persiens Zukunft sein kann. Ich bin der Regent eines Reiches. Die Zeiten sind gefährlich. Es gibt einige in meinem Umfeld, die mich stürzen möchten. Ich habe keine Wahl und muss Stärke und Überlegenheit ausstrahlen. Derartige sentimentale Züge könnten mir als Schwäche ausgelegt werden."

„Well, but ein Akt der Gnade kann auch als Stärke zu verstehen sein."

„Nicht hier und nicht zu dieser Zeit. Aber ich werde mich dafür einsetzen, dass Euch ein schneller schmerzloser Tod zuteilwird, Dowud. Für Eure Freunde kann ich nichts tun."

„Dann schlage ich das Angebot aus. Ich möchte Seite an Seite mit meinen Freunden sterben."

„Diesen Wunsch werde ich gern erfüllen. Seht Ihn als Zeichen meiner Erinnerung an zwei kleine unwissende Jungen an. Ihr werdet Euren Freund Kara Ben Nemsi an Eurer Seite haben."

Lindsay antwortete nichts mehr und auch ich hatte wenig Lust, um mein Leben zu betteln, selbst wenn die Aussicht auf ein qualvolles Ende beängstigend war. Allerdings, die Hoffnung lebte weiterhin in mir, dass wir hier nicht allein in Persien weilten und noch genug Freunde in der Hinterhand hatten, selbst wenn dem britischen Botschafter die Hände gebunden waren.

Während der Käfig des Earls wieder nach oben gezogen wurde, legte der Schah das verhüllende Tuch um sein Antlitz, blickte Lindsay in die Augen und sprach:

„Ich sagte Euch damals, dass auf einen Angriff auf den Schah der Tod steht. Und es wurde bewiesen, dass Ihr dies beabsichtigt habt. Ich muss es hinnehmen, auch wenn mein Herz eine andere Sprache spricht."

„Yes, I remember. Und ich fragte: *Du würdest einen Freund töten lassen?"*

„Der Schah würde sogar seinen Bruder oder seine Schwester töten lassen, wenn sie ihn in Gefahr brächten. Und wenn ich dereinst Schah bin, dann muss ich genauso handeln. – Nun bin ich Schah, Dowud."

Lindsay nickte.

Zwanzigstes Kapitel
Die Schlacht im Palast der Blumen

Das orangefarbene Glühen, welches die versinkende Sonne um den Scheiterhaufen und auf Sâyehs weiße Assassinenkleidung geworfen hatte, verschwand allmählich und der dunkle Schatten der Neumondnacht zog über Persien und den Gefängnishof des Palasts herauf. Eigentlich war es noch nicht wirklich Neumond, dennoch erhellte kein Gestirn die Nacht. Die uns umgebenden Kerkergebäude verschwammen mit der Dunkelheit, und zwischen den Zinnen der Mauer, die sich hinter dem Hinrichtungsplatz erhob, gewahrte ich schemenhaft einige Krieger mit Bögen. Vielleicht sollten sie die Menge in Schach halten, falls es zu Ausschreitungen kam.

Lindsay und ich hockten jeder in unserem kleinen Käfig, hoch in der Luft über dem Platz schwebend, und mussten ohnmächtig mit zusehen, wie Sâyeh bei lebendigem Leibe verbrannt werden sollte. Einen grausameren Tod konnte ich mir kaum vorstellen. Auch wenn der Tod am Marterpfahl bei meinen amerikanischen Freunden durchaus auf den ersten Blick erschreckender wirkte, so war er jedoch zumindest ehrenhaft. Denn nur den Gegnern mit der größten Hochachtung wurde er zuteil. Selbst ich und Sam, mein alter Trapperfreund im fernen Westen, waren einst an diesen Pfahl gebunden worden, bevor ich meine Freundschaft zu meinem roten Bruder offenbaren konnte. Auch blieb mir die Marter letzten Endes erspart und ich kann diesbezüglich nicht aus Erfahrung am eigenen Leib sprechen, allerhöchstens aus meiner Vorstellungskraft schöpfen. Bal-Zadans und Mortazas Phantasien reichten in dieser Hinsicht sicherlich noch um einiges weiter als meine. Zumal dieser Tod des Verbrennens unehrenhaft war. In Europa wurden auf jene Weise im Mittelalter Frauen hingerichtet, die der Hexerei angeklagt waren, und auch hier erschien mir dieses Motiv nicht ganz abwegig. Der alte Magier Bal-Zadan, der just in dem Moment aus jener Tür trat, aus der wir unlängst die Flucht ergriffen hatten, wusste inzwischen Bescheid über einige von Sâyehs Fähigkeiten. Möglicherweise fürchtete er sie und erhoffte sich durch den Flammentod des Gegners auch das Ende jener Magie, die ihm schaden konnte.

Mortaza ging zu dem Pfahl und holte Sâyeh mit ein paar Schlägen ins Gesicht aus seiner Ohnmacht, denn nun war sein Meister zugegen, und einen bewusstlosen Mann zu verbrennen, war sicherlich nicht nach seinem und Bal-Zadans Geschmack. Der junge Assassine blickte sogleich hinauf zu seinen Händen, die in schwarze Handschuhe gehüllt in den Ketten über seinem Kopf hingen, während er rücklings an dem verkohlten Pfahl stand, der offensichtlich schon für andere Unglückliche die Pforte zum Jenseits dargestellt hatte – ein glühendes, schmerzvolles Tor, welches ich nicht durchschreiten mochte. Ich beobachtete, wie der Junge an den Ketten zog. Offenbar versuchte er, seine Kräfte zu mobilisieren, die ihn zum schwarzen Schatten dematerialisierten, jedoch versagten diese, wie immer, wenn sich Bal-Zadan in seiner Nähe aufhielt.

Der alte Magier stand unweit im Schein einiger Fackeln, die von den Kerkerknechten gehalten wurden. Sein Gewand schillerte erneut in Violett und dunklem Grün wie ein vergiftetes Meer, und genauso wogte es in einem für mich nicht spürbaren Wind. Seine assyrische Hutkrone glänzte fast golden und sein weißer langer Bart war sorgsam gestutzt und in sanfte Wellen gelegt. Bal-Zadan blickte zu dem sich windenden Gefangenen am Pfahl, breitete die Arme aus und verkündete:

„Licht gebiert zwar den Schatten, doch kommt es von allen Seiten, tötet es alle Schatten."

Wusste er von Sâyehs speziellem Talent?

Aus der Tür trat nun auch der Schah in seinem dunklen Uniformrock mit den unzähligen Edelsteinen auf der Brust und der ebenfalls übermäßig dekorierten Schärpe. Auf dem Kopf trug er erneut die hohe Kappe mit der diamantenen Brosche, aus welcher ein silbriges Federbüschel erwuchs. Mit der Hand strich er sich flüchtig über den Schnurrbart und sein Blick war auf den

Scheiterhaufen gerichtet, der nun von den Kerkerknechten auf Bal-Zadans Wink hin entzündet wurde.

Sobald die ersten Flammen aus den Reisigbündeln, die um den Pfahl geschichtet waren, emporloderten, erstarrten Sâyehs Bemühungen, sich aus den Ketten zu winden. Ich war mir sicher, dass seine Aufmerksamkeit nun dem Feuer galt, welches er von sich fernzuhalten gedachte. Schon im Kerker konnte ich diese Fähigkeit bestaunen. Die Flammen schienen ihm damals zu gehorchen und wichen zurück. Ich hoffte, es würde ihm erneut gelingen.

Das Feuer breitete sich rasch aus und schlug knisternd empor, und obwohl der Platz voll Menschen war, erschien er mir totenstill und leer. Wie in Trance nahm ich nur den Jungen inmitten der Glut wahr sowie den Schah und Bal-Zadan. Bis Lindsay neben mir in seinem hängenden eisernen Käfig einen Laut des Entsetzens ausstieß. Zuerst meinte ich, es wäre, weil die Flammen nach Sâyeh griffen und er Mühe hatte, sie von sich abzuhalten, da der alte Magier offensichtlich mit einem eigenen Zauber dagegenhielt. Jedoch war es dem Erscheinen einer anderen Person geschuldet. In Begleitung von Mortaza, auf dessen Brustpanzer und dem Kulah Khud, jenem halbkugelförmigen Glockenhelm mit Schwertspitze, sich der Schein der Flammen brach, trat Anahita auf den Platz. Sie trug ein weißes Kleid und einen Schleier, fast wie eine Braut. Doch war das Gewand mit einem roten Gürtel und zahlreichen roten und goldenen Verzierungen bestückt. Ihr Gesicht war unverhüllt und unter dem Schleier wallte ihr langes schwarzes Haar hervor. Sie wirkte abwesend, seltsam unbeteiligt. Offenbar stand sie im Bann des Magiers, welcher ihr allerdings keine Beachtung schenkte, sondern augenscheinlich in einen stillen Kampf mit Sâyeh verstrickt war. Während der Junge mit seinen unsichtbaren Kräften die züngelnden Flammen von sich fernzuhalten versuchte, beschwor der Alte seine eigenen Kräfte, um das Feuer nach Sâyeh greifen zu lassen. Immer wieder gelang ihm ein kleiner Sieg und eine Flamme sengte dem Assassinen hier und da die weiße Kleidung schwarz. Ich sah ihm an, dass er nicht mehr lange standhalten konnte. Seine Füße, die zwar in hohen Stiefeln steckten und von Ketten gebunden waren, wurden aufs Neue von den Feuerzungen attackiert.

Verzweifelt krallte ich meine Hände um die Gitterstäbe. Plötzlich rauschte ein kleiner Schatten an mir vorbei. Ich sah mich erstaunt nach ihm um. Wieder schoss er auf mich zu und wie in einer Eingebung streckte ich eine Hand durch das Gitter. Der Schatten offenbarte sich als eine von Māh-Tabs Eulen. Sie setzte sich auf meine dargebotenen Finger und blickte mich aus großen gelben Augen an.

„Lindsay!", flüsterte ich.

Der Earl riss sich widerwillig vom Anblick seiner Schwester los. In seinen Augen gewahrte ich einen feuchten Glanz.

„Seht! Das muss ein Zeichen sein."

Sir David blinzelte die Tränen weg und registrierte nun die Eule. „Meint Ihr, sie soll uns etwas mitteilen?"

Als hätte das Tier die Worte verstanden, gab es leise Gurrlaute von sich.

„Das mag sein. Leider verstehe ich ihre Sprache nicht. Sâyeh beherrscht sie, aber das nutzt uns im Moment nichts." Kaum hatte ich das ausgesprochen, blickte mich die Eule an. Das Gelb ihrer Augen erschien mir wie kleine Lämpchen. Ihre gedämpften Laute bohrten sich in meine Ohren und schwollen an zu einem Rauschen, als stände ich an der Küste eines Meeres, wo die Wellen gegen die Klippen brandeten. Das Gold ihrer Iris begann mich zu blenden und mit einem Mal sah ich ein Stück Holz vor mir.

Ein Schrei aus der Menschenmenge ließ die Vision verpuffen. Der dunkle Gefängnishof mit dem lodernden Scheiterhaufen füllte erneut meinen Blick aus. Und obwohl die Flammen hoch hinaufschlugen, stellte ich erleichtert fest, dass Sâyeh den Kampf gegen sie noch nicht verloren hatte. Das Feuer hielt wie in Ehrfurcht Abstand und bildete einen Kreis um den jungen Magier. Während ich dies beobachtete, begriff ich plötzlich, was die Eule mir sagen wollte: Rettung nahte. Wie auch immer sie gestaltet sein mochte, wusste ich allerdings nicht. Jedoch ich spürte, dass ich aktiv werden sollte, denn das Holzstück, das ich sah, war das *Me var dana* gewesen. Eilig begann ich meine Kleidung zu durchsuchen und fand das kleine Zaubermesser wahrhaftig wieder. Schon im Gerichtssaal hatte ich es kurzzeitig in Händen gehalten, aber dann durch die seltsame Verhandlung vergessen. Jetzt brachte die Vision der Eule, die nun auf Lindsays Käfig hockte und nach dem Feuer hinüberblickte, es mir erneut in den Sinn. Sogleich ließ ich die Schneide herausspringen, steckte die Hand durch das Gitter und schob die Klinge außen in das Schlüsselloch des Käfigs. Lindsay beobachtete mich mit gespanntem Gesicht. Es war zwar ein einfacher Mechanismus, doch benötigte ich einige Zeit, um gegen den Druck der Zuhaltungsfeder anzukommen. Eigentlich hätte ich ein gebogenes Werkzeug gebraucht, wie etwa einen Dietrich, um den Schlüsselbart zu simulieren, aber mit der Schrägstellung des Messers erreichte ich schließlich dasselbe. Der Hebel zog sich mit einem Klick zurück und das Gittertürchen sprang auf. Der Earl lachte kurz auf, besann sich und blickte sich um. Glücklicherweise nahm niemand Notiz von uns. Nun galt es, Lindsays Tür zu öffnen und – was viel problematischer war – die Höhe zu überwinden, in der unsere Käfige schwebten. Es mochten gut vier Meter sein.

Noch während ich überlegte, wie ich wohlbehalten und unbemerkt hinuntergelangen könnte, gewahrte ich im Augenwinkel etwas Weißes herabfallen. Ich wendete den Kopf und da sah ich zu meinem Erstaunen einen Assassinen im Falkensprung von der Mauer nahe des Tors fallen. Es war wie ein Déjà-vu – als stände ich auf der Lindsay'schen Dachterrasse über dem verschneiten Schlosspark. Nur war hier kein Schnee, sondern loderndes Feuer, dessen Hitze sogar bis zu uns reichte. Kaum war der Mann auf dem Grund angelangt, folgten ihm weitere nach. Fast kam es mir nun tatsächlich vor wie ein Schneegestöber. Die weißen überdimensionalen ‚Flocken' fielen lautlos zu Boden, fingen den Aufprall meist durch eine Rolle ab und warfen sich in Sekundenschnelle auf die umstehenden Soldaten. Diese glitten, ohne einen warnenden Schrei abgeben zu können, zu

Boden. Ich wusste nicht, ob unsere Befreier ihnen die Kehlen durchschnitten oder sie anderweitig ruhigstellten. Doch musste ich bei der Schnelligkeit der Aktion von Ersterem ausgehen, was mir innerlich sehr widerstrebte.

Ich hangelte mich aus meinem Käfig heraus und ließ mich an den Gitterstäben so weit herunter, wie es möglich war, um dann die letzte Distanz durch einen Sprung zu überwinden. Kaum hatte ich den Boden berührt, brach ein Tumult los, der jedoch nicht durch mich ausgelöst worden war, sondern durch eine Gruppe Reiter, die durch das Tor preschten. Die Menschen auf dem Platz begannen zu schreien und stoben auseinander, versuchten sich durch das Tor zum Park in Sicherheit zu bringen oder durch die Türen zu den Kerkergebäuden. Das Chaos wurde noch verstärkt, als ein gigantischer Schatten über den Innenhof schoss. Sofort wusste ich, dass dies nur Māh-Tab sein konnte. Gebannt blickte ich hinauf in den Himmel. Erneut flog das gewaltige Wesen heran und ich erkannte im Schein des Feuers zwei große Schwingen und den Körper eines Huftiers. Auch bei ihm waren die Vorderläufe zu Klauen geformt. Der Kopf gehörte einer jungen Frau, aber die Züge der Herrin des *Ordens des Silbermondes* darin waren unverkennbar. Ihre Brust war von einem silbernen Harnisch bedeckt, der wie das Mondlicht glitzerte.

Die Apsasû fegte hier und da einen Soldaten der Palastwache zur Seite, mischte aber kaum im Kampfgetümmel mit. Anscheinend war sie auf der Suche nach jemandem. Ich vermutete, dass dies Anahita sein musste, die sie befreien wollte. Vom Feuer hielt sich Māh-Tab allerdings fern, was mich wunderte, da ihr engster Vertrauter Sâyeh sich darin in akuter Gefahr befand.

Ein Trupp Soldaten schirmte unvermittelt den Schah ab und trat mit ihm die Flucht durch eine der Gefängnispforten an. Die Apsasû bemerkte dies und flog einen Angriff auf den Regenten von Persien. Dieser wurde in letzter Sekunde von einem Soldaten zu Boden geworfen, der nun seinerseits von dem Flügelwesen gepackt und in die Luft gerissen wurde. Māh-Tab musste eine gewagte Kurve fliegen, um einen Zusammenprall mit einer der umschließenden Mauern zu verhindern, da ihr Apsasû-Körper viel zu groß war, um in dem Kerkerhof frei agieren zu können. Sie verschwand mit ihrem Opfer hinter den Gebäuden und meine Aufmerksamkeit wurde wieder zu den berittenen Assassinen hinübergelenkt. An der Spitze dieser Gruppe erkannte ich niemand Geringeren als meinen Freund Halef. Mit erhobenem Säbel bahnte er sich einen Weg durch die fliehende Menschenschar. Ihm folgten weitere Krieger, und trotz der vermummten Gesichter war ich mir sicher, Ann und Sofie in seinem Gefolge ausgemacht zu haben. Denn zwei der Reiter waren nicht mit Pfeil und Bogen, sondern mit Gewehren und Pistolen bewaffnet.

Auf der Mauer standen weiterhin die Soldaten mit gespannten Bögen und blickten, offenbar noch immer geschockt über das geflügelte Fabelwesen, gen Himmel. Zunächst schienen sie verwirrt und wussten augenscheinlich nicht, auf wen sie anlegen sollten in dem Durcheinander über ihren Köpfen und auf dem Innenhof, oder sie warteten auf einen definitiven Befehl für ihr Eingreifen. Schließlich jedoch fällte irgendwer eine Entscheidung und die erste Salve Pfeile flog in die Menge. Einige der Assassinen zu Pferde wurden verletzt, doch die wenigsten so schwer, dass sie von ihren Tieren fielen. Sie spannten nun ihrerseits ihre Bögen und der Gegenschlag war erfolgreicher als der planlose Angriff der Palastsoldaten. Die meisten der Wächter auf der Mauer verschwanden hinter den Zinnen – getroffen von Geschossen oder weil sie sich in Deckung warfen. Einige stürzten durchbohrt von Pfeilen über die Brüstung in die Tiefe und blieben leblos liegen.

„Kara, lasst mich runter! Ich muss Anahita holen!", hörte ich Lindsay ungeduldig rufen. Schnell wollte ich zu dem Mechanismus an der Wand eilen, um seinen Käfig herablassen zu können, als er erneut schrie. „No, Kara. Lasst das andere tun, lauft zu Anahita! Schnell! Schnell!" Er wies mit ausgestrecktem Arm in die Richtung, aus der noch immer der flackernde Schein des Feuers kam.

Ein Blick dahin, wo ich seine Schwester vermutete, zeigte mir nur wirr durcheinanderlaufende Menschen, Soldaten und Reiter. Lindsay hatte von da oben einen besseren Überblick als ich und erkannte offenbar eine Gefahr, die ich nicht sah. So ließ ich wunschgemäß von seinem Befreiungsversuch ab, packte mir eins der Schwerter von den toten Soldaten am Boden und hastete über den Platz, der sich allmählich von der zivilen Bevölkerung leerte, auf den aber dafür immer mehr Soldaten strömten. Nun erfasste ich endlich Anahita. Jemand hatte ihr einen Umhang übergeworfen, weshalb Māh-Tab sie offenbar aus der Luft nicht erkannt hatte. Die Frau schien noch immer wie betäubt zu sein und stierte fortwährend in die Flammen, in denen Sâyeh weiterhin um sein Leben rang. Ich war hin- und hergerissen, wem ich zu Hilfe eilen sollte. Da sah ich Bal-Zadan, wie er Anahita am Arm packte und mit sich zog. Einige seiner Krieger begleiteten ihn schützend mit gezogenem Shamshir oder gespanntem Bogen. Auch Mortaza war darunter. Unsere Blicke begegneten sich kurz und ich nahm ein höhnisches Lächeln in seinem Gesicht wahr. Was sollte ich tun? Anahita befand sich zwar in Bal-Zadans Gewalt, doch erschien mir ihr Leben nicht bedroht, im Gegensatz zu dem des Assassinen auf dem Scheiterhaufen. Also entschloss ich mich, zuerst Sâyeh beizustehen, und ließ die Gruppe unbehelligt ziehen. Der junge Magier hatte die Flammen offensichtlich nicht mehr im Griff, denn sein Gewand begann Feuer zu fangen. Ich sah mich um, ob ich irgendeine Stange fände, mit der ich die brennenden Ballen wegschieben könnte, oder Wasser zum Löschen. Jedoch war weder das eine noch das andere in Sicht. Schließlich entschloss ich mich, in die Flammen zu greifen, um einen der Ballen wegzuziehen. Durch den so entstehenden Durchgang konnte ich an den Pfahl gelangen, um ihn zu befreien. Als ich gerade die Hand ausstreckte, hörte ich Sâyeh etwas rufen. Ich blickte auf. Er rief erneut etwas durch den Kampflärm und das Prasseln des Feuers hindurch. Ich verstand, dass ich abwarten solle.

Nun konnte ich beobachten, wie er seine Hände aus den Handschuhen zog, die sich vor meinen Augen aus einer schwarzen

Masse wieder zu menschlichen Fingern formten. Ebenso geschah es mit seinen Füßen, während er aus den zusammengeketteten Stiefeln schlüpfte. Wie ich wusste, konnte er nur sich selbst und nicht seine Kleidung zum flüchtigen Schatten verwandeln. Im Augenblick dieser Aktion attackierten ihn erneut die Flammen. Doch da Bal-Zadan nicht mehr in der Nähe weilte, erstarkten seine Kräfte, er teilte den Feuerwall und wandelte barfuß hindurch, wie einst Moses durch das Rote Meer.

„Danke, dass Ihr Euch meinetwegen dem Feuer ausgesetzt hättet." Er reichte mir die Hand. Sein Haar war an den Spitzen angesengt und auch an Armen und Beinen hatten sich die Flammen schon einen Weg durch die Kleidung bis auf seine Haut gebahnt. Er beachtete die Verbrennungen nicht weiter und ich war mir gewiss, dass seine Kräfte diese in kurzer Zeit geheilt haben würden.

Hinter ihm eroberte die auflodernde Feuersbrunst den Pfahl und verschlang gierig, wie ein Rudel ausgehungerter Löwen, seine Handschuhe und Stiefel. Ich blickte mich um und gewahrte gerade noch, wie Bal-Zadan mit Anahita und seinen Kriegern durch das Tor aus dem Kerkerhof entschwand. Auch Sâyeh bemerkte es, bewaffnete sich mit einem Shamshir einer der gefallenen Wachen und wir eilten gemeinsam in die Richtung der Fliehenden. Allerdings kamen wir nicht weit, sondern wurden von einem Trupp Palastsoldaten in einen Kampf verwickelt. Wir waren in Zeitnot, denn ich hatte keine Vorstellung, wohin Bal-Zadan zu entkommen gedachte. Zudem waren die Soldaten diesmal nicht zimperlich und ihre Hiebe durchaus aufs Töten fixiert. Sicher waren die Angst vor dem unheimlichen fliegenden Geschöpf, das Chaos und das Bestreben, einfach nur das eigene Leben zu erhalten, Schuld an ihrem planlosen Tun, doch ich musste ebenfalls mein Leben schützen. So war es mir unmöglich, sie zu verschonen, wenn ich das Gefecht schnell beenden wollte, um Anahitas Entführern nachzustellen. Sâyeh wirbelte neben mir in seiner geschmeidigen Art herum und streckte auf einen Streich zwei Gegner nieder. Und auch mein Säbel brachte zwei Soldaten den Tod, bis hinter mir eine Stimme ertönte:

„Sihdi, endlich habe ich dich gefunden!"

Ich war überglücklich, meinen Freund an meiner Seite zu haben, und hätte ihn gern umarmt. Der Kampf ließ dies jedoch nicht zu.

„Es war in letzter Minute, Halef", antwortete ich, während ich den Angriff eines der Soldaten parierte.

„Ständig muss ich dich aus gefährlichen Situationen retten." Seine Stimme war anklagend, doch wusste ich, wie er es meinte. Natürlich freute er sich, mich lebend gefunden zu haben, zeigte es mir aber wie üblich durch Vorwürfe.

„Dafür bin ich dir stets sehr dankbar. Was würde ich ohne dich machen?"

Halef murmelte etwas auf Arabisch, was ich im Deutschen mit *die Radieschen von unten anschauen* übersetzen würde, blickte mich jedoch dann zwischen zwei Angriffshieben versöhnlich an. Uns blieb keine Zeit, der Freude über unser Wiedersehen gebührend Ausdruck zu verleihen. Ein Schuss bellte auf und ich sah kurz zur Seite. Es war Ann, die sich ebenfalls neben uns eingefunden hatte und einen unserer Gegner ins Bein traf. Der Mann senkte den Säbel und zog sich humpelnd zurück.

„Wo ist Anahita?", fragte Ann.

„Bal-Zadan hat sie mit sich genommen. Wir waren ihm auf den Fersen, doch dann haben uns diese Soldaten aufgehalten."

„Wir übernehmen das", gab Ann zurück und schoss erneut. Vor einem der entsetzt blickenden Wächter spritzten Steine am Boden auf. Die Soldaten wirkten nun verunsichert und ließen sich zurückdrängen.

„Geht! Sucht Anahita!", kommandierte Halef. Ihm stand die Rolle des Heerführers gut zu Gesicht. Furchtlos hieb er weiter auf einen der Krieger ein.

Sâyeh und ich zogen uns vom Kampf zurück und überließen Halef und Ann das Feld. Wir verstanden uns wortlos und rannten schnell zu dem Tor, aus dem Bal-Zadan entflohen war. Mittlerweile hatte das Feuer des Scheiterhaufens eine der Mauern erreicht und verschlang gierig die dort herabhängende persische Flagge. Sein Schein beleuchtete uns den Weg in der

Finsternis der Nacht. Doch erfüllte zudem Rauch den Innenhof, den wir nun erreichten, und verschleierte unsere Sicht. Ich nahm schemenhafte Schatten wahr, die zu kämpfen schienen. Als ich näherkam, erkannte ich Mortaza und Ibrahim Faith, die miteinander rangen. Weiter hinten an einem hochgezogenen Falltor befanden sich mehrere Krieger sowie Bal-Zadan, der Anahita fest im Griff seines rechten Arms hielt. Diesmal war ihr Blick klar. Vielleicht musste der Magier seine Kräfte für etwas anderes sparen und hatte den Bann gelöst, unter dem sie gestanden hatte. Sie wehrte sich gegen ihn, und als sie mich erkannte, wurden ihre Versuche, den Alten abzuschütteln, heftiger. Sie schöpfte Hoffnung, ihm nun mit unserer Hilfe zu entkommen. Sâyeh stürmte sofort auf Bal-Zadan zu. Ich vermutete, dass er ihn berühren wollte, um ihn zu bezwingen, doch der Alte vermochte das mit einer ausladenden Bewegung des linken Arms zu verhindern. Mit seinen unheimlichen Kräften schleuderte er dadurch den jungen Assassinen, noch bevor der ihn erreichte, gegen eine Mauer, an welcher Sâyeh hinabglitt und reglos liegenblieb.

Als ich ihm beistehen wollte, wurde mein Vorhaben sogleich von Mortaza verhindert. Der Krieger stellte sich mir in den Weg. Mit der Rechten hielt er Faith an der Kehle, den er in diesem Moment losließ und ihm mit seinem versteinerten Arm gegen die Brust schlug. Der Hadschi stürzte augenblicklich rücklings nieder und blieb röchelnd liegen.

„Ich wusste, dass wir aufeinandertreffen würden, Ben Nemsi." Mortazas Miene strahlte vor grimmiger Freude. Er zog seinen Säbel.

Ich hielt ihm den meinen entgegen, aber nur, um ihn auf Distanz zu halten, denn Faith schien mir etwas mitteilen zu wollen. So behielt ich den kampfbereiten Krieger im Auge und hockte mich neben den Verletzten nieder. Blut lief aus seinem Mundwinkel herab, sein Atem ging rasselnd und ich wusste sofort, dass ich ihm nicht mehr helfen konnte. Mortaza hatte ihm offensichtlich den Brustkorb zertrümmert. Faith war unser Verbündeter in den letzten Tagen hier im Palast gewesen und ich konnte ihn jetzt nicht einfach allein sterben lassen. Ein Blick zu meinem wartenden Gegner sagte mir, dass er mir einen kurzen Waffenstillstand gewährte. Mortaza nickte und senkte sein Shamshir. Natürlich wollte er seinen Spaß mit mir haben und mich nicht rücklings ermorden. Dafür war er zu sehr Katze, die gern mit der Maus spielte, bevor sie sie fraß.

„Es tut mir leid", flüsterte Faith kraftlos.

„Wie seid Ihr entkommen?", fragte ich.

„Die Wachen wurden von meinem Haus abgezogen, als die Reiter der Assassinen hier einfielen. Malika, Dastan und meine Haushälterin Samira sind in Sicherheit." Seine Stimme war schwach. „Ich hätte viel früher eingreifen sollen. Verzeiht. Ich bin ein alter ängstlicher Mann."

„Ich habe nichts zu verzeihen. Ihr habt uns gegen Bal-Zadan geholfen und wertvolle Informationen geliefert und großen Mut im Gerichtssaal bewiesen."

„Es war durchaus eine Gratwanderung, denn Bal-Zadans Einfluss auf den Schah ist enorm." Er legte eine Pause ein und schloss die Augen. Ich sah ihm an, dass er große Schmerzen hatte. „Doch meiner war bis dato ebenfalls nicht gering", sprach er leise weiter. „Deshalb konnte ich ihn – auch mit Anspielung auf seine Freundschaft zu Lord Lindsay – überzeugen, mir einige ungewöhnliche Freiheiten bei der Verhandlung zu lassen. Jedoch ging der Plan von Dastan und mir nicht auf. Wir haben versagt."

„Ihr habt Euch diesem übermächtigen Gegner gestellt und ich danke Euch dafür."

„Vergebens, wie Ihr seht. Nichts ist gewonnen. Nehmt Euch in Acht vor Mortaza. Er ist mehr, als es scheint." Faith hustete und spuckte Blut.

Ich legte seinen Kopf in meinen Schoß.

„Ich weiß, dass er ein Lamassu ist. Er hat sich uns schon offenbart."

Faiths Miene zeigte Erstaunen.

„Das wusste ich nicht. Ich spürte zwar, dass etwas an ihm nicht von dieser Welt ist – doch ein Lamassu? Wie ist das möglich?"

Faith schloss erneut die Augen und verzog das Gesicht unter Schmerzen. „Doch ist er nur ein Lakai Bal-Zadans. I h n müsst ihr bezwingen! Er führt Persien in den Untergang. Er ist das wahre Böse, vor dem Ihr Euch hüten müsst."

„Ich werde alles daransetzen, Bal-Zadan der Gerichtsbarkeit des Schahs auszuliefern."

Faith blickte mich an und nickte.

„Wer sind Dastan und Malika?" Ich konnte meine Neugier nicht zügeln.

Fast schien mir, dass ein amüsiertes Lächeln über das Gesicht des Sterbenden huschte. Er öffnete den Mund, als wolle er noch etwas erwidern, doch sein Blick wurde mit einem Mal trübe und sein Kopf, den ich in meinen Schoß gebettet hatte, sank zur Seite. Hadschi Ibrahim Faith war tot.

„Habt Ihr genug um diesen Verräter getrauert, werter Kara Ben Nemsi? Die Zeit drängt. Mein Meister hat heute noch Wichtiges vor, deshalb muss ich mich beeilen, Euch die Pforte ins Jenseits zu öffnen." Mortaza grinste mich erwartungsvoll an.

Ich schloss Faith die Augen, bettete sein Haupt vorsichtig auf die Erde und stand auf. Kampfbereit hob ich meine Waffe in Angriffsstellung und versuchte die aufkeimende Wut zu unterdrücken. Ich musste gegen dieses Wesen – denn *Mann* konnte ich ihn kaum nennen – einen kühlen Kopf bewahren.

Mortaza neigte das Haupt wie zur Begrüßung bei einem formellen Duell. Dann nahm er den Helm ab und warf ihn von sich. Ebenso verfuhr er mit seinem Brustharnisch. Ich war mir nicht sicher, was das zu bedeuten hatte. Vielleicht sollte es als Zeichen dienen, dass er sich keinen Vorteil gegenüber mir erschleichen wollte, oder er war von seinem Sieg so überzeugt, dass er glaubte, keinen derartigen Schutz zu benötigen. Aber egal, was seine Intention sein mochte: Ich wusste, dass er mir durch seine Kräfte überlegen war und ich mich nicht allein auf meine Kampfkunst verlassen konnte.

Der Krieger richtete die Spitze seiner Waffe gegen mich und umkreiste mich langsam und abwartend. Schon an seiner

Körperhaltung konnte ich erkennen, dass dies kein Kampf nach klassischen Fechtregeln werden würde. Er stand frontal zu mir, ohne erkennbare Absicht, sich keine Blöße zu geben. Es war fast wie eine Einladung und so ließ ich mich zu einer ersten Attacke hinreißen. Doch Mortaza parierte sie nicht wie erwartet mit seiner Waffe, sondern mit seinem linken Arm. Die Wucht des Aufpralls meines Stahls auf seinen Stein floss in einer schmerzhaften Welle in meinen Körper zurück. Ich hörte einen Aufschrei von Anahita, der in diesem Moment wohl bewusst wurde, dass Mortaza kein gewöhnlicher Mann war. Der Krieger setzte nun zum Gegenschlag an und wirbelte abwechselnd mit seinem Säbel und mit seinem Arm auf mich zu. Ich hatte Mühe, ihn abzuwehren, denn die Kraft seiner Hiebe war übermenschlich. Dem Arm versuchte ich möglichst auszuweichen, was mir allerdings nicht jedes Mal gelang, und die Schnelligkeit, mit der er agierte, überforderte mich zugegebenermaßen. Die Tage in Kerkerhaft, die Entbehrung ausreichender Mahlzeiten und die Kämpfe hatten meinen Körper mehr ausgelaugt, als ich mir eingestehen wollte. Aber Aufgeben kam nicht in Frage. Entgegen meinem sonstigen Vorgehen, meine Gegner nur zu verletzen, um sie kampfunfähig zu machen, versuchte ich Mortaza gezielt einen tödlichen Hieb zu versetzen. Ich wusste, dass ich hier nur überleben konnte, wenn ich ihn tötete. Als er erneut auf mich zuwirbelte, tauchte ich unter seinem zuschlagenden Arm hindurch, und bevor sein rechter Arm mich mit dem Säbel treffen konnte, zog ich die Schneide meiner Waffe quer über seine Brust. Dann ließ ich mich fallen und rollte geschwind aus seiner Laufrichtung. Am Boden liegend drehte ich mich zu ihm um, in der Erwartung, dass er stürzte, doch strauchelte er nur kurz, fing sich und wendete sich nun seinerseits mir zu. Sein Gewand war aufgeschlitzt und auch etwas Blut konnte ich erblicken. Nur war das keine tödliche Wunde. Was hatte ich erwartet? Dieses übernatürliche Wesen mit einem einzigen Säbelhieb niederzustrecken? Jetzt musste ich lachen. Der Gedanke war absurd gewesen, das wurde mir nun klar. Ich konnte nicht gewinnen und das lag nicht nur daran, dass Mortaza nun mit ausladenden Schritten und wutverzerrtem Gesicht auf mich zukam, während ich noch hilflos am Boden lag. Er hob das Shamshir zum finalen Hieb, der mich in zwei Hälften teilen würde. Mir blieb keine andere Wahl, als in meiner verzweifelten unterlegenen Lage meinen Säbel nach vorn schnellen zu lassen. Die Spitze drang in seinen Brustkorb ein und durchbohrte sein Herz. Seine Bewegungen erstarrten schlagartig und sein Blick hatte etwas Erstauntes. Er zuckte zurück und riss mir dabei die Waffe aus der Hand, die in seiner Brust steckenblieb. Sein Shamshir schleuderte er von sich, packte meins und zerrte es sich aus dem Körper. Dann warf er auch dieses in die Finsternis des raucherfüllten Hofs.

„Beende es!", hörte ich Bal-Zadan befehlen.

Ich lag noch immer am Boden, bar jeder Waffe und starrte fassungslos auf den Krieger, der nicht zu töten war. Seine Augen begannen rot zu glühen und aus seinem Rücken wuchsen gewaltige Schwingen. Sein Kopf blähte sich auf und wurde größer, wobei er seine Proportionen beibehielt. Der Körper jedoch verformte sich zum Rumpf eines riesigen Stiers und die Vorderhufe wandelten sich in Klauen, wobei der linke Lauf versteinert blieb. Der Lamassu warf den Kopf in den Nacken und brüllte, dass mir fast das Trommelfell zerbarst. Anahita schrie ebenso, doch stand sie nicht in meinem Blickfeld. Dann schoss seine rechte Klaue auf mich zu, packte mich und ich wusste, dass es das Ende war. Ich hatte ihm nichts mehr entgegenzusetzen außer einem furchtlosen Blick in seine roten Augen, auch wenn die Furchtlosigkeit hier nur gespielt war.

Etwas flog rauschend über mich hinweg und traf den Lamassu mitten in die Brust. Augenblicklich ließ er mich fallen. Schmerzhaft prallte ich auf den harten Boden des Hofs, blieb rücklings liegen und starrte das riesige Wesen an, welches sich einem Berg gleich über mir aufbäumte. Das Glühen in seinen Augen erlosch und nun war es wieder Mortaza, der mich ansah, fast ängstlich. Fassungslos musterte er das Etwas, das ihn getroffen hatte. Es war Lindsays Labrys, jene Doppelaxt, die wir in der kretischen Höhle entdeckt hatten. Im Gegensatz zur

Wunde, die ihm mein Säbel gerissen hatte, floss diesmal kein Blut. Die Stelle um die Axt herum begann sich grau zu verfärben. Das Grau breitete sich aus und gleichzeitig bildeten sich darauf feine schwarze Linien wie ein Spinnennetz. Im Hintergrund hörte ich Bal-Zadan schreien. Es war eine Mischung aus blanker Wut und Verzweiflung. Mortaza dagegen lächelte mich an und gab mir zu verstehen, dass ich gewonnen hatte. Er legte den Kopf leicht schief, fast wie ein Hund, der sein Herrchen fragend anblickte, und in diesem Moment tat er mir wahrhaft leid. Doch es war zu spät, ich konnte nichts für ihn tun. Die Versteinerung erreichte seine Läufe, die Klauen und die Flügel. Zum Schluss breitete sie sich über sein Gesicht aus, bis der letzte Funke Leben in seinen Augen verglühte. Da stand er vor mir wie eine gewaltige marmorne Statue aus den Trümmern von Persepolis. Die feinen Linien fraßen sich weiter und weiter und verzweigten sich, bis mit einem seltsam seufzenden Laut der steinerne Lamassu zu kleinen Kieseln zerbröselte, die auf mich herabregneten.

Erst jetzt atmete ich aus, erleichtert und zugleich betrübt. Ich vermochte mein Gefühl selbst nicht zu deuten. Erschöpft ließ ich den Kopf in den Nacken fallen. Über mir glitzerten die Sterne des persischen Firmaments. Ein Schatten glitt in mein Sichtfeld mit Flügeln ähnlich denen Mortazas. Es musste Māh-Tab gewesen sein.

„Kara!", hörte ich Lindsay rufen.

Wie in Trance rappelte ich mich auf und sah den Earl auf mich zurennen.

Atemlos kam er bei mir an.

„Damned! Das war knapp. Das war verdammt knapp!"

Ich wusste nichts zu erwidern, fühlte mich irgendwie betäubt. Lindsay dagegen war agiler denn je, wühlte in den Trümmern des Lamassu, und mir war, als wühle er in den Eingeweiden Mortazas. Endlich hatte er gefunden, wonach er suchte. Stolz hielt er seine Labrys empor, in deren metallenen Blättern die Linien eines verschlungenen Musters leuchteten wie flüssiges Gold. Allerdings währte der triumphale Augenblick Lindsays nur kurz, denn sogleich hatte er Anahita entdeckt, die gerade von Bal-Zadan und seinen Kriegern durch das offene Falltor gezogen wurde. Sie wollten in den angrenzenden Palastteil entschwinden. Hinter ihnen hatte sich zwischen den Gemäuern eine Rauchwolke gebildet, die innerlich zu glühen schien. Vielleicht hatte sich das Feuer schon bis dorthin ausgebreitet. Aus diesem leuchtenden Nebel sah ich drei Gestalten heraushasten. Es waren eine Frau, der kleine Farid und – ich traute meinen Augen kaum – Mister Doyle. Beladen mit Waffen rannten sie an Bal-Zadans Kriegern vorbei auf uns zu. Ich erkannte meinen Henrystutzen in der Hand der Frau. Sie und der Junge hatten das Tor schon passiert, als Doyle plötzlich stutzte. Er blieb stehen und gewahrte offenbar Anahita. Ungeachtet der Soldaten und Bal-Zadans eilte er auf sie zu, packte sie am Arm und zog sie mit sich. Fast glaubte ich, dass er es schaffen könnte, da der alte Magier, augenscheinlich noch geschockt über den Tod seines Mündels, wie angewurzelt stehenblieb. Doch irrte ich. Der Alte aktivierte seine magischen Kräfte und ließ das eiserne Gittertor herunterfallen, sodass Doyle und Anahita im Lauf gegen die Stangen prallten. Für einen Moment blickten uns ihrer beider Augen mit Schrecken an, dann fing sich Doyle, wandte sich um und richtete sein Gewehr, welches er in der Hand hielt, auf Bal-Zadan.

Einundzwanzigstes Kapitel
Mister Doyles Geheimnis

Ich hastete auf das Tor zu, ebenso Lindsay. Im Laufen wollte ich der Frau, die weiterhin auf uns zugerannt kam, meinen Henrystutzen abnehmen, als ich eine mir bekannte Handbewegung Bal-Zadans wahrnahm und mich reflexartig zu Boden warf. Die Druckwelle, welche der Magier zu erzeugen wusste, sauste, ohne mich zu berühren, über mich hinweg, fegte jedoch die Frau, Farid und Lindsay mitsamt den Waffen quer über den Hof, wo sie betäubt liegen blieben. Doyle und Anahita wurden an das Gittertor gepresst und klebten an den Stangen wie festgebunden, bis die Kraft der Welle nachließ und sie schließlich an dem Eisengitter herabglitten.

Der wabernde leuchtende Nebel hinter dem Magier verdichtete sich zunehmend und seine Krieger erkannte ich nur noch als Schattenrisse. Doch spannten sie nicht die Bögen und zogen auch keine Säbel. Der Alte schien sich seiner Überlegenheit bewusst, trat vor, packte Anahita am Arm und schob sie Richtung seiner Soldaten, die sie in Empfang nahmen. Doyle dagegen zerrte er unwirsch vom Tor weg und schleuderte ihn auf die festgetretene Erde des Durchgangs. Der junge Arzt verlor dabei sein Gewehr, welches er nicht im Stande war abzufeuern. Eilig rappelte ich mich auf und rannte zu den uns trennenden Gitterstäben. Doyles Waffe lag nah daran und mit einem schnellen Griff durch die Eisenstangen schnappte ich sie, zog sie auf meine Seite des Falltors und legte auf Bal-Zadan an. Im Augenwinkel hatte ich die wundervolle Gravur gesehen und den Schriftzug *One of one Thousand*. Sofort wusste ich, dass es nur Sofies Winchester sein konnte. Was mich durchaus erstaunte, doch musste ich mein Augenmerk jetzt auf die Vorgänge hinter dem Tor richten.

Der Alte zog Doyle an den Haaren hoch, sodass er wie ein Schutzschild vor dem Magier kniete. Sein Gesicht war schmerzverzerrt und er griff nach den Händen, die ihn festhielten, was ihm aber nichts brachte. Bal-Zadan blickte mir direkt in die Augen und hielt dem jungen Briten drohend einen Dolch an die Kehle. Sofort erstarb Doyles Gegenwehr und er sah bewegungslos und hilfesuchend zu mir herüber.

„Kara Ben Nemsi, Ihr – oder besser gesagt Euer Earl of Lindsay – hat meinen Leibdiener Mortaza getötet. Er bedeutete mir wirklich sehr viel. Es war eine nicht zu verzeihende Vergeudung seines besonderen Blutes. Das kann ich nicht auf sich beruhen lassen. Ihr kennt doch den Spruch *Auge um Auge, Zahn*

um Zahn, nicht wahr? Er steht nicht nur in E u r e m Gottes-
buch. Ich denke, dass dieser Mann hier Euch ebenfalls nicht
unwichtig ist, und werde ihn deshalb als Blutpfand für Mortaza
nehmen."

Kurz drehte ich mich um, konnte jedoch von niemandem
Hilfe erwarten. Lindsay regte sich zwar, aber weit entfernt am
Boden und schien noch zu benommen. Die Frau und der Junge waren weiterhin bewusstlos von der explosionsartigen Welle Bal-Zadans, und Sâyeh lag nach wie vor reglos am Fuß der
Mauer. Ich passte weder durch die Gitterstäbe des Tors noch
vermochte ich es anzuheben.

„Das kann ich nicht zulassen", erwiderte ich schließlich und
nahm den Alten mit der Winchester ins Visier.

„Was wollt Ihr dagegen tun?"

Ich antwortete nichts, sah nur in Doyles schreckgeweitete
Augen und dann in die kaltblütigen des Magiers. Mir blieb keine
Wahl, wenn der junge Arzt das überleben sollte, und so drückte
ich ab. Die Kugel fegte knapp über Doyles Kopf hinweg und
traf Bal-Zadan in die Brust, doch zuckte er mit keiner Wimper,
nur sein Mund formte sich zu einem Lächeln. Schlagartig wurde mir bewusst, dass auch er, wie Mortaza, nicht mittels einer
einfachen Waffe zu besiegen war. Ich erschauderte vor dieser
unheimlichen Kraft.

„Sagt Eurem Freund *Lebwohl*!"

„Ich werde nicht zulassen, dass I h r ihn tötet. Wenn er sterben
muss, dann durch meine Hand." In der Sekunde, als ich das aussprach, wollte ich Doyle durch einen Blick signalisieren, dass
er Vertrauen haben sollte, doch wusste ich nicht so recht, ob er
verstand. Andererseits konnte ich ihm kein Zeichen geben, was
nicht auch der Alte sehen würde. Da fiel mir ein, dass wir beide
gleichermaßen eine hier eher unbekannte Sprache beherrschten.

„Vertrauen Sie mir!", sagte ich auf Deutsch und drückte ab.

Der Arzt sackte getroffen von meiner Kugel unter Bal-Zadans
Händen zusammen. Dieser gab ihn mit erschrockenem Blick
frei und Doyles Körper glitt reglos zu Boden. Sein Gewand
färbte sich an der Seite rot.

Der Magier trat einen Schritt zurück und blickte verdutzt auf den jungen Mann zu seinen Füßen, steckte schließlich den Dolch weg, stieg kaltblütig über die Leiche hinweg und trat nah an mich heran, sodass uns nur das Falltor trennte. Ich spürte erneut seine magische Aura. Es brannte wie Lava in mir, doch hielt ich ihm stand, denn ich war neugierig, was er zu sagen hatte.

„Was seid Ihr für ein seltsamer Mann, Kara Ben Nemsi? Das hätte ich Euch nicht zugetraut. Was nutzt das nun? Euer Freund ist tot, aber ich bin nicht so leicht zu töten, wie Ihr bemerkt habt, denn ich bin ein Nachfahre von Mithras, dem Sonnengott. Mein Geschlecht wurde als Beschützer der Blutlinie der Kadscharen auserkoren, als Wächter über die Herrscher des Sonnenthrons. Doch fühle ich, dass diese Blutlinie nicht mehr lange an der Macht sein wird. Es ist also die Zeit gekommen, dass ich selbst das Regiment in Persien übernehme. Entweder wird Anahita als Nachfahrin einer Apsasû und der *Göttin des Wassers* mit mir den Thron besteigen oder, wenn sie sich weigert, wird ihr Blut mich verjüngen, denn Mortaza, der dafür vorgesehen war, habt Ihr mir genommen. So oder so. Anahita ist von großem Nutzen für mich – genauso wie Ihr und Lindsay, deshalb werde ich Euch nicht töten – noch nicht. Glaubt nicht, dass Ihr mich aufhalten könnt."

Mit diesen Worten zog er sich, mich weiterhin triumphierend anblickend, langsamen Schritts zurück in den glühenden Nebel, während sein höhnisches Lachen mich frösteln ließ. Und als er nur noch ein Schemen in orangefarbener Glut war, leuchteten seine Augen wie rote Sonnen in der Tiefe des Alls. Sein Körper blähte sich allmählich auf. Adlerschwingen erwuchsen seiner Gestalt, die den ganzen Durchgang zwischen den Gemäuern ausfüllten, und sein Rumpf wurde zu dem eines gewaltigen Stiers. Er nahm mächtig an Größe zu und verwandelte sich zu einem Lamassu, der bei Weitem größer war, als ich es bei Mortaza gesehen hatte. Seine Silhouette erinnerte mit der assyrischen Hutkrone auf dem Haupt und dem langen Bart nun tatsächlich an Lindsays steinerne Fowling-Bulls in Persepolis.

Ich erstarrte. Wie konnte das sein? Mir wurde bewusst, dass wir die ganze Zeit auf der falschen Fährte gewesen waren. Nicht Mortaza war der gefürchtete Dämon, von dem Māh-Tab berichtete, sondern Bal-Zadan selbst. Er hatte es gut zu verstecken gewusst und uns gewiss absichtlich auf Mortazas Spur geführt, denn hätte er dessen wahres Ich verschleiern wollen wie sein eigenes, so hätte er es zu unterbinden vermocht, dass sich Mortaza vor unseren Augen im Kerkerhof verwandelte. Das gehörte augenscheinlich zu seinem Plan, um uns von sich abzulenken.

Hilfe suchend blickte ich am Falltor entlang und gewahrte Lindsay, der endlich zu sich gekommen war und nun zu dem Mechanismus spurtete, um das trennende Gitter hochzuziehen. Ein Schrei Anahitas lenkte jedoch meine Aufmerksamkeit wieder auf den schimmernden Nebel. Rechts von mir tauchte Sâyeh auf, der vergeblich versuchte, sich zu verwandeln, um zwischen den Gitterstäben hindurchschlüpfen zu können. Ich bemerkte die schwarzen Flecken auf seiner Haut, die wie Schlieren darüberzogen, dann allerdings stagnierten und wieder verblassten. Bal-Zadan war zu nah. Jedoch begann sich nun das Falltor langsam nach oben zu bewegen und somit stieg die Chance, dass wir dem Geschöpf Anahita noch entreißen konnten.

Das Schattenspiel hinter dem Tor zeigte mir, wie Bal-Zadan sich Anahita und zwei Krieger auf seinen Lamassu-Rücken zwischen die riesigen Adlerflügel setzte sowie zwei weitere Soldaten mit den Klauen packte. Die Hoffnung in mir schwand, seinen Abflug verhindern zu können. Sodann erhob sich das Fabelwesen auch gleich hoch in die Luft. Ich ließ mich auf die Erde fallen und rollte mich unter dem aufsteigenden Tor hindurch. Lindsay folgte mir sofort mit seiner Labrys in der Hand und der junge Assassine schlüpfte ebenfalls ohne Verwandlung durch den sich vergrößernden Spalt am Boden. Der Lamassu vor uns stieg aus dem Feuerschein heraus hinauf in den schwarzen Nachthimmel und verschwand, bevor wir ihn erreichten. Nur der Abwind seiner Flügelschläge traf auf uns und wir mussten eine Weile gegen ihn ankämpfen, bis er sich abschwächte. Lindsay sah verbittert nach oben, holte mit der Doppelaxt aus, besann sich allerdings und ließ den Arm sinken. Hätte er Bal-Zadan in dieser Höhe zu Stein verwandelt, wäre Anahita mit Sicherheit in den Tod gestürzt.

Als das Geschöpf in der finsteren Nacht verschwunden war, schleuderte der Earl die Axt in einem Anfall von Verzweiflung zu Boden. Sein wütender Schrei klang fast wie das Gebrüll eines der Flügelwesen.

„Fowling-Bulls! Verflucht mögen sie sein! Wahrscheinlich wusste mein Unterbewusstsein schon mein ganzes Leben lang, dass sie mich verfolgen, deshalb habe ich sie stets zu finden gesucht."

Die Labrys schlug unweit des erschossenen Doyle auf. Der Lord bemerkte nun den Arzt, zuckte zusammen und hockte sich neben ihn nieder. Betrübt legte er seine Hand auf dessen Rücken.

„Oh, my goodness, Kara, was habt Ihr getan?" Entsetzt sah er zu mir hoch.

„Mir das Leben gerettet", hörten wir die Stimme Doyles. Der junge Mann dreht sich auf den Rücken und fasste sich an die Rippen auf der rechten Seite. „Nur ein Streifschuss", erklärte er und blickte auf seine rotgefärbten Finger. „Aber genug Blut, um einen tödlichen Treffer vorzutäuschen." Er rappelte sich auf.

Lindsays Entsetzen schlug in Überraschung um. Dann erhob er sich ebenfalls.

„Sorry, Kara. Dass mit der nichtvorhandenen Kaltblütigkeit muss ich offensichtlich zurücknehmen."

„Es hatte weniger mit Kaltblütigkeit zu tun als mit Taktik und schneller Entschlusskraft", erwiderte ich. „Ich bin froh, dass Ihr meinen Wink verstanden habt, Mister Doyle."

„Um ehrlich zu sein, war ich zunächst selbst überrascht und tatsächlich auch erschrocken, als mich Euer Projektil traf, und das Zusammensacken war durchaus nicht gespielt, denn das war der Schock. Aber als mich Bal-Zadan auf den Boden fallen ließ, setzte mein Verstand wieder ein und ich fühlte, dass ich nur leicht verletzt bin, und war mir dann sicher, dass es eine Finte ist. So stellte ich mich tot. Vielen Dank, Mister Kara.

Dieser Mann – oder dieses Wesen – hätte mir ungerührt die Kehle aufgeschlitzt."

„But, es war sehr gewagt. Ein paar Zentimeter daneben und unser Mister Doyle hätte jetzt ein Loch in der Lunge."

„Es war gewagt, gewiss. Allerdings dachte ich mir, dass er als Arzt und Sâyeh mit seinen Fähigkeiten eine derartige Wunde besser heilen könnten als eine aufgeschnittene Kehle."

„Das ist wahr", sagte der Assassine. „Tote kann ich nicht wiederbeleben, aber von dem Streifschuss wird er schnell genesen." Ich bemerkte, dass sogar die Verbrennungen Sâyehs zwischenzeitlich begonnen hatten, zu heilen, auch wenn sie noch immer sichtbar waren. „Ich werde Ihnen später etwas von meinem Blut spenden. Doch zuerst müssen wir nach unseren Gefährten schauen und das Versteck Bal-Zadans ausfindig machen."

Lindsay strich sich verzweifelt durchs Haar.

„Yes, da habt Ihr Recht. Ich verliere noch den Verstand, wenn er mir jedes Mal mit Anahita wieder entwischt. Aber wie sollen wir ihn nun finden?"

„Mâh-Tab wird wissen, wo er zu finden ist. Um sein angekündigtes Ritual durchzuziehen, gibt es, soweit ich weiß, nur einen Ort, und diesen kennt die Führerin unseres Ordens." Der Assassine hatte also Bal-Zadans Offenbarungen mir gegenüber mitangehört. Seine fortwährende Bewusstlosigkeit war demnach, zumindest am Ende, nur gespielt. Vielleicht hatte er zunächst versucht, sich unbemerkt zu verwandeln, um auf die Torseite des Magiers zu gelangen, was ihm jedoch nicht glückte, worauf er sich mir schließlich zur Seite stellte.

Der Rauch war inzwischen dichter geworden und der Kampflärm aus dem anderen Palastbereich rückte näher. An den Mauern ringsum züngelten Flammen empor. In deren Lichtschein erblickte ich zwei von Bal-Zadans Soldaten. Er hatte offenbar nicht alle seine Krieger mitnehmen können und diese hier zurückgelassen. Mit der Winchester in der Hand schritt ich auf sie zu. Der Fluchtweg in einen hinteren Bereich war ihnen durch das nahende Feuer versperrt. Sie hatten sich still in eine Nische gedrückt, scheinbar in der Hoffnung, dass wir sie übersehen würden. Als ich nun auf sie zukam, zog der eine seinen Dolch und war im Begriff, ihn sich ins eigene Herz zu stoßen. Nur durch ein schnelles Nachvornspringen meinerseits konnte ich dies verhindern. Gerade noch rechtzeitig ergriff ich sein Handgelenk und entwand ihm die Waffe. Sir David war mir gefolgt und entwaffnete den anderen, der am ganzen Leib zitternd mit weit aufgerissenen Augen an der Mauer klebte. Er stand augenscheinlich unter Schock und sicher war aus ihm kein vernünftiges Wort herauszuholen. Trotzdem packten wir beide und zogen sie mit uns, weg vom Feuer, hinaus auf den Hof, wo die steinernen Überreste Mortazas ruhten und dazwischen der Körper von Ibrahim Faith lag. Die Frau, der Junge, Sâyeh und Doyle hockten um den Toten herum.

Lindsay hielt den zitternden Krieger an den Schultern und rüttelte ihn wild.

„Where did he go?"

Der Mann verstand weder Englisch, noch war er in der Lage, einen Satz auf Persisch zu Stande zu bekommen.

„Dämon – er ist ein Dämon ...", stotterte er mit glasigem Blick.

Der Earl stieß ihn verächtlich von sich. Der Soldat wankte ein Stück davon und brach zusammen.

„Offenbar wusste er nichts von den Fähigkeiten seines Meisters", meinte ich.

„Maybe. Aber der hier schon."

Lindsay griff sich den anderen.

„Wohin ist Bal-Zadan geflüchtet?", fragte nun ich auf Persisch.

„An einen geheimen Ort. Nur er kennt ihn."

Nachdem ich Lindsay die Antwort übersetzt hatte, packte er den Mann fester am Schlafittchen und hob drohend die Labrys empor.

„Sprich! Oder ich kenne kein Erbarmen!"

Der Mann schlug ergeben die Lider nieder in Erwartung seines Todes. Ich fasste Lindsays Handgelenk.

„Sir David, ich glaube, dass er es tatsächlich nicht weiß. Lasst Gnade walten", bat ich sanft.

Wie aus einem Traum gerissen sah mich der Earl an. Dann ließ er die Waffe langsam sinken und lockerte den Griff, sodass der verwirrte Krieger entfliehen konnte. Er rannte in Richtung seines bewusstlosen Kameraden, drehte sich noch einmal um und rief:

„Habt Dank, Âghâ."

Wir begaben uns zu unseren Gefährten. Doyle hockte neben Faiths Körper und hatte das Gesicht in den Händen vergraben.

„Es ist meine Schuld", murmelte er.

„Nein", antwortete die Frau auf Englisch. „Er wusste um die Gefahr und hat sie akzeptiert, um Euren Freunden zu helfen." Sie war nicht verschleiert und ich konnte deshalb ihr Gesicht sehen. Es war eine junge Frau, wenn auch sicher älter als Doyle, der kaum zwanzig Lenze zählen durfte.

Sie bemerkte meinen Blick, stand auf und reichte mir auf europäische Art die Hand.

„Mein Name ist Samira. Wir sind uns schon im Haus von Hadschi Ibrahim Faith begegnet. Ich war seine Haushälterin."

„Ich erinnere mich", gestand ich.

Sie lächelte erfreut. „Euer Freund hier", wobei sie auf Doyle wies, „hat viel riskiert, um Euch zu befreien. Habt bitte Verständnis dafür, dass nicht jeder seiner Pläne glückte."

„Ihr sprecht Englisch?"

„Ja, ich durfte Hadschi Faith auf seiner Reise durch Europa begleiten, die er mit dem Schah unternahm, um ihm die modernen Errungenschaften des Abendlandes nahezubringen."

„Nun, werte Samira, ich bin sehr froh, dass Mister Doyle uns zur Seite stand, wenngleich ich sein Wirken noch nicht ganz verstehe."

„Er wird es Euch berichten, wenn er sich wieder gefasst hat." Sie nahm Farid bei der Hand. „Wir werden jetzt besser gehen."

„Wollt Ihr nicht mit uns kommen?"

„Nein, unsere Heimat ist hier."

„Aber man könnte Euch für Ibrahim Faiths angeblichen Verrat zur Verantwortung ziehen."

„Man könnte das. Doch der Harem hat seine eigenen Gesetze und Machtstrukturen. Die Europäer haben eine sehr seltsame Vorstellung davon, das weiß ich. Der Schah kann mir dort nichts anhaben. Die Frauen halten trotz kleiner Eifersüchteleien im Großen und Ganzen zusammen. Zudem kann ich meine Identität dort recht gut verschleiern."

„Verschleiern?" Ich verstand und lachte.

Sie zog sich das Tuch, welches über ihre Schulter hing, über ihr Haar und schlang es um ihr Gesicht. Dann rannte sie mit Farid davon. Der Junge blickte sich noch einmal verabschiedend zu mir um, als sie aus dem Tor hinausliefen.

In diesem Moment preschten Reiter zu uns herein. Es war Halef mit den Assassinen. Er sprang ab und kam auf mich zu.

„Sihdi, muss ich dich schon wieder retten?"

„Nein, Halef, ich denke, die größte Gefahr hast du gebannt."

„Die Soldaten des Schahs haben wir zurückgedrängt, doch werden sie sich in Kürze neu formiert haben. Dank Ann werden sie ein wenig aufgehalten, damit wir Zeit zur Flucht bekommen. Wir müssen aber schnell hier weg. Habt ihr Anahita gefunden?"

„Gefunden schon. Aber Bal-Zadan hat sie weiterhin in seiner Gewalt und ist mit ihr verschwunden. Wo ist Māh-Tab?"

„Ich weiß es nicht", gestand er. „Komm, wir müssen uns beeilen."

Ich nickte. Dann sammelten Lindsay und ich unsere Waffen ein und ich war froh, den Henrystutzen wieder in Händen halten zu können. Sâyeh eilte einem Reiter entgegen, und als dieser das verhüllende Tuch vom Gesicht nahm, erkannte ich Shana. Sie sprang vom Pferd und warf sich dem jungen Magier um den Hals. Schnell lösten sich ihre Körper wieder voneinander und sie sahen sich peinlich berührt um, ob jemand ihre emotionale Regung beobachtet hatte. Unsere Blicke trafen sich, doch ich tat, als hätte ich nichts bemerkt, und wandte mich dem jungen Arzt zu. Doyle war mittlerweile aufgestanden und hatte sich die

Tränen aus dem Gesicht gewischt. Er nahm die Winchester und lief Sofie entgegen, die neben Ann angeritten kam. Die Frau stieg schwungvoll vom Pferd, ging festen Schritts auf Doyle zu, und während sie ihm mit der einen Hand das Gewehr entriss, versetzte sie ihm mit der anderen eine Ohrfeige. Dann drehte sie auf dem Absatz um und stieg wieder auf ihr Tier. Ann saß lachend auf ihrem Rappen.

Doyle kam zu mir und hielt sich eine Hand auf die rote Wange.

„Das habe ich wohl verdient", murmelte er.

Im Moment blieb keine Zeit, diesem seltsamen Geschehen durch neugierige Fragen meinerseits auf den Grund zu gehen. Wir wählten uns jeder eins der unbesetzten Pferde und folgten Halef, der den dezimierten Trupp aus dem Palast herausführte.

Die Straßen Teherans waren zu dieser nächtlichen Stunde nicht so leer, wie ich erwartete. Das Scharmützel im Palastbezirk und das ausgebrochene Feuer hatten die Bevölkerung geweckt. Die Menschen strömten in die Richtung des Herrschersitzes, vielleicht, um beim Löschen zu helfen, oder um sich an der Niederlage ihres Regenten zu weiden. Gewiss gab es genug Gegner des Schahs in den Reihen der Schaulustigen und diese freuten sich sicherlich über den Anblick der Zerstörung. Als die Menschen unserer Truppe ansichtig wurden, versteckten sie sich jedoch ängstlich in den Hauseingängen und Nebengassen und ließen uns ziehen. Die vermummten Assassinen galten noch immer als Zeichen für Mord und Terror. Auch wenn ich ihr jetziges Gesicht kennengelernt hatte, so wusste das Volk auf den Straßen augenscheinlich nur das über die Krieger, was Bal-Zadan und seine Verbündeten verbreitet hatten. Und dies entsprach nicht der Wahrheit, obgleich der Anblick der blutverschmierten, weißgekleideten Kämpfer eine andere Sprache zu sprechen schien.

So dauerte es ohne irgendeine Gegenwehr nicht lang, bis wir das Häusermeer hinter uns gelassen hatten und über eine offene Ebene preschten. Der Weg war mir unbekannt. Offenbar wollte Halef etwaige Verfolger in die Irre leiten und wählte nicht die direkte Richtung zur Felsenburg. Ich war müde und folgte dem Tross fast wie in Trance. Auch Lindsay und Doyle hockten angeschlagen auf ihren Pferden. Selbst die Assassinen sahen mitgenommen aus. Viele waren verletzt und auf einigen der Reittiere hatten sie ihre im Kampf gefallenen Kameraden festgebunden. Deshalb gab es auch zahlreiche unbesetzte Pferde, die sie mit sich führten. Das Tier, welches mich die letzten Wochen durch Persien getragen hatte, war leider im Palast des Schahs verblieben. Doch meine Dankbarkeit gegenüber Samira und Farid war groß, dass wir zumindest unsere Waffen wieder bei uns hatten.

Im Osten zeigte sich ein erster silberner Streifen, und wenn ich ganz genau hinblickte, konnte ich eine sehr feine Mondsichel erkennen. Sâyeh hatte also Recht gehabt. Das Altlicht, wie der Mond kurz vor seiner Erneuerung genannt wurde, sagte mir, dass der wirkliche Neumond in der nächsten Nacht anstehen würde. Es blieb uns also nicht viel Zeit, Bal-Zadan zu finden, denn sicherlich war es sein Plan, das angekündigte blutige Ritual dann an Anahita zu vollziehen. Angesichts der Weite des Landes, der Müdigkeit, die mich überfiel, und des riesigen Elburs-Gebirges konnte ich mir nicht vorstellen, wie wir das bewältigen sollten.

Als Ann in meiner Nähe ritt, fragte ich sie, was sie getan hatte, um unseren Rückweg zu decken.

„Ich habe den britischen Botschafter aufgesucht und um Hilfe gebeten. Schließlich ist mein Onkel ein hoch angesehener Bürger und es ist seine Pflicht, ihm zu helfen. Sir William Taylour Thomson erklärte mir jedoch, dass es nicht in seiner Macht stünde, in den Palast einzudringen. Er hätte zwar versucht, auf diplomatischem Weg zu intervenieren, doch ließ man ihn nicht zum Schah. Er hat nicht den Rang eines Botschafters inne, sondern ist ein außerordentlicher Gesandter und Generalkonsul. Auch wenn er sich als offizieller Repräsentant Großbritanniens, als *Ministre plénipotentiaire*, bezeichnen darf, ist das nicht dasselbe wie ein Botschafter. Trotzdem konnte ich ihn überreden, seine Soldaten ohne Uniform während unseres Angriffs in den Palast zu schleusen, um Verwirrung zu stiften. So blieb uns die Möglichkeit, aus Teheran zu fliehen, ohne sofort die Truppen des Schahs auf den Fersen zu haben."

„Das war sehr geschickt. Aber sie werden sicher nicht aufgeben, uns zu suchen."

„Gewiss nicht. Leider", antwortete sie betrübt. Ich bemerkte, dass Ann und Sofie genauso müde waren wie wir Übrigen.

Wir ritten durch Flussbetten und über steile steinige Pfade, um möglichst keine Spuren zu hinterlassen. Einige der Assassinen legten auf Anweisung Halefs falsche Fährten. Mein Freund zeigte eine Seite, die ich noch nicht an ihm kannte, vielleicht auch nur in Ermangelung bisheriger Möglichkeiten.

Am Vormittag gewährte er uns, aber vor allem den Tieren, eine kurze Rast an einem der Gebirgsbäche. Ich erfrischte mich mit dem kalten Wasser, um nicht einzuschlafen. Mein Spiegelbild zeigte mir ein von Schmutz und Blut bedecktes Gesicht. Ich wusch es sauber, so gut es ging. Die dunklen Ränder unter den Augen ließen sich allerdings nicht abwaschen und zeugten davon, dass ich ein wenig Erholung nötig hatte. Jedoch wusste ich, dass ich sofort in den tiefsten Schlaf der Erschöpfung fiele, sobald ich mich in den Schatten eines der Bäume am Ufer setzen würde. Also blieb ich in Bewegung. So bemerkte ich beim Umherstreifen Doyle, der entspannt an einen Stamm gelehnt dasaß. Sâyeh und Shana hockten neben ihm. Der Magier hielt ein blutiges Messer in der Hand und an seinem linken Unterarm gewahrte ich eine frische Wunde. Offenbar hatte er mit seinem Blut den Streifschuss an Doyles Rippen behandelt. Ich ließ mich ebenfalls neben den dreien nieder. In seiner Rechten hielt der Arzt eine leere Spritze.

„Was ist das, Mister Doyle?"

„Ich habe es aus dem Krankenhaus, in dem ich mit Dr. Bell arbeite. Es nennt sich Cocainum muriaticum und hilft bei Schmerzen – nicht nur denen des Leibes, auch denen der Seele."

„Ein Rauschmittel?"

„Nein, es ist ein legales Anästhetikum. Aber bei richtiger Dosierung betäubt es die Sinne und man fühlt sich besser. Wir verabreichen es den Damen mit nervösen Leiden oder auch bei Melancholie. Es kann ein Hochgefühl hervorrufen und die Sorgen verdrängen."

„Ich glaube, ein bisschen Schlaf würde Ihnen besser helfen, den Schreck zu überwinden, den Sie durch diesen Beinahetod erlebt haben."

„Es war nicht nur die Sache mit Bal-Zadan. Obwohl es doch recht an den Nerven zerrt, wenn man dem Tod das erste Mal so nah gegenübersteht. Es fehlte nicht viel – wenn er nur leicht mit seinem Dolch gezuckt hätte. Ich mag nicht daran denken. Seltsam für einen Arzt, nicht wahr? Dabei habe ich schon zahlreiche tote Menschen gesehen und war sogar bei Hinrichtungen zugegen. Aber wenn es einen selber trifft, sieht das ganz anders aus."

„Da gebe ich Ihnen Recht. Gewiss werden Sie die Erfahrung noch in Ihren Träumen verarbeiten."

„Die Anspannung ist jedoch nicht nur diesem Erlebnis geschuldet. Die Tage davor im Palast waren ebenfalls nicht leicht für mich."

Nun rückte auch Sâyeh näher und lauschte, was Doyle zu erzählen hatte. Im Augenwinkel bemerkte ich, dass Shana ihre Hand auf die des Assassinen gelegt hatte. Anscheinend gab es zarte Bande zwischen ihnen, die sie bis heute gut zu verbergen gewusst hatten. Nach den schrecklichen Ereignissen fand jeder seinen eigenen Weg, diese zu verarbeiten. Doyle betäubte seine Angst mit einem Rauschmittel, Shana und Sâyeh suchten die Nähe des jeweils anderen – und ich? Ich würde bestimmt wieder schlecht träumen. Vielleicht war das auch der Grund, warum ich momentan den Schlaf nicht zuließ, denn hier war ich nicht allein. Es wäre mir unangenehm, mitten in dieser Truppe schweißgebadet zu erwachen oder im Schlaf aufzuschreien. Irgendwann würde ich nicht mehr darum herumkommen, mich in das Land der Träume zu wagen, und ich konnte nur hoffen, dass ich dann für mich sein würde.

„Wie lange weilten Sie dort und was genau hat Samira gemeint, als sie mir sagte, dass Sie sich für uns eingesetzt haben?", fragte ich.

„Ich habe mich kindisch verhalten. Das muss ich im Nachhinein zugeben. Ich wollte ein großer Abenteurer sein wie Sie, Kara Ben Nemsi, und habe mich ein wenig zu weit vorgewagt. Schon in der Dasht-e Kavir verhielt ich mich äußerst dumm, als ich mein Wasser nicht einteilte und deshalb dehydriert vom Pferd fiel. Aber es war mir noch immer keine Lehre, denn als Sie mit Sâyeh und Tufan hinter Lord Lindsay her nach Teheran ritten, packte mich erneut die Abenteuerlust und ich wollte so gern den prachtvollen Palast von innen sehen."

„Ja, ich erinnere mich an Ihre Abschiedsworte auf der Felsenburg."

„Zudem überkam mich ein schlechtes Gewissen wegen Lord Lindsay. Zu spät habe ich verstanden, das Māh-Tab den Earl in Schlaf versetzt hatte, um ihn vor sich selbst zu schützen. Ich kam als Arzt nicht umhin, ihn aufzuwecken. Das war ein Fehler, ich weiß, denn dadurch kam diese ganze gefährliche Aktion erst ins Rollen."

„Ach, Sir David will seine Schwester befreien. Ihn hätte nichts und niemand aufhalten können", erwiderte ich.

„Ich machte mir trotzdem Vorwürfe, wollte es wieder gutmachen und Ihnen helfen. Kaum hatten Sie drei die Felsenburg verlassen, habe ich Sofies Winchester gestohlen ..."

„Ach, deshalb die Ohrfeige!", unterbrach ich ihn.

„Genau."

Ich musste lachen. „Man sollte nie jemandem seine Waffe stehlen. In manchen Gegenden der Welt kann das ein tödlicher Fehler sein. Zum Glück revanchierte sich Miss Sofie nur mit einer Ohrfeige. Schließlich ist sie sehr stolz auf ihr Gewehr, denn es ist wirklich etwas Besonderes."

„Das ist es", gestand Doyle. „Aus diesem Grund hab ich es mir ja auch geborgt. Weil es die beste Waffe ist, die wir mit uns führen – von Ihrem Henrystutzen einmal abgesehen. Aber den hatten sowieso Sie in Verwahrung."

„Sie hätten Ihn zudem nicht ohne meine Einweisung bedienen können."

„Wer weiß." Er lächelte verschmitzt und schien gelöster. Entweder zeigte sein Mittel Wirkung oder es half ihm, sich alles von der Seele zu sprechen.

„Und wie kamen Sie in den Palast?"

„Durch Samira. Natürlich hatte ich in der Nacht Ihre Spur verloren und bin erst am Nachmittag in Teheran angekommen. Auf dem Basar habe ich mich im Getümmel zu verstecken versucht und die Zugänge zum Palastbezirk erkundet. Schnell wurde mir klar, dass ich niemals unbemerkt dort hineingelangen konnte. Dann kam mir der Zufall zur Hilfe. Es war wie eine göttliche Fügung. Ich hörte eine Frau schreien und folgte dem Geräusch. In einer Gasse sah ich, wie einige Männer eine verschleierte Dame bedrängten. Sie sah aus, als käme sie aus wohlhabenden Verhältnissen, wogegen die Männer zerlumpt waren. Ich schloss daraus, dass es Diebe seien, und beschloss, der Frau zu helfen. Ich bin ein ziemlich guter Boxer und hatte keine Mühe, die drei Banditen in die Flucht zu schlagen. Die Gerettete war Samira und sie war mir sehr dankbar. Wir kamen ins Gespräch, da sie ja Englisch beherrscht, und mit der Zeit wurde klar, dass sie im Golestan-Palast für einen Hadschi Ibrahim Faith arbeitete – einen Minister von Nāser ad-Din Schah – und seinen Haushalt dort führte. Sie erwähnte zudem einen Bal-Zadan, vor dem sie sich in Acht nahm, da er ihrem Herrn nicht wohlgesinnt war. Der Name sagte mir natürlich etwas und so wagte ich es, ihr anzuvertrauen, dass Freunde von mir im Palast seien, um eine Lady zu befreien, die Bal-Zadan dort gefangen hält. Samira half mir dann, mich als Frau zu verkleiden, und dadurch konnte ich unerkannt in den Palastbezirk. Zudem verhalf sie mir dazu, in Anahitas Gemächer zu gelangen, sogar in Bal-Zadans und schließlich das Vertrauen von Faith zu erlangen und ihn als Verbündeten zu gewinnen."

„Das ist nicht Ihr Ernst! Sie waren die grüne Geisterfrau? Sie waren Malika?" Natürlich, als er es nun berichtete, ergaben die seltsamen Ereignisse plötzlich einen Sinn: die Schüsse in die

Wand – mit Sofies Winchester ausgeführt – all die kleinen Spuren, die er legte …

„Ja, Mister Kara. Ich weiß, das hört sich alles ziemlich verrückt an."

„Das hört sich recht abenteuerlich an. Auf jeden Fall haben Sie uns sehr weitergeholfen mit Ihren Puzzleteilchen, die Sie verstreuten."

„Nur die Sache mit dem Prozess ist schiefgelaufen. Das tut mir leid."

„Mit dem Prozess? Soll das heißen, Sie waren auch der geheimnisvolle Dastan?"

„Ja, ich hatte mich diesmal als Mann verkleidet, da Frauen der Zutritt zum Gericht untersagt ist."

„Ich muss gestehen, Sie haben viel Mut an den Tag gelegt."

„Trotzdem fühle ich mich schuldig an Faiths Tod und auch daran, dass Sâyeh auf dem Scheiterhaufen landete und Sie und der Earl in den Käfigen."

„Nein, Mister Doyle, das lag nicht in Ihrer Verantwortung. Egal, ob Sie Ihre Verteidigung durchgeführt hätten oder nicht, Bal-Zadan wollte uns hinrichten lassen, so oder so. Er hat Ihre Aktion nur zugelassen, um Faith eine Falle zu stellen. Er wollte uns zu diesem Zeitpunkt loswerden."

„Das verstehe ich nicht. Erst setzte er alles daran, Sie zu töten, und vorhin sagte er, dass er Sie und Lindsay noch nicht töten wolle."

„Ich verstehe das in der Tat ebenso wenig. Wie dem auch sei, Sie waren sehr hilfreich."

„Trotzdem. Es war falsch von mir. Ich habe aus egoistischen Gründen gehandelt. Mein Ansinnen war, Dr. Bell nachzueifern und meinen analytischen Verstand unter Beweis zu stellen."

„Ihre Gründe sind verständlich. Die Jugend will sich stets beweisen, und aus Ihren Fehlern können Sie nur lernen. Wenn die Lage nicht so einen tödlichen Ernst gehabt hätte, wäre Ihre Vorstellung durchaus amüsant gewesen. Die Sache mit den Fingerabdrücken müssen Sie mir bei Gelegenheit näher erläutern."

370

„Das würde ich gern tun, aber ich weiß selbst nicht mehr darüber als das, was Sie im Prozess gesehen haben. Ich habe das Ganze nur bei Dr. Bell einmal aufgeschnappt, als ich ihm einen Brief vorlesen sollte, der von seinem Kollegen Faulds kam. Er bat ihn darin, seine Theorie durch eigene Experimente zu überprüfen, denn er gedachte mit seiner Idee, die Fingerabdrücke in der Verbrechensbekämpfung einzusetzen, an die Öffentlichkeit zu gehen. Ich hielt es hier in dem Prozess für einen klugen Schachzug, muss aber nun erkennen, dass durch meine Arroganz Faith zu Tode kam." Er ließ den Kopf hängen und blickte auf den grasbewachsenen Boden. Das Wasser des nahen Flusses plätscherte leise vor sich hin und schliff die Geröllsteine rund, die von den Hängen des Elburs hineingerollt waren. Der Wind rauschte in den Wipfeln der Bäume und die Sonne legte auf all dies ihre warmen Strahlen.

„Nein, Mister Doyle." Ich stand auf und hielt ihm die Hand hin. Er ergriff sie und ich zog ihn auf die Beine. „Faith war ein guter Mann. Er ist tot, weil er für seine Ideen und Prinzipien einstand und sich gegen einen übermächtigen Gegner stellte."

Doyle tat mir leid. Er hatte uns wahrhaftig geholfen im Palast und seine Selbstvorwürfe waren unnötig. Vielleicht war auch einfach die Müdigkeit schuld. Ich gedachte ihn abzulenken und ihm eine Aufgabe zu übertragen, um seine Grübeleien zu beenden.

„Mister Doyle, Sie sind Arzt und hier gibt es zahlreiche Verletzte. Sie könnten Sâyeh behilflich sein, diese zu versorgen."

Der junge Magier erhob sich.

„Es wäre mir eine Ehre, von Ihnen zu lernen, Mister Doyle."

Der junge Arzt lächelte mich wohlwissend an.

„Sie sind sehr ausgebufft, Mister Kara. Aber ich werde gern meine Künste mit denen Sâyehs vereinen, um die Wunden der Krieger zu versorgen." An den Magier gewandt, sagte er: „Bedenken Sie jedoch, dass mein Studium der Medizin noch nicht abgeschlossen ist."

„Das trifft sich gut", antwortete Sâyeh. „Auch meine Ausbildung ist in vielerlei Hinsicht noch nicht beendet."

Ich beobachtete, wie sich die beiden zusammen mit Shana ans Werk machten. So war ich allein und wagte es, mich im Schatten eines Baums niederzulassen, dem Wasser, dem Wind und den Vögeln zu lauschen und mich meinen eigenen Dämonen zu stellen, bis Halefs Stimme mich weckte, als er zum Aufbruch rief.

Zweiundzwanzigstes Kapitel
Māh-Tab

Am Nachmittag erreichten wir die Felsenburg. Zum ersten Mal erblickte ich sie von Weitem im Sonnenlicht, denn bei unserer Ankunft damals mit Sâyeh waren unsere Augen verbunden gewesen. Erst in den Mauern des Verstecks hatten wir die Binden abnehmen dürfen. Als Lindsay sich im Alleingang nach Teheran aufmachte und ich ihm mit den zwei Assassinen folgte, war es Abend gewesen und zudem hatte ich keine Muse gehabt, mich umzuschauen, um die Burg zu betrachten. Es war uns wichtig gewesen, schnellstmöglich den Earl einzuholen, bevor ihm etwas zustieß. Nun jedoch gewahrte ich die Wälle auf dem Plateau des Berges vor uns. Es hatte den Anschein, als ob die Gemäuer aus dem Stein der Felsen herauswuchsen. Der Übergang von natürlichem Gestein zu den von Menschenhand errichteten Mauern war fließend. Die Wehrtürme, welche sich entlang der säumenden Wälle aufrichteten, überragten diese nur wenig. Die Festung duckte sich auf dem Kamm dieser steilen Klippe wie der Horst eines Adlers.

Hinter der Burganlage erhob sich der Kūh-e Damāwand, der *Dampf enthaltende Berg*. Selbst bei diesem Licht des hellen Tages konnte ich keinen Rauch erkennen, wohl aber eine zarte Schneedecke, welche den Gipfel einhüllte. Während ich dort

372

hinaufblickte und sich mein Pferd den steilen Pfad hochmühte, ritt Lindsay an meine Seite.

„Ob *Azhi Dahaka*, der dreiköpfige Drache, noch immer an jenem Ort haust, an den Berg geschmiedet von diesem Helden? Der Namen ist mir entfallen."

„Zumindest ein Drache hat sich dort irgendwo versteckt und das ist Bal-Zadan", antwortete ich, ohne den Blick von dem gewaltigen Gipfel zu nehmen. „Auch wenn er keine drei Köpfe besitzt und nicht des Feuerspeiens mächtig ist, so ist er doch ein drachengleicher Gegner."

„Yes, das ist wahr. Vielleicht entstand die Sage einst aus den Sichtungen dieser geflügelten Kühe – der Lamassus. In fernen Zeiten gab es weit mehr als jetzt. Allerdings waren sie damals auch weit gütiger und noch der Aufgabe des Beschützens zugetan."

Lindsays Worte enthielten die Wahrheit. Bal-Zadan war von einem Beschützer-Wesen zu einem bösartigen Dämon mutiert. Wir mussten uns beeilen, ihn zu finden. Denn nicht nur das Leben Anahitas hing davon ab, sondern letztendlich viele weitere Menschenleben, wenn es ihm gelang, sich durch ihr Blut zu verjüngen und noch mächtiger zu werden.

Wir erreichten den Gipfel des steilen Felsmassivs und durchritten das Tor zur Burg, in der ein seltsam reges Treiben herrschte. Familien packten Bündel auf Pferde, das Federvieh wurde in hölzerne Käfige gesperrt, Karren wurden beladen. Mām-Tab erwartete uns vor den Wohnhäusern. Sie machte ein besorgtes Gesicht.

„Why? Warum habt Ihr nicht eingegriffen?" Lindsay sprang vom Pferd und trat der alten Frau ungehalten entgegen.

Mit einer ruhigen Handbewegung bat sie uns in das vertraute Haus hinein. Wir setzten uns erschöpft an den Tisch. Einige ihrer in der Burg zurückgebliebenen Leute brachten uns Speisen und Getränke, die wir dankend annahmen, da wir ausgehungert waren.

„Lieber Lord Lindsay, ich habe nach Anahita im Palastbezirk gesucht, doch ihre Spur wurde verwischt, vielleicht durch einen Zauber verschleiert."

Die alte Frau saß an der Stirnseite des Tischs und beobachtete uns. Wir strahlten gewiss Müdigkeit aus, aber keine Kapitulation. Lindsay war noch immer fest entschlossen, seine Schwester zu finden, und auch ich würde jetzt nicht aufgeben.

„But, Ihr habt nirgends eingegriffen. Eure Krieger wurden dezimiert und Sâyeh hätte beinnahe den Feuertod erlitten. Warum habt Ihr nicht zumindest ihn gerettet? Ich dachte, er stünde Euch sehr nahe."

Māh-Tab blickte den Earl ernst an.

„Jedes Wesen hat seinen Schwachpunkt und bei mir ist es die Furcht vor dem Feuer", gestand sie. „Es liegt in der Natur der Apsasû, dass sie sich vor diesem Element ängstigen, Lamassu haben sicherlich dieselben Empfindungen, verbergen sie jedoch meist. Deshalb bin ich dankbar, dass ich so einen Verbündeten habe wie Sâyeh, der das Feuer beherrscht. Ich vertraute darauf, dass er es selbst bezwingen würde. Ich wusste, dass er dies allein schafft."

Lindsay lachte hart auf.

„Yes. Ich habe gesehen, wie er es allein geschafft hat." In seiner Stimme schwang Sarkasmus mit und wie zum Beweis schob er einen Ärmel des Magiers hoch, sodass die Verbrennungen sichtbar wurden, die er erlitten hatte.

Sâyeh streifte den Stoff wieder über die Wunden und senkte demütig das Haupt.

„Ihr habt Recht, Lord Lindsay, meine Magie kennt Grenzen und in Bal-Zadans Nähe versagt sie gänzlich. Es tut mir leid, Euch enttäuscht zu haben."

Ich beugte mich nah zu Lindsay hinüber und raunte ihm zu.

„Ich kann Euren Frust durchaus nachvollziehen, Sir David, doch trifft Eure Wut den Falschen."

Der Earl sah mich überrascht an und dann den jungen Assassinen. Schließlich nickte er verstehend.

„Ich habe das nicht so gemeint. Verzeiht einem Mann, der sich gerade in einer verzweifelten Lage befindet."

Der Magier nickte. „Wir haben alle dasselbe Ziel, nämlich Anahita wohlbehalten zu finden."

„Hätte Māh-Tab uns gegen Bal-Zadan zur Seite gestanden, dann würde meine Schwester jetzt bei uns weilen. Aber nun ist sie verschwunden." Lindsay schloss in einem Anfall von Verzweiflung die Augen. Ich befürchtete schon, er würde kollabieren, jedoch fing er sich wieder und stützte nun den Kopf in die Hände.

„Ich glaubte, dass Ihr Eure Schwester gefunden hättet, Lord Lindsay, als ich sah, wie Ihr den Lamassu tötetet", erklärte Māh-Tab. „Ich meinte, die Gefahr wäre damit gebannt. Zudem verließen mich meine Kräfte und ich hatte keine andere Wahl als zurückzufliegen."

„You are wrong – Ihr irrt Euch. Mortaza war nicht der gesuchte Lamassu. Er war nur ein Lakai Bal-Zadans." Die Faust des Earls knallte voller Verzweiflung auf den Tisch.

„Das stimmt, verehrte Māh-Tab. Lord Lindsay hat zwar einen Lamassu getötet, doch gibt es einen weiteren, einen viel mächtigeren, nämlich Bal-Zadan selbst", berichtete Sâyeh.

Entsetzt stand Māh-Tab auf. Sie sagte nichts, ging zum Fenster und blickte starr in die Ferne.

Während ich sie so betrachtete, konnte ich mir nicht mehr vorstellen, dass sie wahrhaftig das gewaltige geflügelte Geschöpf im Palast gewesen sein sollte. Es kam mir seltsam surreal vor. Ich verstand nicht, was sie war. Ein Mensch? Ein Tier? Ein Dämon? Nach dem, was mir Sâyeh über diese Wesen damals in der Bibliothek der Felsenburg erzählt hatte, waren die Lamassu und Apsasû einst durchweg gut und die Beschützer einer Familie gewesen. Bal-Zadan musste sich von diesem Weg abgewandt und der falschen Seite zugeneigt haben. War dies das Menschliche in diesem Wesen? Denn der Mensch ist jenes Geschöpf, welches den freien Willen besitzt. Hätte Bal-Zadan als ein Dämon diesen nicht gehabt, so hätte er nicht die Entscheidung treffen können, seinen guten Pfad zu verlassen und einen eigennützigen einzuschlagen. Aber wie stand es mit Mortaza? Was hatte ihn bewogen, sich Bal-Zadan unterzuordnen, ihm die sadistischen Arbeiten abzunehmen? War es bloße Existenzangst oder hatte er zugleich Gefallen an seiner

Grausamkeit gefunden? Ich würde es nie erfahren, da sein Körper zu Stein erstarrt und in tausend Stücke zerbröckelt war. Eines gewissen Mitleids ihm gegenüber konnte ich mich nicht erwehren. Vielleicht war das falsch und sein Schicksal war gerecht. Denn weil der Mensch über einen eigenen Willen verfügt, so ist er in der Pflicht, auch die Anweisungen und Handlungen seiner Herrscher und Führer zu hinterfragen. Wenn er das nicht tut, so könnte ein Einzelner kommen und sein Volk und die ganze Welt in Knechtschaft zwingen. Aber ich glaube an das Edle und Gute im Menschen und hoffe, dass er stets überdenkt, was er tut. Auch wenn Einzelne, wie Mortaza, nur stumpfsinnig Befehle befolgen oder sich durch Furcht zu solchen Missetaten erpressen lassen, so wird die Masse der Menschheit sich gegen derartige Grausamkeiten auflehnen. Oder lag ich falsch? War der Mensch egoistisch? Wenn ich an das Schicksal meiner roten Brüder in Übersee dachte, dann war mir das fast schon Beweis dafür, wie egoistisch und herzlos der Mensch ist. Doch gibt es auch so viele, die nach Gerechtigkeit streben und nach Frieden, der so oft nur durch Gewalt errungen werden kann. Denn so entstehen Revolten, Putsche und Revolutionen – aus dem Drang nach Freiheit und Frieden. Faith hatte den Anfang gemacht und würde hoffentlich einige Verbündete haben, die ihm nacheiferten – wenn nicht sofort, dann in absehbarer Zeit. Bal-Zadan durfte auf keinen Fall die Macht erlangen und mit seiner Flucht in die Berge hatte er uns die Gelegenheit gegeben, ihm die Stirn zu bieten, ohne dass wir uns offen in die politischen Geschicke dieses Landes einmischen müssten.

„Seid Ihr sicher, dass jener Bal-Zadan ein Lamassu ist?", riss mich Māh-Tab aus meinen Gedanken.

„Ja, verehrte Māh-Tab", antwortete ich. „Wir konnten deutlich sehen, wie er sich verwandelte. Ich würde mir selbst gern einreden, dass dies ein Trugbild gewesen sein könnte oder eine Halluzination, hervorgerufen durch giftigen Rauch. Jedoch ist mir das nicht möglich. Er muss der Lamassu sein, von dem Ihr spracht."

„Dann ist alles verloren", flüsterte sie.

„Was ist verloren?", fragte ich.

Die Alte schaute mich mit feuchten Augen an.

„Der *Orden des Silbermondes*. Ich kann ihn nicht länger zusammenhalten und beschützen. Meine Zeit wird bald verstreichen und nun haben wir diesen übermächtigen Gegner Bal-Zadan gegen uns sowie den Schah mit seinem Heer."

Eine der kleinen Eulen schwebte zum Fenster herein und setzte sich auf die Schulter der weisen Frau.

„Nein, Māh-Tab, so dürft Ihr nicht sprechen!" Sâyeh wirkte aufgewühlt. „Die Felsenburg, der Orden, all das ist unser Lebensinhalt, unser Zuhause – meine Heimat."

Die Alte trat hinter ihn und legte eine Hand auf seine Schulter. Die Eule gab leise gurrende Laute von sich, als würde sie der Frau etwas berichten.

„Es gilt jetzt die Familien zu retten", antwortete Māh-Tab. „Wir müssen sie ins Gebirge bringen, in die kleineren Fluchtburgen, wo das Heer des Schahs sie nicht erreichen kann. Er wird uns hier aufspüren, dessen bin ich mir sicher."

„Aber wir dürfen jetzt nicht aufgeben! Bal-Zadan können wir finden. Er hat angedroht, dass er Anahita ehelichen oder ihr Blut zu seiner Verjüngung nutzen will. Dieses Opfer hatte er eigentlich Mortaza zugedacht, den Lord Lindsay ihm jedoch nahm, und nun befürchte ich, dass seine Verjüngung ihm wichtiger werden könnte als die Zeugung eines neuen Herrschers. Ihr kennt den Platz, wo das möglich ist, und Ihr wisst genau, dass dieses Ritual nur heute Nacht bei Neumond durchgeführt werden kann", drängte Sâyeh.

„Lasst mich einen Moment nachdenken. Ich kann nicht die vielen Menschen dort draußen opfern wegen einer Einzigen – auch wenn es sich um die Tochter Asiodollas handelt." Māh-Tab wandte sich erneut zum Fenster um. Ich konnte die Geschäftigkeit in der Anlage sehen. Die Assassinen packten mit ihren Familien eilig ihre Habseligkeiten zusammen, um die Felsenburg zu verlassen. Vielleicht wurden außerhalb meines Blickfelds sogar irgendwo die Gefallenen bestattet. Ich wusste es nicht, nahm es jedoch an, da man sie nicht im Palast liegen gelassen hatte.

„So wiederholt sich die Geschichte von Neuem." Lindsays Stimme wurde leise und betrübt. „Einst habt Ihr zugelassen, dass Asiodolla, Anahitas Mutter, hingerichtet wurde, weil Ihr Angst um Euren Orden hattet, und nun droht Anahita das gleiche Schicksal. Ich verstehe Euch nicht."

„Ich könnte sofort mit den Kriegern aufbrechen und die Verfolgung aufnehmen", bot Halef an.

„Sarvan Halef, das ist sehr freundlich von Euch und Ihr wart ein hervorragender Anführer. Doch die Krieger benötigen Zeit, um sich zu erholen, ebenso die Pferde. Der Ort liegt zu weit, um ihn noch vor Mitternacht zu erreichen. Das ist mit dem Tross nicht möglich."

„Wir können es schaffen! Bestimmt. Lasst mich sofort losreiten." Halef gab nicht auf.

Māh-Tab schüttelte den Kopf.

„Nein. Meine Krieger wissen, dass das Heer des Schahs auf den Weg hierher ist. Die falschen Spuren, die sie legten, werden zwar die Ankunft verzögern, doch die Soldaten des Palasts sind in der Lage, unsere Fährte aufzunehmen. Eine so große Anzahl Reiter lässt sich nicht spurlos zu einem Ziel führen. Sie werden uns finden und belagern und wir werden uns irgendwann ergeben müssen. Wollt Ihr all diese Menschen verbrennen sehen?"

„Nein natürlich nicht", mischte ich mich nun ein. „Vielleicht ist es Euch möglich, uns den Ort zu nennen, und wir reiten allein hin. Ihr und Eure Leute könnt euch im Gebirge in Sicherheit bringen."

„Ich werde Euch begleiten, Mister Kara." Sâyeh stand auf. „Es war meine Aufgabe, Anahita zu beschützen, und diese Aufgabe ist noch nicht erfüllt. Ihr könnt auf mich zählen! Selbstverständlich nur, wenn Ihr es gleichermaßen wünscht, Lord Lindsay."

„Ich komme ebenfalls mit", sagte Shana und trat an die Seite des jungen Magiers.

„Wir natürlich auch", fügte Ann hinzu. Sie und Sofie waren recht still gewesen seit unserer Ankunft. Wenn ich darüber nachdachte, so war das durchaus verständlich, denn sie mussten schon seit gestern auf den Beinen sein.

„Auf mich könnt Ihr gleichfalls zählen, Lord Lindsay", sagte Doyle.

„My friends, ich bin überwältigt und Euch zu Dank verpflichtet. Gern nehme ich Eure Hilfe an. So wären wir also zu acht." Lindsay schien unverwüstlich. Voll Tatendrang erhob er sich.

„Einen Moment, verehrter Earl", unterbrach Māh-Tab die freudige Ansprache Sir Davids. „Wie ich schon erwähnte, ist der Weg zu weit, um zu Pferd vor Mitternacht dort zu sein. Aber das ist Voraussetzung, um Anahita aus den Klauen dieses Lamassus befreien zu können. Heute Nacht ist Neumond und nur in einer solchen Nacht kann Bal-Zadan das Ritual der Verjüngung durchführen."

„Vielleicht hat er das gar nicht vor", meinte Lindsay. „Ich kann die Hoffnung jetzt nicht aufgeben. Möglicherweise will er seinen ursprünglichen Plan weiterverfolgen und mit ihr die Ehe eingehen. Zumal Anahitas Blut ihm doch nichts nützen würde, da sie nicht Seinesgleichen ist."

„Anahitas Mutter war eine Apsasû und es ist durchaus möglich, dass ihr Blut ihm nützt, auch wenn sie selbst über keinerlei Kräfte verfügt."

„Well, dann lasst uns keine Zeit vergeuden und losreiten!"

„Habt Geduld", sagte Māh-Tab ruhig.

„No! Schon wieder? Nein!"

„Ich mache Euch ein Angebot, lieber Earl."

„Was könnte das sein? Mich erneut in einen Schlaf zu versetzen?"

„Nein, das habt Ihr nicht zu befürchten. Ich biete Euch an, dass ich Euch zu dem Ort hinfliege – Euch und zwei weitere. Ihr könnt selbst wählen, wen Ihr als Unterstützung bei Euch haben wollt."

Lindsay blickte die alte Frau gerührt an. Sein Gesichtsausdruck schwankte zwischen Freude und Erstaunen.

„Das würdet Ihr tun?"

„Ja, ich könnte Euch gegen Bal-Zadan sicher nützlich sein, jetzt, wo ich weiß, wer sich hinter dem Lamassu verbirgt."

„Well, dieses Angebot werde ich nicht ausschlagen", Sir David blickte in die Runde. Offenbar überlegte er, wen er mit sich nehmen sollte, um den Kampf gegen den Lamassu anzutreten. Dabei grinste er mich auffordernd an. „Natürlich wird Kara mich begleiten und ..." Er machte eine kleine Pause. „... und weil ich der Überzeugung bin, dass man gut funktionierende Einheiten nicht auseinanderreißen darf ..." Er wandte sich sodann dem jungen Magier zu und deutete eine Verbeugung an. „... wäre es mir eine Ehre, wenn Sâyeh mit uns kommen würde."

Der Assassine lächelte erfreut.

„Ich werde Euch nicht enttäuschen, Lord Lindsay."

„I know that. Ihr habt schließlich noch eine Aufgabe zu erfüllen."

„Darf ich Euch ebenfalls begleiten?", fragte Shana.

Māh-Tab blickte sie freundlich an.

„Dafür reichen meine Kräfte nicht aus. Aber ich werde dir die Stelle benennen und so kannst du Sarvan Halef und seine Freunde hinführen. Nehmt Euch zusätzlich ein Dutzend Krieger mit zur Unterstützung, für den Fall, dass Ihr auf Einheiten des Schahs treffen solltet. Es werden sich bestimmt einige Freiwillige finden, Euch zu begleiten."

„Wie Ihr wünscht." Ich merkte Shana an, dass sie unglücklich über die Situation war.

„Ihr solltet Euch nun alle noch ein wenig ausruhen. Es bringt uns keinen Vorteil, wenn Ihr Euch vor Erschöpfung nicht auf den Beinen halten könnt. Wir werden uns bei Sonnenuntergang auf den Weg machen. So wird es uns vieren möglich sein, Bal-Zadan noch vor Mitternacht zu erreichen, und der Rest wird um die Mittagszeit des nächsten Tages zu uns stoßen. Dann haben wir Anahita hoffentlich schon befreit."

Lindsay sah ich die Ungeduld an. Diesmal blieb ihm jedoch keine Wahl. Mit Māh-Tab zu fliegen, würde um ein Vielfaches schneller gehen, als mit dem Pferd durchs Gebirge zu reiten.

Zudem wusste er nicht, wo sich der geheimnisvolle Ort befand.

„Ich würde liebend gern mit dir kommen, Onkel David. Doch sehe ich keine Möglichkeit, weil ich nicht fliegen kann."

„Liebe Ann, ich hätte dich diesmal wahrlich gern an meiner Seite, aber ich glaube, dass Kara und Sâyeh diesem Bal-Zadan mehr entgegensetzen können als sonst wer hier. Wir haben ihn nur zu gut kennengelernt."

Diesmal nickte die junge Frau verstehend.

„Dann lasst uns den Plan in die Tat umsetzen." Doyle erhob sich mit dem Leuchten von Abenteuerlust in den Augen.

Pläne sind dafür da, um sie umzuwerfen. Und so war es auch hier. Halef und Ann überzeugten Māh-Tab, dass es besser für ihre Gruppe sei, jetzt schon loszureiten und später in der Nacht zu rasten, um ein wenig zu ruhen. Denn in der Finsternis der Neumondnacht würde es ohnehin schwierig sein, den Pfad durch das Gebirge zu finden. Das leuchtete allen ein und so brachen Halef, Ann, Sofie, Mister Doyle, Shana und ein Dutzend Assassinenkrieger kurze Zeit später auf.

Erneut mussten wir voneinander Abschied nehmen. Lindsay schloss Ann in die Arme und wünschte ihr Glück. Sofie, Doyle und Shana gab er ebenfalls die Hand.

„Sihdi, es gefällt mir nicht, dich schon wieder allein lassen zu müssen. Aber wir werden uns beeilen, diesen Ort zu erreichen." Halef umarmte mich herzlich.

Auch ich war betrübt, ihn nicht an meiner Seite zu haben.

„Danke, Halef. Wir zählen auf dich und deine Krieger. Aber mit Lindsays Labrys wird es uns bestimmt gelingen, diesen Dämon zu bezwingen. Ich habe die Macht der Axt bei Mortaza gesehen. Nichts wird Bal-Zadan retten können.","Kara, ich muss Sie enttäuschen", begann Sâyeh, der sich in diesem Moment von Shana verabschiedete und nun meine Worte aufgeschnappt hatte. „Lord Lindsay darf die magische Axt auf keinen Fall auf Māh-Tabs Rücken mitnehmen. Das ist zu gefährlich. Wenn er sie damit versehentlich berührt, würde die Stelle versteinern. Das kann ich nicht zulassen."

„Aber was sollen wir Bal-Zadan ansonsten entgegensetzen? Dann bleibt uns nichts!" Sir David hatte unsere Unterhaltung vernommen und war nun an uns herangetreten.

„Wir haben Māh-Tab. Sie wird uns gegen den Lamassu helfen. Ich schlage vor, dass Ihr die Labrys Eurer Nichte Lady Ann in Verwahrung gebt."

Lindsay stand unschlüssig da, die Arme hingen reglos herunter. Was sollte er tun? Selbst ich war über diese Anweisung verblüfft, verstand jedoch Sâyehs Bedenken, da ich noch immer die Verwandlung Mortazas vor Augen sah.

„Das gefällt mir nicht", entgegnete der Earl. „But of course, natürlich will ich Māh-Tab nicht in Gefahr bringen, doch könnte ich die Axt in Tücher wickeln."

„Das wird ihre magischen Fähigkeiten kaum abschwächen. Ich halte es für zu riskant. Wenn nur der Ansatz einer ihrer Schwingen durch eine Unachtsamkeit versteinert, so würden wir alle in den Tod stürzen und dann wird niemand rechtzeitig dort sein, um Bal-Zadan die Stirn zu bieten und Anahita aus seinen Fängen zu befreien. Lasst uns auf Māh-Tab vertrauen und auf uns selbst."

„Ich hoffe, Ihr habt Recht, Sâyeh. Diesmal gibt es keine zweite Chance." Lindsay wirkte nicht glücklich mit der Entscheidung.

Wenig später hatte Halefs Trupp die Pferde bestiegen und ritt zum Tor hinaus. Ann hatte, wie angewiesen, die magische Axt bei sich und wir blickten den Reitern hinterher, bis sie durch die steinernen Wälle aus unserem Sichtfeld verschwunden waren. Sogleich begaben wir drei uns in die Hütte zurück, um uns wie geheißen auszuruhen und neue Kraft für das Zusammentreffen mit dem alten Magier zu schöpfen. Obwohl ich ermüdet war von den Anstrengungen der letzten Tage und von dem Kampf im Palast, fand ich zunächst keine Ruhe. Auch Lindsay wälzte sich unruhig auf seinem Lager herum. Irgendwann fielen wir dennoch in Schlaf und ich war mir nicht sicher, ob eine Art Magie Māh-Tabs womöglich daran beteiligt sein könnte.

Als uns die Führerin des *Ordens des Silbermondes* weckte, war die Sonne schon fast hinter dem Horizont verschwunden. Die ersten Sterne glitzerten am Firmament und das Gebirge mit dem hochaufragenden Gipfel des Kūh-e Damāwand hob sich als schwarzer Schattenriss vor dem dunklen Blau des mit blutroten Schlieren durchzogenen Nachthimmels ab. Die Bewohner der Felsenburg waren bereit, ihre Heimat zu verlassen. Ihr Hab und Gut transportierten sie auf Pferden, Karren und Gestängen hinter ihren Tieren, deren Anblick mich an ein Volk erinnerte, bei dem ich viel Zeit meines Lebens verbracht hatte – weit entfernt auf der anderen Seite des Ozeans. Ein Volk, das zum Sterben verdammt war, wie diese Assassinen hier. Fackeln erhellten die Mauern und die angespannten Gesichter.

Māh-Tab stellte sich vor ihre Leute und richtete einige ermutigende Worte an sie. In den kleineren Fluchtburgen würden sie gefahrloser leben können als hier. Ihre Eulen hatten ihr berichtet, dass das Heer des Schahs ihnen dicht auf der Spur sei, und einer Belagerung würden sie nicht ewig standhalten können. Es sei ihr Ansinnen, dass alle diese unsicheren Tage wohlbehalten überstünden.

„Ich bin schweren Herzens", sagte sie. Der Schein der Fackeln brach sich in vielen Augen, die betrübt in ihre Richtung blickten. „Ich muss euch jetzt auf unbestimmte Zeit verlassen. Wenn meine Aufgabe erfüllt ist, werde ich den Orden wieder vereinen. Seid guten Mutes."

Und dann breitete die alte Magierin ihre Arme aus. Im flackernden Licht der Feuer schwoll ihr Körper an. Aus ihrem Rücken wuchsen gewaltige Schwingen, deren Federn im Lichtschein silbern glänzten, ebenso der Harnisch, der sich vor ihrer Brust bildete wie der Schuppenpanzer eines Drachens aus den historischen Legenden. Ihre Beine streckten sich und entwickelten Hufe, die Arme wandelten sich zu klauenbewehrten Vorderläufen. Das Antlitz war nun das einer jungen Frau, nur ihr langes Haar blieb silbrig-weiß, wie aus den Strahlen des Mondlichts geflochten, welches in dieser Neumondnacht nicht den Himmel erhellte.

Einige der Assassinen fielen ergeben auf die Knie und selbst Sâyeh blickte die Apsasû demutsvoll an. Und auch ich konnte mich eines ehrfürchtigen Gefühls nicht erwehren.

„Geht!" Die Stimme des Wesens erscholl wie eine Glocke. Die Menschen schienen wie aus einem Traum zu erwachen und bestiegen die Pferde. In kleinen Gruppen machten sie sich auf in eine ungewisse Zukunft. Wenige von ihnen nahmen den Weg durch das Haupttor. Die meisten betraten den Tunnel, den mir Sâyeh vor unserem Abenteuer im Schah-Palast gezeigt hatte, welcher sie auf geheimen Pfaden ins Gebirge führen würde.

Als die Fackelscheine verschwunden waren und uns die Dunkelheit der Neumondnacht einhüllte, legte Māh-Tab sich flach auf den Boden und gebot uns aufzusteigen. Sâyeh, Sir David und ich folgten mit unseren umgehängten Waffen der Einladung. Es war fast wie ein Traum und in diesem Augenblick war ich mir nicht wirklich sicher, ob ich wachte oder noch schlief. Wir setzten uns hintereinander auf den Rücken des riesigen Stierwesens und Māh-Tab stand auf. Obwohl ich schon auf vielen Pferderücken gesessen hatte, war dies nicht zu vergleichen. Der Boden lag weit unter uns und links und rechts breiteten sich die Flügel aus, so gewaltig, dass sich ihre Enden mit den gespreizten Schwungfedern in der Finsternis verloren. Dann begannen sich die Schwingen in Bewegung zu setzen, kraftvoll schlugen sie von oben nach unten, drückten die Luftmassen zu Boden, wirbelten Staub auf und schließlich erhoben wir uns hinauf in den dunklen, mit vielen Sternen übersäten Nachthimmel.

Dreiundzwanzigstes Kapitel
Der Kampf der Fowling-Bulls

Die Finsternis um uns herum war surreal. Fast erschien es, als glitten wir durch das Schwarz des Weltenalls. Die Sterne blinkten über, vor und neben uns wie Christbaumkugeln an einer unsichtbaren Sphärenschale. Beinahe hätte ich die Hände nach ihnen ausgestreckt, doch wusste ich, dass sie trotz unserer Höhe noch unendlich weit entfernt waren. Auf dem Rücken Māh-Tabs schwangen wir uns empor über die Gipfel des Elburs, so hoch, dass im Westen die Sonne erneut über den Horizont zu lugen begann. Wie wenn wir uns in der Zeit rückwärts bewegten, so lief der Sonnenuntergang mit einem Mal als Sonnenaufgang vor uns ab. Dies währte jedoch nur kurz, denn natürlich drehte sich die Erde unter uns weiter und auch wir schwebten hinab zwischen die schwarz aufragenden Felswände. Der Sonnenball verschwand von Neuem und die dunklen Schatten der Berge verschmolzen zur Finsternis der Nacht.

Māh-Tabs gewaltige Schwingen erzeugten wie die Flügel einer Eule kaum ein Geräusch. Als sich meine Augen an die Dunkelheit gewöhnt hatten, war es mir möglich, trotz des Neumonds die weit ausgebreiteten Flügel zu betrachten. Eine Erinnerung stieg in mir auf, die ich eigentlich verdrängen wollte, da ich nicht zu unterscheiden vermochte, ob dies damals wirklich so geschehen oder nur Traum gewesen war. Denn bei jenem Ereignis waren mir selbst Schwingen gewachsen, auf denen ich mich in die Lüfte erhoben hatte und mit Djamila über das Mittelmeer geflogen war wie zwei Vögel auf der Suche nach Land. Dann aber – kurz nachdem wir ein Licht in der Tiefe erblickt hatten, war der Zauber erloschen und wir flügellos ins Bodenlose gestürzt.

Während ich zu diesen Gedanken abdriftete, vollführte Māh-Tab eine weite Kurve und die Fliehkraft erzeugte ein Kribbeln in meinem Bauch, wie damals als Kind auf dem Karussell des

Rummels in Ernstthal vor St. Trinitatis. Vor uns erhoben sich spitze Grate und dazwischen, am Rand einer pechschwarzen Schlucht, lag eine Ebene. Feuerstellen erhellten den Platz und ich konnte einige Monolithen erkennen, die in einem Rund standen. Außerhalb des Kreises huschten Schatten wie Ameisen herum, doch waren es Menschen, auf deren stählernen Rüstungen sich die Flammen spiegelten. Sâyeh gab einen Warnruf von sich und Māh-Tab tauchte mit angelegten Flügeln in den Canyon hinab, wie in einen dunklen Ozean. Mir blieb die Luft weg. Bevor ich jedoch einen wirklichen Schreck erfahren konnte, fing die Apsasû den Sturzflug ab und stieß erneut hinauf in den Himmel. Ich schloss unwillkürlich die Augen und bekämpfte das unangenehme Gefühl, mein Magen würde sich in die Lunge eingraben. Meine Finger krallten sich im Fellkleid des Rinderrückens fest, welcher an dieser Stelle zugleich mit Federn durchsetzt war.

Als wir den Rand des beleuchteten Plateaus erreichten und über die Kante sausten, empfing uns ein Hagelschauer aus Pfeilen. Zwei der Geschosse durchschlugen den rechten Flügel Māh-Tabs. Die Apsasû kam ins Taumeln. Weitere Pfeile wurden von den Soldaten am Boden auf uns abgefeuert und nicht wenige trafen ihr Ziel. Sâyeh schrie in Verzweiflung auf und versuchte mit seinem Bogen das Feuer zu erwidern, doch kippte Māh-Tab getroffen zur Seite und der junge Magier stürzte von ihrem Rücken in die Tiefe. Ich streckte den Arm nach ihm aus, um ihn zu halten, aber der taumelnde Flug der Apsasû verhinderte, dass ich ihn zu packen bekam. Ich war nicht in der Lage hinabzublicken, um zu sehen, was aus dem Assassinen geworden war, denn wir verloren rasch an Höhe. Doch ich hoffte, er konnte sich mit der Fähigkeit des Falkensprungs vor dem Tod bewahren.

Ein Aufprall der Apsasû war unausweichlich. Lindsay saß vor mir und hatte sich flach auf Rücken und Hals Māh-Tabs gelegt und auch ich versuchte mich eng an das Wesen zu schmiegen, in der Hoffnung, dadurch nicht am Boden zerschmettert zu werden. Wenig später schlugen wir nahe der Monolithen auf dem

Plateau auf und verloren uns in einer Wolke aus Staub, Steinen und Federn. Ich wurde nach vorn geschleudert, vollführte ungewollt einen Salto im Flug und landete schmerzhaft auf dem Rücken. Der Aufprall presste mir sämtliche Luft aus den Lungen, welche in einem Stöhnen meinerseits aus meinem Körper entwich, und nahm mir letztlich die Besinnung.

Ein metallenes Schaben drang in mein Ohr und ich schlug die Augen auf. Ein Schatten war über mich gebeugt. Im flackernden Schein der Feuer erkannte ich einen von Bal-Zadans Kriegern, der mit gezogenem Shamshir über mir stand. Gerade holte er aus, um, so vermutete ich, mir den Kopf abzuschlagen. Reflexartig stieß ich meine Arme vor, konnte die herabsausenden Handgelenke des Soldaten fassen und somit verhindern, dass mich die glänzende Klinge traf. Der Krieger war sichtlich erschrocken über meine Reaktion, hatte er mich offenbar für tödlich verletzt gehalten. Trotz Schmerzen in meinem Körper war ich mir sicher, nichts gebrochen zu haben, da alle Muskeln reagierten. Ich drückte den Mann von mir weg, während ich mich hochstemmte. Dann entriss ich ihm den Säbel und schlug ihn mit meiner Faust nieder.

Ich blickte mich um, denn es mussten noch drei weitere Krieger Bal-Zadans hier in der Nähe sein, da er ja vier seiner Soldaten mit sich genommen hatte. Im ersten Moment sah ich niemanden. Der Staub, den Māh-Tab durch ihren Absturz aufgewirbelt hatte, legte sich nur langsam. Oder war ein Nebel aufgezogen? Nicht nur die Schwärze der Neumondnacht, sondern auch ein mystischer Dunst verhüllte die Sicht in die Ferne. Der Ort, an dem wir uns befanden, war von einigen Feuern erhellt, welche offenbar innerhalb und außerhalb des Steinkreises entzündet waren. Unweit von mir rappelte sich Lindsay auf und auch den Henrystutzen erblickte ich im spröden Gras des Hochgebirgsplateaus. Die Apsasû war verschwunden, jedoch lag die alte Magierin an ihrer Stelle. Ein breiter Pfad der Verwüstung verlor sich hinter ihrem leblosen Menschenkörper in der Finsternis. Pfeile steckten in ihrem Leib. Um ihre Gestalt zogen unheimliche Nebelfetzen, fast wie Geister. Nun konnte ich zudem Sâyeh erkennen. Der junge Mann hockte bei seiner offenbar verletzten oder gar getöteten Ordensführerin.

Ich rannte los. Im Lauf nahm ich das Gewehr auf und blickte mich suchend um. Von den Kriegern oder Bal-Zadan war nichts zu entdecken und so erreichte ich unbehelligt Māh-Tab und den Assassinen.

„Sie ist schwer verwundet", erklärte mir Sâyeh, als ich mich bei ihm niederhockte. Den Henrystutzen richtete ich auf das Rund aus Monolithen, aus dem ein goldenes Glühen strömte, als brannte darin ein gewaltiges Feuer. Flammen konnte ich allerdings von hier aus nicht erkennen, auch nicht, was sich innerhalb des Kreises befand. Alles wirkte seltsam verschwommen.

„Sind Sie verletzt, Sâyeh?"

Die weiße Kleidung des jungen Assassinen wies Risse und Flecken auf, die von dem Sturz in die Tiefe oder, besser gesagt, vom Aufprall auf dem Boden herrühren mussten. Doch schien er tatsächlich seinen Fall gekonnt abgefangen zu haben.

„Nein, Kara. Was ist mit Ihnen und Sir Lindsay?"

„Ich habe den Absturz gut überstanden."

„Me too", hörte ich den Earl neben mir.

„Ich muss mich um Māh-Tab kümmern. Behalten Sie die Umgebung im Auge. Ich spüre, dass Bal-Zadan hier in der Nähe weilt."

Ich nickte zur Antwort.

Der junge Magier zog die Pfeile aus Māh-Tabs Körper heraus und behandelte ihre Wunden mit seinem Blut. Bei ihr wirkte es zusehends schneller und effektiver als bei einem gewöhnlichen Menschen oder bei Sâyeh selbst. Sobald die Blutstropfen die Haut der Apsasû in Menschengestalt berührten, schien die rote Körperflüssigkeit aufzukochen oder zu schäumen, und nachdem Sâyeh diese Gischt weggewischt hatte, war von der Verletzung nichts mehr zu sehen. Die Führerin des *Ordens des Silbermondes* erwachte aus ihrer Bewusstlosigkeit. Noch sichtlich geschwächt erhob sie sich.

„Glücklicherweise waren dies nur gewöhnliche Pfeile", erklärte der Assassine und stand ebenfalls auf. „Ich denke, dass Bal-Zadan sie zwar zum Absturz bringen wollte, aber nicht töten. Hätte er seine magischen Kräfte eingesetzt, wäre das Ganze nicht so glimpflich ausgegangen."

„Was bezweckt er?", fragte ich.

Bevor Sâyeh oder Māh-Tab darauf antworten konnten, ertönte die Stimme Bal-Zadans und wir blickten alle reflexartig zu dem Kreis aus Monolithen, der sich unweit von uns befand.

„Ich sagte doch, dass Ihr nur lebt, weil Ihr mir äußerst nützlich seid, verehrter Kara Ben Nemsi und verehrter Earl of Lindsay. Ihr brachtet mir das, was ich am meisten benötige."

Der alte Magier stand zwischen zwei der gewaltigen Steine, die ihn um mehr als seine doppelte Größe überragten, und war von hinten mit dem goldenen Licht beschienen. Er trug erneut die Hutkrone, und ein Mantel umwehte seine hagere Gestalt. Als ich genauer hinblickte, erkannte ich, dass die Monolithen neben ihm keine unbehauenen Felsbrocken waren, sondern ein Relief aus seltsamen fremden Zeichen trugen. Zudem erblickte ich Federn, die in den Fels gehauen waren – nein, nicht nur das, es waren Schwingen. Nun verstand ich: Jeder Monolith stellte einen Lamassu oder eine Apsasû dar, die mit dem Rücken zu uns standen und deren Körper mit uralten Schriftzeichen bedeckt waren.

„Was haben wir Euch gebracht?", fragte ich.

In diesem Moment wurde das goldene Glühen hinter ihm transparenter und gewährte uns den Blick auf das Innere des Steinkreises. Im Zentrum des Runds befand sich ein Felsblock. Er erinnerte mich an jenen Opferstein, den wir in den Katakomben des Golestan-Palasts gefunden hatten. Und auf diesem Steinquader lag Anahita. Ob sie lebte oder tot war, konnte ich nicht erkennen. Lindsay stieß einen Ton der Verzweiflung aus und ich gewahrte, dass er beabsichtigte, nach vorn zu treten. Mitten in seiner Bewegung erstarrte er jedoch. Zu beiden Seiten der Steinsetzung traten nun jeweils zwei von Bal-Zadans Kriegern hervor. Sie hatten ihre gespannten Bögen auf uns gerichtet und postierten sich vor den Monolithen links und rechts des alten Magiers. Einer davon war jener, den ich niedergeschlagen hatte, und ich bereute, dass ich nicht ein wenig mehr Kaltblütigkeit an den Tag hatte legen können, denn nun stand er uns erneut als Feind gegenüber.

„Was hat das zu bedeuten?", fragte Lindsay grimmig.

„Das will ich Euch gern erklären", erwiderte Bal-Zadan. „Wie ich Euch schon mitteilte, werde ich Anahita ehelichen oder sie zu meiner Verjüngung töten. Und das geht nur hier, nicht wahr, verehrte Māh-Tab?"

„Ja, Bal-Zadan. Dies ist der heilige Platz der Lamassu und Apsasû schon seit tausenden von Jahren", antwortete die Angesprochene. „Damals zum Anbeginn aller Zeit gab es viele von uns, und sobald sich das Leben eines unserer Brüder oder Schwestern nach Jahrhunderten dem Ende näherte, so opferten sich jene für uns auf diesem Stein. Ihr Blut verjüngte uns andere und verlängerte dadurch unser Dasein auf Erden. So stellten wir sicher, dass wir nicht alle dahinschieden, denn es war uns nur sehr selten das Glück zuteilgeworden, uns auf natürlichem Weg zu vermehren."

Der goldene Schein hinter dem Magier schillerte wie ein fluoreszierender Nebel. Die Feuer ringsum spendeten genug Helligkeit, um zu vergessen, dass wir uns mitten in einer stockdunklen Neumondnacht befanden, weitab jedweder Zivilisation, tief im Elburs.

„Es gab nur äußerst wenige in dieser Welt geborene Lamassu oder Apsasû", pflichtete Bal-Zadan ihr bei. „Mortaza war einer davon. Ich fand ihn vor langer Zeit in den Bergen auf einem Gehöft und zog ihn auf. Seine Mutter war eine Sterbliche und überstand die Geburt nicht. Sein Vater – nun ja. Er war in tiefster Trauer um seine menschliche Frau und derartige Gefühle machen schwach. Einst war er ein stolzer und starker Lamassu und nun musste ich ihn so aufgezehrt und von Gram zerfressen vorfinden. Letztendlich war es eine Erlösung für ihn – und eine Verjüngung für mich, als ich ihm die Kehle durchschnitt. Ich nahm mich des kleinen Säuglings an, ohne zu wissen, dass er tatsächlich die Fähigkeiten seines Vaters geerbt hatte." Er grinste und in seinen Augen blitzte ein rotes Glühen auf.

„Cute – wie niedlich und wie anrührend." Lindsay blickte den Magier herausfordernd an. „Es sollte mir also leid tun, Euren Ziehsohn getötet zu haben? Ich denke, dass Ihr keine väterlichen Gefühle für ihn gehegt und ihn nur für Eure Zwecke benutzt habt. Ja, jetzt tut er mir tatsächlich leid. Hättet Ihr ihn nicht gefunden, wäre vielleicht ein gutes Geschöpf aus ihm geworden."

„Das könnt Ihr betrachten, wie es Euch gefällt, Lord Lindsay. Doch unsere Spezies starb nach und nach aus. Jemand musste etwas dagegen tun. Und ich habe dagegen angekämpft und werde es weiterhin."

„Indem Ihr Euresgleichen tötet und damit Euer eigenes Dasein verlängert?" Ich hatte nicht vergessen, dass er mir gestanden hatte, Mortaza sei für diesen Zweck gedacht gewesen.

„Einer von uns muss überleben! Ich bin ein Nachfahre Mithras, des Sonnengottes, und ich werde nicht von dieser Welt gehen!"

Māh-Tab lachte hart und kalt. „Ihr habt Euch da in etwas verrannt, in einen Traum. Es mag sein, dass unsere Art von einem Gott abstammt, doch liegt dieses Geheimnis im Dunkeln. Woher nehmt Ihr die Gewissheit? Und selbst wenn das so wäre, was sollte das nützen?"

„Ich spüre es", erwiderte Bal-Zadan. „Ich spüre, dass ich mit Anahita, einer Nachfahrin der *Göttin des Wassers*, eine neue Dynastie gründen kann. So deutete ich die Zeichen in dem Stein, der sich tief in den Eingeweiden des *Palasts der Blumen* verbirgt."

Er kannte demnach diesen Opferstein, auf den wir zufällig gestoßen waren. Wahrscheinlich hatte er sich durch den Fund dieses geheimnisvollen und sehr alten Steins zu diesen Phantasien über seine und Anahitas Abstammung hinreißen lassen.

„Und was gibt Euch das Recht, Euch über alle zu erheben? Wenn unsere Zeit gekommen ist, so müssen wir das akzeptieren!", warf Māh-Tab ein.

„Ich werde niemals das Ende hinnehmen! Da lasse ich Euch gern den Vortritt, verehrte Māh-Tab." Erneut glühten die Augen des Magiers auf und nun spürte ich wieder seine Macht. Fast wie ein Dolchstoß ins Herz durchbohrte mich der Schmerz. Auch Sâyeh fasste sich an die Brust.

„Und deshalb wollt ihr Anahita opfern?" Lindsay trat einen Schritt vor und sogleich spannten die Krieger die Bögen noch weiter.

„Nein. Ich wollte nur, dass Ihr alles gebt, lieber Earl, um noch in dieser Nacht Eure Schwester hier an diesem heiligen Platz zu finden und zu befreien."

„I don't understand. Was sollte Euch das für einen Vorteil bringen?"

„Ich benötige ein Wesen meinesgleichen. Ich benötigte Mortaza, doch den habt Ihr getötet, Lord Lindsay. Nun gibt es nur noch eine meiner Art und das ist Māh-Tab!"

Sofort stellte sich Sâyeh beschützend vor seine Meisterin.

„Ich werde nicht zulassen, dass Ihr Māh-Tab etwas antut!"

„Ich befürchte, mein junger Magier, Ihr werdet mir nichts entgegensetzen können."

Jetzt begriff ich sein Vorhaben.

„Ich verstehe", mischte ich mich deshalb ein. „Ihr habt Anahita als Köder benutzt, damit Lindsay, ich und Sâyeh Euch Māh-Tab liefern. So glaubt Ihr beides zu bekommen: eine Verjüngung durch die Opferung der Apsasû und die Gründung einer neuen Herrscherdynastie durch die anschließende Vermählung mit Anahita."

Bal-Zadan nickte anerkennend.

„Nur in der Nacht eines Neumonds wird das vergossene Blut mich verjüngen. Anahita Lindsay hat besonderes Blut in sich als Tochter einer Apsasû und eines Schahs. Aber das Eurer Schwester, Lord Lindsay, will ich nicht zur Regeneration benutzen, sondern für ein Kind. Dann ist es ganz gleich, ob die Götter Mithras und Anahita unsere Vorfahren waren oder nicht. Die spezielle Abstammung wird genügen, um mit ihr einen Thronerben zu zeugen, der über die Menschen herrschen kann wie ein Gott.

Selbst wenn ihm die Fähigkeit der Verwandlung zum Lamassu nicht gegeben sein sollte. Doch ich werde durch Māh-Tabs Blut noch ewig leben und meinem Nachkommen zur Seite stehen."

„Ihr seid größenwahnsinnig!", schrie Lindsay.

„Nein. Es ist eine Art göttlicher Fügung", erklärte der Alte lächelnd. „Glaubt Ihr denn wirklich, dass alles nur Zufall ist? Ich war damals Asiodollas Henker! Ich habe ihr, ihrem Mann und ihren Söhnen den Kopf abgeschlagen. Dies muss eine größere Macht arrangiert haben. Eine göttliche Macht, die mir diesen Weg bereitete."

„Glaubt Ihr, dass Māh-Tab freiwillig in den Tod geht?" Sâyeh stand zu allem entschlossen an der Seite seiner Meisterin. Auch er hatte seinen Bogen gespannt und richtete ihn auf Bal-Zadan.

„Wahrscheinlich nicht", gab dieser lachend zu. „Doch der Earl wird mir behilflich sein, sie zu überzeugen."

„No! Never! Das werde ich niemals tun!"

„Dann bin ich untröstlich, lieber Lord Lindsay. Denn die Zeit drängt. Die Neumondnacht währt nicht ewig." Er beschrieb mit dem ausgestreckten Arm einen Bogen in den Himmel. „Wenn ich Māh-Tabs Blut nicht zur Regeneration bekomme, so werde ich das Eurer Schwester nehmen und mir in den nächsten Jahrhunderten eine neue Gemahlin suchen müssen. Doch nach meiner Verjüngung habe ich genug Zeit." Mit diesen Worten zog er demonstrativ einen Dolch aus seinem Gürtel, wandte sich um und schritt zu dem Opferstein hinüber, auf dem Anahita lag.

Lindsay schnaubte vor Wut und Verzweiflung. Wie ein wilder Stier rannte er hinter dem Magier her. Ich legte das Gewehr auf einen der Krieger an, bereit zu feuern, falls sie ihre Pfeile auf den Earl abschießen sollten. Doch sie beachteten Sir David gar nicht, was mich stutzig machte.

Im selben Moment hörte ich Māh-Tab rufen:

„Haltet ein!"

Doch Lindsay war nicht aufzuhalten. Als er die Monolithen erreicht hatte, erhellte ein Blitz die Bergwelt und der Earl flog zu uns zurück, als wäre er gegen eine Wand gelaufen und davon abgeprallt wie ein Ball. Benommen blieb er vor mir liegen.

„Der Steinkreis kann bei Neumond nur von unserer Spezies betreten werden", erklärte Māh-Tab.

„Aber wieso ist dann Anahita darin?"

Die Magierin sah mich an und schüttelte den Kopf.

„Eine Magie dieses bösartigen Bal-Zadans oder vielleicht doch das Blut ihrer Mutter. Ich weiß es nicht. Aber es gibt nur einen Weg, sie zu retten." Die alte Frau schritt entschlossen auf den hell erleuchteten Kreis zu. Ihr weißes Gewand reflektierte den Schein, doch wandelte der Stoff das goldene Licht in silbernes um. Sie glitzerte, als würde sie die gesamte Milchstraße in sich vereinen.

Sâyeh lief ihr nach und hielt sie an ihrem Kleid fest.

„Nein. Das dürft Ihr nicht tun." Diesmal flehte er auf Persisch, obwohl jede Unterhaltung sonst in Englisch stattgefunden hatte, damit auch der Earl alles verstand.

Die Magierin blieb stehen.

„Sâyeh, du hast geschworen, Anahitas Leben zu behüten."

„Aber genauso das Eure", erwiderte er und fiel auf ein Knie. „Bitte stellt mich nicht vor diese Wahl!"

„Das tue ich nicht." Mütterlich legte sie ihm eine Hand auf den Kopf. „Ich gebiete dir, Anahita zu beschützen. Alles andere ist unwichtig."

Māh-Tab wandte sich von ihm ab, der Stoff ihres Kleides glitt sacht aus den Fingern des Assassinen und die Magierin trat in den Kreis hinein, ohne dass eine Macht oder eine unsichtbare Barriere sie aufhielt. Der junge Mann hockte noch immer am Boden und hatte die Stirn auf seinen Arm gelegt, der auf dem Knie ruhte.

Lindsay war wieder bei Sinnen und blickte der Apsasû betreten hinterher.

„Was sollte Bal-Zadan veranlassen, Anahita herauszugeben?", murmelte er.

Da musste ich ihm Recht geben. Der alte Lamassu hatte nun beide Frauen in dem geschützten Bereich und wir konnten nichts dagegen tun. Der Magier blickte sich zu der menschlichen Apsasû um. Er steckte den Dolch in den Gürtel zurück und trat, ohne Māh-Tab aus den Augen zu lassen, an Anahita heran. Er legte seine Hand auf ihre Stirn und die Frau begann sich zu regen. Wie ein Gentleman reichte er ihr die Hand und sie erhob sich von dem Stein. So standen sie da, und mir schien es wie der Beginn einer Zeremonie.

„Wenn Ihr sie gehen lasst, verehrter Bal-Zadan, dann werde ich Euch geben, wonach es Euch verlangt", sagte Māh-Tab mit ruhiger fester Stimme. „Schickt Eure Krieger weg, lasst Anahita und meine Freunde frei und als Dank schenke ich Euch ein langes Leben."

In mir stieg Wut auf. Obwohl ich Anahita befreien wollte, so mochte ich auf keinen Fall ein derartiges Opfer Māh-Tabs hinnehmen. Doch waren uns die Hände gebunden, denn scheinbar konnte nichts und niemand diesen Kreis betreten. Selbst die Krieger des Magiers standen mit ihren gespannten Bögen außerhalb des Steinrunds. Und diesen Kriegern gab der Magier in dem Moment ein Zeichen. Man hätte es als Antwort auf Māh-Tabs Forderung deuten können, dass diese Soldaten ihre Waffen senken sollten. Doch irgendetwas in mir warnte mich, dass es unser Todesurteil darstellte. Und tatsächlich ließen die vier Söldner des Magiers ihre Pfeile auf uns los. Auch mein Finger zuckte und eine Kugel verließ den Lauf des Henrystutzens während ich mich zu Boden warf und Lindsay mitriss. Die Pfeile flogen über uns hinweg in ein ungewisses Ziel. Mein Projektil traf einen der Soldaten in die Brust und dieser brach zusammen. Die anderen drei versuchten sich hinter dem Steinkreis in Deckung zu bringen. Sâyeh konnte ich allerdings nicht zu Boden reißen, da er zu weit von mir entfernt noch immer betrübt niederkniete. Zwei Pfeile bohrten sich mitten durch seinen Körper und flogen ungebremst weiter bis in die nahe Schlucht.

Alles ging so schnell vonstatten, dass meine Worte den Vorgang nur verzögert schildern können. Sâyeh fiel zu Boden. Ich glaubte den Assassinen tödlich getroffen und nahm im selben Moment wahr, dass nicht er, sondern nur sein Gewand zu Boden geglitten war. Der Magier selbst hatte sich in den schwarzen Schatten verwandelt, den die Pfeile, ohne Schaden anzurichten, durchdrungen hatten. Dieser Schatten war nun mit den Schatten der Monolithen verschmolzen und selbst ich konnte nicht mehr erkennen, wo sich der Magier befand. Wie war das möglich? Bal-Zadan war sehr nah und trotzdem funktionierten Sâyehs Kräfte? Vielleicht, so mutmaßte ich, hielt die magische Barriere nicht nur uns fern, sondern schwächte auch Bal-Zadans Magie, welche diesen unsichtbaren Schutzwall nur durchdringen konnte, wenn der Alte ganz nah an jenem stand. Da er sich in diesem Moment jedoch in der Mitte des Kreises an dem Opferstein mit Anahita postiert hatte, wurden Sâyehs Kräfte nicht von denen Bal-Zadans unterdrückt. Dies hatte dem Assassinen das Leben gerettet.

Der alte Magier hatte natürlich bemerkt, dass sein Mordversuch fehlgeschlagen war. Sein Gesichtsausdruck wandelte sich von Zufriedenheit in heißen Zorn. Lindsay und ich umschritten in entgegengesetzten Richtungen das Rund der Monolithen, um die verbliebenen drei Krieger ausfindig und unschädlich zu machen. Es währte nicht allzu lange, bis ich im Schatten eines der gewaltigen Reliefsteine einen der Soldaten erblickte. Ich sprang auf ihn zu und er ließ den Bogen fallen, der ihm auf diese kurze Distanz keine Hilfe gewesen wäre. Hektisch zog er seinen Säbel, kam jedoch zu keinem Angriffsstoß damit, weil ich ihm den Kolben des Henrystutzens an den Kopf wirbelte. Besinnungslos brach er zusammen. Von der anderen Seite des Steinkreises her hörte ich Schüsse. Lindsay war offenbar nicht so gnadenvoll eingestellt wie ich. Vorsichtshalber verschnürte ich dem bewusstlosen Krieger die Hände auf dem Rücken und zerrte ihn in Richtung der Schlucht. Auch Lindsay kam mit einem Gefangenen an die Kante zu dem bodenlosen Abgrund. Der Soldat hatte eine Verletzung im Bein, welche wohl von dem Schuss herrührte, und war ebenfalls gefesselt.

„Jetzt fehlt nur noch der dritte", murmelte Sir David grimmig.

In diesem Moment trat jener aus dem Schatten eines Monolithen heraus und warf seinen Bogen und sein Shamshir von sich. Ergeben hob er die Hände über den Kopf.

„Ihr Verräter! Das werdet ihr büßen!", rief Bal-Zadan aus seiner sicheren Umfriedung nach draußen. Offenbar hatte er das Versagen seiner Krieger beobachtet, was ihm verständlicherweise nicht gefiel.

Der Soldat begann auf uns zuzurennen, wohl in der Angst, der Magier könnte ihm einen tödlichen Blitz nachsenden oder etwas in der Art, was jedoch ausblieb. Zitternd hockte er sich zu seinen beiden Kameraden und ließ sich freiwillig von Lindsay die Hände auf dem Rücken zusammenbinden.

Dann eilten der Earl und ich zurück zu der Steinsetzung und verbargen uns hinter einem Reliefstein. So war es uns möglich, zu sehen, was Bal-Zadan tat, und zu hören, was er sprach.

„Nun an, verehrte Māh-Tab, nehmt Euren Platz auf dem Opferstein ein."

„Zuerst lasst Anahita gehen!"

„Niemals. Das müsste Euch doch von vornherein klar gewesen sein. Warum sollte ich mich mit nur einem Sieg begnügen, wenn ich alles haben kann."

„Ich werde Euch nie heiraten!", erklärte Anahita und versuchte sich erneut aus seinem Griff zu winden.

„Ihr könnt nichts dagegen tun. Es bedarf keiner besonderen Zeremonie, bei der Ihr mit ,Nein' antworten könntet. Dergleichen gibt es nur in Eurem verklärten Abendland. Mir reicht der Vollzug der Ehe völlig aus. Wichtig ist, dass Ihr in absehbarer Zeit ein Kind von mir erwartet."

„Was sollen wir jetzt tun?", fragte Lindsay. „Wir können nicht dort hinein."

Noch bevor ich etwas erwidern konnte, flüsterte jemand:

„Ich werde es versuchen." Es was Sâyeh. Der junge Magier stand als schwarzer Schatten plötzlich neben uns.

„Wie soll das funktionieren?", fragte ich.

„Das weiß ich noch nicht. Doch Bal-Zadans Kräfte scheinen ebenso in dem Rund eingesperrt, wie wir ausgesperrt sind."

„Aber ich spürte seine Macht vorhin ganz deutlich."

„Das tat ich auch. Nur befand er sich dabei sehr nah an diesen Steinen. Seit er sich in der Mitte aufhält, kann ich mich verwandeln. Und das zeigt, dass seine Magie hier keine Gewalt über mich hat.

Ich war unschlüssig.

„Doch falls Ihr es nach drinnen schaffen solltet, Sâyeh, dann wird seine Macht Euch mit ganzer Kraft treffen."

„Das Risiko muss ich eingehen. Eine andere Möglichkeit, Anahita zu befreien, sehe ich nicht." Obwohl er nur ein Schatten war, konnte ich in dem schwarzen Etwas seine Gesichtszüge deutlich erkennen. Er blickte mich nachdenklich an. „Außerdem will ich verhindern, dass sich Māh-Tab opfert."

„Gut", erwiderte ich. „Einen Versuch ist es wert."

Der Assassine nickte. Dann trat er aus dem Schatten des Monolithen heraus. Lindsay und ich blickten am Stein vorbei, um zu beobachten, was geschehen würde.

Sobald Bal-Zadan das menschliche Schattenwesen registrierte, packte er Anahita fester am Arm. Sie verzog das Gesicht vor Schmerz, wollte sich aber sofort von ihm losreißen. Der Magier hielt sie jedoch mit eisernem Griff. Die Reaktion der Frau zeigte uns allerdings, dass sie wieder ganz sie selbst war und nicht von Bal-Zadan unter einen Bann gestellt. Auch Māh-Tab blickte nun Sâyeh erstaunt an. Der Schatten wagte sich bis an die unsichtbare Grenze des Schutzbereichs. Dann streckte er den Arm aus und schien das Kraftfeld zu berühren. Augenblicklich schossen Blitze von seiner Hand ausgehend über die äußere Schale des magischen Schirms. Nun erkannten wir, dass er die Form einer Kuppel besaß – einer Halbkugel, die sich im Innern des Steinkreises wölbte.

Obwohl Sâyeh in diesem Moment ein Schatten war, etwas von geringer Substanz, so fühlte er doch den Schmerz, denn er sackte in die Knie. Jedoch nahm er die Hand nicht zurück, sondern stemmte sich weiter nach vorn, bis er mit den Fingern das Feld durchstieß. Unter Aufbietung all seiner magischen wie physischen Kräfte schob er seinen schemenhaften Körper Stück für Stück vorwärts. Die Blitze zuckten weiterhin aus dem aufgebrochenen Bereich des Schutzschirms und verteilten sich über die unsichtbare Sphäre wie feine verästelte Risse auf einer

Eisfläche. Schließlich fiel der Assassine ins Innere des Kraft-
felds. Schnell erhob er sich. Ich bemerkte, dass er wankte, und
an einigen Stellen flackerte das Schwarz, als ob es sich nicht
recht entscheiden konnte, ob es Schatten oder Körper sein sollte.
Ich wusste, dass Bal-Zadans Magie ihn gepackt hatte und ihm
nicht viel Zeit blieb. Auch dem jungen Magier war das bewusst.
Er rannte auf Bal-Zadan zu, dessen Gesicht nun schreckverzerrt
wirkte. Dieser ließ Anahita los, die sich sofort in die Arme Māh-
Tabs flüchtete. Dann streckte er dem heranfliegenden Schatten
die Hände entgegen, doch Sâyeh war schneller als des Alten
Magie. Der Junge schien Bal-Zadan zu umarmen und dieser
schrie in wilder Verzweiflung auf. Wie damals im Kerker, als
der alte Magier Sâyeh berührte, wurde der Raum um sie herum
wie durch eine Explosion schlagartig erhellt, eine Druckwelle
breitete sich aus und beide flogen in entgegengesetzte Richtungen auseinander. Aber nicht nur sie, auch Māh-Tab und Anahita wurden von den Füßen gerissen und selbst Lindsay und
ich mussten uns eilig hinter den Monolithen pressen, um der
magischen Energiewelle zu entkommen.

Der Schild schien gebrochen. Sobald sich der Sturm gelegt hatte, trat ich mit Lindsay in den Steinkreis. Der goldene Schein, der vorher dort geherrscht hatte, war verschwunden und sammelte sich als schillernde Nebelfetzen über dem
Boden. Zwischen diesen Schlieren erblickte ich Anahita, wie
sie sich halb benommen aufrappelte. Māh-Tab, Bal-Zadan und
Sâyeh konnte ich in der fluoreszierenden Schicht nicht ausfindig machen. Deshalb zogen Lindsay und ich zunächst die Frau
soweit es ging aus dem Steinkreis heraus. Die Schlucht begrenzte unseren Fluchtweg. Lindsay nahm seine Schwester in
den Arm.

„My God! Endlich habe ich dich wieder."

„O David, mein Bruder. Ich hatte so gehofft, dass du mich
findest." Sie drückte ihre Wange an seine Brust.

Ich konnte mich in diesem Augenblick allerdings noch nicht
der Wiedersehensfreude hingeben, denn Māh-Tab und Sâyeh
waren noch weiterhin dort in dem heiligen Kreis. Zudem wusste

ich nicht, was aus Bal-Zadan geworden war. Also schloss ich meine Hand fester um das Gewehr und rannte zurück. Mit der freien Hand versuchte ich den goldschimmernden Bodennebel zu vertreiben, um die Verschollenen zu finden. Doch es gelang mir nicht.

Plötzlich durchbrach eine gewaltige Schwinge neben mir den goldenen Dunst, der sich dadurch in kunstvollen Wirbeln kräuselte. Ich schreckte zurück. Eine weitere Schwinge tauchte auf, ein Stierkörper und schließlich ein Kopf. Es war das verjüngte Abbild Bal-Zadans. Seine rotglühenden Augen starrten auf mich herab. Ich hielt den Henrystutzen auf ihn gerichtet, taumelte und stolperte ungeschickt rückwärts. Das Untier hob eine seiner Vorderläufe und griff nach mir. Die Klaue öffnete sich und – plötzlich schoss etwas von rechts in mein Blickfeld, prallte gegen den Körper des Stierwesens und riss es um. Es war Māh-Tab, zur Apsasû verwandelt. Obwohl sie kleiner war als Bal-Zadan, schien sie nicht weniger Kraft zu besitzen. Der Lamassu brüllte und trat mit den Hinterläufen aus. Die Apsasû erhob sich auf ihren Schwingen in die Luft, drehte eine Kurve und nahm erneut Anlauf, um sich auf ihren gewaltigen Gegner zu stürzen. Diesmal war Bal-Zadan vorbereitet und ließ Māh-Tab gegen die Panzerung seiner Schulter krachen. Die Apsasû prallte zurück und landete auf dem Rücken. Ihre Läufe schlugen nach dem Lamassu, der sich nun auf die Hinterbeine erhob, die Flügel erhaben ausgebreitet.

Māh-Tab zappelte wie ein Käfer und schaffte es nicht, wieder auf die Beine zu gelangen. Ich legte an und drückte ab. Meine Kugel riss ein Loch in eine der Klauen Bal-Zadans. Ich schoss ein weiteres Mal und traf den ungeschützten Bauch. Blut floss aus den Wunden, doch schien ihm das nichts auszumachen. Aber seine Wut und damit seine Aufmerksamkeit hatte ich geweckt. Er drehte das gewaltige Haupt zu mir um, hob eine der Vorderklauen und schleuderte mich quer durch den Steinkreis. Ich prallte gegen einen der Monolithen und war benommen. Obwohl ich alles vor mir wahrnahm, konnte ich mich nicht rühren.

Aber ich vermochte nun die Monolithen zu betrachten. Tatsächlich hatten sie die Gestalt von steinernen Lamassus und Apsasûs, die im Wechsel im Kreis hockten. Mit ernsten Mienen fixierten sie den Opferstein in der Mitte. Der goldene Nebel waberte um ihre Hufe und um den Felsquader. Aus diesem Schleier tauchte plötzlich Sâyeh auf wie aus einem fluoreszierenden Ozean. Er war wieder zu einem Menschen materialisiert und in seine Gewänder gekleidet. Furchtlos sprintete er auf Bal-Zadan zu, sprang in die Luft und trat seine Stiefel mitten in das Gesicht des Lamassu, der sich gerade über Māh-Tab gebeugt hatte. Mit einem Salto landete der Assassine erneut auf seinen Füßen. Diesmal hatte die Berührung keinerlei Reaktion erzeugt. Ich wusste nicht, ob es an der Tatsache lag, dass der alte Magier nicht seine menschliche Gestalt innehatte, oder ob die Stiefel das verhinderten oder ob sich bei der letzten Kraftprobe der beiden ihre Kräfte irgendwie ausgeglichen hatten. Ich hoffte nur, dass Sâyehs magische Fähigkeiten keinen Schaden gelitten hatten.

Bal-Zadan versuchte nun den Assassinen genau wie mich mit der Klaue davonzufegen, doch war dieser flinker als ich, hüpfte auf den herannahenden Vorderlauf und stach einen Dolch hinein, den er offenbar dem getöteten Soldaten abgenommen hatte. Der Lamassu brüllte auf und Sâyeh sprang von dem sich aufrichtenden Wesen herab, rollte auf dem Boden ab und kam sogleich in meine Richtung gerannt.

Mittlerweile war die Apsasû wieder auf ihren vier Beinen. Sie breitete die Flügel aus und schoss nach vorn in den ungeschützten Leib des auf den Hinterbeinen stehenden Lamassu. Dieser schwankte und fiel zurück auf die Vorderläufe. Beim Aufprall vibrierte der Boden unter uns und von den nahen Hängen rollten Steine herab. Māh-Tab entzog sich seinem Gegenangriff durch einen Steilflug in den Nachthimmel.

Sâyeh hockte neben mir nieder und allmählich gelangte das Gefühl in meinen Körper zurück. Mühsam stand ich auf.

„Hat er Euch etwas gebrochen?"

„Nein, ich denke nicht."

„Wir müssen von diesem Plateau herunter", sagte er und suchte mit den Augen die in Dunkelheit versunkene Umgebung ab.

Die Feuer auf dem Platz waren schon recht niedergebrannt und die Sicht wurde zunehmend schlechter. Nur schemenhaft erkannte ich Lindsay, Anahita und die drei Soldaten am Rand der Schlucht. Doch auch Bal-Zadans Aufmerksamkeit wurde nun von ihnen angezogen. Er breitete die Flügel aus und hob mit einem unheimlichen Rauschen ab. Nur wenige Schläge der gewaltigen Schwingen waren nötig, um die kleine Menschengruppe zu erreichen. Sofort hetzten Sâyeh und ich hinterher und schrien Lindsay und Lady Anahita Warnungen zu. Der Earl versuchte mit seiner Schwester nach links auszuweichen, wurde jedoch von einem Hieb des Lamassuflügels zu Boden geworfen. Mit der anderen Schwinge wirbelte Bal-Zadan seine abtrünnigen Untertanen über den Rand der Klippe. Wir waren zu weit entfernt, um ihnen helfen zu können, und durch die gefesselten Hände hatten sie keine Chance zur Gegenwehr. Ihre Schreie gellten noch eine endlos erscheinende Weile langsam verhallend aus der Tiefe herauf.

Der Lamassu flog eine Kurve und wir verloren ihn im Dunkeln aus den Augen. Lindsay und Anahita waren uns entgegengelaufen und nun blickten wir uns nach einem Versteck um. Auf der linken Seite führte ein schmaler Pfad an der Klippe entlang, um eine steile Bergflanke herum. Dies schien der einzig begehbare Weg von diesem magischen Platz zu sein. Doch bevor wir ihn erreichten, erschien wie aus dem Nichts abermals der riesige Körper des Lamassu über uns. Reflexartig ließen wir uns in das borstige Gras fallen. Kaum hatte die Kreatur erneut etwas an Höhe gewonnen, so schoss die Apsasû aus dem Nachthimmel herab und rammte sich in seine Seite. Beide Wesen stürzten mit ohrenbetäubendem Gebrüll über den Rand der Schlucht.

Sâyeh stieß einen Schreckenslaut aus und sprintete zu der Kante. Ich folgte ihm und wir blickten in den gähnenden Abgrund. Die Finsternis verschlang allerdings jedwede Aussicht und so erwartete uns undurchdringliche Dunkelheit. Unerwartet schossen die beiden Stierwesen ineinander verkeilt nur wenige Meter vor uns aus dieser schwarzen Tiefe empor. Sie prallten gegen die steinerne Wand des Berges rechts von uns. Felsbrocken polterten herab. Mit lautem Getöse und sturmerzeugenden Flügelschlägen tobten die Wesen quer durch den Kreis der Monolithen. Sie ließen voneinander ab und Bal-Zadan machte sich auf, erneut einen Angriff gegen uns zu fliegen. Wir hasteten zu der Felswand und drückten uns in einen Spalt. Der Lamassu brach kurz vor dem Aufprall seine Attacke ab und stieg in den Himmel empor. Dort oben musste er abermals auf Māh-Tab getroffen sein, denn wir hörten ein Schlagen und Brüllen über unseren Köpfen und aus der Finsternis des Alls regnete es Federn herab. Dann tobte das Gefecht der Wesen über den heiligen Platz hinweg und erneut in die Schlucht hinein. Die Kampfgeräusche wurden leiser, so als ob sie sich entfernten. Wir packten die Chance beim Schopf und rannten zu dem schmalen Pfad. Mit dem Rücken zur Felswand und dem Gesicht der bodenlosen Schlucht zugewandt tastete ich mich vorwärts, gefolgt von Anahita, Lindsay und Sâyeh.

Der Lärm der Luftschlacht dieser gewaltigen Wesen schwoll zwischenzeitlich an und ebbte wieder ab. Die Dunkelheit gewährte uns keinen Blick mehr auf Māh-Tab und Bal-Zadan. Aber was unseren Augen verwehrt wurde, glichen unsere Ohren aus. Als wir endlich eine breite Fläche erreicht hatten, wo wir vor Absturz sicher sein konnten, wurde es allmählich still in der nächtliche Bergwelt. Da es so finster war, dass wir die Hand vor Augen nicht zu erkennen vermochten, entzündete ich ein Streichholz an meinem Stiefelschaft. In der kurzen Lebenszeit der winzigen Flamme gewahrten wir einen Überhang, von Büschen gesäumt, der uns einen höhlengleichen Unterschlupf bot. Wir tasteten uns hinein und blieben erschöpft liegen.

„Ich hatte solche Angst", gestand Anahita. Wir konnten uns nicht sehen in der Finsternis, nur unsere Stimmen vernehmen. „Ich hoffe, dass diese Apsasû Bal-Zadan zur Strecke bringt."

„Das hoffe ich auch, Lady Anahita. Denn es ist Māh-Tab, Eure Beschützerin", hörte ich Sâyeh antworten.

„Das war also Māh-Tab, von der Ihr mir in jener Nacht im Harem berichtet hattet?"

„Das ist sie und ich glaube, nun ist die Zeit gekommen, dass ich Euch ein paar Erklärungen liefere, denn ob es Māh-Tab einmal selbst tun kann, steht in den Sternen."

„Was für Erklärungen, lieber Sâyeh? Etwas über meine Mutter? Ich hörte, als ich in dem Trancezustand auf dem Opferstein lag, einige Wortfetzen. Stimmt es, das Bal-Zadan sie getötet hat?"

„Ja, verehrte Lady Anahita. So war es. Eure Mutter Asiodolla war selbst eine Apsasû wie Māh-Tab. Deshalb glaubt Bal-Zadan, dass Ihr besonderes Blut in Euch tragt. Aber Asiodolla verlor ihre magischen Fähigkeiten, als sie einen Sterblichen heiratete. Sie gebar ihm zwei Söhne. Doch ihr Ehemann lehnte sich gegen den Schah auf und zettelte einen Putsch an. Eure Mutter wollte den Schah von ihrem Mann ablenken und ließ sich mit ihm ein. Aus dieser geheimen Verbindung seid Ihr entstanden."

„Ich bin die Tochter des Schahs?"

„Nicht von Nāser ad-Din Schah, sondern von dessen Vater Mohammad Schah."

„Also ist Nāser ad-Din mein Halbbruder?"

„So ist es. Doch er sollte es besser nicht erfahren. Ihr seid eine Blutschande, denn Eure Mutter war die Frau eines Verräters. Bal-Zadan war damals Richter und Henker Eurer Familie."

Für einen Moment hörte ich nur den schweren Atem Lady Anahitas. Bedrückende Stille hatte sich ausgebreitet.

„Dein Vater war James Aberforth, 15. Earl of Lindsay", flüsterte Sir David. „Wenn nicht vom Blute, so doch vom Herzen."

„Ich weiß, lieber Bruder, ich weiß." Sie seufzte. „Verzeih mir, dass ich genauso Kenntnis über meine biologische Herkunft erlangen möchte."

„Der Schah", erklärte Sâyeh weiter, „wusste sicher nicht, was Eure Mutter war, allerdings scheint er sie geliebt zu haben, denn er wollte Euch verschonen. Asiodolla und ihre Familie konnte er nicht retten, sonst hätte er sein Gesicht und seinen Thron verloren. Doch Euch, das geheime Kind – schickte er mit dem britischen Botschafter, dem Earl of Lindsay, in ein fernes Land – in Sicherheit."

„Bis Bal-Zadan von mir erfuhr und mich ausfindig machte."

„So ist es. Und ich bitte um Verzeihung, dass Shana und ich dies nicht zu verhindern wussten."

„Schon gut, lieber Sâyeh. Ihr habt alles gegeben. Der wahre Feind war Bal-Zadan und ich hoffe inständig, dass Māh-Tab ihn besiegen konnte."

„Das hoffe ich auch ... Ihr seid so still, Kara", sprach mich der Magier an.

„Ich wollte die Erläuterungen nicht stören. Es ist letztlich eine Familienangelegenheit der Lindsays."

„Lieber Mister Kara", entgegnete Anahita, „fühlt Euch nicht ausgeschlossen. Ihr habt Euch als wahrer Freund erwiesen und meinem Bruder in den schlimmsten Stunden seines Lebens beigestanden."

„Und sogar mein Leben gerettet."

„Das ist längst vergolten, Sir David. Ihr habt mich vor Mortaza gerettet."

„Das ist wahr, doch ist es ein Unterschied, ob ich eine magische Axt auf ein Geschöpf werfe oder selbstlos in den Schlund des Todes springe."

„Diese Geschichte musst du mir erzählen, lieber David."

„Davon werden wir ihn bestimmt nicht abhalten können, wenn wir erst durch die Wüste Richtung Māh Schahr ziehen. Euer Bruder erwies sich als ausgesprochen guter Geschichtenerzähler."

„Ach, ich dachte, das sei Euer Part, Mister Kara." Anahita lachte.

Unser Gespräch versiegte allmählich, und nachdem jeder die innere Unruhe, die solch ein Gefecht stets nach sich zog, bekämpft hatte, fielen wir schließlich völlig erschöpft, hungrig, durstig und vor Kälte zitternd in tiefen Schlaf.

Vierundzwanzigstes Kapitel
Gegen die Truppen des Schahs

„Sihdi!"

Ich öffnete die Augen und gewahrte Halef, der sich über mich beugte. Sein Turban warf einen Schatten auf mich, sodass ich nicht in die tiefstehende Morgensonne blinzeln musste.

„Allah sei Dank! Du lebst!"

Irritiert strich ich mir über das Gesicht, um den Schlaf gänzlich zu vertreiben. Das erste Mal seit Langem hatte ich keine Alpträume gehabt. Zumindest erinnerte ich mich nicht daran; um genau zu sein, entsann ich mich an keinerlei Traum in der vergangenen Nacht. Was mir allerdings im Gedächtnis hängengeblieben war, waren die lauten Geräusche des Kampfs und das Brüllen der Apsasû und des Lamassu. Nun vernahm ich davon nichts mehr. Bis auf das Schnauben der Pferde, das Scharren ihrer Hufe und das Zwitschern von Vögeln im umliegenden Gebüsch hatte sich Stille über das Gebirge gelegt.

„Es ist noch nicht zu Ende", murmelte Sâyeh wie zu sich selbst. Der Magier erhob sich neben mir von dem moosbedeckten Boden.

Lindsay saß unweit an einen stark verzweigten Stamm einer *Parrotica Persica* gelehnt, dem Persischen Eisenholzbaum, mit Anahita im Arm. Ann und Sofie kauerten bei ihm. Die Wiedersehensfreude mit Sir Davids Schwester war offensichtlich, auch wenn sie nur still ausgedrückt wurde.

„Wie meinen Sie das, Sâyeh?", fragte ich und wandte mich dem Assassinen zu. Er hielt mir eine Hand hin und ich zog mich daran auf die Füße.

„Mãh-Tab ist nicht zurückgekehrt und auch Bal-Zadan nicht", antwortete er nachdenklich.

„Vielleicht haben beide den Kampf nicht überlebt", sagte ich schweren Herzens.

Mit Shana an seiner Seite schritt der Magier in Richtung des Canyons, der sich vor uns auftat. Ich folgte ihm. Weiter im Norden verbarg sich der heilige Platz der alten Dämonen hinter einer Biegung und der Vegetation. Der junge Mann trat nah an die Abbruchkante und blickte nachdenklich in den Schlund hinab.

„Das ist durchaus möglich, Kara. Nur kann ich es nicht glauben – oder möchte es nicht. Tief in meinem Innern sagt mir etwas, das Māh-Tab noch irgendwo da draußen ist."

„Und Bal-Zadan?", fragte ich.

Sâyeh schüttelte den Kopf. „Ich weiß es nicht."

„Wir müssen Māh-Tab suchen." Shanas Antlitz zeigte eine Mischung aus Entschlossenheit und Furcht.

Sâyeh hockte sich nieder. Seine Finger spielten mit den Steinen, welche die Kante der Schlucht säumten. Er warf einige davon hinab in den Abgrund. Aus der Tiefe zog der Morgennebel herauf und verhüllte den Boden. Natürlich war es nicht sein Ansinnen, mit Kieseln zu spielen oder sich auszuruhen. Ich wusste, dass er mit sich rang. Māh-Tab nahm in seinem Herzen so etwas wie die Stelle einer Mutter ein und er würde mit Bestimmtheit sein Leben für sie geben, wenn es notwendig und möglich wäre. Andererseits war sie seine Führerin und von ihr hatte er den Auftrag erhalten, Anahita zu beschützen. Auch wenn wir sie den Klauen des alten Lamassu entrissen hatten, war sie noch nicht in Sicherheit. So lange Anahita auf persischem Boden weilte, so lange bestand Gefahr, dass sie entweder von Neuem von Bal-Zadan geholt würde – falls dieser noch leben sollte, oder dass der Schah sich von ihr verraten fühlen könnte und ihr Leben forderte. Sie musste schnellstmöglich zurück nach England gebracht werden und das wusste Sâyeh.

„Das ist im Augenblick nicht möglich, Shana. Meine Aufgabe ist noch nicht erfüllt. Anahita schwebt so lange in Gefahr, bis sie Persien verlassen hat." Er erhob sich und blickte mir in die Augen. „Ich werde dafür sorgen, dass Ihr alle Euer Schiff unbeschadet erreicht."

Ich war versucht, ihn von seiner Pflicht zu entbinden, aber ich war mir gleichfalls bewusst, dass wir seine Hilfe und die seiner Krieger benötigten, um nach Māh Schahr zu gelangen, wo Lindsays *Marley* vor Anker lag. Zudem hätte sich der Assassine bestimmt nicht von mir von seiner Aufgabe abhalten lassen. Er wollte nicht nur diese erfüllen, sondern ebenso seine Ehre wiederherstellen, die er seit dem Versagen seiner Truppe auf Lindsay Castle als verloren betrachtete. Also brachen wir schließlich nach Westen auf.

Die Bergmassive des Elburs schienen sich gegen uns verschworen zu haben, denn nicht nur einmal wurde unser Weg durch eine Steilwand versperrt und wir waren des Öfteren gezwungen, umzukehren und einen neuen Pfad zu finden. Halef schickte deshalb einige der Assassinenkrieger als Vorhut voraus, damit sie den besten Ausgang aus der Bergwelt für uns fanden. Dergleichen Problem hatte sich bei unserem Flug mit Māh-Tab natürlich nicht ergeben. Selbst Halef war verblüfft, welch Irrgarten sich uns eröffnete, da er auf dem Weg zu dem heiligen Platz bei Weitem nicht mit derartigen Widrigkeiten zu kämpfen hatte. Waren sie auf ihrem Pfad dorthin irgendwie von Māh-Tab geleitet worden? Sollten jene Verirrungen ein Zeichen dafür sein, dass die Apsasû nicht mehr auf dieser Welt weilte? Obgleich mich solche Fragen beschäftigten, hütete ich mich, sie laut auszusprechen, um den Assassinen nicht ihre Hoffnung zu nehmen.

Sâyeh und Shana hielten sich stets eng bei Anahita. Doch auch Sir David, Ann und Sofie wichen kaum ein paar Meter von ihrer Seite. Doyle dagegen trabte beständig hinter den Lindsays her wie ein dienstbeflissener Butler. Besonders Miss Sofie schien er seit der Ohrfeige zu umsorgen. Allenthalben füllte er ihre Feldflasche auf oder brachte ihr sonst irgendetwas, was sie während einer Rast gerade benötigte. Bis sie letztendlich vor ihn hintrat und erklärte:

„Mister Doyle, Sie müssen nicht die ganze Zeit Abbitte leisten. Die Sache mit der Winchester vergebe ich Ihnen. Es war schließlich für einen guten Zweck."

„Danke, Miss Sofie", entgegnete er. „Ich war mir nicht bewusst, dass mein Verhalten nach einer Entschuldigung aussieht. Ich meinte, ich hätte mich im Palast schon entschuldigt."

„Was hat das dann zu bedeuten?"

„Nichts. Ich wollte nur höflich sein. Doch wenn es Sie stört, werde ich Sie nicht weiter belästigen."

„Oh", hörte ich von der jungen Dame. „Nun – es stört mich nicht." Sie stockte und sah ihn unschlüssig an. „Ich bin es nur nicht gewohnt, so umsorgt zu werden." Eine Weile musterte sie den jungen Mann. „Ich hoffe allerdings, dass Sie nicht vorhaben, mir den Hof zu machen, Mister Doyle."

Der junge Arzt wurde rot. Die beiden standen ja ungefähr im gleichen Alter.

„Was? Nein – ich wollte nur ...", stotterte er.

„Das hätte auch keinen Sinn", mischte sich nun Ann ein, „denn meine liebe Sofie hat ihr Herz schon längst in Georgien verloren. An einen jungen Mann, der sie demnächst in Kanada besuchen wird." Sie kicherte wie ein Backfisch.

„Aber Ann, das geht doch niemanden etwas an", schalt Sofie ihre Freundin. Diesmal war sie es, die errötete und den Blick senkte.

„Er heißt Paata", setzte Ann nach. „Sie wollen zusammen Wein züchten und vielleicht auch ..."

„Ann!", empörte sich Sofie. „Wie kannst du nur?"

Ann lachte, trieb ihr Pferd zum Galopp und ritt ein Stück voraus.

Obwohl die Frauen sich schon oft im Kampf bewährt und ausgesprochene Reife bewiesen hatten, so waren sie doch letzten Endes immer noch Mädchen, was ich manchmal vergaß. Doyle reduzierte von nun an seine Bemühungen gegenüber der Kanadierin, aber nur ein klein wenig. Später sah ich sie scherzend und lachend nebeneinander reiten.

Wenngleich wir eigentlich gen Westen wollten, befanden wir uns irgendwann an einer Flanke des Kūh-e Damāwand und somit eher nordöstlich unseres Ausgangspunkts. Wir ritten über sandigen Grund und der Geruch von faulen Eiern stieg uns in die Nase. Nach kurzer Zeit erblickten wir Löcher in der Erde – groß wie Brunnenschächte –, die mit gelbem Schwefel umsäumt waren und aus denen gelblich weißer Rauch aufstieg. Diesmal dampfte der Berg tatsächlich.

Lindsay kam sofort an meine Seite geritten.

„Look, Kara. *Der Dampf enthaltende Berg*. Wie Nāser mir einst erzählte, ist dort in einer Höhle der dreiköpfige Drache *Azhi Dahaka* angekettet." Der Earl grinste verschmitzt. „Vielleicht ist dies sein Atem."

„Das ist durchaus möglich, Lord Lindsay." Sâyeh hatte sich zu uns gesellt und ritt neben Lindsay her. „Wie unser Dichter Abū ʾl-Qāsim-i Firdausī in seinem Werk *Šāhnāma* – dem *Buch der Könige* oder der *Chronik der Herrscher* – einst schrieb, hat der Held Faridun den Drachen zum Kūh-e Damāwand gebracht und ihn mit Nägeln in einer unzugänglichen Höhle an die Wand geschlagen. Er drückte es natürlich in poetischen Versen aus. Aber davon sind mir nur wenige im Gedächtnis geblieben. *Am Berg Damāwand er legt' ihn in Band*."

„Well. Very nice. Könnt Ihr noch mehr?"

„*Und schmiedet' ihm so die Händ' an den Stein,*
Dass lang' er müsst' leben in Pein."

„Das weckt unliebsame Erinnerungen in mir, an das Dahindarben in kleinen Käfigen", gestand ich.

„Ihr habt Recht, Kara. Daran möchte ich im Moment ebenfalls nicht denken." Der Earl wandte sich an den Assassinen. „Sagte der Dichter auch etwas über den übelriechenden Atem des Untiers?"

Sâyeh verzog amüsiert den Mund.

„Nein, ich glaube nicht. Aber ich bin überzeugt, dass Drachenatem immer nach Schwefel riecht. Ihr nicht?"

„Wenn man an die Existenz von Drachen glaubt, so ist es nur logisch, dass sie nach Schwefel stinken. Schließlich speien sie Feuer." Anahita hatte auf uns gewartet und ritt nun neben Lindsay.

„Glaubt Ihr nicht an derartige Geschöpfe, Lady Anahita?", fragte Sâyeh.

„Ich weiß nicht, was ich glauben soll. Ich bin ehrlich gesagt noch völlig verwirrt von den Geschehnissen der letzten Tage. Es kommt mir fast schon wie ein Traum vor, dass Bal-Zadan zu einem geflügelten Wesen mutierte, welches mich hoch in die Luft entführte und schließlich sogar töten wollte." Sie blickte zu Sâyeh, betrachtete ihn eine Weile und fuhr dann fort: „Aber ebenso unverständlich ist mir Eure Gabe, Mister Sâyeh."

„Nur Sâyeh, kein Mister."

Anahita nickte.

„Wenn ich es nicht mit eigenen Augen gesehen hätte, ich würde es nicht glauben ... Erlaubt Ihr?" Sie streckte die Hand nach ihm aus. Der junge Magier kam ihr mit dem Arm entgegen, um den Abstand der Pferde zu überbrücken. Lady Anahita fasste seinen Unterarm. „Es fühlt sich an wie ein gewöhnlicher Arm eines ganz normalen Menschen."

„Ich bin ein ganz normaler Mensch", gab der Magier zurück.

„Nun ja, nicht völlig. Ich könnte mich schließlich nicht einfach in etwas anderes verwandeln, ebenso wenig mein lieber David oder Mister Kara. Ihr schon. Deshalb werde ich die Sage mit dem Drachen nicht auf die leichte Schulter nehmen."

„Dann sollten wir uns beeilen, diesen Ort zu verlassen, bevor jener Dämon erwacht. Drei solcher Wesen in nur zwei Tagen zu bekämpfen, erscheint mir ein wenig viel", warf ich ein.

„Darauf kann ich ebenfalls liebend gern verzichten", erwiderte der junge Magier.

„Well, aber ich habe diesmal die Labrys dabei. Vielleicht hilft sie auch gegen Drachen." Lindsay klopfte stolz auf sein Bündel hinter dem Sattel.

„Probiert es gern aus, verehrter Earl, aber bitte ohne mich." Sâyeh lachte und trieb sein Pferd zu schnellerem Gang an, um Shana einzuholen, die sich wenige Pferdelängen vor uns befand. Sein Freund Rushtam, der sonst ebenfalls an seiner Seite ritt, war sehr früh mit einem weiteren Krieger aufgebrochen, weil er heute die Vorhut übernommen hatte.

Bis zum Abend überquerten wir einige karge Geröllfelder, doch die Öffnungen ins Erdinnere, aus denen der Schwefeldampf heraufzog, ließen wir hinter uns. Der Berg erschien mir seltsam leblos und tot. Nur hin und wieder gewahrte ich einen Falken am Himmel, der nach Beute spähte. Der Weg schien kein Ende zu nehmen und schließlich blieb uns nichts anderes übrig, als die Nacht an einem Hang des Kūh-e Damāwand zu verbringen. In der Dunkelheit erkannten wir die Lichter Teherans in der Ferne. Die Fackeln der Stadt wirkten wie ein kleiner gelbgetupfter Teppich in einem finsteren Kellergewölbe. Wir unterließen es, Feuer zu entfachen, um unseren Standort nicht zu verraten, was uns in dieser Höhe eine kalte Nacht bescherte.

Am nächsten Morgen ging die Sonne hinter dem schneebedeckten Gipfel des Kūh-e Damāwand auf und tauchte ihn in goldenes Licht. Erfreulicherweise hatte ich auch diesmal ruhig geschlafen und ohne Träume, die mir in Erinnerung geblieben wären. Vielleicht tat mir nach der Kerkerhaft einfach die Weite der Landschaft gut, das Gefühl, den Sternenhimmel über dem Kopf zu haben und nicht hilflos an eine Mauer gekettet zu sein. Fast erschien mir dieses Land wieder schön und prächtig und zauberhaft wie in den ersten Tagen unseres Aufenthalts im Golestan-Palast. Doch wusste ich, dass die Gefahr noch längst nicht gebannt war. Die Truppen des Schahs durchkämmten das Gebirge und würden nicht aufgeben, bis sie uns gefunden hatten.

Unser Weg führte einen steilen Hang hinunter in eine enge Klamm. Zunächst war er felsig und die Hufe unserer Pferde traten Gestein los, welches polternd in die Tiefe kollerte. In luftiger Höhe zog ein Falke seine Kreise, und sein Schrei durchschnitt hin und wieder die Stille. Schließlich ritten wir in eine Zone dichter Vegetation hinein. Der Boden war mit sattem, grünem Gras bewachsen, Büsche trieben helles Frühlingslaub aus und zarte Blüten und Blumen sprossen aus der Erde. Die Luft war erfüllt vom Gesang der Vögel und vom Rauschen eines Wasserfalls, der jedoch unseren Blicken noch verborgen war. Auf dem Grund dieses Talkessels wendeten wir uns nach rechts. Links erhob sich eine karge schroffe Felswand, die das Tal begrenzte und von der ebenfalls ein Bach herabstürzte, welcher das Wasser für den hier üppig wachsenden Wald spendete. Doch es war nicht jener Fall, der das gewaltige Rauschen erzeugte. Dieser kleinere Sturzbach schlängelte sich als Flüsschen durch den Canyon, dem wir nun folgten.

Unvermittelt vernahm ich einen Schrei. Da Sâyeh, Doyle und ich die Nachhut bildeten, konnte ich nicht erkennen, was die Aufregung ausgelöst hatte. Unser Tross hatte jedoch gestoppt und so trieb ich mein Pferd vorwärts, um der Sache auf den Grund zu gehen – und dieser war grausamer Natur.

Zwischen einer Gruppe Bäume erkannte ich Sir David und die Lindsay'schen Frauen stehen sowie einige der Krieger. Beim Näherkommen wurde mir ihr schrecklicher Fund offenbar. An den Ästen war ein Mensch am Hals aufgehängt worden. Es handelte sich um einen der Assassinen, die wir als Vorhut ausgesandt hatten und die uns eine Fährte legen sollten. Doyle sprang sofort vom Pferd und half, den Mann vom Baum abzuschneiden, ihm die Schlinge vom Hals zu nehmen und nach Lebenszeichen zu untersuchen. Doch es war vergebens. Der Krieger war von irgendwem erhängt worden, und da seine Hände auf den Rücken gebunden waren, hatte er keine Chance gehabt, sich gegen das Erdrosseln zu wehren. Sein Körper wies zahlreiche Verletzungen auf, die davon zeugten, dass er sich nicht kampflos ergeben hatte.

„Er ist noch nicht lange tot", bemerkte Doyle. Nachdenklich hockte er neben dem Toten, bis er mich schließlich frustriert ansah. „Wären wir nur wenige Minuten früher hier gewesen ..."

Ich stand auf und schaute mich suchend um. Schnell zog ich den Henrystutzen aus dem Futteral an der Seite des Pferdes.

„Was haben Sie vor, Mister Kara?", fragte der Arzt überrascht.

„Wenn er erst wenige Minuten tot ist, sind seine Mörder vielleicht noch in der Nähe. Es ist besser, Sie begeben sich mit den Frauen und Lindsay vorerst in Deckung. Ich werde unseren Weg nach Spuren absuchen."

Einige der Assassinen begannen nun ebenfalls die Umgebung zu inspizieren und ich begab mich auf die Suche nach einer verräterischen Fährte dieser Wegelagerer und Mörder. Zu Fuß, das Gewehr im Anschlag und den Rappen am Zügel mitführend, bewegte ich mich langsam vorwärts. Von den weiß gekleideten Kriegern vom *Orden des Silbermondes* war im Unterholz nichts mehr zu erblicken. Wie Geister verschmolzen sie mit dem Wald. Doch auf dem weichen Boden vor mir erblickte ich Hufspuren von zahlreichen Pferden. Sie waren frisch und ich lauschte, ob ich irgendetwas hören konnte. Der Wasserfall, der sich vor uns auf der linken Seite ins Tal ergoss, übertönte jedoch durch sein mächtiges Donnern jedwedes Geräusch. Sein Rauschen bohrte sich in meine Ohren und ließ den Eindruck von Taubsein aufkommen. Langsam wandte ich mich zur Seite, da sich meine Nackenhaare aufstellten – ein Gefühl, als ob mich jemand beobachten würde. Tatsächlich erspähte ich Sâyeh mit gespanntem Bogen zwischen den Büschen, wie er auf mich angelegt hatte. Als er mich erkannte, senkte er die Waffe und deutete mir durch ein Kopfnicken an, ihm zu folgen. Ich schlang den Zügel meines Tiers um den Ast eines Baums und begab mich zu dem jungen Magier ins Unterholz. Nicht weit entfernt stürzte das Wasser oben vom Fels herab in ein steinernes Becken, von wo aus es über die Kante in einer zweiten Stufe in eine Tiefe hinabfiel, die ich von meinem Standpunkt aus nicht erfassen konnte. Was ich jedoch sah, war der Körper eines weiteren Assassinen. Er lag rücklings und leblos auf einem runden Felsbrocken am Ufer des Flusses aus dem Hinterland, der sich hier mit dem gewaltigen Wasserfall vereinte. Seine Brust war mit mehreren Pfeilen gespickt. Sâyeh und ich eilten zu ihm hinüber. Dabei mussten wir uns aus der Deckung der Bäume wagen, denn der Wald endete hier abrupt an einem felsigen Streifen. Der Fluss hatte die Steine glattgeschliffen und die Fläche lag bar jeder Vegetation vor uns. Sicherheitshalber nahm ich die auf der gegenüberliegenden Seite aufragende Felswand ins Visier.

Diesmal war mir das Opfer namentlich bekannt, denn es war Rushtam, der Krieger *von gewaltigem Wuchs*, welcher zu Sâyehs Truppe gehörte, die uns damals im Lindsay'schen Park überfallen hatte. Auch für ihn kam jede Hilfe zu spät und das berührte mich zutiefst.

Sâyeh blickte dem Toten bedauernd ins Antlitz und schloss ihm die Augen. Einen Moment hielt er inne und legte seine Hand auf die Brust des Freundes. Ich nahm an, dass es ein Abschiedsritual war. Nun hatten schon zwei seiner engsten Freunde ihr Leben lassen müssen, erst Tufan im Palast und nun Rushtam hier im Gebirge. Ich hoffte, dass dies bald ein Ende haben würde.

„Er ist im Kampf gefallen und nicht auf der Flucht", kommentierte Sâyeh den Tod des Freundes.

Ich nickte zustimmend, denn die Pfeile steckten nicht in seinem Rücken, so wie man es bei einem Fliehenden erwarten würde, sondern in seiner Brust, als wäre er seinem Feind in einem verzweifelten Angriff entgegengelaufen.

„Wir müssen das Tal schnellstmöglich verlassen. Dieser Felskessel ist optimal für eine Falle. Hier können wir uns nicht gut verteidigen", flüsterte Sâyeh, während er sich rückwärtsgehend zurück in den Schutz des Waldes bewegte. Auch er hielt den gespannten Bogen auf die schroffen Hänge gerichtet.

Wir hatten das Gebüsch noch nicht erreicht, als ein Pfeil aus dieser Bergwand heraus sauste und nur knapp meinen Kopf verfehlte. Sofort warf ich mich zu Boden, zielte in die Richtung, in der ich den Schützen oben in der Steilwand vermutete, und setzte zwei Schüsse ab. Der junge Magier hatte ebenfalls seinen Bogen gespannt, sich eng an einen Baumstamm geschmiegt und ließ die Sehne los. Sein Pfeil flog in dieselbe Richtung wie meine Kugeln, durchdrang den nebeligen Schleier des Wassers, welches sich vor uns in die Tiefe ergoss, traf jedoch offenbar ebenso wenig sein unsichtbares Ziel wie ich.

Nun hörten wir Lärm und Hufschlag von beiden Seiten des Wegs hinter uns. Anscheinend waren wir tatsächlich in einen Hinterhalt geraten. Schüsse krachten und echoten im Tal, Schreie gellten, Pferde wieherten. Ich vernahm das Geräusch von Stahl auf Stahl durch das Tosen des Wassers hindurch und vermutete, dass das Gefecht schon in einen Nahkampf übergegangen sein musste. Schnell wollte ich zurück zu meinem Pferd, um Halef und den anderen zur Hilfe zu eilen, als erneut ein Pfeil an mir vorbeisauste. Diesmal streifte er mich und riss eine Wunde in meinen Oberarm. Ungeachtet des Schmerzes wandte ich mich um und sah, wie Sâyeh mit seinen eigenen Pfeilen konterte. Der Heckenschütze war jedoch nicht auszumachen, da er sich irgendwo hinter dem Schleier des Wasserfalls verborgen hielt.

Ich hatte keine Gelegenheit, ebenfalls erneut in die Richtung zu schießen, denn plötzlich hörte ich Pferde näherkommen. Durch die Büsche brachen drei Reiter. Es waren Soldaten des Schah-Palasts. Den Ersten konnte ich mit einem Schuss von seinem Tier holen und der Zweite hieb sofort mit dem Shamshir auf mich ein. Ich wehrte den Schlag mit dem Henrystutzen ab. Der Dritte sprang aus dem Sattel und auch er bedrängte mich mit seinem Säbel. Ich hatte keine adäquate Waffe für einen Fechtkampf bei mir und während ich den Hieben auswich, suchte ich mit den Augen nach einem Stock zur Verteidigung. Der Angreifer zu Pferd kam mir bedrohlich nahe. Geschwind duckte ich mich unter der heransausenden Klinge hindurch und rollte seitwärts über den Boden. Der Reiter schnitt durch sein Vordringen seinen Kameraden ungewollt von mir ab. So hatte ich Gelegenheit, auf die Füße zu springen und mein Gewehr umzudrehen. Sein Pferd strauchelte im Gestrüpp und vereitelte somit einen zügigen Angriff seinerseits. Ich sprang ihm entgegen, holte aus und schlug ihm mit dem Kolben des Henrystutzens gegen den Leib, dass er aus dem Sattel flog und hart auf dem Boden aufschlug. Sein Helm und der Säbel fielen ins Gebüsch und so hechtete ich auf ihn zu und betäubte ihn mit einem gezielten Faustschlag. Das Pferd stieg panisch auf und galoppierte schließlich davon. Währenddessen hatte sich Sâyeh des dritten Angreifers angenommen. Der Assassine hatte seinen Bogen auf den Rücken und wirbelte ohne Waffe in der Hand durch die Luft. Sein Stiefel traf den Soldaten am Kopf sowie wenige Augenblicke später ein Handkantenschlag dessen Kreuz, sodass er bewusstlos niedersank.

416

Erneut surrte ein Pfeil an uns vorbei und blieb in der Nähe in einem Baumstamm stecken. Im selben Moment preschte ein weiterer Reiter durchs Dickicht auf uns zu. Ich nahm den Henrystutzen in Anschlag, zielte und – hätte beinahe abgedrückt. In letzter Sekunde erkannte ich Mister Doyle, ebenfalls mit einem Gewehr in der Hand. Kaum hatte er sein Tier gezügelt, schlug nochmals ein Pfeil durch die zartgrünen Blätter der Büsche. Doyles Pferd wieherte und stieg auf. Der Arzt wurde aus dem Sattel geschleudert und blieb benommen liegen. Sein Tier knickte vorn ein und nun bemerkte ich, dass der Pfeil dessen Hals durchschlagen hatte. Das Pferd fiel auf die Seite und schnaubte vor Schmerz. Blut pulsierte aus der Wunde und ich wusste, dass niemand es retten konnte. Seine Augen blickten mich angsterfüllt an. Ich mochte es nicht leiden sehen. Also zog ich einen der Colts und setzte die Mündung an seine Schläfe. Beruhigend strich ich ihm über die Nüstern, dann drückte ich ab. Der Schuss krachte laut im Tal und verhallte erst nach vielfachem Echo.

Sâyeh stand neben mir und blickte bedauernd auf das tote Pferd, dann streckte er den Arm aus und zog den Pfeil heraus.

„Meine gehen bald zur Neige", sagte er entschuldigend. „Und der Heckenschütze sitzt noch immer oben in seinem Nest."

„Sie haben uns eingekesselt", keuchte Doyle, der mittlerweile auf die Füße gekommen war. Ein kleiner Blutstrom lief ihm aus dem Haaransatz die Wange hinunter.

„Alles in Ordnung?", fragte ich besorgt.

„Ja, ich bin unverletzt. Aber die anderen werden auf die ungeschützte Felsfläche am Fluss gedrängt, und wie ich nun feststellen musste, sitzt dort ein Schütze, der uns erwartet."

„Das ist wahr. Doch bevor wir uns diesen schnappen, sollten wir unsere Gefährten suchen und sie vor ihm warnen", erwiderte ich.

Doyle führte uns durch die dichte Vegetation zurück zu unseren Freunden. Tatsächlich hatten sie die Pferde laufen lassen, da diese ihnen im Unterholz des Waldes nur hinderlich gewesen wären, und wurden nun von einer Vielzahl Soldaten des Schahs attackiert und dadurch gezwungen, an den Rand des Dickichts zurückzuweichen. Ich bemerkte Ann und Sofie, die ihre Gewehre im Anschlag hatten und souverän auf die Angreifer feuerten, ebenso Halef und Lindsay. Selbst Anahita hatte eine Waffe in der Hand. Die Assassinenkrieger waren in Nahkämpfe verwickelt oder verteidigten sich mit Pfeil und Bogen. Wir hatten die Truppe noch nicht erreicht, als ich Anns Stimme vernahm:

„Der Wald endet hier, aber dort drüben am Wasser gibt es eine Felsgruppe. Da könnten wir uns verschanzen." Schon stürmte sie los. Sofie rannte hinter ihr her und Lindsay und die anderen beschossen weiter die angreifenden Soldaten und deckten den Mädchen somit den Rücken. Ich lief nun selbst hinaus auf die offene Felsfläche, um die Frauen vor dem Heckenschützen zu warnen, doch das Donnern des nahen Falls übertönte meine Warnrufe. Ich gestikulierte wild und schließlich bemerkte mich Sofie. Mit dem Henrystutzen deutete ich hoch zur Steilwand. Sofort richtete sie den Gewehrlauf in die Richtung und kurze Zeit später fiel ein Schuss. Hatte sie den Schützen gesehen?

Lindsay und Anahita kamen nun ebenfalls mit zwei der Assassinen aus dem Wald, um hinter den Felsen Deckung zu suchen. Sâyeh, Doyle und ich hatten dasselbe Ziel. Plötzlich surrte ein Pfeil aus dem Wasserschleier an der Steilwand. Er hatte offenbar Ann gegolten, denn Sofie stieß sie zur Seite. Beide Frauen stürzten auf den steinernen Boden. Da hatte Ann nochmal Glück gehabt, dass Sofie eine so achtsame Freundin war. Wir erreichten sie just in diesem Moment, Doyle und ich packten uns jeder eine von ihnen an der Kleidung und zerrten sie in den Schutz der Felsgruppe, während Sâyeh einen Pfeil abschoss, um den Schützen von uns abzulenken. Als wir zwischen den Felsen anlangten, legte ich sofort den Henrystutzen in eine Kerbe im Gestein und schoss in den Wald, um Lindsay, Anahita, Halef und den Kriegern die Flucht zu ermöglichen. Die Soldaten des Schahs antworteten mit Pfeilen, und sogar einige Schüsse konnte ich vernehmen, die von ihnen stammen mussten. Einer der Assassinen fiel getroffen zu Boden. Um seinen Kopf herum färbten sich die Felsen rot.

Kaum waren unsere verbliebenen Freunde in die Deckung der Steinformation gesprungen, vernahm ich einen Schrei hinter mir. Als ich mich umwandte, blickte ich in Anns entsetztes Gesicht. Vor ihr lag Sofie. Ein Pfeil hatte sich kurz unter dem Rippenbogen in ihren Körper gebohrt. Das musste vorhin geschehen sein, als sie sich schützend vor die Freundin geworfen hatte. Es war uns nicht aufgefallen, als wir die beiden Mädchen eilig in die Deckung der Felsen zogen.

„Nein, nein!", stieß ich erschüttert hervor, ließ mein Gewehr fallen und kniete mich neben ihr nieder.

Doyle hockte ebenfalls dicht bei der jungen Frau und war emsig dabei, den Stoff ihrer Kleidung an der verwundeten Stelle aufzuschneiden und die Verletzung zu untersuchen. Mit feuchten Augen blickte er mich an.

„Ich kann nichts machen. Dort liegen zu viele Organe beieinander. Nur eine Operation könnte ihr helfen." Ich sah die Verzweiflung in seinem Gesicht.

„Tun Sie was! Sie sind doch Arzt!", brüllte Ann.

„Ich bin noch in der Ausbildung und zudem habe ich hier keine Instrumente. Mit was soll ich operieren? Wenn ich den Pfeil unbedacht herausziehe, würden die Widerhaken die Verletzung bloß noch weiter verschlimmern."

Sofie gab keinen Ton von sich, nur ihr hastiger Atem verriet ihren ernsten Zustand und der entsetzte Blick ihrer blauen Augen. Sie starrte auf den hölzernen Schaft, der aus ihrem Bauch ragte. Ihre Hände tasteten zitternd danach. Aus der Eintrittswunde trat Blut aus, sehr viel Blut. Ich wollte etwas tun, fühlte mich jedoch hilflos, riss nur ein paar Streifen vom Saum meines Gewandes ab, um es dem jungen Arzt als Verbandsmaterial zu überlassen. Inzwischen hatte Sofie Doyles Hand ergriffen und sie an den Pfeil gelegt. Zuerst stutzte der junge Mann, doch die Frau blickte ihm entschlossen in die Augen. Er nickte verstehend, zögerte einen Moment und zog schließlich in einem Ruck das Geschoss heraus. Sofie stöhnte vor Schmerz auf.

Ann hatte den Kopf der Freundin in ihren Schoß gebettet.

„O Gott, Sofie, bleib bei mir", flehte sie unter Tränen.

Sâyeh schob mich zur Seite, zog ungefragt das Bowiemesser aus meinem Gürtel und schnitt sich in den Unterarm. Ich ließ ihn gewähren, da ich wusste, dass sein Pesh-Kabz im Palast geblieben war. Das austretende Blut träufelte er in Sofies Wunde. Das Mädchen verzog das Gesicht vor Pein und ich erinnerte mich an das Gefühl von Dolchen, die damals in meine Augen stachen, als mich Sâyeh auf die gleiche Art mit seinen magischen Fähigkeiten behandelte. Bewundernd musste ich feststellen, das Sofie nicht aufschrie. Frauen konnten offenbar größeren Schmerz ertragen als Männer, auch wenn unser Geschlecht das nie wirklich wahrhaben wollte. Ich fasste ihre Hand, um ihr ein wenig Trost zu spenden – oder vielleicht mir selbst, denn ich wusste, dass wir das Mädchen nicht würden retten können. Sie hatte so viele Pläne für die Zukunft geschmiedet, für ihr Weingut in Kanada und mit dem Georgier Paata. Ich wünschte mir so sehr, dass sie es überstehen möge, ich wünschte mir ein Wunder.

Sâyeh hatte eine Hand auf die Wunde gelegt und die Augen geschlossen. Er schien sich auf die winzigen *Kuchak* – wie er sie nannte – zu konzentrieren. Ein wenig Zuversicht keimte in mir auf, dass dies das Wunder sein könnte, das sie benötigte. Möglicherweise konnte er Sofie mit seiner Magie vor dem Tod bewahren, so wie einst Shana.

Ich gewahrte die Assassinin etwas abseits zwischen zwei Felsblöcken mit Anahita im Arm, wie sie das Vorgehen ihres Gefährten beobachtete. Auch in ihren Augen las ich Hoffnung. Der Blutstrom, der zwischen den Fingern des Magiers hervorgequollen war, versiegte allmählich und die Gesichter der Umstehenden hellten sich ein wenig auf. Doch Sâyeh zerstörte unseren Optimismus.

„Ich konnte die Blutung verlangsamen und den Schmerz lindern." Liebevoll strich er mit der freien Hand über die Wange des Mädchens. „Doch die inneren Verletzungen sind zu groß. Die *Kuchak* können sie nicht reparieren." Obwohl er es nur flüsterte, konnte ich sein tiefstes Bedauern heraushören.

Sofie hatte ihm ruhig zugehört und schloss nun die Augen. Eine Träne rollte über ihre Wange.

„Ich hatte noch so viel vor."

„Das nehm ich nicht hin!", brüllte Ann verzweifelt. „Du schaffst das. Hab keine Angst", fügte sie sanft hinzu und beugte sich zu der Freundin hinunter, um ihr einen Kuss auf die Stirn zu geben. Dann sah sie den Magier an, flehend. Er hielt ihrem Blick stand, in dem Wissen, dass er alles getan hatte, was er vermochte. Doyle dagegen war voll Schmerz. Seine blutverschmierten Hände waren zu Fäusten geballt, die Fingerknöchel traten weiß hervor. Auch Lindsay hatte Tränen in den Augen. Kummervoll kniete er neben Ann und blickte auf die sterbende Kanadierin.

„Es ist alles meine Schuld", jammerte Ann. So aufgewühlt hatte ich sie noch nie erlebt, aber es war in dieser Situation nur allzu verständlich.

„Mach dir keine Vorwürfe, liebste Ann", hauchte Sofie. Ihr schwarzes Haar floss in sanften Wellen über die Beine der Freundin wie ein nächtlicher Wasserfall. Die tiefblauen Augen blickten Ann tröstend an. Sie erinnerte mich mit ihren dunklen Haaren an eine andere sterbende junge Frau vor einigen Jahren in einem fernen Land und mein Herz wurde mir noch schwerer.

„Nichts ist deine Schuld", hauchte Sofie. Ann schluchzte. „Ich bin freudig mit dir in jedes Abenteuer gegangen, liebste Ann, und nun – nun müssen wir feststellen, dass so ein Unterfangen nicht immer gut ausgeht." Erschöpft hielt sie einen Moment inne. „Doch selbst wenn ich den Ausgang dieser Reise vorher gewusst hätte, so wäre ich dir gefolgt und hätte mich trotzdem nicht ängstlich hinter dem Kamin versteckt." Ein Schauer schüttelte ihren Körper.

„Nein. Ich weiß, dass du eine tapfere Frau bist, eine wahre Kriegerin", erwiderte Ann leise und mit hilfloser Miene. Tränen rannen ihr über die Wangen.

Sofie lächelte schwach und suchte nun den Blick des Arztes.

„Mister Doyle, machen Sie sich keine Vorwürfe." Die junge Frau legte erneut für einen Moment eine Pause ein. Das

Sprechen strengte sie augenscheinlich an. „Sie haben alles getan, was in Ihrer Macht steht, und wie Sie sehen ... vermag selbst Magie nicht jedes Wunder zu vollbringen." Doyle schüttelte nur widerstrebend den Kopf. „Bitte, passen Sie auf meine Winchester auf. Ich gebe sie vertrauensvoll in Ihre Hände."

Doyle rutschte mit Entsetzen im Gesicht ein Stück zurück und hielt der jungen Frau abwehrend einen Arm entgegen.

„Nein, Miss Sofie. Nicht so – so doch nicht ..." Er wandte sich ab und verbarg sein Gesicht und somit seine Gefühle im Ärmel seiner Jacke.

„Mister Kara", richtete Sofie nun das Wort an mich, „achten Sie auf Ann, denn sie braucht jetzt etwas Hilfe, um sich wieder zu sammeln." Ich nickte nur und brachte keinen Ton hervor. „Und sagen Sie Paata ..." Mitten im Satz brach sie ab. Während sie mich anlächelte, verschwand der Glanz aus ihren Augen und ihr Kopf neigte sich leicht zur Seite. Sofie war von uns gegangen.

Ann schrie auf, drückte die tote Freundin an sich und begrub schluchzend ihr Gesicht in ihrem Haar. Es war fast, als wäre die Zeit stehengeblieben. Das Schluchzen der jungen Frau vermischte sich mit dem Rauschen des nahen Falls. Keiner von uns rührte sich – und plötzlich wurde mir bewusst, dass keine Schüsse oder Pfeile mehr auf uns abgegeben wurden. Waren die Soldaten abgezogen? Aber warum sollten sie das tun? Ich wischte mir die Tränen aus dem Gesicht und blickte mich prüfend um, konnte aber im Wald niemanden mehr erkennen. Zwischen den Felsen saßen Halef mit einer Handvoll überlebender Assassinen, Shana, Anahita und neben mir Lindsay, Sâyeh und Doyle. Ich zuckte zusammen. Nein, Doyle war nicht an seinem Platz, er war verschwunden!

Schnell sprang ich auf und erhaschte gerade noch einen Blick auf ihn, wie er hinter Felsvorsprüngen an der Steilwand verschwand. Was hatte er vor? Eigentlich war diese Frage unnütz, denn es konnte nur eins sein: Doyle war auf dem Weg zu dem Heckenschützen, um Sofies Tod zu rächen.

Ich blickte Sâyeh an.

„Geben Sie mir Feuerschutz?"

Der Krieger nickte, spannte den Bogen und richtete ihn auf den Wald. Halef reagierte sofort und zielte mit seinem Gewehr ebenfalls dorthin, so wie auch die Assassinen mit ihren Bögen. Sâyeh wendete deshalb sein Augenmerk nun auf den Wasserfall mit dem Heckenschützen. Ich nahm den Henrystutzen auf und sprintete Doyle hinterher. Auf meine Freunde vertrauend rannte ich über die ungedeckte Felsfläche, durchquerte den Fluss, der hier breit und seicht war, um die Steilwand zu erreichen.

Als ich an der Felswand ankam, gewahrte ich eine Kante im Gestein, die wie ein natürlicher Pfad von geringer Breite hinauf in den Berg führte, auf die Rückseite des Wasserfalls. Ich konnte den Weg nicht bis zum Ende überblicken, da er wenige Meter weiter oben hinter einem Vorsprung verschwand. Doyle war nicht mehr zu sehen. Eilig folgte ich dem Grat aufwärts. Wer unter Höhenangst litt, hätte hier seine Probleme gehabt, denn die Kante wurde sehr schmal und einige Male musste ich einen Zacken im Gestein umklettern. Doch es blieb mir keine Zeit zum Nachdenken, weil ich fürchtete, dass Doyle in sein Unglück laufen würde. Als ich erneut einen der Vorsprünge überwunden hatte, eröffnete sich mir der Blick auf die Rückseite des Wasserfalls. Das flüssige Element rauschte von der oberen Felskante herab und donnerte in die Tiefe. Zwischen dem weißen Schleier und der Bergwand konnte ich den jungen Mann erkennen. Auf einem Felssims rang er mit einem Soldaten des Schahs. Doyle hatte ihn in einem Würgegriff gepackt. Fast schien mir, er könne ihn bezwingen, aber da duckte sich sein Gegner und schüttelte den Briten ab.

Ich bewegte mich weiter vorwärts, allerdings langsamer und mit dem Rücken zum Berg. Der Pfad war nur noch fußbreit und jeder falsche Tritt hätte den Sturz in den Tod bedeutet. Es war mir unmöglich, das Gewehr in Anschlag zu bringen. Trotzdem beobachtete ich die beiden Kämpfenden, während ich mich vortastete.

Nun begann Doyle den Perser mit seinen Fäusten zu attackieren und ich musste anerkennend eingestehen, dass er ein hervorragender Boxer war. Geschickt hielt er sich seinen Kontrahenten vom Leib, teilte Hiebe aus, die ihr Ziel sicher trafen, und vereitelte Gegentreffer. Ich sah ihm an, dass er in dieser Kampfkunst sehr gut geschult war. Der Soldat jedoch zog unvermittelt einen Dolch und Doyles Taktik ging nicht auf. Er packte den Arm mit der Waffe, um ihn von sich wegzudrücken. Dabei ging er einen Schritt zurück und trat loses Gestein von der Kante des Felssimses. Ich versuchte schneller voranzukommen. Der Pfad verbreitete sich allmählich und ich begann zu rennen. Im Laufen schrie ich ihm eine Warnung zu, doch bemerkte er seinen Fehler selbst, was mir sein erschreckter Gesichtsausdruck sagte. Kurz strauchelte er, wollte den Gegner von sich drücken, um den Absturz zu vermeiden, aber es misslang. Ich ließ mich auf ein Knie fallen, zog das Gewehr vom Rücken und zielte. Der Heckenschütze drückte gerade todesverachtend sein Gewicht gegen den Arzt und mit einem Mal kippten beide lautlos über die Felskante in das weiße Wasser, das sie verschlang und mit sich in die Tiefe riss. Schockiert blickte ich auf den nun leeren Wasservorhang. Es war zu spät. Doyle war in den Tod gestürzt.

Schmerzerfüllt stieß ich den Atem aus und erhob mich. Das Gewehr des Arztes lehnte neben mir am Felsen wie ein zurückgelassener Spazierstock. Obwohl mein Verstand mir sagte, dass ein Fall in diesen Abgrund nicht zu überleben war, wollte mein Herz die Hoffnung noch nicht aufgeben. Schnell rannte ich den Weg zurück. Es erschien mir wie eine Ewigkeit, bis ich endlich den Grund erreichte und in Richtung des Steinkessels sprinten konnte, in den die zwei gestürzt waren. Sâyeh stand am Rand und schüttelte den Kopf.

„Das Wasser hat sie einfach mitgerissen. Ich konnte nichts tun."

Erschüttert über Doyles offensichtlichen Tod sahen wir in den gähnenden Schlund vor unseren Füßen. Ich legte mich an die Kante und blickte in die dunkle Kluft, die nur von der aufspritzenden Gischt erhellt wurde. Der kleine Fluss vereinte sich hier mit den Wassern aus der Höhe und donnerte in einen tiefen schmalen Canyon. Wirbelnder Schaum und Nebel verhüllten die Sicht in den brodelnden Kessel in dieser unbekannten Tiefe. Eine derartige Naturgewalt konnte kein Mensch überleben. Ich war fassungslos und bemerkte, dass mein Atem stoßweise ging. Erst Sofie, dann Doyle. Das musste ein Ende haben!

Als Sâyeh und ich wieder bei der Felsengruppe ankamen, hatte Halef mit den Kriegern schon einige der verstreuten Pferde wieder eingefangen. Die Soldaten des Schahs waren verschwunden. Das hätte mich und auch meine Gefährten sicher stutzig gemacht, wenn wir bei klarem Verstand gewesen wären, jedoch verhinderte die Trauer über den Verlust von Sofie, Doyle, Rushtam und der vielen Assassinen, dass wir darüber nachdachten. Wir hatten nur das Bestreben im Sinn, aus jenem Tal – dieser Todesfalle – unbeschadet herauszukommen.

Sâyeh entschied sich dazu, die Körper seiner toten Freunde hier im Wald zurückzulassen. Wir hatten nicht genügend Pferde, um sie zu transportieren, und außerdem würden sie ein schnelles Vorankommen verhindern. Die Assassinen legten ihre Gefallenen in einer Reihe ins Unterholz und bedeckten sie mit Zweigen. Ann dagegen wehrte sich heftig, Sofies Leichnam unbestattet an diesem fremden Ort zu belassen. Jedem von uns fehlte mittlerweile die mentale Kraft, ihr den gefassten Entschluss auszureden. In Ermangelung an Packpferden wurde der Körper der jungen Frau deshalb in eine Decke gewickelt und zu Ann auf ihr Pferd gebunden, dann strebten wir dem Ausgang des Tals zu. Der Wald lichtete sich und zu beiden Seiten hoben sich die Felsen zu unüberwindbaren Mauern empor. Links donnerte hinter diesem natürlichen Wall der Wasserfall in seiner zweiten Stufe in eine Schlucht, wo irgendwo Doyles zerschmetterter Leichnam liegen musste. Vor uns verengte sich der Pfad zu einer finsteren Kluft. Die Sonne stand schon tief und kaum ein Strahl erreichte den Grund dieser Spalte, in der wir uns befanden.

Ich ritt voran und gewahrte nach einem Knick der Klamm, dass sich das Land vor uns erweiterte. Eine sonnenbeschienene

Ebene verkündete, dass wir den Elburs bald hinter uns hatten. Aber der Weg zum Meer war noch weit und Māh Schahr viele Tagesritte entfernt. Je näher ich dem Ausgang der Schlucht kam, umso mehr Einzelheiten formten sich auf der baumlosen Weite davor. Was ich zunächst nur schemenhaft wahrgenommen und für Felsengruppen gehalten hatte, offenbarte sich nun im Gegenlicht als ein gewaltiges Heer. Lanzen und Schilde, Helme und Säbel glänzten im Schein der tiefstehenden Abendsonne. Ich zog die Zügel meines Pferdes so heftig an, dass das Tier aufstieg und erschreckt wieherte. Sâyeh und Lindsay rückten sofort auf und standen nun zu meinen beiden Seiten. Sprachlos blickten wir auf die militärische Übermacht, die uns den Heimweg versperrte. Und noch bevor wir uns zum Rückzug entscheiden konnten, polterten hinter uns Steine von den steilen Hängen. Ich sah mich um und gewahrte Halef und die Krieger, wie sie im Staub der herabfallenden Brocken verschwanden. Mir blieb fast das Herz stehen, doch wenige Augenblicke später kamen die Reiter aus der Wolke auf uns zugeprescht. Glücklicherweise waren sie unverletzt geblieben. Die Felsbrocken hatten sie verfehlt, doch der Rückweg war uns abgeschnitten.

Oben an der Kante standen Soldaten mit Lanzen, welche die Lawine ausgelöst hatten. Andere zielten mit Bögen auf uns herab. Vor uns postierte sich ein Heer aus mehreren hundert Kriegern.

Wir saßen in der Falle.

Fünfundzwanzigstes Kapitel
Vertrauen

Ratlos blickte ich mich zu meinen Freunden um. Unsere Gruppe war stark dezimiert. Zwei Assassinen hatten wir schon bei der Ankunft im Tal ermordet vorgefunden und weitere waren im Kampf gefallen. Ich zählte nur noch sechs neben Sâyeh und Shana. Doyle und Sofie waren tot und Ann durch den Verlust der Freundin nicht mehr in der Lage zu kämpfen. Auch Halef wirkte angeschlagen, obwohl er es zu überspielen versuchte. Lindsay und Anahita waren offenbar unverletzt, aber ebenfalls niedergedrückt durch den Tod der Kanadierin und des jungen Mister Doyle. In allen Gesichtern stand die Erschöpfung und Mutlosigkeit geschrieben, auch wenn der eine oder andere sie zu verbergen suchte. In ihren Augen konnte ich sie dennoch lesen.

Ich kam nicht umhin, mir einzugestehen, dass wir verloren hatten. Die Chancen, gegen diese Armee da draußen zu bestehen, waren weniger als gering. Aber ich wollte nicht all meine Gefährten opfern. Es musste einen Weg geben, meine Freunde zu retten. Schließlich zog ich das Fernrohr hervor und blickte hindurch. Die Soldaten waren alle mit Säbeln und vereinzelt sogar mit Gewehren bewaffnet. Es gab ausschließlich Kavallerie. Einige Pferdelängen vor dem Heer stand eine Gruppe von Offizieren, wie ich annahm. In einem von ihnen glaubte ich Nāser ad-Din Schah zu erkennen. Zur Bestätigung meines Verdachts reichte ich Lindsay das Vergrößerungsglas.

„Der Schah persönlich auf der Jagd nach uns", murmelte er hindurchblickend. „Das ist kein gutes Zeichen."

„Ich werde mich ergeben", sagte ich.

„Nein, Sihdi, das wirst du nicht! Wir können sie besiegen", widersprach Halef.

„Deinen Mut in allen Ehren, Halef, doch es sind schon zu viele gefallen."

Lindsay nahm das Fernglas vom Auge und sah mich entsetzt an. „Yes, da habt Ihr Recht, Kara, und deshalb werde i c h gehen und mich dem Schah stellen. Ihr habt letzten Endes gar nichts mit der Angelegenheit zu tun. Es geht hier um meine Familie, um Anahita."

„Eben drum, lieber Freund. Ihr habt eine Familie, für die Ihr Sorge tragt. Kümmert I h r Euch darum, dass Ann und Anahita unbeschadet nach England zurückkommen. Halef wird Euch begleiten und vielleicht wärt Ihr so freundlich, ihn an der arabischen Küste an Land zu setzen, damit auch er seine Familie in die Arme schließen kann. Sâyeh und Shana haben ebenfalls eine Familie – nämlich ihren *Orden des Silbermondes*, den sie zusammenhalten müssen, und zudem brennen sie darauf, nach Māh-Tab zu suchen. Ich dagegen bin frei. Deshalb ist es das Vernünftigste, wenn ich mich dem Schah ergebe. Vielleicht kann ich ihn davon überzeugen, dass er Euch alle im Gegenzug dafür laufen lässt."

„Nonsense! Das ist Blödsinn, Kara. Der Schah wird sich nicht mit Euch zufriedengeben. Aber wenn i c h mich stelle, dann schon eher. Diesmal wäre ich mir auch nicht zu schade, an unsere alte Freundschaft zu appellieren, damit er den Rest unserer Truppe ziehen lässt."

„Ich denke, dass ich allein bessere Chancen hätte, zu fliehen, wenn ich Euch alle außer Gefahr wüsste."

Sir David schnaubte ungehalten.

„Ihr seid sicher ein guter Geschichtenerzähler in Eurer Heimat, aber ein schlechter Lügner, my friend. Es ist offensichtlich, dass es diesmal kein Entkommen geben wird. Deshalb werdet Ihr Euch auf keinen Fall dem Schah ausliefern."

Der Earl war nicht von seinem Standpunkt abzubringen. Selbst Anahitas Flehen stimmte ihn nicht um.

„Lieber Bruder, gerade haben wir uns wiedergefunden; und jetzt willst du dich opfern? Nein, das lasse ich nicht zu!"

„Was hätten die ganzen Bemühungen und Toten gebracht, wenn ich dich nicht wohlbehalten zurück nach England befördern kann? Versteh mich doch, Anahita."

„Ich will dich aber nicht verstehen. Ich werde auf keinen Fall ohne dich zurückkehren."

Lindsay blickte mich hilfesuchend an und mir fiel genauso wenig ein, wie man seine Freunde zwingen konnte, sich selbst zu retten – außer, man übertrug ihnen Verantwortung.

„Gut, Sir David. Mich werdet Ihr bei Eurem Vorhaben allerdings nicht los."

Der Earl seufzte, nickte schließlich kapitulierend.

„Halef, du bist ab jetzt für das Leben von Ann verantwortlich. Sie ist in schlechtem Zustand und nicht in der Lage, sich selbst zu verteidigen", ordnete ich in möglichst sachlichem Befehlston an.

„Was? Warum tust du das, Sihdi?"

Ich ignorierte die Frage.

„Bring sie wohlbehalten auf die *Marley* und dann mach dich auf den Weg zu Hanneh, Kara und Djamila!"

Halef, mein guter Freund, blickte mich mit offenem Mund an. Bevor er etwas erwidern konnte, wandte ich mich an Sâyeh.

„Ihr habt geschworen, Anahita zu beschützen. Diese Aufgabe ist noch nicht beendet. Begleitet mit Euren Kriegern die Ladys Lindsay und Halef nach Māh Schahr!"

Der junge Magier nickte.

„Das werde ich, Kara. Ihr könnt Euch auf mich verlassen."

„Gut, dann versuchen Sir David und ich, Eure Freilassung auszuhandeln. Wenn es uns glückt, so reitet geschwind nach Westen. Blickt nicht zurück. Falls es misslingt, wirst du deine Schlacht erhalten, Halef."

„Ich bin nicht darauf erpicht, Sihdi. Aber genauso wenig will ich euer beider Opfer."

„Lindsay und ich werden bestimmt einen Weg finden, dem Schah zu entkommen. Hab Vertrauen."

„Was bleibt mir anderes übrig?" Halef sah betrübt aus.

Ich saß ab.

„Nimm mein Pferd und meine Waffen. Sie sollen nicht in fremde Hände geraten."

„Sihdi ..." Halef schluckte und schüttelte den Kopf. Aber er nahm die Zügel des Tiers an sich, auf das mein Hab und Gut gebunden war. Ganz gleich, wie die Sache ausging, Waffen waren hier unnütz, denn gegen das Heer konnten wir keinesfalls in einem offenen Kampf bestehen. Und falls der Herrscher Persiens unser Opfer annahm, würde er sie uns abnehmen, was ich jedoch verhindern wollte.

Auch Lindsay stieg ab und übergab die Zügel seines Pferdes Shana, da sich Anahita weigerte, diese anzunehmen.

„Ich werde nicht gehorchen, David!", sagte seine Schwester mit ernster Miene, aber feuchten Augen.

„Well. Dann bleibt mir keine andere Wahl, als Sâyeh anzuweisen, dich auf deinem Pferd festzubinden."

„Bitte? Das wagst du nicht!"

„Anahita, ich habe nicht den langen Weg gemacht, um dich am Ende zu verlieren!"

„Aber das wirst du. Wenn du dich opferst, dann verlieren wir uns." Tränen stiegen ihr in die Augen.

Der Earl trat an ihr Pferd heran und legte eine Hand auf die ihre.

„Vertraue uns, Schwester. Kara und ich sind schon aus viel auswegloseren Situationen entkommen. Wichtig ist, dass ihr alle von hier verschwindet, wenn es soweit ist. Versprich es mir!"

Anahita reckte das Kinn hoch und wandte den Kopf ab.

„Ich werde auf sie aufpassen", beteuerte Sâyeh.

„Ich danke Euch, my friend", antwortete der Earl.

Dann hörten wir plötzlich Anns Stimme, leise und ungewöhnlich dünn. Der sonst so auffällige Singsang fehlte gänzlich.

„Wir müssen noch Sofie bestatten."

„Ja", antwortete ich und blickte ihr ins Gesicht. Ihre Augen waren eingesunken und besaßen dunkle Ränder. Ihr hübsches rundliches Antlitz wirkte mit einem Mal kantig und um Jahre gealtert. Sie litt. Das war unverkennbar. „Sobald ihr alle außer Gefahr seid, bestattet sie und notiert euch den Platz auf einer Karte."

Ann reagierte nicht. Sie war wie in Trance. Aber Halef nickte.

„Nun denn. Lebt wohl." Lindsay begab sich Richtung des felsigen Durchgangs. Ich folgte ihm.

„Wartet!" Sâyeh kam hinter uns hergeritten. Er riss ein Stück Stoff aus seinem Gewand und knotete es an einen seiner Pfeile. „Eine Parlamentärsflagge kann nicht schaden."

„Danke. Das ist eine gute Idee." Ich nahm die weiße Flagge an mich, die schon seit ewigen Zeiten als Zeichen der Kapitulation gilt, und hoffte, dass sie auch hier respektiert wurde. Dann traten der Earl und ich hinaus auf die Ebene. Im Westen wanderte die Sonne dem Horizont zu und tünchte ihn in verschiedenste Rottöne. Ich hielt die Flagge empor und gewahrte, dass sich drei Reiter aus der vorderen Gruppe lösten und uns entgegenkamen.

„Ihr glaubt doch nicht wirklich, dass das ein gutes Ende nimmt, Kara", flüsterte Lindsay, während wir auf das persische Heer zuschritten, als ob die Soldaten schon in Hörweite wären.

„Ihr sagtet doch selbst, dass wir schon aus viel auswegloseren Situationen entkommen sind."

„A lie. Ich wollte Anahita nur beruhigen."

„Warten wir ab, ob der Schah mit sich verhandeln lässt."

Die drei Reiter kamen näher und ich erkannte tatsächlich den *König der Könige* unter ihnen. Die zwei Adjutanten postierten sich links und rechts neben uns, der eine hatte die Hand am Griff des Säbels. Ich nahm an, um uns niederzustrecken, falls wir für den Regenten eine Gefahr darstellen sollten. Der andere stieg ab und untersuchte uns nach Waffen. Als er nichts fand, stieg er wieder auf sein Ross. Der Herrscher blieb auf seinem weißen Pferd sitzen und blickte fragend auf uns herab.

„Lord Lindsay, ich könnte Euch mit einem Wink meiner Hand hier und jetzt den Kopf abschlagen lassen. Ihr seid des Hochverrats schuldig und habt Euch mit Waffengewalt der Vollstreckung Eures Urteils entzogen. Ihr habt meinen Palast in Brand gesteckt und mein Land in Aufruhr versetzt. Fast möchte ich selbst die Klinge führen, die Euch den Tod bringt. Doch ich verstehe nicht, was Eure Ziele sind, was das alles zu bedeuten hat."

Lindsay verbeugte sich.

„Eure Majestät, ich danke Euch, dass Ihr mir in einem persönlichen Gespräch erlaubt, meine Motive darzulegen."

„Dies ist kein persönliches Gespräch. Es ist nur eine Verhandlung von Feldherr zu Feldherr. Ich stehe hier als Oberhaupt dieser Truppen und nur deshalb richte ich das Wort an Euch und spreche nicht durch einen meiner Minister. Ich befinde mich im Krieg gegen Euch und Eure Truppe."

„Sorry – verzeiht, wenn es so scheint, doch ich habe nicht vor, Krieg zu führen."

Der Schah blickte nachdenklich und gleichzeitig reserviert.

„Was ist dann Euer Ansinnen?"

„Euer Minister Bal-Zadan ließ meine Schwester aus England entführen und hielt sie in Eurem Harem gefangen. Ich wollte sie befreien, weiter nichts. Ich hatte nicht vor, mich gegen Euch, den *Schatten Gottes auf dieser Welt*, zu stellen."

„Bal-Zadan? Warum sollte er so etwas tun? Wo ist er überhaupt?"

„Wir haben ihn im Elburs gestellt und konnten ihm meine Schwester entreißen. Er selbst fand dabei den Tod."

Ein Falke kam über die Ebene geflogen, stieß seinen typischen Ruf aus und landete auf dem Arm, den ihm Nāser ad-Din darbot. Vielleicht war es jener, der mehrmals im Gebirge unseren Weg gekreuzt hatte. Ein Spion? Doch wie konnte der Vogel seine Botschaft mitteilen? Hatte der Schah einen ähnlich Bund zwischen sich und dem Falken wie Sâyeh und Māh-Tab mit ihren Eulen? Ich wagte in diesem Moment nicht, danach zu fragen. Schließlich ging es hier um Leben und Tod.

„Lord Lindsay, ich weiß nicht, was ich glauben soll und was nicht. Doch da das Urteil schon gesprochen wurde, werde ich davon nicht mehr abrücken. Allerdings erkenne ich die weiße Flagge an. Ihr dürft zurück zu Euren Leuten und wir lassen Allah auf dem Schlachtfeld über Euch richten."

„Excuse me, ich möchte einen anderen Handel offerieren", erwiderte Lindsay.

Nāser ad-Din Schah blickte ihn überrascht an.

„Ich erlaube mir, an unseren Bund zu erinnern, und bitte darum, verehrter Schah, Euch meinen Vorschlag anzuhören", setzte der Earl nach.

Nāser ad-Din neigte ein wenig das Haupt.

„Nun gut. Dann sprecht."

„Mein Trupp ist stark dezimiert und meine Leute trifft keinerlei Schuld. Sie handelten nur auf meinen Befehl hin. Deshalb erbitte ich freies Geleit für sie. Im Gegenzug könnt Ihr über mein Leben verfügen, wie es Euch beliebt."

„Als Schah, als Regent dieses Reiches, hatte ich Euch, Lord Lindsay, sowie Euren Begleiter Kara Ben Nemsi und den Attentäter Sâyeh zum Tode verurteilt. Ich beabsichtige nicht, von diesem Urteil abzuweichen. Ich kann es nicht rückgängig machen, denn das Wort des Schahs ist ein Gottesurteil. Da Bal-Zadan nicht anwesend ist und somit nichts gegen Eure Anschuldigungen vorbringen kann, sind diese nichtig. Als Feldherr steht es mir jedoch frei, bei einer Kapitulation das gegnerische Heer ziehen zu lassen, sobald sich die Befehlshaber ergeben. Mir scheint, dass ich wider keinerlei Regel verstoße, falls ich Euren Vorschlag akzeptiere. Wenn Ihr also, Lord Lindsay, Kara Ben Nemsi und dieser Sâyeh Euch mir kampflos ergebt, soll der Rest Eurer Truppen unbehelligt abziehen dürfen."

Lindsay verbeugte sich.

„Ich danke Euch, Eure Majestät. Allerdings ist besagter Sâyeh im Kampf gegen Bal-Zadan gefallen. Kara Ben Nemsi und ich werden uns jedoch ergeben."

Der Schah nickte. Dann gab er einem seiner beiden persönlichen Adjutanten den Befehl, unsere Leute darüber zu informieren, dass sie freies Geleit hatten und sofort den Weg zur Küste antreten sollten. Der beauftragte Emissär erbat sich die weiße Flagge von mir und ich reichte sie ihm, dann preschte er davon in Richtung des Felseinschnitts, in dem unsere verbliebenen Freunde verharrten.

Nāser ad-Din Schah machte eine Geste mit dem Arm, die uns andeutete, dass wir vorausgehen sollten. Und so schritten

Lindsay und ich ohne Fesseln, aber auch ohne Waffen auf die Streitmacht der Perser zu. Der Schah und sein Begleiter ritten hinter uns her.

„Wenn zwölf von vierzehn überleben, so ist es wohl gut ausgegangen", flüsterte ich.

„Well. Ich bin froh, dass Anahita auf dem Weg nach Hause ist. So war meine Mission erfolgreich. Mortaza, der offenbar der Mörder meines Vaters war, ist durch meine Hand gestorben. Also habe ich auch meine Rache bekommen. Wenn uns Nāser einen schnellen Tod zuteilwerden lässt, dann könnte ich zufrieden sein", antwortete Lindsay mit einem Seufzer.

„Könnte?"

„My friend, ich bin zufrieden, wenn ich auf der *Marley* sitze, den Suezkanal hinter mir habe, mich an Deck in der Sonne räkeln kann und einen Brandy trinke."

Ich lachte.

„Dann lasst uns alles daransetzen, dass es so kommt."

„Well. Wie sollen wir das anstellen?"

Ich betrachtete die Soldaten, die in mehreren Reihen hintereinander auf der Ebene warteten.

„Ich befürchte, dass es diesmal tatsächlich eines Wunders bedarf." Doch auf welches Wunder ich hoffen sollte, wusste ich nicht.

Kurz bevor wir das Gros der Krieger erreichten, bemerkten wir, dass im Süden am Ausläufer des Gebirges unsere Freunde gen Westen ritten. Ich war erleichtert, dass zumindest dieser Teil des Vorhabens erfolgreich verlaufen war. Als sich die Reihen der gepanzerten Soldaten vor uns teilten, überkam mich jedoch ein beklemmendes Gefühl. Hinter uns und dem Schah schlossen sich die Reihen wieder, bis wir auf einen kleinen Platz traten, auf dem im Hintergrund eine Art Baldachin stand.

„Ich muss gestehen, dass mir kein vernünftiger Plan zur Flucht einfällt. Deshalb ziehe ich in Betracht, mich zu wehren. Ich möchte lieber in einem aussichtslosen Kampf sterben, als ..." Weiter kam ich nicht, denn plötzlich und völlig unerwartet packten mich zwei überaus starke Krieger und drückten mich auf die Knie.

„Ich gewähre Euch einen schnellen, schmerzfreien Tod. Man wird Euch den Kopf abschlagen", verkündete Nāser ad-Din Schah und stieg vom Pferd.

Es war leichter gesagt als getan, einen Kampf zu provozieren, wenn man von eisernen Griffen gehalten wurde. Die zwei Hünen zerrten mir die Arme auf den Rücken und zwangen meinen Körper dadurch in eine gebückte Haltung, sodass ich dem Scharfrichter unwillkürlich den bloßen Nacken darbot. Die Sonne war schon nahe dem Horizont und der Schatten, der sich am Boden vor mir ausbreitete, war unbeschreiblich groß. Er hob die gestreckten Arme nach oben, in denen er das Richtschwert hielt.

„Es tut mir leid, Kara", hörte ich Lindsay seufzen.

Ich fühlte mich überrumpelt, denn ich war noch nicht bereit für den Tod. Alles in mir sträubte sich. Mit ganzer Kraft versuchte ich, gegen die zwei Krieger anzukämpfen, doch meine unterlegene Position machte das unmöglich. Schließlich atmete ich tief durch, bekämpfte meinen wilden Herzschlag und sagte mir, dass ich diesen Leuten keinen Grund zum Spott bieten würde und, wenn es unausweichlich war, zumindest in Würde sterben wollte. Also suchte ich nach einem schönen Gedanken, etwas, das mich glücklich gemacht und mein Leben erfüllt hatte – etwas, das mich auf dem Weg ins Jenseits begleiten sollte. Der Schatten des Jalâd, des Henkers, mit dem erhobenen Schwert wurde überlagert vom Bild eines weiten Grasmeers. Sanft wogte es im Wind. Ich ritt auf Hatatitla darüber hinweg und neben mir Winnetou auf Iltschi. Ruhe überkam mich. Mein Herzschlag wurde langsam und gleichmäßig. In dem Moment, als die Klinge herabsausen sollte, hörte ich plötzlich Hufschlag. Zuerst meinte ich, dass meine Vision so lebhaft war, dass ich den Rappen unter mir hörte, doch dann drang Geschrei zu mir heran und die Prärie vor meinen Augen löste sich auf. Der Jalâd nahm das Schwert herunter, vermutlich auf einen Wink seines

Regenten hin. Man ließ mich aufstehen und nun gewahrte ich zu meinem Schrecken, dass zwei Reiter heranpreschten, die ich sehr wohl kannte. Es war Anahita, gefolgt von Sâyeh. Die Frau zügelte ihr Tier und sprang ab. Sofort rannte sie auf den Schah zu und kniete vor ihm nieder.

Das Oberhaupt Persiens blickte zunächst irritiert auf die Frau und dann auf den Assassinen. Der Kopf des Jungen war unbedeckt und Nāser erkannte ihn augenscheinlich. Sâyeh nahm die Hände hoch, denn sofort waren zahlreiche Bögen auf ihn gerichtet.

„Lord Lindsay, mir scheint, Ihr Freund erfreut sich bester Gesundheit."

Der Earl antwortete nicht. Seine Augen fixierten Anahita, die vor dem Schah kniete.

„Eure Majestät, ich bitte um eine Audienz", sagte sie auf Persisch.

„Darf ich zunächst fragen, wer Ihr seid?"

„Ich bin Lady Angela Lindsay – Lord David Lindsays Schwester."

„Oh. Und ich nehme an, Ihr wollt mich um das Leben Eures Bruders bitten?"

„So ist es, verehrter Schah. Doch gleichfalls möchte ich Euch die ganzen Zusammenhänge dieser unglücklichen Geschichte schildern."

„Ich bin ganz Ohr, Mylady. Erhebt Euch."

Anahita stand auf. Obwohl ihr weißes Kleid befleckt und an einigen Stellen eingerissen war, machte sie noch immer den stilvollen Eindruck einer britischen Aristokratin.

„Nicht hier, Eure Majestät. Was ich Euch zu erzählen habe, ist nur für Eure Ohren bestimmt."

„Wie könnte ich einer Dame diesen Wunsch abschlagen", sagte er und blickte lachend in die Runde. Die Offiziere an seiner Seite lachten ebenfalls. Eine Frau stellte offenbar keine große Gefahr für sie dar.

„Was hat sie gesagt?", fragte mich Lindsay und ich übersetzte ihm das Gespräch.

„Ich verstehe nicht, warum sie meinen Anweisungen nicht gehorchte. Ich bin äußerst ungehalten", erwiderte der Earl. „Und zunehmend verzweifelt. Sie weiß ja auch nichts von der Kinderfreundschaft zwischen mir und dem Schah."

„Zumindest leben wir noch ein Weilchen länger", antwortete ich, denn die Erleichterung machte sich jetzt in mir breit, dass ich noch atmete und nicht den Kopf verloren hatte. Ein leichter Schwindel überkam mich.

„Yes. Das ist auch wieder richtig. Euer Kopf wäre mir fast vor die Füße gerollt. Aber was kann meine Schwester uns nützen? Sie bringt sich selbst in Gefahr."

Inzwischen wurde Sâyeh genötigt abzusteigen und zu uns gebracht. Wir mussten uns auf den Boden setzen, wurden jedoch nicht gefesselt. Das war bei der Übermacht der Soldaten ohnehin nicht notwendig. Ein falscher Schritt, eine unbedachte Bewegung und wir wären mit Pfeilen gespickt oder von Säbeln zerhackt. Also blieb uns nichts weiter übrig, als uns auf den steinigen Grund niederzulassen und zu beobachten, wie Nāser ad-Din Schah Lady Anahita im Schein der Fackeln zu jenem Baldachin begleitete, wo sie auf Kissen zu Füßen eines kleinen Throns Platz nahm. Vielleicht hatte das Heer hier die letzten Tage sein Lager aufgeschlagen gehabt, überlegte ich. Doch konnte ich bis auf diesen Thronhimmel keine Zelte erblicken. Ich vermutete, dass diese schon abgebaut waren, da man annahm, nach kurzem Gefecht den Heimweg antreten zu können.

„Sâyeh, Ihr habt mir versprochen, dass Ihr Anahita sicher nach Māh Schahr geleitet. Was ist in Euch gefahren?" Lindsay war offenbar überaus wütend.

„Verzeiht, Lord Lindsay, aber Eure Schwester ist sehr – sehr überzeugend. Sie entfloh und ich ritt ihr hinterher. Um sie aufzuhalten, hätte ich Ihr allerdings Gewalt antun müssen."

Das erinnerte mich stark an Ann und Sofie, welche Mister Doyle zur Reise nach Persien genötigt hatten. Die Lindsay'schen Frauen waren offenbar äußerst dominant und wussten ihre Wünsche durchzusetzen.

„Damned. Habt Ihr keinen Zauber, um eine widerspenstige Frau zu zähmen?"

„Nein, Lord Lindsay." Sâyeh lachte. „So etwas liegt nicht in meiner Macht. Ich hätte sie niederschlagen und fesseln und knebeln können. Aber ich scheute mich, das dieser Lady anzutun. Wäre das Euer Wunsch gewesen?"

„No, of course not. Doch habt Ihr schon wieder versagt und nun war alles umsonst."

„Ich hoffe, dass wenigstens Halef mit dem Rest der Truppe weitergezogen ist." Fragend blickte ich den Assassinen an.

„Seid unbesorgt, Kara. Er kümmert sich gut um Ann und morgen früh wollen sie einen schönen Platz aussuchen, um Sofie zu beerdigen."

„Das beruhigt mich", gab ich zu. „Allerdings gefällt auch mir nicht, dass Anahita sich nicht an den Plan hielt."

„Vielleicht ist Lady Anahita in der Lage, den Schah zu überzeugen, dass Ihr ihm nichts Böses wolltet und alles eine Intrige Bal-Zadans war", meinte Sâyeh.

„Ich befürchte, dass dies nicht möglich ist." Lindsay seufzte. „Falls sie ihm erzählt, dass sie seine Schwester oder Halbschwester ist, wird es die Sache nicht vereinfachen. Nāser sagte mir damals, als wir Kinder waren, dass der Schah nicht nur seinen Freund, sondern auch seinen Bruder oder seine Schwester töten würde, wenn sie ihm gefährlich werden könnten."

„Dann bleibt uns nur eins", sagte Sâyeh. „Wir müssen verhindern, dass er Euch, Lord Lindsay und Kara, einen schnellen Tod erlaubt. Wir müssen auf den Scheiterhaufen bestehen."

„What? Seid Ihr von Sinnen?", ereiferte sich Lindsay.

„Nein, vertraut mir."

„Oh, ich sah, wie Ihr Euch selbst nur mit Mühe retten konntet aus dieser Situation. Wie wollt Ihr dann zusätzlich uns vor den Flammen bewahren?"

„Bal-Zadan ist weg, vielleicht tot. Er kann nicht eingreifen und so wird meine Magie uns beschützen."

„Ich denke, das ist ein guter Plan, Sir David."

„For heaven's sake, Kara. Das wird niemals gutgehen."

„Die Chance, dass wir uns mit Sâyehs Hilfe vor den Flammen retten können, erscheint mir größer, als einen Schwerthieb ins Genick zu überleben."

„Yes – ja, ja. Da habt Ihr sicher Recht. Aber die Vorstellung zu verbrennen ist grauenvoll."

„Dann müssen wir verhindern, dass wir verbrennen", antwortete Sâyeh und grinste den Earl verschmitzt an. „Wenn es schiefgeht, dann dürft Ihr mich töten."

„Very funny – sehr lustig. Wenn es schiefgeht, wird der Wind unsere Asche in alle Himmelsrichtungen verstreuen."

Einer der Soldaten trat plötzlich auf uns zu.

„Der Schah möchte Euch noch einmal sprechen", erklärte er uns.

Ich übersetzte es Lindsay. Er erhob sich und auch ich stand auf. Als Sâyeh Anstalten machte, sich ebenfalls zu erheben, hielt der Krieger ihn fest. „Du nicht!"

Der Assassine blieb sitzen, nickte uns aufmunternd zu und wir folgten dem Soldaten in Richtung des Baldachins. Dort wurde uns erlaubt, neben Anahita auf den Kissen Platz zu nehmen. Der Regent selbst saß auf einem goldenen thronartigen Stuhl und blickte auf uns herab.

„Lord Lindsay, Eure Schwester hat mir eine abenteuerliche Geschichte erzählt, vom Mord an Eurem Vater, von der Entführung durch Bal-Zadan und dessen Intrige – und dass mein Minister vorhatte, meinen Thron einzunehmen. Zu der Vision, die mich beim Angriff Eurer Assassinenfreunde auf den Palast überkam, wollte sie allerdings nichts sagen. Mir schien, dass ein gewaltiges geflügeltes Wesen am Himmel flog und sich auf mich stürzte. Ich hielt es für *Azhi Dahaka* – den Drachen."

„Bei Gefahr gaukelt einem der Verstand so manches vor", erwiderte ich.

„Mag sein, Kara Ben Nemsi. Aber ich bin nun ratlos, was ich tun soll. Mit oder ohne Drache – mit oder ohne Bal-Zadan und einer etwaigen Intrige – so seid Ihr doch noch immer von Allah durch mich verurteilte Hochverräter. Es gibt keinen Weg, Euch vor dem Tod zu bewahren. So sehr es mich schmerzt, sehe ich keine Möglichkeit, Euch alle vier ziehen zu lassen, ohne mein Gesicht zu verlieren. Das kann ich nicht riskieren."

„So lasst wenigstens meine – unsere Schwester frei", bat Lindsay.

Der Schah grübelte eine Weile wie abwesend vor sich hin. Dann straffte sich seine Haltung. „Das ist nicht möglich. Da sie nun zugab, meine Schwester zu sein, und mir ihre Herkunft verriet, kann ich sie unmöglich am Leben lassen. Wenn herauskommt, dass mein Vater sie mit der Frau seines Todfeindes gezeugt hat und zudem mit dem britischen Botschafter konspirierte, um sie vor dem Tod zu bewahren, ist unsere gesamte Monarchie in Gefahr. Das kann ich nicht zulassen."

„So wollen wir uns in unser Schicksal ergeben", antwortete ich.

Der Schah sah mich überrascht an, Lindsay und Anahita mit Entsetzen in den Gesichtern. „Kara!" Der Earl war fassungslos.

„Habt Vertrauen, Sir David", sagte ich ruhig.

Nāser ad-Din Schah musterte mich mit skeptischem Blick.

„Gewährt uns als letzten Wunsch, unsere Todesart selbst zu wählen, verehrter Schah", bat ich.

Der Regent saß reglos auf seinem Thron, die Hände im Schoß gefaltet. Ich konnte nicht erkennen, ob ihm die Situation zu schaffen machte oder nicht. Er war seit seiner Kindheit darauf trainiert, seine Gefühle vor der Welt zu verbergen.

„In Erinnerung an unsere Freundschaft, Lord Lindsay, erlaube ich Euch, Eure Todesart zu wählen. Doch sollte sie hier und jetzt vollstreckbar sein."

Sir David blickte mich unsicher an.

„Wir haben nur diese Chance", murmelte ich.

Der Earl stieß hörbar die Luft aus, dann wandte er sein Gesicht dem Schah zu.

„Well", begann er zögerlich, „so wünschen wir den Tod durch das Feuer."

Nāser ad-Din zog die Augenbrauen hoch.

„Seid Ihr sicher? Es ist die grauenvollste und erniedrigendste Art der Hinrichtung. Wir wählen sie nur bei den Meuchelmördern aus den Bergen."

„Dann ist es gerade passend für uns", erklärte Lindsay, der sich nun offenbar mit Sâyehs Plan abgefunden hatte. „Please. Doch eine Bitte hätte ich noch, lieber Nāser."

Der Schah sah sich kurz um. Es war niemand in Hörweite und zudem bezweifelte ich, dass die gemeinen Wachen an dem Baldachin des Englischen mächtig waren.

„Was wäre das, Dowud?"

„Wir wünschen keinen Gnadenpfeil und wären dankbar, wenn wir ohne die Demütigung einer Schar Zuschauer unser Leben beenden dürften."

Das war durchaus geschickt von Lord Lindsay. Wenn dem Schah eingefallen wäre, uns vorzeitig von unseren vermeintlichen Qualen zu erlösen, so wäre der Plan gescheitert. Auch der Abzug des Heeres war notwendig, damit uns der Magier unbemerkt aus den Flammen befreien konnte.

Der Schah neigte gebieterisch das Haupt.

„Es sei Euch gewährt. Sobald die Flammen hochschlagen und wir sicher sein können, dass sie Euch verzehren, werden wir abziehen. Auch mich gelüstet es nicht danach, Eure Todesschreie zu vernehmen. Ich möchte Euch gern so in Erinnerung behalten, wie Ihr jetzt vor mir sitzt, Dowud."

„Ich danke Euch." Lindsay deutete eine Verbeugung an, die in unserer sitzenden Stellung nicht wirklich durchzuführen war.

Wenig später marschierte das persische Heer Richtung Teheran davon. Nāser ad-Din Schah blieb mit seinen Vertrauten und etwa zwei Dutzend seiner Soldaten zurück, um unserer Hinrichtung beizuwohnen. Die zwei Holzpfeiler, welche das Dach des Baldachins trugen, dienten sogleich als die Pfähle, an die wir für unsere Verbrennung gebunden wurden. Ich wurde mit Lindsay Rücken an Rücken an den einen Pfahl gefesselt und Sâyeh mit Anahita an den anderen. So hatte ich den Magier im Blick. Mein *Me var dana* durfte ich als vermeintlichen

Glücksbringer in der Hand halten. So war ich voller Hoffnung, dass nichts schiefgehen konnte und wir den Flammen entkommen würden.

In Ermangelung an Reisig und Holz in dieser steinigen Wüstenebene hatte man allerlei Unrat des Lagers als Brennmaterial aufgeschichtet, Zeltplanen und Gestänge, Pferdedung, der bei dieser Vielzahl von Tieren zuhauf anfiel, und auch Heu, welches für die Pferde gedacht gewesen war.

Die Nacht hatte sich über das Land gelegt und der wolkenlose Aprilhimmel spannte sich über unseren Köpfen. Ich blickte nach oben und betrachtete die Millionen von winzigen Lichtpunkten. In wenigen Minuten würde sich unser Schicksal besiegeln und ich lenkte meine Hoffnung auf Sâyeh. Ich vertraute seinem Können und war mir sicher, dass wir dem Tod entrinnen würden. Trotzdem konnte ich mich nicht eines kleinen Funkens Furcht erwehren, der tief in meinem Innern glomm, dass wir den Sonnenaufgang nie mehr erleben und heute Nacht als ein unbedeutender Lichtpunkt im Universum verglühen würden. Ein Rascheln holte mich in die Wirklichkeit zurück und die Kälte der Wüstennacht ließ mich erschauern. Jemand war außerhalb meines Blickfelds an uns herangetreten.

„Wir trafen uns einst als Nāser und Dowud – die *Freunde für immer*. Und nun scheiden wir als Nāser ad-Din Schah und Sir David Earl of Lindsay – die Feinde", hörte ich den Schah hinter mir mit Bedauern in der Stimme Sir David zuflüstern. „Aber stets wird der kleine Dowud einen Platz in meinem Herzen haben und ich bin mir sicher, dass Allah weiß, was er tut – oder zumindest Euer Freund Sâyeh", raunte er.

Der Earl antwortete nichts und auch ich vermochte die Worte des Herrschers nicht recht zu deuten. Wusste er von den magischen Fähigkeiten des Assassinen? Hatte er seine Flucht vom Scheiterhaufen aus einem verborgenen Fenster aus beobachtet? Wir würden es nie erfahren.

Einige berittene Soldaten stellten sich im Kreis auf und warfen ihre Fackeln in das Brennmaterial, welches um uns aufgeschichtet war. Zuerst entwickelte sich nur Rauch, doch schließlich schlugen Flammen aus dem Scheiterhaufen, die uns nun unwiderruflich einschlossen.

„Das war eine dumme Idee", hörte ich Anahita mit zitternder Stimme sagen.

Draußen im Lichtkreis standen die Leute des Schahs auf ihren Reittieren. Durch die aufsteigenden Feuersäulen erkannte ich den Herrscher Persiens auf seinem weißen Pferd, dessen metallene Rossstirn den Schein der Flammen reflektierte. Das Feuer hielt Abstand zu uns, doch die Hitze war trotzdem fast unerträglich.

„Sâyeh, ich hoffe, Ihr wisst, was Ihr tut", beschwor Lindsay den Magier.

„Seid unbesorgt. Vertraut mir. Aber ich befürchte, sie werden erst abrücken, wenn sie sicher sind, dass uns die Flammen verschlingen."

„Wie sollen wir das vermitteln?", fragte der Earl.

„Vielleicht mit ein wenig Gewimmer und Geschrei", antwortete Sâyeh.

Ich sah seinen amüsierten Gesichtsausdruck und zog die Brauen hoch. Obwohl er Recht hatte, konnte ich mich nicht zu dieser Demütigung hinreißen lassen und sah dem Assassinen an, dass auch er nicht dazu gewillt war.

„Eventuell würde sich der verehrte Earl bereit erklären ...", begann der junge Magier grinsend.

„Das ist peinlich", meinte Lindsay. „Ihr verlangt zu viel, Sâyeh."

„Wenn keiner das Opfer auf sich nimmt, werden wir irgendwann von ganz alleine anfangen zu schreien, aber dann ist es zu spät." Sâyeh schloss die Augen und konzentrierte sich auf das Feuer. Die Hitze brannte auf meiner Haut und ich spürte, dass die Gefahr auch darin lag, zu ersticken, da uns der Sauerstoff entzogen wurde. Deshalb war ich sehr froh, als Anahita sich vernehmen ließ:

„O mein Gott. Männer! Wollt ihr lieber sterben, nur damit nicht an eurer Heldenehre gekratzt wird? Ich werde es tun. Was könnte ich verlieren? Von einer Frau wird das sowieso erwartet.

Außerdem habe ich tatsächlich furchtbare Angst vor den Flammen und es ist durchaus nicht gespielt. Ich will, dass dieser Alptraum schnell zu Ende ist."

„Vielen Dank, Lady Anahita", sagte ich.

Und dann ließ Lindsays Schwester einige Schreie vernehmen, die in der Tat sehr echt und verzweifelt klangen. Das Prasseln des Feuers, das Knacken und Knistern vermischten sich damit und ich war mir sicher, dass die Zuschauer des Schauspiels nicht unterscheiden konnten, ob nur einer oder mehrere Delinquenten hier im Todeskampf schrien. Schließlich rückten die Soldaten und der Schah wahrhaftig ab und verschwanden in der Dunkelheit.

„Beeilt Euch, Sâyeh!", rief Lindsay.

„Erschreckt nicht, aber während ich mich als Schatten aus den Fesseln winde, werden die Flammen sich kurzzeitig frei entfalten."

Als er das sprach, war ich schon dabei, mit dem *Me var dana* die Stricke an meinen Handgelenken hinter dem Pfahl durchzuschneiden. Und tatsächlich griffen nun die Feuerzungen nach uns. Lindsay stöhnte auf und ich hatte meine Fesseln gerade im richtigen Moment durchtrennt, um einige Flammen an seinem Gewand ausklopfen zu können. Endlich hatte sich Sâyeh befreit, stand zwischen den Pfeilern und hielt die todbringende Energie von uns fern. Geschwind durchschnitt ich Sir Davids Stricke und eilte zu Anahita. Sie schrie nicht mehr, stierte aber wie in Trance in die Feuersbrunst. Schnell waren auch ihre Arme frei und der Magier ließ eine Schneise in der Flammenwand entstehen. Lindsay sprang hindurch. Dann wollte ich mit Anahita an der Hand folgen, doch die Frau riss sich während des Sprungs von mir los und blieb zurück im Feuerkreis. Sogleich packte Sâyeh ihren Arm, um sie mit sich zu führen. Abwehrend stieß sie ihn mit so unglaublicher Kraft von sich, dass er aus dem Feuer geschleudert wurde. Die Flammenwand schloss sich sogleich hinter ihm und die Frau wurde darin eingeschlossen.

„Anahita!", brüllte Lindsay verzweifelt und rannte auf den Feuerturm zu, der sich nun vor uns erhob fast wie ein glühendes

Lebewesen mit vielen Armen. Lindsays Lauf wurde durch die Hitze gebremst. Auch Sâyeh stand sofort wieder auf, richtete seine Hände gegen die Flammen und versuchte sie erneut zu teilen. Aus den orangenen Zungen, die sich gen Himmel wanden, hörten wir ein Schreien, welches mir das Blut in den Adern gefrieren ließ. Mit einem Mal stoben die Feuersbrunst und das brennende Material wie in einer Explosion auseinander. Wir drei wurden nach hinten geschleudert. Ich schützte mit den Armen meinen Kopf gegen die herabregnenden Glutstückchen. Als der lodernde Niederschlag nachgelassen hatte, blickte ich auf und erstarrte. Die Umgebung lag im tiefsten Dunkel der Nacht, nur die versprengten kleinen Feuer aus dem explodierten Scheiterhaufen spendeten etwas Licht. Und dieser Schein beleuchtete nun ein riesiges silberglänzendes Wesen mit ausladenden Schwingen: Anahita hatte sich in eine Apsasû verwandelt.

Sechsundzwanzigstes Kapitel
Die Nacht der Wunder

Lindsay fiel auf die Knie, sein Gesicht spiegelte das Entsetzen wieder, das er empfand. Er japste nach Luft. Auch ich war keiner Regung fähig. Wie konnte es sein, dass Anahita eine Apsasû war?

Sâyeh dagegen hatte einen erfreuten Ausdruck.

„Nichts ist verloren, Māh-Tab", hauchte er ehrfürchtig. „Eure Spezies wird weiter bestehen."

Anahitas Gesichtszüge wirkten feiner und einen Hauch jugendlicher als sonst. Ihr Haar war noch immer schwarz, funkelte jedoch wie der sternenübersäte Nachthimmel. Ihr weißes Kleid hatte sich zu einem perlmuttfarbenen Brustpanzer gewandelt. Ihr Fell und das Federkleid der Schwingen leuchteten ebenso hell, wie aus Silberfäden gewebt. Doch auch ihr war der Schrecken über die Metamorphose ins Antlitz geschrieben.

„Was ist geschehen?", fragte sie und blickte ihre Flügel an. Vorsichtig bewegte sie diese ein wenig auf und ab. „Wie kann das sein?" Hilfesuchend sah sie uns an.

Schließlich trat Sâyeh nah an sie heran und legte eine Hand an ihren Vorderlauf.

„Fürchtet Euch nicht, Lady Anahita. Das ist das Blut Eurer Mutter, welches in Euch fließt. Hier in Persien reifte Eure magische Fähigkeit unerkannt heran und ich vermute, dass das Feuer diese nun aktivierte. Apsasû haben von Natur aus Angst vor jenem Element und diese Furcht löste bei Euch die Metamorphose aus."

„Wie kann ich das rückgängig machen?" Der Blick der Apsasû zeigte Verzweiflung.

„Ich denke, Ihr müsst es erspüren. Ich bin leider kein Lamassu und verfüge nicht über diese Erfahrung. Doch ich bin Euch gern behilflich, Eure Fähigkeiten kennenzulernen und auszubauen."

„Ich will das nicht sein", schluchzte die Apsasû. „Ich will nur Anahita Lindsay sein."

Sâyehs Blick wurde traurig.

„Ihr werdet Euch daran gewöhnen. Bestimmt. Shana und ich werden uns um Euch kümmern, und wenn Ihr Eure Fähigkeit beherrscht, wenn Ihr fliegen gelernt habt und bereit seid, dann begeben wir uns auf die Suche nach Māh-Tab. Sie kann Euch alles lehren, was Ihr als Apsasû an Kenntnissen benötigt."

„Aber wir wissen nicht, ob Māh-Tab noch lebt."

„Nein, wir wissen es nicht, jedoch spüre ich es tief in meinem Herzen." Nach einer Weile fügte Sâyeh hinzu: „Ihr habt eine wunderbare Gabe und könntet viel Gutes damit bewirken."

Die Apsasû schüttelte abwehrend ihr Haupt.

„Was ist, wenn ich diese Gabe nicht annehmen will?"

„Dann würde mich das sehr traurig stimmen", gestand der junge Magier. „Ich denke allerdings, es ist möglich. Ihr reist zurück nach England, und je weiter ihr Euch von Persien entfernt, umso mehr wird die Gabe verblassen. Deshalb konnte auch Māh-Tab nicht persönlich zu Euch kommen, um Euch zu beschützen, und schickte mich. In England hat diese Magie keine Kraft."

„Ja, das will ich. Ich möchte nach Hause. Ich möchte das alles hier vergessen. Das bin nicht ich nicht und das ist nicht mein Körper."

Sâyeh seufzte leise.

„Gut, dann soll es so sein." Er ließ resigniert den Kopf sinken. Die Apsasû legte sich nieder. Sâyeh strich ihr über das Haar. „Entspannt Euch."

Lindsay und ich blickten uns an. Er schüttelte ungläubig den Kopf.

„I can't believe it", murmelte er heiser.

Es schien, als ob die Apsasû einschlief, und ihr Körper begann sich allmählich zusammenzuziehen, wurde kleiner und verwandelte sich zurück in Anahita. Die Frau lag noch immer am Boden und hatte die Augen geschlossen.

„Was ist mit ihr?", fragte Lindsay leise.

„Nichts. Sie schläft. Die erste Verwandlung ist wie eine Geburt. Es ist anstrengend und sie wird sicher bis zum Morgengrauen schlafen", erklärte Sâyeh.

Wir suchten einiges von dem noch brennenden Material zusammen und machten daraus ein Feuer für die Nacht. Kaum hatten wir uns daran gelagert, hörten wir Hufschlag. Ich sprang sofort auf und griff mir eine der halbverbrannten Zeltstangen als Waffe. Auch Lindsay und Sâyeh gingen in Angriffsstellung. In den Lichtkreis unseres Lagerfeuers kam ein Reiter getrabt, mit zwei weiteren Pferden im Schlepp. Er sprang ab, und als er vom Schein der Flammen erfasst wurde, ließ ich die Stange fallen.

„Mister Doyle! Sie leben!"

Der junge Brite sah sichtlich ramponiert aus, doch in seinem Gesicht spiegelte sich Freude.

„Mister Kara, zum Glück habe ich Euch alle wiedergefunden. Ich bin dem Schein eines riesigen Feuers gefolgt, welches plötzlich zu explodieren schien und erlosch. Was ist hier geschehen?"

„Das ist eine lange Geschichte. Woher habt Ihr die Pferde?"

„Es scheinen versprengte Tiere der Soldaten zu sein, die uns im Tal angegriffen haben."

„Gibt es vielleicht etwas Brauchbares in ihren Satteltaschen?"

„Ich hätte Wasser und eine Art Brot."

„Ihr seid unser Lebensretter. Denn wir verhungern gerade", antwortete ich und begab mich zu den Pferden.

„Es freut mich, wenn ich wenigstens zu etwas nütze bin", murmelte er verlegen.

Während ich die gefundenen Lebensmittel und das Wasser verteilte, wurde uns allen bewusst, wie hungrig wir doch waren.

„Erzählt, Mister Doyle, wie Ihr das überleben konntet", forderte ich den jungen Arzt auf und biss in eins der Fladenbrote. In der Tat war ich sehr glücklich darüber, dass er uns erhalten geblieben war. Bei all den schlimmen Ereignissen war das ein wahrer Silberstreif am Horizont.

Doyle rutschte näher ans Feuer. Seine Kleider waren noch klamm. Ich merkte, dass er vor Kälte zitterte. Auf den Pferden fand ich auch jeweils eine Decke. Eine davon legte ich über die schlafende Anahita, neben welcher Sir David hockte. Den Kopf seiner Schwester hatte er in seinen Schoß gebettet. Die zweite Decke legte ich Doyle um die Schultern.

„Vielen Dank, Mister Kara. Ich war wie von Sinnen, als Miss Sofie starb, und wollte nur noch Rache. Den Schützen habe ich erwischt, doch zog er mich mit in die Tiefe des Wasserfalls. Wir stürzten in das erste Becken und das Wasser spülte uns die zweite Stufe hinunter. Im Fall durch diese brodelnde Hölle hatte ich mit meinem Leben abgeschlossen. Ich glaubte nicht, dass das gut gehen würde. Der Aufprall raubte mir die Besinnung und ich war einigermaßen überrascht, als ich irgendwann am Ufer des Flusses das Bewusstsein wieder erlangte und tatsächlich noch lebte. Obwohl ich gegen einige Felsen gestoßen sein muss, habe ich mir nichts gebrochen. Es grenzt an ein Wunder."

„Es freut mich ungemein, dass Ihr noch lebt." Ich klopfte ihm freundschaftlich auf die Schulter.

„Aber wo sind Miss Ann und Halef und die Assassinen?", fragte er.

„Vorausgeritten", antwortete ich. „Ich glaube, das ist tatsächlich eine Nacht der Wunder." Und so berichtete ich Doyle, was zwischenzeitlich geschehen war, wie wir in den Hinterhalt gerieten, uns dem Schah auslieferten und ihm entronnen waren – und wie sich Anahita in eine Apsasû verwandelt hatte. „Ich bin verwundert, Mister Doyle, dass Ihr all die seltsamen Gegebenheiten der letzten Wochen so selbstverständlich hinnehmt. Dabei habt Ihr einen so analytisch geprägten Verstand."

„Das eine schließt das andere nicht aus", erwiderte er.

„Trotzdem bin ich überrascht. Selbst ich brauchte Jahre, um damit klarzukommen, dass es etwas gibt, was meine Freunde Magie nennen. Und selbst jetzt bin ich jedes Mal aufs Neue fasziniert, wenn ich die Fähigkeiten dieser Mächte erfahre."

„Nun", begann der junge Mann, „ich war einmal wandern in Schottland in einem idyllischen Wald. Da habe ich winzige geflügelte Wesen beobachtet. Ich meinte, es wären Elfen. Natürlich glaubte mir niemand und selbst ich zweifelte an meinem Verstand. Doch nun hat mir dieses Abenteuer gezeigt, dass es weit mehr auf der Welt gibt, als so mancher Wissenschaftler wahrhaben will."

„So ist es – aber Elfen? Tatsächlich? Vielleicht eine Halluzination durch Euer Cocainum."

Doyle lachte.

„Hier gibt es Apsasûs und Lamassus und gefräßige Balidane. Vielleicht noch andere Wesen ...."

„Tatsächlich machte ich schon Bekanntschaft mit Simurghs und einem Mantikor sowie einem Minotaurus."

„Seht Ihr, Mister Kara? Was also spricht gegen Elfen?"

„Ich weiß nicht. Eigentlich ist es eine schöne Vorstellung, dass es auch noch andere gute Geschöpfe gäbe außer der Apsasûs."

Doyle lächelte. Wir versuchten neben dem Feuer zu schlafen, doch fanden wir keine Ruhe. Lindsay war um Anahita besorgt und Sâyeh schien betrübt über die Entscheidung von Lady Lindsay. Mir geisterten die heutigen Erlebnisse im Kopf herum, denn auch ich hatte heute – wie Doyle – schon einmal mit dem Leben abgeschlossen und war nun froh, dass es anders gekommen war.

Der Arzt zog etwas aus seiner klammen Kleidung. Es war ein kleines Buch. Überrascht beobachtete ich, wie er es ins Feuer warf.

„Was war das?", fragte ich.

„Ein Tagebuch."

„Warum habt Ihr es vernichtet?"

„Das Wasser hat die Schrift verwaschen", antwortete er und beobachtete, wie die Flammen das Papier verzehrten. „Ich hatte unsere Erlebnisse in Persien notiert. Doch seit Sofie den Tod fand, wollte ich das alles lieber vergessen. Ich hab sie sehr gern gehabt."

„Ich bin auch sehr betrübt über ihren Tod. Sie war noch so jung und hatte viel vor. Ich wünschte, ich hätte etwas tun können."

„Das wünschte ich auch. Deshalb mochte ich das Buch nicht mehr haben. Ich besitze aber ein anderes Souvenir, welches mich im Stillen an Persien erinnern wird." Er zog einen weiteren Gegenstand hervor. Es war ein persischer Pantoffel. Er war von grüner Farbe und erinnerte mich an den Tschador der Geisterfrau Malika und den Mantel des geheimnisvollen Dastan.

„Malikas Pantoffel?", fragte ich.

Doyle nickte.

„Eine schöne Erinnerung und doch zugleich eine unschöne, wenn man an Bal-Zadan dabei erinnert wird." Ich glaube, der alte Magier hatte nie erfahren, dass Malika und Dastan in Wirklichkeit unser Mister Doyle waren.

„In der Tat. Doch auch unschöne Erinnerungen bergen etwas, was es wert ist, dass man daran zurückdenkt", antwortete er leise und ich wusste, dass er Sofie damit meinte. Dann straffte sich seine Haltung, als ob er alles Traurige von sich abstreifte, und er sagte: „Vielleicht kann ich darin etwas aufbewahren, Tabak oder etwas Ähnliches."

Am nächsten Morgen fühlten wir uns alle erfrischt. Der Druck der letzten Tage und Wochen war verschwunden. Wir hatten Anahita gefunden und befreit. Wir lebten alle … nun … fast alle. Wir hatten neue Freunde gefunden und hätten uns auf den Heimweg machen können. Zunächst jedoch galt es Halef, Ann und die verbliebenen Assassinen zu finden. Da wir zu fünft waren und nur drei Pferde besaßen, mussten wir abwechselnd zu zweit auf zweien der Pferde reiten. Lindsay und Anahita teilten sich das stärkste der Tiere, denn sie wollten zusammen sein. Still ritten sie hinter uns her. Wenn ich mich zu ihnen umsah, bemerkte ich hin und wieder, dass sie sich leise unterhielten, doch verstand ich ihre Worte nicht. Gegen Mittag erreichten wir eine hügelige Landschaft und trafen schließlich auf eine Fährte, die von einem Tross Reiter hinterlassen worden war. Wir folgten ihr in ein sonniges Tal mit vereinzelten Bäumen darin. Und dort trafen wir endlich auf unsere Gefährten. Sie standen an einem Grab. Ein hölzernes Kreuz war in die Erde geschlagen und darin war der Name *Sofie Nelson* eingeritzt. Blumen zierten den Erdhügel und ein blühender Baum beschattete den stillen Ort.

Ann bemerkte uns als Erste und die Freude in ihrem Gesicht über unser Erscheinen ging mir zu Herzen. Die junge Frau war sichtlich auf dem Weg der Besserung. Anscheinend hatte die Abschiedszeremonie der Beerdigung dazu beigetragen, dass sie den Tod der Freundin verarbeiten konnte. Es gab ihr die Gelegenheit, innerlich loszulassen.

Halef kam auf mich zugerannt, blickte mir streng in die Augen und meinte:

„Du bist unverwüstlich, Sihdi." Dann umarmten wir uns freundschaftlich. „Aber ich bin sehr glücklich, dass du wieder da bist. Ich hatte schon Schlimmes befürchtet."

„Wie du siehst, konnten wir dem Schah entkommen, und da der Weg noch sehr weit ist, werden wir erneut viele abenteuerliche Geschichten von Sir David am nächtlichen Lagerfeuer zu hören bekommen", antwortete ich.

„Eine dieser Geschichten werde ich jedoch schon hier und jetzt erzählen müssen", sagte da der Earl mit ernster Miene.

Gespannt versammelten wir uns alle um ihn. Lindsay nahm seine Schwester bei der Hand und trat ein paar Schritte von unserer Gruppe zurück.

„Well, my friends. Einige wissen es schon und Euch anderen wollen wir es nun verkünden. Lady Anahitas Verbindung zu Persien ist größer, tiefer und wichtiger, als wir es gedacht hatten. Und selbst Bal-Zadan wusste davon glücklicherweise nichts."

„Was ist es, Onkel Daffy?", fragte Ann ungeduldig.

„Es ist am einfachsten, wenn Anahita Euch das selbst zeigt." Der Earl trat von seiner Schwester weg und stellte sich zu uns. Alle blickten nun gebannt auf die Frau, denn nur Lindsay, Sâyeh und ich hatten das Geheimnis schon mit eigenen Augen gesehen. Doyle wusste darum, aber er hatte es noch nicht erlebt, und die anderen waren ahnungslos.

Anahita stand im zarten Grün der Wiese. Die Sonne ließ ihr Kleid aufleuchten und ich bemerkte zum ersten Mal, dass die rote Schärpe und die anderen roten Verziehrungen, die mir im Palasthof aufgefallen waren, fehlten. Im Nachhinein erinnerte ich mich, dass ich sie schon am Opferstein im Gebirge nicht mehr gesehen hatte. Sie breitete nun ihre Arme aus, und wie einst Mâh-Tab auf der Felsenburg verwandelte sie sich vor den staunenden Augen der Umstehenden in eine Apsasû. Sie glänzte wie das Licht des silbernen Mondes.

Ann stieß einen erstaunten Schrei aus. Halef blieb der Mund offen und einige der Assassinen fielen auf die Knie. Shana, die eng neben Sâyeh stand, hatte Tränen der Freude in den Augen.

„Nun wisst Ihr um mein Geheimnis, welches sich mir selbst erst vergangene Nacht offenbarte. Ich gebe zu, dass mich diese Fähigkeit zunächst erschreckte und ich sie liebend gern wieder los sein wollte. Doch nach intensivem Nachdenken und nach einem langen Gespräch mit meinem geliebten Bruder David bin ich zu dem Schluss gekommen, dass ich diese Gabe nicht vergeuden darf. Deshalb nehme ich Sâyehs Angebot an. Ich werde hier in Persien bleiben, mich von Sâyeh und Shana begleiten lassen, werde lernen, was ich in dieser Gestalt bewirken kann, und mich mit den beiden schließlich auf die Suche nach Mâh-Tab begeben."

„O mein Gott, Tante Anahita! Ich kann nicht fassen, dass du das wirklich bist", rief Ann aus.

„Ich bin es wirklich, Ann." Diesmal wirkte Anahitas Gesicht gelöster und zeigte keine Spur mehr von der Angst der letzten Nacht. Sie hatte sich offenbar mit ihrem neuen Dasein abgefunden.

„Ich muss die Entscheidung meiner Schwester akzeptieren", sagte Lindsay, „auch wenn ich sie, gerade erst gefunden, nun wieder verlieren werde. Das Herz wird mir schwer bei dem Gedanken. Doch ich verstehe ihre Entscheidung. Das Blut ihrer biologischen Mutter hat ihr diese Gabe geschenkt. Es wäre töricht, sie wegzuwerfen. Ich bitte nun schon wieder Sâyeh und Shana, auf sie aufzupassen. Ich vertraue Euch das Liebste an, was ich besitze."

„Wir werden sie mit unserem Leben beschützen", erwiderte der junge Magier.

„Dessen bin ich mir gewiss", antwortete Lindsay und legte dem Assassinen die Hand auf die Schulter. Dann nahm er Shanas Hände in die seinen und blickte ihr in die Augen. „Verzeiht mir."

„Ich habe Euch nichts zu verzeihen, Lord Lindsay. Ich würde genauso handeln, wenn Anahita in Gefahr wäre, wie Ihr auf Lindsay Castle gehandelt habt."

„Eine Bitte hätte ich noch", sagte Sâyeh an Lindsay gewandt. „Ihr tragt das Sheshm-e Mâh, das *Auge des Mondes*, um Euren Hals. Ich möchte Euch fragen, ob Ihr es mir überlasst. Es würde uns eventuell die Möglichkeit verschaffen, mit Mâh-Tab in Kontakt zu treten oder sie zumindest zu finden."

Lindsay griff sich in den Ausschnitt und holte die Münze an der Kette hervor. Dann blickte er mich fragend an.

„Ich hoffe, es ist auch in Eurem Sinne, Kara."

Ich nickte zustimmend und er gab das kleine Medaillon dem Assassinen.

Der Abschied zog sich noch eine Weile hin. Sir David und Anahita fiel er sichtlich schwer und nicht wenige Tränen wurden vergossen. Aber schließlich mussten sie sich trennen.

Auch ich verabschiedete mich von ihr und besonders von Sâyeh.

„Passt gut auf Anahita auf, aber auch auf Euch selbst", sagte ich.

Sâyeh reichte mir die Hand.

„Ihr seid ein wahrer Freund, Kara. Ich bedaure, dass unsere Wege sich nun trennen."

„Wer weiß, was die Zeit bringt. Vielleicht sehen wir uns irgendwann wieder. Durch Anahita und Sir David ist unser Schicksal in gewisser Weise miteinander verwoben."

„Ich würde mich sehr freuen, Euch wiederzusehen."

Auch Shana reichte mir die Hand und beteuerte ihre Freundschaft. Und irgendwann mussten wir schweren Herzens – und doch mit der Freude auf zuhause – voneinander scheiden. Wir ließen die Assassinen, Sâyeh, Shana und die neugeborene Apsasû Anahita in dem Tal zurück. Dort wollten sie einige Zeit bleiben, bis Anahita fliegen gelernt hatte. Erst dann sollte der Aufbruch ins Gebirge erfolgen. Lindsay, Ann, Halef, Doyle und ich machten uns auf den langen Weg nach Westen Richtung Mâh Schahr. Wir hatten nun wieder jeder ein eigenes Pferd und ich war im Besitz meiner kleinen Habe und meiner Waffen. Die ersten Tage verbrachten wir oft schweigend, doch nach und nach kehrte die Lebensfreude in unsere Herzen zurück und einige von uns schmiedeten Pläne für die Zukunft.

Doyle lenkte sein Pferd neben mich, als wir durch einen Ausläufer der Dasht-e Kavir ritten.

„Ihr schreibt tatsächlich all Eure Abenteuer auf, Mister Kara?", fragte er.

„Ja, das tue ich."

„Das gefällt mir. Ich glaube, ich werde mich ebenfalls mit der Schriftstellerei beschäftigen, aber eher mit fiktiven Figuren. Vielleicht flechte ich ein paar Geschehnisse mit ein, die ich erlebt habe. Die Sache mit den Buchstaben, die ich in die Wand schoss, zum Beispiel."

„Das war überaus kreativ", gab ich zu. „Und gekonnt."

„Mir schwebt da ein Detektiv vor", träumte Doyle laut vor sich hin, „einer, der sich geschickter anstellt, als ich es im Gerichtssaal tat. Einer, der so ist wie Dr. Bell, der mit seinem analytischen Verstand knifflige Fälle löst – und der so ist wie Ihr."

„Wie ich? Ich bin kein Detektiv." Ich musste lachen.

„Nein, aber Ihr versucht, den Dingen auf den Grund zu gehen, und Ihr seid wagemutig."

„Ihr seid auch nicht gerade ein Feigling, Mister Doyle."

„Ich ließ mich inspirieren von Euren Erzählungen auf Lindsay Castle. Sie weckten meine Abenteuerlust und ich beabsichtige, demnächst als Schiffsarzt auf einen Walfänger zu gehen."

„Das hört sich in der Tat sehr abenteuerlich an. Und was ist mit der Schreiberei?"

„Da kann ich mir ein wenig Zeit lassen. Es eilt nicht. Ich werde mir zuerst den Helden genau ausmalen. Vielleicht teile ich ihm noch einen Assistenten zu. Eine treue Seele, die dem verschrobenen Charakter ab und zu den Kopf zurechtrücken muss und die alles aufschreibt." Doyle zwinkerte mir zu.

„Das hört sich überaus spannend an."

„Ihr werdet mich doch in Eurer Geschichte nicht in dem Wasserfall sterben lassen, Mister Kara?"

„Nein gewiss nicht. Das entspräche ja nicht den Tatsachen."

„Dann werde ich mir diese Todesszene aufbewahren, für meinen Helden", erklärte Doyle und blickte verträumt voraus.

„Das ist sicherlich ein literarisch schönes Ende für einen Helden."

Doyle grinste mich an und gab dem Pferd die Sporen – im übertragenen Sinne natürlich, denn dergleichen trugen wir nicht.

Vor uns begann der Sonnenball hinter dem Horizont zu versinken und der Himmel hatte sich rot verfärbt. Halef, Lindsay, Ann und Doyle hoben sich als schwarze Schatten auf ihren Rössern vor der glühenden Hintergrundkulisse ab. Noch einmal blickte ich zurück und dachte an Shana und an Sâyeh, der mir zu einem guten Freund geworden war, und an Anahita, die wir gefunden und wieder verloren hatten. Dann trieb auch ich mein Pferd zum Galopp an und ritt mit meinen Gefährten in den Sonnenuntergang.

Da wir nun nicht mehr verfolgt wurden, war es uns möglich, die Reise nach Māh Schahr in aller Ruhe anzugehen. Und so ließ es sich kaum vermeiden, dass wir erneut an den Ruinen von Persepolis vorbeikamen. Doch waren wir uns alle einig – ohne dass ein Wort darüber verloren werden musste –, nicht dort zu nächtigen. Als wir allerdings am Rande der säulenbewehrten Hochfläche vorbeiritten, gewahrte ich Lindsays sehnsüchtigen Blick. Ich spürte, dass sein Herz zwischen dem Drang nach Wissen und historischen Entdeckungen sowie der Erinnerung an unsere Abenteuer und den damit verbundenen schmerzlichen Erlebnissen schwankte. Schließlich richtete er seine Augen nach vorn und veranlasste sein Pferd zu schnellerer Gangart. Mit einem Mal hörte ich Hufgetrappel. Ein Reiter kam im gestreckten Galopp hinter uns her. Ich legte die Hand auf den Griff des Gewehrs, welches im Futteral am Sattel hing, um es im Notfall rasch ziehen zu können. Doch der Reiter machte keine Anstalten, uns zu bedrohen. Er schloss zu Sir David auf und sprach mit ihm. Der Earl nickte und der Fremde übergab ihm ein Bündel, woraufhin der Reiter eilig wieder von dannen preschte. Was in dem Päckchen war, verschwieg uns Sir David, bis wir eines Abends im Zagros-Gebirge unser Lager aufschlugen. Ann, Halef und Doyle hatten sich zur Ruhe begeben und nur Sir David und ich saßen noch am Feuer.

Es war sehr still, außer dem Knacken des brennenden Holzes war nichts zu vernehmen. Die Flammen warfen flackernde Schatten an die nahen Bergwände. Da holte der Earl plötzlich das Bündel hervor und zeigte mir durch ein Kopfnicken an, dass ich ihm folgen sollte. Also erhob ich mich und wir schritten in die Dunkelheit hinein. Hinter einer Gruppe Felsen erstreckte sich eine vom fast vollen Mond beschienene grasbewachsene Freifläche. Lindsay entrollte sein geheimnisvolles Geschenk und – ich erstarrte – es waren die beiden fliegenden Teppiche.

Der Earl hockte sich nieder und strich liebevoll über das Gewebe.

„Meine McFlys", murmelte er versonnen. Dann blickte er auf. „Nāser ließ sie mir schicken. Seltsam, isn't it?"

„In der Tat. Er ist demnach davon ausgegangen, dass wir nicht den Tod in den Flammen finden würden."

„Yes. So muss es sein. Vielleicht sind wir doch noch Freunde, zumindest tief in unseren Herzen", murmelte der Lord. Sein Gesicht wirkte ernst und nachdenklich. Schließlich erhob er sich und sah mich an. Dabei hellten sich seine Züge auf.

„Ob ihre Magie wohl auch so weit vom Palast entfernt noch wirksam ist?", fragte ich.

Lindsay stellte sich auf einen der Läufer.

„Well, probieren wir es einfach aus." Er zwinkerte mir verschmitzt zu.

Unschlüssig blickte ich mich um. Keiner unserer Gefährten war zu sehen. Sie schliefen tief und fest am Feuer im Lager. Wir waren allein.

„Na gut", gab ich nach, stellte mich auf den Teppich und grinste den Earl herausfordernd an. „Wer zuerst dort hinten an dem Eisenholzbaum ist!"

Wir blickten uns in die Augen, gingen leicht in die Knie, streckten die Arme zur Seite und riefen:

„Parvaz!"

Nina Blazon

Epilog
Winternarzissen

London, drei Jahre später

Es war schon fast Mitternacht, als wir die Kaschemme verließen. Herbstlicher Sprühregen kühlte mein Gesicht, das noch von der Hitze des Kneipenkellers und der fieberhaften Atmosphäre des Boxkampfes glühte. In einer improvisierten Arena zwischen aufgestellten Fässern hatten sich zwei Männer nach allen Regeln der Kunst die Nasen poliert. Mein Freund Doyle hatte den Kampf voller Begeisterung verfolgt und war auch jetzt noch bestens gelaunt, was vielleicht auch daran lag, dass er sein Geld gegen alle Wetten und gerade noch rechtzeitig auf den Sieger gesetzt hatte.

„Ich wusste gar nicht, dass Sie auf dem Walfänger ein Faible für Wetten und Faustkämpfe entwickelt haben", bemerkte ich. „Und woher wussten Sie, dass der Außenseiter in letzter Sekunde gewinnen würde? Kurz zuvor hatten Sie dem Favoriten des Publikums doch sogar noch eine Runde Schnaps spendiert."

Doyle lachte nur.

„Das war eine Mitleidsrunde, Kara", erwiderte er, „denn dass der Junge ihn besiegen würde, wusste ich schon nach der ersten Runde."

Wir bogen in Richtung Borough ab, wo Doyle nach seiner Rückkehr von seiner Arktisfahrt auf dem Walfängerschiff *Hope* sich für ein paar Monate eingemietet hatte. In Gedanken ging ich den Kampf in der Kaschemme noch einmal durch. Der Favorit war ein bulliger Dockarbeiter mit Fäusten wie Vorschlaghämmern und dem Blick eines wütenden Stiers gewesen. Jeder schien ihn zu kennen. Der Herausforderer war dagegen ein unbekannter junger Kerl mit hellblondem Haar, das ihm eine Aura von Verletzlichkeit gab. Er war mit einer Gruppe von drei Iren in die Kneipe gekommen. Ein Streit wurde vom Zaun gebrochen, eine Drohung folgte auf die nächste, die Wetten waren schnell gesetzt und die Stammkundschaft freute sich schon, den Grünschnabel untergehen zu sehen. Auch ich hatte dem Jungen keine Chance eingeräumt – bis er mit einer so schnellen und exakt geführten Serie von Fausthieben alle überraschte und den Stier mit einem mörderischen linken Haken einfach fällte.

„Sie wussten also, dass der Ire seine Stärken anfangs bewusst überspielte und den Verlierer nur mimte", überlegte ich nun. „Also warteten Sie ab und setzten direkt vor der Entscheidungsrunde ihr ganzes Geld auf ihn. Woran haben Sie gesehen, dass er genau zu diesem Zeitpunkt gewinnen würde?"

„Man lernt so einiges, wenn man als Schiffsarzt monatelang mit Matrosen verschiedensten Schlags auf See ist", erwiderte Doyle trocken. Aber sogar im Halbdunkel der vom Gaslicht beleuchteten Straße erkannte ich das amüsierte Lächeln des Strategen und das Funkeln in seinen Augen. „Vor allem kann man stumme Bündnisse studieren, die nur mit Blicken und Gesten kommuniziert werden. Der Trick war also nicht, den Jungen zu durchschauen. Das war einfach. Seine Bewegungsführung verriet ihn, und seine Hände wiesen striemenförmige Schwielen und außen an den Knöcheln sehr raue Haut auf – dort, wo er sich Lederbänder zum Abfedern harter Schläge umbindet. Er trainiert diesen Kampf also sicher schon seit Jahren. Und haben Sie bemerkt, dass sein Bierkrug als einziger zu keinem Zeitpunkt mit Alkohol gefüllt war? Er tat nur so, als würde er sich vor Wut betrinken, um den Gegner in Sicherheit zu wiegen. Und sahen Sie, mit welcher Hand er jedes Mal nach seinem Krug griff? Es war die Linke. Ebenso fing er mit der Linken reflexartig das Tuch auf, das ihm einer seiner Brüder zuwarf, damit er sich das Blut vom Mund wischen konnte. Er ist Linkshänder, achtete aber sorgfältig darauf, wie ein Rechtshänder zu boxen, um den Bullen zu täuschen. So gewöhnte er den Gegner im Lauf der ersten Runden an seine vermeintlichen Schwächen. Faszinierend zu sehen, dass es solche zweihändigen Kampf-talente in der Schlägerszene Londons gibt. Ein verschwendetes Talent." Doyle schüttelte den Kopf und winkte mir, ihm in eine Gasse zu folgen.

Ich war erst seit heute in London und würde schon bald wie-der aufbrechen. Mein alter Freund Kapitän Frick Turnerstick hatte eine Fracht von Southampton nach New Orleans ange-nommen und mir nach Radebeul ein Telegramm geschickt, dass er mich auf seinem Segelschiff *The Wind* mitnehmen könnte. Ich griff das Angebot gerne auf, gab es mir doch die Gelegen-heit, in den Südwesten der USA weiterzureisen und wieder mal meinen Blutsbruder Winnetou zu sehen. Da die Reise erst in einigen Tagen beginnen sollte, hatte ich einen Abstecher nach London gemacht, um im Travellers Club vorzusprechen. Dort war ich Doyle begegnet, der mich nun durch die dunkleren Ecken der Hauptstadt führte. Deshalb genoss ich heute seine Gesellschaft und seine Berichte über die von ihm in der Arktis erlebten Abenteuer.

„Ja, es ist ein verschwendetes Talent", sagte ich, „aber keine Erklärung für Ihren punktgenauen Wetteinsatz. Sie haben seine Kumpane beobachtet, um den Zeitpunkt abzupassen, habe ich Recht?"

Doyle grinste und ließ die Münzen in seiner Manteltasche klimpern.

„Die drei großmäuligen Begleiter des Herausforderers wa-ren nur dazu da, um das Publikum aufzustacheln und die Bli-cke vom eigentlichen Geschehen abzulenken. Sie fluchten die ganze Zeit und lenkten damit die Stimmung, es war eine gute Show. Aber die eigentlichen Handlanger waren die fünf unauf-fälligen Herren, die vereinzelt und verspätet zum Kampf dazu-stießen und anfingen, die Wetten für den bulligen Dockarbeiter hochzutreiben und Bier auszugeben – auch an den Bullen, der scheinbar am Gewinnen war. Doch das Bier, das ihm einge-schenkt wurde, war ordentlich verdichtet – mit Schnaps. Das durfte ich bei der Gelegenheit feststellen, als ich ihm ebenfalls einen Trunk spendierte. Die Herren wussten genau, dass der Bulle auf Alkohol zwar feuriger, aber auch fahrig wurde, und stimmten sich unauffällig mit Blicken und Zeichen untereinander ab. Unterdessen setzten die drei pöbelnden Komplizen mit großer Geste als Einzige immer höhere Summen auf ihren Landsmann. Es war eine exakt geplante Theaterdarbietung. Ich habe bemerkt, wie der blonde Herausforderer seinen Komplizen ein kurzes Zeichen gab, nur ein knappes Nicken. Das war der Moment, in dem ich es für richtig hielt, mein Geld auf ihn zu setzen. Selbstverständlich nur probehalber, um meine Vermutung zu überprüfen."

Jetzt war es an mir zu lachen.

„Und damit haben Sie groß abgeräumt, weshalb Sie auch schnell gehen wollten, bevor die Verschwörer merkten, wer ihnen einen Teil der Wettgewinne abgenommen hatte. Doyle, Sie sind wirklich ein Menschenleser. Aber eines nicht zu fernen Tages werden Tricks wie diese Sie noch in Schwierigkeiten bringen."

„Da kann ich Ihnen nicht widersprechen, Kara." Mein junger Freund grinste wieder. „Aber Sie haben mir ja selbst erklärt, was die indianischen Weisen sagen: Willst du deine Gegner verstehen, dann musst du ein paar Meilen in ihren Mokassins gehen."

„Ich vermute, dazu werden Sie gleich mehr Gelegenheit haben, als Ihnen lieb ist."

Doyle mochte ein scharfes Auge für abgekartete Kampfspiele haben. Aber die beiden Schatten, die uns schon seit einer Weile folgten, hatte er bisher noch nicht bemerkt. Unauffällig tastete ich nach dem kurzen Stock, den ich gut verborgen griffbereit unter dem Mantel platziert hatte. Eigentlich war es nur eine lose Treppenstrebe aus der Kneipe. Als wir die Arena mitten im aufkommenden Tumult verlassen hatten, war es mir sinnvoll erschienen, sie einzustecken. Und die Tatsache, dass nun ein leiser Schritt hinter uns erklang, gab mir Recht.

„Hören Sie zu, Doyle", raunte ich meinem Freund zu. „Sehen Sie sich nicht um. Hinter uns geht jemand gerade in Ihren

Mokassins. Vermutlich will er uns bis zu Ihrer Wohnung folgen. Denn ich schätze, dieser Jemand sieht nicht ein, warum ein Teil des Wettgewinns in Ihrer Tasche bleiben sollte."

Aus dem Augenwinkel sah ich, wie sich Doyles Haltung versteifte.

„Wie viele sind es?", fragte er kaum hörbar.

„Zwei. Aber ich schätze, zwei weitere erwarten uns bereits weiter vorne. Wir sollten also einen Umweg gehen – und zwar nach rechts."

Doyle bog, ohne zu zögern, in die Seitengasse ein, die ich gewählt hatte. Es war eine finstere Gasse. Das Licht der Laternen reichte hier kaum hinein. Das nasse Kopfsteinpflaster glänzte dunkel, und der Londoner Nebel, der aufzusteigen begann, machte es zusätzlich schwer, das Ende der Gasse abzuschätzen. Aber das, was mich bewogen hatte, hier einzubiegen, waren zwei Dinge: die Mauer links von uns – und vor allem die eisernen, zum Teil schon verrosteten alten Fackelhalter, die neben den schäbigen Haustüren in bröckelndem Gemäuer steckten.

„Angriff oder Verteidigung?", raunte Doyle mir leise zu.

„Finte", flüsterte ich ihm zu. „Gehen Sie unter dem losen Fackelhalter zu Boden." Dann packte ich ihn am Kragen und herrschte ihn laut und scheinbar trunken an: „Dein Geld, du verdammter Betrüger? Da irrst du dich! Gib mir sofort meinen Anteil, oder du kommst nicht lebend nach Hause."

Doyle reagierte sofort.

„Du willst mir den Gewinn streitig machen?", erwiderte er ebenso hitzig. „Wenn du auch nur einen Penny sehen willst, musst du ihn dir schon holen."

Blitzschnell holte er mit der Faust aus. Es war ein gutes Schauspiel, das wir in der Gasse boten. Und es gab mir Gelegenheit, die Lage einzuschätzen. Aus dem Augenwinkel erspähte ich drei Männer, die sich im Schatten postiert hatten und abwarteten. Mit einem wüsten Fluch riss Doyle den ersten Fackelhalter aus der Wand und holte damit aus. Ich duckte mich unter dem Eisen hinweg und täuschte einen hinterhältigen Ellenbogenhieb in den Magen vor. Doyle taumelte bühnenreif aufstöhnend gegen die Wand und ließ es zu, dass ich ihm das gebogene Eisen aus der Hand wand. Als wollte er sich abfangen, klammerte er sich an den zweiten Halter, der noch in der Wand steckte. Ich hörte das Schaben von rostigem Metall in Mörtel und Stein. Nach einem vorgetäuschten Tritt von mir rutschte Doyle an der Wand herunter und sackte scheinbar bewusstlos zusammen.

Kein einziges Fenster war aufgeflogen. Es war wohl nicht die Gegend, in der sich die Leute darum kümmerten, wer sich vor ihrer Haustür die Köpfe einschlug. Nur von der Straße tönten dumpf Hufschlag und das Klappern von Droschkenrädern auf Kopfstein zu uns herüber. Ich beugte mich über Doyle und wühlte in seiner Tasche, als würde ich ihm sein Geld abnehmen. Dann tat ich so, als wollte ich mich schleunigst aus dem Staub machen – und sah mich nach wenigen Schritten drei Iren gegenüber. Der Boxkämpfer war nicht unter ihnen, offenbar glaubten seine Kumpane, mit zwei Londoner Nachtschwärmern auch gut allein fertig zu werden.

„Wohin?", knurrte der Kerl, der in der Mitte stand. Es war ein sehniger, dünner Mann, der sich auf einen langen Schlagstock stützte. Die anderen beiden verließen sich auf zwei kurze Messer, die im Dunkel der Gasse wie Fische in einem dunklen Ozean aufglänzten. Wenn die Kerle wüssten, dass ich eine viel gefährlichere Klinge mein eigen nannte, würden sie nicht so siegesgewiss grinsen. Aber ich war nicht in London, um das Blut habgieriger Narren zu vergießen.

Ohne Eile begannen sie mich einzukreisen. Ich nutzte die Gelegenheit, den Abstand zwischen Doyle und mir zu vergrößern. Und genau in dem Moment, als der Kerl mit dem Stock ausholte und mir den Fackelhalter aus der Hand schlagen wollte, wirbelte ich so schnell zur Seite, dass der Kerl links von mir erst reagierte, als ich ihm das Messer aus der Hand gehebelt und ihn zu Boden geschickt hatte. Klirrend tanzte seine Waffe über das Kopfsteinpflaster und wurde von der Dunkelheit verschluckt.

Die Kerle brauchten ganze zwei Herzschläge lang, um zu begreifen, was hier vor sich ging. Genug Zeit für mich, den Stockkämpfer mit dem gebogenen Fackelhalter aus dem

Gleichgewicht zu bringen und zu entwaffnen – und Zeit für Doyle, aufzuspringen und Nummer drei von hinten niederzuschlagen. Das Gebrüll der Iren hallte in der Gasse, als Nummer eins und zwei sich aufrappelten und auf uns stürzten. Eisen klirrte gegen Holz, der Stockkämpfer hatte ein Messer gezückt und stürzte sich auf mich. Ich zog die Treppenstrebe unter dem Mantel hervor und parierte seine Hiebe beidhändig mit dem Holz und dem rostigen Hakeneisen. Mit solchen Piratentricks hatten die Spießgesellen nicht gerechnet.

Doch wie ich schon vermutet hatte, war ihre Verstärkung ganz in der Nähe. Sohlen schlugen auf Stein und kamen näher. Ich gab Doyle einen Wink und holte mit einem letzten Rundumschlag die Kerle wieder von den Beinen. Doyle war schon vorausgelaufen und postierte sich an der Mauer. Im Schwung meines Sprungs stemmte er meinen Fuß hoch, und ich landete rittlings auf dem Mauergrat.

Keine Sekunde zu früh. Der Rest der Bande stürzte in die Gasse. Der blonde Faustkämpfer starrte auf einen Komplizen, der sich keuchend auf dem Boden krümmte, dann sprang er wutentbrannt über den Liegenden hinweg und sprintete auf uns zu. Ich packte Doyles Hand und zog ihn zu mir auf die Mauer. Kaum war er oben, ließ ich die Treppenstrebe losschnellen. Sie zischte durch die Luft, verfehlte den Kämpfer jedoch und brachte nur einen seiner Kumpane zu Fall.

„Verdammt", entfuhr es mir. Ich duckte mich, als ein Steinbrocken dicht an meiner Schulter vorbeiflog.

„Springen Sie!", zischte Doyle und sprang von der Mauer auf die andere Seite. Ich wollte ihm folgen, aber etwas Schattiges lenkte für einen Wimpernschlag meine Aufmerksamkeit auf sich. Im selben Moment löschte eine Wolke den vernebelten Mond von einer Sekunde auf die andere fast aus. In der Gasse war es schlagartig dunkler geworden, ein weicher Wind traf mich, dann hörte ich von unten einen entsetzten Schrei und Gepolter, als wären unsere Angreifer gestürzt. Fluchen und dumpfe Schläge klangen zu mir hoch. Schon im Absprung erhaschte ich noch einen letzten Blick über die Schulter. Das

Letzte, was ich sah, bevor ich hart in einem Hinterhof landete, war blickloses Dunkel, das die Gasse zu füllen schien wie Rauch – und etwas Schwarzes, Huschendes, das knapp an mir vorbeiflog.

Der Weg führte uns durch ein Labyrinth aus Hinterhöfen, in denen sich Doyle erstaunlich gut zurechtfand.

„Sie scheinen uns nicht zu folgen", bemerkte er atemlos, als wir einige Seitengassen weiter wieder auf eine Straße stießen.

„Seien Sie sich da nicht zu sicher, Doyle."

Auch der Arzt lauschte nun dem seltsamen Scharren, das ganz in unserer Nähe in den Schatten zu vernehmen war. Es waren keine Schritte, eher so etwas wie ein kalter Atem oder ein Hauch von etwas Fremdem, das mir eine Gänsehaut verursachte. Und wieder schien sich die Dunkelheit um mich herum zu verschieben, als würde sie von einem lautlosen, unsichtbaren Flügelschlag zerrissen.

Doyle wich zurück und eilte voraus zur Straße – dorthin, wo noch Kutschen und Droschken unterwegs waren, die die Nachtschwärmer vor den Theatern und Opernhäusern einsammelten und nach Hause brachten. Im Gehen blickte ich zurück zu den Hinterhöfen. Der Mond war wieder hinter den Wolken hervorgekommen. Und voller Unbehagen fragte ich mich, ob ich mir den fliegenden Schatten in der Gasse nur eingebildet hatte. Im besten Fall war es nur eine der Fledermäuse gewesen, die in maroden Gebäuden hausten und die wir mit dem Tumult aufgeschreckt haben mochten. Und über den schlimmsten Fall würde ich nachdenken, sobald wir in Doyles Quartier waren.

Doyles Unterkunft lag im Lincoln's Inn Fields, in einer Straße, die von Bauten aus Backstein und einigen wenigen Häusern mit prächtigeren Fassaden gesäumt war. In manchen Bogenfenstern leuchtete noch Licht. Doyle erklomm mit federnden Sprüngen die Stufen zu einem sehr schlichten, kantigen Haus aus schwarzem Backstein und suchte dabei bereits nach seinem Schlüssel.

„Sie sollten morgen übrigens unbedingt das Museum des exzentrischen Mr. Soane besuchen, das sich gleich nebenan befindet", bemerkte er. „Ein wirklich ungewöhnliches Kunst- und Kuriositätenkabinett. Und ein architektonisches Labyrinth dazu."

„Mit Londoner Labyrinthen scheinen Sie sich ja wirklich auszukennen."

Doyle lachte etwas nervös auf und winkte mir, ihm zu folgen. Neben der Treppe stand eine Kerze bereit, die er entzündete, dann führte uns der Weg im geisterhaften Lichtschein hinauf zu dem großen Zimmer im Hinterhaus, in dem Doyle sich eingemietet hatte. Doch als er den Schlüssel in das Schloss steckte, stellte sich heraus, dass die Tür nur angelehnt war.

Sofort wich ich lautlos zur Seite. Und diesmal glitt meine Hand zu meiner richtigen Waffe.

Doyle beugte sich vor und spähte in den Raum. Dann atmete er auf.

„Das wird meine Vermieterin gewesen sein, Mrs. Grue", sagte er. „Meine Nachbarn haben mich schon gewarnt, dass sie neugieriger als ein Frettchen ist. Offenbar hat sie vergessen, die Tür wieder abzuschließen, als mein Freund sie mit einem breiten Lächeln begrüßt hat."

Als ich ihm folgte, hätte ich fast gelacht. O ja, ich konnte mir vorstellen, dass Mrs. Grue die Flucht ergriffen hatte. Das Zimmer war voller Reisetruhen und Gepäck. Lediglich ein schmales Bett und der Zimmerkamin waren freigeräumt. Ein Ledersessel mit einer hohen Lehne stand vor dem Kamin. Und neben dem Sessel lag das Fell eines Eisbären samt ausgestopftem Schädel und beeindruckenden Pranken. Das Maul war weit aufgerissen, als wollte der Bär jeden Eintretenden anspringen. Im flackernden Kerzenlicht wirkte er ausgesprochen lebendig.

„Hübsches Souvenir haben Sie von Ihrer Eismeer-Expedition mitgebracht", bemerkte ich.

„Dieses Souvenir hätte beinahe unseren Maat gefressen", erwiderte Doyle. „Reines Glück, dass der Kapitän …"

Mitten im Satz verstummte er, und auch ich erstarrte. Aus dem Sessel erhob sich eine Gestalt und wandte sich uns zu. Wer es war, war nicht zu erkennen. Der Eindringling war in einen schlichten schwarzen Kapuzenmantel gehüllt, wie ihn die Kutscher zum Schutz vor Regen trugen.

„Wer sind Sie?", herrschte Doyle den Schwarzmantel an.

Die Gestalt schob die Kapuze zurück und ließ den Mantel von den Schultern einfach zu Boden gleiten. Und sowohl mir als auch Doyle verschlug es die Sprache. Fassungslos konnten wir die Fremde nur stumm anstarren. Denn eine Fremde war sie geworden. Natürlich war es immer noch Anahita, von der wir uns damals in Persien schweren Herzens verabschiedet hatten. Aber aus der geheimnisvollen jungen Aristokratin war eine Frau mit der Aura von Macht geworden. Unter dem Mantel war ein weit fallendes weißes Kleid aus persischer Seide zum Vorschein gekommen. Die Ärmel und der Ausschnitt waren mit roten Borten und Stickereien aus Silber verziert, die den Mond in seinen verschiedenen Phasen darstellten. Diese Mondsymbole reichten im Bogen von Schulter zu Schulter. Über diesem Mondband leuchtete Anahitas Gesicht in einem Glanz, den ich an ihr noch nie wahrgenommen hatte. Seltsamerweise wirkte sie trotz ihrer Ausstrahlung verjüngt, fast schon mädchenhaft. Als sie mich ansah, blinzelte ich unwillkürlich, als würde mich ihr Leuchten blenden. Ich hörte ihr leises Lachen.

„Hat es Ihnen die Sprache verschlagen, Gentlemen? Ist das die Art, eine alte Freundin zu begrüßen?"

„Lady Anahita!", entfuhr es nun Doyle.

„Größer könnte eine Überraschung wohl kaum sein", setzte ich hinzu. „Was führt Sie nach London?"

„Der Wunsch, Sie beide noch einmal zu sehen", erwiderte Anahita mit einem Lächeln. „Und Ihnen bei dieser Gelegenheit auch Grüße von meinem Bruder David und Miss Ann zu überbringen. Mein Bruder sagte mir, dass Sie ihm geschrieben hatten und ein paar Tage in London bleiben wollten."

Seide rauschte auf, als sie uns entgegenkam und dabei leichtfüßig am Bärenkopf mit den gefletschten Zähnen vorbeischritt.

Auf einen beiläufigen Wink von ihr drückte ein sachter Wind das Fenster auf, das offenbar nur angelehnt gewesen war. Und als Anahita die Hand ausstreckte, wurde mir klar, dass ich mir nichts eingebildet hatte. Durch das Fenster segelte eine dunkle Eule, in den Krallen die Treppenstrebe, mit der ich mich gegen den Schlägertrupp verteidigt hatte. Vor meinen Füßen ließ der Vogel das Holz fallen und flog elegant zu Anahita, auf deren Schulter er sich niederließ.

„Ich dachte, Sie wollen Ihre neue Waffe vielleicht wiederhaben?", bemerkte Anahita mit sachtem Spott. Mit diesem verschmitzten Funkeln in den Augen glich sie plötzlich wieder der Aristokratin mit dem feinen Humor, die wir auf Lindsays Schloss kennengelernt hatten. Aber gleich darauf wurde sie wieder ernst. Mondlicht und flackernder Kerzenschein spielten auf ihrer Haut. Und ich begann zu ahnen, wie viel sich seit unserem Abschied vor so vielen Monaten verändert hatte.

„Wie kann es sein, dass Eure magischen Kräfte auch jenseits von Persien wirksam sind?", fragte ich.

„Zum Teil waren sie das schon immer", erwiderte Anahita leichthin. „Erinnern Sie sich an die Narzisse, die ich zum Gedenken an meinen verstorbenen Vaters aufstellen ließ?"

Ich musste kurz nachdenken, aber dann fiel mir ein, dass an dem Tag, an dem ich Anahita kennengelernt hatte, der Tischplatz des verstorbenen Earls trotz der kalten Jahreszeit tatsächlich mit dieser frisch erblühten Blume geschmückt war.

„Sie sagten damals, der Gärtner hätte die Zwiebel aus dem gefrorenen Boden geholt und mit Wärme und Liebe zum Blühen gebracht", antwortete ich.

„Der Gärtner war ein fähiger Mann – aber den Lebenshauch hatte die Blume meiner Berührung zu verdanken. Ich nahm die Zwiebel aus der gefrorenen Erde entgegen und wärmte sie, während ich mit dem Gärtner sprach."

Sie lächelte, als sie mein verblüfftes Stirnrunzeln sah.

„Ich habe auch gestaunt, dass ich meine Fähigkeiten auch in meiner zweiten Heimat wecken kann, Kara", gab sie zu. „Auch meine Mutter hatte ihre Kräfte wohl nie ganz verloren, sie

468

zogen sich nur zurück und schliefen in ihr wie die Narzissen-
zwiebel im vereisten Boden. Nicht einmal meine Mutter selbst
hatte Kenntnis davon. Und je mehr ich in Persien über meine
Kräfte lernte, desto besser verstand ich, wie oft ich meine Magie auch in England bereits unbewusst gebraucht hatte. Māh-
Tab hatte es geahnt und mir dieses Wissen in ihrer Todesstunde
zum Geschenk gemacht."

„Ihr habt Māh-Tab also gefunden?", fragte Doyle atemlos.

Und obwohl Anahita nickte, verriet der Schatten, der über
ihre Miene fiel, nur zu deutlich, dass es keinen Grund zur Freude gab. Doyle und ich tauschten einen besorgten Blick. Aber
wir warteten, bis Anahita bereit war zu sprechen.

„Wir fanden sie damals in den Bergen", begann sie schließlich leise. „Sie war schon zu kraftlos, um uns ein Zeichen zu geben, aber das Sheshm-e Māh, das *Auge des Mondes*, hat uns zu
ihr geführt. Sie war schwer verwundet und lag im Sterben. Mir
blieb nur eine sehr kurze Zeit, in der wir miteinander sprechen
konnten. Doch kurz bevor der letzte Atem sie verließ und ihre
Lebenskraft auf mich überging, bat sie mich, Ihnen eines Tages dieses hier zu übergeben, Kara." Bei diesen Worten öffnete
sie ihre rechte Hand und zeigte mir die durchbohrte magische
Münze, die darauf lag. „Sie ist Pfand und Wegweiser zugleich.
Der *Orden des Silbermondes* braucht treue Verbündete."

Doyle schluckte sichtlich und leckte sich über die Lippen.
Und auch ich musste mich räuspern, so sehr betrübte mich die
Nachricht von Māh-Tabs Ende.

„Das heißt, Ihr führt nun den Orden des Silbermondes an?"

„Das ist eine längere Geschichte", erwiderte Anahita mit einem geheimnisvollen Lächeln. Die schwarze Eule schlug mit
den Schwingen, was die Kerze zum Verlöschen brachte. Eine
Wolke hatte sich vor den Mond geschoben, und das Zimmer
füllte sich mit Schatten, die sich vor unseren Augen zu etwas
verdichteten, was mir sehr bekannt vorkam. Es erinnerte an
eine schlanke Gestalt, die sich neben dem Sessel aufrichtete.
Und als sich im Kamin ganz von selbst die Flammen entzündeten und der Lichtschein einen wohlbekannten und bis auf

die Haut entblößten Mann zeigte, stieß Doyle ein überraschtes Lachen aus.

„Sâyeh! Der Herr der Schatten und des Feuers! Nun sagt bloß nicht, dass auch Eure Magie in England erwachen kann! Oder habt am Ende sogar Ihr uns die irische Bande vom Hals gehalten?"

Der Assassine nickte.

„Stets zu Diensten, Doktor der bescheidenen Kampfkünste", sagte er. Er hob den schwarzen Kutschermantel vom Boden auf und hüllte sich darin ein. Dann kam er zu uns und wir lachten und begrüßten uns, wie man es von alten Freunden erwarten sollte.

„Es freut mich zu sehen, dass Ihr immer noch der Beschützer dieser Herrin seid", setzte Doyle hinzu.

„Meine Herrin ist sie mehr denn je", antwortete Sâyeh mit einem kryptischen Lächeln. Und als er einen Schritt zurücktrat, bis er direkt neben Anahita stand, dachte ich bei mir, dass die weißgekleidete Orientalin und der Mann im schwarzen Mantel wie Licht und Schatten, Feuer und Wasser wirkten. Und noch etwas fiel mir auf: dass Anahita schon die ganze Zeit wie beiläufig ihre rechte Hand in den Falten ihres Gewands verbarg.

„Fragen Sie schon, Kara", forderte sie mich auf. „Ich sehe Ihnen Ihre Vermutung nur zu deutlich an."

Doch bevor ich auch nur Luft holen konnte, kam Doyle mir schon mit einer Frage zuvor:

„Der Grund Eurer Rückkehr nach England ist also die Tatsache, dass Ihr Euch von Eurer zweiten Heimat verabschieden wollt, um in Zukunft Euren Platz an der Spitze des Mondordens einzunehmen?"

Sâyeh und Anahita wechselten einen kurzen, amüsierten Blick.

„Ich bin hier, um mich zu verabschieden, ja", antwortete Anahita. „Vor allem aber kam ich nach England, um das Neue und das Alte zu verbinden. Und damit die Seelen zweier Welten und die Traditionen zweier Länder."

470

Doyle war ein Menschenleser, aber diesmal runzelte er etwas ratlos die Stirn. Doch als Sâyeh sich ein leichtes Lächeln verkniff, hätte ich fast gelacht.

„Wie sehr man sich doch in Annahmen täuschen kann", sagte ich in die Stille. „Ich hätte schwören können, dass Miss Shana die Liebe Eures Herzens ist, Sâyeh."

„Das dachten so einige", antwortete der Assassine ruhig. „Aber Shana und ich waren stets nur enge Vertraute. Schon seit unserer Kindheit waren wir Gefährten, die auf derselben Seite standen und einander viel bedeuteten – woran sich bis heute nichts geändert hat."

„Das ist interessant zu hören, aber was hat Miss Shana mit all dem hier zu tun?", bemerkte Doyle.

„Ich schlage vor, Sie küssen Lady Anahita zum Abschied die Hand, dann wissen wir es beide", bemerkte ich.

Lady Anahita trat vor und streckte Doyle anmutig ihre Rechte hin. Ehrfürchtig ergriff er sie – und stutzte. In einem schmalen Goldreif an ihrem Finger brach sich das Licht der Kaminflammen. Aber ein noch helleres Licht ging in Doyles Gesicht auf.

„Ihr habt Euch nach englischer Tradition vermählt?", entfuhr es ihm. „Mit – Eurem Beschützer Sâyeh?"

„Es brechen neue Zeiten an", erwiderte Anahita. „Wechselhafte Zeiten", setzte sie mit Nachdruck hinzu. „Vielleicht ist die Zeit vorbei, in der sich die Welt in Herren und Diener teilte, in Herrschende und Wächter, Sieger und Unterworfene. Vielleicht geht es gerade in der Welt der Magie vielmehr um Bündnisse, um Verbindungen, die von Herzen geschlossen werden." Sie trat näher zu Sâyeh und wandte sich mir ernst zu. „Nach dem Gesetz des Mondordens sind wir schon längst fest verbunden", erklärte sie. „Und die Trauung in England war eine eher symbolische Zeremonie. Doch mein Bruder hat nur zu gern die Stelle meines verstobenen englischen Vaters eingenommen und mich in mein neues Schicksal gegeben. So habe ich nun den Segen meiner beiden Länder. Denn – Rituale haben große Macht, wie wir alle nur zu gut wissen."

Doyle schüttelte ungläubig den Kopf.

„Dann habt Ihr Euch also Hals über Kopf in einen Menschen verliebt – genau wie damals Eure Mutter?"

Anahita hob sacht die Hand.

„Eine Göttin verliebt sich niemals Hals über Kopf", sagte sie würdevoll. „Sie wählt. Und welche bessere Wahl hätte ich treffen können, als Feuer und Wasser, Licht und Schatten zu vereinen? Vergesst nicht, wer ich bin: Ich bin eine *Apsasû,* die von einem Menschen und einer Dämonin abstammt und zudem göttliche Ahnen hat. Aber ich hatte zwei Väter und trage in meiner Brust die Seelen zweier Länder. Orient und Okzident leben in mir. Ich bin der Engel des Wassers, ich trage Fruchtbarkeit und Leben in die Welt, ich bringe zum Erblühen, was in gefrorenem Boden schlief. Und in diesem Sinn werde ich den *Orden des Silbermondes* in eine neue Zeit führen."

Sowohl Doyle als auch ich hatten unwillkürlich die Blicke gesenkt. Denn vor uns stand nicht länger eine *Apsasû,* die ihre Kräfte gerade erst erkundet hatte, hier stand die Herrscherin des Mondes, eine Göttin, die erst am Anfang ihrer Bestimmung stand. Und ich weiß nicht, warum; aber genau in diesem Moment musste ich daran denken, was ich in Persien über die Lamassu erfahren hatte. „*Sind es gute Dämonen?*", hatte Halef damals gefragt. Und die Antwort, die wir hörten war diese: „*Das kommt auf den Standpunkt an.*"

„Ich kann nur hoffen, dass Ihr Eure Kräfte zum Guten einsetzt", wandte ich mich vorsichtig an Anahita.

„Nichts anderes ist meine Bestimmung", gab sie zurück. „In mir vereint sich, was unvereinbar schien."

Sâyeh nahm ihre Hand in seine. Und ich fragte mich, ob sie einander vielleicht schon in Persien zum ersten Mal die Hand gereicht hatten – damals, als wir alle im Dunkeln ausharrten und einander nicht sehen konnten.

Nun schenkte Anahita ihm ganz offen ein Lächeln. Und für einen Moment waren sie und Sâyeh einfach nur zwei junge Menschen, die einander liebten und sich im besten Sinn gefunden hatten.

„Dann sollten wir unser Wiedersehen nun aber wirklich feiern und auf die Neuvermählten anstoßen", rief Doyle aus. „Zufällig habe ich in einer Reisetruhe noch einen guten Rum, der schon lange auf einen besonderen Anlass wartet, um …"

„Danke, aber wir reisen im Schein des Mondes", unterbrach Anahita ihn sanft, aber bestimmt. Auf ein Nicken von ihr erhob sich die Eule in die Luft und segelte durch das Fenster nach draußen.

„Gehst du voraus, Sâyeh?", wandte Anahita sich an ihren Gefährten.

Sâyeh nickte und legte ihr den Kutschermantel um. Der schwarze Stoff verhüllte sie wie eine dunkle Wolke den Mond.

„Lebt wohl", sagte Sâyeh. „Und lasst Euch nicht von den Iren jagen." Er zwinkerte uns zu, dann atmete er tief ein und wurde zu Schatten und Dunkelheit, die aus dem Raum trieben wie schwarzer Rauch.

Als wir kurz darauf zum Fenster traten, sahen wir unten an der Straße eine wartende Droschke stehen. Falls Mrs. Grue gerade neugierig aus dem Fenster blickte, würde ihr dieses Bild sicher zu denken geben: Die Eule umkreiste das Gefährt, durch dessen Tür gerade ein schattenhafter Umriss glitt.

Anahita wandte sich Doyle und mir zu.

„Es war schön, Sie wiederzusehen", sagte sie leise. „Und nun wird es Zeit für mich."

„Wollt Ihr wirklich schon gehen?", widersprach Doyle. „Es gäbe noch so vieles zu fragen …"

„Das gibt es immer", entgegnete Anahita mit einem leisen Lachen. „Aber es wird Zeit, mein Mondkind endlich zurück nach Hause zu bringen." Bei diesen Worten legte sie kurz ihre Hand auf ihre Mitte. Als wir sie beide nur anstarrten, wurde sie tatsächlich ein wenig rot und konnte sich ein Lachen nicht verkneifen. „Sie sollten Ihre Gesichter sehen, meine Herren! Und Sie Doyle, waren wohl eine sehr lange Zeit nur mit Männern an Bord eines Schiffes eingepfercht, dass Ihnen das Naheliegende gar nicht in den Sinn kam. Ich sagte doch, für den *Orden des Silbermondes* brechen ganz neue Zeiten an."

Damit zog sie sich die Kapuze über das Haar und schritt zur Tür.

„Das meintet Ihr also mit der Verbindung von Gegensätzen", sagte Doyle. „Ein Magier und eine *Apsasû* mit göttlichen Ahnen ..."

„... und vor allem zwei fühlende, liebende Herzen", erwiderte Anahita. „Das sollte Antwort genug sein, Mister Doyle, finden Sie nicht? Leben Sie wohl, Gentlemen – und danke für alles!" Damit schlüpfte sie zur Tür hinaus und war bereits mit den Schatten des Treppenhauses verschmolzen. Wenige Augenblicke später sahen wir vom Fenster aus, wie sie zur Droschke schritt, wo Sâyeh sie schon erwartete. Er trug wieder seine eigene Kleidung, die er vorhin wohl in der Droschke zurückgelassen hatte. Noch einmal winkten sie uns herauf.

„Wird England Euch wiedersehen?", rief ich ihnen zu.

„Wer weiß?", hörte ich Anahitas Antwort. „Halten Sie einfach Ausschau nach Narzissen, die mitten im Winter blühen."

Inhalt

Weitere Informationen zur Reihe
„Karl Mays Magischer Orient"
finden Sie auf der folgenden Seite
sowie im Internet auf
www.magischer-orient.karl-may.de

Jacqueline Montemurri, 1969 in Sachsen geboren, wohnte bis 1982 in Gersdorf bei Hohenstein-Ernstthal, dem Geburtsort Karl Mays. Studium der Luft- und Raumfahrttechnik in Aachen. Lebt seit 2002 mit ihrer Familie in Neviges. Veröffentlichte zahlreiche phantastische Erzählungen in Anthologien und Zeitschriften, ein Kinderbuch sowie den Zukunftsthriller *Die Maggan-Kopie*, der für den Deutschen Science Fiction Preis nominiert war.

Für *Karl Mays Magischer Orient* verfasste sie bisher Band 7, *Der Herrscher der Tiefe*, einen Beitrag zum Episodenroman *Sklavin und Königin* sowie die Erzählungen *Das Vermächtnis des Kara* und *Durchs wilde Ernstthal* im Sammelband *Auf phantastischen Pfaden*.

Website:
www.jacquelinemontemurri.blogspot.de.

Karl Mays Magischer Orient

Alexander Röder
Im Banne des Mächtigen
978-3-7802-2501-6

Alexander Röder
Der Fluch des Skipetaren
978-3-7802-2502-3

Alexander Röder
Der Sturz des Verschwörers
978-3-7802-2503-0

Alexander Röder
Die Berge der Rache
978-3-7802-2504-7

Alexander Röder u.a.
Epilog von Tanja Kinkel
Sklavin und Königin
978-3-7802-2505-4

Alexander Röder
**Auf der Spur
der Sklavenjäger**
978-3-7802-2506-1

Jacqueline Montemurri
Epilog v. Bernhard Henne
Der Herrscher der Tief
978-3-7802-2507-8

Friedhelm Schneidewind
Epilog von Bernhard Hennen
Das magische Tor im Kaukasus
978-3-7802-2508-5

Thomas Le Blanc (Hrsg.)
Anthologie
Auf phantastischen Pfaden
978-3-7802-2599-3